마왕

Le Roi des Aulnes

세계문학전집 365

마왕

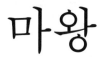

Le Roi des Aulnes

미셸 투르니에

이원복 옮김

민음사

알렉세이 황태자의 병을 치료하였으며,
1차 세계 대전의 횡행에 반대했다는 이유로
암살되었고 명예가 훼손된 영성 지도자
그리고리 예피모비치 라스푸틴을 추모하며.

일러두기

원문의 이탤릭체는 라틴어를 제외하고 모두 고딕체로 표기했다.

차례

1
아벨 티포주의 불길한 기록

어떤 사물이 흥미로워지기 위해서는
그것을 오랫동안 바라보는 것으로 충분하다.

— 귀스타브 플로베르

1938년 1월 3일. "당신은 식인귀야." 라셸은 가끔 내게 그렇게 말했다. 식인귀라고? 그러니까 내가 시간의 밤[1] 속에서 떠오른다는 환상의 괴물이란 말인가? 물론 나는 환상적인 내 기질을 믿는다. 내가 말하고 싶은 바는 내 개인적인 모험을 사물의 운행과 심오하게 결합하고 또 그런 방향으로 기울게 하는 은밀한 공모를 믿는다는 것이다.

나는 또 내가 시간의 밤 속에서 태어났다고 믿는다. 죽은 다음에 어떤 일이 기다리고 있을지 초조하게 걱정하면서도 전생에 어떤 존재였는가에 대해서는 전혀 개의치 않는 인간들의 경박한 꼴을 볼 때마다 화가 치밀었다. 이승은 저승보다 가치가 있다. 이승은 저승의 열쇠를 쥐고 있으니 더욱 그렇

_____

[1] 까마득한 옛날.

다. 그런데 나는 1000년 전에, 10만 년 전에 이미 이승에 있었다. 지구가 아직 헬륨 하늘에서 선회하는 불덩어리에 불과했을 때 지구를 타오르게 하고 회전하게 한 것은 바로 내 영혼이었다. 더구나 현기증이 날 만큼 오래된 나의 기원은 곧 나 자신의 초자연적인 힘을 충분히 설명해 준다. 존재와 나, 우리는 그토록 까마득한 옛날부터 나란히 생명의 길을 걸어 왔고 너무도 오래전부터 동반자였기에 특별히 서로 사랑하지는 않지만 세상의 역사만큼이나 먼 과거부터 익숙해진 탓에 서로 이해하고 있으며, 또한 서로 거절할 필요가 전혀 없다.

갑자기 괴물이라는 단어가 떠오른다…….

먼저 괴물이란 무엇일까? 그 어원은 놀랍게도 이미 다소 끔찍한 의미를 드러냈다. '몽스트르'[2]라는 단어는 '몽트레'[3]라는 동사에서 유래한 것이다. 괴물은 장터 축제에서 사람들이 손가락으로 가리키는, 즉 조롱하는 대상이다. 그러니 괴물다운 괴물일수록 만인 앞에 자신을 더욱 노골적으로 드러내야 한다. 오직 어둠 속에서만 살 수 있고, 내 동류가 나를 모르기 때문에 오직 오해만이 나를 살게 내버려 두고 있음을 확신하는 내게는 머리칼이 쭈뼛 서도록 소름 돋는 일이다.

괴물이 되지 않으려면 동류와 닮아야 하고 자기 종족과 일치해야 하며, 나아가 부모의 이미지와 부합해야 한다. 그러지 않으면 새끼를 낳아 새로운 종족의 시조가 되어야 한다. 괴물

---

2) monstre. 프랑스어로 '괴물'이라는 뜻.
3) montrer. 프랑스어로 '보여 주다', '드러내 보이다', '노출하다', '가리키다'라는 뜻.

은 번식하지 않는 법이다. 다리가 여섯 개인 송아지는 생존할 수 없다. 수노새와 새끼 노새는 선천적으로 생식력 없이 태어난다. 자연이 이치에 어긋난다고 판단한 시도는 애초부터 차단하려는 것처럼. 새삼스레 나의 영원성에 대해 다시 생각해 본다. 나의 영원성은 내게 부모이자 동시에 자식 역할을 해 주기 때문이다. 지구만큼 늙었고 지구만큼 불멸의 존재인 나는 추정상의 부모와 양자들만을 가질 수 있을 뿐이다.

......

여기까지 쓰고 다시 읽어 본다. 내 이름은 아벨 티포주. 포르트데테른 광장에서 자동차 정비 공장을 경영하고 있다. 난 미친놈이 아니다. 어쨌든 내가 방금 쓴 것은 전적으로 신뢰를 가지고 고찰해야 한다. 그러면? 두고 보면 알겠지만 미래가 위에서 쓴 글의 진지함을 증명, 정확히 말해서 조명할 것이다.

1938년 1월 6일. 축축하고 어두운 하늘에서 네온사인의 불빛에 반사된 모빌 석유 회사의 로고인 날개 달린 말이 내 손 위에 모습을 드러내더니 곧장 사라진다. 불그스름한 불빛의 흔들림과 이곳에 있는 모든 물건에 밴 케케묵은 기름 냄새는 내가 증오하는 분위기를 조성한다. 창피한 일이지만 한편으로 그런 분위기를 즐긴다. 내가 그런 분위기에 익숙하다는 것으로는 설득력이 충분하지 않다. 침대의 열기나 아침마다 거울 속에서 되찾는 얼굴만큼이나 그런 분위기에 익숙한 것은 사실이다. 그런데 나는 나의 불길한 기록의 세 번째 페이지인 이 하얀 종이 앞에서 두 번이나 왼손으로 만년필을 쥐고 있다. 그것은 흔히 말하듯이 내가 인생의 전환기에 놓였다는 증거고, 이 정비 공장과 이곳에서 나를 붙잡고 있는 사소한 문제들, 그리고 어떤 의미에서는 나 자신으로부터 도망치기 위해 어느 정도 이 일기에 의지하고 있기 때문이리라.

모든 것은 기호다. 우리의 근시와 난청을 뚫기 위해서는 강렬한 빛이나 외침이 필요하다. 생크리스토프 중학교에 입학한 후 나는 인생의 길에 새겨진 상형 문자를 끊임없이 관찰했고, 귓전에서 속삭이는 모호한 말소리에 열심히 귀를 기울였다. 하지만 아무것도 이해할 수 없었고, 내 인생의 앞날에 대한 추가적인 의혹 외에는 아무것도 끌어내지 못했다. 그것은 하늘이 비어 있지 않음을 무한히 반복하는 증거이기도 했다. 그런데 어제 가장 하찮은 사건을 계기로 빛이 솟구쳤다. 그 빛은 내 길을 줄곧 비추어 주었다.

나는 대수롭지 않은 사고로 인해 한동안 오른손을 못 쓰게 되었다. 배터리로는 더 이상 작동할 수 없게 된 모터의 틈새에 낀 이물질을 제거하기 위해 크랭크를 돌리려는 순간 갑자기 크랭크가 돌아가면서 나를 내리쳤던 것이다. 다행히 그때 팔을 늘어뜨리고 있었기에 어깨는 사정권에서 벗어났다. 대신 팔목이 모든 충격을 감당했다. 인대가 끊어지는 소리를 들은 것 같았다. 너무 고통스러워서 하마터면 토할 뻔했다. 아직도 앞에 놓인 두툼한 고무 붕대 밑에서 맥박이 뛸 때마다 찌르는 듯한 고통을 느낀다. 한 손으로는 정비 공장의 어떤 일도 해낼 수 없어 회계 장부와 낡은 신문을 잔뜩 쌓아 둔 3층 작은 방으로 올라갔다. 그리고 뭔가에 몰두하기 위해 다치지 않은 손으로 앞뒤가 맞지 않는 글을 끼적였다.

내가 왼손으로도 글씨를 쓸 줄 안다는 사실을 발견한 것은 바로 그때였다! 그랬다. 전에 연습한 적이 없는데도 내 왼손은 망설임 없이 굼뜨지도 않게 완전한 글자들을 척척 써 내려갔다. 오른손이 쓰는 평소 필체하고는 전혀 닮지 않았지만 그렇다고 꼬마들의 필체처럼 엉성하지도 않았다. 나중에 유래가 수상쩍은 이 충격적인 사건에 대해 다시 언급하겠다. 지금은 마음을 비우고 진실을 밝힌다는 유일한 목적을 갖고 최초로 펜을 잡게 된 상황을 설명하는 것으로 충분하니까.

어쩌면 그에 못지않게 결정적인 또 다른 상황, 라셸과의 이별을 되새겨 보아야 하지 않을까? 그것은 이야기할 필요가 있는 진짜 사랑 이야기, 바로 내 사랑의 이야기다. 마음이 내키지 않는 것은 말할 필요 없다. 아마도 몸에 배지 않았기 때문이리라. 나처럼 천성적으로 은밀한 사람에게는 종이 위에 자신의 오장육부를 쏟아내는 것이 처음에 매우 역겨운 일이긴 하지만 손이 내 마음을 부추긴다. 나는 일단 이야기를 시작하면 할 말이 없어질 때까지 쉴 새 없이 떠들지 않고는 못 배길 것이다. 사람들이 '일기'라고 부르는 구술적 재현이 없다면 내 생애의 이야기가 지속될 수 있을까?

나는 라셸을 잃었다. 그녀는 내 아내였다. 신과 사람들 앞에서 결혼식을 올린 아내가 아니라 내 생의 아내였다. 내가 하고 싶은 말은 추호의 과장 없이 라셸이 내 개인적인 우주에서 유일한 여성이라는 뜻이다. 나는 몇 년 전 다른 사람들과 마찬가지로 정비 공장의 손님으로 찾아온 그녀를 알게 되었다. 그녀는 망가진 푸조의 운전석에 앉아 있었다. 오늘날에도 그렇지만 당시 여성 운전자는 경탄의 대상이었는데 그 때문인지 그녀는 눈에 띄게 우쭐해했다. 그녀는 단번에 내게 친밀감을 표시했고 우리 관계는 자동차를 구실 삼아 급속도로 진전되었다. 그리하여 나는 지체하지 않고 그녀를 내 침대에 끌어들였다.

처음에 나는 그녀의 여행복이나 야회복 사이로 대담하게 드러난 건강한 몸매에 매료되었다. 분명히 여자에게 최악의 불행은 사람이 벌거벗을 수 있다는 사실과 나체의 습관뿐만 아니라 나체의 속성을 지녔다는 사실을 모르는 것이다. 나는 그런 무지에 빠져 있는 여자들을 냉정한 태도나 피부에 착 달라붙은 이상한 옷차림을 통해 첫눈에 알아낼 수 있다고 장담한다.

라셸은 작은 머리를 덮는 곱슬곱슬하고 까만 머리카락과 매부리코에 포동포동하고 힘이 넘치는 몸매를 지녔다. 그녀의 통통한 엉덩이, 보랏빛 젖꼭지, 반달 모양의 넓은 젖가슴, 깊게 팬 잘록한 허리는 놀라운 여성미를 발휘했다. 결국 완벽한 탄력과 손으로 감당하기 힘들 만큼 풍만한 육체가 쉽게 접근할 수 없는 분위기를 자아냈다. 정신적인 면에서 특별한 개성이 없는 그녀는 그때 베스트셀러가 된 어떤 소설의 영향으로 한창 유행하던 '소년 같은 아가씨'였다. 그녀는 순회 회계사로 일하면서 독립적인 삶을 살고 있었다. 날마다 수공업 공장, 상점, 작은 회사의 사장실을 돌아다니면서 회계를 정리해 주었다. 그녀는 이스라엘인이었다. 그런데 우연히 그녀의 모든 고객이 유대인이라는 사실을 눈치채게 되었다. 그녀가 면밀히 검토해야 하는 서류들의 기밀성이 그런 관계를 뒷받침했다.

파렴치한 기질, 사물을 왜곡해 바라보는 시각, 정신적 가려움증에 걸린 것처럼 언제나 권태를 두려워하는 태도 따위가 내게 불쾌감을 일으킬 수도 있었다. 그러나 그녀의 유머 감각, 사람들과 상황의 부조리한 측면을 속속들이 간파하는 재치, 무미건조한 일상생활 속에서 활기를 솟구치게 하는 명랑한 성격 등이 선천적으로 쉽게 우울해지는 내게 호의적인 영향을 끼쳤다.

나는 이 글을 쓰면서 그녀가 내게 어떤 존재였는지 새삼스레 헤아려 보지 않을 수 없다. 나는 라셸을 잃었다는 사실을 회상할 때마다 목이 멘다. 라셸, 나는 우리가 서로 사랑했노라고 말할 자신이 없다. 하지만 분명히 우리는 함께 신나게 웃었다. 그것만으로도 대단한 게 아닐까?

라셸은 어떤 악의도 품지 않은 채 웃으면서 우리 둘은 몇 차례 우여곡절을 겪은 후 결국에는 똑같은 결론, 즉 이별에 도달할 수밖에 없을 거라고 예언했다.

라셸은 가끔 바람처럼 나타나서 수리하거나 오일을 교환하기 위해 우리 직원에게 차를 맡겼다. 그녀는 그사이 내 방으로 올라왔다. 그때마다 그녀는 자동차의 운명과 여주인의 운명을 뒤섞으면서 외설적인 농담을 내뱉었다. 그날 라셸은 다시 옷을 입으면서 내가 검은머리방울새처럼 성행위를 한다는 알쏭달쏭한 말을 했다. 처음에는 나의 지식이나 능숙한 섹스 실력을 비난한다고 생각했다. 그녀가 나의 잘못된 생각을 깨우쳐 주었다. 그 작은 새들이 부부간의 애정을 표시할 때 부리로 서로 콕콕 쪼아 대는 것에 비교될 만큼 신속하게 일을 해치우는 나의 조급한 매너를 빗댄 말이었다. 그리고 옛 정부들 가운데 한 사람, 그녀가 확실하게 소유했던 가장 근사한 정부에 대한 추억을 꿈꾸듯이 떠올렸다. 한번은 그 남자가 그녀에게 일단 침대에 들어가면 날이 밝을 때까지 쉬지 않고 즐겁게 해 주겠노라고 약속했다. 남자는 동이 틀 때까지 그녀에게서 떨어지지 않고 섹스를 하며 약속을 지켰다. 그녀는 솔직하게 덧붙였다. "사실 그날 우리는 늦게 잠자리에 들었고 밤이 짧은 계절이었어."

그 이야기를 들으니 『스갱 씨의 새끼 염소』가 생각났다. 이 새끼 염소는 노련한 고참 염소 르노드를 흉내 내기 위해 명예를 걸고 밤새도록 늑대와 혈전을 벌이다 첫 햇살이 비치자 안도의 한숨을 내쉬는 순간 늑대에게 잡아먹히고 만다.

"당신이 그 짓을 멈추는 순간부터 내가 당신을 잡아먹을지 모른다고 생각하고 있는 게 좋을 거야." 라셸이 결론짓듯 말했다.

그 순간 나는 그녀를 바라보았다. 그녀는 정말 늑대 같았다. 새까만 눈썹, 들창코, 식탐을 드러내는 커다란 입. 우리는 한 번 더 실컷 웃었다. 그게 마지막이었다. 회계사답게 두뇌 회전이 빠른 그녀는 나의 정력 부족을 예측했고, 나 역시 그녀가 새로운 보금자리를 점찍어 두었다는 것을 알았다.

검은머리방울새처럼……. 라셸은 그 말을 내뱉은 후에도 육 개월 동안 내게 깊숙이 접근했다. 나는 오래전부터 가장 흔한 성적 불능 가운데 하나가 억제와 지연 작용이 시원치 않은 성행위인 조루증이라는 사실을 알고 있었다. 라셸의 비난은 더욱 심해졌다. 그녀는 나를 성적 불능의 문턱까지 몰아붙였고 남녀 간 심각한 불화의 원인, 다시 말해 끊임없이 솟구치나 결코 만족할 수 없는 여성들의 거대한 욕구 불만을 드러냈다.

"당신은 내 쾌락 따위는 전혀 개의치 않아!"

나는 그 점에 대해서는 인정할 수밖에 없었다. 내가 온몸으로 라셸을 덮치고 내 뜻대로 소유하기 위해 안간힘을 쓸 때 두 눈을 감은 히브리 목동 같은 그녀의 작은 머릿속에서 어떤 일이 일어나고 있는지 전혀 신경 쓰지 않았다.

"당신은 싱싱한 살에 대한 갈망을 실컷 채우고 곧장 공장으로 내려가 버리지."

그건 사실이었다. 빵을 먹는 사람이 먹히는 빵이 느끼거나 느끼지 못하는 만족에 신경 쓰지 않는 것과 같다.

"당신은 나를 비프스테이크 수준으로 떨어뜨려."

어쩌면 그럴지도 모른다. 여자들이 자신들의 연약함을 무기로 삼기 위해 만들어 낸 '남자다움'이라는 개념을 군말 없이 받아들인다면 말이다. 그런데 우선 사랑을 먹는 행위와 동일시하는 것은 전혀 천박한 발상이 아니다. 수많은 종교가 그와 비슷한 동일화 발상을 활용하고, 그리스도교의 성찬식은 그 대표적인 예가 아닌가. 하지만 시체를 부검하듯 면밀히 검토해야 하는 것은 극도로 여성적인 개념인 남성다움이다. 결국 남성다움이란 정력에 따라 평가되고 정력이란 단지 성행위를 얼마나 오랫동안 끌고 가느냐로 측정된다. 섹스는 자기희생의 작업이다. 따라서 정력이라는 용어는 아리스토텔레스적인 의미, 즉 행위의 반대로 이해해야 한다. 정력은 성행위의 부정과 같은 역명제다. 정력은 결코 지킬 수 없는 약속 행위이며 무한히 감싸고 억제하고 유예하는 행위다. 여자는 힘이고 남자는 행위다. 그러니 남자는 당연히 힘이 없다. 남자는 당연히 식물처럼 느린 여성의 성숙과 일치될 수 없다. 남자는 자기에게 제공된 여성의 망설이는 육체로부터 불꽃같은 한 줄기 희열을 뽑아내기 위해 악착스레 노력하나 숙련되어 있지 않고 리듬을 조정할 수 없는 한 그 결과는 빈약하기 그지없다.

"당신은 애인이 아니라 식인귀야."

오, 계절이여! 오, 성(城)이여!⁴⁾ 라셸은 이 짧은 문장을 내뱉음으로써 나로 하여금 괴물 같았던 한 아이, 한편으로는 끔찍할 만큼 조숙했고 다른 한편으로는 당혹스러울 만큼 유치했던 한 아이의 환영을 떠올리게 했다. 그 추억은 지금껏 절대적인 힘으로 나를 사로잡고 있다. 그 아이의 이름은 네스토르. 나는 언제든지 그가 당당하게 내 삶 속으로 되돌아올 거라 예감하고 있었다. 실은 그가 내 삶에서 떠난 적은 없었다. 그는 죽은 다음 나를 느슨하게 풀어 주었고, 내가 잊지 않을 정도로 여기저기에 가벼우면서도 더러는 재미있는 신호를 보내는 데 만족했다. 나의 새로운 불길한 필체와 라셸과의 결별은 그가 머지않아 자신의 위력을 회복하리라는 예고였다.

1938년 1월 10일. 최근에 나는 상장 수여식이 있기 직전인

---

4) 랭보가 베를렌과 화해한 후 기쁨을 노래한 시의 제목이자 첫 구절.

6월에 연달아 찍었던 학급 사진들 중 한 장을 들여다보았다. 흉악한 표정 속에 고정된 모든 얼굴들 가운데 가장 옹색하고 가장 허약한 것이 내 얼굴이다. 사진에는 샹다부안과 뤼티뇨의 얼굴도 있었다. 샹다부안은 익살스러운 광대처럼 아티초크를 잘라 만든 가발 밑에서 찡그렸고, 뤼티뇨는 나무 그늘 아래에서 교활한 표정을 지으며 명상하듯 두 눈을 감고 낮잠을 자는 척했다. 그 사진은 분명히 네스토르가 살았을 때 찍은 것인데도 그의 얼굴은 보이지 않았다. 우스꽝스럽고 별것도 아닌 그 행사에서 몰래 빠져나간 것이나 특히 죽기 전에 이 세상에 어떤 시시한 흔적도 남겨 놓지 않은 것은 분명히 그 애다운 짓이었다.

그때 나는 열한 살이었고 생크리스토프 중학교 2학년에 진급했으니 더 이상 새내기는 아니었다. 하지만 1학년 때 새내기로서 학교생활에 적응하지 못하고 미지의 세계에서 방황하며 어쩔 줄 몰라 했던 불행은 2학년이 되자 더욱 심각해져 조용하고 신중하고 결정적인 형태로 바뀌었다. 당시 나는 나의 참담한 불행을 따져 보았는데 어느 부분에서도 희망의 빛을 기대할 수 없었던 일이 기억난다. 선생들은 우리를 정신세계에 입문시킨다고 생각했지만 나는 선생들과 정신세계를 포기했다. 나는 모든 작가, 모든 역사적 인물, 모든 작품, 모든 교육 자료를 근본적으로 쓸모없거나 자격 없는 것으로 매도하는 지경에까지 이르렀다. 그러나 내가 단 한 번이라도 그런 태도를 포기한 적이 있었던가? 어른들은 그 모든 것을 횡령해서 정신적 양식이라며 우리에게 전수하려는 것 같았다.

결국 나는 단편적으로 사전을 뒤적거리거나 편집된 교과서에서 최대한 정보를 수집하거나 역사 시간이나 프랑스어 시간에 순간적으로 사라지는, 내게는 무척 중요한 모종의 암시를 노리면서 내 여백의 문화, 즉 개인적인 만신전(萬神殿)을 만들기 시작했다. 그리하여 알키비아데스,[5] 본시오 빌라도,[6] 칼리굴라,[7] 하드리아누스,[8] 프리드리히 빌헬름 1세,[9] 바라스,[10] 탈레랑,[11] 라스푸틴[12] 등이 내 만신전에 자리를 잡았다. 누군가가 어떤 정치가나 작가에 대해 말하면(그를 비난하는 것만으로는 충분하지 않다. 뭔가 다른 것도 있어야 한다.) 나는 귀를 기울이며 그들이 내 만신전에 안치될 만한 인물인지 헤아려 보았다. 나는 당장 이용할 수 있는 모든 수단을 동원해 인물 조사에 들어갔고, 일종의 시복식[13]을 거행했다. 내 만신전의 문은 안치될 자격이 있는 인물에게는 저절로 열렸고 그렇지

5) 아테네의 정치가, 군인(기원전 450~기원전 404).
6) 26~36년에 유대를 통치한 5대 로마 총독. 예수의 무죄를 알면서도 유대인들의 압력으로 십자가형에 처했다.
7) 로마 황제(12~41). 독재자로서 원로원과 대립, 자신의 신격화를 요구하다가 후에 암살되었다.
8) 로마 황제(76~138). 오현제의 한 사람이다.
9) 1713~1740년에 재위한 프로이센의 왕.
10) 프랑스 정치가(1755~1829). 로베스피에르를 실각시킨 주동자들 중 한 명이다.
11) 프랑스의 정치가이자 외교관(1754~1838). 오툉의 주교.
12) 러시아의 신비주의자(1872~1916). 병약한 황태자의 병세를 호전시킨 일로 황실의 총애를 받고 권력을 휘두르다가 귀족들에 의해 1916년 가두에서 암살되었다.
13) 가톨릭에서 죽은 사람을 복자품으로 올리는 의식.

않으면 닫힌 채 움직이지 않았다.

그때 나는 허약하고 못생긴 학생이었다. 아랍인과 집시처럼 거무죽죽한 얼굴을 더욱 두드러지게 하는 까맣고 곧은 머리카락, 어색하고 뼈만 앙상하게 드러나는 체격, 상냥한 구석은 없고 오히려 남의 시선을 피하는 몸짓. 더구나 학교에서 가장 비굴한 녀석들이나 가장 허약한 녀석들까지 나를 건드리거나 때렸던 것을 보면 내 얼굴에는 어떤 숙명적인 낙인 같은 것이 있는 듯했다. 나는 가장 약한 녀석들조차 지배하고 모욕할 수 있는 뜻밖의 놀림감이었다. 녀석들은 쉬는 시간 종이 울리기가 무섭게 나를 땅바닥에 쓰러뜨렸고, 나는 수업 시작종이 울리기 전까지는 몸을 일으킬 수 없었다.

어느 날 펠스네르가 우리 중학교로 전학을 왔다. 그는 전학생이었지만 튼튼한 체력과 우직한 성격 덕분에 단번에 학급 서열에서 특별한 위치를 차지했다. 그가 지닌 위력의 상당 부분은 믿어지지 않을 만큼 넓은 허리띠에서 나왔다. 나중에야 그 허리띠가 말의 뱃대끈으로 만들어졌다는 것을 알게 되었다. 펠스네르가 검은 덧옷에 두른 허리띠의 강철 버클에는 적어도 세 개 이상의 핀이 꽂혀 있었다. 네모난 머리에 곤두선 금발, 표정 없는 반듯한 얼굴, 맑은 눈과 매우 곧은 시선. 그가 허리띠에 양쪽 엄지손가락을 찌르고 아이들을 헤치고 나아가면 징을 박은 멋진 군화 소리가 울려 퍼졌다. 그 군화는 여차하면 교정의 화강암 포석 위에서 불꽃 다발을 뽑아낼 기세였다.

펠스네르는 악의 없는 순수한 존재였고 악에 저항할 수 없는 아이였다. 백인들이 아무 탈 없이 옮겨 놓은 씨앗에 접촉하자마자 쓰러져 죽고 마는 태평양 연안의 원주민들처럼 펠스네르는 어느 날 그에게 내 마음속에 간직하고 있던 열등감을 털어놓자마자 냉혹함과 잔인함과 증오심에 물들고 말았다.

당시 중학교에서는 갑자기 '문신'이 유행했다. 통학생들 중 한 명이 피부를 벗기지 않고도 살갗 깊숙이 여러 기호들을 새겨 넣을 수 있는 끝이 무딘 펜촉과 먹을 팔았다. 우리는 손바닥이나 팔목 혹은 무릎 위에 글자나 단어 또는 그림을 '새겨 넣으면서' 오랜 시간을 보냈다. 그것들은 모두 벽이나 화장실의 낙서에서 볼 법한 하찮은 글이거나 막연한 상징물이었다.

펠스네르 역시 우리의 새롭고 매력적인 소일거리에 무관심하지 않았다. 상상력과 재주가 부족한 그는 자신의 위엄에 어울리는 장식에 대해 고민했다. 그러던 어느 날 내가 최선을 다해 그린 그림 한 장을 무심히 보여 주자마자 관심을 보였다. 화살이 꽂힌 심장에서 핏방울이 흐르고 심장 주위에 이 생명을 당신에게(A toi pour la vie)라는 문구가 적힌 그림이었다. 나는 외인부대에 근무하는 내 친구들 가운데 한 부사관의 가슴에서 그 도안을 베꼈다고 주장하여 그를 현혹하기에 이르렀다. 그리고 만일 왼쪽 넓적다리 안쪽의 은밀하면서도 언제든 드러낼 수 있는 곳에 그 멋진 문신을 지니고 싶다면 내가 직접 새겨 주겠다고 제안했다.

문신 작업은 저녁 공부 시간 내내 계속되었다. 나는 펠스네르의 책상 밑에 앉아서 시샘 어린 배려를 받으며 문신 작업에 몰두했다. 주변 학생들은 자습 감독 교사에게 들키지 않도록 몸과 책과 가방으로 나를 가려 주었다. 의자를 짓누르는 넓적다리의 일부분이 볼록하게 튀어나와서 내 작업을 어렵게 만들었다.

펠스네르는 작업 결과에 몹시 만족하면서도 약간 놀란 기색이었다. 화살이 꽂히고 피가 흐르는 심장 주위의 문구가 이 생명을 A T에게(A T pour la vie)로 바뀌었기 때문이다. 나는 눈한 번 깜박이지 않고 외인부대 병사들은 A T를 '당신에게(A toi)' 혹은 '평생 무신론자(Athée pour la vie)'를 표시하기 위한 약자로, 또는 두 가지 의미를 동시에 나타내는 애매한 방법으로 사용한다고 주장했다. 펠스네르는 혼란스러운 내 설명을 전혀 이해하지 못하면서도 그 순간에는 만족한 듯이 보였다.

그런데 다음 날 저녁 6시 휴식 시간에 그가 나를 한쪽으로 끌고 갔다. 표정을 보니 좋지 않은 예감이 들었다. 누군가가 그사이에 그를 비웃었던 모양이다. 그는 대뜸 수수께끼 같은 이니셜에 대해 시비를 걸었다.

"A T, 이거 네 이름의 머리글자지. 이 생명을 아벨 티포주에게.(Abel Tiffauges pour la vie.) 나쁜 자식, 이 멍청한 글자 당장 지워!"

내 의도는 무참하게 드러나고 말았다. 나는 몇 주일 전부터 열렬하게 꿈꾸어 오던 몸짓을 실행했다. 나는 그에게 다가갔고, 엉덩이 높이에 걸쳐진 그 유명한 허리띠에 두 손을 얹었다. 경탄을 자아낼 만큼 아주 천천히 그에게 점점 밀착해 갔다. 내 두 손은 허리띠를 따라 더듬다가 마침내 등 뒤에서 깍지를 꼈다. 그런 다음 내 머리를 그의 심장 부위의 가슴에 기댔다.

펠스네르는 자기 앞에서 벌어지는 일에 어리둥절했던지 그 순간에 꼼짝하지 않았다. 하지만 이윽고 오른손을 내가 조금 전에 했던 것과 똑같은 속도로 천천히 올리더니 손을 펴서 내 얼굴을 뒤덮었다. 그는 느닷없이 나를 거칠게 때리고 나서 떼어 내고는 몇 미터 밖으로 밀쳐 버렸다. 그리고 몸을 돌려 군화의 징 아래로 불꽃 다발을 일으키며 멀어져 갔다.

그때부터 노예 다루듯 골탕 먹이기에 맛을 들인 펠스네르는 나에게 모욕을 퍼붓고 학대를 일삼았다. 나는 얼간이처럼 무조건 순종하며 모든 것을 참아 냈다. 나는 구내식당에서 내 몫의 절반을 기꺼이 그에게 바쳤다. 식욕이 전혀 없었다. 나는 행복감을 드러내지 않은 채 아침마다 그의 기막힌 군화에 묻은 흙을 털고 광택을 내는 일까지 맡았다. 사실 나는 늘 신발을 어루만지는 일을 좋아했다.

그런데 충분히 이유가 있는 그런 요구와 학대만으로는 충분하지 않은 모양이었다. 악에 오염된 그의 영혼은 더욱 가혹한 쾌감을 요구했다. 그리하여 날마다 내게 풀을 먹이기로 결심했다. 정오의 놀이 시간이 시작되자마자 그는 우리 학교의 수호신상이 서 있는 볼품없는 풀밭으로 나를 끌고 갔다. 내 위에 걸터앉아 짐승처럼 반사적으로 턱을 내민 그는 개밀을 한 줌씩 뜯어서 내 입에 처넣었다. 그러면 나는 질식하지 않기 위해 열심히 씹지 않을 수 없었다. 호기심이 많은 아이들이 무리를 지어 빙 둘러서서 그 장면을 지켜보았다. 나는 내 잘못을 들추어내서 벌을 주는 데에는 그토록 민첩했던 사감들 가운데 어느 한 명도 그 못된 짓을 단 한 번도 제지하지 않고 내버려 둔 것을 생각하면 지금도 증오와 분노를 참기 힘들다.

나의 노예 생활은 최악의 상태에 이르고서야 비로소 끝났다. 때는 초가을이었다. 며칠 동안 밤낮으로 퍼부은 비가 운동장을 수렁으로 바꾸어 놓았다. 자갈과 타고 남은 석탄 찌꺼기는 진흙 더미와 낙엽 더미 속으로 사라졌다. 그렇지 않아도 고아처럼 냉방에서 뒹굴며 제대로 먹지 못하고 전혀 씻지 못하는 비참한 처지인데 습기마저 옷을 몸에 찰싹 들러붙게 만들어 옷은 막이나 비늘 혹은 딱딱한 껍질과 흡사했다. 그래서 저녁에 옷을 벗을 때나 냉기 탓으로 피부에 소름이 돋고 관절이 굳어지며 불알이 오그라들면서 몸을 움츠릴 때 서로 떨어져 있는 것은 끔찍한 일이었다. 그날 우리의 놀이에는 평소와 달리 거의 절망적인 폭력이 난무했다. 마치 암울하고 힘겨운 여건에 저항이라도 하듯이 우리는 투사나 야수임을 자처했다. 무딘 소리와 함께 상대방의 얼굴을 박살내는 주먹질, 다리를 걸자 포물선을 그으며 진창 속에 떨어지는 녀석들, 서로 뒤엉켜 헐떡거리며 땅바닥에 뒹구는 싸움패들. 그렇지만 소리치는 사람은 거의 없었고 욕설을 퍼붓는 사람도 전혀 없었다. 다만 땅바닥에 쓰러진 녀석은 진흙을 한 줌 가득히 쥐어 기어코 상대방도 진흙을 뒤집어쓰게 만들었다. 나는 안마당의 기둥 사이에 숨어 있었다. 누구에게 걸리든 간에 숙명적인 불행을 자초할 위험이 있기에 눈에 띄지 않는 게 상책이었다. 최소한 이럴 때만은 펠스네르를 두려워하지 않아도 된다고 생각했다. 그는 이처럼 장엄한 난장판에서 나처럼 허약한 사람을 상대하지는 않을 테니까. 그래서 대포알처럼 날아온 공을 피하면서 갑자기 그와 부딪쳤지만 그다지 공포감에 사로잡히지는 않았다. 그는 한쪽 무릎을 꺾으며 묘한 자세로 넘어진 모양이었다. 그저 한쪽 무릎 아랫부분에만 흙이 묻었고 다른 부분은 거의 말짱했다. 내가 도망치려는 순간 그가 내 팔을 낚아채더니 무릎을 내밀며 "닦아!" 하고 명령했다. 나는 즉시 그의 발치에 웅크리고 앉아 더러운 수건으로 닦아 내기 시작했다. 펠스네르는 짜증을 냈다.

"야, 다른 거 없냐? 제기랄. 그럼 네 혓바닥으로 닦아!"

넓적다리, 무릎, 장딴지 윗부분은 한결같이 윤이 나는 검은 진흙으로 빚어 놓은 것처럼 보였다. 다만 무릎의 슬개골 아랫부분에 난 상처가 진흙과 뒤범벅이 된 채 자줏빛을 띠었다. 상처에서 스며 나오는 진홍빛 피가 처음에는 황토색으로 변하더니 이윽고 진흙과 섞이면서 점점 더 짙은 갈색으로 바뀌었다. 나는 회색 테두리에 둘러싸인 상처 주위를 혀로 핥기 시작했다. 몇 번이나 반복해서 흙과 석탄 찌꺼기를 뱉어 냈다. 피가 계속해서 솟아나는 상처는 부풀어 오른 연한 살, 살갗이 벗어진 부분의 희끄무레한 작은 물집, 안쪽으로 말려 들어간 상처의 양쪽 가장자리와 함께 형성된 변덕스러운 지도를 내 눈앞에 펼쳐 놓았다. 나는 처음에 슬개골을 덮은 둥근 무릎 부위의 부어오른 살이 파르르 떨지 않도록 상처 부위를 재빠르게 그렇지만 다소 세게 핥았다. 두 번째는 좀 더 오래 핥았다. 결국 내 입술을 상처의 '입술'에 포개고 얼마 동안인지 몰라도 계속 핥았다.

그다음에 어떤 일이 벌어졌는지 정확히 알 수 없었다. 아마 전율이나 발작을 일으킨 나를 양호실로 데려가지 않을 수 없었을 거라고 생각한다. 나는 며칠 동안이나 아파서 끙끙댄 모양이었다. 생크리스토프 중학교에서 일어났던 그 중대한 추억은 꽤 어렴풋해졌지만 내가 확실히 아는 바는 선생들이 내 몸이 좋지 않다는 것을 아버지에게 알리는 게 좋다고 생각하고 아무렇게나 핑계를 댔다는 사실이다. 그들은 교묘하게 터무니없는 핑계, 즉 내가 지나치게 편식을 해서 소화 불량에 걸린 것 같다고 둘러댔다.

1938년 1월 13일. 나는 라셀에게 말했다. "두 부류의 여자가 있지. 장식품 같은 여자와 풍경 같은 여자. 장식품 같은 여자란 남자가 시선으로 다루고 시선으로 조종하고 시선으로 뜨겁게 달굴 수 있는 여자지. 말하자면 남자의 삶에서 장식품이야. 그리고 풍경 같은 여자란 남자가 찾아가 사랑을 나누며 푹 빠질 위험이 있는 여자지. 전자는 수직적이고 후자는 수평적이거든. 전자는 수다스럽고 변덕스럽고 요구가 많고 애교를 부리지. 후자는 과묵하고 고집이 세고 소유욕이 대단하고 기억력이 좋고 몽상을 즐겨."

라셀은 눈살을 찌푸리고 내 말 속에서 자기 마음을 상하게 할 만한 꼬투리를 잡으려고 애를 쓰며 들었다. 그래서 나는 그녀를 웃기기 위해 내 견해를 다른 식으로 표현했다. "두 부류의 여자가 있지. 파리식 골반을 가진 여자와 지중해식 골반을 가진 여자." 나는 두 손으로 작은 골반과 큰 골반을 그려 보였다. 그녀가 웃었다. 그러면서도 내가 자신을 큰 골반의 유형에 넣지 않을까 약간은 걱정하는 눈치였다. 그러나 그녀야말로 확실히 지중해식 골반을 가진 여자다.

선머슴 같고 영악한 라셸은 두말할 나위 없이 풍경 같은 여자이자 지중해식 골반(더구나 그녀의 가족은 테살로니키 출신이었다.)을 가진 여자다. 그녀는 풍만하고 남자에게 호의적이며 모성적인 육체를 지녔다. 나는 행여나 그녀를 짜증 나게 할까 봐 그런 말은 하지 않았다. 그녀에게 말이란 언제나 애무이거나 공격이었지 결코 진리의 거울은 아니었으니까. 더군다나 나는 갑(岬)의 형태로 몹시 발달한, 풍경의 나머지 부분을 압도하는 엉덩이뼈에 손을 얹었을 때 떠오른 생각을 말하지 않았다. 협곡처럼 움푹 들어간 복부는 엄청난 두 넓적다리에 위축되어 불안한 듯 푹 숨어 있었다……. 나는 여자의 성이라는 신비한 개념에 대해 자문해 보았다. 뭔가를 잃어버린 듯한 복부는 분명히 그런 칭호를 요구할 수 있는 부위는 아니다. 복부가 여자의 성에 합당한 부위라고 생각하는 것은 여자의 육체와 남자의 육체가 노골적으로 드러내는 대칭적 조화 때문이다. 여자의 성. 풍요의 두 뿔을 당당하게 지닌 가슴에서 여자의 성을 찾는다면 훨씬 좋은 영감이 떠오를 텐데…….

그런데 성경은 이 문제에 야릇한 빛을 던진다. 『창세기』첫부분을 읽다 보면 그 존경할 만한 텍스트의 내용을 왜곡하는 명백한 모순에 어리둥절할 수밖에 없다.

하느님께서는 당신의 모습대로 '인간'을 지어 내셨다. 하느님의 모습대로 지어 내시되 '남자와 여자'를 지어 내시고 그들에게 복을 내려 주시며 말씀하셨다. "자식을 낳고 번성하여 온 땅에 퍼져서 땅을 정복하여라." 이처럼 갑자기 단수에서 복수로 넘어가는 구절은 엄밀한 의미에서 이해가 되지 않는다.[14] 더구나 아담의 갈비뼈 하나로 여자를 창조한 부분은 훨씬 뒤인 『창세기』 2장에 가서야 소개되므로 더욱 이해하기 힘들다. 반대로 만일 내가 인용한 문장에서 복수를 단수로 취급한다면 모든 게 명확해진다.

하느님께서는 당신의 모습대로, 즉 남자이자 동시에 여자인 당신의 모습대로 인간을 지어 내시고 그에게 축복을 내려 주시며 말씀하셨다. "생육하고 번성하라." 나중에 신은 암수한몸이 야기하는 고독이 좋지 않다는 것을 확인했다. 그래서 아담을 잠들게 한 다음 그에게서 '갈비뼈 하나(une côte)'가 아니라 '옆구리(son côté)', 즉 여성에 속하는 부분을 빼내어 독립된 하나의 존재를 만드셨다.

이제 우리는 여자가 엄밀한 의미에서 음부를 소유하지 않은 까닭을 이해할 수 있다. 여자는 몸 자체가 성기이기 때문이다. 남자의 성기는 상설 항구가 되기에는 너무 거추장스럽다. 그래서 대부분 시간에는 재워 두었다가 필요할 때만 일으켜 세운다. 뿐만 아니라 동물과 구별되는 인간의 특징은 언제든 필요하면 성기를 악기나 도구 혹은 무기로 조정해서 사용할 수 있다는 점이다. 바닷가재는 운명적으로 언제나 두 개의 커다란 집게를 끌고 다녀야 한다. 하지만 남자는 일을 마치면 즉시 성기의 거추장스러움에서 벗어날 수 있다. 손이 인간으로 하

---

14) 원문에서 '인간'은 단수 le로, '남자와 여자'는 복수 les로 표현되어 있다.

여금 필요에 따라서 망치나 검 또는 만년필을 조작하게 해 주는 연결 기관인 것과 마찬가지로 인간의 성기는 성기 자체라기보다는 음부의 연결 기관이다.

만일 그게 진실이라면 분리된 것을 최대한 밀접하고 파기할 수 없도록 다시 결합한다는 결혼의 주장을 통렬하게 비판해야 한다. 신이 떼어 놓은 것을 다시 결합하지 말지어다! 그것은 헛된 간청이로다! 태곳적 아담을 생각하면 다소 의식적이나마 그 매력에서 벗어날 수 없다. 모든 생식 기관을 갖추었고 어쩌면 걸을 수도 없었을 테니 분명히 일을 못해 누워서 살았을 것이다. 자가 수정을 통한 임신 기간을 제외하면(그도 알수 없는 노릇이지만) 언제나 놀랄 만큼 완벽한 사랑의 격정, 즉 똑같이 절정을 맛보는 남성성과 여성성에 홀딱 빠져 있었을 아담. 그러니 암수한몸인 데다가 치마 밑에서 많은 아이들이 빠져나오는 지고뉴 인형처럼 아이들을 손에 잡고 품에 안고 등에 업고 어깨에 매달고 목에 태운 전설적인 아담의 행차는 얼마나 굉장했을까?

그 이미지는 우스꽝스럽게 보일 수도 있다. 하지만 누구보다도 결혼이 착각이라고 분명하게 생각하는 나에게 그 이미지는 감동적이고 자극적이다. 나는 시간과 노쇠의 부침을 초월하는 완전무결한 그 모습을 통해 초인적인 삶에 대한 격세유전적인 향수를 얼마나 간절히 느낄 수 있었는가!『창세기』에서 인간의 전락이 실제로 있었다면 그것은 선과 악의 인식을 통한 상승 개념을 나타내는 '사과 사건'이 아니라 원래의 아담이 셋으로 분리되는 해체, 남자에게서 여자와 아이가 떨어져

나온 해체를 통해 이루어졌을 것이다. 영원한 고아가 된 아이, 고독하고 겁에 질려 언제나 보호자를 찾아 헤매는 여자, 가볍고 민첩해졌지만 모든 특권을 빼앗기고 비굴한 육체노동에 순종할 수밖에 없게 된 비참한 왕 같은 남자.

결혼은 태초의 아담을 회복하기 위해 추락의 길을 거슬러 올라가는 것 외에 다른 의미는 없다. 하지만 그런 가소로운 해결책 말고는 없을까?

1938년 1월 16일. 내가 생크리스토프 중학교를 떠났을 때 그 낡은 건물의 영혼은 이미 사 년 전에 그곳을 떠난 뒤였다. 그래서 종교적인 동시에 감옥 같은 학교 세계에는 아이들과 신부들의 그림자만 득실댔다. 네스토르는 중학교 지하실에서 질식해 죽었다. 그는 다른 사람들에게는 죽었지만 내게는 어느 때보다 생생하게 살아 있었다.

네스토르는 학교 수위의 외아들이었다. 이 중학교와 같은 부류의 학교 내부 사정을 잘 아는 사람이라면 누구든지 그런 상황이 네스토르에게 부여한 권한을 금방 짐작하리라. 부모와 함께 학교 관사에서 살던 네스토르는 기숙생의 장점과 통학생의 이점을 동시에 마음껏 누렸다. 그는 아버지가 곧잘 시키는 자질구레한 심부름을 구실로 모든 건물을 제멋대로 돌아다녔고, 거의 모든 문의 열쇠를 지니고 있었다. 게다가 수업 시간과 자율 학습 시간을 제외하고는 언제든지 자유롭게 '시내'에 외출할 수 있었다.

하지만 그런 특혜를 누린 사람이 네스토르가 아니었다면

아무런 변화가 없었을 터였다. 수많은 세월이 지난 지금 돌이켜 생각해 보니 내가 그의 친구였던 당시에는 가볍게 스쳐 지나갔던 의문이 하나씩 떠오른다. 괴물 같고 천재적이고 환상적인 네스토르는 어린이의 체구에서 성장이 멈춘 난쟁이 어른이 아니었을까? 아니면 그의 윤곽이 암시했던 것처럼 단지 거대한 아이였을까? 알 수 없는 노릇이다. 내 기억이 어느 정도 정확하게 되살릴 수 있는 그에 대한 일화는 네스토르가 급우들과 동갑이었다 할지라도 어쨌든 깜짝 놀랄 만큼 조숙했다는 사실을 입증할 수 있다. 반대로 네스토르가 중학교에서 태어나 그곳에 유폐되었고 유년기에서 영원히 멈추어 버린 지진아 혹은 우둔아였을 가능성도 배제하기 힘들다. 이런 불확실한 사실 가운데에서 내가 쓰지 않고는 견딜 수 없다는 듯이 한 단어가 떠오른다. 영원성. 나는 자신을 소개하면서 이미 이 단어를 사용했다. 그러므로 네스토르가 나처럼 시간의 척도에서 벗어났다 한들 결코 놀라운 일이 아니다. 내 행동은 분명히 그에게서 유래한 것이니까……

　네스토르는 비만증에 걸린 엄청난 뚱보였다. 그런 체격 덕분에 모든 몸짓과 걸음걸이는 굼뜨지만 위풍당당했고 난투가 벌어질 때면 무서운 위력을 발휘했다. 그는 더위를 참지 못했고 겨울 추위를 간신히 견뎠으며 나머지 계절에는 끊임없이 땀을 흘렸다. 비정상적인 지능과 기억력으로 혼란스러웠던지 자연스러운 구석은 조금도 없고 어색하게 꾸민 듯이 점잔을 빼며 느릿느릿 말했다. 그가 집게손가락을 들고 어떤 관례적인 문구를 인용하면 우리는 전혀 이해하지 못하면서도 근사하다고 놀라워했다. 처음에 나는 그가 책에서 발견한 그럴듯한 표현을 인용했을 뿐이라고 생각했다. 내가 그의 영향권에 들어간 뒤에야 그것이 오해였다는 것을 깨달았다. 그의 권위는 모든 학생들을 제압했을 뿐만 아니라 선생들조차 두려워해서 그에게 많은 특권을 허용했다. 내가 그를 몰랐던 초기에는 그런 특혜가 터무니없어 보였다.

내가 처음으로 목격한 특혜 장면은 정말이지 배꼽을 잡고 웃을 만큼 익살스러운 것이었다. 나는 그때까지도 그와 관계된 모든 것에 도사린 가공할 영향력을 눈치채지 못했기 때문이다. 교실마다 교사의 책상 밑에 놓인 까만 통은 휴지통으로 사용되었다. 화장실에 가고 싶은 학생은 두 손가락으로 브이 자를 그려 보이며 허락을 구했다. 자습 감독이나 선생이 고개를 끄덕이면 앞으로 나가 재빨리 통에 손을 넣어 휴지를 꺼내 밖으로 나가곤 했다.

네스토르는 약속된 브이 자를 그려 보이지 않아도 된다는 사실을 나는 몰랐었다. 그의 자리가 교실 구석이었고 나는 앞에 앉았으니 알 턱이 없었다. 휴지통에 다가가는 그의 여유 만만함과 이어지는 장면을 지켜본 나는 단번에 그를 흠모하게 되었다. 네스토르는 제일 위쪽에 놓인 각양각색의 종이들을 편집광처럼 주의 깊게 검토하기 시작했다. 읽어 본 종이들이 별로 마음에 들지 않았던지 이번에는 통 속에 있던 종이 뭉치와 더 낡고 찢어진 종잇조각을 요란하게 끄집어내어 거기에 쓰인 것을 읽으면서 한참 동안 검토했다.

모든 학생의 관심은 어쩔 수 없이 그 기괴한 수작에 쏠렸고,

지리 수업을 하던 교사마저 목소리가 느려지고 기계적이 되더니 중간중간 말이 끊어지는 순간이 더욱더 길어졌다. 나는 교실 전체를 짓누르는 불안한 침묵에 충격을 받았으나 그런 괴상한 소란은 똑같은 짓거리에 몰두하는 다른 모든 학생들에게 환영을 받았다. 나는 그때까지도 생크리스토프 중학교에서 풋내기였다. 그래서 책상을 붙잡고 눈물이 날 만큼 웃었다. 그때 내 짝이 인상을 찌푸리며 팔꿈치로 내 옆구리를 툭툭 쳤다. 나는 짝이 왜 화를 내는지 몰랐다. 마침내 네스토르가 스케치로 뒤덮인 연습장을 선택한 순간 짝이 속삭인 귓속말은 더욱 이해할 수 없었다. "네스토르가 중요하게 여기는 것은 종이 자체가 아니야. 종이에 쓰인 내용과 그걸 쓴 사람이 중요해." 내가 기억해 내려고 애쓰는 다른 이야기들과 함께 그 말은 네스토르의 신비를 밝혀 주기는커녕 더욱 에워쌌다.

네스토르의 식욕은 엄청났다. 나는 매일 그 사실을 목격했다. 그는 저녁은 집에서 먹었지만 점심은 구내식당에서 먹었다. 식탁마다 여덟 명의 식기가 차려졌고, 식탁 책임자가 배치되어 음식이 공평하게 배분되는지 감시했다. 나를 끊임없이 깜짝 놀라게 한 역설들 중 하나는 입학한 지 여러 달이 지났는데도 네스토르가 식탁 책임자 역할을 한 번도 맡지 않은 점이었다. 그러나 그는 그런 상황을 유리하게 이용했다. 식탁 책임자와 나머지 학생들은 네스토르가 눈썹 하나 까딱 않고 각자의 접시에서 4분의 1씩 퍼서 자기 접시에 담아도 가만히 있을 뿐만 아니라 고대의 신에게 하는 것처럼 그의 주위에 음식 봉헌물들을 쌓아 두었다.

네스토르는 빠르고 진지하고 부지런히 음식을 먹었다. 이따금씩 이마에서 안경으로 흘러내리는 땀을 닦았다. 늘어진 볼, 불룩한 배, 넓은 엉덩이. 그에게는 실레노스[15] 같은 면모가 있었다. 섭취, 소화, 배변의 세 요소가 그의 삶의 리듬이었고, 이 세 작업은 전적으로 존경을 받으며 이루어졌다. 하지만 그것은 네스토르의 드러난 모습에 불과했다. 오직 나만이 파악한 그의 숨겨진 모습은 기호와 기호 해독이었다. 바로 그것이 생크리스토프 중학교 전체를 짓누르는 절대적인 독재 권력을 행사하며 추구했던 그의 일생일대의 중대 관심사였다.

기호와 기호 해독……. 어떤 기호가 문제였는가? 기호 해독은 무엇을 밝혀 주었는가? 그 질문에 대답할 능력이 내게 있었다면 내 인생은 완전히 바뀌었을 것이다. 아니 내 인생뿐만 아니라 역사의 흐름마저 바뀌었을 것이다. 내가 가당찮게 이렇게 쓰는 것은 아무도 이 글을 읽지 않으리라고 확신하기 때문이다. 틀림없이 네스토르는 이 방면에 어느 정도 발을 들여놓았다. 내 유일한 야망은 정확하게 그의 발자취를 따라가는 것이다. 내게 주어진 보다 긴 시간과 그의 망령에서 솟아나는 영감 덕분에 그보다는 좀 더 진보하고 싶은 마음이 없지 않다.

1938년 1월 20일. 끈적끈적한 나. 좋은 소식, 그것도 아주 좋은 소식을 들으니 무척 기뻤다. 그런데 곧 그 소식은 거짓으

---

15) 그리스 신화에 나오는 반인반수의 산야의 정령이며 술과 음악을 즐기고 지혜가 많다.

로 밝혀졌다. 아무것도, 정말이지 아무것도 남은 게 없다. 아, 아니다! 나를 휩쓸고 빠져나간 그 기쁨은 이상한 잔류 현상을 통해 잔잔한 행복의 물결을 남겼다. 썰물이 하늘이 비치는 맑은 웅덩이를 남겨 놓듯이. 내 안에는 좋은 소식이 거짓이었다는 사실을 여전히 깨닫지 못하고 어리석게도 계속 기뻐 날뛰는 누군가가 있다.

　라셸과 헤어졌을 때 나는 이별을 가벼운 마음으로 받아들였다. 더구나 나는 지금껏 그 이별을 그다지 심각하게 여기지 않고 어떤 점에서는 오히려 잘된 일이라고 판단하고 있다. 나는 그녀가 중대한 변화의 길을 모색해서 더욱 훌륭한 일을 해내리라고 확신하기 때문이다. 그러나 마음 한구석에는 또 하나의 나, 즉 '끈적끈적한 나'가 있다. 그 '나'는 처음에 그 이별을 전혀 이해하지 못했다. 더구나 그 '나'는 어떤 일이든 단번에 파악하는 법이 없다. 언제나 눈물과 정액에 젖어 있고 집요하게 습관과 과거에 매달리는 그 '나'는 왠지 둔하고 원한을 품었으며 체액에 젖었다. 더 이상 라셸이 돌아오지 않으리라는 사실을 깨닫는 데 몇 주일이 필요할 정도였다. 그 '나'는 이제야 겨우 깨닫는다. 그리고 운다. 나는 '그'를 상처처럼 내 마음 깊숙한 곳에 간직하고 있다. 순진하고 다정하고 약간 귀가 먹고 또 약간 근시이며 걸핏하면 착각하고 불행에 대처하는 데 너무나 굼뜬 존재. 바로 그 존재가 나로 하여금 생크리스토프 중학교의 싸늘한 복도에서 비탄에 빠진 한 꼬마 유령(모든 사람의 적의에 짓눌린 데다 단 한 사람의 우정에도 억눌렸던)의 흔적을 찾도록 부추기는 것이다. 마치 이십 년이 지난 후 어른이

된 내가 그의 불행을 짊어지고 그를 웃게 만들 수 있다는 듯이!

　1938년 1월 25일. 보베에 있는 생크리스토프 중학교는 1152년에 설립되었고 1785년에 폐쇄된 같은 이름의 시토 수도회[16]의 옛 건물을 사용한다. 중세 건물로는 복구된 수도원 교회의 둥근 천장만 남고, 18세기에 장 오베르가 건축한 거대한 수도원 건물을 중학교 본관으로 사용하고 있다. 이런 상세한 설명은 중요한 의미를 갖는다. 우리가 겪은 혹독하고 엄격한 분위기는 틀림없이 그곳의 기원과 역사와 모종의 관계가 있을 테니까. 17세기에 수수한 건축 양식으로 세워진 수도원 회랑은 그런 분위기가 가장 짙게 풍기는 곳이었다. 그곳은 통학생들이 등교하기 전 아침나절과 하교한 후 저녁나절에 기숙생들의 휴식 공간이었다. 우리에게 허락된 공간은 회랑뿐이었다. 우리는 난간 너머로 네스토르의 아버지가 정성껏 가꾸는 작은 정원을 감탄하며 바라볼 수밖에 없었다. 정원에는 여름이면 청록색 빛을 발산하는 단풍나무들을 심었고, 한복판에 고사리가 무성하게 자라는 이가 빠진 수반이 놓여 있었다. 그 정원이 자아내는 슬픔은 사방을 둘러친 높은 담벼락 탓에 더욱 무거웠지만 견딜 만했다.
　외부 세계와 살아 있는 끈 역할을 하던 통학생들이 하교하고 나면 우리는 하루에 두 번씩 우리끼리 수족관이라고 부르던 그 초록빛 감옥에 모였다. 시끄러운 놀이와 뛰어다니는 놀

16) 가톨릭 베네딕토 원시회칙파의 주축을 이루는 개혁 수도회.

이는 금지되었다. 어차피 그곳에 서린 영기(靈氣)는 모든 경박한 놀이를 억눌렀을 터였다. 어찌 되었든 우리에게는 그곳을 들락거리며 이야기를 나눌 권한이 있었다. 그래서 수족관은 작은 성당이나 구내식당 혹은 공동 침실보다도 기숙사에서 칩거 생활을 하는 150명의 아이들이 일시에 모이는 집합 장소 혹은 기숙생들이 삼삼오오 모이는 약속 장소로 자연스럽게 애용되었다. 내가 이미 언급했던 것처럼 네스토르는 우리와 함께 저녁 식사를 하지 않아 그곳에 나타나는 일이 무척 드물었다. 하지만 그가 그곳에 부재한다고는 말할 수 없었다. 그의 두 심복인 샹다부안과 뤼티뇨가 그의 메시지와 명령을 전달하는 역할을 맡았으니까. 문제는 생크리스토프 중학교에서 관례적으로 시행되는 상당히 치밀한 처벌 및 처벌 면제 제도와 그 중대한 영역에서 네스토르가 행사하는 불가사의한 힘 때문에 야기된 불법 거래였다.

생크리스토프 중학교에서 실시된 처벌 항목은 나 자신이 처음부터 끝까지 섭렵했기 때문에 훤히 알고 있었다. '실꾸리'는 잘못을 저지른 학생들이 일렬종대로 경우에 따라 십오 분, 삼십 분, 한 시간 혹은 그 이상 동안 말없이 뛰면서 운동장을 도는 단체 기합이었다. '감금실'은 선생이나 사감의 질문에 대답하는 경우를 제외하고 누구에게도 말을 해서는 안 되는 벌이다. '직립'은 작은 식탁에서 혼자 서서 밥을 먹는 벌이다.

나는 불안과 치욕을 수반하는 "티포주, 고해실로!"라는 그 끔찍한 언도를 듣지 않는다면 어떤 벌이든 1000번이라도 참아 낼 수 있었다. 그 벌칙 명령이 떨어지면 교실을 나가 3층으로 올라가서 썰렁한 복도를 끝까지 걸어간 다음 훈육 신부의 부속실 문을 밀어야 했다. 그리고 야릇하게도 집무실을 마주 보는 부속실 중앙에 배치된 기도대 앞에 무릎을 꿇고 손이 닿을 만한 곳에 놓인 작은 종을 흔들었다. 기도대, 무릎 꿇기, 땡그랑 소리가 우박처럼 쏟아지는 방울종. 오늘날 돌이켜 보면 그 처벌 의식은 거양 성체[17]를 악마적으로 개조했다고 생각하지 않을 수 없다. 우리가 고해실에 갔던 것은 분명히 신을 찬미하기 위해서는 아니었으니까! 종을 흔들고 나서 경우에 따라 몇 초에서 한 시간까지 기다려야 했다. 기다리는 시간은 그 벌에서 가장 참기 힘든 고통이었다. 마침내 집무실 문이 돌풍처럼 벌컥 열리며 훈육 신부가 왼손에 면죄부를 들고 사제복을 무섭게 펄럭이며 나타났다. 신부는 기도대로 달려와 죄인의 따귀를 호되게 후려치고 형벌을 치렀다는 증서를 건네주고 나서 나타날 때와 똑같은 동작으로 사라졌다.

학교는 면제 제도를 시행했다. 학생들은 공연히 까다롭고 미묘하게 계산된 채점표에 따라 다양한 처벌을 면제받았다. 면제 카드에는 가치에 따라 흰색, 푸른색, 분홍색, 초록색의 작은 직사각형 카드가 있었다. 면제 카드는 작문에서 매우 우수한 성적을 받거나 최상위 그룹에 속한 학생들에게 주어졌다. 그래서 우리는 신부들의 머릿속에서 여섯 시간의 '실꾸리'가 하루 동안의 '감금실', 이틀 동안의 '직립' 혹은 한 번의 '고

---

17) 가톨릭의 미사에서 사제가 성변화한 성체와 성혈을 높이 들어 모든 신자가 흠숭하게 하는 일.

해실'과 맞먹고, 작문에서 1등을 한 번 하거나 2등을 두 번 혹은 3등을 세 번, 그도 아니면 20점 만점에 16점 이상을 네 번 받으면 처벌을 면제해 준다는 것을 알았다. 그러나 처벌을 받게 된 학생은 흔히 몸으로 때우고 면제 카드를 간직했다. 정해진 면제 카드를 가지고 있으면 '단기 외출'(일요일 오후)이나 '장기 외출'(일요일 내내)을 할 수 있었기 때문이다.

그렇기는 하지만 면제 제도는 거의 언제나 이론에 머무르고 본래의 기능이 마비되어 있었다. 학생들이 성인(聖人)들과의 일체감과 공덕의 전환성(轉換性)[18]을 무시하자 신부들은 수혜자 번호를 면제 카드에 적어서 엄격히 제한했고 충분한 자격을 갖춘 학생만 이용하도록 조치했다. 그런 중에 면제 카드를 가장 많이 수집한 아이들은 모범생들, 작문에 뛰어난 학생들 혹은 선생들과 사감들이 선호하는 학생들, 즉 그 카드를 가장 필요로 하지 않는 학생들이었다. 동시에 '실꾸리', '감금실', '직립', '고해실' 따위의 벌칙은 이상하게도 누군가가 보호하듯이 그들의 머리 위를 비껴갔다. 그 불완전한 제도를 개선하기 위해서는 네스토르의 천재성이 필요했다.

1938년 2월 2일. 나는 온종일 손가락에 고무줄을 감았다 풀었다 하며 지냈다. 내일부터 결혼반지와 몹시 흡사한 이 야릇한 가짜 존재, 물론 결혼반지보다는 덜 상징적이고 더욱 짜증나게 하는 물건 없이 지내도록 애쓸 참이다. 이 고무줄은 잡아떼려고 하면 내 손에 매달린 작은 손처럼 살며시 경련을 일으

---

18) 성자, 순교자의 공덕이 죄인을 구한다는 원리.

키며 죄어 왔다.

1938년 2월 8일. 때때로 한줄기 희망의 빛이 검은 하늘을 뚫고 가는 모습을 보려면 심연의 밑바닥까지 빠져 보아야 한다. 내게 처음으로 뜻밖의 보호자가 나타났고 내가 그의 수혜자가 되리라는 것을 알려주었던 곳이 바로 고해실이었다. 그는 내게 끝없이 영향력을 발휘했다.

어느 날 내가 웅크리고 앉아 있던 교실 구석에서 모종의 소란이 일어났다. 내가 실제로 그 소란과 관련이 있었는지는 기억나지 않는다. 어쨌든 끔찍한 선고가 교단에서 내 머리 위로 떨어졌다. "티포주, 고해실로!" 그러자 그런 종류의 처벌이 있을 때마다 일어나는 잔인한 기쁨의 전율이 교실 안을 휩쓸고 지나갔다. 나는 악몽 같은 상황에서 일어나 마흔 명이 숨을 죽이며 고조시킨 불순한 침묵을 뒤로한 채 문을 향해 걸어갔다. 때는 완연한 겨울의 문턱에 다가선 12월이었다. 나는 양호실에서 나온 이후 나와 마주치지 않으려 피하는 것으로 보이는 펠스네르와의 갈등이 해소되지 않은 상태에서 교실 밖으로 나왔다. 운동장은 축축한 황혼에 잠겨 있었고 검은 철책 너머로 마로니에가, 그리고 왼편으로 인적 없는 안뜰 구석에 아무렇게나 세워져 있고 김이 무럭무럭 피어오르는 사내아이들의 제단 같은 화장실이 보였다. 나는 안뜰의 인도에 버려진 공을 툭 찼다. 망가진 양복 걸이에 걸린 까만 앞치마들이 어둠 속의 박쥐 떼와 흡사했다. 내 안에서 생존을 거부하는 감정이 소리 없는 아우성처럼 치솟고 있었다. 그것은 움직이지 않는 사물의 진동과 뒤섞이기 위해 내 마음속에서 솟아오르는 짓눌린 울부짖음, 은밀한 고함이었다. 그 맹렬한 솟구침은 내 어깨를 휘게 할 정도로 거칠게 밀치며 나와 사물을 무(無)로 이끌고 죽음으로 몰아넣었다. 나는 도랑에 두 발을 담그고 털썩 주저 앉았다. 그리고 두 팔로 무릎을 감쌌다. 언제나 고독은 적어도 내게 털이 없고 울퉁불퉁하고 네모진 두개골을 지닌 이 쌍둥이 인형(내 두 무릎)만큼은 남겨 주었다. 나는 군데군데가 때와 먼지투성이인 데다 깡마른 마름모꼴 피부 조직의 한가운데서 불쑥 솟은 검은 껍질을 혀로 핥았다. 그러자 친근한 부싯돌 냄새가 났고 마음이 가라앉았다. 내가 방금 밤의 밑바닥에 상당히 거칠게 부딪혔다는 것을 깨달았다. 어찌나 거칠게 부딪혔던지 형벌의 계단을 올라갈 때까지 얼이 빠져 있었다. 훈육 신부의 부속실은 어슴푸레한 빛에 잠겨 있었다. 나는 불이 켜지지 않도록 매우 조심했다. 기도대에서 분명하게 보이는 것은 하얀 벽에 걸린 강렬하게 채색된 그림 한 점뿐이었다. 가시 면류관을 쓴 채 난폭한 군인에게 뺨을 맞는 그리스도의 능욕을 나타낸 그림이었다. 그때만 해도 나는 내 인생의 중대한 문제인 기호 읽기가 너무 낯설었기에 주어진 비교조차 생각하지 못했다. 나는 그제야 따귀를 맞는 비천한 인간의 얼굴이 곧 예수의 얼굴이 된다는 사실을 알게 되었다.

멀리서 종소리가 울렸다. 마룻바닥이 삐거덕거렸다. 사제실의 문 밑으로 위협적인 불빛이 새어 나왔다. 나는 숨을 죽이고 기도대에 납작 엎드렸다. 나는 감히 고해실의 종을 흔들 마음을 굳히지 못한 채 몇 분을 흘려보냈다. 그런데 그 작은 종은 어디에 있지? 나는 어둠 속에서 바닥을 더듬었다. 내 손가락이 곧 곡선으로 자른 나무 손잡이에 닿았다. 손잡이는 묵직하고 음흉한 구리로 된 작은 물건의 하단을 덮고 있었다. 나는 잠든 뱀을 다루듯 아주 조심스럽게 그 물건을 내 쪽으로 천천히 끌어당겼다. 마침내 내 손가락이 추를 움켜쥐자 나는 안도의 한숨을 내쉬었다. 추는 납이었고 표면이 망치에 두들겨 맞아서 사람의 살처럼 매끈매끈했으며 테두리는 위아래가 안쪽으로 휘어 있었다. 그 종이 오랜 세월 동안 사용되었음을 알 수 있었다. 이 작은 종 때문에 얼마나 많은 아이들의 얼굴이 눈물로 뒤범벅이 되었을지 생각에 잠겨 있었다. 그때 갑자기 종이 내 손을 벗어나 기도대의 두툼한 팔걸이 위에서 튀어 오르더니 천둥과 같은 소리를 내며 마룻바닥 위에 굴렀다. 곧이어 사제실의 문이 벌컥 열리고 불빛이 고해실을 가득 채웠다. 화석처럼 굳어진 나는 두 눈을 감고 매질을 기다렸다.

그런데 매질은 시작되지 않았다. 오히려 바스락거리는 소리와 함께 비단결처럼 부드러운 뭔가가 내 뺨을 스쳐 지나갔다. 마침내 나는 용기를 내어 쳐다보았다. 샹다부안이 히죽히죽 웃으며 언제나처럼 몸을 비비 꼬면서 서 있었다. 녀석은 방금 전에 내 뺨을 간지럽힌 작은 종잇조각을 내밀었다. 그리고 뒷걸음을 치고 어릿광대처럼 경례를 하더니 사제실의 열린 문틈으로 사라졌다. 하지만 이내 머리를 내밀고 인상을 찌푸리고는 다시 문을 닫았다.

나는 녀석이 방금 전해 준 종이를 들여다보았다. 그것은 신부가 정식으로 서명을 한 면제 증서였다.

교실로 되돌아오는 동안 내 머릿속에서는 고해실의 처벌을 두 배로 받은 것 이상으로 종소리가 쩌렁쩌렁 울렸다. 나는 도무지 이해할 수 없었다. 더구나 나를 짓누르고 있던 운명이라는 거석에서 최초의 균열을 방금 목격했다는 사실을 전혀 깨닫지 못했다. 잊을 수 없는 그날부터 나는 운명을 필연적이고 선험적인 적의에 찬 속박으로 간주하던 생각을 멈추었고, 운명이 내 개인적인 역사와 모종의 공모를 유지할 수 있다는 것, 말하자면 티포주의 운명이 사물의 운행 속으로 들어갈 수 있다는 것을 인정했다.

하지만 고해실 사건은 하나의 전조에 지나지 않았다. 생크리스토프 중학교에서 내 위상을 근본적으로 바꾸고 내 인생의 새로운 시대를 열어 준 사건은 한참 기다린 뒤에 일어났다.

부활절을 앞둔 일요일에 기숙생들은 전통적으로 겨울의 마지막을 장식하는 소풍을 가도록 되어 있었다. 나는 생크리스토프 중학교의 담을 빠져나가게 만드는 모든 학칙을 증오했다. 내 비참함이 적어도 학교 안에서는 가짜 열기 속에 웅크릴 수 있었기 때문이다. 소풍은 모든 야외 행사 가운데 가장 지긋지긋했다. 소풍을 갈 때 우리는 두 그룹으로 나뉘어 출발했다. 자전거를 가진 아이들은 옛날 기마병처럼 부러움을 사는 정예 부대였다. 이들은 오토바이를 탄 젊은 수사의 지도하에 다른 그룹보다 먼 목적지에 갈 수 있었다. 나는 퉁명스러운 사감들에게 들볶이며 수 킬로미터를 무거운 발걸음으로 걸어야 하는 도보 행진 그룹에 속했다.

출발을 알리는 호각 소리가 울린 순간 학교 전체에 파문을 일으킨 사건이 일어났다. 뤼티뇨가 번쩍거리는 네스토르의 자전거를 끌고 나타난 것이었다. 알시옹 회사가 제작한 연노랑 줄무늬가 있는 검붉은색 자전거였다. 크롬으로 도금한 강철 핸들 왼쪽에는 귀여운 백미러가, 오른쪽에는 두 가지 소리를 내는 큼직한 종이 달려 있었다. 또 양쪽 측면에는 하얀 타이어가 있었고, 뒤쪽 짐받이에 부착된 야간 반사 장치와 당시에는 거의 알려지지 않았던 3단 변속 장치가 있었다.

우리 모두는 뤼티뇨가 자전거 부대에 끼어들 거라고 예상했다. 그런데 아니었다. 그는 포석이 깔린 안뜰을 가로질러 오기 시작했다. 자전거는 앞발로 땅을 걷어차는 말처럼 포석 위에서 튀어 오르곤 했다. 그가 도보 행진 그룹 속에 파묻혀 있던 나를 향해 오는 게 아닌가! 그는 내게 자전거를 건네주며 말했다.

"네스토르가 보낸 거야. 자전거를 타고 가래."

나는 말할 것도 없고 모두들 깜짝 놀랐다. 아이들은 그 자리에서 그렇고 그런 관계를 비상하게 잘도 감추었다며 나를 비난했다. 그런 엄청난 특혜를 받을 정도라면 틀림없이 오랫동안 우정 관계를 맺어 온 것처럼 보였을 테니까. 어쩌면 그 장면은 대수롭지 않게 보였을 수도 있다. 또한 생크리스토프 중학교의 깊은 내막을 모르는 제삼자라면 틀림없이 그런 장면에 신경 쓰지 않았을 것이다. 하지만 나는 사반세기가 지난 지금도 그 장면만 생각하면 기쁨과 자부심으로 가슴이 떨린다.

소풍을 다녀온 다음 일주일 내내 네스토르는 나를 모른 척했다. 나는 그에게 고마움을 표시하지 않는 게 예의라는 것쯤은 알았다. 그런데 토요일 오후 통학생들이 떠난 뒤 5시부터 시작되는 휴식 시간에 뤼티뇨가 나를 찾아왔다. 그는 내 자리가 바뀌었다고 알려 주고 짐 옮기는 일을 도와주겠다고 했다.

학생들의 자리 배치는 당연히 훈육 신부가 전적으로 결정했다. 신부는 학생들의 희망을 최대한 꺾기 위해 친구들을 떼어 놓았고 교실 구석에 숨어서 행복하게 지내기를 고대하던 열등생과 몽상가 들을 맨 앞줄에 앉혔다. 오직 네스토르만 벌을 받지 않고 그 명령을 거스를 수 있었고 제멋대로 자기 자리를 바꿀 수 있었다. 그는 교실 맨 뒷줄 왼쪽 창가에 자리를 잡았다. 그는 언제든 안뜰을 지켜볼 수 있도록 책상 위에 작은 나무토막을 쌓아 올렸으며, 교실의 모든 유리창이 불투명한데 자기 옆 유리창만 투명 유리로 바꾸어 놓았다. 그때부터 나는 네스토르만이 내릴 수 있는 명령에 따라 그와 똑같은 왼쪽 구석, 정확히 말해서 그의 오른쪽에 앉게 되었다. 자전거 사건 후라서 그 자리 이동에 아무도 놀라지 않았다. 학생들은 물론이고 선생들과 사감들도 그렇게 되리라고 예상했던 모양이다.

그때부터 나는 생크리스토프 중학교에서 은밀하고 효과적인 보호막에 둘러싸인 채 생활했다. 기숙사의 내 서랍에 과자 선물이 들어 있지 않은 날이 없었다. 빗발치던 처벌도 내 머리 위를 피해 지나갔다. 나를 거칠게 다루던 키 큰 아이들은 불가사의하게 다음 날 상처를 입은 채 나타났다. 그러나 그 모든 것은 모든 수업 시간과 자습 시간에 내게 미친 네스토르의 영향력에 비하면 아무것도 아니었다. 그의 거대한 체구는 그 구석에서조차 교실 전체에 막강한 영향력을 발휘했다. 내가 보기에는 실제로 네스토르가 웅크리고 앉아 있는 곳이 교실 중심부였다. 아무튼 가소롭고 덧없는 연사들이 차례대로 스쳐 지나가는 교단은 네스토르의 자리에 비할 바가 못 되었다.

1938년 2월 12일. 한 여자 손님이 대여섯 살쯤 되어 보이는 소녀를 데리고 나를 보러 왔다. 떠나는 순간 그 아이는 야단을 맞았다. 내게 왼손을 내밀었기 때문이다. 나는 일곱 살(얼마나 분별력이 뛰어난 때인가!) 미만 아이들 대부분이 자연스럽게 왼손을 내민다는 사실을 발견했다. 신성한 순박함이여! 순진함을 간직한 아이들은 오른손이 불결한 접촉으로 가장 더럽혀져 있다는 것을 안다. 또 창녀가 부자들의 침대 속으로 은밀히 기어 들어가는 것처럼 오른손이 매일 암살자들, 사제들, 경찰들, 권력가들의 손과 은근슬쩍 접촉하는 반면, 눈에 띄지 않는 왼손은 누이들과 악수할 때를 빼면 숫처녀처럼 어둠 속에 처량하게 숨어 있다는 것도 안다. 이 교훈을 잊지 말 것. 이제부터 일곱 살 미만 아이들에게는 언제나 왼손을 내밀 것.

1938년 2월 16일. 네스토르는 끊임없이 뭔가를 쓰거나 그렸다. 나는 그의 공책들 가운데 한 권도 확보하지 못했고 어디에서도 찾을 수 없어 참으로 아쉽다. 비록 거의 아무것도 이해하지 못했으나 네스토르가 내게 한 말은 모두 기막히게 멋져 보였다. 그래서 이십 년이 지난 지금 그가 했던 말인지 확실하지는 않지만 그의 단어로 내 기억이 떠올린 그에 대한 이야기를 표현하고 설명하지 않을 수 없다. 사실 네스토르 곁에서 지낸 무척 짧은 기간이 내 안에 너무도 깊이 새겨졌기에, 그리고 그 후 내가 겪은 고난이 너무 뚜렷하게 그와 연관이 있기에 내 지식에서 오직 그에게만 속하는 것과 내게 속하는 것을 구분해 봐야 거의 쓸데없는 일이다.

요컨대 내가 네스토르의 상속자라는 부인할 수 없는 증거가 필요하다면 종이 위에서 종횡무진하는 내 손, 다시 말해 이 '불길한 기록'을 척척 써 내려가는 왼손을 바라보는 것으로 충분하다. 네스토르는 내 왼손을 오랫동안 쥐고 있었으니까. 묵직하고 축축한 그의 손이 속이 훤히 들여다보이는 작은 계란 같은 앙상한 내 주먹을 감쌌다. 내 주먹은 어떤 에너지가 충전되는지 모른 채 그 뜨거운 포옹에 내맡겨졌다. 네스토르의 모든 힘과 타인을 무기력하게 만드는 위압적인 정신력이 내 왼손으로 옮겨졌다. 그리하여 내 왼손은 우리의 공동 작품인 이 '불길한 기록'을 매일 쓰게 된 것이다. 마침내 그 작은 계란이 부화했다. 그 계란은 털투성이에 직각을 이루는 손가락과 만년필보다는 연필을 쥐는 데 적합한 쟁반처럼 큰 손바닥을 가진 음산한 손이 되었다.

네스토르는 오른손으로 내 왼손을 쥔 채 왼손으로 글씨를 쓰거나 그림을 그렸다. 어쩌면 왼손잡이였을지도 모른다. 하지만 나는 내가 오른손으로 계속 글씨를 쓸 수 있도록 그가 일부러 왼손으로 글씨를 쓴 것이라고 우쭐대고 싶다. 분명한 것은 몇 달 전 잊을 수 없는 그날, 종이 위에 놓여 있던 왼손이 연습한 적도 배운 적도 없는데 주저하지 않고 내 오른손의 능숙한 필체와 닮지 않은 새로운 글씨체로 써 내려가는 것을 보고 내가 왼손으로도 글씨를 쓸 수 있다는 사실을 전율하며 확인했던 그날만큼 네스토르와 가깝게 느낀 적은 없었다.

그렇게 해서 나는 두 개의 필체를 가지게 되었다. 하나는 사회적 체면을 고려해서 가면을 쓴 나 자신을 반영하는 능숙하고 상냥하고 사교적이고 상업적인 필체이고, 다른 하나는 타고난 서투름 때문에 찌그러지고 암울하나 번득이는 재능과 고함 소리가 가득 찬 필체, 한마디로 말해 네스토르의 정신이 살아 있는 필체다.

1938년 2월 18일. 내게 맡긴 자동차의 계기판에 매달린 성 크리스토프 메달을 발견할 때마다 보베에 있는 생크리스토프 중학교를 생각하게 된다. 내 삶의 긴 여정을 따라 변함없이 달려온 사물들 가운데 하나인 그 메달을 보니 무척 놀랍고 기이하다. 그중에는 우연히 나타난 것도 우스꽝스러운 것도 있다. 하지만 이 메달은 근본적인 것이다. 생크리스토프 중학교, 네스토르, 그리고 예수를 짊어진 거인 성 크리스토프의 가호 아래 일하게 된 자동차 정비공이라는 직업……. 또 있다. 거무죽죽한 피부와 까맣고 곧은 머리카락. 이것은 집시를 닮은 어머니가 물려주었다. 나는 어머니의 가계를 조사해 보고 싶은 호기심을 느낀 적이 없다. 내 인생은 그만큼 이미 예감으로 가득했다. 하지만 나는 외가가 마차를 타고 돌아다니는 집시였다 할지라도 놀라지 않을 것이다.

아벨이라는 내 이름도 마찬가지다. 인류 역사상 최초의 살인을 상세히 이야기하는 성경의 구절들이 내 눈에 띄던 날까지 아벨이라는 이름은 내게 우연처럼 보였다. 아벨은 목동이었고 카인은 농부였다. 목동은 떠돌이고 농부는 정착민이 아닌가. 아벨과 카인의 싸움은 유랑민과 정착민의 격세유전적인 대립처럼, 더 정확하게 말해 유랑민에 대한 정착민의 가혹한 박해처럼 태초부터 오늘날까지 대대로 이어지고 있다. 대부분의 경우 희생자는 유랑민이다. 정착민의 증오심은 사라지지 않았다. 아니, 사라지기는커녕 더욱 파렴치하고 치욕스러운 방법으로 집시들을 통제한다. 정착민은 집시를 전과자처럼 다루지 않는가! 게다가 마을 입구에 '유랑민 숙영 금지'라는 푯말까지 세우고 있다.

카인은 저주를 받았고, 아벨에 대한 증오심처럼 그의 벌은 대대로 전해진다. 신이 카인에게 말했다. "이제부터 너는 땅으로부터 저주를 받게 될 것이다. 땅은 네 손에서 흘러내리는 네 동생의 피를 마시기 위해 입을 벌렸다. 네가 아무리 땅을 경작해도 땅은 네게 더 이상 곡식을 주지 않을 것이다. 너는 땅 위에서 떠돌고 도망치는 신세가 될 것이다." 그렇게 카인은 그의 입장에서 가장 혹독한 벌을 받았다. 카인은 예전의 아벨처럼 떠돌이가 되어야 했다. 카인은 판결에 반항하며 복종하지 않았다. 그는 신의 면전에서 멀리 물러났다. 그리고 최초의 마을을 세우고 '에녹'이라 불렀다.

그런데 떠돌이 형제들에게 항상 냉혹하게 구는 농부들의 불행은 오늘날에도 계속되고 있다고 나는 단언한다. 땅이 더이상 곡식을 주지 않기 때문에 농부들은 짐을 꾸려 떠나지 않을 수 없다. 그들은 수천 명씩 무리를 지어 이 지방에서 저 지방으로 떠돌아다닌다. 우리는 지난 19세기에 선거권 행사의 한 조건으로 정착 생활을 내세우며 전체 인구 중 중요한 비율을 차지하는 유랑민들이 주로 반체제적이고 떠돌이라는 이유로 그들의 선거권을 박탈한 사실을 안다. 그 후 그들은 도시로 몰려들어 산업 단지에서 노동자 계층을 형성했다.

그럼 나는? 나는 기반을 확고하게 잡은 사람들 틈에 숨어 사는 가짜 정착민, 가짜 보수주의자다. 나는 분명히 떠돌지는 않지만 대표적인 이동 수단인 자동차를 관리하고 고치는 직업을 가졌다. 나는 꾹 참고 있다. 정착민들의 범죄에 진저리 난 하늘이 그들의 머리 위에 불벼락을 퍼붓는 날이 반드시 오리라는 것을 아니까. 그렇게 되면 그들은 카인처럼 혹독하게 길바닥에 버려질 테고 저주받은 도시들과 곡식이 자라지 않는 땅을 피해서 미친 듯이 돌아다니게 될 것이다. 그리고 나 아벨은 유일하게 미소를 짓고 기쁨에 충만하여 낡은 정비복 밑에 숨겨 둔 커다란 날개를 펼치고 그들의 암울한 머리통을 발로 후려치면서 별들의 세계로 날아가리라.

1938년 2월 25일. 어느 날 네스토르는 서랍에서 네모진 작은 마분지 상자를 꺼내 내 귀에 댔다. 나는 아주 높이 하늘을 날면서 윙윙거리는 비행기 소리처럼 맑은 고음으로 변조되는 부르릉거리는 소리를 들었다. 내 친구는 확대경처럼 두꺼운 안경 너머로 눈살을 찌푸리고 빈정거리듯이 나를 관찰했다. 이윽고 그는 상자를 책상 위에 올려놓았다. 상자가 한 모퉁이로 우뚝 솟더니 몸통을 숙이면서 우아하게 춤을 추기 시작했다. 느린 동작 때문에 위엄 있게 보였다. 상자가 몸통을 낮게 숙이자 부르릉거리는 소리는 더욱 커지고 장중해졌다. 마침내 상자는 한 면이 책상에 닿을 만큼 쓰러졌고 제자리에서 몇 바퀴를 더 돌다가 완전히 멈추었다. 나는 호기심에 이끌려 상자에 인쇄된 문구를 읽었다. 지구의 자전 운동을 밝히기 위해 1852년에 프랑스의 유명한 물리학자 레옹 푸코가 발명한……. 그때 네스토르는 상자를 잡고 열면서 심각하게 설명했다. "이건 자이로스코프야. 절대성을 풀 수 있는 열쇠지." 그 기구는 서로 수직으로 용접된 두 개의 강철 고리로 구성되어 있었다. 상당히 묵직해 보이는 빨간 구리 원반이 두 고리 가운데 하나에 내접했고, 원반을 관통한 축의 뾰족한 두 끝이 완전히 상반된 다른 고리의 두 구멍에 박혀 있었다. 그래서 원반이 돌면 고리도 돌아가도록 만들어졌다. 네스토르는 축의 구멍에 가는 끈을 끼운 다음 그 끈으로 축을 감았다. 그리고 끈의 반대편 끝을 힘껏 당기자 끈이 휙 하는 소리를 내면서 풀렸다. 원반은 부르릉거리는 소리를 내기 시작했다. 네스토르는 상자에서 에펠탑 모양의 작은 주철 받침대를 꺼내더니 그 꼭대기에 자이로스코프를 수평으로 올려놓았다. 그러자 곧 우아한 춤이 시작되었다. 그처럼 단순하지만 정밀하고 기하학적인 형태를 지닌 작은 기구는 점점 더 넓게 궤도를 그리면서 정점 주위를 빙글빙글 돌았다. 기구가 우아한 자태로 천천히 회전하는 것과 반대로 고리에 내접한 원반은 맹렬한 속도로 선회했다. 그것은 벌새가 작은 날개를 전율하듯 빠르게 파닥거리면 파닥거릴수록 더욱 느리게 나는 것처럼 보이거나 심지어 더 오랫동안 제자리에 머물러 있는 것처럼 보이는 것과 마찬가지였다.

　책상 위에서 진동하는 에펠탑이 둔탁한 소리를 내고 있어 곧 학생들과 사감의 시선을 끌게 되었다. 네스토르는 개의치 않았다. 그는 나를 향해 반쯤 몸을 돌리고 한 손으로 턱을 괸 채 자이로스코프가 춤추는 모습을 넋을 잃고 바라보았다. 그가 중얼거렸다. "우주적인 장난감이지. 지구 인력을 완벽하게 보여 주는 작은 모습이야. 마벨,[19] 네가 눈으로 쫓고 있는 이 움직임은 존재하지 않아! 춤을 추고 있는 것은 바로 너이고 생크리스토프 중학교이고 프랑스 전체야! 자이로스코프는 지구의 움직임에서 벗어나는 재주가 있지. 그런 이유로 돌고 있는 것처럼 보이는 거야. 사실 자이로스코프 주위를 도는 것은 바로 우리지. 자, 그것을 손으로 꼭 쥐어 봐." 네스토르는 받침대 끝에서 기구를 떼어 내게 내밀었다. 나는 살아 있는 기구를 손으로 감쌌다. 그 순간 손과 팔목과 팔에서 엄청 세차게 떠미는 힘, 저항할 수 없을 만큼 강력하게 비트는 힘을 느꼈다.

　나는 소리쳤다. "두꺼비 같아!"

　네스토르가 설명했다. "두꺼비는 바로 너야, 이 바보야. 너는 한 정점에 매달려 있는데 지구는 회전하고 싶은 거야. 넌 물론 지구가 회전하는 걸 막을 수 없어. 네가 손에서 느끼는 것은 너를 끌고 가는 지구 자전 운동에 저항하는 자이로스코프의 부동성(不動性)이야. 자, 이젠 돌려줘. 이것은 일이 너무

───────────

19) '나의 아벨'의 줄임말.

엉망으로 돌아갈 때 내게 버팀목 같은 역할을 해 주는 기구야. 말하자면 내 비상용품이지……."

1938년 2월 28일. 내가 두 달 전부터 유년기를 되새기는 추억에 푹 빠져 있기 때문일까? 마리 할머니가 비 오는 날이면 나를 흔들어 재우면서 부르던 우습고 단조로운 노래가 내 머릿속에서 떠나질 않는다. 슬픔에 젖은 내 영혼을 가장 어두운 동굴 밑바닥에 빠뜨리고 나를 움츠리게 하는 노래.

생각만 해도
침울해지는 내 마음
유황불이 활활 타오르는
구렁 속에
빠진 스펀지처럼
얼마나 고통스러울까,
고통스러울까, 고통스러울까

생각만 해도
침울해지는 내 마음…….

1938년 3월 2일. 네스토르는 입술을 움직이지 않고 말하는 습관이 있었다. 꼭 필요해서가 아니라 감정을 숨기는 취향 때문일 게 분명하다. 그는 선생과 사감 들이 배려한 면책 특권 덕분에 다른 많은 자유도 누릴 수 있었다. 때때로 그는 눈살을 찌푸리고 험상궂은 시선으로 나를 오랫동안 쳐다본 다음 몇 마디를 내뱉곤 했다. 그의 난해한 말을 들으면 나는 행복한 혼미에 빠지곤 했다.

예를 들어 그는 이렇게 말했다. "언젠가는 녀석들 모두 떠나겠지. 하지만 넌 내게 남아 있을 거야. 내가 이 세상에서 사라지더라도. 넌 잘생기지도 않았고 영리하지도 않지만 내게 속해 있지. 지금까지 생크리스토프 중학교의 어떤 학생도 내게 속하지 못했는데 말이야. 결국엔 너도 나를 필요로 하지 않겠지. 그렇게 되면 아주 잘된 일이겠지만."

네스토르는 내 어깨를 감싸며 이렇게 말하기도 했다.

"이 작은 몸뚱이 속에 나의 모든 씨앗을 뿌리고 말았구나. 넌 이 씨앗이 개화하는 데 적합한 기후를 찾아야 할 거야. 그 씨앗이 발아하고 개화하면 놀라겠지만 그게 바로 네 인생이 성공했다는 증거가 될 거야."

그러나 나는 오늘에야 어느 날 그가 내 턱을 잡고 억지로 입을 벌린 다음 내게 선언한 예언을 완전히 이해하게 되었다.

"이 작은 이빨이 곧 자랄 거야. 마벨, 넌 기막힌 송곳니를 갖게 될 테고, 그래서 송곳니 부딪치는 소리가 모든 사람들의 귀에 무서운 위협처럼 들리게 될 거야."

언젠가 그가 했던 이 말은 아직도 모르겠다. 아마도 준비되고 있는 사건들 덕분에 나중에 이해하게 될 것이다.

"하나의 문을 반복해서 두드리면 마침내 열리고 마는 법이지. 아니면 그때까지 보지 못한 옆문이 살짝 열릴지도 모르지. 그렇게 되면 더 좋은 일이고."

또 언젠가는 이런 말도 했다.

"알파와 오메가를 단숨에 합쳐야 할 거야."

나는 네스토르가 한 권 외에 다른 소설 읽는 것을 본 적이 없다. 그는 수업이 너무 지루해지면 갑자기 입술조차 움직이지 않고 몇 페이지를 줄줄 암송할 만큼 그 소설을 달달 외웠다. 제임스 올리버 커우드의 『황금 덫』이었다. 네스토르는 신비한 표정을 지으며 내게 몸을 기울였다. 그리고 황홀한 비밀이라도 되는 양 내 귀에 대고 속삭였다. "만일 애서배스카 호수에 카누 한 척을 띄우고 피스강을 따라 북쪽으로 항해해서 그레이트슬레이브 대호수에 이른다면, 그런 다음 매켄지강을 따라 내려가서 북극권까지 거슬러 올라간다면……" 소설의 주인공은 브람이다. 그는 영국인, 인디언, 에스키모인의 혼혈인으로 혼자서 한 무리의 늑대를 이끌고 그 혹독한 빙판을 횡단하며 원시생활을 하는 거인이다. '늑대들과 함께 울부짖는다.'라는 표현은 브람에게 어울리는 멋진 묘사는 아니다. 네스토르가 계속 암송했다. "브람은 갑자기 커다란 머리를 뒤로 젖히고 하늘을 향해 목구멍과 가슴에서 솟구치는 굵고 우렁찬 목소리로 외쳤다. 그 외침은 처음에 천둥처럼 우렁찼지만, 이윽고 애처롭고 날카로운 탄식으로 바뀌어 황량한 평원 위로 멀리멀리 퍼져 나갔다. 그것은 늑대 무리를 부르는 주인의 외침, 즉 자신의 '형제들'을 찾는 야수 인간의 외침이었다……" 그 우렁찬 외침에 북풍이 노호로써 대답한다. 하지만 때때로 천상의 음악, 즉 북극 오로라가 자신의 기상을 알리고자 바람에 실려 들려주는 신기하고 환상적인 가락이 응답한다. 그것은 때로는 날카로운 휘파람 소리, 때로는 고양이가 가르랑거리는 소리와 비슷한 상당히 부드러운 속삭임, 또 때로는 벌이 윙윙거리는 금속성 소리와도 같다.

브람의 외침, 늑대의 울부짖음, 바람의 노호, 북극 오로라의 금속성 음악. 이들 소리는 무(無)처럼 순수하고 순결하고 비인간적이고 처녀림 같은 세계를 이끌고 우리가 뒤엉켜서 밀폐된 생활을 할 수밖에 없던 생크리스토프 중학교에 침입한 것이었다. 그 외침은 12월 그날 저녁 고해실로 가는 도중 안뜰의 인도에 털썩 주저앉았을 때 들었던 소리 없는 아우성과 뒤섞였다. 하지만 그 외침은 소리 없는 아우성을 풍요롭게 만들었고 널리 퍼뜨렸으며 네스토르의 이야기가 떠올리게 했던 강렬한 매력을 부여했다. 내 친구는 검은 전나무 숲에서 울부짖는 폭풍설, 얼어붙은 호수를 건너면서 뛰어넘는 청록색 심연, 눈을 밟을 때마다 나는 단조로운 뽀드득 뽀드득 소리, 얼어붙은 밤에 지옥 같은 사냥을 벌이는 늑대 무리, 빙설 밑에 반쯤 파묻힌 울퉁불퉁한 통나무 움집, 밤이면 사냥꾼들이 들어와 불을 활활 피우고 몸과 마음을 녹이는 그 움집에 대해 열광적으로 이야기해 주었다.

많은 세월이 흘렀다. 솔직히 말해서 나는 여태껏 악취와 곰팡내에 찌들고 내 유년기를 괴롭혔던 그 분위기에서 벗어나지 못했다. 나에게 캐나다는 나를 구속하는 가소로운 비참함을 무효화할 수 있는 다른 세상으로 언제나 남아 있다. 내가 아직도 그곳을 단념하지 않았다고 감히 쓸 수 있을까? 마벨, 넌 언젠가, 언젠가는 알게 되겠지!

1938년 3월 6일. 자동차 등록증을 갱신하려고 경시청에 갔다. 못생기고 성미가 까다로운 여직원들이 떠들고 있는 창구 앞에서 음울한 표정을 짓고 체념한 채 줄지어 기다리는 사람들. 그들은 아마도 호적, 신분증, 여권, 모든 종류의 증서, 범죄 기록, 한마디로 서류라는 악몽을 단칼에 제거할 멋진 독재자를 꿈꾸고 있을 것이다. 서류의 유용성이 존재한다고 가정할 경우 그것은 작업과 아무런 관계도 없고 오히려 사람들을 괴롭힐 뿐이다.

하지만 한 조직체가 다수의 동의와 긍정적 의지 없이 존속할 수 없는 것은 사실이다. 그러니 사형 제도는 미개한 시대의 무자비한 유물이 아니다. 모든 여론 조사에 의하면 대다수 사람들은 맹목적으로 사형 제도에 집착한다. 행정상 번잡한 서류 절차는 대다수의 요구, 다시 말해 짐승 취급을 받지 않을까 하는 근본적인 두려움을 해결해 줘야 한다. 서류 없이 사는 것은 짐승처럼 산다는 것이기 때문이다. 무국적자들과 사생아들은 단지 서류가 없는 상황에 괴로워한다. 그렇게 차분히 생각하다 보니 짧은 교훈담을 쓸 만한 착상이 떠오른다.

예전에 경찰과 실랑이를 벌인 남자가 있었다. 그 사건은 끝났으나 서류가 남아서 재수가 없으면 다시 문제가 될 위험이 있었다. 그래서 남자는 서류를 없애기로 결심하고 오르페브르 강변도로에 있는 경찰서에 잠입했다. 당연한 일이겠지만 사건에 관한 문서를 찾아낼 시간도 방법도 없었다. 그래서 '범죄 기록부' 전체를 없애야만 했다. 그는 휘발유를 뿌려 경찰서를 통째로 태워 버렸다.

첫 번째 범행이 성공하자 서류가 절대적인 악이며 인류를 서류의 억압으로부터 해방해야 한다고 확신하게 된 그는 그 일을 계속하기로 결심했다. 그는 전 재산을 털어 휘발유 통을 사들이고 조직적으로 도청, 시청, 경찰서 등을 돌아다니며 모든 서류, 장부, 문서를 불태웠다. 단독으로 범행을 저질렀기 때문에 그는 붙잡히지 않았다.

그런데 그는 매우 기이한 현상을 확인하게 되었다. 그가 서류 제거라는 임무를 완수한 지역마다 사람들이 허리를 구부린 채 걷고 그들의 입에서 분절되지 않은 소리가 새어 나오지 않는가! 말하자면 그들은 짐승으로 변하고 있었다. 마침내 인류를 서류로부터 해방하고 싶어 했던 그의 의지와 반대로 사람들을 동물 수준으로 격하시키고 말았다는 것을 깨달았다. 인간의 영혼은 종이로 만들어졌기 때문이다.

1938년 3월 8일. 우리는 저녁이면 구내식당에서 자유롭게 떠들 수 있었다. 기숙생은 150명밖에 되지 않았지만 소음은 자발적으로 점점 커졌다. 각자 상대방이 자기 말을 들을 수 있도록 목소리를 점점 더 높여야 했기 때문이다. 절정에 이른 소란이 넓은 식당을 꽉 채운 소리 건물 같은 것을 형성할 무렵 사감이 부는 단 한 번의 호각 소리에 소리 건물은 무너졌다. 계속되는 침묵에는 현기증을 일으키는 뭔가가 있었다. 이윽고 속삭임이 식탁에서 식탁으로 퍼졌고, 포크가 접시와 부딪쳐 쨍그랑거렸고, 웃음소리가 터져 나왔고, 소리와 소음이 조밀하게 망을 짜면서 소란의 순환이 다시 시작되었다.

점심때는 통학생들도 구내식당에서 식사를 하므로 그 숫자가 250명에 이르렀지만 정숙해야 했다. 떠드는 학생에게는 실꾸리 기합이 주어졌고, 그래도 떠들면 직립 벌이 주어졌다. 점심시간에는 연단에 마련된 책상 앞에 한 학생이 서서 주로 성인전(聖人傳)에서 발췌한 감화문을 큰 소리로 읽었다. 낭독자는 식기 부딪치는 소리와 숨죽인 대화로 윙윙거리는 넓은 식당에서 자기 목소리가 들리도록 렉토 토노, 즉 억양은 전혀 없고 의문형, 빈정거림, 위협, 즐거움 같은 모든 뉘앙스를 가차없이 지워 버린 이상한 단음으로 고함을 지르듯 낭독하지 않을 수 없었다. 낭독자는 각 문장의 끝을 일률적으로 장엄하고 애처로운 어조로, 때로는 공격성을 드러내듯 격렬한 어조로 읽었다.

낭독의 임무는 학생들 사이에서 높이 평가받았다. 그 임무를 완수할 능력이 있어야 최우수상을 받았다. 무례하게 취급해서는 안 되는 감화문을 반복하지 않고 완벽하게 사십오 분동안 낭독하는 것은 어린이에게 그리 간단한 일이 아니었기 때문이다. 그래서 낭독자는 임무 수행 중에 모종의 영예를 누렸을 뿐만 아니라 다른 학생들보다 먼저 식사를 할 수 있었다. 게다가 관례에 따라 그의 식사는 평소보다 맛이 좋고 양도 많았다.

물론 나에게는 낭독자가 될 자격이 전혀 없었다. 그런데 어느 날 아침 정식으로 지명된 낭독자가 놀랍게도 고해실 벌을 받고 그 명예를 잃게 되어 내가 점심때 그 임무를 맡아야 한다는 사실을 알고는 얼마나 놀라고 떨렸는지! 누군가가 내가 읽어야 할 감화문을 건네주었다. 야코부스 데 보라지네[20]의 『황금 전설』에서 발췌한 성 크리스토프의 생애였다.

나를 무겁게 짓누른 분에 넘치는 명예의 출처가 네스토르였다는 것을 의심하지 않았다. 이제는 내 나름대로 생각한 바가 있고, 전교생 앞에서 외쳐야 하는 감화문을 다시 읽어 본 나는 그 놀라운 원문(투명한 종이)에서 네스토르의 서명을 알아보았다. 하지만 네스토르의 운명의 수탁자이자 실행자인 나는 성 크리스토프의 전설과 네스토르의 운명을 연결하는 심오한 관계를 밝혀 낼 만큼 충분히 살았을까?

야코부스 데 보라지네가 이야기하는 크리스토프는 가나안 사람이었다. 크리스토프는 거구에 무시무시한 용모를 지녔다. 그는 오직 세상에서 가장 위대한 왕을 섬기고 싶었다. 그래서 둘도 없는 위대한 군주라고 명성이 자자한 매우 강력한 힘을 지닌 왕을 찾아갔다. 왕은 그를 친절히 환대하고 궁전에 머물도록 허락했다. 하지만 어느 날 크리스토프는 누군가가 왕의 면전에서 악마를 떠올리자 왕이 얼굴에 성호를 긋는 장면을 목격했다. 크리스토프는 왕에게 왜 그런 손짓을 하느냐고 물었다. 왕이 설명했다. "누군가가 악마의 이름을 부를 때마다 이렇게 성호를 긋지. 악마가 나를 붙들거나 해칠까 두렵거든." 그때부터 크리스토프는 자신이 섬기는 왕이 악마를 두려워하므로 가장 위대하지도 가장 강력하지도 않다는 것

---

20) 1228?~1298. 이탈리아 제노바의 대주교로, 성인전 『황금 전설』을 집필했다.

을 깨달았다. 그래서 크리스토프는 왕에게 작별 인사를 하고 악마를 찾아 나섰다. 그가 사막 한복판을 걷고 있을 때 한 무리의 군인을 만났다. 그들 가운데 가장 잔혹하고 험상궂게 생긴 사람이 다가와 어디로 가느냐고 물었다. "저는 악마님을 찾고 있습니다. 그분을 주인으로 모시고 싶습니다." 크리스토프가 대답했다. "그대가 찾는 사람이 바로 나다." 그가 대답했다. 크리스토프는 몹시 기뻐하며 영원히 그의 노예가 되어 주인으로 모시겠다고 맹세했다. 그런데 그들이 함께 가던 중 길가에 세워진 십자가와 마주쳤다. 악마는 두려워하며 당장 도망쳤다. 그는 크리스토프를 데리고 길을 벗어나 거친 땅으로 피신했다. 이윽고 다시 길로 나왔다. 그 황당한 꼴을 본 크리스토프가 왜 그처럼 두려워하느냐고 묻자 악마는 대답했다. "예전에 그리스도라고 불리는 사람이 십자가에 매달렸지. 그래서 십자가 모양을 보기만 해도 공포에 사로잡히고 두려워서 도망친다네." 크리스토프가 말했다. "그러니까 저는 헛된 일만 했군요. 저는 아직도 세상에서 가장 위대한 왕을 찾지 못한 거네요. 자, 이제 헤어집시다. 저는 당신 곁을 떠나 더 위대하고 강력한 그 그리스도라는 분을 찾아보겠어요."

크리스토프는 오랫동안 그리스도에 대해 알려 줄 사람을 찾으려고 애썼다. 마침내 한 은자를 만나게 되었다. 은자는 그에게 예수 그리스도의 복음을 전하고 신앙을 가르쳤다. "그대가 모시고 싶어 하는 왕은 이런 순종을 요구할 것이네. 즉 그대는 자주 굶어야 할 것이네." 은자가 크리스토프에게 말했다. 그러자 크리스토프가 항변했다. "전 거인입니다. 굶는 것은 참지 못합니다. 굶는다는 건 절대 불가능하니 그분이 저에게 다른 것을 요구했으면 합니다." "그대는 수많은 여행자들이 목숨을 걸고 건너가야 하는 그 강을 알고 있소?" "예, 압니다." "그대는 키도 크고 힘도 무척 세니까 잘되었군. 그대가 그 강가에 있다가 간혹 나타나는 여행자들을 강 건너편으로 건네준다면 그대가 그토록 간절히 섬기고 싶어 하는 예수 그리스도 왕께서 매우 기뻐하실 거네." "알겠습니다. 그런 일이라면 잘 해낼 수 있습니다. 그분을 위해 임무를 충실히 이행할 것을 약속합니다."

그리하여 크리스토프는 그 강으로 가서 작은 배를 한 척 마련하고 그 위에 자그마한 선실을 하나 증축했다. 그는 지팡이 대신 장대를 잡고 물속에서 균형을 잡으며 쉼 없이 모든 여행자들을 건네게 했다. 그렇게 많은 날들이 흘러갔다. 한번은 선실에서 쉬고 있는데 어떤 아이가 그를 부르는 소리가 들렸다. "크리스토프, 밖으로 나오세요. 저를 건네게 해 주세요." 크리스토프는 바로 일어나 밖에 나가 보았으나 아무도 없었다. 선실로 되돌아오자 그를 부르는 같은 목소리가 또다시 들렸다. 밖으로 달려 나갔지만 역시 아무도 없었다. 세 번째 부르는 소리를 듣고 나가 보니 한 소년이 강가에 있었다. 소년은 그에게 강을 건너가게 해 달라고 부탁했다. 크리스토프는 소년을 어깨에 짊어지고 장대를 집어 든 다음 강물 속으로 들어갔다. 그런데 강물이 점차 불어나기 시작했고 소년은 납덩어리처럼 무겁게 그를 짓눌렀다. 그는 계속 앞으로 나아갔다. 강물은 계속 불어났고 소년은 도저히 견딜 수 없는 무게로 그의 어깨를 점점 더 세게 짓눌렀다. 크리스토프는 끔찍한 공포에 사로잡혔으며 죽을까 봐 두려웠다…….

크리스토프는 가까스로 위기에서 벗어났다. 마침내 그는 강을 건너 소년을 강가에 내려놓으며 말했다. "너 때문에 하마터면 큰일 날 뻔했구나. 네가 어찌나 무겁던지 이 세상 전체를 짊어진 것 같았어. 너처럼 무거운 걸 짊어진 적이 없단다." 소년이 대답했다. "놀라지 말아라, 크리스토프. 그대는 이 세상 전체를 짊어졌을 뿐만 아니라 이 세상을 창조한 자도 짊어졌느니라. 내가 바로 네가 섬기는 그리스도 왕이니라. 내 말이 진실임을 확인하고 싶다면 다시 강을 건너가거든 네 집 앞에 장대를 꽂아라. 아침이면 장대에 꽃이 피고 열매가 맺힌 것을 보게 되리라."

소년은 곧장 사라졌다. 크리스토프는 집에 도착하자마자 장대를 땅에 꽂았다. 다음 날 아침에 일어나 보니 장대에서 잎이 돋아나고 대추야자 열매가 매달려 있었다. 한 그루 종려나무처럼…….

내가 모든 이야기를 단 한 번도 틀리지 않고 낭독했다는 사실이 여간 자랑스러운 게 아니었다. 그래서 두 시간짜리 자습 시간에 그의 곁에 앉았을 때 은근히 네스토르의 칭찬을 기대했다. 그는 때때로 몇 시간이고 종이에 얼굴을 처박고 여러 가지 색깔과 장식으로 풍요롭게 꾸며 가던 그림들 가운데 하나에 몰두하고 있었다. 네스토르가 얼굴을 들자 나는 그가 성 크리스토프를 그렸다는 것을 알 수 있었다. 그런데 그 거인은 중학교 건물 전체를 짊어졌고 수많은 학생들이 창문으로 얼굴을 내밀고 있었다. 네스토르는 걸핏하면 그러듯이 손수건으로 이마의 땀을 닦으며 중얼거렸다. "절대적인 주인을 찾아 나선 크리스토프는 소년의 모습으로 나타난 주인을 발견했지. 그런데 중요한 것은 어깨 위에 놓인 소년의 무게와 장대의 개화 사이에 존재하는 정확한 관계를 밝히는 것이지."

이제 와 곰곰이 생각해 보니 그리스도를 짊어진 거인의 얼굴에 네스토르가 자신의 특징을 부여했다는 것을 알겠다.

1938년 3월 11일. 내가 두 달 넘게 쓰고 있는 이 침울한 '추억 일기'는 상세히 기록되는 사건과 행적, 바로 나와 관련된 사건과 행적을 명확하게 조명하는 한편, 그 사건과 행적에 새로운 차원을 부여하는 야릇한 힘을 지녔다. 이를테면 내 이름 아벨은 2월 18일부터 새로운 모습으로 내게 나타났다. 게다가 약간은 부끄럽고 변명할 여지 없이 명백하게 부조리한 면을 지닌 개인적인 사소한 습관들을 이 일기장에 몇 줄씩 기록함으로써 나 자신을 바로잡을 수 있다고 생각한다.

예를 들어 오늘 아침 무리하게 힘을 쓴 탓에 오른쪽 팔목에 느낀 격렬한 통증이 없었다면 분명히 시도했을 '사슴 울음소리' 요가도 그렇다. 그것은 절망의 몸짓인 동시에 절망을 극복하기 위한 일종의 의식이다. 우선 바닥에 배를 깔고 엎드린 다음 두 다리를 들어 올린다. 그러고는 두 손을 바닥에 대고 팔을 팽팽하게 뻗은 다음 상반신을 일으키고 머리를 뒤로 젖혀 천장을 바라본다. 그런 자세로 사슴처럼 운다. 그것은 창자 속에서 올라오는 듯한 깊고 긴 트림, 목을 한참 떨게 하는 트림과 같다. 그 트림과 함께 삶의 권태와 죽음에 대한 모든 불안이 발산된다.

오늘 아침 사슴 울음소리 요가를 하지 않고 새로운 의식을 궁리했다. 아직은 결정하지 않았는데 '변기통 머리 감기' 혹은 '똥통 머리 감기'라고 부를 것이다. 이른 아침 이불에서 몸을 빼내려고 안간힘을 쓰면서 영원히 생존할 수 없다는 생각이 내 몸뚱이를 꽤나 무겁게 짓눌렀다. 그 정도는 아무것도 아니었다. 나는 거울을 볼 때마다 실망에 빠지는데 오늘은 평소보다 더욱 쓰라린 환멸을 느꼈다. 밤새 새로 돋아난 얼굴의 살 덕분에 내 얼굴이 바뀔지도 모른다는 은밀한 희망을 포기하지 않았기 때문이다. 이를테면 어느 날 아침 별 모양의 거울 속에서 노루 한 마리가 순진하고 심각한 표정을 짓고 가늘고 긴 초록빛 눈으로 나를 바라보지 않을까 하는 희망 말이다. 그러면 나는 기괴하게 경직된 얼굴을 상쇄할 수 있고 표현력이 풍부한 움직이는 귀를 가지고 즐길 수도 있을 텐데.

그러나 여전히 내 모습 그대로였다. 아니, 평소보다 더욱 누렇고 더욱 침울한 얼굴이었다. 쑥 들어간 두 눈, 석탄처럼 새까만 눈썹, 영감을 떠올리기는커녕 고집스러워 보이는 좁은 이마, 끊임없이 흐르는 부식성 눈물로 팬 것처럼 보이는 뺨에 새겨진 두 줄기의 굵은 주름살. 어젯밤에는 잠을 설쳤다. 까끌까끌한 턱수염이 손바닥을 콕콕 찔렀고 푸르스름한 음식 찌꺼기가 잇새에 끼었다. 휴, 정말이지 이번에는 너무했다. 나는 소리를 마구 질러 댔다. "이 낯짝 좀 봐! 도대체 이 꼴이 뭐야! 똥통에나 빠져 버려!" 동시에 나는 두 손으로 목을 꽉 조르고 머리통을 돌려서 빼낼 것처럼 행동했다. 그리고 분노에 사로잡혀 정말로 화장실에 갔다. 나는 토할 때처럼 변기 앞에 무릎을 꿇고 머리를 쑥 집어넣었다. 한편 손을 들어 올려 더듬어서 손잡이 끝을 찾았다. 물이 폭포처럼 엄청난 소리를 내며 쏟아졌다. 단두대의 칼날처럼 차갑고 날카로운 물줄기가 내 목을 내리쳤다. 이윽고 머리를 들어 올렸다. 물이 줄줄 흘러내렸다. 화는 가라앉았으나 약간 얼떨떨했다. 어쨌든 기분은 좋았다! 내가 이 짓을 또 하지 말란 법은 없을 것이다.

　1938년 3월 14일. 네 시간짜리 긴 놀이 시간이 절정에 달하고 있었다. 빨간 장식 끈으로 까만 덧옷을 졸라맨 100여 명의 아이들이 운동장에서 어지럽게 움직이며 이구동성으로 외쳐댔다. 나는 네스토르가 기대고 있던 창가에 앉아 난폭하나 매력적인 그 새로운 놀이를 지켜보았다. 기사와 말이라며 몸이 가장 가벼운 아이가 가장 힘센 아이들의 어깨에 걸터앉아 한 쌍을 이루어 다른 쌍과 맞부딪쳐 무너뜨리는 기마전이었다. 기사는 창처럼 두 팔을 쭉 뻗어 적의 얼굴을 노리다가 어느 순간 작살처럼 변한 손으로 상대방의 목을 걸어 옆이나 뒤로 낚아챘다. 여기저기서 타고 남은 석탄 찌꺼기 위로 거칠게 떨어지는 소리가 났다. 그런데 이따금씩 뒤로 벌렁 나자빠진 기사가 두 무릎으로 말의 목을 꽉 죄고 상대방 말의 두 다리를 두 손으로 움켜쥐면서 머리가 땅에 거의 닿을 때까지 싸웠다.
　네스토르는 움직이지 않고도 운동장 전체를 한눈에 볼 수 있었기 때문에 그 혼란스러운 놀이를 관조하는 우월감을 즐겼다. 그는 대화 상대도 없는데 습관처럼 몇 마디를 중얼거렸다. "놀이 시간에 운동장은 저런 잡다한 놀이들을 할 만큼 충분한 공간을 허락하는 폐쇄된 곳이지. 저 운동 공간은 백지고, 놀이는 백지 위에 해독할 필요가 있는 수많은 기호를 새기는 거지. 하지만 대기의 밀도는 대기를 둘러싼 공간에 반비례하거든. 사방 벽이 서로 다가와서 공간이 좁아진다면 어떤 일이 일어날지 두고 봐야겠지. 그렇게 되면 기호들도 촘촘해지겠지. 읽을 수 없을 만큼 줄어들지 않을까? 마지막에는 응축 현상을 목격하게 될 거야. 응축된 모습은 어떨까? 어쩌면 수족관, 혹은 공동 침실 같은 것이 답이 될 수 있지 않을까?"

그 순간 풀지 못할 만큼 뒤엉킨 한 무리의 기마들이 휘청거리더니 울퉁불퉁한 땅바닥에 와르르 무너졌다. 네스토르는 환희를 느꼈던지 부르르 떨었다. "자, 가자, 마벨. 우리가 누구인지 녀석들에게 보여 주자!" 네스토르는 내 뒤로 와서 큼직한 머리를 야윈 내 두 넓적다리 사이로 밀어 넣고 마치 깃털을 들듯 나를 가뿐히 들어 올렸다. 그는 내가 단단히 자리를 잡도록 두 손으로 내 손목을 꽉 움켜쥐고는 두 팔을 앞으로 쭉 뻗게 했다. 그래서 우리 둘은 자유롭게 손을 사용할 수 없었다. 하지만 그는 개의치 않았다. 우리가 비장의 무기로 생각한 것은 그의 거대한 덩치였기 때문이다. 실제로 그는 성난 황소처럼 지나는 길에 마주치는 기마 부대마다 쓰러뜨리며 싸움판을 뚫고 나갔다. 그는 돌아서서 다시 공격 태세를 갖추었다. 첫 번째 기습을 당한 후 전열을 가다듬은 기마대들이 용감하게 맞섰다. 충돌은 끔찍했다. 네스토르의 안경이 산산조각 났다. 그는 내 손을 놓으며 말했다. "제기랄, 아무것도 안 보이네. 나를 잘 안내해!" 나는 그의 두 귀를 잡고 내가 가고 싶은 방향으로 재갈을 물린 말을 몰듯이 그를 이끌었다. 그는 재빨리 다른 전략을 꾸몄다. 말하자면 집요하게 공격하는 기마대들을 피하기 위해 무서운 속도로 제자리에서 빙글빙글 돌기 시작한 것이다. 그의 엄청난 몸집 덕분에 그 전략은 놀라운 효과를 발휘했다. 한편 나는 손에 잡히는 대로 공격자들을 움켜쥐고 끌어당겼으므로 적들은 볼링 핀처럼 쓰러졌다. 곧 고통스러운 표정을 짓고 땅바닥에 흩어져 쓰러진 패자들 한가운데 우리 둘만 서 있었다. 감탄하는 한 무리의 팬들이 우리를 에워쌌다. 꼬마가 나오더니 주워 두었던 네스토르의 안경을 정중히 내게 내밀었다.

네스토르는 무릎을 꿇고 나를 내려놓았다. 나는 남몰래 그의 동작에서 코끼리 부리는 사람을 내려놓는 코끼리의 행동을 떠올렸다. 네스토르는 잠시 희미하게 미소를 머금은 채 꿈을 꾸듯이 그대로 서 있었다. 내가 한 번도 본 적이 없는 행복한 표정을 지었다. 그는 여느 때와 달리 흐르는 땀을 손수건으로 닦는 것조차 잊었다. 여전히 앞을 볼 수 없는데 안경을 다시 쓸 생각도 하지 않고 내 어깨 위에 손을 얹었다. 우리는 조금 전에 떠났던 구석진 창가로 되돌아왔다. 그의 얼굴에서 황홀감에 도취된 약간 바보처럼 보이는 표정이 사라지지 않았다. 그는 한동안 침묵을 지키다가 마침내 이렇게 중얼거렸다. "꼬마 티포주야, 한 아이를 짊어진다는 게 이처럼 아름다운 일이란 걸 난 여태껏 몰랐어."

1938년 3월 14일. 나의 하찮은 위안거리 중 하나는 구두를 닦는 일이다. 옷장 밑에는 여러 종류의 빳빳한 구둣솔, 진짜 양모 헝겊, 황갈색 계통의 모든 색상을 포함해서 순수한 검은색부터 색깔 없는 흰색까지 다양한 색깔의 구두약이 가득 든 작은 상자가 있다. 나는 구두약의 색조를 기막히게 배합하여 칠하면서 구두 색깔이 매일 조금씩 바뀌어 가는 것을 즐긴다. 저녁에 구두에 묻은 먼지를 털고 약을 발라 두었다가 다음 날 아침에 광택을 내고 손질한다. 그렇게 해야 한다. 특히 내가 좋아하는 일은 구두를 손으로 만져 보고 구두 안에 손을 밀어 넣는 것이다. 내 손은 교살자의 손이나 하수구용 삽처럼 거대하다. 그래서 내 손은 하얀 식탁보나 종이 위에 놓일 때, 혹은 손가락 사이의 성냥개비처럼 순간적으로 부러질 것만 같은 작은 은수저나 연필을 쥘 때 웃음거리가 되어 괴로워한다. 하지만 구두를 다룰 때는 사정이 완전히 바뀐다.

지난주 쓰레기통 위에서 가죽 반장화 한 켤레를 발견했다. 구멍이 나고 찢어지고 땀에 찌들어 있었다. 더구나 구두끈 없이 버려진 탓에 앞면 가죽이 혀를 내밀고 끈 구멍들이 눈을 크게 뜨고 있어 더욱 치욕스러운 모습이었다. 내 손이 반장화를 다정하게 집어 들었고, 단단한 엄지손가락이 바닥을 구부리고(거칠지만 애정이 담긴 애무) 나머지 손가락들은 등 안쪽으로 깊이 파고들었다. 불쌍한 반장화는 그처럼 이해심을 가득 담아 어루만지자 되살아나는 것 같았다. 그러니 그 반장화를 쓰레기 더미 위에 놓으면서 마음이 아프지 않을 리 없었다.

내 책상 서랍에는 작은 비상용 구두약 통이 하나 있다. 무색 구두약 한 통, 흙을 털어 내는 단단한 구둣솔 하나, 광을 내는 부드러운 솔 하나, 양모 헝겊 한 조각. 손님이 달라붙어 짜증 나게 하면 나는 망설이지 않고 행동을 개시한다. 어리둥절해하는 그의 시선에 개의치 않고 연장들을 늘어놓고는 내 구두에 꼼꼼하게 약칠을 하기 시작하는 것이다. 필요할 경우에는 구두를 벗어 탁자 위에 올려놓는다. 무색 구두약의 큰 장점은 구둣솔 없이 펴 바를 수 있다는 점이다. 아니, 손으로 펴 발라야 한다. 짙은 테레빈유 냄새가 나는 희끄무레하고 투명한 약을 손가락에 듬뿍 묻힌 다음 가죽을 오랫동안 문질러서 미세한 모든 구멍과 꿰맨 부위를 가득 메울 때 그 기분이 얼마나 황홀한지! 내가 정말로 자유를 만끽하는지 손님이 의아해한다면 천만의 말씀이다. 나는 구두를 닦으면서 흐뭇함과 인내심, 아량을 되찾을 뿐이다.

내 손은 구두를 사랑한다. 사실 그것은 손이 발이 되지 못한 것을 애석하게 생각하기 때문이다. 키가 너무 큰 소녀들이 남자로 태어나지 않은 것을 평생 동안 유감스럽게 여기듯이.

1938년 3월 16일. 구석에 파묻힌 네스토르는 오른손으로 내 왼쪽 주먹을 잡고 웃으면서 안경 너머로 나를 물끄러미 바라보았다. 안경은 깨진 조각들을 대충 붙여 놓은 반창고 때문에 더욱 괴상하게 보였다.

"너, 아드레 남작을 아니?" 네스토르가 내게 물었다.

물론 나는 모른다. 내가 어떻게 아드레 남작을 알겠는가? 네스토르도 나의 대답을 기대하고 물은 것은 아니었다.

네스토르는 입술을 움직이지 않고 이야기하기 시작했다.
"그의 일화를 얘기해 줄게. 그의 이름은 프랑수아 드 보몽이고
도피네 지방에 있는 라프레트에 성을 하나 가지고 있었지. 때
는 16세기였어. 종교 전쟁이 왕국을 피로 물들이고 강자들이
아무런 제재를 받지 않고 활보하던 시절이었지.

어느 날 사냥을 나간 아드레 남작과 그의 부관들은 퇴로가
차단된 절벽 쪽으로 곰 한 마리를 몰았지. 궁지에 몰린 곰이
한 부관에게 달려들었고, 그 부관은 즉각 활을 쏘아 곰에게 상
처를 입혔지. 곧 곰과 부관은 눈 속에서 함께 뒹굴었어. 남작
은 그 장면을 지켜보다가 부하를 구출하기 위해 돌진했지. 그
런데 남작은 갑자기 이루 말할 수 없는 쾌감에 마비되어 멈추
어 서고 만 거야. 사람과 곰이 뒤엉킨 채 천천히 절벽 아래로
추락하는 광경을 목격했지. 남작은 느릿한 추락에 흘려서 굳
어진 채 바라보고 있었어. 이윽고 그 검은 덩어리가 허공에서
흔들렸고 지면의 흰빛은 다만 한줄기 잿빛에 잠깐 흔들렸을
뿐이었어. 한편 아드레 남작은 희열에 휩싸여 헐떡거렸지.

몇 시간이 지난 후 그 부관이 다시 나타났지. 온몸에 상처를
입고 피투성이가 되었지만 목숨만은 부지한 채 말이야. 곰이
추락의 충격을 완화시켜 준 덕분이었지. 부관은 자기를 구하기
위해 달려왔던 남작이 그다지 반가워하지 않자 은근히 놀랐지.
남작은 달콤한 추억에 잠긴 것처럼 꿈꾸듯이 미소를 지으며 부
관에게 수수께끼 같으면서도 협박이 내포된 말을 내뱉었지.
'나는 추락하는 사람이 그처럼 아름다운지 미처 몰랐네.'

그때부터 남작은 새로운 광적인 놀이를 마음껏 즐겼지. 종

교 전쟁의 혼란을 틈타 신교 국가에서는 구교도를 잡아들이고 구교 국가에서는 신교도를 잡아들인 다음 높은 곳에서 떨어뜨려 처형했어. 그는 교묘한 추락 의식에 초점을 맞췄지. 죄수들은 난간 없는 탑 꼭대기에서 눈을 가린 채 비올라의 음에 맞추어 춤을 추지 않을 수 없었던 거야. 남작은 허공에 다가서다가 멀어지고 다시 다가서던 죄수들 중 한 명이 갑자기 발을 헛디뎌 울부짖으면서 미끄러져 탑 아래에 꽂아 놓은 창들 위로 떨어져 박히는 것을 바라보며 쾌감으로 숨이 막힐 지경이었지……."

나는 네스토르의 이야기가 역사적으로 사실인지 확인하고 싶은 호기심을 느낀 적이 없다. 진실이든 거짓이든 상관없다. 세상에는 진실을 한없이 뛰어넘는 인간적 진리(나는 앞으로 '네스토르적인'이라고 쓰겠다.)가 있는 법이다. 네스토르는 아드레 남작의 음험한 생애를 내게 들려준 후 어떤 설명도 덧붙이지 않았다. 하지만 오늘날 나는 당시에 이해하지 못했던 그 이야기와 그 후에 네스토르가 표현한 견해를 비교해 보지 않을 수 없다. 네스토르는 말했다. "분명 한 인간의 생애에서 운명적으로 예정된 타락을 우연히 발견하는 것보다 더 감동적인 것은 없을 거야." 또 그가 당시에 유식해 보이던 '희열'이라는 단어를 유달리 선호했던 것이 생각난다. "아드레 남작은 퇴폐적인 희열을 발견했던 거야." 네스토르는 어쩌면 알려지지 않은 쾌감을 밝혀 줄 열쇠가 되는 다른 표현들을 찾으려고 애쓰면서 한참 동안 그 이상한 단어의 결합에 대해 심사숙고하는 것 같았다.

1938년 3월 20일. 오늘 아침 신문에는 작년에 흔적도 없이 실종된 사람이 2783명에 달한다는 기사가 실렸다. 그중 상당 수가 가정이나 밉살스러운 마누라로부터 벗어나기 위한 고의적인 가출이란다. 그러나 나머지는 화장이나 암매장, 수장을 통해 '범죄 구성체'를 철저히 없애는 완전 범죄와 관련되었다고 한다. 여기에다 가장 완벽하게 실행된 암살이 일반 사망으로 조작될 수 있다는 점을 감안하면 사람들이 우리가 사는 이 끔찍한 사회에 대해 얼마나 막연한 견해를 가지고 있는지 알 만하다. 대부분의 경우 범죄에 돈이 지불되면 암살이 성공한다. 매일 우리는 목을 조였거나 비소를 뿌렸던 손과 악수하고 있는지도 모른다. 법정에서 다루어지는 사건은 당연히 이미 실패작이다. 그런 사건은 세상의 주목을 받을 수밖에 없으니까. 하지만 그런 사건의 최소 숫자(연간 열두 건 정도)는 순전히 상징적이고 암시적인 사건의 속성을 나타내며, 생명 존중이라는 원칙에 따른다는 것을 믿게 하는 데 꼭 필요한 숫자일 뿐이다.

실제로 우리 사회는 나름대로 정의를 가지고 있다. 살인자들에 대한 예찬에 부합하는 정의는 길모퉁이마다 파란 표지판에서 문자로 피어난다. 그 표지판에는 가장 저명한 직업 군인들, 즉 역사상 가장 살생을 즐겼던 전문적인 살인자들의 명단이 공개적인 찬미를 요구하기 위해 적혀 있다.

1938년 3월 22일. 붕괴된 수도원 부속 교회는 재건되었으나 우리가 미사와 기도를 위해 모였던 곳은 최근에 지어진 곳으로 비잔틴 양식을 가미한 현대식 장식과 그림이 있는 작은 성당이었다. 우리는 평일에 아침 기도와 저녁 기도를 위해 하루에 두 번씩 성당에 가야 했다. 일요일과 대축일에는 하루에 무려 일곱 번씩 가야 했다. 아침 기도, 성찬식, 미사, 저녁 예배, 종과(終課), 성체 강복식, 저녁 기도. 그래서 우리는 각자 제집처럼 그곳에 자리를 잡았고 지정된 의자, 선반, 시각적인 모든 지표에 익숙했다. 성당 모임은 형태가 다르기는 하지만 교실에서처럼 잘 조직되어 있었고 위계질서가 분명했다. 성가대원은 연습을 위해 이따금씩 수업 중에도 불려 나가고 몇 몇 규정쯤은 위반해도 보호받았기 때문에 모든 학생들로부터 상당히 부러움을 샀다. 하지만 미사 때 가짜 불꽃 양식의 원화 창 아래 계단석에서 피자르 신부가 바쁘게 연주하는 리드 오르간 주위에 모여 있는 성가대의 위치는 높은 곳에서, 그것도 뒤에서 전교생을 한눈에 관찰할 수 있다는 장점을 제외하면 자유롭기보다는 불편한 곳이었다. 네스토르는 뒤에서 전체를 볼 수 있다는 점을 내게 환기시키고 그 감시 초소로 자리를 옮길 핑곗거리를 궁리했다. 그러나 곧 그 계획에 흥미를 잃은 눈치였다. 나는 네스토르가 어느 날 내게 성가대에 대해 털어놓았던 이야기들을 전부 기억하지 못해 안타깝다. 그는 성가대가 연출하는 질서 정연하고 건축처럼 짜임새 있는 일체감과 놀이 시간에 운동장에서 보게 되는 무질서하고 격정적인 일체감을 비교했다.

어린이 성가대는 내게 대수롭지 않은 추문(이 단어가 갖는 가장 정신적인 의미에서)에 대해 눈뜨게 해 주었다. 네스토르는 그런 작태를 비웃었으나 그 추문은 내게 필요했던 세상 물정을 알게 해 준 좋은 기회였다. 종교 기관에서 미사성제에 참여하는 특별한 영광은 중학교에서 가장 순수한 꽃, 다시 말해 탁월한 지성과 열성을 지녔고 미덕의 귀감이자 성덕(聖德)의 씨앗인 최우등생들에게 돌아가야 하는 것이 지당해 보였다. 그런데 순결한 옷을 입는 성가대 선발에 무시 못할 나름의 기준이 있었지만 영혼의 아름다움과 관계없는 완전히 다른 차원에서 배려한 면도 없지 않다는 것을 곧 알게 되었다. 선량한 신부들이 꼬챙이에 꿰이는 형벌이나 화형용 형틀에 매달리기 전에는 절대로 실토하지 않을 수치스러운 진실은 얼굴이 예쁘지 않은 아이는 성가대에 선발될 수 없다는 사실이었다. 그것은 단순히 고릴라 같은 얼굴을 가졌고 머리는 좋지 않으나 꾸준히 노력하는 우등생을 제외하는 노골적인 방법이 아니라 매우 섬세한 배합 방식이었다. 말하자면 제대의 각 계단에 금발 아이와 갈색 머리 아이, 날씬한 아이와 땅딸막한 아이, 볼이 통통하고 몹시 붉은 아기 천사 같은 아이와 마테르 돌로로사[21]처럼 광대뼈가 튀어나온 아이, 동물처럼 유쾌하고 천진난만한 아이와 고행으로 쇠약해진 맑은 아이를 배치하는 식이었다.

네스토르는 내 불안감을 일소했다. 그날 그리고 다른 기회에 그가 내게 했던 모든 이야기들 가운데 특히 기억나는 대목이 있다. 네스토르는 선량한 신부들이 직업적으로 소년들의

---

21) '슬픔에 잠긴 성모 마리아'라는 뜻으로 주로 십자가 아래 서 있는 성모의 모습으로 표현되는 미술 주제.

목자이면서도 어린이가 소유된 경우에만 아름답고 섬김을 받는 경우에만 소유된다는 사실을 모른다고 비난했다. 크리스토프의 어깨 위에 놓인 어린 예수는 섬김을 받음과 동시에 탈취된 것이다. 바로 그 점이 백미였다. 어린 예수는 우격다짐으로 들어 올려졌고 노호하는 강물 위에서 매우 초라하고 고통스럽게 지탱되었다. 크리스토프의 영광은 운반용 짐승과 성체 현시대[22]의 속성을 동시에 지닌 데 있다. 강을 건너는 동작에는 유괴 행위와 노역이 공존한다. 분명히 나는 그 이야기가 담고 있는 것 이상으로 힘과 빛을 부여하고 있다. 그 점에서 나는 나의 근본적인 성향에 순응한다. 그런데 내 기억에 네스토르는 그런 양면성을 성가대의 어린이에게서 발견하고 싶어 했으며, 고위 성직자가 향로를 받드는 아이 앞에 무릎을 꿇는 장면을 보고 싶어 했다.

운명이 최초의 일격을 가했는데, 그해 마침 생크리스토프 중학교에서 발생하게 되는 비극의 총연습처럼 되어 버린 사건이 일어난 곳은 비잔틴 양식의 작은 성당이었다.

나는 평소처럼 뒤에서 두 번째 줄에 앉아 있었다. 네스토르는 내 왼쪽, 말하자면 같은 높이에 있는 고해실 때문에 더욱 좁아진 측면 통로 가장자리에 앉아 있었다. 새로운 사실은 내 오른쪽에 브누아 클레망이라는 파리 출신이 있었다는 점이다. 가족이 보베에 '감금'시켜 놓은 탓에 클레망은 파리 생활과 이별한 상태라 낙심하고 있었다. 클레망은 탄창이 있는 권

---

22) 성광(聖光)을 올려놓는 대.

총, 나침반, 제동 장치가 있는 접는 칼, 실험용 잠수 인형, 골프공 같은 과격하면서도 시적인 물건들을 보여 줌으로써 꼬마 시골뜨기들인 우리로부터 쉽게 인기를 얻었다. 깊이 생각해 보니 네스토르가 '절대적인 장난감'이라고 부르던 자이로스코프를 그에게서 얻지 않았을까 하는 생각이 든다. 어쨌든 두 소년 사이에는 일종의 공모 혹은 우정이 형성되었다. 클레망은 네스토르에게 친밀감을 보이기 위해 기꺼이 공모에 응했다. 나는 질투가 나는 데다 네스토르가 품위를 떨어뜨릴 정도로 양보하는 것 같아 기분이 나빴다. 우리는 두 사람이 곧잘 이런저런 문제에 대해 토론하거나 물물교환 문제로 다투는 모습을 볼 수 있었다. 나는 네스토르가 그 신참자의 모든 자원을 착취하고 더 이상 기대할 것이 없어지면 그를 별 볼 일 없는 녀석으로 취급할 거라고 확신하면서 내 입장을 감수할 수밖에 없었다.

내 오른쪽에 앉은 클레망의 자리는 그런 거래를 하는 데 전혀 문제가 되지 않았다. 미사가 시작되자마자 내 양쪽에 앉은 두 사람은 내가 없는 것처럼 전혀 신경 쓰지 않고 내 머리 너머로 협상에 들어갔다. 물론 나는 한마디도 놓치지 않고 들었다. 그 일은 새로운 것이 아니라 내가 보는 앞에서 며칠 전부터 흥정을 벌여 온 물건에 대한 거였다. 문제의 물건은 라이터로 개조된 1차 세계 대전 때의 레몬 모양 유탄이었다. 내 기억으로는 클레망이 유탄의 대가로 백지 면죄 증서 열 장을 요구했는데, 네스토르는 그게 지나치다고 여겼던지 최소한 라이터의 성능을 보여 달라고 요구했다. 흥정을 중단한 네스토르가 내게 말했다. "난 저게 어떤 것인지 알아. 저런 라이터는 절대로 켜지지 않거든." 문제는 라이터의 성능을 알아보려면 약간의 휘발유가 필요했고, 그것은 네스토르만이 구입할 수 있었다.

일요일 아침 흥정은 거기까지 진척되었다. 봉헌 예절이 시작되었을 때 협상이 무르익었고 네스토르에게서 작은 휘발유 병을 받은 나는 클레망에게 전달했다. 클레망은 즉시 솜을 다져 넣은 유탄에 휘발유를 붓기 시작했다. 그 까다로운 작업은 한 감독 신학생이 중앙 통로에서 왔다 갔다 하는 바람에 자주 중단되었다. 네스토르는 자신에게도 책임이 있으므로 그 작업의 일거수일투족을 주의 깊게 감시했다. 만일 그때 강단에 올라온 교장 신부가 강론을 하지 않았다면, 더구나 강론 내용이 네스토르가 클레망, 유탄, 휘발유 병을 금방 잊어버릴 만큼 흥미롭지 않았더라면 네스토르는 틀림없이 사고를 예방했을 것이다. 나는 그때 교장 신부가 강론한 처음 몇 구절이 몽테뉴의 『수상록』에서 발췌한 것임을 방금 간신히 알았다. 15세기 포르투갈 모험가인 아폰수 드 알부케르크에 관한 일화였다. 신부는 감동 어린 어조로 이야기를 시작했다. "알부케르크는 최악의 해난에 빠지자 한 소년을 어깨에 태웠습니다. 운에 좌우되는 바다 위에서 소년의 순진무구함을 통해 신의 가호를 얻어 목숨을 구할 수 있다고 믿었기 때문입니다."

교장은 그렇게 서두를 꺼낸 후 우리 학교의 수호성인에 대해, 그리스도를 짊어진 그분의 놀라운 모험에 대해, 그리스도의 보상, 즉 꽃이 피고 열매가 맺힌 장대에 대해 별 어려움 없이 연관 지어 강론했다. "비록 모든 사람이 크리스토프가 여행자들과 항해자들의 수호자라는 것을 알고 있었을지라도 그처럼 극한 상황에서 알부케르크가 성 크리스토프의 이야기를 기억해 내서 그를 모방하려 했다고는 상상할 수 없습니다. 아닐 것입니다. 가능성이 더욱 높고 더욱 흥미로운 점은 성 크리스토프처럼 이 모험가가 같은 샘에서 운명을 구했다는 사실입니다. 다시 말해 그들은 개별적으로 같은 동작을 완수했던 것입니다. 그들은 자신들이 보호하고 있던 아이의 보호에 내맡기고, 누군가를 구함으로써 자신의 목숨을 구하며, 무거운 짐을 자발적으로 떠맡아 어깨 위에 짊어졌습니다. 하지만 그것은 빛과 순수의 짐이었습니다!"

그 순간 네스토르가 속삭였다. "저 이야기를 기억해. 빠짐없이 기록하고 암기해! 저건 내 수집품에 끼워 넣기에 충분한 일종의 마법서야!"

신부는 이제 크리스토프와 알부케르크의 모험담을 우리와 연결시켰다.

"여러분은 모두 성 크리스토프의 표상 아래 이곳에 앉아 있습니다. 그러므로 여러분은 이제부터 그리고 일생 동안 순수라는 외투를 입고 악을 헤쳐 나갈 줄 알아야 합니다. 여러분의 이름이 피에르건 폴이건 혹은 자크이건 여러분에게는 '포르탕팡'[23]이라는 또 하나의 이름이 있다는 것을 기억하십시오.

---

23) Portenfant. '짊어지다(porter)'와 '어린이(enfant)'를 합성한 프랑스어로 '아이를 안고 있는 사람'이란 뜻이다.

피에르 포르탕팡, 폴 포르탕팡, 자크 포르탕팡처럼 말입니다. 그 성스러운 짐을 짊어진 여러분은 강과 폭풍우는 물론이고 죄악의 불길조차 헤쳐 나갈 수 있을 것입니다."

그때였다. 한줄기 불길이 통로 밑으로 순식간에 번지더니 중앙 홀 한가운데서 펄럭이던 커튼을 타고 올라갔다. 클레망이 유탄에 휘발유를 넣다가 일부를 바닥에 흘린 사실을 알아채지 못한 것이었다. 부싯돌로 라이터에 불을 붙인 순간 휘발유에 흠뻑 젖은 유탄이 횃불처럼 타오르자 클레망은 그것을 놓지 않을 수 없었다. 모든 참석자가 우왕좌왕하며 급히 일어났지만 신학생들은 환영을 보았다고 믿고 제자리에서 무릎을 꿇었다. 모두 공포에 사로잡혀 한꺼번에 문 쪽으로 몰려간 바람에 출입구는 순식간에 막혀 버렸다. 클레망은 빈 병을 내 손에 넘겨주고 의자 밑에서 휘발유를 뿜어 대며 타면서 굴러가는 유탄을 붙잡으려고 안간힘을 썼다. 나는 네스토르 쪽으로 몸을 돌렸다. 묘하게도 그는 사라지고 없었다. 마침내 쩌렁쩌렁한 교장 신부의 목소리가 울려 퍼지면서 우리에게 진정하고 제자리로 되돌아가라는 지시가 내려졌다. 실제로 사고의 규모에 비해 지나치게 부산을 떨었다. 불길은 맹렬하게 타올랐던 것에 비해 맥없이 꺼져 버렸고, 피해는 미사 경본 몇 권이 살짝 타는 데 그쳤다. 이제 범인을 찾는 일만 남았다. 교장 신부는 손가락으로 우리가 앉아 있던 구석을 가리켰다. "클레망과 티포주, 별도의 지시가 있을 때까지 감금실에 있을 것!" 우리는 자리에서 일어나 중앙 통로에서 무릎을 꿇어야만 했다. 우리는 두려움에 가득 찬 속삭임 속에서 아이들의 따가운

눈총을 받지 않을 수 없었다. 우리가 범죄 도구, 즉 클레망은 유탄을, 나는 재난의 원인이었던 휘발유 병을 손에 쥐고 있었기 때문이다. 마침내 교장 신부는 사고 종결을 알리기 위해 큰소리로「사도 신경」을 선창했고, 이어서 성가대가 처음에는 머뭇거리며 듬성듬성 따라 하더니 점점 우렁차게 복창했다.

성찬식 때 나는 고해실의 커튼이 움직이는 것을 보았다. 누구인지 쉽게 알아볼 수 있는 형체가 그곳에서 살짝 빠져나오더니 클레망과 나를 교묘히 피해 성가대 좌석으로 가고 있던 아이들과 뒤섞였다. 물론 네스토르였다. 그는 팔짱을 끼고 세 겹이나 되는 턱을 가슴 깊숙이 묻고는 깊은 생각에 잠긴 채 나를 스치고 제대를 향해 걸어갔다.

1938년 3월 25일. 매일 밤 나는 잠을 훔치면서까지 몇 시간 동안 몽상과 심사숙고를 함으로써 나 자신에게 돌아가려고 애썼다. 놀이 시간과 구내식당의 소란, 수업 시간과 성당에서 은밀히 이루어지는 장난 등 끊임없이 혼란스러운 공동체 생활에서 그 시간은 내게 허용된 유일한 고독의 여백이었다. 밤에 일어나 화장실에 가는 것은 금지된 일이 아니었다. 그래서 나는 밤에 산책을 하고 싶으면 그 자유를 누렸다. 하지만 공동 침실의 몽유병자와 부딪칠까 두려워 적당히 이용했다. 스코틀랜드 지방의 성마다 유령이 있듯이 침실마다 몽유병자가 있었기 때문이다.

유탄 사고가 있던 날 밤 징계 위원회의 협박과 감금실에 격리된 처지 때문에 더욱 잠을 이룰 수 없었다. 나는 일어났다.

그리고 살며시 침대 열 사이의 좁은 통로로 들어섰다. 그때 살금살금 걷는 소리가 났다. 나는 침실의 유령을 만났다고 생각했다. 그 거대한 그림자가 잠자는 아이들을 검사하고 여기저기 기웃거리면서 천천히 다가오더니 변덕스럽게 왔다 갔다 했다. 나는 오랫동안 지켜볼 것도 없이 네스토르임을 알 수 있었다. 두꺼운 솜을 넣은 덧옷을 입은 탓에 몸은 더욱 육중해 보였다. 그도 틀림없이 나를 알아보았을 것이다. 내가 불쑥 모습을 드러냈는데도 그의 거동에는 전혀 변화가 없었다. 내가 옆에 다가섰지만 아는 체도 하지 않았다. 그는 내게 들려주듯이 나지막하게 견해를 밝혔다. 하지만 자신에게 하는 말이었다.

"이곳은 극도로 밀집되어 있군. 놀이는 최대한 줄어들었어. 움직임은 분명히 다양하게 바뀔 수 있으나 극히 느린 자세 속에 응고되었고. 아무렴 어때. 읽어야 할 수많은 형상들이 있잖아. 여기에는 틀림없이 '알파와 오메가'라는 절대적인 기호가 있을 거야. 그런데 그것을 어디에서 찾지? 그리고 잠은 일종의 거짓 승리지. 물론 아이들은 벌거벗었고 의식이 없어. 그런데 실제로 아이들의 일부는 내게서 벗어나 있지. 말하자면 아이들은 이곳에 있으면서 동시에 없는 거야. 시선이 꺼져 있는게 그 증거지. 하지만 축축하고 내맡겨진 저 몸뚱이들이 이상적인 응축이 아닐까?"

푸르스름한 전등은 달빛을 받은 무덤들처럼 줄지어 있는 작은 침대에 어슴푸레한 불빛을 퍼뜨렸다. 어떤 아이들은 실편백 숲의 삭풍처럼 씩씩거리는 소리를 내면서 자고 있었다. 침실은 외양간처럼 밀폐되어 공기가 탁했다. 우리를 통제하는 피카르디와 브레용의 농부 출신 신부들이 통풍을 모든 악의 원천인 양 두려워하기 때문이었다. 우리는 화장실을 향해 힘겹게 걸어갔다. 네스토르는 놀랍게도 같은 칸으로 나를 끌고 들어갔다. 그는 문을 잠그고 창문을 활짝 열었다. 시내의 지붕들과 종탑들이 빛나는 밤하늘에 잉크로 그려진 것처럼 모습을 드러냈다. 생테티엔의 종소리가 구슬프게 3시를 알렸다. 우리가 방금 빠져나온 침실의 곰팡내와 달리 밤의 맑은 공기는 차갑게 느껴졌다. 네스토르는 심호흡을 한 후 말을 꺼냈다. "응축은 관능적인 신비들로 가득 차 있지. 응축은 생명 그 자체니까. 그래도 순수성은 좋은 면이 있어. 순수성은 무(無)와 같아. 순수성은 우리에게 저항할 수 없는 유혹을 발휘하지. 우리는 모두 무의 자손이기 때문이야." 네스토르는 갑자기 흥분하며 나를 돌아보고 소리쳤다. "참 놀랍지 않니? 서푼짜리 빗장이 고정하고 있는 이 초라한 전나무 문짝이 존재와 무를 갈라놓잖아!"

거무칙칙한 목재 디딤판이 기이하게도 시상대처럼 두 계단 위에 놓여 있었다. 그것은 화장실 안에서 진짜 옥좌처럼 당당하게 우뚝 솟았다. 네스토르는 내게 등을 돌리고 어떤 의식을 거행하듯 천천히 디딤판을 올라갔다. 그는 '옥좌'의 발판에 이르자 허리띠를 풀었다. 바지가 발치에 떨어져 돌돌 말렸다. 그는 변기 내부를 검사하고 양철 선반에 걸린 땅딸막한 볏짚 빗자루를 꺼내 여러 차례 물을 내리면서 변기를 빡빡 닦았다. 그런 그의 모습 때문에 나는 더욱 돌출된 그의 엉덩이만 볼 수 있었다. 그런데 나를 깜짝 놀라게 한 것은 거대한 엉덩이 자체보다(그것은 어느 정도 예상된 것이니까) 엉덩이에서 읽을 수 있는 심리적 표현이었다. 뭐라고 말할까? 사방에서 몰려든 지방질의 늘어진 살 때문에 일그러진 두 개의 반달에는 얼핏 보기에 네스토르라는 인물과 무관한 것 같은 선량한 무엇인가가 있었다. 그때까지도 나는 네스토르의 위엄과 힘에 짓눌렸고, 그의 보호에 고마워했으며, 그의 배려에 감동했다. 그런데 나는 그의 엉덩이를 보면서 처음으로 그를 사랑하기 시작했다. 그의 엉덩이는 그에게도 허술하고 취약한 부분이 있음을 내게 보여 주었기 때문이다.

네스토르가 일어나서 반쯤 몸을 돌렸다. 덧옷의 윗부분이 배꼽까지 내려왔다. 그 아래쪽에 불룩한 배와 두 넓적다리가 세 개의 하얗고 매끄러운 살덩어리를 이루었고, 왜소한 성기는 세 곳이 만나는 부분에 깊숙이 파묻혀 있었다. 그는 옥좌에 앉았다. 그 모습이 인도의 현자나 명상에 잠긴 너그러운 부처와 흡사했다.

그는 말했다. "나는 운동장에 있는 터키식 변기를 전혀 반대하지 않아. 날마다 수많은 학생들이 변을 봐야 하니까 다른 방법이 없지. 배변은 불경스러운 일은 아니지만 분명히 세속적인 일이지. 넌 그 뉘앙스를 알 거야. 어쩔 수 없이 웅크리고 앉는 자세는 불편하긴 해도 겸손의 미덕이 가득 차 있지. 땅을 향해 무릎을 꽂는 대신에 하늘을 향해 찌름으로써 거꾸로 무릎을 꿇는 거야. 땅을 향해 꽂는 것은 땅과 직접적인 접촉을 추구하는 것처럼 보이는 오메가야. 마치 땅이 일종의 자석처럼 몸에서 가장 닮은 것을 끌어당기며 배변 행위를 도와주는 것처럼 말이야."

네스토르는 손가락 하나를 들어 올리면서 말을 이었다.

"그런 식으로 말하면 안 되겠지. 인간의 육체 속에 있는 것
은 승화된 흙, 즉 동물적인 열기로 가득한 내장에 오랫동안 간
직된 살아 있는 씨앗들이 촘촘히 박힌 흙의 이미지야. 퇴비는
동물성이 활력(동물의 속성)을 제공한 흙이지. 그런데 터키식
변기는 우리가 생산하는 동물성 흙을 바로 광물성 흙으로 바꾸
는 데 행정적인 임무를 이행하거든. 변기는 그 질료만 알고 있
을 뿐이야. 그런데 세련된 사람들은 때때로 조각가나 건축가가
되기도 하는 오메가가 쌓아 올린 형체를 관조하면서 특별한 매
력을 찾아내지. 이를테면 밤의 고요와 느긋함과 더불어 옥좌가
암시하는 왕처럼 느낄 수 있는 즐거움 같은 것 말이야."

긴 침묵이 흘렀다. 창문으로 들이친 한줄기 바람이 에나멜
을 칠한 양철 전등갓을 뒤흔들었고 멀리 철도에서 울리는 기
적 소리를 실어다 주었다. 다시 잠잠해졌다. 갑자기 누군가가
화장실에 들어오려고 했는지 문이 거칠게 흔들렸다. 나는 공
포에 질려 어쩔 줄 몰라 하며 네스토르를 바라보았지만 그는
바위처럼 미동조차 하지 않았다. 한참 후 네스토르는 천천히
일어나더니 변기에 코를 처박고 설명했다.

"오늘 밤은 오메가가 중세 기질을 드러냈군. 꼬마 티포주,
저것 좀 봐. 저기에 이중 성벽으로 둘러싸인 주루(主樓)와 망
루가 있잖아. 저런! 중세적인 데다가 봉건적인 건축물이네. 지
난주에는 불꽃 양식의 고딕식 건축물을 만들었지." 네스토르
는 내가 내민 두루마리 화장지를 거절하고 몽상에 잠긴 채 결

론지었다.

"아니야. 오늘 밤을 축하하지 않는다면 유감스러운 일이 될 거야. 당연히 그럴 가치가 있으니까. 난 귀한 종이를 별도로 준비해 놓았지. 특별한 경우를 위해 뛰어난 영혼의 기호들로 뒤덮인 종이를 간직해 두었던 거야. 사실 이처럼 빨리 사용하게 되리라고는 생각하지 못했지. 하지만 오늘 밤보다 더 멋지게 그 종이를 사용할 수 없으리라는 것은 분명해."

네스토르는 바지 뒷주머니에서 종이 세 장을 꺼내 내게 보여 주었다. 나는 불안한 마음으로 처음 몇 줄을 읽었다. "알부케르크는 최악의 해난에 빠지자 한 소년을 어깨에 태웠습니다. 운에 좌우되는 바다 위에서 소년의 순진무구함이 신의 가호를 얻어 목숨을 구할 수 있다고 믿었기 때문입니다."

그것은 교장 신부가 친필로 쓴 강론이었다! 네스토르는 큼직한 손으로 원고를 움켜쥐고 오랫동안 문질러서 광택이 나는 종이를 부드럽게 만들었다. 그러고는 그 종이를 내게 내밀었다. 그는 변기 디딤판에 두 손을 짚고 엎드린 채 내가 닦아 내는 직무를 수행하기를 기다렸다.

그러고 나서도 네스토르는 나를 놓아주지 않았다. 이어서 그는 미로처럼 복잡한 뒤쪽 계단과 복도로 나를 데려갔다. 물론 나는 이곳에 처음 발을 들여놓았다. 1층에 이르자 그는 작은 붙박이장 앞에 멈추더니 문을 열었다. 그리고 수많은 열쇠들이 작은 갈고리에 나란히 걸린 열쇠 판에서 주저하지 않고 세 개를 꺼내 이번에는 지하실로 나를 끌고 갔다. 그곳은 등이 없어 칠흑같이 어두웠다. 나는 그의 대담한 용기에 숨이 막힐 지경이었다. 그는 부엌 구석에서 불을 밝혔다. 그가 냉장고의 묵직한 문을 돌려서 열어젖힌 다음 양의 넓적다리 고기와 그뤼예르 치즈 한 덩어리, 살구 잼 한 통을 파이 다지는 식탁 위에 꺼내 놓았다. 그는 오라고 손짓했지만 내게 더 이상 신경 쓰지 않고 혼자 게걸스럽게 먹기 시작했다. 빵도 없고 음료수도 없는데.

나는 무섭고 추웠다. 게다가 그 음식들이 역겨웠다. 나를 위협하던 징벌에 대한 공포 때문에 더욱 괴로웠다. 그러나 네스토르의 존재는 거역할 수 없는 영향력을 모든 사물에 발휘하는 마력을 지녔다. 나는 어린이들이 매우 발달된 미적 감각을 지녔다고는 생각하지 않는다. 어린이들이 아름답다와 추하다를 어떤 의미로 이해하는지 조사해 보면 의외의 사실을 알 수 있다. 대부분 아이들이 힘의 위력에 쉽게 허물어지며 은밀하고 마술적인 힘에는 더욱 쉽게 매료된다. 은밀한 마력은 우울한 현실의 약점을 억눌러 모든 면에서 양보하게 하고 현실이 감추고 있는 보물들을 드러내 보이기 때문이다. 네스토르는 그런 면에서 가장 고차원적인 능력을 지녔다. 그가 얼마나 강력한 매력으로 나를 사로잡았던지 나는 성당에서의 그의 소행이며 유탄 사건이 내게 어떤 결과를 초래하게 될지에 대해 감히 물어볼 수조차 없었다.

마침내 나의 작은 침대로 되돌아왔을 때에도 여전히 칠흑같은 어둠이 깔려 있었다. 그러나 이미 이웃 연병장에서는 기상나팔 소리가 울려 퍼졌다. 나의 감미로운 어둠을 난폭하게 찢어 버리는 종소리와 빛에 대한 형용하기 힘든 공포가 다가오는 6시 30분까지 아직 한 시간이 남았음을 알 수 있었다.

　나중에야 나는 네스토르가 우리와 함께 유탄 사건에 연루되었다면 나를 쉽게 도와주지 못했을 거라는 사실을 깨닫게 되었다. 네스토르는 혐의를 받지 않음으로써 자유롭게 행동하며 나를 도와줄 수 있었다. 아무래도 상관없다. 휘발유에 불이 붙은 순간 네스토르는 갑자기 사라졌고 그 후 침묵을 지키고 있다는 사실이 그가 나를 보호해 주기 시작했을 때부터 내가 느껴 오던 안전감을 깨뜨리고 말았다. 더구나 클레망과 그가 저지른 사건에서 내 역할은 거의 아무것도 아니었는데 결국에는 그를 대신해서 내가 괴로움을 당하니 어떻게 잊어버리겠는가? 분명히 한밤중에 만나 그의 위력과 절대적인 힘을 확인하게 되어 조금이나마 위안이 되었다. 그렇지만 훈육 신부가 다음 날 징계 위원회가 열리며 나와 클레망을 따로따로 출두시킨 후 우리의 잘못에 대해 판결을 내리게 될 거라고 아침에 알려 주었을 때 내 안의 모든 것이 무너져 내리는 느낌이었다. 감금실 격리 수용이 마침내 나를 절망에 빠뜨렸다. 나는 완전히 이성을 잃고서 공포에 사로잡혀 탈주를 감행하고야 말았다.
　기숙생의 도주는 신부들에게 상상조차 할 수 없는 일이었다. 하지만 통학생들이 하교할 때는 감시가 제대로 이루어지지 않았다. 그 덕분에 나는 별 어려움 없이 밖으로 빠져나왔다. 생테티엔 성당을 돌아서 말레르브 거리를 지나 역으로 가는 타피스리 거리로 뛰어들었다. 보베에서 내가 아는 길은 여기뿐이었다. 하늘이 나를 도왔다. 디에프행 막차가 이 분 뒤에 출발한다고 했다. 그러니 난 잡히지 않을 것이다. 나는 구르네행 기차표를 구입하고 삼등칸에 파묻혔다. 여행자들이 내 얼굴에서 감금실 죄인이자 도망자라는 이중적인 범행을 읽지 못하도록. 기차는 역마다 정차했고 걸핏하면 연착했다. 그래서 보베에서 구르네까지 30킬로미터를 달리는 데 한 시간 이상이 걸렸다.

기차 안에서 나는 괴로운 마음으로 아버지에게 이 갑작스러운 귀가를 어떻게 변명할지 궁리했다. 그럴 필요도 없었는데. 아버지는 생크리스토프 중학교로부터 전화를 받고 역에서 나를 기다리고 있었다. 아버지는 언제나처럼 나를 무뚝뚝하게 대했다. 이번에는 오히려 그 점이 다행이었다. 아버지는 무의식적으로 수염이 덮인 얼굴을 내 두 뺨에 댔다. 그러고는 화를 내거나 초조해하는 기색 없이 무뚝뚝하게 아직 보베행 기차가 있다면 오늘 저녁에 학교로 되돌아가야겠지만 내일 아침 7시 15분 기차를 타도 징계 위원회에 늦지 않게 도착할 거라고 설명해 주었다. 집에 도착한 나는 작업실의 친밀한 냄새 덕분에 다소 평온을 되찾았다. 하지만 2층에 있는 방이 늙어 가는 한 은둔자의 극도의 세심함과 지나친 소홀함이 뒤섞인 생활 습관을 얼마나 적나라하게 드러냈던지 내가 태어났고 성장했던 곳임에도 불구하고 생크리스토프 중학교처럼 낯설게 느껴졌다. 끔찍한 밤이었다. 악몽을 꾸지 않으면 긴 시간 동안 불면에 시달렸다. 영상 하나가 끊임없이 떠올랐다. 성당에 있는 내 주위에서 갑자기 불길이 치솟은 장면이었다. 분명히 지옥의 불길인 동시에 해방의 불길이었다. 만일 생크리스토프 중학교가 타 버린다면, 온 세상이 타 버린다면 내 불행역시 그 불길 속에 삼켜질 테니까.

나는 새벽녘에야 겨우 잠이 들었다. 아버지가 나를 흔들어 깨웠을 때 화염에 휩싸인 생크리스토프 중학교라는 강박 관념은 내가 깨어나기만을 기다렸다는 듯이 내 마음을 다시 사로잡았다. 내가 그 재난에서 멀리 떨어져 있다고 상상하니 우울한 만족감마저 느꼈다. 화재의 가능성은 전혀 없었지만 유탄 사건에서 나를 구해 낼 해결책이 그것뿐이라는 단순한 생각에 나는 이상하리만큼 그 가능성에 집착했다.

아버지는 신학생 한 명이 보베역에서 나를 기다릴 거라고 말했다. 하지만 아무도 없었다. 나는 그것을 좋은 징조로 여겼다. 사물의 운행이 적어도 당분간은 예정된 궤도에서 벗어나지 않을 수 없을 거라는 생각이 들었다. 나는 서두르지 않고 전날 지나온 길을 따라 되돌아가며 행인들의 얼굴에서 모종의 기호를 찾아보려고 애썼다.

학교 앞길은 웅성대는 사람들로 붐볐다. 소방관들이 차도에 호수를 늘어뜨리면서 사람들을 물러나게 했다. 긴 사다리를 장착한 빨간 소방차가 만일의 사태를 대비해서 대기하고 있었다. 그러나 사다리는 쓰이지 않았다. 화재는 지하에서 발생했다고 했다. 실제로 보일러실의 채광 환기창에서 매캐한 검은 연기 다발이 뿜어져 나왔다. 지하실 바로 위에 있는 작은 교실들의 유리창은 박살 났고, 교실에는 반쯤 그을린 걸상과 책상, 칠판이 표현할 수 없을 만큼 난잡하게 나뒹굴었다. 더욱이 소방관들이 흠뻑 뿜어 댄 물 때문에 교실은 한층 비참해 보였다. 특히 사람들은 교단 반대편 마룻바닥에 뚫린 새까만 분화구 같은 곳을 손가락으로 가리켰다. 지하실에서 오랫동안 타던 불길이 화산처럼 분출한 게 바로 그곳이었다. 다행히 화재는 매우 이른 시각에 발생해(누군가가 6시 30분이라고 정확히 언급했다.) 교실은 비어 있었다. 희생자는 없는 것으로 밝혀졌다. 그런데 그때 갑자기 정문이 열리고 구급차 한 대가 군중을 헤치고 지나갔다. 차가 내 곁을 지나갈 때 넋을 잃은 네스토르 어머니의 부어오른 얼굴이 보였다.

나는 교문이 닫히기 전에 살짝 학교 운동장 안으로 들어갔다. 기숙생들이 삼삼오오 무리를 지어 낮은 목소리로 정보를 교환하고 있었다. 학교 측은 통학생들에게 귀가하라고 했다. 아무도 내게 신경 쓰지 않았다. 그리하여 그날 나는 비로소 다른 사람들이 나를 타인들과 구별해 주는 숙명적인 기호를 알아보지 못한다는 놀라운 사실을 깨달았다. 그 화재와 나의 개인적인 운명이 결합된 명백하고 놀라운 관계를 아무도 몰랐던 것이다! 사소한 실수(게다가 나는 그 사건에 아무 잘못이 없었다.)를 빌미로 나를 짓밟기 위해 음모를 꾸미던 어리석은 인간들은 내가 그들 면전에서 진실을 울부짖더라도 생크리스토프 중학교를 강타한 그 징벌에서 내가 해낸 몫을 깨닫지 못하리라!

나는 네스토르를 찾아 헤맸다. 그의 어머니는 왜 구급차에 있었을까? 그때 들려온 소식에 나는 절망하고 말았다. 그날 새벽 5시에 네스토르의 아버지가 아들에게 지하실에 내려가 보일러를 가동하라고 말했다는 것이다. 그 일이 네스토르에게 처음은 아니었다. 보일러실에서 무슨 일이 일어났는지 전혀 알 길이 없었다. 한 시간 후 교실에서 불길이 솟았으니까. 확실한 것은 맨 먼저 불길을 뚫고 보일러실로 내려간 소방관들이 질식한 네스토르의 시신을 안고 나왔다는 사실이다.

1938년 3월 28일. 오늘 아침 이상하게도 일어날 시간이라는 느낌이 들어 벌떡 일어났다. 자명종은 2시 십오 분 전을 가리킨 채 멈추어 있었다. 나는 몸을 일으키고 손을 뻗어 탁자 위에 놓인 손목시계를 잡았다. 마찬가지로 멈추어 있었고 시곗바늘은 2시 10분을 가리켰다. 별수 없이 시간 안내 서비스에 전화해서 알아보니 7시였다.

거리엔 짙은 안개가 자욱했다. 나는 정비 공장의 문을 열기 전에 모에 사는 한 고객의 집에 들르기 위해 나의 낡은 호치키스 자동차를 길가에 세워 두었다. 그런데 시동을 걸어도 차가 전혀 움직이지 않았다. 틀림없이 안개 때문에 배터리가 방전되었을 것이다. 배터리로 움직이는 계기판 시계도 2시 10분에 멈추어 있었다.

만일 내가 그런 현상에 익숙하지 않았다면 연속해서 벌어지는 이런 종류의 일치에 놀랐을 것이다. 내 인생은 설명할 수 없는 우연의 일치로 가득하다. 나는 자주 일어나는 사소한 경고처럼 그 현상을 받아들였다. 그것은 아무것도 아니다. 나를 감시하는 것은 운명이고, 그 운명은 보이지 않으나 항거할 수 없는 자신의 존재를 내가 잊지 않기를 바란다.

지난여름 나는 창문을 활짝 열고 잤다. 나는 하루를 음악으로 시작하고 싶어 일어나면서 라디오를 틀었다. 실제로 음악은 생기발랄하고 시원하고 격렬하게 울렸다. 그때 내 머리 위쪽 지붕에서 터진 요란한 소음 때문에 주의가 산만해졌다. 꽤 큼직한 새들이 격렬하게 욕설을 퍼부으며 싸우고 있었는데 그 소음은 점점 더 커져 갔다. 싸우는 녀석들이 경사진 함석 지붕 위에서 미끄러지고 있음을 짐작할 수 있었다. 결국 한 뭉치의 뻣뻣한 깃털이 창문 가장자리로 튀어 올랐다가 방바닥에 가라앉았다. 엉겨 있던 겁에 질린 까치 두 마리가 서로 떨어지더니 창문을 통해 자유의 길을 되찾아 훌쩍 날아올랐다.

바로 그때 마지막 가사가 끝나고 여자 디제이가 말했다.

"여러분은 방금 로시니의 「도둑 까치」를 감상하셨습니다." 나는 이불 속에서 미소를 지으며 중얼거렸다. "안녕, 네스토르!"

또한 이따금씩 운명은 주제넘은 내 간청에 응답하기도 한다. 대개는 빈정대며 빠져나갔지만. 결국 나는 기호와 번득이는 재능으로 둘러싸여 있어 운이 좋은 놈이라고 주장해도 되지 않을까?

육 개월 전 어려운 어음 지불 만기일에 봉착한 나는 국가가 발행하는 복권 한 권을 통째로 구입하고 짧은 기도를 했다. "네스토르, 한 번만 꼭 도와줘!" 나는 운명이 내 말을 듣지 않았다고 말할 수 없다. 비록 빈정대는 방식이었으나 운명은 내게 응답했기 때문이다. 내 복권 번호는 B조 953716번이었다.

100만 프랑의 상금을 받는 당첨 번호는 B조 617359번, 즉 내 번호를 정확히 뒤집은 것이었다. 그것은 우주의 원동력과 맺은 나의 특별한 관계에서 저속한 이익을 끌어내지 말라는 교훈이었다. 처음에는 화가 났지만 결국 웃고 말았다.

1938년 4월 4일. 독일 여당의 공식 대변인이 이런 문구를 발표했다. "버터보다는 대포를!" 이 표현의 교활한 도치가 가장 천박한 형태로 도처에서 적용되고 있다. "버터보다는 대포를!" 고상한 말, 아니 평범한 말로 하자면 '생명보다는 죽음을! 사랑보다는 증오를!'이라는 뜻이다!

1938년 4월 6일. 르노가 다양한 가스 자동차를 내놓았다. 오륙 분 동안 나무를 연소한 후 바로 출발할 수 있는 1톤에서 5톤짜리 트럭들과 18인승에서 31인승 자동차들. 긴 내리막길에서 가스를 생산하기 때문에 에너지 축적이 가능한 특허품. 자동차에는 천이 없는 간단한 필터가 장착되었기 때문에 막히거나 찢어질 염려가 없다.

이제부터 진보가 거꾸로 이루어진다는 것이 우리 시대의 특징이다. 불과 몇 년 전만 해도 나무로 가는 자동차가 출현했다면 폭소를 자아냈을 것이다. 머잖아 최신형으로 오직 건초만 소비하는 모터가 출현할 것이고, 마침내 말이 끄는 자동차를 흥겹게 발견하게 되리라.

1938년 4월 8일. 나는 열여섯 살 때까지 생크리스토프 중학교에 머물렀다. 내 품행은 나무랄 데 없었지만 성적은 처참할 정도로 형편없었다. 나는 얼굴에 순진함이라는 가면을 쓰고 다녔는데 그 이후에도 가면을 벗지 않았다. 하지만 라셸과의 이별, 불길한 필체의 발견 그리고 다른 몇몇 기호들이 기이하게도 그 가면을 흔들어 놓았다. 나는 악(惡)밖에 기대할 것이 없는 사회에 대해서는 잊기로 결심했다. 반대로 내 영혼은 전혀 분장할 줄 몰랐다. 내 영혼은 선생들이 문화 영역 속에 억지로 주입하려고 애썼던 모든 것을 토해 냈다. 나는 졸업반이 되었을 때도 코르네유와 라신에 대해서 거만하게 모르는 척했지만 로트레아몽이나 랭보의 시를 은밀히 암송하며 즐겼다. 나폴레옹에 대해서는 영국인들이 서약을 위반한 나폴레옹을 처형하지 않은 것에 대해 분개하면서 워털루 패전만을 기억했지만 장미십자회,[24] 카글리오스트로[25]와 라스푸틴에 대해서는 훤히 알았다. 내가 내 주위에 나타날 수 있는 모든 기호들을 탐색하는 데 전념했다면 나는 모든 학문을 포기했을 것이다. 졸업반이 되었을 때 내가 대학입학자격고사에 통과할 수 없으리라는 것은 분명했다. 선량한 신부들은 오직 합격률을 높일 목적으로 해마다 이런 부류의 학교에서 아무런 미련 없이 쫓아내는 퇴학생 무리에 나를 끼워 넣었다. 결국 나는 고향인 구르네앙브레로 되돌아오게 되었다. 아버지는 당신의 직업인 정비 기술을 내게 가르쳐 주었다. 그러나 아버지

---

24) 17세기 초 독일에서 생긴 신비주의 경향의 비밀 결사.
25) 이탈리아 모험가(1743~1795).

는 과묵하고 냉정했기 때문에 나는 혼자 생각하고 만들어 볼 수밖에 없었다. 내가 가련한 견습공이었다면 아버지는 스승의 자격이 없었다. 그만큼 아버지는 늘 혼자 일했고 설명이 필요할 경우조차 입 여는 것을 끔찍이 싫어했다. 얼마 후 나는 아버지의 경쟁자가 운영하는 구르네의 유일한 자동차 정비 공장으로 옮겼다. 그러다가 군 복무를 계기 삼아 파리로 올라왔고, 발롱데테른 근처에서 자동차 정비 공장을 운영하는 삼촌을 알게 되었다. 삼촌은 흔쾌히 나를 받아들였다. 할아버지의 유산 분배 문제로 다툰 후 만난 적 없는 아버지에게 과시하고 싶은 마음도 있었던 것이다. 나는 군 복무 직후 삼촌의 첫 동료가 되었다. 오 년 후 삼촌은 세상을 떠나면서 내게 공장을 물려주었다. 그리하여 운명은 내가 아버지와 비슷한 직업을 갖기를 원했다. 그런데 나는 마치 내가 집안의 전통을 깨트리지 않는 범위 내에서 사회 계급을 몇 단계 더 기어오르겠다는 야망을 품고 있었다는 듯이 더욱 상승된 직업을 갖게 되었다. 가소로운 겉모습! 사실 나는 기력 없는 몽유병자인데 끊임없이 나를 해방하고 마침내 나 자신이 되게 해 줄 어떤 자각과 급격한 변화를 꿈꾸면서 군인이었을 때나 여자들을 품었을 때, 혹은 세금을 납부했을 때처럼 내 임무들을 이행하고 있다. 내가 급격한 변화를 꿈꾼다고 말한 것은 설명이 충분하지 않다. 내가 그 단어를 언급하니 가면이 얼굴 위에서 떨린다. 특히 새로운 티포주의 최초의 출현은 바로 왼손에서 비롯되었다. 내 왼손은 삼 개월 전부터 내 오른손이 분명히 발견해 내지 못했을 단어들로 새로운 사실들을 기록하고 있다. 공기 속에 봄, 해빙, 와해 따위의 기운이 서려 있다…….

1938년 4월 11일. 어제 99.06퍼센트의 오스트리아 유권자들이 독일과의 합병에 찬성했다. 만장일치에 가까운 사람들이 심연을 향해 그처럼 돌진하는 것은 모든 저항을 제거하는 외부 세력 때문이 아니다. 아니지. 악은 각자의 내부에 뿌리를 박고 있으며, 생사의 갈림길에 선 군중은 유대인들이 빌라도 총독에게 "바라바! 바라바!"라고 대답했듯이 "죽여라! 죽여라!" 하고 외친다.

1938년 4월 13일. 나는 열두 살 때까지 작고 허약했다. 그러다가 몸무게는 거의 늘지 않은 상태에서 키가 쑥쑥 자라기 시작했다. 그 결과 처음에는 단지 못생긴 정도이던 야윈 모습이 차츰 우스꽝스러워졌고 마침내 걱정스러운 지경에 이르렀다. 스무 살 때 키는 191센티미터였는데 몸무게는 68킬로그램이었다. 더구나 급성 근시로 점점 두꺼운 안경을 쓰지 않을 수 없었고, 징병검사위원회에 출두했을 때 내 안경은 이미 서진[26]처럼 보였다. 분명 지역 민방위대장이 일부러 그런 것은 아니겠지만, 난폭하게 안경을 벗긴 다음 벌거숭이에다 장님이 된 나를 면사무소 '귀빈실' 안으로 밀어 넣었다. 내가 갑자기 나타나자 책상 뒤에 줄지어 앉아 있던 구르네 마을의 유지들 가운데 시골 신사 몇 명이 폭소를 터뜨렸다. 그들을 가장

---

26) 책장이나 종이가 바람에 날리지 않도록 누르는 물건.

즐겁게 했던 것은 엄청난 키에 비해 내 성기가 사춘기 이전 아이의 고추만큼 작은 점이었다. 그때 시골 의사가 학술 용어로 소음경(小陰莖) 형태증이라고 진단을 내리자 모두 다시 한번 폭소를 터뜨렸다. 그 용어에서 유별나게 외설스러운 음란을 떠올렸던 것이다. 그들은 내 문제를 오랫동안 의논했다. 결국 나는 가까스로 병역을 면제받지 못하고 신병의 신체 조건을 별로 따지지 않는 부대인 통신대에 배치되었다.

나는 한 번 더 바보 취급을 받았다. 그럭저럭 군 복무를 마치자마자 네스토르가 예견했던 것처럼 내 이들이 자라기 시작했기 때문이다. 내가 말하고자 하는 것은 엄청난 식욕이 매일같이 내 위를 괴롭히기 시작했다는 사실이다.

처음에는 세끼 식사 중간중간 허기에 시달렸다. 한창 작업 중에 혹은 사무실에서 갑자기 공복감이 배 속을 뒤집고 손과 무릎이 떨려 아무것도 할 수 없었으며, 관자놀이에 땀이 흥건히 배고 혀 밑에서 침이 뿜어져 나왔다. 그러면 즉각 아무거나 먹어야 했다. 처음에는 그런 증세가 나타나면 황급히 가장 가까운 빵집으로 달려가 브리오슈와 크루아상을 마구 집어 먹었다. 그러면 빵집 주인은 넋을 잃고 나를 바라보았다. 그해 겨울 나는 포도주 가게 앞 인도에서 젖은 해초 냄새를 풍기며 진열되어 있던 굴 광주리들을 발견했다. 당시 단맛이 없는 백포도주를 마실 때 어패류를 곁들이는 새로운 음주법이 일반화되었기 때문이다. 나는 푸이이퓌세[27] 한 잔과 두 다스의

---

27) 니에브르에서 생산되는 단맛이 없는 백포도주.

포르튀게주 n°0[28]을 주문했다. 무지갯빛 조가비에서 떨어지는 순간부터 물렁물렁한 무정형 상태로 인간의 입에 내맡겨진 그 작은 살덩어리(짭짤하고 요오드가 섞인 청록색 점액)를 깨물었더니 입안에서 신선한 물보라가 일어났다. 이 즐거운 식탐은 나의 식인귀 기질들 가운데 한 면을 드러냈다. 내가 식탐에 복종하면 복종할수록 절대적인 날것이라는 이상(理想)에 더욱더 접근하게 되리라는 것을 깨달았다. 사람들이 습관적으로 튀겨 먹거나 데쳐 먹는 신선한 정어리를 부엌에서 비늘을 벗길 만큼 인내심이 있다면(정어리의 비늘은 쉽게 떨어지지 않는다.) 날것으로 먹을 수 있다는 사실을 알아낸 것은 큰 발전이었다. 하지만 그 분야에서 가장 중대한 발견은 '타타르 스테이크'였다. 소금, 후추, 마늘 식초, 양파, 염교,[29] 서양 풍접초과 꽃봉오리 등을 다져 넣은 매콤한 양념과 계란 노른자를 곁들여 잘게 썬 말고기를 날것으로 먹는 것이다. 그 음식은 희귀한 맛으로 내 식욕을 만족시켰다는 점에서 또한 진일보한 것이었다. 그 파렴치하고 야만적인 요리를 뇌이에서 유일하게 제공하는 식당의 종업원들과 격렬하게 다툰 덕분에 나는 살의 노골적인 노출을 가리는 기능만 하는 양념과 조미료를 몽땅 넣은 말고기를 얻게 되었다. 나는 양에 대해 트집 잡을 권리가 있기에 즉시 말고기 가게에서 산 큰 고깃덩어리를 고기 가는 기계에 넣은 후 무게를 달았다. 그래서 나는 정육점에서 잔

---

28) 포르투갈산 굴의 일종.
29) 작고 길쭉한 양파의 일종.

인하게 껍질을 벗긴 짐승들의 거대한 알몸뚱이들, 빨갛게 빛나는 살덩어리들, 끈적끈적하고 금속성 광택이 나는 간들, 분홍빛이 돌고 스펀지처럼 생긴 허파들, 외설스럽게 네 조각으로 나뉜 암송아지의 거대한 넓적다리가 드러내 보이는 주홍빛 속살, 특히 그런 날고기 위에 떠다니는 차가운 기름과 응고된 핏덩이의 냄새가 진동하는 진열대와 갈고리가 항상 내 관심을 끄는 까닭을 깨닫게 되었다.

나는 그런 내 영혼의 양상에 대해 조금도 걱정하지 않았다. 내가 "난 고기를 좋아해, 난 피를 좋아해," "난 살을 좋아해."라고 말할 때 유일하게 중요한 것은 '좋아하다'라는 동사다. 나는 전적으로 사랑을 추구한다. 나는 짐승을 좋아하므로 고기를 좋아한다. 설령 내가 키웠고 나와 함께 지내던 동물일지라도 내 손으로 목을 졸라 죽인 후 애정 어린 마음으로 먹을 수 있다고 생각한다. 어쩌면 나와 전혀 관계없고 모르는 고기보다 훨씬 더 깊이 맛을 음미하며 먹을 수 있을 것이다. 나는 도살장에 대한 공포 때문에 채식주의자가 된 멍청한 투피 양에게 그 점을 이해시키려 했으나 헛수고였다. 만약 모든 사람이 그녀처럼 고기를 싫어한다면 대부분 짐승이 우리의 풍경에서 사라질 테고, 그렇게 되면 매우 쓸쓸해질 거라는 사실을 그녀는 왜 이해하지 못할까? 자동차가 말을 노역으로부터 해방시킴에 따라 사라지고 있듯이 짐승이 사라지게 될 것이다.

필요하다면 내 성품은 내가 지닌 또 다른 취향, 즉 우유에 대한 취향으로 증명될 수 있다. 익히지도 않고 양념도 하지 않은 고기를 먹다 보니 본래의 섬세함을 되찾은 미각은 날것이 겉으로는 싱거워 보이지만 온갖 감칠맛을 낸다는 점을 알게 되었고, 마침내 날것의 취향을 기를 수 있는 우유를 발견하기에 이르렀다. 우유는 곧 나의 유일한 음료수가 되었다. 저온 살균법과 균질화라는 비열한 방법에 의해 죽지 않은 우유를 파는 유제품 가게를 찾기 위해 파리에서 멀리 나가야 했다. 실제로 생명, 애정, 유년기를 함의하는 액체를 찾기 위해서는 직접 젖소 농장에 가야 할 것이다. 위생학자, 청교도, 경찰, 그리고 냉정한 인간들은 그런 액체를 악착같이 추적해서 검사하겠지! 나는 외양간의 곰팡내와 더불어 진실성의 기호들인 털과 지푸라기가 떠 있는 우유를 원한다.

매일 먹고 마시는 2킬로그램의 날고기와 5리터의 우유는 결국 내 외모를 교정하고 육체의 균형을 잡아 주었다. 오늘날 내 얼굴은 아주 흉측한 꼴이 되었지만 육체하고는 사이좋게 살아가고 있다. 내 몸무게는 110킬로그램에서 왔다 갔다 해도 내 다리는 적당히 길고 말랐다. 나의 모든 힘은 넓적한 허리와 울퉁불퉁한 등에 모여 있다. 등 근육은 양쪽 견갑골 주위에서 짓누르는 것처럼 무거워 보이는 두 갈래 배낭 같은 모양을 이루었다. 그래서 내 자세와 태도는 늘 척추의 무게로 구부정하다. 사실 나는 필요할 경우 로젠가르트 자동차 혹은 심카-V 자동차의 앞부분이나 뒷부분을 깃털을 들듯이 가뿐하게 들어 올릴 수 있다.

라셸은 돋보기를 쓰고 나를 관찰했기 때문에 첫 번째로 소음경 형태증을 포함해 나의 신체적 특징을 낱낱이 알고 있어

툭하면 놀려 댔다. "따지고 보면 당신은 짐꾼이나 짐을 나르는 가축 같은 신체 구조를 가졌어. 가령 수레를 끄는 크고 힘센 페르슈산 말 같아. 어떻게 생각해? 아니면 수노새랄까? 수노새는 생식 능력이 없다고 하니까 말이야."

그녀는 특히 의과 대학 바보들이 '홍골 깔때기'라고 부르는 가슴 한복판의 함몰 부위를 가지고 나를 괴롭혔다. 어느 날인가 나는 더 이상 견딜 수 없어 이야기 하나를 꾸며 냈다. 그녀는 탄복한 듯 두 눈을 크게 뜨고 들었다.

"이건 나의 수호천사야. 난 언젠가 금지된 어떤 일을 하고 싶었는데 수호천사가 그 일을 방해하려고 했어. 우리는 싸웠지. 난 수호천사의 따귀를 갈기려고 했지. 그런데 그가 나를 제압하고 나의 가슴 한복판을 주먹으로 때렸지 뭐야. 천사의 주먹질. 대리석보다 더 단단하고 무거웠어. 청동 주먹 같았지. 나는 숨이 막혀 뒤로 벌렁 나자빠졌어. 그 주먹이 순전히 물질적인 것이었다면 나는 죽었을 거야. 다행히 영적인 솜털로 만든 권투 글러브처럼 성령의 새하얀 깃털로 뒤덮인 천사의 주먹이었지. 난 다시 일어났어. 하지만 그때부터 나는 양쪽 가슴이 움푹 패었고, 흉근은 앙상하고 단단한 공처럼 혹은 절망적일 만큼 빈약한 가슴처럼 불쑥 나온 이 표시를 지니게 되었지. 그 이후로 가끔 호흡하기가 힘들어. 그럴 때면 천사가 아직도 나를 놓아주지 않고 대리석 주먹으로 내 가슴을 짓누르고 있는 것 같단 말이야. 나는 마음속으로 그런 호흡 곤란을 천사의 압박, 혹은 짧게 줄여 천사라고 부르지."

"정말 그게 당신의 수호천사와 관계된 일이라고 확신해?"

라셀이 진지한 태도로 그렇게 물어 나는 깜짝 놀랐다.

"사실은 가끔 의심이 들기도 해. 혹 나에 대해 그릇된 생각을 가진 다른 누군가의 수호천사가 아닐까 하는 생각이 들기도 하지. 어쩌면 당신의 수호천사가 아닐까? 아니면 나와 함께 기숙사에서 생활했지만 지금은 죽고 없는 한 친구의 수호천사일지도 모르지."

라셀이 집요하게 다시 물었다. "그런데 당신이 못하게 천사가 방해했다는 금지된 일이란 게 정확히 뭐야?"

천사의 압박은 내가 지닌 유일한 병이다. 그것을 정말 병이라고 할 수 있을까? 나를 진찰한 몇몇 의사들은 아무 이상도 발견하지 못하고 괴상망측한 억측만 해 댔다. 내가 가슴 함몰과 흉골 깔때기 사이에 어떤 관계가 있지 않느냐고 묻자 한 의사는 단호하게 부인했다.

그래서 나는 좀 더 구체적으로 따졌다. "어쩌면 인과 관계는 없을지 모르겠습니다. 하지만 상징과 상징되어진 사물의 관계에 대해서는 어떻게 생각하십니까?"

아무튼 내 호흡 작용에 근본적인 의미를 부여한 것은 천사의 압박 덕분이다. 그 덕분에 내 허파는 선(腺) 모양의 밤에서 내장 속 같은 미광으로 넘어갔고, 극단적인 경우에는 위대한 의식의 빛으로 넘어갈 수 있었다. 극단적인 경우란 호흡 곤란에 대한 불안이 극에 달한 때다. 그러면 나는 보이지 않는 살인적인 조임에 대항해서 바닥에 나뒹굴며 싸운다. 또 다른 극단적인 경우는 지극히 행복한 심호흡을 할 때다. 이때는 제비들의 비상과 하프의 선율로 가득 찬 하늘이 내 허파에 직접 두 갈래의 뿌리를 박는다.

1938년 4월 14일. 내 어깨와 허리에 축적된 쓸데없으면서도 엄청난 이 힘이 누구 덕분인지 꼭 밝힐 필요가 있을까? 그것은 분명히 네스토르의 유산이다. 내가 그 점을 조금이나마 의심한다 해도 그 유산이 진짜임을 증명하려는 듯이 네스토르가 추가로 물려준 이 끔찍한 근시는 나를 설득하고도 남는다. 내 근육을 부풀리는 것 역시 네스토르의 힘이고, 나의 불길한 손을 인도하는 것 역시 그의 정신이다. 또한 내 운명과 사물의 총체적 운행을 결합하는 은밀한 공모의 열쇠를 보유한 사람 역시 네스토르다. 그 공모는 생크리스토프 중학교 화재 때 처음으로 나타났는데, 그 이후에도 하찮은 발현을 통해 끊임없이 나타났다. 그러나 그것들은 가장 어둡고 가장 은밀한 내 삶의 비밀을 일깨우는 수많은 경고들이다. '엄청난 고난'이 대낮에 그 비밀을 터뜨릴 날을 기다리면서.

1938년 4월 15일. 어제 아침 노트르담 대성당에서 성목요일 미사. 나는 성당에 갈 때마다 착잡한 심정으로 미사에 참석한다. 루터가 많은 잘못을 저질렀음에도 불구하고 성 베드로의 교황좌에 사탄이 있다고 고발한 점은 옳았기 때문이다.

모든 계급 제도는 악마에게 매수되었다는 증거고 뻔뻔스럽게 세상 사람들 앞에서 악마를 섬기는 것을 뜻한다. 성직자들이 드러낸 화려한 과시에서 사탄의 기괴하고 화려한 행렬을 인정하지 않으려면 두 눈이 미신으로 흐리멍덩해져야 한다. 바보 모자[30] 처럼 생긴 주교관, 수많은 의문 부호를 형상화하고 회의주의와 무지를 상징하는 주교의 지팡이, 「요한 계시록」의 진홍색 옷을 입은 창녀처럼 자주색으로 기괴하게 치장한 추기경, 성베드로 대성당에서 절정을 이루는, 교황이 의식 때 타는 가마와 파리를 쫓는 부채 등 로마식 도구 일체, 베르니니 기사(騎士)[31]가 만든 괴상한 천개(天蓋). 천개의 거대한 사지와 배는 똥칠할 자세로 제대를 덮고 있다.

하지만 무엇도 쓰레기 더미 밑에서 수줍은 듯 흐르는 미미한 샘물을 완전히 고갈시킬 수는 없다. 비록 사탄이 『신약 성경』의 유산에 달려들었을지라도 모든 빛은 그리스도에게서 비롯되고 사제들은 그의 가르침을 우롱하면서도 그를 내세우지 않을 수 없기 때문이다. 또한 거짓말과 죄악의 숲을 뚫고 한줄기 빛이 새어 나오는 것은 드문 일이 아니다. 나는 쉽게 일어날 법하지 않은 그런 빛을 기대하며 이따금씩 미사에 참석한다.

그날 미사는 성금요일의 음산한 어둠 속에서 거행되었고, 화려한 의식에서 잃고 있던 것을 명상에서 되찾고 있었다. 「대영광송」이 끝난 후 종소리가 성토요일 이전에 마지막으로 울렸다. 이어서 오르간 연주자가 바흐의 「성가 주제에 의한 변주곡」을 연주하는 동안에 신자들은 기도를 드렸다.

---

30) 양쪽에 귀가 달린 당나귀 머리 모양의 모자.
31) 잔 베르니니(1598~1680). 이탈리아 조각가, 건축가.

신이여, 저를 용서하소서! 미사의 공식 악기인 오르간이 장엄하고 매혹적인 음색을 울려 퍼지게 할 때마다 내 마음은 구르네앙브레의 시장에서 목마를 타고 있었다. 회전목마는 방아를 찧듯이 열정적이고 구슬픈 유행가를 흥얼거린다. 꼬마들의 벌거벗은 넓적다리는 반쯤 뒷발을 들고 일어선 목마들의 니스를 칠한 옆구리에 착 달라붙어 있다. 목마는 벌린 입과 미친 듯한 눈으로 하늘을 위협한다. 흡입판, 원통, 건반, 수많은 관 모양의 구멍들을 갖춘 진짜 소리 공장인 아코디언이 요란하게 팡파르를 울리면 한 무리의 아이들이 지면에서 1미터가량 떨어진 허공에서 회전체의 딱딱하고 정확한 움직임에 맞추어 올라갔다 내려갔다 하면서 비상한다. 아이들은 가슴이 조마조마하고 시선이 환각에 사로잡혀 있으면서도 열광적으로 소리를 질러 댄다. 죽은 사물에 정신성을 부여하는 추억은 그 아이들의 시끌벅적한 소란을 대위법을 사용한 성가로 바꾸어 놓는다. 그래서 나는 향이 맴돌며 올라가고 있는 그림 유리창의 빛 속에서 지난날 꼬마들이 빙빙 도는 모습을 본다…….

내가 얼마나 몽상에 푹 빠져 있었던지 복음서 봉독과 만다툼[32]을 듣고 깜짝 놀랐다. 성직자석에 앉아 있던 열두 명의 성가대 아이들이 순서에 따라 하얀 제복 밑으로 앙증맞은 발을 내밀었다. 그 맨발은 한창 진행 중인 장엄한 의식과 대조를 이루어 감동적이었다. 베르디에 대주교가 차례차례 아이들 앞

---

32) 계명 낭송.

에 무릎을 꿇는다. 그리고 은제 물병을 들고 맨발 위에 몇 방울의 물을 떨어뜨리고 천으로 닦는다. 권위와 비만 때문에 동작 하나하나가 어설프기 짝이 없는 대주교는 바닥에 엎드려 아이들의 발에 입을 맞춘다. 마지막으로 대주교는 고맙다는 표시로 시동에게 빵과 동전 한 닢을 준다. 마치 독일 병사가 신혼 첫날밤을 치르고 나서 아침에 신부에게 선물하듯이. 성가대 아이들은 다양한 방식으로 경의를 표시한다. 추기경은 놀란 시선으로 주위를 둘러보지만 아이들은 명상에 잠긴 모습으로 두 눈을 내리깔고 있다. 하지만 내가 좋아하는 천사 같은 얼굴을 지닌 아이는 터질 것 같은 웃음을 참기 위해 입술을 깨물고 있다.

황금색과 자주색이 뒤섞인 제의를 걸치고 바닥에 엎드려 아이의 맨발에 입 맞추는 노인의 영상은 내 마음속에 깊이 새겨졌다. 그래서 가톨릭교회가 내 앞에 어떤 파렴치한 언행을 펼쳐 놓든 나는 이십 년 전 네스토르가 죽기 얼마 전에 내게 던진 질문에 어제 아침 영상이 그처럼 심오하고 고상하게 보여 준 응답을 잊지 않을 것이다.

1938년 4월 20일. 행복? 행복에는 내게 아주 낯선 안락, 조직, 안정이 있겠지. 불행하다는 것은 운명의 타격으로 쌓아 놓은 행복이 흔들림을 느끼는 것이다. 그런 점에서 나는 평온하다. 나는 불행으로부터 안전한 곳에 있다. 내게는 쌓아 놓은 행복이 없으니까. 나는 슬픔과 기쁨의 인간이다. '불행과 행복'이라는 교차 개념과 정반대를 이루는 또 다른 교차 개념.

나는 가족도 친구도 없이 비참하고 고독하게 산다. 나는 입에 풀칠하기 위해 오직 소화와 호흡만을 생각하며 마음에도 없는 일에 만족하면서 살고 있다. 평소 내 마음은 칠흑 같은 슬픔에 젖어 깜깜하고 침울하다. 그런데 과분하게도 불현듯 섬광 같은 기쁨이 내 마음의 밤을 비추다가 이내 사라진다. 그러나 이때 내 두 눈에는 춤추는 황금빛 섬광이 가득 맺힌다.

1938년 5월 6일. 오늘 아침 모든 신문의 1면에 새 내각의 장관들 사진이 실렸다. 놀랍게도 교수대에 오를 만한 낯짝들! 비열함, 비천함, 어리석음 따위가 스물두 명의 얼굴에 다양하게 나타나 있다. 예전 내각 조직에서 이미 스무 번이나 놀랄 기회가 있었던 얼굴들. 더구나 대부분이 전 내각에서 일했던 사람들이다.

그러니 '불길한 헌법'을 생각해 두어야겠다. 전문은 다음과 같이 여섯 개 조항을 내포하게 될 것이다.

1. 성덕(聖德)은 개인의 문제이고 지상권(地上權)이 없다.

2. 반대로 정치권력은 전적으로 맘몬[33]의 소관이다. 정치권력을 행사하는 자는 사회단체의 모든 부패와 날마다 맘몬의 이름으로 자행되는 모든 범죄를 책임진다. 그러므로 한 국가에서 가장 사악한 범죄자는 정치 신분상 가장 높은 자리를 차지한 사람이다. 제일 먼저 대통령을 위시하여 장관들, 각종 사회단체장들, 사법관들, 장군들, 고위 성직자들, 맘몬의 모든

---

33) 시리아의 황금 신. 여기서는 부와 재물을 상징한다.

하수인들, '기성 질서'라는 더러운 혼합체의 살아 있는 상징들, 발끝부터 머리까지 피로 뒤덮인 나쁜 놈들.

3. 각 기구는 위 고위층의 역할을 충실히 보조한다. 각종 직업을 가장 비열하게 만족시키도록 이성에 어긋나는 선발 방식을 도입해 국가가 제공할 수 있는 가장 세련된 쓰레기 결정체를 이룬 팀들 중에서 모든 관리를 엄선한다. 내각 회의, 교황 선거 회의, 세계 정상 회담에서 가장 무감각한 독수리들마저 도망치게 하는 시체 썩는 냄새가 풍겨 나오는 것은 확실하다. 그보다 낮은 행정 회의, 참모 회의, 하찮은 정부 기관 회의는 보통 정직한 사람이 접근할 수 없을 만큼 천박한 집단이다.

4. 누군가가 법을 만드는 순간부터 그는 법의 테두리 밖에 있다. 동시에 그는 법의 보호를 받을 수 없다. 따라서 누가 되었든 권력을 행사하는 자의 삶은 바퀴벌레나 사면발니의 목숨보다 가치가 없다. 국회 의원의 면책 특권은 모든 시민이 수렵 허가증이 없어 사정거리에 들어온 정치인을 쏠 권리를 가질 수 있게 관대한 전위(轉位)의 대상이 되어야 한다. 정치적 암살은 정신적 위생 활동이고 성모 마리아와 천국의 천사들에게 기쁨의 미소를 선사한다.

5. 1875년에 제정된 헌법에 한 가지 조항, 즉 전복된 정부의 모든 구성원은 청원 없이 곧바로 군대에 넘겨진다는 조항을 덧붙이는 게 적합할 것이다. 국가가 더 이상 신뢰하지 않는 사람들이 아무런 처벌도 받지 않고 집으로 돌아가고, 게다가 위장 파산의 영광에 둘러싸인 채 정치 활동을 계속한다는 것은 상상조차 못 할 일이다. 이 조항에는 세 가지 장점이 있다. 첫

째는 가장 곪아 터진 국가의 피고름을 제거할 수 있고, 둘째는 후속 정부 조직에 동일한 인물들이 복귀하는 것을 막을 수 있으며, 셋째는 정치계에 가장 부족한 진지한 책임감을 부여할 수 있다.

6. 자발적으로 제복을 입는 사람은 누구를 막론하고 맘몬의 하수인으로 찍히고 선량한 사람들에게 복수의 대상이 된다는 것을 알아야 한다. 법은 악취를 내뿜는 짐승뿐만 아니라 경찰, 사제, 순경, 아카데미 회원까지도 언제든지 쫓아낼 수 있도록 규정해야 한다.

1938년 5월 13일. 선의적인 전위. 그것은 악의적인 전위가 앞서 뒤집어 놓은 가치의 의미를 원래대로 복원하는 것이다. 이 세상의 주인인 사탄은 자신의 무리들, 즉 위정자, 사법관, 고위 성직자, 장군, 경찰의 도움을 받아 신의 얼굴에 거울을 들이댄다. 사탄의 조작으로 오른쪽은 왼쪽이 되고 왼쪽은 오른쪽이 되며, 선은 악이라 불리고 악은 선이라 불리게 된다. 모든 도시를 지배하는 악마는 다른 기호보다 특히 큰길, 골목길, 그리고 살인 전문가인 직업 군인들(물론 이들은 모두 자기 집에서 죽었다.)에게 바쳐진 광장에서 자신의 위력을 드러낸다. 암흑의 왕자인 사탄이 발톱 자국 같은 기괴한 흔적을 남기지 않을 리가 없으니까. 지난 세기 가장 지독한 백정들 가운데 한 명인 뷔조[34]의 이름은 프랑스 여러 도시의 거리를 더럽히

---

34) 프랑스의 육군 원수, 알제리 총독(1784~1849).

고 있다. 절대 악인 전쟁은 숙명적으로 악마적인 예식의 대상이 된다. 그것은 대낮에 맘몬이 거행하는 검은 미사이고, 현혹된 군중은 조국, 희생, 영웅주의, 명예 따위로 불리는 피로 더럽혀진 우상 앞에 무릎을 꿇는다. 악마적인 예식의 명소는 앵발리드 기념관이다. 나폴레옹 황제와 그 수하들의 시체가 썩은 발산물에 의해 팽창된 거대한 황금 기포 같은 돔이 파리 상공에 우뚝 솟았다. 어리석은 대학살을 저지른 1차 세계 대전이라는 악마는 개선문 아래 향을 피우며 나름대로 의식을 거행한다. 게다가 그 향로를 떠받드는 모리스 바레스와 샤를 페기 같은 시인도 있었다. 그들은 1914년의 집단적 히스테리를 위해 모든 재능과 영향력을 발휘해 당연히 수많은 다른 사람들과 함께 위대한 청년 백정들의 반열에 오를 자격이 있었다.

이러한 악과 고통, 죽음의 숭배는 논리적으로 삶에 대한 냉혹한 증오를 수반한다. 추상적으로 격찬된 사랑은 구체적인 형태를 띠고 육화되며, 성욕 혹은 색정이 되는 순간부터 가차 없이 박해받는다. 기쁨과 창조의 샘, 지고의 선, 숨 쉬는 모든 사물의 존재 이유인 사랑은 보수주의자, 속인, 성직자 등 모든 천민이 악랄한 투지를 가지고 추구하는 대상이다.

추신. 가장 고전적이고 가장 위협적인 악의적 전위들 가운데 하나가 순수성이다.

순수성은 천진성의 악의적 전위다. 천진성은 존재에 대한 사랑으로 천상과 지상의 양식을 웃으면서 받아들이며 '순수성-비순수성'이라는 사악한 교차 개념을 모른다. 사탄은 자발적이고 타고난 천진성의 성덕을 거꾸로 바꾸어 자신을 닮은 우스꽝스러운 모사품, 즉 '순수성'이라는 개념을 만들었다. 순수성은 삶을 혐오하고 사람을 증오하며 병적으로 무에 열광한다. 화학적으로 순수한 육체는 절대적으로 반자연적인 상태에 도달하기까지 야만적인 대우를 받는 법이다. 순수성의 악마가 들러붙은 인간은 자기 주위에 파괴와 죽음의 씨를 뿌린다. 종교적 정화 운동, 정치적 숙청, 종족의 순수성 보존 등은 잔혹한 순수성의 변형들이다. 그러나 이 모든 것은 한결같이 범죄에 이르게 되는데, 특히 즐겨 사용되는 범죄 도구는 순수성과 지옥의 상징인 불이다.

1938년 5월 20일. 이상한 미제 기구 하나를 갖고 있는 칼 F.의 집에 갔다. 테이프에 소리를 녹음하고 재생할 수 있는 기구였다. 마이크 끝에 상당히 긴 전선이 달려서 어느 정도 이동할 수도 있었다. 칼은 온갖 동물들의 울음소리를 들려주었다. 특히 발정 중인 사슴 울음소리는 혹시 거기에서 나의 은밀한 의식들 가운데 하나를 발견할 수 있지 않을까 하는 생각이 들 정도로 놀라운 환기력을 지녔다. 칼은 내게 일화 하나를 이야기해 주었다. 그가 박물관의 조류학자에게 녹음된 새소리를 들려주었는데 그 학자는 뮤직홀에서 휘파람으로 흉내 낸 새소리를 확실하게 구별하는 데 성공했을 뿐이란다. 그리고 숲 속에서 어렵사리 포착한 진짜 새소리는 어렴풋하고 특색이 잘 드러나지 않으므로 결국 완전히 실패한 것이라고 말했다고 한다.

칼은 그가 마지막 부분을 장식하기 위해 녹음한 소리가 내

게 어떤 감명을 주었는지 전혀 짐작조차 못 했을 것이다. 그것
은 단순히 처음에는 초조해하다가 이윽고 불평하고 화를 내
더니 결국에 격노하는 사람들이 점점 더 요란하게 떠들어 대
는 소리였다. 그런데 칼의 창문 밑에서 수많은 머리를 가진 괴
물이 격분하여 소리치고 고통을 과장해서 으르렁대며 하늘을
향해 증오의 고함을 지르고, 더군다나 돌멩이에 맞은 유리창
이 쨍그랑하며 깨지는 일이 일어나지 않았는데도 그런 소리
를 녹음할 수 있었을까? 더욱이 그 증오의 물결이 오로지 내
게만 몰려들 수 있는 것일까? 나는 얼마나 끔찍한 불안에 시
달렸던지 땀이 나고 얼굴이 창백해진 모양이었다. 결국 칼에
게 들키고 말았다. 그는 어디 아프냐고 물으면서 최대한 단축
시킨 나의 방문이 끝날 때까지 난처한 표정을 지으며 나를 관
찰했다.

사람들이 나를 포르트데테른 광장에 있는 변변찮은 정비
공장의 주인으로 오해하는 덕분에 내가 살아남을 수 있는데
어떻게 그에게 설명을 하겠는가. 내가 어두운 마력을 지녔다
고 사람들이 의심하면 나는 즉시 형벌을 받게 될 것이다. 나
자신조차 그런 내 운명의 비밀을 간신히 알아본다. 나는 어렸
을 때 요술 방망이에 맞은 적이 있다. 그 효력은 육신을 가진
존재를 일부 대리석상으로 변화시켰다. 그때부터 내 몸은 반
육반석(半肉半石), 즉 한쪽에는 따뜻한 심장, 올바른 손, 상냥
한 미소가 있고, 다른 한쪽에는 부딪치는 사람마다 모두 가차
없이 부러뜨리고 마는 단단하고 비정하고 쌀쌀한 뭔가가 있
다. 그런 몸으로 세상 도처를 돌아다닌다. 나는 어떤 기호가

나타날 때마다 반쯤 동의하에, 실은 반복됨에 따라 더욱 열정적으로 나 자신의 점착성에 복종하며 주교의 자격으로 서품식을 거행한다.

1938년 10월 3일. 나는 사 개월 동안 이 일기장을 방치해 두었다. 만일 이상한 사건이 일어나지 않았다면 이 일기장을 다시 펼치지 않았을 것이다. 오늘 아침에 일어난 일은 여기에 최대한 정확하게 기록해야 할 만큼 중대한 사건이었다.

나는 6시 무렵에 일어났다. 사업상 문제로 극도의 실의에 빠져 있던 나는 먼저 사슴 울음소리 요가를 한 다음에 변기통 머리 감기를 할 생각이었다. 그러나 삶의 권태가 그런 절망적인 치료법에 의지하고 싶은 힘마저 빼앗아 버렸다. 그런 저기압 상태에서 위험한 것은 적어도 외형적으로는 온전한 정신 상태다. 온전한 정신이 저기압을 동반해서 더욱 악화시키기 때문이다. 절망은 어쩔 수 없이 인생의 무의미에 대한 단 하나의 진정한 대답처럼 주어진다. 과거형이든 미래형이든 다른 모든 자세는 도취의 문제처럼 보인다. 인생은 오직 도취 상태에서만 견딜 수 있다. 술, 사랑, 종교 따위에. 무의 피조물인 인간은 코가 비뚤어지게 마시지 않고서는 살아 있는 동안에 일어나는 엄청난 고뇌에 대처할 수 없다.

나는 면도를 하지 않았다. 주섬주섬 작업복을 주워 입고 평소처럼 부엌에 들러 커피도 끓이지 않은 채 곧장 정비 공장으로 내려갔다. 나는 모든 사물의 철저한 적의에 대해 인간의 약점이 전혀 없는 로봇 철갑처럼 무장하고 맞서야 했다. 따라서 오늘 아침 나는 발롱 정비 공장의 주인일 뿐 그 이상도 그 이하도 아니다. 가엾은 벤 아메드가 제일 먼저 내 심기를 눈치챘다. 아메드는 글을 읽지 못하지만 기계 분야에 천부적인 재능을 지녔다. 그는 체계적인 지식이 없는 상태에서 직감으로 일을 처리했다. 아메드가 한번은 경량급 시트로앵 CV II의 모터를 사용하는 조르주이라[35]의 밸브를 연마하기 위해 그것을 특수 회전 연마기에 밀어 넣다가 중심까지 갈아 버렸다. 밸브 머리의 반지름에 따라 약 2밀리미터에서 3밀리미터 간격으로 검은 연필을 이용해 절단면에 줄을 그어서 그 균형을 확인하면 될 텐데 그는 그럴 생각을 아예 하지 않는다. 틀림없이 연필을 사용한다는 것 자체가 그를 당황하게 만들 테니까. 나는 고함을 지르며 그를 자동차에서 밀어내고 그 일에 직접 착수했다. 잠시 후 늦게 도착한 자노에게 호통을 쳤다. 나는 즉시 녀석에게 밸브를 갈아 끼워야 하는 열두 개의 타이어 튜브를 주고 작업실로 보내 버렸다. 그리고 작성해야 할 계산서 뭉치를 들고 유리창을 끼워 만든 임시 사무실에 처박혔다. 7시 30분, 가이야크가 점화 장치를 점검해 달라며 자신의 402B를 맡겼다. 이어서 우체부가 우편물을 가져왔다. 하루 일과가 그럭저럭 시작되고 있었다.

9시 십오 분 전, 투피 양과 그녀의 로젠가르트에 대해 이야기를 나누고 있을 때 벤 아메드가 조르주이라를 수리한 후 시동을 걸었다. 나는 한쪽 귀로 투피 양의 이야기를 들으며 다른

---

35) 프랑스 스포츠카.

쪽 귀로는 조르주이라의 엔진 소리를 청진했다. 엔진은 더없이 훌륭하게 돌아가는 것 같았다. 벤 아메드가 가속 페달을 계속 밟자 나는 짜증이 나기 시작했다. 엔진은 큼직한 고양이처럼 부르릉거리는데 왜 과도하게 공전시키는 것일까? 벤 아메드는 요란한 엔진 소리와 정비 공장을 가득 채운 배기가스에서 쾌감을 느끼는 모양이었다. 마침내 소음이 사라졌다. 투피양은 그녀가 철학을 가르치는 생도미니크 중학교에 대해 이야기했다. 나는 언제나 기숙사에 관심이 있었고, 더구나 여학생들의 기숙사 생활이 어떤지 궁금해서 그녀에게 질문을 던졌다. 그때 조르주이라가 우리 목소리가 들리지 않을 정도로 또다시 으르렁거렸다. 나는 점점 커져 가는 소음 속에서 매우 둔탁하게 덜그럭거리는 소리를 분간해 냈다. 벤 아메드도 그 소리를 들었던지 즉각 가스 주입을 멈추었다. 그때 나는 자노가 관자놀이에 손을 댄 채 작업대 위로 고꾸라지더니 바닥에 무릎을 꿇고 뒤로 벌렁 나자빠지는 모습을 보았다. 선풍기의 날개 하나가 부러져서 엄청난 힘으로 그를 쳤다는 것을 나는 즉시 알아차렸다. 나는 단숨에 달려가서 의식을 잃은 비쩍 마른 그의 몸뚱이를 두 팔로 들어 올렸다.

그 순간 뭔지 모르겠지만 참을 수 없을 만큼 짜릿한 감미로움이 내게 밀려왔다. 나는 하늘에서 갑자기 떨어진 축복에 아연실색했다. 나는 내 품에서 축 늘어진 그 몸뚱이를 물끄러미 바라보았다. 한쪽에는 밤색 머리칼 뭉치 아래서 피투성이가 된 앙상한 얼굴이, 다른 한쪽에는 착 달라붙은 가냘픈 두 무릎과 허공에서 어설프게 흔들거리는 묵직한 군화가 보였다. 벤 아메드는 깜짝 놀라 멍하니 나를 바라보았다. 나는 움직이지 않았다. 세상이 끝날 때까지 그렇게 가만있을 수 있을 것 같았다. 발롱 정비 공장은 거미줄로 뒤덮인 들보와 때가 낀 유리창과 함께 사라졌다. 아홉 명의 천사 합창단이 눈에 보이지 않으나 빛나는 후광으로 나를 에워쌌다. 대기에 향내와 하프의 선율이 가득했다. 감미로움이 내 혈관 속에서 강물처럼 장엄하게 흘렀다. 마침내 벤 아메드가 참견했다.

"좀 보세요! 자노가 피를 흘리고 있어요!" 벤 아메드는 땅바닥에 넓게 퍼진 거무스름한 얼룩을 가리켰다. 그 말이 떨어지자마자 행복감에 전율하는 긴 침묵이 우리를 다시 감쌌다.

"한 아이를 들어 올리는 게 이처럼 아름다운 일인 줄은 정말 몰랐어!" 마침내 나는 더듬거리며 말했다.

그 간단한 말이 내 추억 속에서 길고 깊은 메아리를 일깨웠다.

황홀감을 깨뜨린 사람은 투피 양이었다. 그녀는 강압적으로 나를 그녀의 로젠가르트로 끌고 갔다. 나는 그 몸뚱이를 안고 그럭저럭 뒷좌석에 앉았다. 그리고 우리는 뇌이 병원으로 출발했다.

자노의 증세는 전혀 심각하지 않았다. 두피가 심하게 찢어졌고 두개골에 외상을 입었으나 깨진 흔적은 없었다. 나는 반쯤 녹초가 된 상태에서 자노를 그의 어머니 집에 데려다주었다. 그녀는 터번처럼 거대한 붕대를 보고 기절할 뻔했다. 실은 두 사람 중 가장 많이 다친 사람은 나였다. 하지만 나는 그 사고가 불러일으킨 놀라운 황홀감을 지금도 되새기고 있다.

1938년 10월 6일. 내 펜 아래 처음으로 나타난 희열이란 단어는 언뜻 보아 평범하고 신통치 못한 것인데 대단한 능력을 드러냈다. 그렇다. 내가 기절한 자노의 몸뚱이를 두 팔로 들어 올렸을 때 머리끝에서 발끝까지 나를 뒤덮었던 것은 일종의 희열이었다. 나는 분명히 머리끝에서 발끝까지라고 말했다. 왜냐하면 음란하고 옹색하게 한정된 보통 쾌락과 달리 내가 말하는 황홀경의 파도는 내 몸 전체를 뒤덮고 가장 깊숙한 부위와 가장 멀리 떨어진 말단까지 스며들었기 때문이다. 그것은 음탕하고 제한된 간지러운 쾌감이 아니라 내 존재 전체를 뒤흔드는 즐거움이었다. 그래서 나는 필연적으로 성경에 대한 명상, 다시 말해 여성과 아이를 몸 안에 짊어지고 소유하고 동시에 소유되는 관능적 최면 상태에 끊임없이 사로잡힌 추락 이전의 태곳적 아담에 대해 명상하게 된다. 아담에 비하면 우리의 사랑은 창백한 그림자에 불과하다. 나는 초인적인 성향 덕분에 적절한 기회가 온다면 암수한몸인 위대한 조상의 황홀경에 접근할 수 있지 않을까?

하지만 사변에서 벗어나 구체적 사실에 접근하도록 노력해야 한다. 어제의 경험에서 가장 엄격하고 객관적인 여건은 자노의 무게, 필요하다면 정확하게 킬로그램으로 밝힐 수 있는 무게였다. 나는 그 무게를 짊어지고 희열을 느꼈다!

사전에는 희열(euphorie)이 '행복감'이라고 평범하게 쓰여 있다. 하지만 어원학은 더욱 많은 사실을 알려 준다. 먼저 접두어 'eu'에는 '선(善), 행복, 조용하고 안정된 기쁨'이라는 뜻이 있다. 그리고 'phorie'는 '짊어지다'라는 뜻을 지닌 그리스어 'φορέω'에서 파생된 단어다. 행복을 느끼는 사람(l'euphorique)은 '행복하게 자신을 짊어지는 사람, 즉 컨디션 상태가 좋은 사람'이다. 하지만 단순히 행복하게 짊어진다고 말한다면 더욱 자의적인 의미일 것이다. 갑자기 한줄기 빛이 내 과거, 내 현재, 어쩌면 내 미래까지 비춘다. 왜냐하면 '짊어지기 혹은 운반(phorie)'이라는 중요한 개념은 그리스도를 짊어진(Porte-Christ) 거인인 '크리스토프(Christophe)'라는 이름에서도 발견되고 알부케르크의 전설에도 나타나기 때문이다. 또한 내가 투덜거리면서도 최선을 다해 헌신하는 이 자동차들은 진부한 의미에서나마 인간을 운반하는 기구인 만큼 'phorie'의 개념을 구체적으로 드러내고 있다.

이쯤에서 멈춰야 한다. 연속적으로 나타나는 그런 계시들 탓에 내 눈이 부시다. 다만 한 가지 견해를 더 적고 싶다. 10월 3일에 느꼈던 희열은 내 몸무게에 가해진 한 아이의 무게로 인해 일어난 것이었다. 자노는 분명히 뚱뚱하지 않다. 그렇긴 해도 40킬로그램 정도 나가는 그의 몸무게에 약 110킬로그램에 달하는 내 몸무게가 더해졌다. 그런데 나의 '짊어지는 황홀감'을 가장 잘 나타내는 것은 가벼움, 무게의 경감, 날 듯한 환희의 느낌이었다. 무게가 더욱 가중되었는데 오히려 몸이 떠오르는 느낌! 놀라운 역설! '전위'라는 단어가 즉각 내 펜 아래 나타난다. 말하자면 기호의 변화가 일어났다. 가장 좋은 것은 가장 나쁜 것이 되고, 반대로 가장 나쁜 것은 가장 좋은 것이 되었다. 선의적 전위, 이로운 전위, 신(神)적 전위……

1938년 10월 20일. 어젯밤 잠이 오지 않았다. 하늘은 부드러웠고 별은 반짝였다. 그래서 나는 낡은 호치키스를 타고 마음 내키는 대로 아무 거리나 달렸다. 샹젤리제 대로, 콩코드 광장, 강변도로. 알가 근처에서 자동차와 트럭의 무리가 길을 막아 지나갈 수 없었다. 나는 차를 길가에 세워 두고 걸었다. 곧 수많은 과일과 야채가 널려 있는 한복판에서 길을 잃었다. 파리 중심에 기막힌 채소밭과 과수원이 생겼다. 독하고 감미로운 향과 아세틸렌 램프의 금속성 불빛을 받아 한층 두드러진 색깔. 처음에는 가르강튀아[36]의 점심 식사가 떠올랐다. 하지만 풍성한 과일과 채소가 조금씩 소비의 개념을 조롱하고 식욕을 떨어뜨렸다. 나는 꽃양배추의 피라미드와 순무양배추의 산더미를 우회했고, 덤프트럭 한 대가 후진해서 도로 가장자리에 대고 쏟아 붓는 엄청난 양의 파를 가까스로 피했다.

그런 무지막지한 양이 물건의 가치를 떨어뜨린다고 생각해서는 안 된다. 오히려 그런 막대한 양은 물건을 쓸모없게 만들고 미리 유용성의 개념을 파괴함으로써 그 물건을 찬양한다. 그렇게 생각하면 내 발치에 널린 것은 본질이다. 사과의 본질, 완두콩의 본질, 당근의 본질…….

민물고기를 파는 매력적인 여자 한 명을 제외하고 모든 여자가 뚱뚱하고 시끄러웠다. 그녀는 물의 요정이 그렇듯 비늘 같은 것으로 반짝이고 싱싱함으로 빛났다. 파리에서 가장 힘이 세다는 짐꾼(forts)들이 나 자신과의 유사성 때문에 관심

[36] 16세기 라블레의 소설에 나오는 거인.

을 끌었다. 딱 벌어진 어깨, 거대한 손, 반 마리 분량의 쇠고기와 청어 한 통을 짊어질 때 잔걸음으로 잽싸게 걷는 모습. 전부 분명히 나의 일면이었다. 그런데 그것은 탐욕스럽고 저급한 유용성 때문에 비하되고 천박해진 짊어지는 행위(phorie)다. 그 때문에 사람들은 알 시장의 짊어지는 사람(phores)이 아니라 상스럽게 알 시장의 힘센 사람들(forts)이라는 표현을 사용할지도 모른다. 힘센 사람은 짊어지는 사람의 저속한 표현이다. 나는 당장 알 시장의 진정한 짊어지는 사람을 상상했다. 끊임없이 꽃과 과일과 보석을 그의 발치에 토해 내는 풍요의 뿔을 의기양양하게 기막힌 어깨에 짊어진 당당하고 너그러운 짐꾼을 말이다.

1938년 10월 28일. 나는 사전을 뒤적거리다가 아틀라스가 사람들이 일반적으로 묘사하는 것처럼 지구가 아니라 창공을 두 어깨에 짊어지고 있다는 사실을 알게 되었다. 요컨대 아틀라스는 지리학적으로 하나의 산이다. 산이 하늘을 받치는 기둥이라고 생각하는 것은 나름대로 의미가 있지만, 땅에 적용하면 그 이미지는 이치에 어긋난다. 그것은 가장 영광스러운 짊어지는 영웅들 가운데 한 사람에게 가해진 악의적 전위의 대표적인 예다. 아틀라스는 두 어깨로 별들과 달, 성좌와 은하수, 성운과 혜성, 융해 중인 항성들을 떠받치고 있다. 그래서 항성들의 공간에 잠긴 그의 머리는 별들과 혼동된다. 이제 모든 게 바뀔 것이다. 그를 축복하는 동시에 감싸는 푸른 황금빛 창공 대신에 목을 휘게 하고 시야를 가리는 불투명한 진흙 덩어리인 지구를 짊어지게 한다. 그러면 영웅은 품위와 권위를 잃게 되고, 짊어지는 자에서 힘센 자로 바뀌고, 균형 잡힌 사랑은 번거로운 짐이 된다.

하지만 그 문제를 생각하면 생각할수록 하늘을 짊어진 아틀라스, 별을 짊어진 아틀라스는 신화적인 영웅처럼 보인다. 나는 아틀라스를 지향해서 마침내는 그의 성과와 영예를 발견할 것이다. 내가 미래에 축복받은 두 어깨 위에 귀중하고 성스러운 어떤 짐을 짊어지게 될지라도 신이 허락하신다면 동방 박사들의 별보다 더욱 눈부시고 더욱 찬란하게 금빛 도는 별을 목에 걸고 지상을 걸어가는 모습이 나의 의기양양한 종말이 될 것이다…….

1938년 10월 30일. 오늘 아침에 에르베가 주문했던 카브리올레형 새 자동차 비바[37]를 인수하러 왔다. 영화를 위해 만들어진 듯한 종류의 차에 대한 내 혐오감은 상당히 두둑한 판매 수수료 덕분에 확실하게 누그러졌다. 새 자동차 구입으로 몹시 흥분한 에르베는 물론 마음속에 늘 그런 생각을 가지고 있겠지만 이번만큼 자신의 사회적 성공과 덕성에 대해 드러내 놓고 자신만만하게 기뻐한 적이 없었다. 올해 서른여섯 살인 그는 그 나이가 가장 충만하고 가장 균형 잡힌 시기라고 내게 설명했다. 마치 태어나서 계속 상승하던 곡선이 절정에 이른 것처럼. 물론 그 후부터는 죽음을 향해 내리막길을 걷겠지만.

---

37) 대형 스포츠카.

에르베는 내가 그를 알게 된 십 년 전에도 서른여섯 살처럼 보였다. 어쩌면 내가 알기 전부터, 아니 태어날 때부터 서른여섯 살이었는지도 모른다. 다만 지금까지 서른여섯 살로 보기에는 너무 어렸고, 이제부터 해마다 조금씩 서른여섯 살로 보기에는 너무 늙었을 뿐이리라.

누구든지 그렇게 일생 동안 '본질적인 나이'를 갖게 되어 있다. 그래서 모두들 그 나이에 도달할 때까지는 오랫동안 그 나이를 동경하고, 그 나이가 지나고 나서는 그 나이에 매달리는 것이다. 베르트랑은 언제나 본질적으로 예순 살이고, 클로드는 일생 동안 열일곱 살 먹은 청소년일 것이다. 나로 말할 것 같으면, 나의 영원성과 인간의 비극적인 노쇠 사이에는 뛰어넘을 수 없는 거리가 있다. 나는 숲속의 바위가 사계절의 순환을 지켜보는 것처럼 우수가 섞인 마음으로 초연하게 세대의 밀물과 썰물을 관찰한다.

그런데 몹시 원기 왕성하고 낙천적인 에르베를 보면서 또 다른 생각이 떠오른다. 과잉 적응자. 의학은 '과잉 적응'이라는 새로운 개념을 깊이 연구하는 것이 좋을 듯하다. 학교는 어린이들이 어떤 부적응으로 괴로워하지 않을까 너무 걱정한 나머지 갑자기 과잉 적응자들을 양산하지 않는지 유의해야 할 것이다.

과잉 적응자는 '물속에 있는 물고기처럼' 자신의 환경 속에서는 행복하다. 분명히 물고기는 전형적으로 물에 과잉 적응한 생물이다. 그것은 물고기의 행복이 완벽한 만큼 깨지기도 쉽다는 뜻이다. 만일 물이 너무 뜨겁거나 혹은 너무 짜거나 혹은 수위가 너무 낮아진다면…… 따라서 양서 동물같이 그럭저럭 적당히 물에 적응하며 지내는 편이 낫다. 양서 동물은 습한 곳에서도 건조한 곳에서도 완전히 행복하지는 않지만 두 환경에 그런대로 적응한다. 나는 에르베에게 불행이 닥치기를 바라지는 않는다. 그러나 그의 멋진 체구에서 삐거덕거리는 어떤 일이 일어난다면, 운명이 그에게 어떤 불행을 마련해 두고 있다면 그는 자신의 멋진 균형을 회복하기가 쉽지 않을 거라는 생각이 든다. 한편 때때로 뒤틀리는 사물의 운행과 일시적인 것과 부정확한 것에 익숙해진 양서 동물 같은 우리는 태어날 때부터 모든 환경의 배반에 맞설 줄 안다.

1938년 11월 4일. 나는 루브르 박물관 근처에 가게 될 때마다 그곳에 더 자주 가지 않는 것을 자책한다. 파리에 살면서 루브르 박물관에 한 번도 가지 않는 것은 가장 용서할 수 없는 바보짓이다. 나는 이 년 이상 망설이다가 마침내 오늘 오후 그곳에 들어갔다. 이번 방문에서 얻은 가장 명백한 이득은 내 주된 관심사와는 단지 시간적 괴리가 있을 뿐인 변화의 중요성을 느낀 점이다.

나는 사람들이 수집된 걸작들의 광채 앞에서 눈물조차 글썽이지 않고 서 있는 것이 도무지 납득이 가지 않았다. 아, 파로스섬의 태곳적 아폴론의 마법이여! 딱 들러붙은 두 넓적다리, 상반신 속에 말려 들어간 두 팔과 더불어 원기둥처럼 둥근 육체의 엄숙한 모습과 부드러움으로 빛나면서도 여기저기에 새겨진 칼자국 때문에 비장감이 감도는 얼굴을 빛내는 신비스러운 미소 사이의 매혹적인 대조여!

그 아폴론이 내 집에 있게 된다면 밤낮으로 그 신에게 빠져 지내는 내 삶이 어떻게 될지 상상해 본다. 솔직히 말해서 나는 20세기에 걸쳐 추락한 후에 마침내 내 곁에 떨어진 그 유성(流星)의 눈부신 존재를 어떻게 견딜지 상상조차 할 수 없다. 이 조각상보다 예술의 본질적 기능을 더 명확하게 밝혀 주는 것은 없다. 즉 시간(시간의 침식, 작품 곳곳에 스며 있는 죽음, 우리가 사랑하는 모든 것이 사라질 필연적인 미래)에 의해 병든 우리 마음에 예술 작품은 미약하나마 영원성을 가져다준다. 그것은 최고의 약이자 우리가 애절하게 갈망하는 평화의 항구이며 화끈거리는 우리 입술을 적시는 한 방울의 시원한 물이다.

그리스 로마관에서 가장 오랫동안 내 관심을 끈 것은 흉상 들이었다. 지성, 야망, 잔인성, 자만, 용기, 그리고 가끔 선량 함과 고귀함이 생생하게 빛나는 얼굴들은 아무리 바라보아도 싫증 나지 않았다. 영원히 대답은 없겠지만 그들에게 아무리 같은 질문을 되풀이해도 싫증이 나지 않았다. '당신들은 대체 어떤 활동, 어떤 생명, 어떤 우주의 암호란 말인가?'

다른 전시장에서는 몇 점의 그림을 제외하고 그다지 흥미 를 느끼지 못해 발길을 멈추지 않고 잽싸게 돌아다녔다. 나는 십오 년 전부터 그 그림들이 전시된 곳을 찾아가 잘 있는지 살 펴보고 그 그림들, 비할 데 없는 거울들 속에서 내 이미지를 탐색해 왔다. 나는 여기에서 네스토르의 관심을 강렬하게 사 로잡았던 한 가지 경험을 발견했다. 네스토르는 생크리스토 프 중학교의 여러 시설물에서 다양한 변화, 즉 공기의 포화 상태의 변화를 지켜보려고 무척 노력했다. 아름다움으로 포화된 이곳의 공기 속에서 나는 젊어질 때 느끼는 황홀감과 크게 다르지 않은 도취감을 맛보았다. 그리하여 내가 끈기 있게 맞추고 있는 퍼즐 놀이에 덧붙일 조각을 또 하나 발견한 것이다.

나는 통제 구역의 철책을 다시 통과하다가 출입 담당자와 격렬하게 실랑이를 벌이고 있는 한 꼬마를 발견했다. 승강이가 쉽게 해결될 수 없다는 것을 나는 곧 깨달았다. 꼬마는 사진기를 가져왔는데 사진기를 가지고 박물관에 입장하려면 50상팀을 내야 했다. 꼬마가 그만한 돈이 없다고 하자 직원은 휴대품 보관소에 사진기를 맡기라고 했다. 하지만 얼마나 터무니없는 충고인가! 보관료도 50상팀이었다. 꼬마는 마침내 포기하고 낙심한 채 되돌아섰다. 나는 해결책을 찾아 주기 위해 당연히 끼어들었다. 사진기 보관료 50상팀을 내주는 어른들의 부조리한 해결책이 아니라 낭만적이고 모험적이며 또한 밀수범 같은 방법을 통해서. 나는 상의 속에 문제의 물건을 숨겨 옆구리가 불룩해진 상태로 꼬마와 함께 쪽문으로 다시 들어갔다.

에티엔은 열한 살이었다. 그 꼬마는 또래 아이들에 비해 키가 작고 지독하게 지저분했다. 이목구비가 반듯하지 않고 광대뼈가 튀어나왔으며 피부가 얇은 얼굴과 불안정한 표정은 땅딸막한 체구와 둥글고 비틀린 무릎과 기묘하게 대비를 이루었다. 책이 삐져나온 양쪽 호주머니, 짤막한 두 손, 입으로 물어뜯은 손톱을 보면 아이는 태어날 때부터 모든 것을 읽었고 모든 것을 이해한 듯이 보이는 놀라운 지적 조숙아 같았다. 이런 유형의 아이들은 반대로 신체 성장이 늦는 법인데 발육 부진은 그들이 하는 모든 이야기에 진솔한 모습을 부여한다.

아이는 자주 놀러왔던지 첫 전시장부터 작품들을 놀랄 만큼 잘 알았고, 나를 곧바로 귀도 레니의 「다비드상」 앞으로 안내하더니 사진을 찍자고 제안했다. 허풍과 어리석음으로 가득 찬 얼굴, 넓은 볼, 악의 없는 아름다운 눈, 터무니없이 큰 깃털 모자, 짝 달라붙은 가죽옷. 이 뚱보 소년은 어떻게 에티엔의 마음을 사로잡았을까? 꼬마가 들려준 약간 혼란스러운 설명을 통해 나는 그 아이의 눈에는 다비드가 그 무엇도 전혀 의심하지 않았던 매우 매력적인 종족을 대표한다는 것을 알 수 있었다. 에티엔이 그런 점을 발견하다니! 세상에는 눈부시게 아름답지만 시간적으로 연장할 수 없는 한정된 존재들이 있다. 솔직히 말해 그런 존재들이 우리에게 완전한 생존 적응력이며 손이 미치는 곳에 있는 욕망과 사물, 언행과 사람들이 그들에게 제기하는 질문, 능력과 그들이 수행하는 직업 따위의 놀라운 일치를 보여 주지 않는다면 우리는 아주 당연하게 그들을 경멸할 것이다. 그들은 마치 세상이 그들을 위해 만들어졌고 그들도 세상을 위해 존재하는 것처럼 태어나 살다가 죽는다. 나머지 사람들, 그러니까 의심이 많은 사람, 걱정을 많이 하는 사람, 화를 잘 내는 사람, 호기심이 많은 사람, 에티엔과 나 같은 사람은 그들이 지나가는 것을 바라보고 그들의 본성에 경탄한다.

나는 최근의 관심사를 거의 잊고 있었는데 바티칸 박물관에 소장된 어떤 조각상의 복제품이 내 관심사를 생생하게 되살려 주었다. 초석에 새겨진 '헤라클레스 페데포르(Héraklès pédéphore)'라는 비문만으로도 내게 주의를 환기시키기에 충분했다. 왼팔로 소년 텔레프를 안고 앉아 있는 헤라클레스를 조각한 것이었다. 페데포르는 프랑스어로 포르탕팡이다. 아이를 안고 있는 헤라클레스……

당연한 일이겠지만 에티엔은 나의 놀라운 발견을 전혀 이해하지 못하고 그저 나를 물끄러미 바라보았다. 그래서 나는 웃으며 에티엔 옆에 웅크리고 앉은 다음 왼팔로 아이의 무릎 뒤를 감쌌다. 꼬마는 그 놀이에 동의하고 동그랗게 벌린 내 팔 위에 앉았다. 나는 우리의 모델인 헤라클레스처럼 오른손으로 철퇴를 짚는 체하면서 몸을 일으켰다. 잠시 후 우리는 프락시텔레스의 헤르메스가 자신의 불길한 팔 위에 어린 디오니소스를 앉히고 데려가는 모습을 흉내 낼 수 있었을 터였다. 그런데 우리는 막상 그것보다는 원본이 나폴리 국립 박물관에 소장되어 있는 두 복제품에 더 끌렸다. 하나는 사티로스[38]가 자신의 목에 올라탄 어린 디오니소스를 향해 고개를 반쯤 돌려 올려다보는 모습이었다. 아이는 떨어지지 않기 위해서 왼손으로는 사티로스의 머리카락을 붙잡고 오른손으로 포도송이를 내밀었다. 그 전시장에 에티엔과 나밖에 없어서 다행이었다. 나는 우연히 만난 꼬마 친구를 어깨 위에 태우고 미친 듯이 울려 퍼지는 심벌즈 소리를 상상하면서 그 리듬에 맞추어

---

38) 반인반수인 숲의 정령.

원을 그리며 춤을 추었고, 디오니소스 역할을 맡은 꼬마는 때가 낀 맨살의 넓적다리로 내 두 볼을 조이고 있었기 때문이다. 하지만 우리는 다른 나폴리 동상 덕분에 실력을 마음껏 발휘할 수 있었다. 부상당한 동생 트로일로스를 데리고 가는 헥토르. 얼마나 이상한 한 쌍인가! 헥토르는 포대를 메듯이 동생의 오른쪽 장딴지를 움켜쥐고 어깨에 걸쳐 멨고, 동생은 머리가 땅을 향해 축 늘어진 채 왼쪽 다리는 허공에서 흔들렸다. 나는 우리도 한번 해보는 게 어떠냐는 눈빛으로 에티엔을 바라보았다. 에티엔은 대답 대신 왼발을 내게 내밀었다. 나는 아이의 발목을 잡고 머리가 땅에 부딪치지 않도록 반동을 주며 단번에 힘껏 들어 올렸다. 나는 강렬하고 애정 어린 젊어지는 소명을 은밀히 생각하면서 부드럽고도 경쾌하게 꼬마를 흔들어 댔다. 그러자 아이는 내 등에서 숨 막힐 듯이 웃었다. 아, 얼마나 좋았던가! 달콤한 희열의 강물이 내 안에서 장엄하게 흐르고 있었다!

우리는 정문에서 헤어졌다. 어쩌면 나는 그 꼬마를 다시는 만나지 못할지도 모른다. 그렇게 생각하니 목구멍에서 소리 없는 흐느낌이 솟아오른다. 하지만 나는 확실하고 틀림없으며 절대적인 근거를 통해 이런저런 아이와 개인적인 관계를 맺는 일이 어울리지 않는다는 것을 알고 있다. 그런 관계는 결국 어떻게 될까? 나는 그런 관계는 필연적으로 부성애나 섹스 같은 흔적을 지닌 나쁜 길로 접어들게 될 거라고 생각한다. 내 소명은 보다 고상하고 보편적인 것이다. 단 하나만을 가진다는 것은 아무것도 소유하지 않는 것이다. 단 하나를 잃는다는 것은 모든 것을 잃는 것이다.

1938년 11월 10일. 천사의 압박 탓에 나는 밤새도록 숨이 막혔고 익사하는 꿈과 모래, 땅, 진흙 속에 매장되는 꿈에 시달렸다. 나는 여전히 가슴이 짓눌린 느낌이지만 그렇지 않아도 이미 까다로운 현실을 충분히 부풀린 그 환각과 끝나게 되어 다행이라 여기며 일어났다. 마실 수 없을 만큼 쓴 커피. 사슴 울음소리 요가 한 번 실시. 그리고 두 번 더. 그래도 전혀 기분이 풀리지 않았다. 아침나절의 유일한 위안은 배변 행위다. 나는 갑자기 전혀 끊어지지 않은 멋진 똥을 누었다. 똥 덩어리는 변기 안에 들어가면서 끝이 휠 정도로 길었다. 나는 방금 분만한 멋지고 통통한, 살아 있는 진흙으로 이루어진 갓난아이를 감동에 젖은 눈으로 바라보았다. 그러고 나니 삶의 욕구가 되살아났다.

변비는 우울증의 주요 원인이다. 나는 루이 14세 때 사람들이 관장약과 설사약에 몹시 신경 썼다는 사실을 알고 있다. 사람은 두 발 달린 똥 부대가 되는 것을 가장 받아들이기 힘들어 한다. 단 한 번의 굵고 반듯한 배변으로 변비를 치료할 수 있을 것이다. 그러나 그런 특별한 혜택은 얼마나 소박하게 우리에게 허용되는가!

1938년 11월 12일. 라셸과 순수한 행위(가능태=0). 자노와 희열. 태곳적 아담에 관한 성경의 교훈. 그런 단편적인 생각들은 머릿속에서 일관된 논리를 이루고자 서로 결합한다. 나는 거기에서 한 이름 네스토르(Nestor)의 철자 여섯 개가 투명하게 나타나는 것을 본다.

지배 욕구. 이 두 단어보다 네스토르의 개성을 명확하게 드러내는 것은 없다. 네스토르는 자신의 목적을 달성하기 위해, 타인들에 대한 지배력을 확보하기 위해 두 가지 방법을 사용했다는 것을 이제야 알겠다. 하나는 생크리스토프 중학교의 폐쇄된 세계에서 벗어나지 않은 것이다. 네스토르는 도처에 거미줄을 친 한 마리 거미처럼 중학교 집단 지도 체제의 중심에서 모든 건물의 열쇠를 소지한 채 웅크리고 있었다. 아이들은 맹목적으로 그를 찬미했고 어른들은 그 앞에서 쩔쩔맸다. 네스토르가 세심한 주의를 기울이며 여러 장소의 다양한 대기 밀도를 측정했던 닫힌 세계. 대기 밀도는 성당보다 놀이 시간의 운동장이 낮았고, 수족관, 즉 회랑보다는 식당이 높았으며, 한밤중의 공동 침실이 가장 높았다.

또 하나는 네스토르가 분명히 예감을 했으면서도 별로 참여하지 않았고, 그나마 늦은 시기에 깊숙이 관여하지 않은 것이었다. 내가 말하고자 하는 것은 짊어지는 행위의 길이다. 크리스토프와 알부케르크, 기마전, 그리고 가장 훌륭한 학생들의 운반 기구인 빛나는 자전거에 이르기까지 모든 것이 네스토르가 그 방식을 모르지 않았다는 것을 나타낸다. 그래서 나는 지금으로서는 상당히 설득력이 약하지만 언젠가 확인될 수 있을 한 가지 가정을 세워 보고 싶다. 결국에는 두 길이 하나의 목적지에 도달할지라도 한 사람이 동시에 두 길을 갈 수 없듯이 두 가지 방법이 서로 배타적인 것은 아닐까? 중학교의 유폐, 정확하게 지칭하자면 '기숙사'의 유폐가 후에 야외에서 일어날지도 모를 짊어지는 행위를 대비한 유익한 훈련이 아니었다면 짊어지는 행위를 무용지물로 만들어 버렸을 것이다. 짊어지는 행위는 밀도가 매우 희박한 열린 환경에 부합할 것이다. 그것은 비행사들이 높은 곳을 날기 위해 착용해야 하는 산소마스크와 흡사하다.

이는 모두 분명히 사변적이다. 내게 마구잡이로 주어진 모든 자료를 이해하기 위한 내 정신의 노력일 뿐이다.

그리하여 나는 기숙사 생활 이후 완전히 잊었던 그 '대기 밀도'를 며칠 사이에 두 번이나 발견했다. 첫 번째는 루브르 박물관에서 암시적인 방법을 통해서였고, 두 번째는 바로 오늘 아침 매우 격렬한 방식을 통해서였다.

그 일은 리볼리 거리 119번지에서 일어났다. 그곳에는 같은 이름의 중학교에서 멀지 않은 샤를마뉴 거리로 이어지는 샛길의 입구가 있었다. 나는 셀레스탱 강변에 사는 한 납품업자에게 볼일이 있어 연달아 이어지는 건물 사이의 작은 공터와 연결되는 그 어두운 샛길로 접어들었다. 방금 전에 중학교 교문이 열린 모양이었다. 나는 갑자기 소란스럽게 떠들어 대는 아이들의 물결과 부딪쳤다. 아이들은 좁은 통로를 향해 몰려들어 금방 두 공터를 가득 메웠는데 공간이 비좁았던지 다시 리볼리가 거리로 몰려갔다. 나는 골짜기의 격류를 거슬러 올라가는 한 마리 연어처럼 흔들리고 뒤로 밀리면서도 작은 꽃 한 송이가 모든 수술을 내밀고 꽃가루를 실은 돌풍의 공격을 맞이할 때 같은 감미로운 행복을 느끼며 그 물결에 맞섰다. 내가 선풍기의 날개에 머리를 맞고 쓰러진 자노를 들어 올렸던 순간 내 안에서 녹아 내렸던 것과 아주 비슷하게 날개 달린 듯한 경쾌한 행복. 하지만 이번에는 떠들썩한 수많은 아이들 덕분에 느낀 기쁨이었다. 이 기쁨이 짙어질 때 느끼는 황홀감보다 뛰어나기 위해서는 총체성이라는 결정적인 한 요소가 필요할 뿐이다.

나는 이제야 지루한 철학 시간에 왜 갑자기 데카르트의 몇 구절이 마음속에서 타올랐는지 알 것 같다. 그때 나는 『방법서설』의 원칙이 네스토르의 주된 관심사와 모종의 관계가 있다고 어렴풋이 확신했다. '내가 어디에서도 전혀 빠뜨리지 않았다고 확신할 만큼 완전하게 열거하고 전반적으로 검토할 것.' 외부로 열린 출구가 없고 오직 주어진 내부 법칙에 복종하는 폐쇄된 세계의 대단한 장점은 그런 근본적인 규칙에 쉽게 만족할 수 있다는 점이다.

그러나 나는 네스토르의 성채와 그의 수많은 관심사로부터 멀리 떨어진 열린 환경에서 살고 있다. 나는 보이지 않는 실이 내 발길을 신비한 성취로 이끌 거라는 유일한 확신 덕분에 위로를 받으며 암중모색하고 있다. '크리스토프를 보렴. 자신감을 가지고 걸어가렴.'

나는 정비 공장으로 돌아오자마자 현재 프랑스에 어린이가 몇 명이나 되는지 알고 싶어졌다. 어린이의 나이를 열두 살로 제한했다. 열두 살은 어린이로서 가장 성숙한 때고, 가장 아름답게 만개한 때며, 동시에 사춘기의 대이변이 시작되는 시기다. 아래의 표는 인구 통계 분야의 전문 기자인 한 친구가 내게 알려 준 수치다.

프랑스 출생 현황

연도	전체	남아	영아
1926	767,500	392,100	375,400
1927	743,800	379,700	364,100
1928	749,300	383,600	365,700
1929	730,100	373,000	357,100

올해 1938년은 특별히 호사로운 해다. 최근에 극히 떨어졌던 인구 밀도가 오랜만에 어느 정도 높은 출생률을 보여 주었다. 열두 살 층은 1939년에 급격히 줄었다가 1940년에 약간 상승할 것이고 1941년에는 다시 떨어질 전망이다.

1938년 11월 15일. 어제저녁 에르베 가족은 내가 싫다고 거절했는데도 기어이 나를 모차르트의 「돈 조반니」가 공연되고 있는 오페라 극장에 데려갔다.

나는 나 자신이 오페라를 끔찍이 싫어한다는 사실을 알고 있었는데 그 이유를 이제야 정확히 알 것 같다. 공연에서 주인공들의 성적 특징이 풍자화처럼 보일 정도로 과장되기 때문이다. 남자들의 남성다움은 야수성에 가까웠고 여자들의 극단적인 여성다움은 일상적인 것처럼 보이는 히스테리였다. 이유는 잘 모르겠지만 오페라는 내게 중대한 가치를 지닌 신선함(신선함과 비교하면 다른 모든 가치들은 잔고 없는 수표나 위조지폐에 불과하다.)을 찬양하는 데 가장 부적합한 장르처럼 보인다. 용기, 위대함, 위엄, 고상하거나 도도하거나 혹은 오만한 형태의 아름다움, 심오함, 잔인성, 사랑 따위는 오페라와 어울린다. 하지만 신선함은 아니다. 음악, 무대 장식, 동작, 등장인물들은 신선함과 전혀 어울리지 않는다. 사실 오페라는 객석이든 무대든 어린이들이 접근할 수 없는 숨 막히는 장소들 가운데 한 곳이다. 쳇!

그런데 어제저녁 공연은 가시에 찔리는 것처럼 내 심금을 울렸다고 시인하지 않을 수 없다. 단 한 가지 이유, 돈 조반니가 바로 나이기 때문이다. 물론 사람들이 신선함이 제거된 세계로 나를 옮기고 싶다면 내게 화장과 분장을 시키고 가면을 씌워 변장시키는 일은 불가피할 것이다. 그러면 모든 사람이 속게 될 테고 나 외에는 아무도 그 주인공을 이해할 수 없게 될 것이다. 하지만 레포렐로가 자기 주인에게 정복된 여자들의 목록을 제시하며 독일에서 140명, 이탈리아에서 230명, 프랑스에서 450명, 스페인에서 1003명이라고 열거하는 장면은 내가 너무나도 잘 아는 배출 의지를 여실히 드러낸다. 라셀 같으면 돈 조반니에게 이렇게 말할 수도 있었을 것이다. "당신은 정부(情夫)가 아니야. 식인귀지!" 나는 보는 눈이 있고 듣는 귀가 있는 탓에 그 끔찍한 종장을 잘 이해할 수 있었다. 그것은 줄거리에 이미 전제된 나 자신의 죽음이었다. 왜냐하면 어느날 밤 묘석으로 조각된 방문객이 찾아와서 대리석 주먹으로 내 방문을 두드릴 것이고, 그는 내가 내민 손을 잡고 지금까지 아무도 되돌아오지 못한 어둠의 세계로 끌고 가리라는 것을 나는 의심하지 않기 때문이다. 하지만 그는 우롱당하고 살해된 아버지의 모습이 아니라 나 자신의 얼굴을 지닐 것이다.

이제 나는 나의 최후가 어떻게 될지 안다. 내 내부에 있는 석인(石人)이 살과 피로 된 나머지 부분에 대해 확실하게 승리하는 모습일 것이다. 그 일은 밤에 이루어지리라. 내 운명이 나를 완전히 소유하고 나의 최후의 외침과 나의 마지막 숨은 돌로 된 입술에서 사라지게 되리라.

1938년 12월 2일. 조금 전에 라소세 거리에 있는 공립 초등학교 학생들이 하교하는 장면을 보다가 한꺼번에 아이들 전부를 건져 올릴 대형 그물을 상상해 보았다. 뚱뚱한 아이는 벽에 몰아붙여 검거하고, 먼저 빠져나간 녀석들을 붙잡기 위해서는 인도를 휩쓸어야 할 것이다. 이윽고 맨살의 종아리, 빨간 장식·끈을 단 검은 덧옷, 웃는 얼굴의 아이들을 내게 넘겨주겠지.

1938년 12월 9일. 신문마다 라셀생클루에 있는 그의 별장 '라불지'에서 바이드만을 체포했다는 기사가 가득 실렸다. 그 독일인은 일곱 명을 암살한 혐의를 받고 있다.

1938년 12월 12일. 오늘 아침 흰 눈이 도시 전체를 얇게 덮었다. 사진을 찍으며 돌아다니기에 흔치 않은 좋은 기회였다. 나는 사진기 롤라이를 엑스 자로 목에 걸고 룰 거리까지 거슬러 올라갔다. 생트크루아 중학교 운동장 앞에 도착한 나는 잠시 아이들의 크로스샤세[39]를 관찰했다. 놀라운 발레. 끊임없

---

39) 발레에서 남녀가 번갈아 앞으로 뛰어 나오는 동작.

이 형성되고 지워지고 재구성되는 동작들은 분명히 모종의 의미를 지녔을 것이다. 그런데 어떤 의미일까? 작은 그룹들, 결합, 조화, 구성, 분산. 다른 곳과 마찬가지로, 아니 다른 곳보다 더 이곳에 있는 이 모든 것은 기호다. 하지만 어떤 기호일까? 그것은 상형문자가 뿌려진 이 세상에서 나의 영원한 질문이다. 나는 그 상형 문자를 풀 열쇠를 갖고 있지 않으니까.

　나는 생트크루아 중학교의 운동장과 인도를 갈라놓는 철문으로 다가갔다. 나는 창살 틈새로 연이어 사진을 찍었다. 동물원에서 우리에 갇힌 짐승들을 끄집어내는 사냥꾼처럼 죄의식이 섞인 강렬한 기쁨을 느끼면서. 나는 이 사진들을 천천히 탐색할 것이다. 사진기에 내맡긴 채 순간순간 포착된 작은 사회의 연속적인 상태를 비교해 볼 것이다. 만일 뭔가를 발견해 낼 수 없다면 그야말로 이상한 일이다! 아이들을 우리 속에 넣는다……. 식인귀 같은 내 영혼은 거기서 뭔가 이로운 것을 찾아낼 것이다. 단순한 말장난과 전혀 다른 뭔가가 있다. 모든 철문은 해독의 열쇠를 지니는 법이다. 그것을 적용할 줄 아는 것이 문제다.

　1938년 12월 15일. 점심 휴식 시간. 자노가 내 앞에서 텁수룩한 밤색 머리칼 속에 왼손을 파묻고 책을 읽고 있다. 책 읽기를 중단할 때는 읽던 부분에 손가락을 놓았다. 독서를 완전히 중단해야 할 때는 호주머니에서 몽당연필을 꺼내 나중에 다시 읽을 부분에 십자 표시를 해 두었다.

　자노가 읽던 책은 이탈리아인 콜로디의 『피노키오』였다.

나는 자노가 놓아 둔 책을 대충 훑어보았다. 아이들이 읽기에는 잔인한 장면이 너무 많지 않을까 미리 걱정하면서. 마치 어린이들이 머리가 둔하고 멍청하나 감각이 예민한 짐승이라도 되는 양 고약한 이야기들만이, 싸구려 독주 같은 문학만이 성공적으로 감동을 줄 수 있다니! 샤를 페로,[40] 루이스 캐롤,[41] 빌헬름 부슈,[42] 그리고 탁월한 사드 후작조차 가르쳐 줄 것이 전혀 없었던 사디스트 작가들.

『피노키오』는 먼저 나를 안심시켰다. 뜻밖에 생명을 부여받는 그 인형 이야기는 감동적인 옛날 요정 이야기와 연결된다. 가장 충격적인 부분은 피노키오와 그의 친구 루치뇰로가 학교에서 공부를 너무 못해서 당나귀로 변해 버린다는 끔찍한 일화다. 공포에 사로잡힌 아이들은 무릎을 꿇고 두 손을 비비며 용서해 달라고 간청한다. 하지만 그들의 외침은 조금씩 괴상한 울음소리로 변해 가고 부여잡은 두 손은 발굽으로 바뀌고 입은 콧방울이 된다. 그리고 반바지의 뒤쪽이 부풀다가 역겨운 소리를 내며 터지더니 까만 털이 뒤덮인 꼬리가 밀고 나온다. 정말이지 그처럼 끔찍한 지경에까지 몰릴 수 있다니! 근친상간의 죄를 저지른 어떤 아버지가 속죄하기 위해 들이는 지극한 정성을 비웃듯이 피부가 흉하게 된다는 동화조차 이들 두 아이의 최후만큼 지독한 혐오감을 주지는 않는다.

그런데 피노키오와 루치뇰로의 끔찍한 고난은 내가 오래

---

40) 프랑스의 시인, 비평가, 동화 작가(1628~1703).
41) 영국의 동화 작가(1833~1898).
42) 독일의 시인, 화가(1832~1908).

전부터 알고 있던 한 가지 시련이라는 사실을 깨닫는다. 마술 지팡이를 가지고 단번에 호화로운 사륜 포장마차를 호박으로, 소년을 당나귀로 바꾸는 나쁜 요정을 나는 매일 만난다. '사춘기 요정'이다. 열두 살 먹은 어린이는 최고의 균형과 개화에 도달해서 창조의 걸작이 된다. 그리고 자신을 둘러싼 세계, 완벽하게 질서 정연한 것처럼 보이는 세계를 신뢰하고 자신감에 넘치며 행복하다. 이때 얼굴과 육체는 너무도 아름다워서 다른 나이의 인간미는 그 나이의 투영에 불과하다. 열두 살 이후에는 참변이다. 더러운 털, 시체를 연상시키는 어른들의 피부, 까끌까끌한 뺨, 추하고 냄새나는 터무니없이 큰 성기 등 모든 추악한 남성다움이 어린 왕자에게 한꺼번에 닥쳐 그를 옥좌에서 끌어낸다. 이제 소년은 깡마른 몸매, 구부정한 자세, 여드름이 가득한 얼굴, 회피하는 눈초리를 지니고 영화관과 음악당의 냄새를 탐닉하는 개처럼 변한다. 간단히 말해 청년이 된 것이다.

변화의 방향은 분명하다. 꽃의 시절은 지났고 이제 과일이 되고 씨가 되어야 한다. 이윽고 결혼의 함정이 그 바보를 삼켜 버린다. 그는 다른 사람들과 함께 종족 번식이라는 무거운 수레에 묶여 인구 증가라는 엄청난 설사 작용에 기여하지 않을 수 없게 된다. 그래서 인구는 폭발 상태에 돌입했다. 슬픔, 분개. 하지만 어찌할 것인가! 그 퇴비 위에서 곧 다른 꽃들이 피어나지 않겠는가?

1938년 12월 18일. 일곱 명을 살해한 바이드만 사건의 예심이 진행되고 있다. 키 191센티미터, 몸무게 110킬로그램. 그것은 정확히 나의 신체 치수다.

1938년 12월 21일. 오늘 아침 룰 거리에서 있었던 일. 생트 크루아 중학교의 운동장 끝을 지나 내 정비 공장까지 연달아 늘어선 작업장과 배수 펌프장을 따라 걷는데 갑자기 와글대는 운동장의 소음을 제압하는 긴 고함에 놀라 나는 제자리에 멈추었다. 육체의 가장 깊은 곳에서 나온 호소처럼 오랫동안 참았다가 목구멍에서 나오는 비할 데 없이 맑은 음정이었다. 이윽고 그것은 조금씩 기쁨이 섞인 비장한 소리로 변했다. 엄격함과 충만함, 균형과 폭발의 놀라운 감명!

나는 운동장에서 예외적인 어떤 사건 혹은 특별한 인물을 발견할 거라 확신하고 즉시 발길을 돌렸다. 그러나 아니었다. 아무 일도 없었다. 내 귀에서는 여전히 육체의 모든 화음으로 풍부해진 그 투명한 소리가 메아리치는데 아이들은 마치 그 소리의 기적이 일어나지 않았다는 듯이 예전처럼 왔다 갔다 하고 있었다. 이 중학생들 가운데 누가 자기 내부에서 그처럼 행복하고 순수한 비명을 끌어냈을까? 아이들은 모두 몹시 평범해 보이면서도 몹시 중요해 보였다.

나는 멀어져 가는 '고함' 소리에 매혹된 채 한참 동안 가만히 서 있었다. 그 소리는 나에게 생크리스토프 중학교 시절을 떠올리게 했으나 아이들이 놀고 다투면서 지르는 다양하고 생생한 소리에 묻혀 지워졌다. 이윽고 종이 울리자 아이들은 줄을 지어 교실로 들어갔다. 나 또한 텅 비어 버린 운동장에서 멀어졌다.

　나는 정비 공장으로 돌아가기 전에 그 '고함' 소리가 들린 날짜와 시간을 기록했다. 어떤 기적이 정기적으로 반복되지 않을까 하는 기대만큼이나 엉뚱한 고함 소리.

　1938년 12월 23일. 라소세 거리에 있는 간결한 대형 건물에 유치원 하나와 남녀 공학인 초등학교들이 들어서 있다. 이제 저녁 6시에 아이들이 하교하는 장면을 바라보는 것이 습관이 되어 버렸다. 어느 날 나는 놀이 시간에 그곳을 지나가다가 높은 담 너머에서 활짝 피어나고 있던 소리 다발에 끌렸다. 수많은 아이들로 구성되었지만 잘 조화를 이룬 그 장엄한 합창에 감미롭게 빠져들어 발길을 멈추었다. 간간이 침묵, 감탄, 파이프 오르간 소리, 낮은 목소리의 후렴이 들려왔다. 나는 그저께 생트크루아 중학교의 철문 앞에서 내 마음을 그토록 뜨겁게 감동시켰던 '고함' 소리를 기대하고 있었다. 왜냐하면 그것은 한 아이의 타고난 소리가 특별히 표현된 게 아니라 그 아이의 본질이 소리 형태로 표현되었다고 확신하기 때문이다. 나는 오늘 아침에 그 '고함' 소리를 듣지 못했다. 그 대신에 우렁차고 격한 목소리 더미에 이어 갑자기 레이스처럼 가늘고 매우 날카로운 피치카토[43]와 같은 정교한 트릴이 뒤따랐다. 비웃는 동시에 애무하는 듯한 그 트릴은 눈물이 솟구칠 정도로 내 두 눈을 콕콕 찔렀다. 나는 칼 F.에게 미제 녹음기를

---

43) 현악기의 줄을 활로 연주하지 않고 손으로 뜯는 연주법.

빌려 소리를 녹음하기로 마음먹었다. 날마다 이곳에 와서 놀이 시간의 소리를 녹음테이프에 담아야겠다. 그리고 집에서 조용히 들어 보겠다. 교향곡의 선율을 발견할 때까지 몇 번이고 들어 보겠다. 누가 알겠는가? 어쩌면 그 선율에 맞추어 노래를 부를 수 있지 않을까? 어쩌면 11월 25일 5시의 놀이 시간 혹은 12월 20일 10시의 놀이 시간에 대한 기억을 되살릴 수도 있지 않을까? 내가 상상 속에서 베토벤의 4중주나 쇼팽의 연습곡을 떠올릴 수 있는 것처럼.

나는 새로운 장르의 음악 문화를 획득할 거라고 기대하면서 오랜 시간 동안 감금되었다가 갑자기 풀려나 밖으로 몰려나온 아이들을 관찰하며 변질되지 않은 신선함에 깜짝 놀랐다. 나는 맨 먼저 뛰어나오는 아이들과 맨 나중에 천천히 나오는 아이들이 언제나 정해져 있음을 알게 되었다. 나는 아우성을 치며 좁은 교문을 먼저 빠져나오려는 아이들보다 뒤처진 아이들을 더 잘 알고 있었다.

한편 소녀들이 다른 교문에서 재잘거리며 몰려나왔다. 나는 강렬한 호기심으로 소녀들을 관찰했다. 우리가 어릴 적 남녀를 구분해서 교육한 것은 얼마나 잘못인가! 남자와 여자는 너무나 달라 공동생활에서 서로 결합하기가 아주 어렵기 때문에 어릴 때부터 모든 것을 함께 나누는 습관을 들이지 않는 것은 어리석은 일이고 죄악이다. 개와 고양이는 같은 젖병을 빨고 자랄 경우에만 함께 살 수 있다는 것을 우리는 잘 알지 않는가!

1938년 12월 28일. 크리스마스 방학으로 텅 빈 학교와 운동장에서 알 수 없는 슬픔이 밀려온다. 생기를 주는 그 신선한 작은 섬들 없이, 어른들의 악취를 잠시나마 잊게 해 주는 그 작은 풍선들 없이 어떻게 살아간단 말인가? 아이들의 자유보다 더 해로운 것이 내게는 없다는 사실을 깨달았다. 아이들이 사방으로 흩어지자 대기는 호흡할 수 없을 정도로 희박해진다. 오늘 아침 그런 슬픈 기분으로 나는 헤롯왕의 명령하에 학살된 죄 없는 아이들을 추모하는 미사에 참석했다. 그 끔찍한 대학살과 내가 날마다 듣는 아이들의 소리로 구성된 교향곡을 어찌 연관 짓지 않겠는가! 나는 그 범죄를 상세히 이야기하는 「마태오복음」을 듣다 보니 기둥 뒤에 몸을 숨긴 채 아이들이 불쌍해서 목이 메었다.

1938년 12월 31일. 잠시 후면 1939년 새해가 시작된다. 어릿광대 모자를 쓴 남녀들이 색종이 조각을 상대방의 얼굴에 던지고 있다. 나는 불면증 탓에 따분하고 싱겁고 견디기조차 힘든 침대를 빠져나왔다. 그리고 처마 밑에서 배회하는 몽유병자처럼 고독의 심연에 다가간다. 내년에 엄청난 불과 유황이 쏟아지지 않고는 끝나지 않을 거라는 확신 때문에 공포와 슬픔으로 오싹해진다. 나는 성경을 펼쳤다. 그러나 나처럼 밤에 돌아다니는 사람들에 의해 쓰인 성경은 나 자신의 탄식을 엄청나게 부풀린 메아리를 내게 들려줄 뿐이었다.

내 두 눈은 슬픔으로 쇠약해졌고

내 팔다리는 그림자와 같구나.

내가 기다리는 집은 사자(死者)들이 머무는 곳이구나.

내가 침대를 놓을 곳은 암흑 속이다.

나는 무덤에게 외친다.

"당신은 나의 아버지입니다!"

그리고 구더기들에게 외친다.

"그대들은 내 형제들입니다!"

고인들의 그림자가 물 밑에서 흔들린다.

사자들의 거처가 신 앞에 드러나고

심연은 베일이 없다.

신은 허공 위에 작은곰자리를 펼치고

무(無) 위에 지구를 매달며

구름 속에 물을 가둔다.

큰 구름은 그 무게에도 전혀 터지지 않는다.

신은 옥좌를 베일로 가리고

큰 구름으로 다시 덮는다.

신은 빛과 어둠의 경계선에 있는

물 위에 원을 하나 긋는다.

신은 나의 오솔길 위에 어둠을 내리셨고

나의 자줏빛 외투를 벗기셨으며

내 머리에서 왕관을 벗겨

바위 위에 던져 깨 버리셨다.

신은 모든 부분에서 나를 꺾으셨다.

내 희망을 나무를 뽑듯이 뿌리째 뽑아 버리셨다.

하지만 신은 상처를 내신 것처럼 상처를 감싸시고
다치게 하신 것처럼 두 손으로 낫게 하신다.
그래서 나는 신이 언젠가 내 입술에 미소를 돌려주시고
내 입에 환희의 노래를 돌려주실 것을 안다.
그러면 대지는 기쁨에 떨 것이고
바다는 웃음소리로 울려 퍼질 것이며
들판은 사랑으로 전율할 것이고
숲의 나무들은 혈기 왕성한 말이 갈기를 흔드는 것처럼
윙윙거리면서 나뭇잎을 흔들 것이다.

1939년 3월 2일. 나는 올해 들어 한 번도 기록하지 않았다. 솔직히 어떻게 살았는지조차 잘 모르겠다! 어둠, 습기, 겨울 추위 속에 빠져 있는 어린이를 생각하면 생존의 불행이 뒤섞여 떠올랐다. 결국 그 문제는 나쁜 계절과 관계가 있다는 것을 이해하는 데 오랜 세월이 걸렸다. 해가 갈수록, 그리고 늙을수록 세월은 더욱 빨리 지나가고, 그래서 점점 더 길어지는 체험 시간을 가늠할 수 있고 제압할 수 있게 된다. 그러나 겨울은 내가 쾌활하게 뛰어넘어 다른 계절의 가장자리에 발을 내디딜 만큼 그렇게 충분히 좁혀지지 않았다. 언젠가는 그렇게 될 테지. 지금은 보폭이 모자란다. 그래서 나는 1월과 2월 사이의 구덩이 속에 털썩 주저앉아 있다. 결코 다시는 빠져나올 수 없으리라는 느낌으로.

사실 나는 겨울을 증오한다. 겨울이 살을 증오하기 때문이다. 겨울은 어디에서든지 노출된 살을 발견하면 청교도 선교사처럼 후려치고 징벌한다. 추위는 얀선파[44]의 가장 증오스러운 도덕과 영감의 가르침이다. 그리고 논리적으로 기호는 자신의 존재를 나타내기 위해 살을 필요로 하기 때문에 겨울은 목소리에게 침묵을 강요하고 보통 나의 길 위에 늘어선 불을 꺼 버린다. 그러면 나는 오도 가도 못 하게 된다. 나는 벽에 얼굴을 파묻고 두 주먹으로 귀를 막고 동면한다…….

그런데 오늘 아침 포근한 바람이 밤새도록 정비 공장의 유리창에서 따닥따닥 소리를 내며 내렸던 빗물 자국을 날려 보냈다. 따뜻한 대서양 기단이 하늘의 추위를 부드럽게 누그러뜨렸다. 나는 공장을 나서는 순간 겨울 추위로 하얗게 변한 종아리를 드러낸, 기숙사에 사는 한 무리의 여학생들에게 에워싸였다. 마벨, 우리는 곧 반팔 블라우스와 하얀색 짧은 양말, 여름용 원피스와 짧은 반바지를 보게 될 거야! 이제 고함과 소리를 훔치는 녹음기와 영상을 생포하는 사진기를 닦고 준비하렴.

하지만 조심해. 어떤 징표들이 머지않아 네 얼굴에 갑자기 나타날 테니까!

1939년 3월 4일. 교황 선거 회의 때 추기경의 수행원이거나 교황의 수행원이었던 예순두 명의 추기경이 그저께 아침 바티칸 교황청 안에 있는 교황 선거 회의실에 감금되었다. 그들이 「베니 크레아토르」[45]를 노래하고 있을 때 짜증 난 하늘은

---

44) 17~18세기 프랑스를 중심으로 전개된 종교 운동으로 인간의 의지보다는 하느님의 은혜를 중시한다.
45) '창조주를 찬양하라.'라는 뜻.

격렬한 뇌우로 그들의 목소리를 덮어 버렸다. 그렇게 국제 성직자 단체의 우두머리들은 교황 선거의 총책인 키지 추기경의 배려에 의해 밀폐된 공간에 갇혔다. 교황 호위대와 가톨릭 최고 법원의 배심원들이 모든 출입구를 감시하고 있었다.

군중은 생소한 대기의 밀도를 확인한 186명의 노인들이 피우는 소란을 상상하려고 애쓰면서 전율하고 있다. 오직 시스티나 성당 굴뚝에서 솟아오를 검은 연기의 소용돌이만이 면죄를 보장받은 그 도취된 우두머리들이 몰두하고 있는 장난의 결과를 보여 줄 것이다.

오후 5시 30분, 카치아 도미니오니 추기경이 성 베드로 성당의 중앙 외랑에 나타났다. 의전관들은 미리 문을 열어 놓았고 비오 9세의 문장이 새겨진 융단을 깔아 두었다. 도미니오니 추기경이 공표했다.

"여러분에게 기쁜 소식을 전합니다. 우리는 경외하는 에우게니오 파첼리 추기경을 교황으로 모시게 되었습니다."

군중은 즉시 「테 데움」[46]을 노래하기 시작했다.

나는 파첼리가 어떤 사람인지 모른다. 그의 이름은 지금 심리하고 있는 바이드만처럼 외젠이다. 나는 신문에서 그의 사진을 본 적이 있다. 람세스 2세의 미라처럼 생겼는데 더 말랐고 덜 인간적으로 보였다. 정확히 말해 다가오는 「계시록」의 시대가 요구하는 순수성의 모든 악마들에 의해 초췌해진 반

---

46) '오, 하느님이시여, 당신을 찬미하나이다.'라는 뜻. 성 암브로시오 작으로 알려진 종교시의 첫 구절이며, 이 구절로 성가가 시작된다.

(反)목자 같았다.

1939년 3월 15일. 라소세 거리에 있는 공립 초등학교에서 친구들과 함께 나오는 한 꼬마 아가씨가 내 눈에 띄었다. 소녀는 가슴이 납작하고 무릎에 상처가 있음에도 불구하고 놀랄 만큼 예뻤고 벌써 처녀티가 났다. 어쩌면 내가 소녀의 눈에 띄었다고 말하는 것이 더 정확한 표현이겠다. 그것은 필연적인 일이었다. 나는 몇 주일 전부터 롤라이 사진기나 칼의 녹음기를 가지고 이곳에 와서 나의 낡은 호치키스 자동차 안에 숨어 있었다. 두 문짝 사이에 수직으로 세워 놓은 안테나(끝에는 마이크가 달려 있었다.)가 유일하게 비죽 솟았다. 가끔 교대로 두 기계를 활용했다. 놀이 시간에는 녹음을 하고 하교 시간에는 사진을 찍었다.

나는 소녀의 이름이 마르틴이라는 것을 안다. 친구들이 그렇게 불렀으니까. 한 가지 의문이 떠오른다. 소녀를 짊어지면 어떤 희열감을 느낄까? 생크리스토프 중학교에서 오직 남성적인 교육을 받았기 때문에 소녀는 꼭 탐험해 보고 싶은 미지의 땅이다.

1939년 3월 21일. 봄의 첫날인 오늘이 내게는 행운과 불행이 엇갈린 기념비적인 날이었다. 마치 이제부터는 호사와 불행이 내 인생길 양쪽에서 끊임없이 균형을 이루겠다는 듯이.

불행: 나는 매일 바이드만 사건의 예심 과정을 지켜보고 있는데 신문을 통해 바이드만이 1908년 2월 5일 프랑크푸르트

에서 태어났고 외아들이라는 사실을 알게 되었다. 나 역시 외아들이고 1908년 2월 5일 구르네앙브레에서 태어났다. 그러니까 일곱 명을 죽인 암살범이 나와 똑같은 몸무게와 신장만으로도 모자라 같은 날에 태어났다니. 그런 우연의 일치는 말로 형용할 수 없을 만큼 내 마음에 깊은 상처를 주었다.

행운: 어제 네 시간 삼십 분짜리 놀이 시간을 녹음했는데 멋진 고전 음악이 될 만한 가치가 있었다. 나는 처음으로 악기로 구성된 순수 교향악에서 연극의 줄거리로, 그리고 결국 성담곡으로 넘어가는 음악을 듣게 되었다. 그것은 자기 녹음 테이프 위에 도사리고 있다. 나는 그것을 스무 번쯤 들었다. 더 듣는다 해도 싫증 나지 않을 것이다.

그 음악은 다른 모든 소리를 흡수하고 주위를 조용하게 만들 만큼 우렁찬 소리 다발로 시작된다. 그리고 언뜻 듣기에 동질의 음 같은 그 소리 덩어리에는 전체 음을 변조하고 동시에 약화하는 수많은 작은 외침이 들어 있다. 갑자기 숨 막히게 하고 심장을 멎게 하는 듯한 엄청난 파이프 오르간 소리. 또 다른 소리 다발. 하지만 이번에는 그 작은 외침이 말과 수많은 속삭임이 되었다. 주도적인 속삭임은 불안인데 수없이 반복되고 여러 면에 따라 반사되었다. 마침내 한 단어가 그처럼 떨리는 배경음 위에 뚱뚱하고 번쩍거리는 글자로 새겨졌다. 더러운 놈! 아, 그 욕설! 나는 녹음을 들을 때마다 그처럼 오랫동안 준비되고 그처럼 호화롭게 추켜올려진 욕설을 전율하면서 기다린다. 나는 욕설이 터지기 몇 초 전부터 그 충격을 미리 예상하고 안락의자에 웅크리고 앉는다. 이윽고 숙명처럼 소리 덩어리는 해체되고 소규모의 소리 다발이 여기저기에 형성된다. 기술 음악의 애호가들은 이 부분에서 축구 경기의 한 장면, 두 아이의 격렬한 싸움, 사방에 흩어져 진행되는 놀이들, 몇몇 아이들이 술래를 정하기 위해 부르는 노래 따위를 쉽게 지적해 낼 터다. 그러나 그런 문학적 해석은 경멸해야 한다. 그리고 비록 특별한 개인들을 만들어 낼 엄청난 위험이 있긴 하지만 소리의 분산 속에서 서로 구별되려고 애쓰는 집단 체제의 노력을 읽어야 한다. 하지만 모든 소리는 다시 폭소와 비명이 가득 찬 격렬한 음, 미소 짓거나 비장한 얼굴들이 흔들리고 있는 은빛 도는 수증기 같은 음으로 바뀐다. 결국 종이 성급하게 소리의 궁륭을 공격하자 그 음은 사방에서 무너지고 줄어들더니 사라지고 마침내 다져진 땅을 밟는 구두 발자국 소리만 들린다.

나는 둥근 틀에 자기 녹음 테이프를 스무 번째로 감으면서 녹음하는 동안 매우 맑고 분명한 세부적인 소리를 십오 분 정도 전혀 감지하지 못했다는 사실을 발견하고 무척이나 놀랐다. 나는 녹음할 때 감동적이나 난잡한 소동만 느꼈을 뿐이었다. 그런데 계속해서 듣다 보니 그 미세한 소리들이 조금씩 드러났다.

우리의 실명과 난청의 벽을 뚫기 위해서는 기호들이 우리를 계속 두드려야 한다. 세상 도처에 널린 모든 것이 상징이고 비유임을 깨닫기 위해서는 끊임없이 주의를 기울여야 한다.

1939년 4월 6일. 베르사유 국회 의사당에 모인 상원 의원과

하원 의원 910명이 투표에 참가한 가운데 506표를 얻은 알베르 르브룅이 대통령에 재선되었다. 그들은 투표를 통해 교묘한 판단력을 보여 주었다. 르브룅은 하찮은 것과 천박한 짓을 결합하는 그 어려운 곡예를 해낼 유일한 인물이다.

1939년 4월 14일. 오늘 저녁 마르틴은 검은 실크로 만든 세모꼴 숄을 머리에 썼는데 그 때문에 세모진 얼굴이 더욱 작아 보였다. 그래서 수다스럽고 경박한 설명이 필요 없어졌고, 주요한 윤곽만 드러난 얼굴은 심각한 표정을 짓고 있음에도 불구하고 앳된 티가 역력하면서도 성모 마리아 같은 순수함을 간직하고 있었다. 소녀는 얼마나 예쁜가! 마르틴은 나를 집요하게 바라보았지만 미소 짓지 않았다.

1939년 5월 1일. 낡은 호치키스를 몰고 거리를 누비는 경우에도 엑스 자로 목에 멘 롤라이 사진기가 사타구니 사이에 놓였을 때만큼 기쁜 적은 없다. 그렇게 해서 나는 가죽으로 덮인 거대한 성기를 갖게 되었다. 사진기의 거대한 외눈은 내가 "쳐다봐!"라고 명령하면 번개처럼 잽싸게 눈을 뜨고 녀석이 본 사물을 가차 없이 움켜쥔다. 영상을 훔치고 기억하는 놀라운 기구! 먹이에 쏜살같이 달려들어 실제보다 심오하고 착각을 일으키게 하는 먹이의 외관을 주인에게 바치는 매처럼 빠른 기구! 세상의 모든 아름다움을 담은 향로처럼 가죽끈 끝에서 흔들거리며, 크기는 작지만 신비하게도 속이 빈 그 멋진 사진기의 매혹적인 유연성이여! 은밀히 사진기의 내부를 덮고 있는 새 필름은 단 한 번밖에 보지 못하나 결코 잊히지 않는 거대하고 폐쇄된 망막이다.

나는 언제나 사진을 찍고 현상하고 인화하기를 좋아한다. 나는 발롱에 정착하자마자 쉽게 빛을 가릴 수 있고 세면대를 갖춘 작은 방 하나를 암실로 개조했다. 내가 사진에 푹 빠진 것이 얼마나 다행인지 모른다. 사진 취미는 분명히 현재의 내 관심사에 도움이 된다. 사진술은 사진 찍히는 대상에 대한 소유를 확인하고자 하는 주술적인 행위이기 때문이다. 사진 찍히는 것을 두려워하는 사람은 누구든지 가장 기초적인 양식을 갖추었다고 볼 수 있다. 사진술은 일반적으로 더 나은 방법이 없기에 이용하는 일종의 소비 방식이다. 만일 아름다운 경치를 먹을 수 있다면 사진을 그렇게 많이 찍지는 않을 것이다.

이쯤에서 사진사와 화가를 비교하지 않을 수 없다. 화가는 자신의 감정과 개성을 화폭에 담기 위해 대낮에 끈기를 가지고 세밀하게 붓을 놀려야 한다. 그러나 사진 촬영은 순간적이고 은밀한 행동이다. 요정이 호박을 사륜마차로 바꾸거나 깨어 있는 처녀를 잠들게 하려고 마술 지팡이를 휘두르는 것과 비슷하다. 예술가는 감정을 잘 드러내고 관대하며 원심력을 발휘한다. 반면 사진사는 인색하고 탐욕스럽고 대식가며 구심력을 발휘한다. 물론 나는 타고난 사진사다. 나는 아이들을 소유할 독재 권력이 없으므로 사진이라는 함정을 사용한다. 그렇다고 해서 사진이 부득이한 수단이란 것은 절대 아니다. 장차 내 인생이 어떻게 되든 간에 나는 마치 고독한 밤에 미친 듯이 잠수하며 보내는 그 호수를 사랑하듯이 반짝이는 심오한 영상들에 대한 사랑을 간직할 것이다. 사진에는 내가 아직도 눈물을 흘리며 생각하는 잃어버린 낙원의 가장 마지막 유물인 마술 종이에 갇힌 채 미소를 짓고 살찐 모습을 드러낸 삶이 있다. 사진사의 주술과 실천은 이미 사진 찍히는 대상에 대해 반은 살인적이고 반은 애정적인 소유욕을 이용하는 것이다. 내가 보기에 주술의 마력을 포기하지 않는 사진 촬영 행위의 성과는 실물을 능가할 뿐 아니라 한결 고상하다. 그것은 실물을 새로운 힘, 즉 상상력으로 끌어올린다. 현실의 명백한 산물인 사진 영상은 내 환상과 동질이고 내 상상의 세계와 대등하다. 사진술은 현실을 꿈의 단계로 끌어올리고 실제 대상을 그것의 고유한 신화로 변형시킨다. 렌즈는 신들과 악마에 사로잡힌 영웅들이 되기로 예정된 선택받은 자들이 나의 만신전에 은밀히 들어갈 수 있는 좁은 문이다.

그때부터 나의 골칫거리인 철저한 열거법의 요구를 만족시키기 위해 프랑스와 세상 모든 아이들의 사진을 찍을 필요가 없어졌다. 각 사진은 어느 정도 보편성을 부여하는 추상화를 통해 대상을 한 단계 끌어올리기에 한 아이를 찍는 것은 수천, 아니 수만 명의 아이를 소유하는 것이나 다름없다…….

화창한 5월 1일, 나는 식탁 구석에서 가볍게 아침 식사를 한 후 영상 사냥에 나섰다. 내 롤라이 사진기는 정답게 샅타구니에 자리 잡았다. 내 두 눈은 이제 나뭇가지, 인도, 그리고 옆을 지나가는 자동차 구석에서 쓸 만한 영상을 노리는 파인더일 뿐이다. 5월 1일의 행인들과 개들은 노동절 분위기에 가라앉은 거리에서 일요일처럼 느긋하게 걷고 있다. 세상 풍경이 내 자동차의 앞창 저편으로 연달아 지나간다. 세상은 '5월 1일'이라는 이름을 가진 장식가가 감미롭게 꾸민 쇼윈도 같다. 휴일인 오늘 재미있게 교통정리를 하는 경찰들이 하얀 곤봉을 흔들며 내게 아는 체한다.

나는 낡은 호치키스를 샹젤리제 다리의 둑길에 주차했다. 잿빛 구명보트들, 움직이지 않는 낚시꾼들, 방치된 요트들, 강가에서 세차하고 있는 몇몇 하급 공무원들. 아마 그들에게는 이때가 한 주일 가운데 가장 행복한 시간일 것이다. 한 사공이 큰 거룻배의 펌프를 거칠게 작동시킨다. 펌프가 작동할 때마다 흘수선 높이에서 누르스름한 물이 분출한다. 나는 작은 배에 슬쩍 올라탔다. 그러고는 물에 빠질 위험을 무릅쓰고 노란 물줄기, 가파르고 검은 선체의 윤곽, 푸른 하늘의 한쪽 구석에 선명하게 드러난 선미루에서 몸 전체의 무게로 펌프 손잡이를 누르기 위해 뛰어오르는 키 작은 남자를 파인더에 담았다. 부두에서 한 아이가 거울을 반사시켜 행인들의 눈을 부시게 만드는 놀이를 즐기고 있었다. 나는 녀석에게 거울의 반사광을 내 렌즈에 보내 달라고 부탁했다. 그리고 그 만남에서 만들어질 사진을 미리 상상했다. 하얗게 폭발한 빛 위에 이가 빠진 치아를 드러내고 폭소를 터뜨리는 명랑하고 텁수룩한 얼굴이 될 것이다.

도쿄관 광장에서 한 무리의 아이들이 롤러스케이트를 타고, 또 다른 무리는 공을 차고 있다. 롤러스케이트를 타는 아이들은 결코 스케이트 신발을 벗지 않고, 공놀이를 하는 아이들은 결코 스케이트를 타지 않는다. 아이들은 거의 생물학적인 차이로 나뉘어 서로 어울리지 않는다. 개미들이 생각난다. 어떤 개미는 날개가 있고 어떤 개미는 날개가 없다.

나는 롤러스케이트를 타는 짙은 갈색 머리의 두 소년을 눈여겨보았다. 두 아이는 나이와 키가 다를 뿐 비슷한 옷을 입고 얼굴과 체형이 닮은 점으로 보아 틀림없이 형제일 것이다. 두 아이는 재빠르게 아라베스크 동작을 선보이고 단숨에 몇 계단을 뛰어오르기도 했다. 나는 그들에게 서로 손을 잡고 거대한 석상, 그러니까 춤추는 테르프시코레[47]와 요정을 아르카디아식 장식으로 조각한 석상 밑에서 빙빙 돌아 보라고 부탁했다. 그런 다음 나는 서로 모르지만 무척 잘 어울리는 육신의 쌍, 석상의 쌍, 두 쌍의 사진을 찍었다. 그리고 그 아이들에게 테르프시코레가 누구인지 알려 주었다. 우아한 그리스의 여신이자 롤러스케이트를 타는 사람들의 수호신이라고. 잠시 후 모든 사람의 관심은 앞바퀴에 롤러스케이트를 고정하고 자전거를 끌고 가는 한 아이에게 쏠렸다. 본질적으로 모순된 두 속성의 결합이니 얼마나 놀라운 착상인가! 움직이지 못하게 된 자전거 앞바퀴가 요란한 소리를 내며 포석 위에 쓰러졌다.

잠시 중단된 놀이가 또다시 시작되었다. 요란한 소란 속에서 일렁이는 뒤쫓기, 빙빙 돌기, 춤추기. 춤추는 행렬은 단숨에 몇 계단을 뛰어넘으려는 바람에 무너졌다. 한 아이가 비틀거렸다. 그 아이는 너무 세게 도약한 나머지 계단에서 몇 차례

---

47) 노래, 춤, 서정시의 여신.

튀어 올랐고 계단 밑으로 떨어져 움직이지 못하는 남루한 옷더미처럼 가만히 있었다. 나는 녀석이 형제 중 동생임을 알아보았다. 녀석은 천천히 몸을 돌리고 앉더니 오른쪽 무릎 위로 머리를 숙였다. 울지는 않았지만 얼굴이 고통으로 일그러져 있었다. 나는 녀석 옆에 무릎을 꿇고 앉아 그의 무릎 뒤, 즉 축축하고 부드럽고 떨고 있는 오금으로 손을 밀어 넣었다. 그러자 이상한 감미로움이 뱃속까지 밀려들었다. 대리석 계단의 모서리에 부딪친 모양이었다. 상처는 굉장히 선명했다. 눈꺼풀이 접혔고, 접합부가 착 달라붙은 파열된 키클로페스의 한쪽 눈처럼 완벽한 타원형으로 갈라진 진홍빛 상처에서 유리처럼 투명한 체액 같은 피가 가까스로 스며 나오는 죽은 시선이 느껴지고, 단백질이 섞인 림프액의 가는 줄기가 장딴지를 따라 찌그러진 양말까지 천천히 흘러내린다. 두 아이가 다친 아이의 스케이트를 벗기는 동안에 나는 내 롤라이 사진기의 파인더와 렌즈에 2디옵터짜리 보조 렌즈를 끼운다. 이제 다친 아이가 일어나서 최소한 몇 초 동안은 서 있어야 한다. 나는 꼬마를 일으켜 세웠다. 하지만 녀석은 마르멜로 열매처럼 새파랗게 질려 비틀거렸다. "저러다 쓰러지겠어." 아이들 가운데 한 명이 말했다. 어림도 없지. 나는 녀석의 따귀를 호되게 때렸다. 그리고 녀석을 벽에 기대 세웠다. 첫 번째 사진을 찍었다. 하지만 직접 조명 아래서는 평범한 사진이 될 것이다. 자줏빛 상처의 내부가 드러나도록 하려면 비스듬히 스치는 빛이 필요하다. 나는 녀석을 4분의 1가량 돌게 했다. 내 롤라이 사진기는 크리스털로 된 로봇 눈으로 키클로페스의 움푹 팬 눈[48]을 노려보았다. 상처를 입어 수동적이 되고 사물을 볼 수는 없고 보이기만 하며 애처롭게 벌어진 그 살과 소유욕이 강하고 단호하고 순수한 내 무기의 시선 사이의 본질적인 대조. 나는 그 고통의 작은 조각상 앞에 무릎을 꿇고서 억제할 수 없는 행복한 도취감에 빠져 필름 한 통을 모조리 찍었다. 그리고 마침내 내가 몹시 기뻐하며 기다리던 순간이 다가왔다. 나는 가죽띠를 목에 걸어 사진기가 대롱거리게 내버려 둔 채 오른팔은 부상당한 아이의 무릎 밑으로, 왼팔은 겨드랑이 아래로 밀어 넣어 그 연약한 짐을 안고 몸을 일으켜 세웠다.

나는 그렇게 일어섰다. 내 두 어깨는 하늘에 닿았고 대천사들은 나의 영광을 찬송하며 내 머리를 에워쌌다. 신비스러운 장미가 나를 위해 가장 신선한 향기를 내뿜었다. 나는 겨우 몇 달 사이에 두 번이나 다친 아이를 두 팔로 들어 올렸고 젊어지는 황홀감을 맛보았다. 이 사실만으로도 내가 이제부터 새로운 시대에 들어서게 되었음을 입증하고도 남을 것이다.

나를 에워싼 아이들은 내 얼굴에 퍼져 나가는 빛을 전혀 이해하지 못한다. 자, 이제 시간을 다시 작동시키고 일상생활의 흐름을 재개하며 인류라는 위대한 가족의 평범한 한 구성원인 척해야 한다…….

나는 다친 아이와 옆에서 보살피게 될 그 아이의 형을 내 자동차에 태웠다. 나는 그들을 알마 광장에 있는 약국에 내려 주었다. 나는 노래를 부르면서 새로운 보물들로 가득 찬 영상 상

---

48) 아이의 상처.

자를 사타구니로 어루만지며 돌아왔다. 나는 사진이 기대 이상으로 아름다울 것을 미리 알고 있다.

1939년 5월 4일. 오늘 아침, 나는 뇌이에 있는 생피에르 성당의 시원한 둥근 천장 아래에서 거닐었다. 그림이 그려진 유리창을 통해 스며든 햇살로 성당 안은 울긋불긋했다. 그때 세례반이 설치된 부속 성당에서 갓난아이의 울음소리가 내 관심을 끌었다. 한 무리의 친구와 친척에게 둘러싸인 짙은 갈색 머리의 키 큰 남자가 마치 면사포를 쓴 듯한 한 아기를 엄숙하게 안고 있었다. 대부는 대자를 세례반 위에서 떠받든다. 나는 처음으로 세례 의식에서 티포주적인 의미를 파악했다. 그것은 짊어지는 행위를 통한 어른과 아이의 작은 결합이다.

확실히 그것은 중요한 의미가 다른 데에 있는 한 제도에서 파생된 해석에 지나지 않았다. 그리고 내가 한 번도 대부로 선택된 적이 없다는 사실은 주목할 만하다. 하지만 그 의식이 나의 성향에 어울릴 수 있다는 점을 확인하는 것만으로도 즐겁다. 나는 거기에서 틀림없이 다소 거칠기는 하나 파괴적이지 않은 사물들의 변환 덕분에 내가 사물의 모습, 나의 낙인이 이미 깊이 찍히고 나의 진짜 삶과의 유사성을 드러내는 모습을 바라보는 기호 혹은 증거를 볼 수 있다.

1939년 5월 7일. 필름 현상과 음화의 발견은 유혹과 후회를 동반한다. 불빛에 투과시켜 검토된 음화는 비할 데 없는 매력을 띠는데 양화를 재현하게 될 인화는 실제보다 악화되는 것이 확실하기 때문이다. 풍요로운 뉘앙스와 세부, 색조의 깊이, 음화를 밝게 비추는 어둠 속의 빛. 이 모든 것은 색의 명암의 도치에서 생기는 기묘함이 없다면 아무것도 아닐 것이다. 하얀 머리카락, 검은 이, 검은 이마, 하얀 눈썹을 가진 얼굴, 흰자위가 검고 동공이 밝은 작은 구멍으로 나타나는 눈, 나무들이 까만 하늘에 백조의 깃털처럼 또렷이 보이는 경치, 실제로는 가장 부드럽고 가장 유백색을 띠는 부분이 여기서는 가장 어둡고 가장 창백한 몸뚱이가 된다. 이처럼 우리의 시각적인 습관으로 인해 영원한 반대 사실이 도치된 세계에 도입된 것처럼 보인다. 하지만 그것은 영상의 세계이기 때문에 진정한 악의가 없으며 언제든지 의지대로 다시 세울 수 있는, 말하자면 뒤집을 수 있는 세계다.

음화는 암실의 붉은 밤 속에서 최고로 인정받는다. 나는 어제저녁 7시쯤 골방 같은 암실에 처박혔다. 매번 그렇듯이 나는 즉시 시간 개념을 상실했다. 한밤중에 얼이 빠진 채로 피로에 지쳐 그곳에서 빠져나왔다. 어쨌든 아무 벌도 받지 않고 타인의 개인적인 발산물인 영상을 다루는 암실에는 검은 미사[49] 같은 분위기가 감돈다. 확대기에는 감실[50]이 있고, 암실에서 넘실대는 핏빛의 불빛에는 지옥이 있고, 감광 인화지를 차례대로 던져 넣는 현상액통, 고정통, 정착통에는 연금술이 있기 때문이다. 산성아황산염, 하이드로키논, 초산, 티오황산염 따

---

49) 악마를 찬양하는 마법 의식.
50) 제대 위에 성체를 모시는 작은 궤.

위의 냄새조차 이미 탁한 공기에 주문을 가득 채우는 데 기여
한다.

그러나 사진사의 가장 진귀한 힘은 영상의 확대와 도치 가
능성에서 발산된다. 검은색이 흰색으로, 흰색이 검은색으로
바뀔 뿐만 아니라 음화를 뒤집음으로써 좌우가 바뀔 수 있기
때문이다. 그러므로 현상 후에는 이중 도치가 이루어지는데
구식 사진기에서는 촬영 순간에 대상의 상하 전도가 이중 도
치를 순진하게 예고한다. 사진술에서 이로운 것이든 불길한
것이든 마술적인 면은 대수롭지 않으나 특징적인 그런 현상
들을 통해 충분히 설명된다.

나는 직접 돌아다니며 수집한 음화가 가득 담긴 상자 하나
를 간직하고 있다. 영상처럼 얌전한 그 아이들은 전적으로 내
처분을 기다리고 있다. 나는 언제든 그 아이들 가운데 하나
를 확대기 안에 밀어 넣을 수 있다. 그러면 그 아이는 방 전체
를 차지하고 벽과 탁자와 내게 달라붙는다. 나는 몸뚱이의 어
느 일부나 얼굴을 거대하게 현상할 수 있는데 그 일은 무척 재
미있다. 광대한 세상은 무궁무진한 사냥터이므로 철저한 열
거법을 절망시키는 반면, 나의 영상 양어장은 아무리 풍요롭
다 할지라도 한계가 분명하고 나의 빌린 어린 가축은 셀 수 있
고 열거할 수 있기 때문이다. 나는 당연히 그들의 출처를 전부
알고 있다. 결국 나의 음화의 한정된 수는 각 음화에서 끌어낼
양화의 무한한 수와 균형을 이룬다. 먼저 내 수집의 유한에 귀
결되는 경험적 무한은 다시 가능성 있는 무한이 된다. 하지만
이 경우에는 오직 나를 통해서만 펼쳐질 수 있다. 야생적인 무

한은 사진술에 의해 길들여진 무한이 된다.

　1939년 5월 14일. 앙브루아즈 가족. 나는 정비 공장 1층에
있는 방 세 개를 그들에게 세놓았다. 앙브루아즈는 공장 일이
끝나고 나면 수위와 관리인 역할을 한다. 외제니 부인은 아무
일도 안 한다. 지금까지 살아오는 동안 아무 일도 하지 않은
것처럼.

　앙브루아즈는 자기 생애를 내게 털어놓았다. 그는 외제니
와 사십 년 전 파리 북역에서 만났다. 그때 그는 목수로서 사
회에 첫발을 내디뎠고, 그녀는 상복을 입은 채 브라방 지방에
서 상경한 처녀였다. 그녀는 금발에 부드럽고 연약하며 언제
나 투덜거리는 미인들 중 한 명이었다. 유일한 무기는 흔들리
지 않는 무기력이었다. 그녀는 파리에서 신부(神父)인 아들의
품에 안겨 돌아가신 아버지의 상속 문제를 해결하기 위해 모
든 것을 포기하고 올라왔다. 그녀는 오빠와 공평하게 아버지
의 재산을 나누려고 했다. 외제니는 역 광장에서 청년 앙브루
아즈에게 대충 그렇게 설명했다. 검은 무명 양복을 걸친 그의
얼굴은 깡마르고 광대뼈가 튀어나왔지만 성격은 열정적이고
대담했다. 그는 외제니의 이야기에서 행운과 재산의 냄새를
맡았다. 그래서 그녀의 가방 두 개를 들어 주었다. 그녀가 어
디로 가야 할지 망설이자 대뜸 자기 집에 머물 것을 매우 정중
하게 제안했다. 어느 날 그는 이제 와서 그래 봤자 아무 소용
은 없지만 이렇게 분통을 터뜨렸다. "그 두 개의 가방을 나는
사십 년이나 들어 주게 되고 말았어요!"

숙소를 정하자마자 쉽게 유혹된 외제니는 앙브루아즈의 작은 방에 철썩 들러붙었다. 게다가 상속의 희망이 연기처럼 사라져 버리자 앙브루아즈를 더욱 무겁게 짓눌렀다. 외제니는 오빠가 정직하지 못한 사람이라고 주장했지만 그녀의 아버지가 무일푼으로 죽었는지도 모를 일이다. 내 생각에는 앙브루아즈와 외제니는 사십 년 전부터 벌여 온 2인극을 내 집에서도 계속하고 있는 것 같다. 그는 포도 덩굴처럼 딱딱하고 비뚤어진 하얀 콧수염을 쓸어 올리며 아내(그들은 정식으로 결혼하지 않았다.)의 타고난 우둔함과 게으름을 탓했다. 그녀는 돼지처럼 살이 찐 물렁물렁하고 희멀건 몸뚱이를 이끌고 의자에 앉았는데 회색 머리칼이 스패니얼 개의 귀처럼 통통하고 침통한 얼굴을 더욱 부각시켰다. 그녀는 일이 끝나면 청소를 하고 시장을 보고 요리를 하고 설거지까지 하는 진짜 천국의 성인이라고 앙브루아즈를 입이 닳도록 칭찬했다. 그게 정말이라면 얼마나 무거운 짐이 되는 사랑이겠는가!

외제니는 말이 많다. 단조로운 애가를 부르듯 한결같이 우울하고 구슬픈 목소리로 날씨, 사람들, 사물들에 대해 지칠 줄 모르고 욕설을 하고 또 한다. 결국 나는 앙브루아즈네 집에 갈 때마다 수돗물 소리처럼 들리는 미지근하고 씁쓸한 중얼거림에 전혀 신경 쓰지 않게 되었다. 그러던 어느 날 나는 주로 절(節) 끝에서 한 옥타브를 올리는 그녀의 목소리가 은처럼 맑은 화음, 봄에 시냇물이 졸졸 흐르는 소리, 전원에서 풀을 뜯는 소들의 방울 소리처럼 울린다는 사실을 발견했다. 그래서 그 갑작스러운 음역의 변화, 내 나름대로 그녀의 '방울 놀이'라고 부르게 된 그 변화를 즐겁게 기다렸다. 나는 그 방울 소리와 졸졸 흐르는 소리가 띠는 의미를 필연적으로 알아채지 않을 수 없었다. 그것은 예외 없이 비열한 험담, 독살스러운 비난, 아니면 한참 동안 우울하게 수다를 떨고 나서 내뱉은 살인적인 중상이었다. 그리하여 나는 자노가 위니프리[51]의 진열대에서 상품을 훔친 사실, 벤 아메드가 이 동네의 베르베르인 창녀에게 생활비를 '대준다'는 사실, 내가 바쁠 때만 고용하는 이탈리아인 급유자(給油者)가 급여와 팁에 불만이 있다는 사실, 그리고 특히 이 심술궂은 여자가 나의 사진 사냥에 세심한 관심을 기울이고 있다는 사실을 알게 되었다.

어느 날 멋진 일을 해낸 사냥개가 앞에서 달리고 깡충깡충 뛰도록 내버려 두듯이 롤라이 사진기가 가죽끈 끝에서 흔들리게 둔 채 유난히 풍족한 수확을 얻어 사랑과 기쁨에 취해 앙브루아즈네 집 창문 앞을 지나갈 때 이런 이야기가 들려왔다.

"아, 저기 티포주 씨가 신선한 살로 된 먹을거리를 갖고 시장에서 돌아오네요. 그는 이제 암실에 틀어박혀 그걸 모두 먹어 치울 거예요. 밝은 곳에서는 차마 할 수 없는 뭔가가 있는 모양이죠. 안 그래요?"

외제니였다. 목소리는 마치 철금 오케스트라 같았다.

1939년 5월 18일. 나는 오랫동안 사진 찍히는 대상이 눈치 채지 못하게 부랴부랴 사진을 찍어 왔다. 그 방법은 소득도 많

---

51) 전국적인 체인망을 가진 슈퍼마켓의 하나.

고 편리했다. 더구나 영상을 유괴하는 데 몰두하는 순간마다 나를 조금씩 괴롭히는 비겁한 마음을 달래 준다. 하지만 마지못해 취하는 해결책일 뿐이다. 나는 이제 아무리 사진 찍히는 대상이 출현하는 일이 끔찍하더라도 직접 대면하는 것이 훨씬 바람직하다는 점을 인정한다. 촬영은 어떤 식으로든 사진 찍히는 사람의 얼굴이나 태도를 반영하기 때문이다. 놀라움, 분노, 두려움, 혹은 반대로 즐거움, 허영에 찬 만족, 익살스러운 광대짓, 외설적인 또는 요염한 자태. 100년 전, 마취술이 수술실에 도입되자 몇몇 외과 의사들은 개탄해 마지않았다. "외과 의술은 이제 죽었다. 지금까지 외과 의술은 환자와 시술자가 고통을 함께 느끼는 것에 기초를 두었다. 외과 의술은 마취제 도입으로 시체 해부의 차원으로 격하되었다." 그 점은 사진술에서도 마찬가지다. 대상과 직접적인 접촉 없이 멀리서도 촬영을 가능하게 하는 망원 렌즈는 촬영 때 느끼는 감동을 죽이고 만다. 자신이 사진 찍히고 있음을 아는 대상과 자신이 약탈 행위인 영상 유괴에 몰두하고 있음을 아는 사진사가 함께 그러나 서로 다른 입장에서 느끼는, 가벼운 고통을 죽이는 것이다.

1939년 5월 20일. 흑백의 도치에서 회색 역시 뒤바뀌지만 그 편차는 크지 않다. 흑백의 비율이 정확히 균등한 중간 회색에 가까우면 가까울수록 그 편차는 더욱 적어진다. 이 중간 회색은 검정이나 흰색으로 바뀌는 기준점이고, 그 자체가 변하지 않는 절대적인 기준점이다. 사람들이 모든 도치에 저항하는 이 절대 회색을 정의하고 만들어 내려고 애쓴 적이 있는가? 나는 그런 얘기를 들어 본 적이 없다.

1939년 5월 25일. 아이들이 모두 흩어졌다. 나는 마르틴을 보지 못해 낙심했지만 그래도 기다렸다. 마침내 소녀가 나왔다. 맨 나중에 혼자서. 나는 수줍음을 감추기 위해 미소를 지으려고 애쓰면서 그 아이에게 다가갔다. 그리고 우리가 오래전부터 서로 아는 사이라도 되는 양 인사말을 건네고 용기를 내어 내 낡은 호치키스로 집에 데려다주겠다고 제안했다. 아이는 아무 대답도 하지 않았으나 나를 따라왔다. 내가 자동차문을 열어 주자 차에 타면서 성숙한 여인처럼 살며시 짧은 치맛자락을 무릎 쪽으로 잡아당겼다.

나는 목이 메어 목적지에 닿을 때까지 마르틴과 채 세 마디도 나누지 못했다. 그녀는 집 앞에서 내리고 싶지 않았던지 그랑드자트섬의 르발루아 거리에 있는 기본 공사는 끝났지만 공사 중인 건물 앞에서 내려 달라고 했다. 아, 나는 우리 사이에 맺어진 약간 죄스러운 듯한 공모를 얼마나 좋아했던가! 그녀는 공기의 요정처럼 가볍게 도망쳤다. 그런데 그녀가 텅 빈 공사장에 들어가서 건물 지하 계단으로 사라지는 것을 보고 깜짝 놀랐다.

1939년 5월 28일. 마르틴의 아버지는 철도원이다. 소녀가 자매만 셋이 더 있다고 말했을 때 나는 호기심으로 몸을 떨었다. 악기와 옥타브에 따라 다르게 연주되는 주제곡처럼 마르틴의 다른 판본들(네 살, 아홉 살, 열여섯 살)을 무척이나 만나 보고 싶다! 그러고 보니 나는 이상하게도 한 개인에게 폭 빠질 수 없는 모양이다. 도저히 억누르기 힘든 호기심 탓에 우연히 어떤 유일한 형식을 발견하면 나중에는 다양한 변형들, 단조롭지 않은 반복된 형태들을 찾으려고 애쓰게 된다.

마르틴은 늘 공사 중인 빌딩 앞에서 내려 달라고 했다. 그리고 지하실을 통해 가는 것이 건너편 비탈부오 거리에 있는 집에 가장 빨리 도착할 수 있는 지름길이라고 설명했다.

1939년 5월 30일. 참 이상한 일이다. 내가 아이들에게 열중한 이래로 식욕이 줄어든 것 같다. 유제품 상점의 진열창과 정육점의 진열대는 예전처럼 내 식탐을 자극하지 못한다는 사실을 깨달았다. 이제 나는 보다 일반적인 식이 요법을 위해 날고기와 생우유를 단념하기에 이르렀다. 식욕이 좀 더 세련되고 위보다는 심장에 가까운 형태로 변했나 보다…….

1939년 6월 3일. 나는 날마다 외젠 바이드만의 재판에 관한 기사를 읽는다. 범죄에 짓눌린 외로운 한 인간의 파멸에 전적으로 집착하는 사회단체의 활동이 내 마음속에 그 죄인에 대한 연민의 감정을 불러일으켰을 뿐만 아니라 운명이 악착같이 그를 내게 접근시키는 것처럼 보였기 때문이다. 그리하여 나는 오늘 아침 그가 왼손잡이며 모든 살인을 왼손으로 해냈다는 사실을 알게 되었다. 얼마나 보기 드문 불길한 범죄인가! 나의 불길한 일기처럼 불길한 범죄!

다행히도 마르틴을 생각하고 있으면 그런 모든 강박 관념이 흩어진다.

1939년 6월 6일. 피부. 피부 조직, 바둑판무늬나 마름모꼴 조직망, 오돌토돌한 피부의 다양한 두께, 촘촘하거나 느슨한 모공, 부드럽거나 뻣뻣한 솜털, 간단히 말해서 피부의 격자, 이것이 바로 사진술이 최고의 기능을 발휘하는 영역이고 그림에서는 전혀 낯선 분야다.

1939년 6월 10일. 내가 가장 감미롭게 떠올리는 이미지는 마르틴 가족의 모습이다. 저녁마다 불빛 아래 모이는 세 자매, 어머니, 아버지. 한 번도 가족이라는 것을 가져 보지 못한 나는 얼마나 그들 사이에 끼여 앉아 보고 싶었던가! 또 얼마나 그 폐쇄된 공간에 갇히고 싶었던가! 그 분위기는 틀림없이 특별한 성질과 놀라운 밀도를 지니지 않겠는가! 나의 사냥(사진 사냥이든 다른 부류의 사냥이든 사냥감은 필연적으로 특별한 개인이다.)이 언제나 폐쇄된 집단에 귀착된다는 사실은 주목할 만한 일이다. 갑자기 그것과 비교할 만한 영감이 떠오른다. 그 영감은 분명히 식인귀의 성향과 관련이 있고 내 입장을 밝혀줄 것이다. 인간은 수세기 동안 채집 생활을 한 후 농사를 생각해 냈고, 수 세기 동안 수렵 생활을 한 후 목축을 창안했다. 얼어붙은 대초원을 달리는 일에 싫증 난 나는 가장 아름다운 과일들을 딸 수 있는 폐쇄된 과수원을 꿈꾼다. 나는 또한 따뜻하고 김이 모락모락 피어오르는 외양간(겨울에는 녀석들과 함

께 밤을 지새우면 좋을 텐데……)에 갇힌 온순하고, 필요할 경우
에는 잡아먹을 수 있는 무수한 가축 떼를 꿈꾼다…….

1939년 6월 16일. 비열한 르브룅은 바이드만의 사면 청원
을 거부했다. 사람들은 바이드만이 몇 명을 죽였는지 파악할
수 없었고 그 자신조차 정확히 몇 명을 죽였는지 모를 것이다.
어쨌든 번쩍이는 장식으로 치장한 옷을 입고 으리으리한 책
상 뒤에 앉은 르브룅은 모든 압력으로부터 자유롭고 손가락
만 까닥해도 그 합법적인 살인 준비를 중단시킬 수 있을 텐데
그의 사면을 거절했다. 그런 르브룅의 죄보다 밉살스러운 범
죄가 있을까?

1939년 6월 17일. 나는 뿌리치려고 안간힘을 썼지만 어떤
막연한 힘에 이끌려 외제니 부인의 간청을 들어주었다. 그녀
는 몇몇 이웃 여자들과 함께 어제저녁 바이드만이 처형될 베
르사유에 데려가 달라고 졸랐다. 처형 장면에 대한 그녀들의
열광이 너무 역겹고 어이가 없어서 그곳에 가고 싶은 마음이
싹 사라졌다. 나는 매일 심리와 소송 과정을 상세히 보도하는
기사를 읽었는데 묘하게도 일곱 명을 살해한 그 거인이 죽는
순간을 목격하게 되었다.
우리는 처형이 새벽에 집행되리라는 것을 사전에 알고 있
었다. 하지만 외제니 부인과 그 친구들은 특별석을 확보하기
위해 저녁 9시에 출발하자고 우겨 댔다. 앙브루아즈는 그 수
상쩍은 무리에 끼기를 단호하게 거절했다. 그리고 마누라 없

이 하룻밤을 보내게 되어 너무 행복하다고 내게 말했다. 나는 출발하는 순간부터 자동차에 부담이 갈 만큼 뚱뚱한 아낙네 네 명의 독설과 하찮은 험담에 몹시 짜증이 났다. 외제니 부인의 방울 소리 같은 고음이 규칙적으로 들려왔다. 그때마다 나는 그녀의 말에서 독침을 간파할 수 있었다.

베르사유 주변에서부터 심상찮은 공기가 느껴졌다. 저녁에 몰려든 수많은 군중으로 거리와 인도에 활기가 넘쳤을 뿐만 아니라 대기에는 천박한 공모의 기운이 감돌았다. 이 모든 남자들, 여자들, 그리고 아이들까지 같은 목적으로 온 것이다. 그들은 모두 그 점을 알고 있었다. 나도 마찬가지니 할 말이 없었다…….

나는 가까스로 마레샬조프르 거리에 주차했다. 우리는 걸어서 갔다. 혼잡한 군중은 순간순간 불어났다. 거리는 차로 뒤덮였다. 베르사유 궁전 정면에 있는 아름 광장과 시경 광장은 주차장으로 변했다. 두 곳의 역은 기차가 도착할 때마다 여행자들의 물결을 쏟아 냈다. 그러나 가장 큰 물결을 이룬 것은 골프 바지에 스웨터를 입은 남녀가 함께 타는 2인용 자전거 행렬이었다.

자정이 되자 가스 가로등의 소등을 알리는 긴 경적이 울렸다. 자동차 헤드라이트, 손전등, 아세틸렌 램프의 불빛으로 여기저기 구멍이 뚫린 어둠은 웃음소리, 욕설, 킥킥거리는 소리, 어떤 건방진 젊은이가 떠들어 대는 외설적인 농담, 그리고 그 모든 소리를 뒤덮는 경적으로 가득 찼다. 나는 투덜거리면서도 흥분한 외제니 부인을 선두로 대열을 이룬 네 아낙네의 뒤

를 따라갔다. 우리는 그렇게 기괴한 팀을 이루고 생루이 광장
과 불빛이 사방에서 반짝이는 카페 세 곳을 향해 나아갔다. 우
리는 외제니 부인의 기교와 극성 덕분에 인도를 완전히 막은
테라스들 중 한 곳에서 원탁 하나와 의자 다섯 개를 차지할 수
있었다. 그러나 그것으로 충분하지 않았다. 우리 팀 단장은 원
탁 위에 자신의 의자를 올려놓았고 우리가 힘겹게 그 흔들거
리는 발판 위에 그녀를 올려 주자 비로소 만족했다. 이제 외제
니 부인은 마치 최후의 심판을 주재할 신처럼 군중을 굽어보
는 옥좌에 앉게 된 것이다. 외제니 부인의 세 친구와 나는 군
중이 움직일 때마다 휩쓸릴 위험이 있어 용을 쓰며 원탁을 붙
들었다. 그래서 우리는 외제니 부인의 코끼리 피부 같은 발목
과 검은 펠트 슬리퍼밖에 볼 수 없었다. 우리 주위는 광대한
나들이 장소로 변했다. 사람들은 음식을 꺼내고 소시지를 꺼
냈다. 프라이팬의 기름 냄새를 풍기는 가운데 샌드위치와 작
은 레몬수 병이 머리 위로 오갔다. 새벽 1시경, 세 카페의 맥주
가 거의 동시에 바닥났다. 잠시 언짢은 분위기가 감돌았다. 이
어서 액체 운반차가 생맥주를 뽑는 통에 맥주를 공급하자 사
람들은 그 빨간 통으로 우르르 몰려들어 대접을 들고 줄을 섰
다. 외제니 부인은 장바구니에서 보온병 두 개와 오페라글라
스를 꺼내고 나서 넓은 숄을 어깨에 둘렀다. 그리고 우리에게
뜨거운 커피를 따라 주었다.

　새벽 2시, 한 무리의 헌병대가 단두대가 세워질 생피에르
감옥 앞에 자리를 확보하기 위해 사람들을 힘겹게 밀쳐 내기
시작했다. 그 작전은 짧은 순간에 이루어졌지만 거칠었다. 한

여인이 헌병대의 발길에 짓밟혔다. 헌병대가 작전을 포기하는 대신 기동대가 몰려와서 마침내 그 끔찍한 네모난 처형장을 확보했다. 기동대가 일으킨 격렬한 동요는 우리가 있는 테라스까지 여파를 미쳤다. 의자들이 부서졌고, 술을 기다리다 짜증 난 두 남자가 식탁들 한가운데서 서로 멱살을 잡고 싸웠다. 우리는 외제니 부인의 관측소가 무너지지 않도록 몇 번이나 몸으로 막아 내야 했다. 하지만 좋은 기분은 싹 사라졌다. 심술궂은 군중은 왜 자신들을 기다리게 하는지 이해하지 못했다. 결국에는 돈이 아깝다고 불평했다. 그때 갑자기 세 마디가 처음에는 산발적으로 울리더니 이윽고 수십만의 목청이 함께 터지면서 성급한 리듬으로 반복되었다. "시—작—해! 시—작—해! 시—작—해!" 사람들의 함성에 짓눌린 것처럼 느낀 사람이 단지 나 혼자였을까? 그 절박한 범죄 현장을 에워싼 군인들은 왜 군중에게 발포하지 않는단 말인가? 왜 화염 방사기로 그 썩어 빠진 인간들을 쓸어버리지 않는단 말인가? 마침내 3박자 함성에 이어 "와!" 하는 엄청나고 긴 탄성이 터졌다. 야윈 말 한 필이 끄는 검은색 죄인 호송차가 포석 위에서 덜거덕거리며 다가오고 있기 때문이라고 외제니 부인이 관측소에서 설명해 주었다. 말뚝에 매달린 램프 하나가 돌풍에 흔들리자 두 남자의 그림자가 출렁거렸다. 그들은 두꺼운 널빤지를 뽑더니 단두대를 조립하기 시작했다. 무시무시한 침묵 속에서 나무 망치질 소리와 쐐기를 박는 삐걱대는 소리만 들렸다. 나는 원탁의 인조 대리석에 이마를 기댄 채 단말마에 빠져들었다. 하지만 돌처럼 무거운 단어들을 여기저기에 내뱉는 외제니 부인의 목소리도 들어야 했다. "흔들 굴대, 톱밥 상자, 단두대의 목 넣는 구멍, 단두대 날." 잠시 후 어두운 감옥 건물에서 한줄기 빛이 깜박거렸는데 곧 교도관들이 목청을 다해 궁지에 몰린 고독한 죄인의 종말을 알릴 거라고 했다. 아니었다. 아직 더 기다려야 했다. 군중은 다시 투덜거리기 시작했고 기지개를 켜거나 몸을 구부렸으며 모든 것을 박살 내겠다고 위협했다.

동쪽 하늘이 어슴푸레하게 밝기 시작했을 때 감옥 현관에 불이 켜졌다. 검은 옷을 입은 땅딸막한 남자들이 한 거인을 밀치며 현관에서 나왔다. 거인의 하얀 죄수복이 희미한 빛 속에서 밝은 점을 이루었다. 바이드만은 두 팔을 등 뒤로 묶이고 두 발에는 족쇄가 채워져 잔걸음으로밖에 걸을 수 없었다. 만족스러운 한숨 소리가 군중 사이에서 일어났다. 검은 옷을 입은 땅딸막한 남자들이 단두대의 발치에 도착했다. 바이드만은 중세의 거대한 횡와상(橫臥像)처럼 네 명의 조수에 의해 단두대의 발판 위로 끌어 올려졌다. 그들이 바이드만을 바로 일으켜 세우자 불빛이 그의 하얀 얼굴을 정면에서 비추었다. 그때 방울 소리 같은 외제니 부인의 목소리가 정적을 깨고 마치 거양 성체 때 복사가 흔드는 종소리처럼 울렸다.

"그런데 티포주 씨, 저 작자가 당신을 닮았어요! 어마나, 당신 형 같아요! 아니지. 티포주 씨, 바로 당신이에요! 완전히 당신 모습이에요!"

앙리 데푸르노가 손짓을 하자 조수들은 창백하게 질린 거대한 상(像)을 앞으로 숙이게 하고 쇠고리에 머리를 밀어 넣었다. 그런데 무슨 일이 일어난 것일까? 사형대의 톱니바퀴가 흔들리는 것 같았다. 사람들이 황급히 사형에 처해진 자의 주위에 몰려들었다. 흔들 굴대가 제대로 조립되지 않았던 모양이다. 그 거구가 넘어지면서 목이 놓여야 할 '구멍'에서 벗어났다. 바이드만은 반쯤 오그라든 채 흔들 굴대 위에 엎어져 있었다. 사람들이 그의 두 귀와 머리칼을 움켜쥐고 잡아당겼다. 그것은 기괴하고 용서할 수 없는 짓이었다. 두 기둥 사이로 급격히 올라가는 단두대 날의 덜컹거리는 소리. 호각 소리. 그리고 엄청나게 많은 피가 솟구쳤다. 때는 4시 32분이었다.

나는 외제니 부인의 옥좌 밑에 쪼그리고 앉아 분노를 토해냈다.

1939년 6월 20일. 밤마다 악몽, 환각, 그리고 일시적인 각성 현상이 나를 괴롭혔고, 환하게 빛나는 라스푸틴의 커다란 얼굴이 끊임없이 떠올랐다. 그는 지금껏 터무니없이 성의 순결을 권장했고 황제 측근의 호전주의적 음모를 모든 영향력(그는 궁전에서 막대한 힘을 지녔다.)을 동원해서 반대했다. 사람들은 1914년 6월 28일을 1차 세계 대전이 발발한 날로 간주하는데 그날 프란츠 페르디난트 황태자가 사라예보에서 암살되었기 때문이다. 하지만 같은 날, 어쩌면 같은 시간에 시베리아의 한 마을에서 라스푸틴이 러시아 민족주의자들에게 매수된 창녀의 칼에 찔렸다는 사실을 기억하는 사람이 있을까? 몇 주 동안 꼼짝 못하게 된 그 은자(隱者)는 병원 침대의 구석에서 황제에게 간곡한 서한을 보냈다. 그러나 니콜라이 2세가 총동원령을 포고함으로써 갈등이 폭발하는 것을 막을 수 없었다.

지난밤 라스푸틴은 흐느낌으로 가득한 암흑 속에서 내게 모습을 드러냈다. 선의적으로 도치된 예언자나 순교자의 모습이 아니라 3차원적이고 지고한 위엄의 속성, 즉 우리 시대에 가장 위대한 짊어지는 영웅의 위엄을 지니고서 나타났다. 기적을 일으키는 그의 두 손은 병약한 아이의 병을 낫게 해 그를 생명과 빛으로 인도하는 힘을 지녔기 때문이다. 그 밤에 나의 번민은 고통으로 휘어진 황금빛 불꽃처럼 잠에 빠진 러시아 황태자를 어깨에 짊어진 엄격하면서 눈부신 실루엣(거대하고 까만 촛대 같은)의 발치에서 은신처를 발견했다.

1939년 6월 23일. 이제부터 금주, 금연. 아이들은 담배를 피우지 않고 술을 마시지 않는다. 만일 근본적인 생기를 되찾는 데 포식하는 방법밖에 없다면 적어도 어른의 악취를 풍기는 그 초라한 악덕은 피하자.

1939년 6월 25일. 나흘 전부터 집요하게 계속되는 변비. 이런 경우에 언제나 나타나는 항문 소양증 외에 아랫배가 묵직하고 부어오르는 증상이 동반된다. 그래서 나 자신이 인분 받침대 위에 놓인 인육 흉상처럼 보인다.

1939년 6월 27일. 바이드만의 처형으로 인해 잃어버린 안정감을 되찾을 수가 없다. 천사의 압박이 납덩이 같은 무게로 내 가슴을 짓누른다. 나는 매 순간 허파에 신선한 공기를 공급하기 위해 심호흡을 하려고 애쓰지만 시원한 반사 작용이 이루어지지 않고 안경 뒤에서 눈물만 흐른다.

나는 열어젖힌 창가에 매달린 채 마치 마른 모래 위에 던져진 물고기처럼 숨이 막혀 헐떡거린다. 사랑 없이 몸뚱이를 벗기고 만지는 (육체가 가장 필요로 하는 것은 사랑일 것이다.) 끔찍한 직업을 가진 의사들이 내게 불러일으키는 혐오감에도 불구하고 최후의 수단으로 의사에게 진찰을 받아 볼 작정이다. 나는 영혼에 대해서 이야기하는 것이 아니다! 마귀 들린 사람들을 감금시켜 놓은 수용소는 생각만 해도 끔찍하다. 로마 교황청이 대량으로 양산한 가짜 사제들은 악령을 쫓아낼 수도 없고 또 쫓아내기를 원하지도 않는다. 사람들은 마귀 들린 사람들을 두꺼운 벽 뒤에 숨은 의사들의 재량에 맡기기 위해 그들을 '정신병자'로 규정한다.

나는 의사를 만나러 간다면 가장 겸손하고 가장 가난하고 가장 '학식' 없는 의사를 선택할 것이다. 대기실에서 부랑자들과 창녀들 틈에 앉아 있을 것이고, 맨 먼저 의사의 시선 속에서 내 상처를 치료할 약을 찾아볼 것이다.

그런데 멋진 생각이 떠올랐다. 수의사가 벌새나 코끼리를 치료할 수 있다면 왜 사람인들 치료하지 못하겠는가? 나는 가장 가까운 동물 병원에 가서 새끼를 배지 못하는 암고양이와 눈곱이 끼는 앵무새 사이에 앉았다가 내 차례가 되면 우리 하급 친구들을 정성껏 돌보았듯이 나도 치료해 달라고 수의사에게 애원할 것이다. 필요하다면 무릎을 꿇고서라도 간청할 것이다. 나는 또한 수의사가 기니피그나 포메라니안처럼 나

를 다루어야 한다는 점을 분명히 깨우쳐 줄 것이다. 나는 수의
사에게서 인간적인 따뜻함은 아닐지언정 최소한 동물적인 체
온은 발견할 테고, 그는 굳이 내게 말을 시킬 필요가 없을 것
이다.

1939년 7월 3일. 이 저주받은 사회가 대중 속에 숨어 사는
한 순진한 사람을 평화롭게 사랑하면서 살도록 내버려 둘 거
라고 믿었으니 나는 참으로 어리석다! 그저께 건달들[52]이 악
착같이 나를 더럽히고 절망에 빠뜨렸다. 심술궂고 어리석은
고함 소리는 의인과 연인의 죽음을 알린 것이었다. 하지만 이
미 구원이 예고되고 있다. 그 건달들에게는 위협적이나 내게
는 상냥한 구원.

마벨, 진정해. 분노를 자제해. 너의 저주를 억제해. 넌 이제
잘 알 거야. 엄청난 고난이 준비되고 있고 운명의 신이 너의
평범한 운명을 손에 쥐고 있다는 것을!

나는 평소처럼 하교 시간에 학교 앞에서 마르틴을 태우고
그랑드자트섬의 르발루아 거리에 있는 공사 중인 건물 앞에
내려 주었다. 경쾌하고 명랑한 모습의 마르틴은 지하실로 내
려가기 전에 놀리는 듯한 손짓을 내게 보냈다. 나는 두 팔꿈치
를 운전대에 얹은 채 길 저 너머에 펼쳐진 엷은 보랏빛 저녁
하늘을 바라보며 잠시 그대로 있었다. 내 내부에서는 마르틴
과 함께 있을 때마다 부풀어 오르는 애정의 파도가 아주 감미

---

52) 경찰을 가리킨다.

롭게 흐르고 있었다. 시간이 그렇게 얼마나 흘렀는지 모르겠다. 갑자기 건물에서 새어 나오는 비명 소리에 나는 뼛속까지 얼어붙는 느낌이었다. 아, 생트크루아 중학교 운동장에서 들려오는 억양이 다르고 풍부한 배음[53]의 외침이 아니었다. 그것은 상처 입은 짐승의 절규였다. 나는 찢어지는 듯한 그 격렬한 소리에 잠시 돌처럼 굳어 버렸다. 나는 황급히 자동차에서 내려 작업장의 잔해를 밟으며 지하실 계단으로 내려갔다. 어슴푸레한 빛이 주위를 감싸고 있었다. 나는 지하실 구석에서 올라오는 날카롭고 긴 흐느낌을 따라 다가갔다. 흐느낌이 들려오는 곳은 빛이 네모난 모양으로 스며드는 또 다른 출구였다. 내 두 눈은 곧 어둠에 익숙해졌다. 나는 마르틴의 형체를 알아보았다. 소녀는 치마를 여윈 허벅지까지 걷어 올린 채 바닥을 뒤덮은 회반죽과 물웅덩이 가운데 등을 대고 누워 있었다. 나는 소녀에게 말을 걸었지만 귀머거리가 된 것 같았다. 아무 대답 없이 두 팔을 교차해서 얼굴을 가리고 울먹이며 숨만 내쉴 뿐이었다. 나는 억지로 그 아이의 손목을 잡고 최대한 부드럽게 일으켜 앉혔다. 그때 마르틴은 더럽혀진 얼굴을 들고 한 남자의 윤곽이 드러난 입구를 향해 울부짖었다. "살려 주세요! 나를 놓아 주세요! 이 사람이 나를 아프게 했어요! 아프게 했어요! 아프게 했어요!"

여기저기서 부르는 소리와 달리는 소리가 들렸다. 갑자기 한줄기 불빛이 내 눈을 부시게 했다. 누군가가 마르틴에게 물

---

53) 어떤 진동체가 내는 여러 음 가운데 원음보다 많은 진동수를 가진 음.

었다. "누가 너를 아프게 했지?" 마르틴은 손가락으로 나를 가리키면서 말했다. "이 사람이에요, 이 사람, 이 사람이 그랬어요!" 나는 그 소리를 듣고 하늘이 내 머리 위로 무너져 내리는 것 같았다. 그리고 이성을 잃고 말았다. 나는 다른 출구를 향해 몸을 날렸다. 하지만 누군가가 내 발을 거는 바람에 땅바닥에 고꾸라졌다. 내가 다시 일어서자 한 무리의 남자들이 나를 에워싸며 위협했고 두 여자가 마르틴을 보살폈다. 여러 명이 내 두 팔을 붙잡고 새까만 얼굴들을 들이대며 상스러운 욕설을 내뱉었다. 한 팔을 등 뒤로 뒤틀린 채 앞장서서 경찰서 표시판이 윙윙대는 대로를 마주 보고 걸어야만 했다.

나는 경찰이 죄수 호송차 안으로 나를 밀어 넣을 때 비로소 안도의 한숨을 내쉬었다. 적어도 내 주위에 모여서 분노를 터뜨리는 무리로부터 벗어날 수 있었기 때문이다. 뇌이 경찰서에서 모든 진실이 밝혀지리라고 나는 믿었다. 그러나 1차 심문부터 나의 범행 부인이 명백한 정황과 특히 마르틴의 단호한 고발 앞에서 얼마나 가소로운 짓인지를 깨닫고는 공포에 사로잡히고 말았다. 저 계집아이가 미쳐 버렸단 말인가? 아니면 정말 어두운 지하실에서 자신을 괴롭힌 사람이 나라고 믿는 것일까? 그도 아니면 나를 진짜 겁탈자와 동일시하는 것이 나에게서 가장 빨리 벗어날 방법이라고 생각한 것일까? 나는 아이들이 미묘한 상황을 어른들에게 설명할 수 없을 때 문제를 간단하게 해결하기 위해 거짓말하는 것을 자주 목격해 왔다. 결국 나는 그 뻔뻔스러운 단순화의 희생자란 말인가!

나는 뇌이 경찰서에서 하룻밤을 보내고 나서 아침이 되자마자 유개차에 실려 성범죄를 전담하는 오르페브르가 별관으로 이송되었다. 오후에 담당 형사가 나를 심문했다. 정확히 말하자면 그자가 진술서를 작성하게 했다. 이 뉘앙스는 분명히 해 둘 필요가 있다.

쌀쌀맞기는 해도 예의 바른 담당 형사의 태도는 전날의 소동, 그리고 뚜쟁이들과 주정뱅이들과 함께 지옥 같은 밤을 보낸 내게 위안이 되었다. 사람들은 처음으로 나를 인간적으로, 다시 말해 공손하게 다루었다. 그러나 그가 내게 가한 차가운 충격은 한층 살인적이었다. 그는 그날 아침에 수집한 증거를 들이대며 내가 평소에 라소세 거리의 학교 근처에서 어슬렁거렸는데 그것은 정당화할 수 없는 짓이라고 했다. 또 정비 공장을 수색해서 사진과 녹음테이프를 압수했다고 했다. 예상은 했지만 나는 외제니 부인의 진술이 가장 두려웠다. 이윽고 담당 형사는 단도직입적으로 의사의 진단 결과 명백한 강간이라고 밝혔다. 마침내 그는 서류에 비추어 볼 경우 내가 편집광적인 위험인물이라고 규정했다. 갑자기 문이 열리고 마르틴이 들어왔다. 아, 모든 것이 나를 유린하기 위해 철저하게 꾸며졌다! 그때까지 내가 참고 견딘 것은 꼬마 악마가 나에 대해 꾸며 낸 열렬하고 상세한 고발과 음란한 묘사에 비하면 아무것도 아니었다. 나는 마르틴이 나를 파멸시키기 위해 간간이 사소한 사실을 섞으며 되풀이한 거짓말의 100분의 1도 이곳에 적고 싶지 않다. 결국 담당 형사는 형법 제332조에 따르면 15세 이하의 어린이 강간은 이십 년의 강제 노동형에 처해진다고 내게 경고했다. 그는 일어서면서 이렇게 덧붙였다.

"당신 변호사는 당신의 광기를 내세워 변호하자고 들 것이오. 그러니 당신은 우리에서 숨김없이 자백해야 할 거요. 이제 수사관이 당신의 진술서를 작성할 거요. 예심 판사가 당신에게 혐의를 두지 않는 동안 당신은 이 사건의 특별한 증인일 뿐입니다."

그는 자신이 한 말에 만족해하면서 나를 한 경찰에게 넘겼다. 경찰은 나를 데리고 세 층을 더 올라가서 다락방으로 들어갔다. 그곳에서 경찰들은 먼저 나의 열 손가락에 인쇄용 잉크를 묻히고 카드 위에 지문을 찍게 한 다음, 이어서 정면과 측면에서 내 모습을 찍었다. 영상의 도둑인 나를! 얼마나 가소롭고 악의적인 전위인가! 그리고 취조가 시작되었다.

지옥처럼 협소하고 지나치게 덥고 지저분하고 시시한 그 방에는 세 명의 경찰이 있었다. 땅딸보, 뚱보, 보통 체격. 보통 체격의 경찰은 경기관총처럼 연속으로 따다닥거리는 타자기를 치고 있었다. 뚱보는 양순한 사람처럼 보이려 애썼고, 땅딸보는 나에게 증오심을 드러냈다. 먼저 뚱보가 단순한 격식일 뿐이라고 내게 말했다. 나는 현행범이고 증언이 일치하기 때문에 우리가 함께 작성하게 될 진술서에 서명만 하면 된다고 했다. 나는 즉각 그에게 반박했다. 특별한 증인 아벨 티포주는 근본적인 점에서 동의하지 않았다. 그는 강간의 장본인임을 부인했다. 그러자 뚱보는 안락의자에 길게 누웠다. 능글맞은 비열한 미소가 그의 얼굴에 피어올랐다.

"당신에게 이야기를 하나 해 주지. 예전에 포르트데테른 광장에서 독신으로 살던 자동차 정비공이 있었지……."

뚱보는 그렇게 능청을 떨면서 내 서류를 훑어보며 내가 모르고 있던 사실들을 하나씩 하나씩 늘어놓기 시작했다. 사진을 보고 재구성한 도쿄관의 장면, 외제니 부인이 얘기한 자노의 사고. 일련의 복잡한 구성(그 가운데 따져 볼 만한 부분은 전혀 없었다.)을 토대로 판단해 보건대 내가 마르틴을 강간했다는 혐의는 냉혹하게 굳어져 가고 있었다. 나의 완강한 부인은 무모해 보였고, 중죄 재판소에 회부될 때 나 자신이 배심원들을 짜증 나게 만들 것은 자명한 일인 듯싶었다.

나는 여섯 시간 동안 땀에 흠뻑 젖고 피곤으로 비틀거리며 욕설과 구타에 녹초가 된 상태에서도 혐의를 부인했다. 마침내 땅딸보가 세면대 위에 걸린 거울 쪽으로 나를 끌고 갔다. 그리고 이렇게 말했다. "자, 쳐다봐. 배심원들에게 내보일 네 낯짝이야! 진짜 암살범의 낯짝이지?" 나는 본의 아니게 거울을 바라보았다. 그는 처음으로 맞는 말을 했다. 그는 자신에게도 마르틴과 동갑내기인 딸이 하나 있는데, 자기라면 나 같은 인간쓰레기들을 꼬챙이에 꿰어 죽일 거라고 덧붙였다. 내가 머리와 어깨로 그를 위압하자 나를 다시 앉혔다. 나는 그가 내 뺨을 때릴 거라 생각하고 안경이 깨져 장님이 될까 두려워 안경을 벗었다. 그러나 내 뺨을 치지는 않았다. 대신 내 얼굴에 침을 뱉었다. 방금 무슨 일이 일어났는지 깨닫고 뺨에서 흘러내리는 침이 간지럽다고 느낀 나는 벌떡 일어났다. 순간 경찰들은 폭력 사태가 일어날까 두려웠던지 뒤로 물러났다. 자식들, 또 한 번 속았지! 잔잔한 행복감이 나를 감쌌다. 부드럽고 연한 색깔의 안개가 안경을 벗은 나를 에워싸고 있었다. 나는 발밑에서 지진의 진동 같은 것을 느꼈다. 화물창에서 기계들이 헐떡거리고 닻이 올려지면서 수많은 기관들이 깊이 맞물려 오랫동안 떨리는 소리를 내며 여행자들에게 배의 출발을 알리는 것처럼. 운명의 신이 드디어 움직이기 시작하여 나의 초라한 개인 운명을 책임졌다. 멀리서 한 영상이 내 앞에 다시 나타났다. 네스토르의 절대적인 장난감이었던 자이로스코프. 그 기구는 미세한 진동을 통해 네스토르에게 지구의 자전에 대한 직접적이고 감지할 수 있는 증거를 제공했다. 나는 뼈 마디마디 속에서 이 지구의 심장이 뛰는 희미한 고동을 느끼고 있었다.

나는 미소를 지으며 내 생각에는 심문이 끝난 것 같다고 말했다. 뚱보는 다른 상황에서라면 동료들을 어리둥절하게 할 만큼 고분고분한 태도로 한 경찰을 부르고는 나를 독방으로 데려가라고 지시했다. 그날 밤 나는 환희에 휩싸여 잠을 이룰 수 없었다. 이제 아무것도 걱정되지 않았다. '역사'라는 거대한 솥이 이미 끓기 시작했다. 그것을 중지시킬 수 있는 것은 아무것도 없으며 그곳에서 무엇이 나올지, 누가 그 안에 던져질지 알 수 있는 사람은 아무도 없었다. 학교는 이십 년 전에 보베에서처럼 불타오를 것이다. 하지만 이번 화재는 거인 티포주에 걸맞게, 그를 짓누르는 그 끔찍한 위협에 걸맞게 엄청날 것이다.

1939년 7월 12일. 내 변호를 맡게 된 국선 변호사 르페브르씨가 나를 보러 왔다. 그는 내 사건이 양식에서 벗어났다고 판단했는지 낙관하지 말라고 경고했다. 나에 대한 조서가 너무 불리하게 작성되어 그는 정신 박약을 내세워 나를 변호할 모양이었다. 나는 그에게 나 때문에 시간을 낭비하지 말라고 충고했다. 소송도 변호도 없을 테니까. 역사가 움직이고 있지 않은가. 예리코의 나팔 소리가 곧 내 감옥의 벽을 허물 것이다. 내가 그런 식으로 이야기하면 할수록 광기를 내세워 변호하겠다는 그의 결심이 더욱 굳어지는 것을 느꼈다. 나는 투옥된 다음 날부터 종이와 연필을 요청했다. 변호사는 휴가철이 시작되면 모든 일이 중지될 텐데 그 기간 동안 읽을거리가 필요하지 않느냐고 물었다. 나는 성경을 부탁하려다가 생각을 바꾸었다. 내게 필요한 것은 무엇보다도 형법이었다.

1939년 7월 16일. 오해로 나를 증오하는 모든 사람이 만일 나를 안다면, 나를 대충 알고 있다면 지금보다 천배는 더 나를 증오할 것이고, 나는 그게 합당하다는 것을 숨겨서는 안 된다. 하지만 그들이 나를 완벽하게 알고 있다면 나를 무한히 사랑하게 될 거라는 점도 덧붙여야겠다. 나를 완벽하게 아는 신이 그렇듯이.

1939년 7월 30일. 형법. 얼마나 멋진 독서인가! 바지를 벗긴 사회는 가장 치욕스러운 부분들과 가장 고백하기 어려운 강박 관념들을 드러낸다.

걱정거리 1호. 소유권 보호. 어떤 범죄도 소유권 침해보다 더 잔인하게 처벌되지 않는다. 고의적으로 가한 상해나 구타는 가벼운 감옥형을 받으면 된다. 그러나 무기가 사용되지 않고 도둑에 이용한 차량 안에 놓여 있을지라도 죄인이 어떤 것이든 무기를 소지하고 있었다면 불법 침입은 사형에 처해진다. 더구나 터무니없는 잔인성 때문에 대부분의 형법 조항은 전혀 적용할 수 없다. 사람들은 입법자가 조용한 사무실에서 추상적으로 법을 구상할 때 범죄 냄새를 맡고 홧김에 사건을 독단으로 종결지으려는 판사들과 배심원들의 복수 충동까지도 법률로 억제하기 위해 골몰할 거라고 생각할 것이다. 그러나 사실은 정반대다. 명백히 형법은 피에 굶주린 미치광이에 의해 구상되었다. 터무니없이 과중한 형량을 줄이려면 판사들과 배심원들의 양식에 맡겨야 한다.

법의 관점에서는 비록 아무 짓도 안 했을지라도 선천적으로 타고난 죄인들이 있다. 설령 사용하지 않았고 위협하지 않았더라도 어떤 무기류나 쇠줄, 갈고리, 혹은 기타 도구를 소지한 거지와 부랑아는 이 년에서 오 년간의 금고형에 처한다(제277조). 간통죄가 입증된 여자는 최고 이 년까지 금고형에 처할 수 있고 오직 남편만이 고소를 취하해 죄인을 집으로 데려갈 수 있다(제337조). 자기 집에서 간통 현장을 목격한 남편은 아내와 그의 정부를 죽일 권리가 있다. 반대로 아내가 남편의 간통 현장을 발견했을 경우에는 같은 권리가 주어지지 않는다(제324조). 근친상간에 대해서는 한마디 언급이 없다. 따라서 남자는 자기 어머니나 딸이나 할머니나 손녀와 부부처럼 살 수 있고, 걱정 없이 세상에 드러내 놓고 수많은 가족을 거느리며 멋진 가정을 꾸릴 수 있다.

나는 그 문제에 대해 더 이상 쓰지 않겠다. 어리석음과 증오심, 파렴치한 비열함이 뒤섞인 무거운 마그마가 분개마저 꺾어 버린다.

1939년 8월 3일. 매일 밤 감옥에서 생크리스토프 중학교 시절의 긴긴 밤 시간을 떠올리게 된다. 네스토르는 세상에 존재하지 않지만 그 시절의 추억은 생생하다. 그는 어떤 면에서 내 안에 살고 있으며 나는 네스토르다. 감고 있는 두 눈 앞에서 그렇게 나의 과거가 파노라마처럼 펼쳐진다. 마치 내가 임종을 맞이하는 것처럼.

……

나는 마르틴과의 불상사에서 철학을 도출하려고 애쓴다. 나는 여전히 어린이를 찬미한다. 하지만 이제부터 소녀는 제외하겠다. 먼저 소녀란 어떤 존재인가? 흔히 말하는 것처럼 가끔 '사내아이 같은 여자아이'는 있지만 대부분이 작은 여자들이기 때문에 순수한 의미에서 소녀는 어디에도 존재하지 않는다. 이런 생각은 초등학교 여학생들에게 난쟁이 여인들이라는 무척 귀엽고 웃기는 모습을 부여하게 된다. 초등학교 여학생은 크기를 제외하고는 성인 여성의 옷과 조금도 다르지 않은 작은 치맛자락을 너풀거리며 앙증맞은 다리로 거리를 쏘다닌다. 품행도 꼭 성인 여성 같다. 서너 살 먹은 매우 어린 여자아이들이 성인 남자들에게 우스꽝스럽게도 매우 여성적인 태도를 취하는 경우를 자주 목격했다. 사내아이들은 성인 여성들에게 남성적인 태도를 취하지 않는다. 이 세상에 소녀는 없는데 왜 소녀란 명칭은 있는 것일까?

나는 소녀란 실제로 존재하지 않는다고 믿는다. 소녀는 대칭 관계의 환영일 뿐이다. 실제로 자연은 대칭의 유혹에 저항할 줄 모른다. 성인들이 남자와 여자로 구분되기 때문에 자연은 아이들도 소년과 소녀로 나뉠 필요가 있다고 생각한 모양이다. 그러나 소녀는 가짜 창(窓)일 뿐이다. 남자들의 유방이나 몇몇 대형 여객선의 보조 굴뚝이 가짜인 것처럼. 나는 한 환영의 희생자다. 나의 감옥살이는 달리 설명될 수 없다.

1939년 9월 3일. 나는 이 글을 내 집, 즉 발롱 공장의 사무실에서 쓰고 있다. 두 달 전부터 공장 문을 닫았는데 앞으로도 오랫동안 열지 못할 것 같다. 나는 오전 늦게 석방되었다. 9시 무렵 예심 판사를 만났다. 그는 대충 이런 이야기를 했다.

"티포주 씨, 당신의 과실은 무겁소. 너무 무거워. 평상시 같으면 내 직책상 당신을 고발해서 중죄 재판소에 회부했을 것이오. 하지만 프랑스 전국에 동원령이 내려졌고, 전쟁이 곧 터질 것이오. 당신 병적부를 보니 1차 소집자에 해당되더군. 더구나 당신은 아무것도 자백하지 않았지. 꼬마 마르틴이 거짓말쟁이일 수도 있지. 그 또래의 계집애들이 흔히 그렇듯이 말이오. 따라서 나는 면소 판결을 내리겠소. 하지만 전쟁이 당신을 중죄 재판소에서 구해 주었다는 점을 잊지 말기 바라오. 그러니 당신의 실수를 전쟁터에서 반드시 만회하시오."

사실 그 말은 짚을 넣은 매트를 들고 불에 뛰어들어 자살하라는 충고나 다름없었다! 아무렴 어떤가! 학교는 한 번 더 타올랐다. 온 프랑스가 개미집처럼 동요하며 전투 준비를 하고 있다. 아, 하지만 1914년의 열광은 없다. 이번에는 페기나 바레스 같은 시인들이 말과 글로써 젊은이들에게 애국심이라는 매독을 퍼뜨리지 않았다. 동원된 사람들은 싸워야 하는 이유조차 모르는 듯했다. 하긴 그들이 어떻게 그 이유를 알겠는가? 오직 나만이, 어린이를 짊어진 자이고 소음경 형태증 환자이며 짊어지는 거인족의 마지막 후손인 나 티포주만이 그 이유를 알고 있다…….

경찰들이 이곳을 뒤죽박죽으로 만들어 놓았다. 썩 잘된 일이다. 녀석들은 모든 사진과 녹음테이프를 가져갔다. 하지만 나는 마룻바닥에 흩어진 불길한 기록을 찾을 수 있었다. 틀림없이 그 문맹자들은 읽기가 어려울 만큼 '서투른' 필체로 적힌 내 일기장을 보고 싫증이 났을 것이다. 그 일기장에서 모든 사실을 밝혀 낼 수도 있었을 텐데…….

1939년 9월 4일. 나는 태양이 빛날 때면 세상을 실컷 조롱할 수 있다. 한밤중에 준비되고 있는 엄청난 시련을 생각만 해도 끔찍하다. 형제들 위에 잠이 내려앉는 동안 긴장된 내 얼굴은 공포에 질린 채 암흑의 깊이를 탐색한다…….

어떤 말소리가 희미하게 내게까지 들려왔다. 내 귀는 속삭임을 포착했다. 뼈마디마다 공포에 질려 떨었고 살갗의 털은 곤두섰다. 그림자 하나가 내 곁을 지나갔다. 깜짝 놀라 휘둥그레진 나의 두 눈은 그 윤곽을 알아보았다. 그가 엄청난 발걸음을 옮길 때마다 대지가 흔들렸다.

내가 세상의 종말을 위해 기도한 적이 결코 없다는 것을 신은 안다. 나는 위험하기는커녕 온화하고 애정에 굶주린 한 거인일 뿐이다. 깍지를 끼어 요람처럼 만든 커다란 두 손을 내민 거인. 신은 나보다도 나 자신을 더 잘 안다. 내 말이 내 입술 위에 놓이기 전에 신은 이미 내가 무슨 말을 할지 모두 알고 있다. 그런데 원한에 쌓인 듯 무겁고 번개로 인해 금이 간 저 하늘은 무엇이란 말인가? 대지가 뿜어낸 저 핏빛 안개는 무엇이란 말인가? 별빛을 흐리는 저 납골당의 연기는 무엇이란 말인가? 나는 단지 나무꾼 같은 두 어깨를 따뜻하고 어두운 공동 침실 위로 늘어뜨려 생글거리고 있는 폭군 같은 꼬마 기사(騎士)들이 올라타기를 청했을 뿐이다. 그러나 당신의 나팔 소리가 감미로운 밤의 정적을 깨뜨리고, 당신의 환영이 나를 공포에 빠뜨리며, 당신은 가벼운 나비 떼를 쫓듯 나의 꿈을 흔들고 나의 두 발과 머리채를 잡고 당신의 빛의 계단에서 나를 끌고 다닙니다!

…….

오늘 아침, 뇌이의 생피에르 대성당의 부속 성당에서 은밀한 기쁨을 느끼며 성체를 모셨다. 바삭바삭한 성체용 빵의 투명한 조각에 어른거리는 아기 예수의 꿈틀거리는 살이 생기를 되찾게 해 주었다. 그런데 신자들에게 양형 영성체 방식(빵과 포도주)을 거부하고 예수의 뜨거운 피가 뿌려진 그 살이 지닌 풍미를 자신들을 위해서만 사용하는 바티칸 사제들의 비열한 행위를 어떻게 규정해야 할까?

2
라인강의 비둘기들

엘리제궁에서 대통령이 군부의
최고 권위자인 원수에게 몸을 돌리며 말했다.
"원수, 전례 없는 이번 후퇴를 어떻게 설명하겠소?"
알베르 르브룅 대통령은 방금 핵심적인 질문을 던졌다. 우리는
더욱더 주의 깊게 경청해야 했다. 이번 전쟁의 모든 전략적 문제는
그 질문을 통해서 제기되었다. 원수의 대답이 아직도 내 귀에 쟁쟁했다.
"아무래도 우리의 전기 통신 수단이 너무 발전한 모양입니다. 통신
수단이 다 끊겼으니까요. 아마도 우리는 전령 비둘기와 그 사육자를
너무 빨리 포기한 것 같습니다. 후위 부대에 비둘기 집을 갖추어야 할
것입니다. 그러면 총사령부는 비둘기 덕분에
언제든지 연락할 수 있을 것입니다."
우리는 깜짝 놀라 서로 얼굴만 쳐다보았다.
— 로랑에냐크

9월 6일 뢰이의 동원 본부에 소환된 아벨 티포주는 엄청난 체격 덕분에 머리끝에서 발끝까지 어렵지 않게 군장을 챙겼다. 중간 치수의 군복은 먼저 온 사람들이 눈 깜짝할 사이에 가져가 일찌감치 동이 났고 난쟁이나 거인에게 맞는 치수만 남아 있었기 때문이다. 사흘 후 티포주는 전신 공병 18연대에 편입되고 공병 후보생 소대에 배치되어 낭시를 향해 행군하고 있었다.

티포주는 모스 부호를 접하는 순간 오랜 세월이 지난 후 처음으로 내면에서 울려 나오는 찰카닥거리는 소리를 분명히 느낄 수 있었다. 그의 유년기와 사춘기를 독살했고 새로운 물질 앞에서 지능과 기억을 마비시키는 찰카닥 소리. 공병 소대를 지휘하던 파리 이공 대학 출신 장교는 부하들의 사기를 높이기 위해 시내 외출을 나가려면 전신 부호를 완벽하게 숙달해야 한다고 발표했다. 티포주는 병영에서의 칩거 생활을 쉽게 받아들였다. 그를 감옥에서 빠져나오게 한 동원령은 또 다른 형태의 감금일 뿐이었다. 실제로 이 병영 생활은 대기 기간이었다. 이 기간 역시 잊기 어려운 충격적인 사건들 때문에 단조롭지는 않겠지만, 기간이 길면 길수록 그리고 따분하면 따분할수록 준비되고 있는 재생이 더욱더 멋진 승리를 구가할 것이다.

또한 통신 훈련은 즉각 모든 훈련병을 통신의 차원으로 끌어내렸다. 교관들은 최대한 풍부하고 완벽한 군수품 활용 보고서를 작성하는 일에 지대한 관심을 가진 탓에 밤마다 발신국에 죽치고 앉았다. 그 때문에 수신국 지원병들은 눈사태처럼 쏟아지는 부호를 수신하는 데 대부분의 시간을 보낼 수밖에 없었다. 엉터리 RPTML 형식이 그들을 더욱 괴롭혔다. "반복하시오. 좀 더 천천히 발신하시오." 티포주는 발전기의 크랭크 핸들을 돌리는 일에 만족했다. 그는 날마다 진창에서 포복을 하거나 끊임없는 구보에 헐떡거리는 보병 동료들을 보고는 보잘것없고 단조로운 자신의 임무에 한층 만족했다. 1940년 1월 티포주는 추상적이고 경박하며 비장한 공격성이 없는 관용 부호를 숙달하지 못해 부사관 시험에서 낙방했다. 그는 결국 이등병 계급장을 달고 스트라스부르에서 남쪽으로 약 20킬로미터 떨어진 83번 국도와 라인강 사이에 위치한 에르슈타인에 파견되었다.

스무 명의 전화 교환병과 스무 명의 무선 통신병으로 구성된 그의 부대는 6000명의 주민 대부분이 피난을 떠난 큰 마을의 우체국을 사단의 신경 중추로 바꾸는 임무를 맡았다. 즉 시청에 자리 잡은 사령부와 라인강의 참호에 배치된 3개 보병대대, 아프리카 원주민 기병으로 구성된 정찰대, 야포 부대, 중포대, 후방의 공병대와 지원 부대 사이의 통신망을 구축하는 임무였다.

몇 주 동안 티포주는 야전용 케이블을 실은 외바퀴 손수레를 밀거나 폭파할 때 사용하는 전선을 칭칭 감은 드럼을 가슴에 붙이고 그 지방의 도로와 샛길을 돌아다녔다. 한편 사다리와 갈퀴 달린 창을 갖춘 동료 두 명은 벽을 따라서 혹은 나무와 나무, 전봇대와 전봇대 사이에 케이블을 설치했다. 티포주는 자신이 끝없이 실을 뽑는 한 마리의 거대한 거미 같다고 생각했다. 또한 그는 원기를 북돋고 정신을 자유롭게 해 주는 겨울철 들판에서의 긴 행진을 즐겼다. 마흔 개의 공중 전선을 설치한 결과 에르슈타인 전화국은 거미줄의 중심과 흡사해졌다. 그러자 베르톨드 소위는 전선 기술자들에게 악의에 찬 한마디를 내뱉었다. "적의 정찰기에 쉽게 들통날 과녁이군."

유선 기술자들과 무선 기술자들 사이에는 은밀한 경쟁의식이 있었다. 무선 기술자들은 무전기가 전선망 설치와 감독이 필요 없고 유선 전신에 비해 훨씬 현대적이고 물자도 훨씬 적게 든다는 점을 강조했다. 더구나 크리스마스 직전에 터진 사건으로 그들의 주장이 옳은 것처럼 보였다. 라인강의 흙탕물 너머에서 오텐하임의 독일군 확성기는 참호에 배치된 병사들에게 뉴스와 슬로건을 퍼부었다. 그리고 프랑스군 부대 장교들의 군번과 이름을 하나하나 호명하며 환영한 뒤 에르슈타인 전신망 설치를 막 끝낸 전신 공병들에게 축하 메시지를 꼭 전하고 싶다며 비꼬았다. 확성기는 마지막으로 전신망 가설 기술과 통신 능력에 대해 자세하게 묘사했다. 만일 한 프랑스 보초가 라인강 오른쪽 기슭의 트럭 위에 설치해 놓은 확성기를 발견하고 망원 렌즈가 장착된 르벨식 연발총 한 방으로 박살 내는 편이 좋다고 판단하지 않았더라면 아무 일도 벌어지지 않았을 것이다. 그 사격은 쌍방이 존중하고 있던 평화적 대치라는 암묵적인 협정을 노골적으로 깨뜨리는 것이었고 보복을 자초하게 되었다.

보복 공격은 다음 날 새벽에 실시되었다. 독일군의 급강하 전폭기 한 대가 에르슈타인 우체국을 습격했다. 기관총이 콩을 볶듯이 지붕 위를 갈겨 대기 시작하자 티포주와 여섯 명의 직원들은 통나무 몇 개로 떠받치고 있던 지하실로 굴러떨어졌다. 급강하 전폭기는 몇 차례 곡예를 부리더니 정원에 작은 폭탄들을 떨어뜨렸다. 경보기가 울리는 동안 기름이 가득 들었지만 미처 신경을 쓸 겨를이 없어 내버려 둔 난로가 화재를 일으켜 가장 인접해 있던 전화 교환대 일부를 새까맣게 태우지 않았더라면 피해는 대수롭지 않았을 것이다. 작전 지역의 생활이 단조로웠기에 그 사건은 상당한 반향을 일으켰다. 먼저 전폭기가 급강하면서 내는 날카로운 굉음에 관하여 열띤 토론이 벌어졌다. 몇몇 사람은 그 소리가 심리적 효과를 노리기 위해 기체 가장자리에 장착한 일종의 사이렌이라고 주장했으며, 다른 사람들은 전폭기가 급강하한 후 땅에 부딪히지 않기 위해 다시 급상승하면서 내는 소리라고 맹렬히 맞섰다. 비행기가 다가올 때 들리는 날카로운 소리는 멀어질 때 점차 둔중한 소리로 변하는데 그 때문에 사이렌 같은 효과를 낸다는 것이었다. 티포주는 이 토론에서 어느 쪽 주장에도 편을 들지 않았지만 전쟁이란 숫자와 기호의 대립, 순전히 시청각적인 대립(여기에서 가장 큰 위험은 애매함이나 해석상의 오류다.)에 불과하다는 생각이 조금씩 들기 시작했다. 언뜻 보아 티포주는 수신과 해독, 발신의 문제에 대해 어느 누구보다 준비가 잘된 사람이었다. 그러나 실은 티포주에게 그 문제들은 낯설었다. 왜냐하면 그에게는 존재의 서명처럼 보이는 따뜻하고 피가 통하는 살아 있는 요소가 없는 전신에 관한 문제들은 추상적이고 명상적이며 근거 없는 영역에서 떠다니는 것이었기 때문이다. 티포주는 믿음과 인내를 가지고 기호와 살의 결합, 즉 그에게 사물의 끝과 특히 전쟁의 끝이 될 결합을 기다리고 있었다. 그 결합은 분명히 하찮은 형태이나 미래의 성취를 예고하는 형태로 몇 주 후 그에게 제시될 것이다.

사령부는 통신망의 취약점을 걱정했다. 그리하여 티포주는 예기치 않은 일을 맡게 되었다. 우선 무선 전신 기술자들이 일시적으로 승리를 구가했다. 그러나 그들이 인력과 물자가 부족한데도 작전 구역을 지나치게 확장한 결과 통신 초소들 사이의 거리가 너무 멀어 상호 간에 연락을 취할 수 없었다. 게다가 오텐하임의 확성기가 날마다 제공하는 적의 정보를 효과적으로 처리하는 데 필요한 숫자 적용 문제가 통신의 리듬을 지체시키고 인사 문제를 가중시켰다. 그때 열렬한 전령 비둘기 훈련가인 베르톨드 소위가 본부 근처에 탑 모양의 비둘기 집을 설치하고 전령으로 활용하자고 제안했다. 그라네 사령관은 베르됭 전투[54]에 참전한 용사였다. 그라네는 보 요새에서 치열한 방어전이 벌어졌을 때 레날 사령관의 참모였는데, 전령 비둘기를 활용해서 페탱 장군과 연락을 유지할 수 있었다. 그라네 사령관은 베르톨드의 제안을 전폭적으로 지지했다. 소위는 무슨 일이든 할 조수 한 명이 필요했다. 티포주가 소위의 조수로 지명되었다. 누구도 그를 곁에 두려고 하지 않았기에 그는 할 일이 없는 처지였다.

* * *

시청 옆에 기이하게 세워진 탑 꼭대기에 비둘기 집을 짓고 꾸미는 데 1월 한 달을 다 보냈다. 탑의 1층은 도로를 보수하는 인부들의 연장을 보관하는 헛간으로 사용되고 있었다. 목수의 사다리를 이용해 탑 내부에서 꼭대기의 둥근 방까지 올라갈 수 있었으며, 그 방 벽에는 예전에 총안으로 사용된 듯한 좁은 통로가 몇 개 뚫려 있었다. 좁은 통로에는 부착된 걸쇠에 따라 네 종류의 문이 있었다. 항상 닫혀 있는 문, 나가기만 하는 문, 들어가기만 하는 문, 항상 열려 있는 문. 방은 칸막이에 의해 두 부분으로 나뉘었다. 베르톨드의 설명에 따르면 비둘기를 두 그룹으로 나누어 길러야 한다고 했다. 한 그룹은 습관

---

54) 프랑스 동북부의 요새 도시인 베르됭에서 1차 세계 대전 중인 1916년 2월부터 12월 사이에 벌어진 전투다.

과 배우자 때문에 비둘기장에 깊은 애착을 지닌 집비둘기들이고, 다른 그룹은 놓아주기가 무섭게 메시지를 가지고 보금자리로 되돌아가는 비둘기로 다소 멀리 떨어진 비둘기장에서 기른다. 두 번째 그룹의 비둘기는 일정 기간 암수를 분리해서 붙잡아 두어야 한다. 그러지 않으면 현재의 비둘기장에 익숙해져서 집비둘기가 될 수 있다. 티포주는 한 목수의 도움을 받아 일흔 개의 비둘기 집을 만들었다. 비둘기 집마다 독신 비둘기 한 마리 혹은 한 쌍이 살기 때문에 최고 140마리까지 기를 수 있었다. "이제 겨우 시작에 불과하지." 베르톨드 소위가 단언했다. 그는 거대한 새 떼들만이 교차하는 전쟁놀이를 꿈꾸고 있었다. 탑 1층의 한쪽 구석에 쌓아 놓은 나무 상자 열세 개에는 규정에 따라 병정 비둘기들을 먹이는 데 필요한 모든 종류의 곡식이 들었다. 보리, 귀리, 기장, 아마, 평지 씨, 옥수수, 밀, 렌틸콩, 잠두, 삼, 누에콩, 쌀, 완두콩. 마지막으로 그들은 빻은 벽돌, 석고, 굴 껍질, 그리고 짠물에 버무린 작은 규석과 찰흙 상자도 잊지 않고 준비해 두었다.

1월 20일 날개 달린 작은 병정들(베르톨드가 애정 어린 마음에서 지어 주었다.)을 맞이할 모든 준비가 끝난 후 퓌잘롱 소령은 징집 명령서에 서명했다. 그 명령서에 의하면 작전 지역 내 비둘기 소유자들은 빠짐없이 서면으로 신고하고, 비둘기 사육 공병이 징집 순회를 하면서 비둘기를 선정하면 일정한 보상금을 받고 비둘기를 공납할 의무가 있었다. 그리하여 1월 말 티포주는 비둘기의 가슴을 끈으로 묶어 여섯 마리씩 넣도록 특별히 제작된 버들 광주리를 가득 실은 트럭에 올라타고 알자스 지방의 도로를 질주했다. 여섯 마리를 보병 1소대라고 명명했다.

베르톨드는 카스타네 대위의 『군대용 비둘기 사육 면허증 취득을 위한 활용 안내서』에서 발췌한 내용을 티포주에게 가르쳐 주었다. 하루에 700킬로미터에서 900킬로미터를 날고 자손에게 뛰어난 자질, 즉 체력과 지혜를 물려줄 훌륭한 혈통의 군대용 비둘기가 갖추어야 할 조건은 다음과 같았다. 볼록한 머리통, 튼튼한 부리, 빠르게 깜박거리고 속눈썹 근육이 민첩하고 예민한 눈, 수컷은 솔직하고 강렬하며 암컷은 부드러운 시선, 털이 많은 목, 수컷은 힘이 있고 암컷은 유연한 목덜미, 앞쪽으로 돌출한 넓은 가슴, 탄탄한 어깨, 힘세고 털이 많은 허리, 허리를 바짝 붙이고 배를 최소한도로 작게 만들기 위해 앞으로 활처럼 구부리기도 하고 뒤로 젖히기도 하는 견고한 흉골, 어깨에 단단하게 붙어 있고 안쪽으로 가볍게 휘어진 형태로 펼쳐지는 날개, 지붕의 청석돌처럼 서로 겹겹이 덮인 깃털, 꼬리 부분까지 비단결처럼 부드럽고 섬세한 깃털로 온통 뒤덮여 있는 탄탄하고 넓은 등, 무수한 작은 깃털로 받쳐지고 유동적이고 유연하면서도 강한 조정 키 역할을 하는 열두 개의 꼬리 깃털, 힘센 넓적다리, 딱딱한 다리, 발가락에 깊숙이 박힌 예리한 발톱. 티포주는 또한 비둘기 사육자에게 요구되는 자질이 부드러움, 인내, 신중함, 청결, 심사숙고, 관찰력, 확고부동한 정신력, 규율 준수 따위라는 것을 배웠다. 베르톨드는 프랑스 군대의 모든 비둘기 사육사 사이에서 유명한 다음 문구를 암송하도록 티포주에게 지시했다. "비둘기에 대한 뜨거운 사랑은 일종의 부적이다. 이 부적은 공병이 비둘기 사육장에 들어서는 순간부터 그런 미덕의 대부분을 그에게 부여하기 때문이다. 가장 부산하고 가장 성마른 비둘기 사육사도 비둘기 앞에서는 부드러워지고 참을성을 갖게 되며, 가장 게으른 사람도 자신의 청결은 소홀히 하면서도 비둘기의 청결을 위해서는 정성껏 노력하게 된다."

그때부터 사람들은 들판과 숲을 누비고, 농가의 마당에 몰래 들어가다가 풀어놓은 황소들과 몰로스 개들과 마주쳐 선잠이 든 마을 주민들을 깨우고 초가집 대문을 두드리는가 하면, 지주의 저택 철문 앞에서 초인종을 누르는 티포주의 모습을 보게 되었다. 그는 언제나 손에 징집 명령서를 들고서 사전에 지정된 비둘기들을 직접 보고 만져 보게 해 줄 것을 요구했다. 그는 비둘기들을 잡고 촉진하는 일에 금세 익숙해졌다. 그것은 놀라운 일이 아니었다. 그는 먼저 비둘기 위에 두 손을 가만히 올린 후 다시 천천히 내렸다. 그리고 왼손으로 비둘기의 엉덩이를 움켜잡고 검지와 장지 사이에 꼬리 밑의 길쭉한 두 다리를 낀 다음 엄지로 꼬리 위에 교차된 날개를 눌렀다. 오른손은 가슴 아래에 넣어서 비둘기의 앞부분을 받쳐 머리가 정면을 똑바로 바라보도록 했다. 오른손을 사용하고 싶을 때는 비둘기의 앞부분을 자기 몸에 갖다 대어 비둘기가 균형을 잃거나 왼손에서 빠져나가지 못하게 했다. 티포주는 전문 용어를 사용해 모든 종류의 색깔을 구분할 줄 알았다. 날개에 검은 줄무늬가 있는 방돔 푸른색, 납빛 푸른색, 벽돌빛 적갈색, 비늘무늬 적갈색, 황어색, 은색, 모자이크. 그리고 비둘기의 상태가 같으면 깃털이 가장 짙은 비둘기를 선택해야 한다는 사실도 알고 있었다. 보통 덜 예민한 비둘기의 지구력이 더 강하기 때문이다. 그는 골반의 두 뼈 사이가 적어도 1센티미터 정도 벌어진 '열린' 비둘기와 골반의 두 뼈가 서로 붙은 '접착된' 비둘기, 골반의 두 뼈가 거의 붙은 '죄어진' 비둘기를 구분할 줄 알았다. 그는 두 눈을 감고 한번 만져 보기만 해도 비둘기의 나이와 암수를 구별하고 최근의 털갈이 시기와 앞으로 털갈이 할 시기를 대충 알아맞힐 수 있었다.

저녁에 티포주가 새장을 들고 복귀하면 베르톨드는 그가 징집해 온 비둘기들을 오랫동안 품평했다. 그리고 비둘기의 왼쪽 다리에 등록번호, 출생 연도, A. F.[55]가 기록된 금속 고리를 끼웠다. 그런 다음 신참 비둘기에게 어울리는 새집을 배정하고 여러 곡식이 섞인 맛있는 모이를 주었다.

* * *

티포주는 신장과 힘이 여느 사람들과 눈에 띄게 다른 탓에 동료들과 잘 어울리지 못했다. 더구나 사교성도 없고 속내를 잘 드러내지 않았으며 동료들의 일상적인 흥밋거리에도 무관심했다. 그가 보통 사람이었다면 동료들은 그를 거만하다고 비난했을 것이다. 하지만 그들은 티포주를 바보 혹은 가장 호의적으로 보아 줄 경우에 심술궂지 않은 곰 정도로 취급하는

---

55) 프랑스군의 약자.

데 만족했다. 티포주는 자신의 특별한 취향이 동료들과 좁힐 수 없는 거리를 만들고 있다는 점을 알기에 그런 그들의 태도에 개의치 않았다. 그들은 모두 이 전쟁, 당시에 사람들이 불렀던 것처럼 '우스꽝스러운 전쟁놀이'에 내몰려 처박혀 있었고, 너무도 어이없어 상황에 따라 폭소를 터뜨리거나 질질 짜면서 서로의 얼굴을 바라보았다. 전쟁이 그를 두렵게 만들고 끝없이 그의 능력을 추월할지라도 전쟁은 그의 일, 그의 개인적인 문제였다. 그는 고난이 이제 겨우 시작되었고, 다른 참변들과 다른 역사적 지진들이 일어날 것이며, 그의 운명이 그런 사건들로 이미 가득 차 있음을 알았다. 연대의 비둘기 사육장에 배치된 것조차 총체적인 계획에 속했고 더욱 고상한 취향에 대한 희미한 윤곽을 암시했다.

티포주는 베르톨드 소위의 기벽에 이내 물들어 그때부터 비둘기들은 정답고 따뜻한 그의 삶의 일부가 되었다. 알자스 들판을 누비고 다니는 임무가 처음에는 따분하고 혼잡한 사육장에서 빠져나올 수 있는 행복한 기분 전환에 불과했는데 곧 열광적인 사냥 놀이가 되었다. 또 외출을 위한 좋은 핑곗거리였던 비둘기들은 한 마리 한 마리가 독특한 개성을 지닌 몹시 사랑스러운 갈망의 대상이 되었다. 티포주는 아침마다 징집 명령서를 받아 들고 부대에 비둘기를 공납하겠다는 비둘기 소유자들의 편지를 초조하고 떨리는 마음으로 확인했다. 지정된 외딴 농가나 낡은 담이 둘러쳐진 저택에 도착하자마자 감동으로 목이 메 커다란 손으로 팔딱이는 작은 몸뚱이를 잡고 마음에 드는 녀석을 골라 징발했다. 또한 그는 많은 비둘기 소유자들이 게을러서가 아니라 비둘기에 대한 애착 때문에 못 들은 척하면서 에르슈타인 사령부에 서면으로 신고하지 않음으로써 애국적 의무를 이행하지 않는다고 확신했다. 그런데 티포주가 보고 만지고 소유하고 싶어 안달이 난 것은 그런 비둘기들이었다. 가장 사랑받고 있는 그 녀석들은 틀림없이 가장 탐나는 비둘기일 테니까.

티포주는 자발적으로 공납하겠다는 비둘기들을 제쳐 놓고 상인들과 경찰들에게 점점 더 집요하게 정보를 얻어 내 주인들이 끔찍이 보호하는 뛰어난 비둘기들이 득실대는 은밀한 비둘기장을 탐색하기 시작했다. 그는 혼자 떨어져 날아다니는 비둘기의 이동 통로를 포착하고 녀석을 뒤쫓아 비밀스러운 사육장을 알아내기 위해 언제나 하늘을 올려다보는 습관이 생겼다.

4월의 어느 쾌청한 아침(정확히 19일, 이 날짜는 그의 기억 속에 새겨졌다.) 티포주가 일강을 따라 벤펠트 어귀까지 갔을 때 문득 머리 위 하늘에서 한줄기 은빛 섬광이 빈약한 소나무 숲을 향해 날아간 것 같은 막연한 느낌을 받았다. 그는 소나무 숲으로 다가가서 항상 휴대하는 쌍안경을 이용해 나무 한 그루 한 그루를 조사했다. 오랫동안 찾을 필요도 없었다. 은빛 깃털이 칙칙한 나뭇가지 위에서 선명하게 드러났다. 뱃머리같이 부풀어 오른 눈처럼 하얀 모이주머니 위에는 매우 작은 머리가 위엄 있게 놓여 있었고, 날개를 접은 모습은 가히 감탄할 만했다. 녀석은 잠깐 쉬는 동안의 무료함을 달래는 듯이 지난해에 열린 잣을 건성으로 쪼고 있었다. 이윽고 갑자기 날아오르더니 옹기종기 모여 있는 지붕들 위로 날갯짓을 하며 날아갔다. '만일 저 새가 이동 중인 철새라면 다시는 볼 수 없을 거야.' 그렇게 생각하니 티포주는 비통한 마음이 들었다.

티포주는 즉각 벤펠트로 되돌아와 문패를 보고 수의사의 집을 찾아냈다. 그 비둘기에 대해 물어보았으나 허사였다. 근처에 그 새가 있을 법한 비둘기장이 없었다. 수의사는 미망인인 운루 부인의 집을 가리키면서 그녀가 보잘것없는 새장에 꽤나 이상하게 생긴 비둘기를 몇 마리 사육하고 있다고 알려주었다.

운루 부인은 비둘기 징집 명령에 응하지 않았다. 그녀는 티포주를 경멸과 불신의 태도로 맞이했다. 분명히 비둘기를 몇 마리 가지고 있었는데 그것들은 남편이 공들여 수집한 희귀한 순종들이었다. 박식한 유전학자였던 운루 교수는 처음에 유전적 특질 가운데 지속되거나 소멸되는 특성을 관찰하기 위해 실험 사육을 시작했다. 이윽고 그는 유난히 아름답고 순수한 혈통 혹은 기묘한 특징을 지닌 특별한 비둘기 수집에 빠져들게 되었다. 그가 최근에 돌연히 세상을 떠나면서 남긴 비둘기장에서 과학적인 부분과 쾌락적인 부분을 구별하기란 쉽지 않았다. 그의 아내는 과학이나 즐거움 따위에 관심이 없었지만 비둘기들을 남편의 살아 있는 유물로 여겨 남은 비둘기들을 계속 키우고 있었다.

운루 부인은 티포주를 집 안으로 들이고 싶지 않다는 듯이 차갑게 말을 늘어놓았다. 그러다 그가 단호하게 밀치고 들어서자 어쩔 수 없이 그의 뒤를 따랐다.

이 부유한 저택은 사방 벽을 길들여진 온갖 크기와 빛깔의 비둘기들로 장식하지 않았더라면 평범한 집에 불과했을 것이다. 벽에는 잿빛 산비둘기, 금갈색이 도는 산비둘기, 랑드산 산비둘기, 바위에 서식하는 산비둘기, 겁쟁이 공작비둘기, 다리가 깃털로 덮인 제비비둘기, 목 주위에 띠 모양의 털이 있는 중국산 비둘기와 북 치는 비둘기까지 있었다. 그리고 횃대마다 박제사의 상상력에 따라 자세를 취한 채 고정된 새들이 앉아 있고, 그 밑에는 혈통과 유전적 특징이 기입된 카드가 매달려 있었다. 그들은 두 개의 커다란 방을 지나갔다. 펼쳐진 날개들로 뒤덮이고 쭉 내민 부리들이 비죽 나온 벽은 부르주아답게 깔끔하게 배치된 가구, 매달아 놓은 촛대, 벽지 따위와 뚜렷한 대조를 이루고 있었다. 그것은 물과 기름이 유리컵 속에서 겉도는 것처럼 일생 동안 서로 뒤섞이지 않고 나란히 지내 온 교수의 세계와 아내의 세계였다. 티포주와 운루 부인은 매우 작은 정원으로 통하는 베란다에 이르렀다. 정원은 원뿔형 철망을 씌워서 전체를 새장으로 바꿀 수 있을 만큼 협소했다. 앙상한 관목 위에, 대나무 가지 위에, 한 줄로 늘어선 비둘기장의 출입구 판자 위에 다른 것과 마찬가지로 모습이 기묘한 살아 있는 새들이 뛰놀았다. 공중제비를 하는 비둘기, 퀼뷔탕 비둘기, 까만 비둘기, 전서구, 카쿼생 비둘기, 그리고 괴상하게 부푼 모이주머니 뒤로 고개를 파묻고 거대한 다리로 서 있는 파우터 비둘기 두 마리도 볼 수 있었다.

티포주는 어딘지 모르게 이국적이고 기형적인 비둘기들을 약간 불편한 심정으로 관찰했다. 그는 새장에 붙어 있는 다리도 머리도 보이지 않는, 적갈색 털로 뒤덮인 완전한 타원형의 큼직한 알 하나를 발견했다. 호기심에서 다가가 손을 내밀었다. 순간 알이 갈라지더니 서로 완벽하게 닮은 낙엽 빛깔의 아름다운 비둘기 두 마리가 나타났다. 녀석들은 다리와 머리를 집어넣고 서로 찰싹 달라붙어 있었기 때문에 조금 전에 티포주의 시선을 끌었던 것처럼 깃털 타원형을 만들 수 있었던 것이다. 그는 두 마리를 동시에 잡아 전문가의 입장에서 조사해 보았지만 구별 가능한 차이점을 전혀 찾지 못했다. 그는 눈을 들었을 때 운루 부인의 근엄한 얼굴이 매우 부드러운 미소로 환해지는 것을 보고 깜짝 놀랐다. 그녀가 말했다.

"비둘기 다루는 솜씨를 보니 당신은 진짜 비둘기 사육자 같아요. 그 정도 수준에 도달하려면 오랜 세월 동안 비둘기들과 함께 생활해야 할 거예요. 적성에도 맞아야 할 거예요. 내 남편도 당신보다는 비둘기들을 능숙하게 다루지 못했어요. 나도 나름대로 최선을 다해 남편의 실험을 도왔지만 그는 그처럼 다정하고 은밀한 기술을 내게 가르쳐 줄 엄두를 내지 못했지요……."

티포주는 양손에 비둘기를 한 마리씩 잡고 마치 충격을 가하면 해체될 수 있는 단순하고 조화로운 한 물체의 두 조각이라도 되는 듯이 두 비둘기를 가까이 붙였다 떼었다 반복했다. 적갈색 비둘기들은 서로 접근할 때마다 자동적인 반사 작용에 의해 몸뚱이의 모든 부분이 톱니바퀴처럼 맞물려서 알 모양으로 결합했다. 마치 어떤 자력이 서로를 끌어당겨 결합하는 것 같았다. 운루 부인이 설명해 주었다.

"아주 평범해 보이는 이 비둘기들은 사실 남편의 수집품들 중 역설적인 품종이에요. 인공적으로 만든 쌍둥이거든요. 남편은 일본인 모리타 스승의 실험을 재현하고 싶어 했죠. 수정란에 개구리나 생쥐에서 채취한 약간의 세포 조직을 투입해 세포에 자극을 주면 두세 쌍둥이나 기형 쌍둥이가 생기게 됩니다. 한번은 머리가 두 개인 새가 태어났지만 이내 죽고 말았어요."

티포주는 쌍둥이 비둘기들을 가지고 떠나기 전에 그가 찾고 있던 은빛 비둘기에 대해 운루 부인에게 물어보았다. 그녀는 금세 다시 경계를 하면서 희귀종 같다며 교묘하게 몇 마디로 얼버무렸다. 그러나 전혀 모르겠다고 잡아떼지는 않았다. 마침내 티포주가 작별 인사를 하려는 참에 담장에 붙어 자라고 있던 가냘픈 마르멜로 나무에서 날개 치는 소리가 요란하게 들렸다. 그는 숨을 죽이고 조심스럽게 관찰했다. 그 은빛 비둘기가 그곳으로 날아와서 살며시 앉는 게 아닌가! 녀석은 가슴을 앞으로 내밀고 거만한 자세로 천천히 뒷걸음쳤다. 하얀 깃털로 덮인 길고 가느다란 머리통, 커다란 보랏빛 눈, 볼록한 날개 접합부에서 근육의 힘이 느껴지는 유선형 몸매, 특히 동물계보다는 광물계에 속하는 것처럼 보이는 금속성 깃털. 녀석 역시 그런 자신의 화려한 자태를 충만하게 의식하고 있는 듯했다.

티포주의 손은 비둘기들을 놀라게 하지 않았는데 그는 처음부터 그런 사실을 경험하고도 전혀 놀라지 않았다. 그는 비둘기에게 손을 내밀었다. 그리고 붙잡았다. 비둘기는 즉시 그의 손목 위에서 열두 개의 꽁지깃을 부채처럼 활짝 펼쳤다. 새 사냥 애호가에 대한 복종과 경의의 표시였다. 그 순간 그는 운루 부인의 얼굴이 백악(白堊)처럼 하얗게 질리고 입술이 파르르 떨리는 것을 보았다. 그녀가 마침내 어렵사리 말을 꺼냈다.

"저, 아저씨. 그 비둘기마저 가져간다 해도 막을 수는 없겠지요. 하지만 이것만이라도 알아 두세요. 당신은 단지 군용 비둘기의 수를 늘리기 위해 하는 일이겠지만 남편이 세상을 떠난 뒤에 내가 가장 소중하게 여기는 것을 빼앗아 간다는 사실을 말이에요. 남편은 그 비둘기를 우리의 사랑과 결합의 상징으로 삼았거든요. 그것은 단순히 한 마리의 새가 아니라……"

운루 부인은 어깨에 비스듬히 둘러매고 있던 여행용 광주리 뚜껑의 끈을 냉정하게 풀고 있는 티포주를 보고 입을 다물었다. 그녀는 은빛 비둘기가 자신의 상징인 것처럼 티포주에게도 그 이상으로 상징적인 존재라는 사실을 깨달았다. 또한 아무리 애원한들 완고하고 비인간적인 성격을 지닌 그 강압적인 약탈자가 들은 체도 하지 않으리라는 것을 알았다.

* * *

티포주는 비둘기들이 그의 삶을 사로잡음에 따라 점점 더 깊은 고독 속으로 빠져들었다. 그는 전에도 수다스러운 적이 없었지만 이제는 완전히 과묵한 사람이 되었다. 동료들이 토론이나 놀이를 할 때 그는 언제나 멀찌감치 떨어져 있었고, 그가 하루 종일 보이지 않아도 아무도 신경 쓰지 않았다. 군대

생활에서 이익을 얻을 수 있는 다른 임무가 주어졌다 해도 비둘기를 징집하고 보살피는 일보다 즐겁지는 않았을 것이다. 그는 자유 시간에도 혹시 뜻밖의 사냥감을 발견하지 않을까 해서 여기저기 돌아다녔다. 아니면 비둘기 사육장에서 구구거리는 소리와 솜털에 싸여 평온한 행복을 즐기며 보냈다. 그는 비둘기 사육장에 있을 때 외부 세계를 완전히 잊었고, 비둘기 똥과 깃털로 뒤덮인 채 나올 때는 얼굴에 행복한 빛이 넘쳤다. 4월 말 그는 비둘기에 대한 뜨거운 애정을 발휘하게 될 특이한 대상을 발견했다. 진창길에서 배고픔과 추위로 반쯤 죽은 어린 비둘기였다. 너무 일찍 새집에서 떨어져 나온 새끼 같았다. 그는 젖은 흙으로 끈적끈적해진 어린 비둘기를 셔츠와 맨살 사이에 집어넣고 헌신적으로 생명을 구하려고 애썼다.

티포주는 격리된 곳에 그 새끼 비둘기를 위한 새장을 마련하고 하루에도 몇 차례씩 모이를 주며 보살폈다. 쉬운 일은 아니었다. 녀석은 모이를 줄 때마다 주둥이를 짝 벌리고 탐욕스럽게 삼키기 때문에 제대로 소화시키지 못했다. 티포주는 처음에 비둘기의 변비증은 황산나트륨으로, 설사는 쌀만 먹여 치료했다. 그는 마침내 막연하면서도 확고한 직감을 통해 자신이 직접 오랫동안 씹고 타액을 섞어 입에서 미리 소화해 놓은 것이 아니면 어떤 먹이도 그 새에게 주어서는 안 된다는 사실을 깨달았다. 그리하여 밤낮으로 놀랄 만큼 끈기 있게 몇 주발이나 되는 누에콩과 살갈퀴를 씹고 또 씹어서, 나중에는 쇠고기를 잘게 썰고 씹어서 영락없는 걸쭉한 죽으로 만들었다. 그리고 죽을 입에 넣어 체온으로 따뜻하게 데운 후 그를 향해

짝 벌린 어린 비둘기의 주둥이에 직접 입을 대고 넣어 주었다.

새끼 비둘기는 그럭저럭 자랐다. 그리고 비둘기 사육장으로 옮겨졌다. 하지만 녀석은 허약했고 검은 깃털이 다른 비둘기들의 깃털과 같은 윤기가 없었다. 그래도 티포주는 녀석을 특별히 애지중지했다. 녀석의 두 눈에는 너무 일찍 체험한 고독과 불행을 통해 깨달은 심오한 예지의 빛이 서려 있다고 생각했기 때문이다.

* * *

그라네 사령관의 주요 걱정거리들 중 하나는 늘 자제하지 못하는 퓌잘롱 대령의 격정적인 성미였다. 실제로 그라네 사령관에게는 한 가지 비밀이 있었다. 그 비밀은 마지막에 가서야, 그것도 주의력이 깊은 사람들에게만 밝혀졌다. 사람들은 처음에 왜 그라네 사령관이 더욱 안락하고 화려한 건물을 마다하고 마을 어귀에 위치한 초라한 벽돌집을 선택했는지 의아해했다. 그러나 이내 풀 수 없는 그 사소한 수수께끼를 잊어버렸다. 해답은 벽돌집 뒤편의 1000제곱미터에 달하는 네모진 텃밭에 있었다. 사령관은 그 땅을 직접 개간한 후 나무를 심고 씨를 뿌렸다. 그는 정원 손질과 특히 채소 재배를 무척 좋아했다. 그는 일과 후 텃밭에서 괭이나 호미를 손에 쥐고 가장 행복한 시간을 보내곤 했다.

한편 성미가 팔팔한 퓌잘롱 대령은 대규모 기동 훈련만 꿈꾸었다. 또 말만 꺼냈다 하면 적의 부대를 쳐부수는 방법뿐이

었고, 만나는 사람마다 붙들고 이처럼 정체된 상황이 끔찍이
싫다고 떠들어 댔다. 언젠가 그가 스트라스부르에 한 대위를
파견하기 전에 내뱉은 말은 그 지역의 모든 장교 식당에서 대
단히 유행했다. "나는 내가 근무하는 사령부의 좌표가 언제든
지 가변적인 매개 변수를 내포하기를 꼭 바라는 바이오." 그라
네 사령관은 퓌잘롱 대령이 경솔하게 내뱉은 모든 계획과 생
각을 은밀하게 억눌렀다. 사령관은 그가 재배한 당근과 완두
콩을 추수하기 전에 부대를 이동하라는 명령 이외에는 아무
것도 두려워하지 않았다.

　5월 10일부터 긴박하게 돌아가는 상황이 두 사람의 적대
관계를 더욱 악화시켰다. 마지노선[56] 후방에 불필요하게 집결
한 동부 군대가 북부 전선에서 밀리고 있던 조르주 장군을 지
원하러 가게 될 거라고 확신한 퓌잘롱 대령은 부하들에게 언
제든 이동할 태세를 갖추라고 지시했다. 그라네 장군은 라인
강 건너편에 주둔한 독일 부대의 폰 리브가 돌파 작전을 꾸민
다고 믿었기 때문에 반대의 뜻을 비쳤다. 마침내 5월 28일 벨
기에 군대가 항복하고 프랑스 부대들이 연달아 함락되었다.
독일군이 파리에 입성하고 남쪽 퇴로가 차단되자 퓌잘롱 대
령은 훈령이 점점 더 뜸해지는 낭시 사령부가 에르슈타인에
아무런 연락 없이 후퇴하지 않을까 두려워졌다. 대령은 상황
을 분명히 파악해야겠다고 결심하고 단기간의 정보 임무를

---

56) 독일과 접한 프랑스 동쪽 국경에 구축한 프랑스의 대독 방어선. 육군 장
관 앙드레 마지노 장군의 지휘 아래 1936년에 완성되었으나 2차 세계 대전
초기인 1940년에 독일 공군에 의해 파괴되었다.

위해 전륜 구동 자동차 한 대를 빌렸다. 그는 자신의 충실한 운전병 에르네스트와 참모 장교 두 명을 대동했다. 출발하기 직전 에르슈타인과 연락이 단절될 것을 염려해 비상용으로 비둘기 연락망을 확보하기로 결정했다. 그리하여 6월 17일 아침 티포주는 네 마리의 비둘기가 든 광주리를 들고 전륜 구동 자동차의 뒷좌석에 타게 되었다. 그는 에르슈타인의 비둘기 장을 다시는 볼 수 없으리라는 예감이 들어 가장 마음에 드는 흑갈색 꼬마 비둘기, 커다란 은빛 비둘기, 낙엽 빛깔의 쌍둥이 비둘기 두 마리를 선택했다.

구름 한 점 없는 하늘에서 빛나는 태양, 여기저기 꽃이 흩어져 있는 초원, 살랑거리는 잎사귀 달린 주홍빛 나무들. 모든 풍경이 의기양양하고 다정한 장식이 되어 프랑스의 참패를 감싸 주려는 것 같았다. 티포주는 무릎 위에 광주리를 얹고 자리에 움츠리고 앉아 있었다. 그는 광주리 뚜껑으로 들여다보지 않아도 구별해 낼 수 있는 비둘기들의 배를 어루만지면서 바이드만이 베르사유에서 처형된 지 꼭 일 년이 되는 날 예상대로 내려졌던 그 잔인하고 무기력한 천민에게 걸맞은 징벌이 이번에는 어떤 모습을 취하게 될지 자문해 보았다. 그 대답은 그들이 내려가야 했던 에피날에서 주어졌다. 낭시로 가는 직선 도로는 차단되어 있었다. 헌병들은 대령의 계급장에 굴복하지 않고 이해할 수 없는 이유를 대면서 통행을 막았다. 보주산맥에 자리 잡은 작은 도시 에피날은 도보 피난민, 말, 자전거와 자동차 들이 난잡하게 뒤엉켜 휩쓸려 가는 인간 늪지를 이루어 세상 종말의 악몽에 시달리는 것처럼 보였다. 주유

소의 기름은 바닥이 났고 식품 가게는 비었으며 모든 상인들이 가게 문을 닫았다. 뭔가를 손에 넣는 것은 생각조차 할 수 없었다. 기진맥진하고 심통이 난 피난민들은 전날 독일군 진입이 임박했다는 발표가 있었던 낭시에서 내려와 무작정 플롱비에르를 향해 가고 있었다. 유람 마차 한 대가 문이 잠긴 술집 앞에 멈추었다. 몇몇 남자들이 마차에서 내려 철문을 두드리며 물을 달라고 호소했지만 아무런 응답이 없자 조그만 원탁을 몽둥이나 파성추[57]처럼 휘둘러서 문을 부수기 시작했다. 난동을 말리려 했으나 군중으로부터 격렬한 비난을 받고 물러난 퓌잘롱 대령은 북쪽으로 방향을 돌려 모젤강을 따라 달리라고 운전병에게 지시했다. 티포주는 공포와 환희를 동시에 느꼈다. 특히 한 부랑아가 헝클어진 머리통을 창문으로 들이밀더니 비둘기 광주리를 발견하고 얼굴이 환해지면서 "어, 연락용 비둘기네. 이 녀석들도 여행해요?" 하고 소리치며 건넨 농담이 생생하게 기억났다.

　퓌잘롱 대령의 일행은 뒤얽힌 피난민 행렬을 거슬러 두 시간 만에 간신히 9킬로미터를 달렸다. 타옹에서는 완전히 멈추어 설 수밖에 없었다. 한 여인이 땅바닥에 주저앉아 울부짖으며 보이지 않는 적과 싸우고 있었고, 그녀를 에워싼 무리가 통로를 막았다. 어떤 사람들은 비밀 정보기관이 독약을 풀어놓은 모젤강의 물을 그녀가 마신 탓이라고 속삭였고, 다른 사람

---

57) 고대, 중세의 전투에서 성벽이나 성문을 부수는 데 쓰이던 무기.

들은 간질 발작일 것이라고 말했다. 골루아식 콧수염[58]을 기른 농부는 저 계집이 꾀병을 부리니 혼을 내야 한다고 주장했다. 마침내 그녀가 경련을 일으키자 치마가 뒤집어졌고 벌어진 넓적다리 사이에서 죽은 아이의 머리가 빠져나왔다.

짜증이 날 대로 난 퓌잘롱 대령은 성가신 군중으로부터 벗어나기 위해 오른쪽으로 돌아 모젤강을 건너가라고 지시했다. 대령은 다리가 부서지지 않은 것을 보고 독일군이 아직은 멀리 있을 것이라고 단언했다. 끔찍하게 혼잡한 57번 국도를 지나자 파릇파릇한 밀밭과 보리밭 사이에 구불구불하게 뻗은 지방 도로가 퓌잘롱 대령 일행을 조용한 분위기와 목가적인 행복감에 젖게 했다. 그들은 한낮의 숨 막히는 더위 속에 졸고 있는 지르몽 마을을 잽싸게 통과했고, 이어서 시원하고 새소리로 가득 찬 숲을 지났다. 자동차는 낮은 언덕 꼭대기에 몇몇 집들이 모여 있고 그 한복판에 우정의 샘이라는 간판이 걸린 큰 여관에 도착했다. 실제로 합승 마차 모양의 넓은 현관 근처에 구리로 만든 샘에서 뿜어 나오는 물이 심장 모양의 화강암 수반에 떨어지고 있었다. 대령은 차를 세우라고 명령하더니 과감하게 여관 문을 밀치고 들어갔다. 그는 이내 얼굴이 파랗게 질린 뚱뚱한 남자를 데리고 나왔다. 여관 주인인 듯한 사내는 과장된 몸짓을 하며 양식이 없어 식사를 할 수 없다고 말했다. 대령이 부하들에게 설명했다.

---

58) 프랑스의 선조인 골족, 즉 현재의 프랑스와 거의 일치하는 지역에 살던 켈트인이 기르던 팔자수염.

"여관은 문을 닫았다. 마실 것은 있는데 먹을 게 전혀 없다. 티포주와 에르네스트는 민가에 가서 눈에 띄는 대로 아무거나 사 와라. 그동안 나는 에르슈타인 본부와 연락을 취해 보겠다."

티포주는 사십오 분 동안 쟁쿠르 마을에서 모든 집의 대문을 두드려 강낭콩 깡통 한 개, 빵 1킬로그램, 정가보다 세 배나 더 주고 산 버터 4분의 1 조각을 가지고 여관으로 돌아왔다. 대령은 장교들과 함께 널찍한 거실에서 술병을 여러 개 내놓고 즐거운 기분으로 식탁에 앉아 있었다. 그는 티포주를 보자마자 소리쳤다.

"강낭콩이군! 티포주, 마침 잘 왔어. 비둘기와 함께라면 완벽한 식사가 될 거야!"

티포주는 처음엔 무슨 말인지 이해하지 못했다. 하지만 이내 불길한 예감이 들어 부엌으로 달려갔다. 광주리는 식탁 위에 놓여 있었다. 그러나 그 안에 비둘기가 한 마리뿐이었다. 적갈색 깃털과 은빛 깃털이 타일 바닥에 잔뜩 널려 있었고, 장작불이 활활 타오르는 아궁이에서는 벌거벗은 비둘기 세 마리가 꼬챙이에 꿰어진 채 기름을 줄줄 흘리며 슬프게 돌아가고 있었다. 에르네스트가 설명했다.

"대령의 명령이야. 대령은 만일을 생각해서 한 마리는 남겨 놓으라고 했어. 상황이 어떻게 될지 모른다면서 말이야. 난 흑갈색 비둘기를 선택했지. 네 마리 중에서 가장 말랐으니까." 너무 놀란 티포주가 한마디도 내뱉지 못하자 에르네스트는 이렇게 결론을 내렸다. "사실 별것 아니야. 다섯 명에 세 마리는 부족하지!"

티포주는 아무 말도 하지 않고 구해 온 식량을 내려놓았다. 그리고 흑갈색 비둘기가 공포에 떨며 웅크리고 앉은 광주리를 마지막으로 한 번 더 바라본 다음 다시 거실로 갔다. 그는 고래고래 소리를 지르며 술을 퍼마시고 있는 장교들로부터 멀찌감치 떨어져 앉았다. '다섯 명에 비둘기 세 마리밖에 안 된다고? 분명히 충분한 양은 아니지.' 그는 분노에 떨며 생각했다. 적어도 한 명은 그 비둘기 고기를 먹지 않을 것이다. 산비둘기들을 살아서 꿈틀거리는 충실한 연락병 혹은 기호 운반자로 만들기 위해 깊은 사랑을 가지고 기른 티포주 자신. 이윽고 다른 생각이 떠올랐다. 반대로 살해된 그 작은 살덩어리들을 먹어야 할 유일한 사람은 바로 내가 아닌가? 우선 배가 고파 죽을 지경이었다. 게다가 그는 가슴을 찌르는 듯한 고통 속에서 고독하면서도 지나칠 정도로 풍요로운 향연을 이행하라는 거의 명령에 가까운 운명을 읽었다. 술에 취한 난폭한 군인들과 함께 그 고기를 먹는 것은 역겨운 짓이었다. 반대로 목이 졸려 죽은 작은 병정 세 마리의 유해를 경건하고 조용히 먹는 것은 거의 종교적인 성격을 띨 테고, 그들에게 표하는 최고의 경의가 될 것이다. 티포주는 두 참모 장교가 비굴할 정도로 공손하게 듣고 있는 퓌잘롱 대령의 객담에 대한 격렬한 증오심이 마음속에서 점점 더 커져 가는 것을 느꼈다. 에르네스트로 말할 것 같으면 마을을 돌아다니며 식량을 구하기 싫어서 대령에게 비둘기를 잡자고 제안한 장본인이었다. 또다시 티포주는 서툴고 말이 없는 탓에 자신을 경멸하는 무례한 인간들과 맞서는 외톨이가 되었다. 사실 티포주는 가장 훌륭하고 가장 강하며 유일하게 선택받고 유일하게 순수한 사람이었다. 그는 그의 운명 덕분에 곤드레만드레 취한 그 건달들 가운데 유일한 승자가 될 것이다.

티포주가 우울한 마음으로 그런 생각을 되새기고 있을 때 갑자기 여관 문이 조용히 열리며 눈부신 햇살이 쏟아져 들어왔다. 그리고 여관 주인이 대령의 식탁을 향해 뛰어들었다.

"큰일 났어요! 독일 놈들이에요!" 여관 주인은 나지막하게 말했지만 어찌나 긴장했던지 있는 힘을 다해 울부짖는 것 같았다.

세 장교는 벌떡 일어나 허리띠를 찼다. 부엌문 틈새로 질겁한 에르네스트의 얼굴이 나타났다. 여관 주인이 상세하게 설명했다.

"독일군은 하디니 오토바이를 타고 오고 있어요. 빨리 도망치세요! 자동차는 안 됩니다. 독일군은 당신들을 발견하면 즉시 기관총을 난사할 겁니다. 들판을 가로질러 도망치세요. 그런 다음 피에프 숲으로 들어가세요. 제가 길을 알려 드리겠습니다."

여관 주인은 다시 정오의 눈부신 햇살 속으로 사라졌고, 퓌잘롱 대령과 에르네스트와 두 장교가 그 뒤를 따라갔다.

혼자 남은 티포주는 천천히 일어났다. 그는 미소를 짓고 심호흡을 했다. 오르페브르가의 경찰서 심문실에서 침 세례를 받은 이래로 다시 한번 지구의 진동이 시작될 참이었다. 퓌잘롱 대령이 내뱉은 유명한 말이 떠올랐다. "나는 안정된 상황을 끔찍이 싫어해!" 이제 대령의 뜻대로 되었다! 티포주는 어둠고 조용한 거실을 지나 부엌으로 향했다. 광주리 속에서 마지막 비둘기의 검은 그림자가 파닥거렸다. 티포주는 광주리를 팔에 안았다. 그리고 부엌을 나오려다가 생각을 바꾸고 광주리를 식탁 위에 내려놓았다. 노랗게 적당히 익은 비둘기 세 마리가 쇠꼬챙이에 얌전히 놓여 있었다. 그는 정육점용 종이를 아궁이에 밀어 넣고 세 마리의 구운 고기를 꼬챙이에서 빼낸 다음 배낭 속에 쑤셔 넣었다. 다시 바구니를 팔에 안고 현관문을 넘다가 여관 주인과 마주쳤다. 그가 소리쳤다.

"당신, 아직도 여기 있네요! 독일군이 마을에 들어오고 있어요! 난 그자들이 내 집에서 프랑스 군인을 발견하기를 바라지 않아요. 아직은 당신 동료들을 따라잡을 시간이 있어요. 내가 안내하겠어요."

티포주는 무뚝뚝하게 그를 따라갔다. 그들은 황량한 거리를 가로질렀다. 태양이 마을을 공백 상태로 만든 것 같았다. 오직 심장 모양의 분수만이 지칠 줄 모르고 물을 뿜어 댔다. 그들은 집 사이의 자갈 깔린 골목길을 지나 채소밭으로 들어갔다. 티포주는 그라네 사령관을 떠올렸다. 적어도 사령관에게 전쟁은 구체적이고 명백한 의미를 지녔다. 하지만 전쟁의 패배는 그를 다른 사람들과 똑같은 운명으로 이끌 것이다. 티포주의 운명은…….

두 사람은 잡목림 사이로 뻗은 오솔길 입구에 도착했다. 여관 주인은 그에게 빨리 그 길로 들어서라는 신호를 해 보이고 얼마 동안 지켜보더니 오던 길로 되돌아갔다. 티포주는 생각했다. '저 녀석은 독일군을 맞이하기 위해 포도주를 냉장고에

넣어 두겠지. 이 패배가 녀석에게는 모종의 의미를 지닐 거야.'

티포주는 남쪽이라 여겨지는 방향으로 2킬로미터에서 3킬로미터를 걸어갔다. 그리고 아스팔트 도로를 횡단하고 작은 시냇물을 건넌 다음 이내 피에프 숲으로 보이는 울창한 나무들을 발견했다. 에르네스트가 갑자기 구덩이에서 모습을 드러냈다. 망을 보고 있었던 모양이다. 대령과 두 장교는 근처 숯장수의 움막에 숨어서 소식을 기다리고 있었다. 에르네스트와 티포주는 그들과 합류했다. 뛰잘롱 대령은 티포주가 마지막 남은 비둘기를 담은 광주리를 버리지 않고 가져온 것을 확인하고 만족스러워했다.

"잘했어. 이처럼 긴박한 상황에서도 비록 보잘것없긴 하지만 자네의 무기를 버리지 않은 것은 참 잘한 일이야. 자네가 표창을 받도록 추천하겠네. 자, 이제 에르슈타인 본부와 통신할 수단을 확보했으니 우리가 포로가 될 경우를 대비해서 본부에 보낼 메시지를 받아쓰게."

티포주는 고분고분하게 광주리에서 볼펜과 비둘기 통신에 사용되는 얇은 반투명 특수 용지 묶음을 꺼냈다. 한편 대령은 움막 안에서 가느다란 단장으로 자신의 가죽 각반을 치면서 성큼성큼 걸으며 모든 부하들에게 보내는 비약이 심한 메시지를 구술하기 시작했다. "제군들, 그대들의 대령은 필사적인 저항 끝에 적의 수중에 떨어졌다. 그대들은 본관의 휘하에 있을 때 조국을 짓누르는 불행 속에서도 본관이 그대들을 신뢰할 정도로 고귀한 정신을 보여 주었다……." 그러나 티포주는 베르톨드 소위에게 보내는 전혀 다른 메시지를 쓰고 있었다.

"친애하는 소위님, 저희는 포로가 되었습니다. 은빛 비둘기와 두 마리 적갈색 비둘기는 대령에 의해 학살되었습니다. 흑갈색 비둘기는 찌는 듯한 더위 속에서도 긴 거리를 날았습니다. 물을 주어야 합니다. 미지근한 물만 먹어야 합니다. 이 녀석은 기력이 조금 약해졌으니 간유로 만든 알약을 하루에 두 알씩 먹여 주십시오. 뚱보 오목눈이는 아직도 흰 알만 낳는데 그것은 그 새가 암컷끼리만 어울리기 때문입니다. 여섯 마리의 푸른 방돔 비둘기는 설사약을 먹여야 합니다. 녀석들에게 아주 까리 알약을 두 알씩 먹여 모이주머니를 비우게 하십시오. 밝은 조개 빛깔이 나는 비둘기는 왼쪽 날개에 피부 경결이 생겼을 것입니다. 날개 부착점에서 가볍게 부은 누르스름한 돌기를 보았습니다. 요오드팅크를 발라 주십시오……." 그런 식으로 티포주는 두 페이지에 걸쳐 빽빽하게 자신의 비둘기들에 대한 애정 어린 염려를 마음껏 늘어놓았다. 대령은 이미 몇 분 전에 구술을 끝냈는데도 티포주는 여전히 열심히 쓰고 있었다. 마침내 티포주는 통신문에 서명을 하고 서둘러 세 번을 접고는 둘둘 말아서 비둘기 통신용 통 속에 넣었다. 그래서 대령은 그에게 다시 읽어 보라고 명령할 틈이 없었다. 흑갈색 비둘기는 마비 상태에서 벗어나 통 때문에 왼쪽 다리가 묵직해진 것을 느끼자마자 날아오르고 싶어 안달했다. 하지만 티포주는 녀석을 다시 광주리에 깊숙이 집어넣었다.

이들 다섯 명이 지르몽 입구에 있는 피에프 숲의 빈터에서 포로가 되었을 때는 날이 저물기 시작할 무렵이었다. 한 부사관이 지휘하는 정찰대가 그들을 포위했다. "무기를 버려!" 하는 명령에 리볼버 권총 세 자루가 이끼 위로 맥없이 떨어졌다. 티포주는 광주리를 열고 조심스럽게 흑갈색 비둘기를 꺼낸 다음 권총이 놓인 곳으로 새를 가만히 밀었다. 비둘기는 날개를 한 번 치더니 땅바닥에 내려앉았다. 녀석은 동그랗게 뜬 작은 눈으로 권총 손잡이를 노려보면서 깡마른 두 다리로 청동색 강철 총신 위에서 미끄럼을 탔다. 그러고 나서 다시 웅크리고 앉더니 갑자기 요란하게 날개를 치고 독일군의 머리 위로 날아갔다.

티포주는 몸을 숙여 빈 광주리를 발치에 놓았다. 그가 몸을 일으키는 순간 누군가가 뒤에서 군홧발로 등을 세차게 찍었다. 격렬한 통증이 척추 전체로 퍼져 나갔다. 그가 얼굴을 찌푸리며 두 손으로 허리를 받치자 대령이 균형을 잡도록 도와주었다.

"잘했어. 자네가 녀석들을 속였어! 아무리 늦어도 내일이면 내 메시지가 에르슈타인의 대원들에게 도착할 거야. 난 자네가 상이용사 훈장을 받도록 추천하겠네."

* * *

다음 날 티포주는 세 명의 장교와 분리되어 수백 명의 포로들과 함께 스트라스부르에 있는 어느 공장으로 끌려갔다. 그는 그들 가운데 적어도 한 명은 알았다. 운전병 에르네스트. 그러나 티포주는 누가 되었든 간에 사람 사귀는 것을 좋아하지 않는 데다가 비둘기를 살해한 에르네스트와 잘 지낼 리가 없었다. 첫날 밤 그는 혼자서 세 마리 비둘기 가운데 하나를 먹었다. 그는 그것이 은빛 비둘기라고 확신했다. 무게를 통해 확실히 알 수 있었는데 그 비둘기가 살았을 때 평소에 풍기던 냄새와도 무관하지는 않았다. 나머지 두 마리 덕분에 그는 동료들을 고통스럽게 만들던 배고픔을 면했을 뿐만 아니라 육 개월 전부터 유일하게 애지중지해 오던 피조물들과 내밀하게 일체가 됨으로써 영혼을 살찌웠다.

포로들은 정보를 거의 얻을 수 없기 때문에 가장 불확실한 소문에도 매달렸다. 프랑스와 독일 사이에 휴전 협정이 체결되었기에 그들은 머잖아 석방될 것을 의심치 않았다. 그들은 단지 교통수단이 복구되고 피난민들이 고향으로 돌아가게 되기를 기다리고 있었다. 티포주는 그런 환상에 동참하지 않았다. 그가 뛰어난 통찰력을 지녀서가 아니라 동쪽에 자신의 진실이 있고 파리의 발롱 정비 공장으로 복귀하는 것은 상상조차 할 수 없는 웃음거리임을 알기 때문이었다. 그의 개인적인 운명은 언제나 너무나 견고하게 짜여 있어 그러한 실수를 예상할 수 없었다. 그래서 6월 24일 포로들이 예순 명 단위로 스트라스부르 수용소를 떠나 켈교를 대신해서 라인강에 띄워놓은 선교를 향해 끌려가게 되었을 때도 티포주는 자신이 성취하고 있는 중대한 행위에 어울리는 은밀하고 장중한 기쁨에 휩싸였다. 동료들 가운데 어떤 이들은 곧 석방되리라는 꿈이 깨진 것을 인정하고 말없이 절망에 빠졌으며, 다른 이들은 위조지폐처럼 부질없이 여기저기 옮겨 다니게 되는 자신들의 처지를 상상했다. 가령 독일 놈들은 추수 작업을 위해 포로들을 독일로 끌고 갔다가 일이 끝나면 각자 고향으로 돌려보내 줄 것이라는 말도 있었고, 포로들을 임시로 만든 하천 부두에 데려간 다음 거기에서 수로를 이용해 본국으로 송환할 것이라는 소문도 돌았다.

스트라스부르에서 벗어났을 때 태양은 이미 중천에 떠 있었고 갈증이 느껴지기 시작했다. 강가에 사는 처녀들이 나와서 독일군의 감시가 소홀한 틈을 노려 포로들에게 마실 것을 건네주었다. 어느 알자스 노인이 양동이와 컵을 인도에 내놓고 포로들에게 물을 제공하자 이를 못마땅하게 여긴 독일 부사관이 제지하는 바람에 티포주가 속한 그룹은 뒤처지게 되었다. 그 사소한 혼란을 틈타 한 부인이 뛰어나와 티포주의 팔을 잡고 집 안으로 데리고 들어갔다. 그녀는 다급한 나머지 말을 더듬으면서 집에 숨겨 주는 것은 물론이고 민간인 복장을 마련해 주겠다고 제안했다. 다시 출발할 때는 인원을 점검하지 않았고 예순 명 가운데 한 사람이 사라진다 해도 쉽게 눈에 띄지 않을 것 같았다. 모험은 성공할 확률이 높았다. 티포주는 자신에게 유일한 도주 기회를 제공한 운명의 조롱에 대해 심사숙고했다. 결국 그는 우유 한 잔을 받아 마시고 진심으로 감사를 표한 후 수송대에 합류하기 위해 그 집을 떠났다. 잠시 후 포로들의 지친 발걸음 소리가 임시로 가설한 다리의 널빤지 위에 울렸다. 그들은 널빤지 틈으로 라인 강물이 급속하게 소용돌이를 치며 흘러가는 것을 보았다.

"이제 우리는 독일로 들어가는구먼." 티포주는 옆에서 걷던 갈색 머리에 새까만 눈썹을 지닌 땅딸막한 동료에게 말을 건넸다. 침묵하기로 굳게 결심했던 녀석도 상황이 너무 심각해 보였던지 더 이상 참지 못하고 턱을 떨면서 대꾸했다.

"만일 크리스마스 전에 집에 돌아갈 게 확실하지 않다면 차라리 저 물속에 몸을 던지고 싶어."

반대로 티포주는 결코 프랑스로 되돌아갈 수 없다고 확신했기에 더욱더 강렬한 기쁨을 만끽하고 있었다.

3
북방 낙토의 백성

지나가는 모든 것은 고상한 표현을 통해 고양된다.
일어나는 모든 것은 고상한 의미를 부여함으로써 고양된다.
모든 것은 상징이거나 비유다.

— 폴 클로델

티포주는 아무런 저항감 없이 포로 생활에 빠져들었다. 마치 여행자가 몇 시간 후에 태양과 함께 깨어나면 전날의 피로가 말끔히 씻기고 새롭게 태어나 새로운 출발을 준비하게 되리라는 것을 알고 휴식에 빠져들듯이. 티포주는 확고하고 낙천적인 믿음을 지니고 있었다. 그는 더러워진 옷처럼, 닳은 신발처럼, 갈라진 피부처럼 파리와 프랑스를 떨쳐 버렸다. 그 가운데 특히 라셀과 발롱 정비 공장, 앙브루아즈 가족을 포기했고, 다음으로 구르네앙브레와 보베, 생크리스토프 중학교를 잊었다. 그만큼 자기 운명에 대해 확신하는 사람은 없었다. 곧고 차분하며 굽힐 줄 모르는 그 운명은 그의 유일한 목적을 위해 세상에서 가장 장엄한 사건들을 지시했다. 그런 자각은 또한 우연한 일치, 지엽적인 일, 일반 대중이 집착하고 떠나야 할 때도 마음 한구석에 미련을 남기는 모든 하찮은 일들을 가차 없이 버리는 명석함을 내포했다. 짓밟힌 유년기, 반항적인 소년기, 오랫동안 가장 초라한 외모 속에 가려졌지만 이어서 천민들에 의해 정체가 드러나고 우롱당한 열정적인 청년기, 이 모든 세월로부터 부당하고 범죄적인 명령에 대한 비난이 절규처럼 솟아올랐다. 그러자 하늘이 응답했다. 티포주가 고통을 겪었던 사회는 사법관들, 장군들, 고위 성직자들, 규약, 법, 법령과 함께 깨끗이 제거되었다.

티포주는 이제 동쪽을 향해 굴러가고 있었다. 객차마다 예순 명씩 실은 천식 환자 같은 기차는 툭하면 멈추었고, 그러다가 다시 움직였다. 여전히 공상에 매달리는 몇몇 고집쟁이들은 나침반을 가진 어느 기술 부사관 주위에 몰려 앉아서 철길이 다소 뚜렷이 보이는 굽은 길을 돌 때마다 혹은 어느 역으로 후진할 때마다 북동쪽이 아니라 남쪽이나 서쪽을 향해 달리지 않을까…… 하는 바람으로 방향을 측정하곤 했다. 티포주는 기차가 빛을 향해 달리고 있다는 사실을 잘 알기에 나침반이 필요 없었다. 초특급 오리엔트호. 그런데 어떤 빛이란 말인가? 그는 아직은 알 수 없었다. 하지만 날마다 조금씩 끈기 있게 배우게 될 것이다. 은밀하게 풍요로운 길고 긴 겨울의 어둠과 갑자기 눈부시게 나타날 계시를 통해 마침내 알게 되리라.

독일군은 포로들을 슈바인푸르트라는 작은 산업 도시에 내려놓았다. 독일군은 우선 격리된 막사에 포로들을 몰아넣고 다음 날 소독과 이 잡기 작전을 실시했다. 벌거벗은 포로들은 운동장에서 막사로 끌려 다니며 머리를 깎고 검은 비누칠을 하고 샤워를 한 다음 철조망이 둘러쳐진 풀밭 한가운데서 장

시간 비참하게 알몸으로 서 있었다. 어떤 자들은 치욕스러워서 울었다. 티포주는 정화 의식으로 간주했기에 그 처사를 비난하지 않았다. 알몸 상태가 뜻하지 않게 부여한 우월감을 즐기기까지 했다. 그의 신장과 근육이 성기와 털밖에 보이지 않는 연약하고 볼품없는 동료들의 실루엣을 위압했기 때문이다. 그는 독일군이 증기 소독기에서 꺼내 아직도 김이 나는 오그라든 제복을 내밀었을 때 머잖아 그 옷을 쐐기풀밭에 던질 수 있게 되기를 바랄 뿐이었다. 이윽고 그가 자신의 진정한 권위에 어울리는 다른 옷을 입게 되는 날 티포주는 다른 모든 이와 함께 암흑의 시대가 지났음을 알게 되리라.

이틀 후 여행은 다시 시작되었다. 기차는 여전히 북동쪽을 향해 달렸다. 기차는 튀링겐, 작센, 브란덴부르크 지방을 횡단했다. 포로들은 객차의 좁은 창문을 통해 아이젠나흐의 바르트부르크성 고타성의 탑들, 에르푸르트의 꽃밭, 바이마르 저택, 이에나의 자이스 공장들이 스쳐 지나가는 것을 보았다. 그들은 라이프치히에서 플랫폼에 내려 역내에서 흩어져 구경할 수 있었지만 독일군들이 완전히 포위한 채 감시했다. 기차는 몇 시간 동안 정차할 모양이었다. 삼등 열차 대기실에서 수프가 배급되었다. 포로들은 식사 후 부대나 지방별로 혹은 단순히 마음이 드는 사람끼리 모이려고 애썼다. 운전병 에르네스트가 집요하게 따라붙지 않았더라면 티포주는 늘 혼자였을 것이다. 그런 에르네스트의 충실함이 그를 방해하지는 않았지만 놀라게 했다. 그는 그들 사이에 계급 차이가 없는데도 운전병이 공손하게 행동하는 것을 간파했다. 그에게 말을 시

켜 보았다. 입대하기 전 에르네스트는 어느 호텔의 룸보이였
다. 티포주의 눈에는 그 직업이 이상하고 암울한 마력을 지닌
것처럼 보였다. 거기에서 차가운 이중성, 계산된 아첨, 호텔을
이용하는 상류층과 그 직업을 수행하는 하층민 사이의 삐걱
거리는 갈등을 무마하는 역할 등을 추측할 수 있었기 때문이
다. 티포주는 마침내 비둘기를 희생시킨 에르네스트의 죄를
용서했다. 순진함과 이해력을 타고난 그는 인생의 모든 사건
처럼 그 사건에서도 운명적인 성격을 배제하기 힘들다고 생
각했다. 마침내 그는 자신을 주인으로 선택한 것 같은 그 녀석
을 받아들였다.

기차가 한밤중에 다시 출발하자 감시병들은 객차의 문과
창문을 전부 폐쇄했다. 자지 않는 포로들은 기차의 정지와 조
차(操車)를 통해 베를린을 통과 중이라는 것을 알 수 있었다.
이윽고 수송 열차가 정상 속도를 되찾았고, 빽빽이 앉은 포로
들은 규칙적인 리듬에 따라 가볍게 흔들렸다. 그때 기차는 끝
없이 펼쳐진 광활한 평원을 달렸고, 오직 어둠만이 그 현기증
을 덜어 주었다.

새벽은 평소보다 일찍 신선하게 다가왔다. 갑자기 기차의
미닫이문이 둔탁한 소리를 내며 열렸다. 명령과 호출 소리. 포
로들은 얼빠진 모습으로 객차 밖으로 뛰어내렸다. 그들은 내
리자마자 차갑고 날카로운 북풍에 휩싸였다. 타르를 발라 거
무스름해진 널빤지로 만든 상당히 큰 막사가 웅장한 모습으
로 우뚝 서 있었다. 주위 풍경은 그만큼 평평했다. 갑자기 돌
풍이 두 개의 말뚝 위에 세워진 직사각형 나무 표지판을 뒤흔

들었다. 하얀 바탕에 검은 고딕체로 모르호프(MOORHOF)라고 씌어 있었다. 끝없이 펼쳐진 주위는 군데군데 초원이 있긴 하나 온통 물웅덩이뿐이었다. 물웅덩이들은 가을이 되면 바로 늪지대로 변할 게 뻔했다. 군데군데 작은 전나무 숲이 사다리처럼 층을 이루며 펼쳐져 등심초와 키 큰 풀 사이에서 피어오르는 무수한 수증기 속에 빠진 광활한 지평선을 감지할 수 있었다. 파리를 제외하고 작은 언덕이 있는 지방이나 작은 숲이 있는 들판밖에 모르는 티포주는 그 광활한 대지에 감동을 받았다. 어디를 둘러보아도 한없이 트였고 안개에 덮인 경치와 히스가 우거진 벌판, 거울처럼 빛나는 물웅덩이를 바라보면서 지금까지 전혀 느끼지 못한 자유의 감정을 만끽했다. 그는 한 부사관이 내지르는 욕설을 들으며 북쪽으로 끌려가는 짓눌린 포로 행렬의 뒤를 따라가면서 그런 역설적인 감정에 미소를 지었다.

포로들은 갑자기 도로에서 수백 미터 떨어진 곳에서 수용소를 발견했다. 모르호프 마을은 고집스레 보이지 않았다. 그들은 끊임없이 그 점을 체험하게 될 것이다. 손바닥처럼 편평하고 언뜻 보아 개방적이고 아무런 비밀이 없는 것 같은 그 지방의 집과 곳간과 수용소의 감시탑은 흙더미나 풀숲에 가려진 버스처럼 조금만 뒤로 물러서도 보이지 않았다. 규모가 과히 크지 않은 수용소였다. 네 채의 이중 막사는 짧막한 기둥 위에 세워진 목조 건물이었다. 지붕에는 타르가 칠해져 있었다. 막사마다 200명을 수용할 수 있었다. 몇 주 후에야 도착한 신참 포로들로 채워진 800명의 정원은 주어진 작업에 필요한 숫자였다. 하지만 복잡한 편성과 풍부한 인적 자원을 관리하기에는 시설이 턱없이 부족하기 때문에 포로들에게는 불리했다. 물론 혼자 있기를 좋아하는 사람은 군중 속에 자신을 쉽게 숨길 수 있었다. 네 채의 막사 주위에 이중 가시철조망을 둘러 쳤고, 철조망 사이에는 말 막이 방책을 조밀하게 세웠다. 그리고 감시탑이 네 모퉁이에 서 있었다.

새로운 환경에 놓이게 된 포로들은 어설픈 막사에서는 불편함을, 철조망에서는 적의를, 감시탑에서는 증오에 찬 경계심을 느꼈다. 그러나 티포주는 얼마 전 기차에서 내렸을 때 그를 사로잡았던 자유의 감정과 유연성을 더욱 분명하게 느꼈다. 모두 다 수용소 포로들이 언제든지 광활한 평원을 바라볼 수 있도록 만들어진 것처럼 보였다. 건물 정면이 마당을 마주 보고 있어 그는 외부 세계와 차단된 피카르디 지방의 거대한 농가를 떠올렸다. 이곳은 정반대의 모습이었다. 철조망 울타리는 투명한 벽이었고, 감시탑은 지평선까지 탐색하라고 권유하는 것 같았다. 그는 배정받은 막사에서 난로로부터 멀리 떨어진 2층 침상을 선택했는데, 그곳에서는 머리만 돌리면 창문 너머로 평원의 동부를 한눈에 볼 수 있었다. 그는 즉시 침대에 몸을 던졌다. 며칠 낮 동안 계속된 무질서한 행군과 혼란스러운 밤 때문에 기진맥진한 상태였다. 티포주는 뇌이 경찰서에 체포되어 뿌리를 뽑힌 이후에 처음으로 어딘가에 도착했고 어느 정도 안전이 보장되었다고 느꼈다. 유럽은 당연히 받아야 할 징벌에 시달린 채 그의 뒤쪽으로, 멀리 석양 너머로 버려졌다. 그런데 처녀림 같은 이 공간에는 감미롭고 기막힌 유혹이 있었다. 히스 뒷면의 엷은 보랏빛과 대조를 이루어 침울하게 돋보이는 가냘픈 자작나무 한 그루가 덩그러니 서 있는 은빛 도는 회색 땅, 모래밭, 이탄지, 틀림없이 동쪽으로 시베리아까지 이어졌을, 창백한 빛의 심연을 갈망하는 듯한 광활한 벌판. 마침내 티포주는 수용소의 고참자들로부터 모르호프가 동프로이센의 지도상에서 정확히 어디에 위치하는지를 알게 되었다. 400명의 주민이 사는 모르호프는 서쪽으로 인스터부르크와 동쪽으로 안게라프 강 가의 굼빈넨에서 각각 12킬로미터쯤 떨어진 곳이다. 안게라프강은 인스터부르크에서 인스터강과 합류해 프레겔강을 형성했다.

신참 포로들은 규정대로 스물네 시간 동안 휴식을 취한 뒤에 물이 흠뻑 젖은 그 새까만 땅에서 날마다 작업을 해야 한다는 사실을 알게 되었다. 안게라프강을 따라 펼쳐진 밭에서 비용은 거의 들이지 않고 넘쳐 나는 노동력을 이용해 배수로를 파는 광대한 작업이었다. 저녁 7시가 되면 포로들에게 분배했던 바지와 신발, 정확히 말하면 나무 밑창을 댄 구두를 회수한 후 그들을 막사에 가두었다. 그러면 포로들은 바람이 불어도 꺼지지 않는 다섯 개의 석유램프가 간신히 밝히는 막사에서 저마다 밤의 긴 상상 여행을 시작했다. 그들은 너무 피곤했기에 지루하다는 생각조차 하지 못했다. 새벽 6시면 막사 밖으로 끌려 나와 아침과 점심 식사로 전나무, 자작나무, 오리나무, 뽕잎으로 신비하게 조제한 삼림 지방의 탕약인 발트테 4분의 1리터와 빵 한 조각, 이미 차갑게 식은 삶은 감자 한 줌을 배급받았다. 저녁 식사는 묽은 수프였지만 이것만이라도 뜨거운

게 다행이었다.

포로들은 열 명이 한 조가 되어 독일군의 감시를 받으며 사전에 지정된 배수 작업장의 쪽문을 향해 걸어갔다. 그들은 모르호프에서 약간 떨어진 곳에 위치한 어느 거대한 농장이 관리하는 약 500헥타르에 달하는 구역에서 배수 공사를 했다. 배수 공사는 깊이 250센티미터의 긴 구덩이를 파서 망처럼 연결하는 것이었다. 밑바닥은 포석 세 개를 이용해서 두 개는 수직으로 세우고 나머지 한 개는 두 포석 위에 지붕처럼 덮어 도랑같이 만들었다. 그 위에 잘게 부순 벽돌로 한 겹을 깐 다음 부드러운 흙으로 구덩이를 덮었다. 이 지하 배수로는 미처 느끼지 못할 정도로 비스듬히 한 수로에 연결되었고, 그 수로는 다시 안게라프강으로 흘러가게끔 만들어졌다. 대부분 포로들에게는 삽으로 구덩이를 파는 일이 주어졌다. 구덩이가 완성되면 두 사람이 양쪽 가장자리에서 바닥을 평평하게 고르는 연장을 끌고 지나갔다. 도랑 구축 작업은 기술적인 실력도 필요하고 후에 다른 수로들을 설계하기 위해 독일 노동자들에게 맡겨졌다.

* * *

서로 어울리지 않던 개인들은 막사의 강제적인 잡거 생활에 익숙해짐에 따라 단결되고 균형 잡힌 작은 공동체로 변모하기 시작했고, 그 안에서 나름대로 위치를 확보하게 되었다. 사회적 신분, 출생지 혹은 직업이 전혀 다른 동료들과 모든 것을 함께해야 하는 환경 때문에 때로는 많은 것을 배웠지만 때로는 고통스러웠다. 익숙해진 가족과 지리적 환경에서 뿌리 뽑힌 상황으로 인해 어떤 포로들은 넋이 나간 채 지냈는데, 그 현상은 위험한 정신적 지적 퇴행을 나타내는 것이었다. 그와는 반대로 어떤 포로들은 포로 생활을 가장 강렬한 열망을 풀게 해 주는 일종의 해방으로 여겼다. 조용히 추억만 되새기는 포로들도 있었다. 그것은 대개 동물적인 침묵이었으나 때로는 반항과 술책을 품은 침묵이 될 수도 있었다. 또 다른 포로들은 동료들을 차례대로 한 사람씩 증인으로 삼으면서 장차 꼭 이루고 싶은 계획과 사업에 대해 끊임없이 늘어놓았다. 모뵈주에서 수예 재료 소매업을 하던 미밀이라는 자는 너무 어린 나이에 너무 현명한 마누라를 얻었다고 자랑하면서 끊임없이 여자들과 돈에 관한 자신의 두 가지 강박 관념을 드러냈다. 그는 두 요소가 서로 밀접하게 결합되어 있다는 것을 의심치 않았다. 그래서 일단 수용소 내에서 거래 수단을 확보하면 이내 마을 전체로 사업을 확대할 수 있다고 했다. 그리고 독일인 정부(情婦)를 만들어 후원자이자 명의 대여인으로 삼아 그녀를 매개로 재산과 집, 땅까지 살 수 있을 거라고 주장했다. 그는 끈질기게 유추했다.

"이 지방 남자들은 몽땅 동원되었지. 이곳에 남은 것은 여자들과 재산뿐이야. 여자들과 재산, 그리고 우리! 우리는 이런 상황에서 실용적인 이익을 끌어내야 해."

하지만 막사에서 가장 어린 팡탱 지구 출신의 피피(모두 그의 험담과 우거지상을 지겨워했다.)는 이 세상에서 유일하게 관심을 가질 가치가 있는 여자는 프랑스 여자, 특히 파리 여자뿐이라고 반박했다. 그들이 독일 땅을 밟은 이후 언뜻 보아 알겠지만 땋은 머리에 양모 스타킹을 신은 저 거칠고 무거워 보이는 그레첸 여자들의 유혹에 어느 누가 굴복하겠는가?

미밀은 어깨를 으쓱해 보이고 소크라테스를 증인으로 삼았다. 그리스어 교수 자격증을 가진 그는 평온하게 파이프 담배를 피우면서 안경 너머로 막사 안의 폐쇄적이고 잡다한 사회를 지켜보았다. 소크라테스는 신탁 같은 판결을 내릴 경우에만 침묵을 깼다. 그는 대부분의 경우 처음에는 다소 평범한 상식이 담긴 진실부터 이야기를 시작하다가 느닷없이 사람들을 당혹스럽게 만드는 역설적인 이야기로 바꾸어 가며 말했다. 그는 어느 날 이렇게 말했다.

"모든 것은 전쟁 기간과 해결책에 달렸습니다. 만일 우리가 크리스마스 이전에 석방된다면 피피의 말이 옳습니다. 그렇게 되면 고향에 충실하면 됩니다. 하지만 만일 승리한 독일이 (이럴 가능성이 더 많은데) 수 세대에 걸쳐 젊은이들의 시체로 그들의 정복을 굳히게 된다면 우리는 편안한 패전이라는 유리한 조건을 이용해서 그들의 살인적인 승리의 영광에 대항합시다. 최후의 건장한 독일 젊은이들이 천년 묵은 위대한 라이히[59]의 국경을 밤새워 지키는 동안 우리의 땀과 정액으로 그들의 땅과 아내들을 비옥하게 합시다."

이런 종류의 화제는 수염을 길게 기른 베리 지방의 소작인

---

59) 나치 독일.

뷔르주롱의 작은 눈에서 경멸과 비난의 빛밖에 불러일으키지
못했지만, 사람들이 미친놈이라고 부르는 빅토르의 입에서
는 날카로운 웃음소리가 터져 나오게 했다. 빅토르는 '우스꽝
스러운 전쟁' 동안에, 특히 패주하는 동안에 훌륭한 일을 해냈
다. 성격 장애를 가진 데다 반사회적이고 조울증 환자인 빅토
르는 일드프랑스[60]의 모든 정신 병원을 전전했고, 간간이 주
어진 짧은 퇴원 기간마다 괴상한 행동을 해서 다시 감금되곤
했다. 전쟁이 터졌을 때는 마침 퇴원한 상태였다. 그는 즉시
보병에 자원입대했다. 군대에서 그의 괴상한 행동이 또다시
시작되었지만 적진에서 휘두른 대담한 주먹질과 비참하게 퇴
각할 때 그의 연대의 영웅적인 행동으로 인해 오히려 상장과
훈장으로 뒤덮였다. 소크라테스는 빅토르에 대해 "평화롭고
질서 정연한 사회에 심각할 정도로 적응하지 못한 빅토르는
전쟁의 무질서, 그것도 전쟁이 혼란에 빠져들 경우에는 쉽게
적응했다."라고 설명했다.

티포주는 사람들의 비위를 잘 맞추는 에르네스트의 중재
역할에도 불구하고 막사 동료들과 거리를 두었다. 하지만 동
료들에게 전혀 관심이 없는 것은 아니었다. 아니, 오히려 동료
들 개개인에게서 자기와 닮은 뭔가를 찾곤 했다. 또한 그들이
저마다 포로 상태의 문제점을 해결할 대책, 어느 정도는 자신
에게도 해당하는 대책이 무엇인지 알 것 같았다. 물론 아직은
명확하게 단정할 수 없었지만 그 해결책이 진행되고 있는 어

---

60) 파리를 포함한 프랑스 중북부 지역.

떤 절대적인 것이라고 확신했다. 예를 들면 미밀의 관능적이고 물질적인 소유의 꿈은 그의 내면에서도 찾아볼 수 있고, 사회 질서에 짓눌렸으나 전쟁이라는 격렬한 흙탕물 속에서 물고기처럼 헤엄치는 빅토르의 광기 역시 그가 지닌 것이다.

동료들은 그가 작업을 너무 열심히 한다며 책망했다. 그는 남다른 체력만으로 설명할 수 없는 열성을 가지고 땅을 파헤치고 물이 나올 때까지 구덩이를 파 내려갔다. 그가 그 지방에서 무언가 그 자신도 정확히 알지 못하는 어떤 기호나 전조를 기대하고 있으며, 그래서 땅을 파헤치면서 오직 그에게만 보내는 어떤 메시지를 찾기 위해 서두르고 있다는 것을 어떻게 동료들에게 이해시키겠는가?

더구나 그가 좋아하기 시작한 그 지방의 비옥하고 친밀한 땅을 힘차게 파 들어가는 일이 마음에 들었다. 도착하면서부터 감시탑에 올라가 보고 싶었던 그의 소원이 마침내 어느 날 한 감시병의 호의 덕분에 실현되었을 때 그는 새로운 사실을 알게 되었다. 통나무로 세운 감시탑은 지상 6미터 높이이기 때문에 사다리를 타고 올라가야 했다. 티포주는 잠깐 동안 수용소 전체를 둘러볼 수 있었다. 수용소의 엄격한 배치와 기하학적으로 새로 지은 건물은 그곳을 배회하는 포로들의 너덜너덜한 모습, 그러나 너무도 인간적인 모습과 선명한 대조를 이루었다. 그는 일 년 전에 시작된 대이동의 목적지처럼 보이는 북동쪽 평원을 향해 눈길을 돌렸다. 그 고장은 너무도 평평해서 감시탑이 그다지 높지 않은데도 시선이 굉장히 멀리까지 이르렀다. 하얗게 끊임없이 펼쳐진 익은 호밀밭, 그 사이로 어두운 선처럼 뻗은 전나무 숲, 깨끗한 모래밭에 둘러싸여 강철판처럼 반짝이는 연못, 은빛 도는 자작나무 줄기들이 빛을 발하는 이탄지, 우윳빛 구름이 떠다니고 한 무더기의 칙칙한 오리나무로 둘러싸인 늪지, 하얀 아마밭과 번갈아 펼쳐진 검은 밀밭. 티포주는 생각했다. '검은색과 흰색의 나라. 회색은 물론이고 다른 색깔이라곤 거의 없이 검은 기호로 뒤덮인 하얀 종이 같은 나라.'

불현듯 태양이 하늘을 가리고 있던 구름 건물을 무너뜨리고 늪지에서 피어오르는 수증기와 모르호프 마을에서 나는 연기를 빨갛게 물들였다. 어느 집의 유리창이 모스 부호를 발신하는 등대처럼 끈질기게 섬광을 발사했다. 티포주는 마침내 그 마을을 발견했다. 널빤지로 지붕을 인 낮은 집들이 벽에 석회를 바른 평퍼짐한 성당 주위에 옹기종기 모여 있고, 낮지만 묵직해 보이는 종탑이 납작한 지붕 밑에서 순찰로를 이루는 것처럼 보였다. 마을 뒤쪽으로 키 큰 잡초들 사이에 반사광이 반짝이는 것을 보니 저지대가 있는 모양이었다. 더 멀리 퇴석으로 이루어진 비탈 위에는 황폐화된 네덜란드식 풍차가 우뚝 솟아 맹렬한 기세로 돌아가고 있었다. 한 무리의 왜가리가 부드럽게 날개를 치며 하늘을 가로질러 날아갔고, 기이하게 애조를 띤 종소리는 바람에 실려 퍼져 나갔다. 티포주는 자신과 그 땅을 결합하는 소속감을 매우 강렬하게 느꼈다. 우선 그는 포로로서의 생활을 시작했다. 어쩌면 오랫동안 포로 생활을 해야 할지도 모른다. 그는 몸과 마음을 다해 그 땅에 봉사할 의무가 있다. 하지만 그것은 이를테면 약혼을 입증하는 기간에 불과하고, 그 후 인생에서 중대한 시기마다 이루어지는 철저한 전위를 통해 그는 그 땅의 주인이 될 것이다.

* * *

티포주가 날마다 파헤치고 있는 비옥한 검은 땅은 무엇인가를 위해 그곳에 존재할 것이다. 그는 수용소에 도착한 후 빈약하고 형편없는 음식에도 불구하고 배변의 쾌락을 즐겼다. 저녁마다 통행이 전면 금지되는 두 번째 소등 종이 울리기 전에 그는 야영지의 간이 변소에 가서 가능한 한 오랫동안 머무르면서 보베의 중학 시절을 회상하며 하루 중 가장 즐거운 시간을 보냈다. 별로 힘을 쓰지 않아도 점액으로 매끄러운 직장을 타고 똥 덩어리가 규칙적으로 떨어지는 배변 행위에는 고독과 평정, 명상이 뒤따른다.

하지만 간이 변소는 명상 의식을 치를 만한 준비가 되어 있지 않았다. 변소는 웅덩이를 파고 2미터 간격으로 통나무를 세운 다음 좁은 판자를 수평으로 얹어 놓아 이용자는 불편하게 쪼그리고 앉아야 했다. 티포주는 네스토르가 바닥이 보이지 않는 변소에서 이루어지는 배변 행위에 대해 내뱉은 비난이 떠올랐다. 보통 열흘마다 실시되는 분뇨 처리 작업 때문에 뜻밖에도 간이 변소의 불편함을 줄일 수 있었다. 분뇨 처리 작업은 한 사람이 긴 장대 끝에 매단 통으로 분뇨를 퍼서 바퀴 달린 광석 운반 수레에 채워 나르는 식이었다. 그런데 통이 수용소의 부엌에서 사용되는 거대한 국자와 모양이 아주 비슷해서 실없는 농담이 오갔다. 티포주는 광석 운반 수레가 분뇨를 배수로에 버림으로써 평원이 모두 비옥해질 거라고 재미있게 생각했다. 그러나 인간적인 자존심 때문에 인분 작업에 지원하는 일은 지나칠 정도로 자제했다. 나중에는 변소 보초라는 새 규칙으로 인해 결정적으로 간이 변소를 혐오하게 되었다. 실제로 포로들은 간이 변소까지 가는 게 귀찮거나 때로는 게을러서, 때로는 용무가 급해서 적당히 가려진 샛길에서 대변을 보았다. 독일군은 감시 제도를 만들고 프랑스인 보초를 내세워 네 시간마다 교대로 망을 보게 했다. 보초는 수치스럽게도 변소 보초라고 쓰인 양철판을 가슴에 엑스 자형으로 달고 근무해야 했다. 그래서 배변은 필요한 고독과 명상의 행위에서 본능적인 행위로 바뀌게 되었다. 티포주는 이내 작업장에 임시로 설치된 간이 변소만 이용하게 되었다.

티포주가 열렬한 일꾼이라는 소문이 자자한 덕분에 그에 대한 감시는 느슨해져 파고 있던 도랑 끝에 몇 시간씩이나 그를 혼자 내버려 두는 경우도 적지 않았다. 그는 그 순간부터 아주 여유 있게 적당한 장소를 물색한 후 삽으로 구덩이를 파고 항상 휴대하는 널빤지 두 쪽을 배치해 제단을 만든 다음 그 위에서 프로이센 땅과 내밀하고 풍요로운 결합을 완수했다.

그런데 나중에 놀라운 미로를 발견하여 그의 자유 시간에 새로운 의미를 부여하게 되었다. 티포주는 설계 작업에 참여하던 어느 날 키가 큰 풀에 완전히 가려진 메마른 배수로 웅덩이에 빠질 뻔했다. 그 지하로의 출발점은 그의 작업장에서 100여 미터밖에 떨어지지 않은 곳이었다. 그는 다음 날 즉시 그 지하도에 살며시 들어가 곧장 앞으로 걸어갔다. 땅바닥은 단단하고 평평했다. 머리 위에서 꽃이 핀 볏과 식물들이 서로 뒤엉켜 경쾌하게 살랑거리는 지붕을 이루고 그 사이로 햇살이 스며들고 있었다. 그는 암꿩 한 마리를 놀라게 했다. 녀석은 좁은 통로에서 당황해 어쩔 줄 모르다가 앞쪽에서 달려가기 시작했다. 얼마 안 가 비탈을 올라가는 느낌이 들었다. 그는 어느새 모르호프의 농경지와 경계를 이루는 작은 전나무 숲으로 향하게 되었다. 한참을 걸었다. 암꿩은 여전히 앞서갔고, 잠시 후 자고새 두 마리와 큼직한 적갈색 토끼 한 마리가 합세했다. 이윽고 볏과 식물들이 뜸해졌고, 지하도 끝과 맞닿은 몇 미터 전방에 풀 한 포기 없이 하늘의 일부가 뚫려 있었다. 드디어 복잡하게 뒤엉킨 가시덤불과 산사나무들이 새로운 지대를 예고했다. 갑자기 암꿩이 요란하게 날갯짓을 하며 날아올랐다. 몇 미터 떨어진 곳에서 신선한 흙담이 배수로로 끝을 드러냈다.

티포주는 땅 위로 기어 나왔다. 작은 전나무 숲이 상당히 얇은 커튼처럼 축소되어 그의 뒤에 펼쳐져 있었다. 털갈매나무 군락이 군데군데 뒤섞여 있고 완만하게 골짜기를 이룬 자작나무 숲이 앞에 나타났다. 그는 다른 나라, 다른 지역에 실려 온 느낌이었다. 그것은 분명 그가 수용소의 경직된 분위기에서 벗어났을 뿐만 아니라 그를 그곳까지 인도했던 반지하도의 이상야릇함 때문이었다. 그는 양탄자처럼 깔린 히스 사이로 구불구불 나 있는 모래투성이의 오솔길을 따라갔다. 이어서 작은 골짜기를 급히 내려가고 경사지를 기어 올라갔다. 마침내 그가 찾던 것을 발견했다. 콜키쿰이 보랏빛 잎사귀를 내민 숲의 빈터 끝 편평한 바위 위에 세워진 통나무집은 대문과 창문이 닫힌 채 아주 옛날부터 그가 오기를 기다리고 있는 것 같았다.

티포주는 감격해 넋을 잃은 채 숲 가장자리에서 멈춰 섰다. 그리고 아득히 먼 과거 속에 잠겨 있었고 미래의 행복이라는 약속이 담긴 단어 하나가 그의 입술에서 새어 나왔다. "캐나다!" 그렇다. 그가 있는 곳은 '캐나다'였다. 그것은 자작나무 숲과 빈터, 오두막집이 동프로이센의 한복판에 재현된 캐나다였다. 수업 시간의 후텁지근한 악취 속에서도 런던[61]이나 커우드의 소설에 얼굴을 파묻고 허드슨만, 카리브호, 그레이트슬레이브호, 그레이트베어호를 에워싸고 있는 깨끗한 산림과 눈 덮인 사막을 환기시키는 네스토르의 묵직한 목소리가 다시 들리는 것 같았다.

그날 티포주는 '그의 집'이 된 오두막집을 한 바퀴 둘러보는 것으로 만족했다. 현관문은 황동 맹꽁이자물쇠로 잠겨 있지만 곁쇠질을 하면 쉽게 열릴 것 같았다. 그가 거의 세 시간이나 자리를 비웠는데 누구도 눈치채지 못했다.

* * *

가을장마가 시작되자 수용소 관리를 책임지는 테셰마허

---

61) 잭 런던. 미국의 작가(1876~1916).

중위는 티포주가 정비 기술자임을 알고서 수용소의 수송 차량인 5톤급 마지루스의 운전병으로 승진시켰다. 그리하여 그는 처음에는 감시병을 옆에 태우고, 그 이후로는 점점 자주 혼자서 혹은 운전을 교대하는 에르네스트와 함께 온 마을을 누비고 다니게 되었다. 임무는 통상 수용소의 식량 보급, 즉 농가 안뜰에서 감자 부대와 비곗덩어리나 잘게 팬 장작 다발처럼 열두 개씩 묶은 길고 마른 소시지를 수용소로 운반하는 일이었다. 비 때문에 웅덩이로 변한 길에 바퀴 자국이 너무 깊게 패어 가끔 트럭 밑이 볼록 튀어나온 도로의 자갈층에 닿지 않을까 걱정해야만 했다. 도로가 얼어붙어도 운반차가 다닐 수 있도록 10월 말부터 정기적으로 쇠스랑을 이용해 길을 고르는 것을 보고 프랑스 포로들은 깜짝 놀랐다. 때때로 비가 줄기차게 너무 많이 내리면 배수 작업은 중단될 수밖에 없었다. 부분적으로 침수된 건물에 배치된 포로들은 무거운 우울증에 시달렸다. 그러나 티포주는 와이퍼가 제대로 작동하지 않아 앞창에 얼굴을 붙인 채 마지루스를 타고 돌아다녔다. 더러 흙탕물을 뒤집어쓰고 수증기로 뒤덮인 무거운 트럭 속에서 천천히 흔들리고 있노라면 광란하는 바다 한복판에 떠 있는 배를 탄 것 같은 착각에 빠졌다.

이제 인근 마을은 티포주에게 친근한 지역이 되었다. 앙거모르, 플로르호프, 프로이센발트, 하젠로데, 비에르후펜, 그륀하이데 같은 마을 이름들은 광야나 숲, 혹은 늪을 떠올리게 했다. 또한 황금빛 도는 화려한 꽃, 고리와 아라베스크 무늬로 장식한 여관 간판에는 황금 양, 송어, 노루, 황금 소, 연어 같은 토템 동물의 이름이 붙어 있었다. 그 이름들은 노래 후렴처럼 그의 마음속에 끊임없이 떠올랐다. 그는 때때로 담배 연기가 자욱한 식당 구석에 머무르곤 했다. 그가 프랑스인 포로라는 것을 눈치챈 손님이 갑자기 말을 걸어올 때는 아무것도 이해하지 못한 채 고개만 끄덕거렸다. 그는 주민들이 건네는 짚 필터 달린 매운 엽궐련에 맛을 들이기 시작했다. 티포주는 동쪽으로 굼빈넨이라는 커다란 마을까지 가 볼 기회가 있었다. 그 농촌 마을에 '피사'[62]라는 강이 흐르고 있었는데 그 이름은 항상 농담거리가 되었다. 수요일마다 시청 옆의 넓은 계단이 두드러져 보이는 합각머리 건물에서는 유명한 말 시장이 열렸다. 마을에서 15킬로미터쯤 떨어진 트라케넨 황실 종마 사육장에서 공급된 말들이었다. 남쪽으로 좀 더 내려가면 로민터하이데라는 마을이 시작되었다. 그곳은 큰 숲과 호수로 이루어진 광대한 보호 지역으로 사냥감이 득실거렸고, 특히 유럽에서 가장 아름다운 사슴들의 천국이었다. 티포주는 점점 더 자주 민간인들과 접촉하면서 독일의 모습을 발견해 나갔고, 독일어를 배우려 애쓰면서 아직은 그 풍요의 열쇠를 소유하지 않았지만 추측할 수 있는 새로운 세계 속으로 조금씩 빠져들었다.

날씨가 추워짐에 따라 수용소 인원은 눈에 띄게 급격히 줄었다. 노동국이 개별적으로 혹은 소그룹으로 작업반을 편성해서 수용소와 단지 행정적인 관계만을 유지하는 먼 작업장

---

62) '오줌 누다'라는 의미의 프랑스어.

으로 포로들을 파견한 것이다. 대부분 포로들은 주변 숲에 나무꾼으로 파견되었고, 나머지는 취향이나 전문 기술에 따라 장인 작업장이나 채석장, 제재소, 목축 농가에 배치되었다.

티포주는 기회만 있으면 캐나다에 갔다. 그는 총동원령이 내려져 산림 감시원이 현격히 줄었다고 확신했으므로 그다지 위험을 느끼지 않고 오두막집에 달려가곤 했다. 이미 현관문의 자물쇠도 열었고 최선을 다해 방 하나를 꾸며 놓았다. 그는 벽난로에 불을 활활 지피고 오두막집 뒤쪽 처마 밑에 제대처럼 설치한 변기에 걸터앉아 고독이라는 놀라운 호사 덕분에 꿈꾸는 듯한 명상을 즐기며 몇 시간씩 보내곤 했다. 그의 유일한 소일거리는 겨울을 대비해서 장작개비를 모아 처마 밑에 쌓아 올리는 것이었다. 그는 사냥꾼 생활을 완벽하게 흉내 내기 위해 고사리 군생지에 토끼잡이 올가미까지 설치해 놓았다. 그는 토끼를 잡을 거라고 믿지 않았지만 핏자국을 통해 여우나 살쾡이가 그보다 먼저 올가미에 걸린 토끼를 낚아채 갔다는 것을 알 수 있었다.

비가 몹시 퍼붓던 어느 날 평소에는 신중한 그가 오두막집에서 오랜 시간 머무르는 일이 생겼다. 장작불이 타닥타닥 타는 소리와 빗방울이 지붕을 따닥따닥 때리는 소리를 들으며 어느새 잠에 빠지고 말았던 것이다. 잠에서 깼을 때는 이미 밤이었고 비는 계속 요란스럽게 퍼붓고 있었다. 분명히 수용소에서는 점호가 끝났을 테고 통행금지를 알리는 소등 종이 울렸을 것이다. 어쩌면 이미 그를 탈주자로 간주했을 것이다. 그는 모든 것을 운명에 맡기고 오두막집에서 밤을 보내기로 결심했다. 새벽에 수용소로 복귀하리라. 그는 임간 학교의 초등 학생처럼 기뻐하며 벽난로에 장작개비를 수북이 넣고 임시로 잠자리를 만들었다. 하지만 기쁨 때문에 오랫동안 잠을 이루지 못하고 활활 타오르는 벽난로를 바라보았다. 그러자 작열하는 그 작은 무대에서 빛의 대홍수로 표출되는 음험한 공모로 가득 찬 음악 없는 화려한 오페라가 펼쳐졌다. 다음 날 아침 수용소로 복귀한 그는 작업반이 교대하는 바람에 그의 부재가 발각되지 않았음을 확인하고도 그다지 놀라지 않았다. 그 사건은 포로 생활 중에 연달아 나타나는 이상한 해방의 과정에서 새로운 단계였다.

고약한 계절이 동료들을 의기소침하게 만들었으나 티포주는 달랐다. 젖은 하늘을 가로질러 날아가는 철새들의 구슬픈 소리, 끊임없이 막사를 뒤흔드는 북풍의 날카로운 흐느낌, 그들에게 적의를 드러내는 음산한 이 땅, 특히 석방의 희망을 삼켜 버리면서 그들의 어깨 위에 떨어지는 겨울, 이 모든 것이 이해할 수 없는 돌발적인 사태에 의해 행복했던 일상생활에서 뿌리 뽑힌 가엾은 서민들을 절망에 빠뜨렸다.

그러나 소크라테스와 미밀은 예외였다. 소크라테스는 문학사를 시리즈로 강의함으로써, 미밀은 그가 매일 일하러 가는 목공소 주인마누라와의 관계에 대해 동료들이 농담할 때 비밀스러운 표정을 지음으로써 막사에 삶의 여운을 가져다주었다. 어느 날 저녁 포도주를 찾아낸 사실을 자백시키려고 동료들이 괴롭히자 피피는 미친 듯이 날뛰었다. 그는 포로 생활 초기부터 주워들은 동료들의 이름, 팡탱 지구의 거리와 술집 이름, 기괴하게 프랑스어화한 튜턴어를 기막히게 뒤섞어 재치 있게 자신을 방어했다. 미밀이 피피에게 말했다.

"그래, 적어도 네놈만은 프로이센의 겨울에도 좋은 성과를 올리는군! 보기 좋구먼, 꼴좋아!"

다음 날 울타리 말뚝에 허리띠로 목을 매고 죽은 피피의 시신이 발견되었다. 그 자살 사건은 수용소에 공포심을 불러일으켰다. 갑자기 아무도 살아서 혹은 온전한 정신으로 수용소를 빠져나갈 수 없으며, 몇 달 안에 병이나 절망 혹은 광기가 그들을 제물로 선택하리라는 것이 분명한 사실처럼 보였다. 더구나 막사는 단지 일 년 예정으로 세워진 것으로 드러났고, 전부 석방시켜 막사를 비우는 것도 아닐 터다!

마침내 탈출 계획이 꾸며지기 시작했다. 빅토르는 날마다 수용소를 몰래 떠날 새로운 구상을 하고 보초병들을 포함한 모두에게 털어놓았다. 다른 사람들은 먹을거리를 준비했다. 어떤 자들은 감시병들이나 어쩌다 만나는 민간인들에게 비누나 싸구려 담배를 주고 독일 돈을 모았다. 또 어떤 자들은 지도를 그렸다. 어느 날 에르네스트는 티포주에게 자신은 다른 한 명의 포로와 함께 마지루스와 아우스바이스 두 대의 차를 이용해 탈출할 계획이라고 털어놓았다. 운이 좋으면 감시가 훨씬 느슨하고 사람들이 자신들을 도와줄 폴란드로 갈 것이다. 티포주는 어깨를 으쓱해 보였다. 그는 또한 미밀에게서 제안을 받았다. 미밀의 생각은 자유롭게 출입할 수 있는 트럭을 이용해 수용소 밖과 상거래 조직을 구축하자는 것이었다. 미밀은 그에게 엄청난 비율의 배당을 제안했지만 티포주의 냉담한 태도를 동요시킬 수는 없었다. 하지만 티포주는 동료들과 단절의 골이 깊어 가는 것을 보면서 불안감을 느꼈다. 어느 날 아침 마지루스와 함께 에르네스트와 옆 막사에 소속된 그르노블 출신의 회계사인 베르테가 사라진 사실이 밝혀졌다. 사흘째 되는 날 트럭은 남쪽 150킬로미터 지점에 휘발유가 바닥난 채 버려져 있었고, 처벌은 수용소 전체에 가해졌다. 그리고 몇 주 전 몽투아르의 악수[63] 덕택에 약간 나아졌던 포로 처우 개선은 철회되었다. 포로들은 두 탈주자의 성공 여부에 내기를 걸었다. 그 최초의 탈출은 본보기로서 가치를 지녔던 것이다. 즉 이번 탈출이 성공할 경우 전혀 용기가 없던 자들에게도 탈출에 대한 희망을 안겨 줄 수 있었다.

나흘 후 에르네스트는 누더기에 진흙을 잔뜩 묻히고 얼굴은 흠뻑 두들겨 맞아서 흉측하게 변한 모습으로 끌려왔다. 방수포를 씌운 들것에는 베르테의 시신이 놓여 있었다. 두 탈주자는 트럭을 버린 다음 헌병대가 누비고 다니는 도로를 벗어나 위험을 무릅쓰고 황야로 들어갔다. 늪지에서 길을 잃는 바람에 베르테는 늪에 빠져 익사했고 에르네스트는 결국 어느 마을의 사령부로 찾아가 자수했다. 수용소는 본보기로 에르네스트를 일주일 동안 독방에 감금한 후 그라우덴츠 군 형무소로 보내 버렸다.

가을철 소나기와 폭풍이 잠시 멈추자 티포주는 비 때문에

---

[63] 1940년 10월 24일 프랑스의 주석 페탱은 몽투아르에서 히틀러와 회담하고 독일과의 협력을 약속했다.

갈 수 없었던 잡초 터널을 지나 오두막집으로 갔다. 그는 그때부터 정기적으로 '캐나다'에서 하룻밤을 보내곤 했다. 그럴 때마다 숲의 은밀한 소리들, 이를테면 사냥 중인 여자 유령이 새를 유인하는 피리 소리, 암내를 피우는 산토끼의 떨리는 울음소리, 여우에게 경고하는 토끼의 발 구르는 소리, 때때로 멀리서 구슬프게 들리는 사슴 떼의 울음소리 등이 자아내는 고독과 명상의 축제를 즐길 수 있었다. 티포주는 마침내 올가미로 새끼 산토끼들을 사로잡는 데 성공했다. 그는 토끼의 가죽을 벗기고 숯불 위에 굴리며 북극에서 진짜 사냥꾼처럼 생활한다는 생각에 어린아이처럼 마냥 즐거워했다. 나뭇가지로 얽은 작은 틀 위에 팽팽하게 펼쳐 놓은 토끼 가죽은 벽난로의 장식 선반 위에서 야생 동물의 살 냄새와 구린 가죽 냄새를 풍기며 말라 가고 있었다.

어느 날 밤 그는 오두막집의 벽을 스치는 소리에 잠이 깼다. 누군가가 판자벽에 기댄 채 현관문까지 걸어온 것 같았다. 그는 무서운 나머지 그 사실을 인정하고 싶지 않았다. 그래서 칸막이벽에 대고 돌아누워 다시 잠을 청했다. 그 후 며칠 동안 한밤중의 방문객에 대해 곰곰이 생각했다. 그가 '캐나다'에 있다는 사실이 발각된다면 그건 치명적이었다. 굴뚝에서 올라가는 연기가 근처 주민들에게 그의 존재를 알렸을지도 모른다. 하지만 어떻게 불을 피우지 않는단 말인가? 그는 자신의 비겁함을 비난했다. 만일 누군가가 또 찾아온다면 정면으로 맞서는 편이 나을 것이다. 그리고 고발당하기보다는 침입자와 협상을 시도하는 편이 나을 거라고 생각했다.

또 몇 주일이 아무런 일도 일어나지 않고 조용히 지나갔다. 가을은 연장되고 날씨는 겨울 속으로 떠밀려 들어가기를 주저하는 것 같았다. 그러던 어느 날 밤 오두막집 주위를 스치는 소리와 둔중한 발자국 소리에 티포주는 다시 잠에서 깼다. 그는 벌떡 일어나 현관문에 기대섰다. 밖은 쥐 죽은 듯이 조용했다. 그는 갑자기 들려오는 거친 숨결에 뼛속까지 얼어붙었다. 이어 현관문을 긁는 소리가 들렸다. 티포주는 거칠게 문을 열렸다. 그는 현관문을 가득 채운 괴물 앞에서 비틀거리며 뒤로 물러섰다. 그 동물은 말과 물소, 사슴의 모습을 동시에 지녔다. 괴물은 한 걸음 내딛더니 멈추어 섰다. 끝이 들쭉날쭉한 물갈퀴처럼 퍼진 거대한 뿔이 문설주에 부딪쳤기 때문이다. 괴물은 머리를 들고 티포주에게 둥글고 커다란 콧방울을 내밀었다. 윗입술의 삼각형 주둥아리가 코끼리의 코끝처럼 미묘하게 움직였다. 티포주는 동프로이센의 북쪽에 아직도 나타난다는 고라니 떼에 대해 들은 적이 있지만 작은 오두막집을 밀어붙일 듯이 위협적인 그 거대한 몸뚱이, 털, 근육, 뿔에 깜짝 놀랐다. 그런데 그에게 내민 입술이 너무도 간절하게 뭔가를 애원하는 눈치여서 식탁 위에 있던 커다란 빵 덩어리를 집어 고라니에게 주었다. 그러자 고라니는 요란스럽게 코로 냄새를 맡고 나서 빵을 삼켰다. 이어 아래턱이 한쪽으로 벗어나더니 느리고 규칙적인 저작이 시작되었다. 고라니는 봉헌물에 만족해하는 듯했다. 녀석은 뒤로 물러나서 어둠 속으로 사라졌다. 외로움에 떠는 추한 모습, 서투르고 둔중한 실루엣이 티포주의 마음을 아프게 했다.

그렇게 동프로이센의 목신(牧神)은 티포주에게 그의 첫 대표자를 파견했다. 반(半)신화적인 그 짐승은 선사 시대의 고생대 석탄기에 조성된 밀림에서 빠져나온 것 같았다. 그는 새벽까지 잠을 이룰 수 없었다. 고라니의 방문 덕분에 그는 까마득한 옛날부터 가장 깊은 시간의 밤 속에 묻힌 어떤 뿌리를 소유하고 있다는 이상한 확신을 새삼 확인하게 되었다.

그때부터 캐나다에 가기 위해 잡초 터널로 들어설 때마다 고라니를 위해 순무 토막 몇 개를 가져갔다. 어느 날 고라니가 오두막집에 나타났다. 그는 새벽의 희미한 빛 덕분에 고라니를 좀 더 자세히 관찰할 수 있었다. 고라니는 위압적이면서도 불쌍한 모습이었다. 짧은 목을 제압하듯 2미터나 우뚝 솟은 울퉁불퉁한 어깨뼈 사이의 융기, 거대한 머리에 당나귀 귀, 무겁고 거친 뿔, 깡마르고 뒤틀린 긴 다리가 받치고 있는 앙상한 엉덩이. 녀석은 월귤나무 잎사귀를 뜯어 먹으려고 했지만 목이 너무 짧은 탓에 땅바닥에 닿기 위해서는 두 앞다리를 우스꽝스럽게 벌려야만 했다. 이윽고 녀석은 나뭇잎을 씹느라 입이 비틀린 채 거대한 머리통을 들어 올렸다. 그때 티포주는 고라니의 작은 두 눈을 덮은 두 줄기의 각막 백반을 발견했다. 캐나다에 찾아온 고라니는 장님이었다. 티포주는 비로소 고라니의 애걸복걸하는 태도, 서투른 동작, 몽유병자 같은 느린 걸음걸이를 이해했다. 그 역시 끔찍한 근시이기에 그 어둠의 괴물이 더욱 가깝게 느껴졌다.

어느 날 아침 갑자기 추위가 그를 엄습했다. 서리가 하얗게 긴 창문을 통해 야릇하게도 강렬한 빛이 들어왔다. 현관문을 열려고 했을 때 움직이는 어떤 장애물이 제지하고 있어 좀처럼 열리지 않았다. 그는 눈이 부셔 뒤로 물러났다. 전날 밤의 까맣게 젖은 어둠이 눈과 얼음의 경치로 변했고, 눈과 얼음은 포근한 고요 속에서 햇빛을 받아 반짝였다. 그를 사로잡은 기쁨은 하얀 선경이 어린아이 같은 그의 마음을 자극해서 느끼게 된 무한한 경이로움만으로는 설명되지 않았다. 그는 그처럼 멋지게 프로이센 땅이 변하는 것은 필연적으로 새로운 단계와 결정적인 계시를 그에게 예고하는 것이라고 확신했다. 그는 첫걸음부터 눈 속에 깊이 빠지며 조류와 설치류, 그리고 작은 동물들의 발자국에서 그 점을 확인했다. 그의 발치에 펼쳐진 광대한 백지 위에는 동물들이 남긴 섬세한 기호들이 교차하고 있었다.

티포주는 타이어에 스노 체인을 감은 마지루스를 타고 겨울의 모든 특징이 부각된 경치 속에서 삐걱거리고 미끄러지며 나아갔다. 모든 것은 단순하게 생략되었다. 순백의 대평원에 먹으로 찍어 놓은 듯한 농가들은 약간 볼록하고 포근한 덩어리를 이루었고, 사람들은 두건을 쓰고 장화를 신어서 누가 누구인지 분간할 수 없었다.

어느 날 티포주는 길가의 눈 더미 속에서 발을 동동 구르고 있는 농부를 태워 집까지 데려다주었다. 농부는 술 한잔 하고 가라며 그를 자기 집에 초대했다. 그는 처음으로 독일 민가에 들어갔다. 그가 느낀 불편함, 질식할 것 같은 답답함과 사유 공간을 불법 침입한 죄인 같은 느낌은 전쟁이 사람을 얼마나 야만적으로 만들 수 있는지를 가늠하게 해 주었다. 틀림없이 포로 신분과 타고난 기질이 그렇게 느끼게 만들었을 터다. 늑대나 곰이 길을 잃어 인간의 침실에 들어선다면 틀림없이 그런 불안감을 느낄 것이다.

농부는 티포주에게 벽난로 가까이에 앉도록 자리를 마련해 주었다. 분홍빛 종이로 만든 예쁘장한 레이스를 이용해 아기자기하게 꾸민 벽난로 내부의 거대한 굴뚝 구멍, 여기저기 흩어진 기념품들, 결혼사진, 검붉은 벨벳 침대 위에 걸린 철 십자가, 말린 라벤더 꽃다발, 리본을 두른 안주용 비스킷 상자, 네 개의 양초가 꽂힌 전나무 가지로 엮은 대림절 화관. 그는 이탄 불에 오래 구워 그을린 냄새가 나는 삼겹살, 훈제 뱀장어, 아니스 열매를 다져 넣은 액체 치즈 단지, 순수한 호밀로 만들어 타르 케이크처럼 까맣고 딱딱한 빵, 비곗덩어리 국물처럼 생긴 독한 곡주인 필칼러 등을 먹고 마실 수 있었다. 농부는 손님을 기쁘게 해 줄 요량으로 1914년 두에 점령을 회고하고 전쟁의 숙명을 저주하는 것으로 결론을 지었다. 그리고 유리를 끼운 장롱의 총가에 나란히 세워진 소총들은 다섯 가지 뿔이 달린 전설적인 사슴들이 우글거리는 요하니스부르크와 로민텐 숲, 그리고 북쪽으로 서투르고 엄숙한 고라니 떼들이 천천히 이동하고 연못가에 검은 백조들이 서식하는 엘흐발트에서 실시된 사냥 대회에 대해 농부가 열을 올리며 이야기를 늘어놓을 좋은 기회를 제공했다.

술 덕분에 티포주는 마음속으로 '예언적인 눈'이라고 부르는 사색적이고 초연한 시각으로 저 멀리 펼쳐진 경치를 더욱 잘 볼 수 있었다. 말하자면 손금을 보고 운명을 해독하는 능력 같은 것이었다. 그는 작은 격자무늬가 새겨진 이중 창문 곁에 앉아 있었다. 자주달개비가 창틀까지 덩굴을 뻗었다. 작은 유리창들 가운데 하나에 빌트호르스트 마을의 아랫부분이 다 들어왔다. 2층 창문까지 석회를 바르고 그다음부터 지붕까지는 목재를 붙인 집들, 앙증맞은 성당과 나무로 된 종탑, 소형 썰매 위에 아기를 태우고 끌고 가는 노파가 보이는 구불구불한 길, 화가 난 거위 떼를 가는 막대 끝으로 몰고 가는 어린 소녀, 두 필의 말이 끄는 통나무 썰매. 사방 30센티미터의 네모난 유리 안에 갇힌 이 모든 풍경은 너무도 명료하고 너무도 잘 그려지고 너무도 정확한 위치에 배치되어 이전에 흐릿한 윤곽 속에서 보았던 것을 처음으로 좀 더 정확하게 초점을 맞추어 보는 듯한 느낌이었다.

그렇게 해서 티포주가 라인강을 건넌 이래로 품어 왔던 질문에 대한 대답이 주어졌다. 이제 그는 그토록 먼 곳으로부터 북동쪽을 향해 찾으러 왔던 것이 무엇인지를 알게 되었다. 차갑고 날카로운 북방 낙토의 빛 아래 모든 상징은 불균등한 섬광으로 반짝이고 있다는 것이었다. 프랑스는 안개에 젖은 해양성 기후대에 속해 언제나 흐릿한 날씨 때문에 윤곽이 지워져 있는 반면, 대륙적인 독일은 훨씬 거칠고 세련되지 못하지만 윤곽이 뚜렷하고 단순하고 도식적이어서 쉽게 해독하고 기억할 수 있는 나라였다. 프랑스에서 모든 것은 인상과 애매한 행동, 그리고 미완성된 전체 속에서, 흐릿한 하늘 아래서, 무한한 애정 속에서 갈피를 잡지 못한다. 프랑스 사람은 기능, 제복 혹은 조직이나 서열에 의해 한정되는 좁은 위치를 끔찍이 싫어한다. 프랑스의 우체부는 단정치 못한 옷차림을 통해서 자신이 언제나 가장이자 유권자이며 페탕크[64] 놀이꾼임을 상기시키려고 애쓴다. 그러나 독일의 우체부는 목이 파묻힌 멋진 제복을 입음으로써 완벽하게 기능인의 모습을 나타낸다. 마찬가지로 독일의 주부, 초등학생, 굴뚝 청소부, 사업가는 같은 부류의 프랑스 사람들에 비해 직업 정신이 한층 투철하다. 프랑스적인 나쁜 기질이 빛바랜 색깔, 무척추 동물 같은 육체, 모호한 나태, 잡다한 집단, 불결, 비열 따위로 이끄는 반면, 독일은 황소처럼 고집이 센 부사관부터 외알박이 안경을 끼고 코르셋을 입은 장교에 이르기까지 학살 놀이의 대표적인 표본이 보여 주는 것처럼 언제나 찌푸린 인상과 풍자화의 무대가 될 위험을 안고 있다. 하지만 티포주에게 독일은 약속의 땅처럼, 순수한 본질의 나라처럼 모습을 드러냈다. 우의(寓意)와 상형 문자가 박힌 독일의 하늘에서는 알아듣기 어려운 목소리와 수수께끼 같은 외침이 끊임없이 울려 퍼지고 있었다. 그는 농부의 이야기를 통해서, 작은 유리창을 통해서 독일을 보았다. 장난감처럼 반짝이고 토템 간판을 붙인 마을은 흑백의 경치 속에 잘 배치되었고, 숲은 파이프 오르간의 음관처럼 층을 이루었다. 남자들과 여자들은 쉬지 않고 직업적 특성을 연마했고, 특히 트라케넨의 말, 로민텐의 사슴, 엘흐발트의 고라니, 날개와 울음소리로 평원을 뒤덮는 철새와 같은 상징적인

---

64) 금속으로 된 공을 교대로 굴리면서 표적을 맞히는 프랑스 남부 지방의 놀이.

동물들이 프로이센 지주 귀족들의 문장에 새겨져 있었다.

그 모든 것이 운명적으로 그에게 제시되었다. 마치 생크리스토프 중학교의 화재 사건과 우스꽝스러운 전쟁과 패전이 그에게 주어졌던 것처럼. 하지만 라인강을 건넌 이후 운명의 제물은 더 이상 증오에 찬 명령에 따른 치명적이고 맹렬한 공격 형태가 아닌 긍정적이고 충만한 형태로 바뀌었다. 이미 알자스의 비둘기들은 그에게 약속된 운명을 미리 맛보여 준 것이다. 그것은 무척 초라하고 하찮은 제물이었지만 티포주에게는 감미로운 추억거리였다. 캐나다는 그에게 주어질 대지가 비록 처녀지일지라도 유년기의 은밀하고 깊은 기억을 보존하고 있음을 확증해 주었다. 이제 그는 동프로이센 전체가 우의들의 성좌이며 열쇠가 자물쇠 속으로 들어가듯이, 램프에 불을 붙이듯이 각각의 우의 속으로 들어가는 것이 자신의 임무임을 깨달았다. 그는 본질을 해독할 뿐만 아니라 찬양하고 그것의 모든 미덕을 타오르게 하는 소질을 지녔기 때문이다. 티포주는 그 대지를 자기 방식대로 해독하고, 지금껏 한번도 도달한 적이 없는 최고의 힘으로 끌어올릴 것이다.

* * *

낮은 점점 길어지고 있었지만 추위는 여전히 매서웠다. 숲속 오두막집의 벽난로가 활활 타오르도록 끊임없이 불을 지피지 않으면 캐나다에서 밤을 지새우는 것은 상당히 힘든 시련이었다. 티포주는 막사에서 무기력한 집단생활을 하다가

이곳에 오면 원기를 북돋우는 맑은 공기가 좋아서 가끔 불을
피웠다. 어느 날 아침 서리가 많이 끼어 뿌옇게 보이는 별들이
여전히 어두운 하늘에서 반짝이고 있을 때 티포주는 현관문
을 두들기는 소리에 잠이 깼다. 그는 비몽사몽간에 투덜거리
면서 일어나 벽난로 가장자리에 놓아 둔 순무를 찾으러 갔다.
고라니는 오두막집에 누군가가 있다는 것을 느끼면 아무리
못 들은 척해도 지칠 줄 모르고 문을 두들긴다는 사실을 그는
익히 알고 있었다. 현관문이 얼어붙어 한참 동안 끙끙거리며
문을 밀어야만 했다. 그런데 갑자기 문이 활짝 열리더니 제복
에 장화를 신은 남자의 호리호리한 윤곽이 나타났다. 두 사람
은 너무 놀라 한동안 가만히 서 있었다. 이윽고 남자는 제멋대
로 오두막집 안으로 들어온 다음 문을 닫고 단호한 자세로 벽
난로 쪽으로 걸어갔다. 그는 장작더미에서 마른 나뭇단 하나
를 집어 아궁이 속에 던진 다음 티포주에게 돌아서며 물었다.

"당신, 이곳에서 뭐 하시오?"

티포주는 첫눈에 그가 독일 국방군의 장교가 아니라는 사
실을 알 수 있었다. 예순 살쯤 되어 보이는 얼굴, 깃에 사슴뿔
기장이 달린 어두운 녹색 제복, 3구경 엽총으로 보아 치수산
림청 소속 공무원들, 예를 들면 산림 감독관, 산림계장, 산림
과장, 지방 산림국장 가운데 한 명인 듯했다. 동원령으로 직원
이 줄어든 치수산림청 직원들은 밀렵과 전쟁으로 유린된 짐
승과 조류의 천국을 보호하고 유지하기 위해서 무척 애쓰고
있었다.

사내는 귀덮개가 달린 스키 모자를 벗었다. 티포주가 대답

을 머뭇거리자 재차 물었다.

"탈주한 포로요?"

그러자 프랑스인은 손을 펴고 그에게 순무 조각들을 가리키면서 말했다.

"저는 눈이 먼 고라니들을 키우고 있습니다!"

남자는 티포주의 변명에 그다지 놀라는 것 같지 않았다. 티포주가 계속 말을 이었다.

"모르호프 포로수용소 소속입니다. 잠시 후에 그곳으로 복귀할 겁니다. 당시의 공병 18연대 소속 비둘기 사육병 아벨 티포주입니다. 6월 17일 쟁쿠르 숲에서 포로가 되었습니다."

녹색 제복의 사내는 흥미롭다는 듯이 다시 물었다. "비둘기 사육병이란 말이오? 그것은 가장 고상한 무기요. 물론 기병 다음으로지. 가엾은 비둘기들!"

남자는 벽난로 앞에 앉았다. 갑자기 나뭇단이 활활 타오르며 아궁이에서 불길이 뿜어 나오자 장작개비로 나뭇단을 안으로 밀어 넣었다. 독일어를 잘 못하는 티포주는 비둘기 사육에 대한 향수 어린 칭찬 속에 빈정거림이 있는지 알아낼 수가 없었다. 그는 이 미지의 사내와 모종의 공감대를 찾기로 결심했다. 감독관이 말을 이었다.

"당신 말을 들으니 운홀트를 아는 것 같군." 감독관은 티포주가 이해할 수 없어 하는 표정을 짓자 설명을 해 주었다. "그건 수컷들이 올라탈까 봐 동류 사회를 두려워하는 눈이 먼 고라니의 이름이오. 이 고라니가 겨울을 보내는 이 숲에서 녀석을 모르는 사람은 없지. 녀석은 지나가는 사람들에게 다가와

먹을 것을 구걸하기 때문이오. 불행한 일이지만 봄이 오면 녀석은 남쪽으로 몇 킬로미터쯤 이동할 텐데, 그렇게 되면 그곳은 녀석이 알려지지 않은 지역이라 위험에 노출될 수 있소. 언젠가는 누군가가 녀석을 죽여서 내게 가져올 것이오."

감독관은 침울하게 결론을 지었다.

"당신도 눈치챘겠지만 녀석은 순하지 않소. 운홀트. 이 이름이 무엇을 뜻하는지 아시오? 그것은 '난폭한 놈', '버릇없는 놈'을 뜻할 뿐만 아니라 '마법사', '악마'를 의미하지. 실제로 녀석은 백내장에 걸린 눈과 노골적인 고집으로 사람들로 하여금 두려움에 떨게 만든다오."

"녀석이 왔습니다!" 티포주가 먼저 알아챘다.

처음에는 오두막집 벽을, 다음에는 현관문을 긁어 대는 독특한 소리가 장작 타는 소리와 뒤섞였다. 티포주가 문을 열었을 때 감독관은 수없이 운홀트와 마주쳤을 텐데도 자기 앞을 가로막은 털투성이의 시커멓고 거대한 덩치에 깜짝 놀랐다. 티포주는 두 손을 펴고 바구니처럼 모아서 둥글게 자른 순무 조각을 떨고 있는 녀석의 콧방울 앞에 내밀었다. 고라니는 뾰족하고 작은 입술을 엄지와 검지처럼 정확하게 움직이며 조심스레 순무를 받아먹었다. 그리고 티포주와 고라니는 대화를 나누었다. 티포주는 놀랄 만큼 예민하고 표현력이 풍부한 길쭉한 두 귀 사이를 손톱으로 긁어 주며 운홀트에게 속삭였다. "넌 멋있고 온화하고 힘이 세고 악의가 없지. 세상이 심술궂고 위험한 거야." 운홀트는 티포주의 말에 변조된 사슴 울음소리로 대답했는데 그 소리가 어찌나 깊은 곳에서 터져 나오

던지 마치 복화술을 하는 거인의 웃음소리 같았다. 또한 파르
르 떨면서 공기를 진동시키는 두 귀는 기쁨과 신뢰를 분명하
게 나타냈다. 이윽고 고라니가 물러가자 티포주는 배웅하려
는 듯이 문밖까지 녀석을 따라갔다. 이어서 멀어져 가는 북극
의 거대한 야수가 걸을 때 내는 독특한 딜그럭 소리가 점점 희
미해졌다. 티포주가 되돌아오자 등에 불을 쬐고 있던 감독관
은 한동안 그를 물끄러미 바라보았다. 그리고 마침내 말했다.

"당신은 프랑스인 포로요. 탈주하지는 않았겠지만 적어도
수용소를 이탈한 것은 사실이오. 게다가 당신은 내가 책임을
맡은 삼림 보호 지구에 불법으로 침입했소. 내 머리 위에서 마
르고 있는 이 가죽들을 보건대 밀렵도 했군. 그것만으로도 당
신을 그라우덴츠 군 형무소로 보내기에 충분하오. 하지만 나
는 당신이 꽤나 까다로운 운홀트와 우정을 나눌 만한 사람이
라고 생각하오. 더구나 비둘기 사육자를 형무소에 처넣는 것
은 정말이지 있을 수 없는 일이지. (그가 일어났다.) 모르호프
수용소로 돌아가시오. 우리는 아마 다시 보게 될 게요. 나는
로민텐하이데의 산림국장이오."

산림국장은 귀덮개를 내린 모자를 쓰고 상의 단추를 잠근
후 밖으로 나갔다. 그는 조금 가다가 멈추고 티포주를 향해 돌
아섰다.

"이 추운 날씨에 순무를 낭비하지는 마시오! 내가 건초 저
장소에 부탁해서 건초 몇 단과 귀리 한 자루를 보내 주겠소.
그 정도면 운홀트가 남쪽으로 도망치는 일은 없을 거요."

* * *

　수용소에서 스물네 시간 이내에 잊힌 한 사건 때문에 새봄은 티포주의 머릿속에 깊이 새겨졌다. 그 사건으로 티포주는 동프로이센에서 자신과 운명에 대해 품고 있던 이미지를 수정하게 되었다.

　마지막 남은 눈 더미를 뚫고 사프란이 돋아나기 시작했고, 밤이면 쿠를란트의 간석지에 모여 봄바람이 빨리 불어서 좀 더 북쪽으로 나들이 가게 되기를 기다리는 기러기들이 떠들어 대는 소리를 들을 수 있었다. 티포주는 몇 주일 전에 그의 충실한 트럭 마지루스를 가스를 사용하는 구식 오펠 트럭과 바꿔야만 했다. 휘발유 자동차들은 공출되어 전투 부대에 보내졌기 때문이다. 그런 조치는 소문처럼 히틀러가 군사 주도권을 쥐게 된다는 것을 알리는 일이었으나 티포주는 전혀 개의치 않았다. 그는 그런 변화 속에서 자신과 프로이센 숲 사이에 더욱 긴밀해진 관계만 보았다. 숲은 그의 순회 활동에 활기를 불어넣었다. 또한 그는 제한적이고 반동적인 그 같은 조치에서 독일의 붕괴와 퇴보가 시작되었음을 예감했다.

　겨울이 지나간 후 막사 여기저기에 수리할 곳이 생기는 바람에 수용소는 티포주를 멀리 북쪽으로 보내 엘흐발트의 목재소에서 판자를 실어 오게 했다. 그는 그곳에서 운홀트가 가장 순수하게 구현해 냈던 경치와 분위기를 어렵지 않게 되찾았다. 그가 동프로이센에 도착한 이래 보아 온 어떤 지역보다 모래가 많이 섞여 움직이는 땅, 물속에 잠긴 대지와 젖은 지평

266

선에 잠긴 하늘의 총체적인 용해, 말에게 튀어나온 밑창을 댄 나막신을 신기고 손수레에 압착 롤러처럼 넓은 바퀴를 달아야 할 만큼 전체적으로 변덕스러운 땅, 농가마다 봄가을의 홍수에 대비해 작은 배와 거룻배를 준비해야 하는 마을이었다.

좀 더 북쪽으로 올라가자 바람에 의해 끊임없이 모양이 달라지는 사구 지대가 펼쳐졌다. 주민들은 그곳에 사방(砂防)용 잡초를 심어 땅을 고정하려고 애썼다. 이따금 모래 언덕 위로 고라니 떼가 선사 시대를 환기하듯 위풍당당하게 지나갔다. 그곳은 1600제곱미터에 달하고 깊이를 알 수 없는 쿠를란트 석호라고 불리는 간석지였다. 수천 년에 걸쳐 메멜, 다이메, 루스, 그리고 질제의 충적토로 천천히 형성된 지역이었다. 생기 없는 물을 담고 있는 거대한 함수호는 발트해와 길이 98킬로미터, 폭 500미터에서 4킬로미터에 이르는 혀 모양의 가는 모래벌판인 사취(砂嘴)[65]를 사이에 두고 있을 뿐이었다. 티포주는 북방 낙토의 맨 끝에 해당하는 그 경계 지역에 결코 가보지 못할 것이다. 하지만 그 지역을 끊임없이 동경했으며, 특히 사취가 중앙에 위치하고 오직 조류학자들만이 살고 있는 '로시텐'이라는 날개 달린 이름을 지닌 마을을 동경했다. 조류학자들은 일 년에 두 차례 살아 있는 거대한 깃털 그물처럼 그들 위로 날아오르거나 내려앉는 엄청난 철새 떼를 관찰하고 보호하며 일생을 보내고 있었다.

어느 날 티포주는 그의 왕국의 북쪽 경계선 지역을 둘러보

---

65) 육지에서 바다로 뻗어 나간 좁고 긴 사질의 자연 제방.

고 돌아오는 길에 사고를 당했다. 가스로 회전하는 모터는 운전대 위까지 가득 실은 판자의 무게에 짓눌려 금방이라도 정지할 것만 같았다. 그렇게 헐떡거리면서 고집스레 전진하다가 마침내 도로의 악조건에 지고 말았다. 숲을 빠져나오자 길은 물에 잠겨 거울처럼 번들거렸다. 티포주는 물에 젖은 자동차의 양쪽 흙받기를 들어 올리면서 경쾌하게 돌진했다. 그런데 돌연 방향이 다르다는 느낌이 들었다. 와락 겁이 난 그는 반사적으로 브레이크를 밟았다. 트럭은 20미터쯤 미끄러지더니 길을 가로질러 멈추었다. 티포주는 다시 달리고 싶어 액셀러레이터를 밟았지만 그때마다 바퀴는 진흙 속에서 헛돌며 더욱더 빠져들었다. 그는 이웃 마을인 그로스스카이스지렌까지 걸어가서 자신의 임무 명령서를 보여 주고 면사무소에 도움을 요청했다. 그가 두 필의 말을 끄는 농장 노동자 한 명을 데리고 트럭으로 돌아왔을 때 날은 이미 어두워져 있었다. 말들은 진창 속에서 미끄러졌고, 한 마리는 쓰러져 무릎을 다칠 뻔했다. 말들이 단단한 땅에 버티고 서서 궁지에 빠진 트럭을 끌어내기 위해서는 밧줄이 필요했다. 티포주는 헌병대의 조치에 맡기고 불편하기 짝이 없이 누추한 골방에서 하룻밤을 보내야 했다. 다음 날 아침 트럭을 진창에서 꺼내긴 했지만 이번에는 엔진이 말을 듣지 않았다. 그는 헌병대의 누추한 방에서 하룻밤을 더 보내야만 했다. 그래서 다음 날 모르호프로 출발하여 예정보다 마흔여덟 시간 늦게 수용소에 도착했다.

테셰마허 중위는 안도의 한숨을 내쉬며 그를 맞이했다.

"어제 발케나우 이탄광에서 시체 한 구를 발굴했지. 혹시 자네가 아닐까 해서 얼마나 조마조마했는데. 더구나 전화로 특징을 묘사하는데 자네의 인상착의와 일치하지 않겠어. 그런데 놀라운 것은 수용소나 근처 마을에서 어떤 실종 신고도 들어오지 않았다는 거야."

티포주는 기호와 우연의 일치에 매우 주목하고 있었으므로 그 사건을 그냥 지나칠 수 없었다. 누군가가 신원이 밝혀지지 않은 시체를 부활절 방학으로 비어 있는 발케나우 초등학교에 안치해 두었다고 알려 주었다. 학교는 수용소에서 2킬로미터 떨어진 곳에 있었다. 그는 기회가 주어지자마자 그곳에 가 보았다.

* * *

"여러분! 섬세한 이 손발, 갸름한 이 얼굴, 이마가 넓긴 하지만 맹금 같은 이 옆모습, 게다가 금실로 짠 듯한 호화로운 망토와 틀림없이 고인이 저승에서 사용할 수 있도록 주위에 배치된 물건들과 어울리는 귀족적인 이 자태를 보십시오."

티포주가 들어서자 대여섯 명 앞에서 강의하고 있던 쾨니히스베르크 인류 고고학 연구소 소속의 케일 교수가 잠시 말을 중단했다. 청중 가운데는 발케나우 시장, 교사인 듯한 안경 쓴 키 작은 남자(이 시신에 대해 쾨니히스베르크 연구소에 알린 사람이 그였다.), 목사, 그리고 지방 명사 몇 명이 섞여 있었다. 그들 앞에 놓인 테이블 위에 반쯤 벌거벗은 시체 한 구가 놓여 있었다. 이탄빛을 띤 시체와 가죽 마네킹 비슷한 피부 주름 때문에 그 장면은 해부학 강의 시간을 연상시켰다. 몹시 수척하고 물질성이 제거된 얼굴은 얇은 천으로 덮여 있었는데, 천이 너무 꽉 조여서 코의 뿌리 부분과 목 부위에 끼인 것처럼 보였다. 두 눈 사이의 천에는 여섯 개의 가지 달린 황금 별이 하나 박혀 있었다.

티포주는 케일 교수의 강의를 듣고 그 시체가 덴마크나 북부 독일에서 주기적으로 발굴되는 이탄지의 인간이라고 불리는 화석 인간들 중 하나라는 사실을 알게 되었다. 산성 지질 덕분에 화석의 보존 상태가 놀랄 만큼 완벽해서 마을 사람들은 최근에 발생한 어떤 사고나 범죄로 인해 죽은 사람이라고 생각했던 것이다. 하지만 그들은 고대 게르만인이었다. 이탄 저지(低地)에 수장하는 장례 방식은 서기 1세기나 기원전까지 거슬러 올라갔다. 불행히도 그들 원주민에 대해 알려진 사실이 거의 없어서 이방인의 작품이라 신뢰할 만한 것은 아니지만 타시트[66]가 지은 『게르만인의 풍습』에 의지할 수밖에 없다고 케일 교수는 강조했다. 이어서 교수는 2000년의 세월이 지났는데도 피부의 보존 상태가 너무 좋아서 면 헌병대가 신분을 확인하기 위해 주저하지 않고 사자의 지문을 채취하는 경우가 있다고 했다. 더욱이 교수는 자신이 직접 화석 인간의 사체를 부검했다고 말했다. 교수는 폐를 검사한 결과 그 사람이 익사했음을 증명했고, 더구나 어떤 상처나 폭력의 흔적도 찾을 수 없었다고 했다. 이윽고 교수는 득의만만하게 웃으면서

66) 로마의 역사가(55~120).

신비로운 표정을 짓고는 기원전에 죽은 시체를 바라보았다. 마치 그 사자와 무척 흥미롭지만 도저히 짐작할 수 없는 어떤 비밀을 공유하는 듯한 공모의 표정이었다. 교수는 일부러 잠시 침묵을 지킨 다음 엄숙하게 한 마디 한 마디를 강조하며 말했다.

"신사 숙녀 여러분,(청중 가운데 숙녀는 없었다.) 저는 개인적으로 위대한 선조의 위장과 소장, 대장을 검사해 보았습니다. 내장들은 비록 납작해졌지만 전혀 손상되지 않았고 또한 내용물이 그대로 들어 있었습니다. 그래서 저는 과학적으로(그는 이 단어의 각 음절마다 힘을 주었다.) 발케나우 화석 인간이 사망하기 전 열두 시간 내지 스물네 시간 이내에 먹었던 마지막 음식물을 밝힐 수 있었습니다. 물론 그것을 증명할 수도 있습니다. 물후추라고 불리는 여뀌와 미나리, 수영, 메꽃, 데이지 등이 각각 다른 비율로 섞인 걸쭉한 죽이었습니다. 저는 이 식물성 죽이 당시에 사냥꾼과 어부였던 고대 게르만족의 일상적인 음식이었다고는 생각하지 않습니다. 오히려 관례적인 간식, 말하자면 최고의 희생 의식을 치르기 전에 몇몇 충복들과 함께 나눈 일종의 성찬식 같은 것이라고 생각합니다.

물론 죽은 이가 살았던 시대를 정확하게 밝히는 것은 불가능합니다. 다만 시체 옆에서 발견된 금화에 티베리우스의 초상이 새겨진 것으로 보아 대략 기원 1세기 인물로 추측할 수 있습니다. 바로 그 점이 이 시체에서 가장 감동스러운 부분입니다. 분명히 중요한 인물일, 어쩌면 왕일지도 모르는 화석 인간이 끔찍한 죽음 직전에 자유의사에 따라 선택했을 마지막 식사가 최후의 만찬, 즉 수난 직전에 예수와 그 제자들을 결합시킨 마지막 식사와 같은 시기, 혹시 누가 압니까? 같은 해, 같은 날, 같은 시각일지? 이처럼 같은 때에 거행되었다고 상상하지 말라는 법은 없을 것입니다. 그렇다면 지중해 지역의 유대교가 근동 지방에서 비약적으로 전파되고 있을 때 그와 비슷한 의식 혹은 북유럽 특성과 게르만족 특성에 어울리는 유사한 종교가 이곳에서도 발생하고 있었을 것입니다."

교수는 자기 말에 스스로 감동하며 그 중요성에 가슴이 벅찬 듯 잠시 이야기를 중단하더니 덜 엄숙한 어조로 다시 말을 이었다.

"우리 선조가 이 근처 늪지에서 자생하는 검은오리나무 숲에서 발굴되었다는 점을 덧붙이고 싶습니다. 저는 독일 작가들 가운데 가장 위대한 시인인 괴테와 가장 탁월한 동시에 그의 가장 신비로운 작품인 「마왕」이라는 발라드를 생각하지 않을 수 없습니다. 그 발라드는 우리 독일인의 귀에 노래를 불러 주고 우리 독일인들의 마음을 달래 줍니다. 진실로 독일 영혼의 정수입니다. 그래서 저는 고고학 연구 연보에 여기 이 화석 인간을 마왕이라는 이름으로 기입할 것을 여러분에게 제안합니다. 물론 베를린 과학 아카데미에도 그렇게 제안할 것입니다."

그러고 나서 교수는 암송했다.

누가 이처럼 늦게 어둠과 바람 속에서 말을 타고 가는가?
그는 자식을 태우고 가는 아버지…….

그때 농장의 한 일꾼이 허겁지겁 달려와 교수에게 낮은 목소리로 뭔가를 속삭이는 바람에 암송은 중단되었다.

케일 교수가 그 소식을 공개했다. "여러분, 이 미라가 발굴된 이탄지에서 두 번째 시체가 방금 발굴되었답니다. 우리 함께 현장에 가서 시간의 밤에서 온 새로운 사자를 영접하는 게 어떻겠습니까?"

사람들은 미라가 웅크린 채 달라붙어 있었을 이탄 덩어리를 조심스럽게 떼어 내기 시작했다. 머리통, 정확히 말해서 오른쪽 옆얼굴이 진흙 덩어리 속에 박힌 채 나타났는데 메달의 초상처럼 두껍지 않고 납작했다. 화석의 색깔은 이탄과 거의 구별이 안 되어 이탄 덩어리에 얕은 돋을새김을 해 놓은 것처럼 보였다. 수척하고 작은 얼굴은 순진하고 슬픈 표정이었다. 세 조각의 천을 대충 꿰매어 만든 헝겊 모자는 미라에게 죄수나 도형수 같은 인상을 부여했다. 이탄 채굴자들은 교수가 도착하면 흙손으로 진흙덩이를 깨뜨리려 기다리고 있었다. 그들은 먼저 머리통 전체를, 이어서 양가죽으로 만든 소매 없는 망토를 걸친 듯 보이는 어깨를 빼냈다. 곧 옷 전체가 드러났는데 속은 비어 있는 것 같았다. 마침내 '시간의 밤에서 온 새로운 사자'의 유해와 목동이 입는 짧은 외투를 풀밭에 진열해 보니 육체가 완전히 흙에 흡수된 것을 확인할 수 있었다. 신기하게도 머리통만은 수천 년의 세월을 견뎌 냈다.

케일 교수가 결론을 내렸다. "보시는 바와 같이 우리는 이 미라가 남자인지 여자인지 혹은 아이인지 전혀 알 길이 없습니다. 다만 이와 비슷한 발굴 결과를 토대로 판단하자면 여자의 화석으로 가정하고 싶습니다. 왜냐하면 신분이 높은 인물이 아내를 동반하고 어둠의 왕국으로 내려가는 것은 드문 일이 아니며, 고대 게르만인들은 여러분도 아시다시피 일부일처제를 엄격하게 고수했기 때문입니다. 이 미라는 마왕의 보고서에 덧붙이게 될 또 하나의 수수께끼입니다. 마왕이 황금별과 함께 두 눈을 가리고 있는 그 천처럼 말입니다. 현재 우리 지식으로 그 의미를 해독하는 것은 불가능한 일입니다. 하지만 우리가 시간을 파고들면 파고들수록 과거는 우리에게 더욱 가까워질 것입니다. 역설적이지만 100년 전 사람들보다도 오늘날의 우리가 고대에 관해서 훨씬 많이 알고 있습니다. 어쩌면 머잖아 새로운 지식이 고대 게르만족의 제식(祭式)에 대해 밝혀 줄 것입니다. 하지만 신비의 일부는 이탄지에 묻혔던 마왕의 영원성 가운데 가장 신성한 부분을 항상 감싸고 있을 것입니다."

티포주는 모르호프로 돌아가기 전에 수 세기 동안 진흙의 어둠 속에 묻혔다가 처음으로 태양의 애무를 받고 있는 연약하고 음울한 도형수의 작은 머리를 오랫동안 바라보았다. 그는 나중에 다시 만나면 알아보기 위해 그 화석 인간의 특징들을 기억 속에 새기려고 애쓰는 듯했다.

* * *

1940년 가을, 라슈텐부르크의 주민들은 이제부터 괴를리츠 숲에 들어갈 수 없다는 경고를 받고 깜짝 놀랐다. 그 숲은 전통적으로 대중 무도회, 사격 대회, 장터 축제가 열리거나 일요일 오후 가족들이 나들이를 가는 장소였다. 또한 주민들이 한잔하기 위해 만나는 칼쇼프 카페는 당국에 의해 징발되어 종업원들은 쫓겨났고 나치 친위 부대가 들어섰다. 이어서 토트 조직[67]의 작업팀들, 바이스 운트 프라이타그 운트 디커호프 운트 비드만 건설 회사들, 그리고 슈투트가르트의 자이덴스피너 조경 회사 트럭들까지 몰려들었다. 도로가 확장되고 인근에 비행장이 들어섰다. 라슈텐부르크와 앙거부르크 간 철도에서는 민간인 운송이 금지되었다. 신문은 공식적으로 괴를리츠의 옛 영지에 아스카니아 화학 공장의 방대한 계열 회사가 세워질 것이라고 설명했다. 하지만 설비의 화려함이나 규모를 감안하면 뭔가 석연치 않은 구석이 있었다. 사람들이 '신도시'라고 부르는 이곳은 신비함이 감도는데도 불구하고 가로 3미터, 높이 1.5미터의 가시철조망과 50미터 깊이에 설치한 지뢰밭(그 주위에는 경비병들이 밤낮으로 보초를 섰다.)이 있어 주민들이 쑥덕거렸다. 방공 포대와 중기관총이 금지 구역 양쪽에 비죽 솟았고, 방문객들은 일련의 검사를 받은 후에야 구내에 들어갈 수 있었다.

신도시에는 열두 채의 개인 별장 이외에 초현대식 통신 센터, 대형 주차장, 사우나, 보일러실, 영화관, 회의실과 강연장, 장교용 카지노, 특히 북쪽에는 콘크리트로 화려하게 설비하

---

67) 1933년 창립된 나치 독일의 군대식 조직으로 국방군 부설의 토목 공학 부서다.

고 엘리베이터까지 갖춘 지하 8미터의 벙커가 있었다.

1941년 6월 22일, 바르바로사 작전으로 소련에 폭탄 세례를 퍼붓던 바로 그날 히틀러는 보르만과 그 참모들과 주요 협력자들을 이끌고 그의 새로운 '늑대 소굴'[68]로 이전했다. 이어서 곧 나치 체제의 주요 인물들이 가장 가까운 주변에 자리를 잡았다. 즉 힘러는 그로스가르텐의 헤그발트에, 리벤트로프는 슈타이노르트에, 대법원장인 라머는 로젠가르텐에, 그리고 뜻하지 않은 행운에 몹시 기뻐하는 괴링은 로민텐 사냥 별장에 자리를 잡았다.

그날 220개 독일군 사단이 비행기 3200대와 탱크 1만 대의 지원을 받으며 러시아 국경을 향해 돌진했고, 북쪽에서는 핀란드 군대가, 남쪽에서는 헝가리와 루마니아 군대가 지원했다. 그날부터 동프로이센의 대지는 장갑차들의 무한궤도 아래 끊임없이 진동했으며, 하늘은 폭격기들의 굉음으로 떨렸다. 마치 매우 먼 동쪽에 위치한 항성이 인간, 무기, 말, 차량이 뒤섞인 거대한 소용돌이를 강력하게 끌어당기는 것 같았다. 희망의 물결이 포로수용소들을 뒤흔들었다. 그것은 뭔가가 일어나고 있으며 그들의 운명이 바뀌게 되리라는 징조였다. 반면 티포주는 이런 외부 사태의 급변으로 겨울과 봄에 있었던 일련의 발견과 계시 이후 갑자기 기다림과 성숙의 시간 속으로 떨어졌다. 그는 계속해서 오펠 트럭을 타고 임무를 수행하면서 나날이 독일과 독일 사람들을 알아 나갔고, 물론 독

---

68) Wolfsschanze. 2차 세계 대전 당시 히틀러의 동부 전선 지휘 본부.

일어도 배웠으며, 가끔 캐나다에 가는 덕분에 수용소 생활에 재미를 붙였다. 봄의 첫 기운이 돌자마자 로민텐의 산림국장이 말한 대로 운홀트는 남쪽으로 이동했는지 사라지고 말았다. 마치 녀석이 캐나다에서 보내야 하는 시간이 이미 지나갔고, 티포주 옆에서 자기 임무를 완수했다는 듯이. 요컨대 운홀트가 남긴 태곳적 메시지는 티포주가 마음속으로 불렀던 것처럼 꼬마 도형수와 마왕이 보내는 감동적인 메시지를 준비하는 데 불과했다.

10월 3일 히틀러는 베를린 체육관에서 있었던 연설에서 세계에 태풍 작전의 개시를 선언했다. 모스크바를 함락하고 붉은 군대를 철저하게 전멸시키자는 내용이었다. 다시 한번 독일은 인간과 군수 물자의 이동으로 진동했고, 갈수록 힘들어지는 군인들과 반대로 완벽해져 가는 장비가 거대한 전투의 도가니 속에 난잡하게 던져졌다. 그래서 첫 철새들이 잿빛 구름을 뚫고 하늘 높은 곳에서 신음을 내며 이동하기 시작했을 때 티포주는 꽃다운 나이에 스러져 가는 젊은이들을 생각하니 목이 메었다. 그 철새들은 외로움에 떨고 저승의 신비에 두려워하며 저 높은 곳으로 도망치는 살해당한 영혼들처럼 보였다. 그들은 사랑할 시간은 별로 없었지만 친밀하고 어머니 같은 이 땅을 아쉬워하며 슬피 우는 것 같았다.

첫서리가 늪지의 수면에 하얗게 내리던 날 티포주는 수용소의 노동국 사무실에 불려 갔다. 사슴뿔 기장을 단 진한 녹색 제복을 입은 백발의 키 큰 남자가 그를 기다리고 있었다. 티포주는 육 개월 전 캐나다에서 자신을 놀라게 했던 산림국장을 알아보았다.

산림국장이 말을 꺼냈다. "나는 운전할 줄 알고 로민텐에서 아무 일이나 나를 도와줄 조수가 한 명 필요하오. 그래서 당신을 생각했지. 수용소 당국이 통행증을 이미 준비해 두었소. 물론 나는 노예를 원하는 게 아니오. 당신이 동의할 경우에만 데려가겠소."

한 시간 후 티포주는 재빨리 동료들과 테셰마허 중위에게 작별 인사를 마치고 휘발유를 사용하는 중량급 메르세데스에 올라 산림국장의 옆자리에 앉았다.

그들은 전쟁과 일찍 찾아온 겨울로 꽁꽁 굳어 버린 들판을 가로질러 동남쪽으로 50킬로미터쯤 달렸다. 그들이 로민텐 보호 구역을 보호하는 말뚝 울타리에 도착했을 때는 아직 해가 남아 있었다. 통나무 정문이 세워져 있었고 합각에 고딕체로 '로민텐하이데 자연보호구역'이라고 새겨져 있었다.

4
로민텐의 식인귀

그는 싱싱한 살 냄새가 난다고 말하면서
쿵쿵거리며 여기저기 냄새를 맡았다.
— 샤를 페로

그들은 경비 초소에 메르세데스 관용차를 세워 놓고 밤색 트라케넨 말 한 필이 끄는 사냥용 이륜마차를 타고 계속 길을 따라갔다. 사람들은 그렇게 해서 로민텐 구역 내에 자동차를 끌고 들어가 자연의 순수함을 해치는 일을 최대한 피하고 있었다. 그들이 산림국장의 관사 앞에 멈추었을 때 날은 이미 어두웠다. 관사는 베란다가 낡은 기와로 덮인 별장이었다. 합각머리마다 사슴뿔로 덮여 있었다. 티포주는 마차에서 말을 풀어 마구간으로 끌고 가야 했다. 마침 안뜰의 포석 위에서 마차가 달리는 소리를 듣고 달려온 늙은 하인의 날카로운 시선을 받으며 그의 새로운 임무를 최선을 다해 수행했다. 이어 그는 작은 다락방을 배정받은 다음 부엌에서 하인과 그 아내와 함께 수프, 비계, 붉은 양배추, 그리고 검은 빵을 먹었다.

몇 주일 동안 티포주는 걷거나 마차를 타고 보호 구역을 순회 감독하는 산림국장을 따라다녔다. 전에는 하인의 아들이 운전사, 마부, 잡부의 임무를 맡았는데 동원령이 떨어져 청년이 러시아 국경 지대에 배치되는 바람에 티포주가 그 일을 맡게 된 것이었다. 처음에 하인 부부는 그를 못마땅하게 여겼다. 하지만 그들의 적대감은 곧 사라졌다. 티포주는 그들이 조금씩 자신을 양아들처럼 여기는 것을 느꼈다. 더구나 전쟁터에 있는 아들의 생명이 걱정될수록 그를 더욱 부드럽게 대하는 것도 알 수 있었다.

로민텐에 도착하던 날 커다란 정문이 뒤에서 닫히고 무성한 다갈색 나뭇잎 터널 속으로 처음 들어섰을 때 티포주는 평범한, 하지만 이곳의 정령들에게는 잘 알려진 마법사의 안내를 받아 요정 세계에 들어가게 되었다는 것을 깨달았다. 제일 먼저 그를 맞이한 것은 커다란 황금빛 스라소니였다. 녀석은 그루터기에 앉아 아시아의 왕자처럼 기다란 수염을 내밀고 웃으면서, 그리고 두 귀 위로 치켜올린 해맑은 털투성이의 두 발을 흔들어 대면서 그가 지나가는 것을 지켜보았다.

티포주는 연달아 비버 한 쌍, 하얀 매, 가느다란 눈에 등이 유연한 커다란 잿빛 개의 호위를 받았다. 그는 그 개가 무리를 지어 폴란드 벌판을 지나 이주해 온 시베리아산 늑대의 일종임을 알게 되었다. 하지만 환상적인 존재들과의 밀접한 관계가 가장 분명하게 드러난 것은 때로는 불길한 징조를 나타내고 때로는 행운을 가져다주는 식물군이었다. 산림국장은 티포주에게 그 밑에서 공기의 요정들과 다른 요정들이 잠을 잔다는 붉은 갓에 물방울무늬가 있는 큼직한 버섯, 사람을 미치게 만들기도 하지만 12월 24일 크리스마스 장미로 장식되는 크리스마스로즈, 식용으로 사용되기도 하지만 썩기 시작하면 주위에 썩은 고기가 있다는 것을 알린다는 나팔버섯, 땀을 마르게 하고 동공을 확장시킨다는 벨라돈나, 진홍빛 줄기가 부어오른 사탄의 그물버섯, 그리고 특히 비탈 중간에 나무의 잔뿌리와 뿌리들이 엉킨 채 열려 있는 작은 동굴 따위를 보여 주었다. 동굴 입구에는 머리가 하얗게 셀 만큼 늙었으나 우레와 같은 목소리로 이야기를 하고 어떤 말이든 머리 위에서 뛰어내려 붙잡는다는 땅의 요정들 가운데 하나가 산다고 했다.

티포주는 산림국장에게서 환상적인 비법의 전수를 기대했다. 산림국장은 난쟁이들이 바위에서 다이아몬드를 추출하는 동굴로 그를 데려갈지도 모른다. 혹은 아름다운 처녀가 벌거벗은 채 수정으로 된 관 속에 누워 잠을 잔다는 가시덤불과 범의귀 속에 묻힌 어느 성으로 그를 데려갈지도 모른다. 아니면 어떤 식물을 빻아서 청춘의 미약이나 사랑의 미약을 만드는 법을 가르쳐 줄지도 모른다. 사실 그의 순진하고 유치한 영혼은 그 숲과 짐승들을 지배하는 산림국장이 그에게 알려 준 새로운 정보에 실망한 것이 아니라 오히려 깜짝 놀랐다. 티포주는 비록 땅의 요정들도, 잠들어 있는 공주도, 떡갈나무 줄기 홈에 당당히 자리를 잡고 있다는 1000년을 산 왕도 만나지 못했지만 이내 로민텐의 식인귀 앞에 안내되었기 때문이다.

여러 명의 산림과장들이 2만 5000헥타르에 달하는 로민텐 보호 지역을 관리했다. 그들의 관사는 관리 지역 내에 있는 레비어 숲에 파묻혀 있었다. 그러나 가장 주목할 만한 건축물은 보호 구역 중심에 2킬로미터 간격을 두고 나란히 세워진 빌헬름 2세의 야크트하우스와 괴링의 예거호프였다.

1891년 노르웨이의 한 건축가가 재료를 들여와 건축한 황제의 별장 야크트하우스는 피라미드처럼 생긴 작은 첨탑들이 비죽비죽 솟고 회랑들이 뚫려 있는 목조형의 작은 성이었다. 겉은 한결같이 어두운 빨간색으로 칠해 중국식 절이나 스위스식 별장과 비슷했다. 야릇한 양식을 더욱 돋보이게 하기 위해 용마루 기와에 용머리가 조각된 뱃머리들을 잇대어 연장함으로써 북유럽적인 특징을 강조했다. 또한 황제의 화가이자 동물 조각가인 리하르트 프리제가 만든 성 후베르트 성당과 실물 크기의 청동 사슴상이 같은 양식의 부속 건물과 함께 황제의 저택을 꾸미고 있었다.

1936년 프로이센의 수반이자 나치 독일의 수렵장이라는 이중 직함을 가지고 로민텐을 장악하고 있던 헤르만 괴링 원수는 그 근처에 자기 소유의 사냥 별장인 예거호프를 짓게 했다. 그런데 이 별장은 철저한 전원풍 외관과 섬세한 장식을 통해 웅장하나 장식이 없는 황제의 별장인 야크트하우스를 짓눌렀다. 마른 골풀로 엮은 지붕이 덮인 사변형의 낮은 건물들이 포석을 깐 농가 안뜰과 수도원 경내를 반반씩 섞어 꾸민 안뜰을 에워쌌다. 박공에는 행운을 상징하는 고대 마주리의 문장이 찍혔고, 7년생 수사슴의 뿔이 그 문장을 돋보이게 했다. 퇴석으로 만든 거대한 벽난로는 교회의 중앙 홀처럼 광대한 거실 공간에서 시선을 끌어모았으며, 납땜해서 색유리를 끼운 높은 유리창들과 왕관 모양의 등불이 내부를 비추었다. 유난히 눈에 띈 기둥 하나는 커다란 배를 뒤집어 놓은 선체와 흡사했다. 거실과 야회장을 겸한 넓은 홀 주위에 목재로 내벽을 두른 방들이 배치되어 있었다. 방마다 내장재가 달랐기 때문에 재료에 따라 물푸레나무 방, 느릅나무 방, 떡갈나무 방, 낙엽송 방 등으로 불렸다. 수렵장은 그 숲속 별장에서 온갖 사치를 부렸다. 그는 호사를 누리지 않고는 살 수 없는 사람이었다. 베를린에 있는 그의 호텔 방, 카린홀에 있는 쇼르프하이데, 베르히테스가덴의 별장, 철로 위에 진짜 궁전처럼 방탄 장치를 한 개인용 기차인 아시아 역시 사치스럽게 꾸몄다. 그의 거처마다 화려한 양탄자들, 거장들의 그림들, 모피들, 책장들, 식기류, 은기류, 보석 따위가 가득 쌓여 대해적의 소굴에 있는 골동품 창고 같았다. 그것들은 그가 전쟁을 계기로 유럽의 명문가와 박물관의 문을 열고 가져온 명품들이었다. 히틀러와 그 수뇌부가 그곳에서 90킬로미터도 채 못 되는 라슈텐부르크의 '늑대 소굴'에 정착한 것은 괴링에게 나치 독일의 주인에 대한 경의를 표하고 동시에 사슴 사냥과 그 고기를 탐식하는 개인적인 쾌락을 조화시킬 예기치 않은 좋은 기회였다. 괴링은 로민텐에 호화로운 자리를 마련하고 정부 고위 관리들과 동맹국 지도자들을 초청한 다음 사슴 한 마리를 사냥할 수 있도록 준비했다. 그는 초청한 인물의 중요성을 감안해서 산림국장과 함께 몸소 사슴을 선택했다. 하지만 언제나 그렇듯이 그가 자신을 위해 점찍어 놓은 최고의 사냥감들에 비하면 훨씬 뒤떨어지는 사슴이었다.

* * *

처음에 티포주에게 맡겨진 임무 가운데 하나는 로민텐 보호 구역의 동쪽 경계선과 인접해 있는 농부들의 불평을 해결해 주는 것이었다. 로민텐 보호 구역에서 나오는 멧돼지 떼가 추수도 하기 전에 그 지역의 농작물을 쑥대밭으로 만들곤 했다. 돌담을 제외한 어떤 울타리도 자기 무리가 가는 통로를 트려고 결심한 늙은 수컷 멧돼지의 머리통을 견뎌 내지 못했다. 직원들은 철망이나 말뚝 울타리에 뚫린 구멍들을 꾸준히 막아 보지만 허사였다. 유일한 해결책은 보호 구역 내의 모든 멧돼지들을 몰살하는 것이었다. 산림관들은 멧돼지들이 묘판이나 새들을 위해 낟알을 뿌려 놓는 오솔길을 망치는 일에 짜증이 날 대로 난 상태라 그 해결책을 은근히 지지했다. 다만 수렵장의 결심은 전혀 달랐다. 그는 용맹스럽고 명랑하며 곡식이든 곤충이든 혹은 썩은 고기든 가리지 않고 게걸스럽게 먹어 대는 그 통통한 짐승을 무척 좋아했다. 그는 현학적이고 세심해서 늘 다니는 통로와 초원과 은식처에 집착하는 사슴과 노루보다는 멧돼지의 무질서한 습성과 예기치 못한 행동을 더욱 좋아했다. 그래서 정반대의 해결책, 즉 로민텐의 동쪽 지역에 멧돼지들이 정착할 만한 적합한 환경을 조성하라고 명령했다. 그러려면 직원들이 멧돼지들의 먹이를 위해 현장에서 말을 도살해 그 시체를 절단해 놓아야 했다.

티포주는 말을 도살하는 백정 역할이 주어졌을 때 그 일이 잔혹하면서도 분명 좋은 징조를 나타내는 모종의 의미를 지닌 시련처럼 느껴졌다. 먼저 마을이나 근처의 종마 사육장(트라케넨은 북쪽으로 12킬로미터밖에 떨어지지 않은 거리에 있었다.)에 가서 사형 선고가 내려진 말을 인수해 말의 주인과 함께 이륜 포장마차를 타고 처형장으로 가야 했다. 가엾은 말은 너무 야위고 기진맥진한 데다가 처형 당일에는 먹이를 거의 주지 않아서 잔걸음으로 가야 했다. 당국은 티포주에게 말이 일시적으로 기력 상실을 극복할 수 있도록 강장제 앰풀과 주사기까지 주었다.

티포주는 50센티미터쯤 거리를 두고 일곱 개의 실탄이 장전된 총으로 귀 뒤에 한 방을 쏘아 단번에 도살했다. 즉사한 말은 땅바닥에 쓰러졌다. 말 주인은 즉각 달려들어 편자를 뽑았고, 필요할 경우를 대비해 가죽을 벗겨 냈다. 티포주는 숲속에서 자행된 어느 대학살 장면을 떠올리게 하는 야비한 행위를 지켜보면서 혐오감에 치를 떨었다. 더구나 그는 전형적으로 '젊어지는 기능'을 수행하는 말과 자신을 연결 짓는 긴밀한 유사성을 재빨리 간파했고, 그 도살이 자살적인 특징을 띠게 되자 더욱 혐오스러웠다. 언젠가 티포주는 그 도살 현장에 다시 가게 되었다. 그는 한 떼의 멧돼지들이 암말을 놓아 둔 숲속 빈터에서 암말의 배를 가르고는 맹렬하게 파묻혀 몸을 더럽히고 있는 장면을 목격했다. 하지만 그 정도는 아무것도 아니었다. 그는 늙고 외로운 멧돼지가 여전히 싱싱한 시체를 공격하는 장면을 보았다. 녀석은 암말의 항문을 공격했다. 항문이 머리통만큼 벌어질 때까지 코와 어금니로 공격을 계속했다. 항문이 뚫리고 뒤엎어진 죽은 말은 외로운 멧돼지의 맹렬한 공격에 네 발을 허공에 뻗은 채 발버둥치는 것처럼 보였다. 그 모습을 보고 마음에 상처를 입은 티포주는 기괴하고 비열한 행위의 어떤 기운이 그의 몸에 전달되는 것을 느꼈다.

* * *

나치 독일의 원수이자 공군 총사령관인 수렵장이 예거호프에 온다는 소식이 전해지자 하인들은 그의 방문을 준비하느라 야단법석을 떨었다. 아시아호가 톨밍케넨역에 도착하자 소형 깃발로 장식된 메르세데스가 앞으로 나갔다. 뚱뚱한 수렵장을 태운 차는 격렬한 소리를 내며 거대한 벽난로에서 불이 활활 타오르고 있는 환상적인 산장을 향해 달렸다. 흰 장갑을 낀 호텔 급사장들은 수도원에서 사용되는 긴 테이블에 고급 식탁보를 씌우고 세공을 한 번쩍이는 식기류와 촛대를 차려 놓았으며, 내실 하인들은 비단과 모피로 만든 주인의 침대를 따뜻하게 데워 두었다. 한편 부엌에서는 양념을 가득 쑤셔 넣은 새끼 멧돼지가 숯불 위에서 노랗게 구워지면서 그릇에 기름을 내뿜고 있었다.

수렵장이 맨 먼저 소환한 산림관들 가운데 한 사람은 산림국장이었다. 수렵장은 바이에른 억양의 굵직한 목소리로 예거호프 전체를 돌아다니며 지시했다. 가장 멋진 제복에 가죽띠를 매고 수렵장을 면담한 늙은 산림국장은 골치 아픈 일이 있었던지 정신이 나간 듯한 표정으로 나왔다. 그는 이륜마차를 끄는 밤색 말과 함께 마구간에서 그를 기다리던 티포주에게 자신의 걱정거리를 떠넘겼다.

티포주는 한겨울에 일어난 우연한 사건 덕분에 처음으로 나치 독일의 원수를 만날 수 있었다. 그 사건은 로민텐의 주인을 무한히 즐겁게 했다.

티포주는 사슴 사료용 순무, 사탕무, 당근과 옥수수를 싣고 커다란 농경용 말 두 마리가 끄는 마차를 타고 골다프에서 돌아오는 중이었다. 두 필의 말이 요란스럽게 헐떡이는 소리를 내고 편자를 박은 말발굽이 얼어붙은 땅바닥을 탁탁 치는 동안 티포주는 양가죽 외투로 몸을 감싼 채 서리로 뒤덮이고 서로 엉켜 있는 헐벗은 나뭇가지들이 천천히 머리 위로 지나가는 것을 바라보며 생각에 잠겼다. 마르틴 사건과 그 사건이 일으킨 전쟁이 그를 동방으로 내몰았다. 기나긴 이동은 과거로 되돌아가는 순례의 길이 되기도 했다. 갑작스럽게 나타난 운홀트와 이탄지의 화석 인간이 명상적으로 시간의 푯말이 되어 주었고, 보다 구체적인 방식으로는 휘발유 자동차를 버리고 가스 자동차를 사용하게 되었으며, 마침내는 마차를 타게 되었다. 그는 쾌감이 섞인 불안을 느끼면서 여행이 자신을 더욱 멀고 더욱 깊은 곳으로, 더욱 오래된 어둠 속으로 이끌지도 모른다고 추측했다. 그러다가 결국 마왕이 살았던 태곳적 밤에 이르게 되지 않을까?

그때 무언가가 나타났다. 티포주는 자신이 상상하는 대상을 실제로 나타나게 하는 위험한 능력을 지녔다고 더욱 확신하게 되었다. 길 우측에서 곰처럼 털이 많고 들소처럼 등에 혹이 있는 거대한 검은 짐승 떼가 가지를 친 키 큰 전나무 숲에서 맹렬한 속도로 달려오고 있었다. 틀림없이 들소였고, 분명히 신석기 시대의 동굴 벽화에서 볼 수 있는 선사 시대에 살았던 들소의 모습이었다. 말하자면 뿔은 멧돼지의 어금니처럼 짧고 두 어깨뼈 사이에 두꺼운 갈기가 솟은 아주 옛날의 들소였다. 불행히도 그 짐승들이 몰려오는 것을 티포주 혼자만 본 것이 아니었다. 무기력한 걸음으로 움직이던 말들이 갑자기 전속력으로 달렸고, 그 바람에 짐은 미친 듯이 흔들리고 이륜 포장마차는 튀어 오르면서 온 길을 휩쓸었다. 마찬가지로 공포에 질린 티포주는 서둘러 말들을 제지하지 못했다. 더구나 다른 무리의 들소들이 퇴로를 막고 위협했다. 첫 번째 무리가 열두 마리 정도였고 두 번째 무리가 열 마리 정도였으니 모두 스물두 마리쯤 되었다. 제일 멀리 떨어져 있고 가장 느린 녀석들은 대부분이 암컷과 새끼들이었다. 티포주와 두 필의 말은 첫 번째 무리와 두 번째 무리의 들소들이 합류하기 직전에 간신히 피했다. 엄청난 무리를 이루며 요란스럽게 소리를 내지르는 들소들은 지나가는 길에 있는 모든 것을 짓밟았다. 갑자기 나타난 구부러진 길은 이륜마차에 치명적이었다. 균형을 잃은 마차는 두 바퀴가 빠진 채로 몇 미터쯤 굴러가다가 여전히 말들에게 질질 끌리면서도 굽은 길 밖으로 이탈하고 티포주는 눈 속에 처박혔다. 그 사고로 멍에가 풀린 한 필은 부러진 마구를 단 채 도망쳤고, 아직 멍에에서 벗어나지 못한 다른 말은 발버둥 치면서 마차를 뒷발로 차며 밀어 내고 있었다. 티포주는 서둘러 멍에를 풀어 주고 녀석이 도망치기 전에 잽싸게 등에 올라탔다. 고개를 돌려 보니 들소 떼가 전복된 마차 주위에 얌전히 모여 무와 옥수수를 실컷 먹고 있었다.

로민텐 들소 떼의 아버지는 그 사건이 발생한 시각에 마침 예거호프에 있었다. 그는 별장에 자주 드나드는 베를린 동물원장이자 교수인 루츠 헤크 박사였다. 스페인, 카마르그, 코르시카산 황소들을 과학적으로 교미시키고 여러 세대에 걸쳐 개량함으로써 중세에 멸종된 원시 시대의 들소를 복원하겠다는 발상을 해낸 장본인이었다. 그는 상당히 성공했다고 자부했고, 수렵장에게서 로민텐 보호 구역에 복원된 원시 들소(이것은 그가 현학적인 기쁨을 가지고 부여한 명칭이다.)를 방목해도 좋다는 허가를 받았다.

그때부터 몸집이 거대한 검은 짐승 떼는 보호 구역에 공포의 씨를 뿌리고 다녔다. 사람들은 자전거 순찰대 사건에 대해 쑤군댔다. 갑자기 들소 한 마리의 공격을 받은 순찰대원들은 가장 가까운 나뭇가지로 올라가 피신해야 했다. 맹수는 길바닥에 방치된 자전거에 분풀이를 했다. 녀석은 자전거들을 짓밟고 대충 모아서 뿔 위에 올려놓고는 튜브와 바퀴가 뒤얽힌 트로피를 뒤집어쓰고 의기양양하게 물러갔다.

티포주의 낭패를 전해 들은 괴링은 기뻐 날뛰었다. 그는 당사자의 입을 통해 무슨 일이 있었는지 직접 듣기 위해 티포주를 불러들였다. 그래서 티포주는 다음 날 저녁 깔끔하게 면도를 하고, 그의 체격과 거의 같은 어느 산림 감독관에게 부탁해서 초록색 제복에 검은 장화를 신고 예거호프에 출두했다. 수렵장은 그를 힐끗 한 번 쳐다본 후 주방에서 오랫동안 성찬을 먹게 했다. 그와 함께 있던 직원은 두려움이 섞인 존경의 마음으로 티포주를 주시했다. 상관들이 거대한 벽난로 주위에 모여 시가와 술을 즐기며 담소를 나누고 있었기에 티포주는 기다려야만 했다. 마침내 들어오라는 지시가 내려졌다.

모두 제복 차림이었지만 수렵장을 에워싼 회식자들은 괴링의 건장한 체격과 기상천외한 옷차림 앞에서 빛을 잃었다. 127킬로그램에 이르는 거대한 체구는 아주 오래전에 만든 넓은 안락의자에서 넘쳐 나는 듯했다. 곡선형에 노끈을 꼰 모양의 문양을 새긴 안락의자 등받이는 그의 머리와 어깨 주위에서 공작의 꼬리 모양을 한 후광처럼 보였다. 그는 가슴에 레이스 장식이 달리고 소매통이 넓은 하얀 와이셔츠를 입었고, 그 위에 엷은 보라색 사슴 가죽으로 만든 제의 같은 것을 걸쳤다. 묵직해 보이는 금줄이 목에 걸려 있었고, 금줄 끝에서는 비둘기 새알만큼 큼직한 에메랄드가 좌우로 흔들렸다.

그러한 과시는 프랑스인 티포주에게는 참기 어려운 것이었다. 하지만 독일어가 그들과 티포주 사이에 결코 투명하지 않은 반투명한 막을 형성해서 그들의 천박함을 완화시켜 주었고, 한편 독일인이라면 용서할 수 없는 용어와 어조로 그가 나치 독일의 이인자에게 말하는 것을 허용했다.

티포주는 들소들과 맞닥뜨린 장소와 시간, 들소의 수, 녀석들이 나타난 방향, 말들의 반응, 자신의 태도를 상세히 설명해야 했다. 수렵장은 새로운 사실을 설명할 때마다 자기 허벅지를 치면서 요란하게 웃어 댔다. 그런 다음 그들은 그의 안경을 놀렸다. 그처럼 도수가 높은 안경을 썼으니 혹시 토끼 몇 마리를 거대한 들소로 잘못 본 게 아니냐고 빈정거렸다. 티포주는 처음으로 독일 제3제국 지도자들의 괴벽들 가운데 하나를 발견했다. 안경 쓴 사람에 대한 증오였다. 그들에게 안경은 지성, 학업, 사색, 간단히 말해서 유대인의 상징이었다. 이어서 복원된 원시 들소의 아버지인 루츠 헤크 박사는 역설적이기는 하나 그 들소들에게 인간이 길들인 흔적이 남아 있는 한 위험한 존재로 남을 것이라고 설명했다. 그 들소들은 인간에 의해 갇힌 상태에서 태어난 탓에 인간을 두려워하고 인간을 알아볼 수 있는 가장 먼 거리에서 인간을 피하게 되기까지 많은 세월이 필요할 것이다. 물론 녀석들이 초기에 겪은 새로운 야생 생활보다는 덜한 편이지만 그 지역에 기름진 초원과 풍성한 농장이 펼쳐져 있는데도 사람들이 차갑게 얼어붙고 먹을 것도 없는 숲에 오늘날에도 여전히 자신들을 방치하는 까닭을 들소들은 이해하지 못했다. 그래서 종종 울타리를 망가뜨리고 축사와 건초 창고의 문을 부수고 들어가 사료를 포식했고, 가끔 어린 암송아지가 뛰쳐나오기도 했다. 마침내 교수는 인간에 대한 들소의 공격성에는 버림받은 아이들의 원한과 쓰라림 같은 면이 있으며, 이번에 프랑스인이 갑자기 당한 사고는 가장 좋은 예라고 결론을 내렸다.

* * *

하지만 로민텐의 동물 왕은 사슴이었다. 사냥꾼들은 울창한 숲에서 하는 유일한 사냥 방법인 매복이나 몰이를 통해 사슴을 사냥했다. 사슴은 수렵장에게 애정과 제물, 음식이라는 다양한 성격을 띤 숭배의 대상이었다. 그 숭배는 나름대로 교리를 갖추었는데, 비교(秘敎)적인 요소는 뿔 갈이를 한 사슴뿔의 식별과 해석, 특히 공식 수렵 담당관들로 구성된 심사 위원회가 실시하는 적절한 평가와 관계가 있었다. 이러한 평가는 사슴이 죽은 지 적어도 일주일 후에 실시되었다. 그동안 사슴뿔은 불을 지피는 방에서 건조한다.

겨울이 거의 끝나 가고 있었다. 티포주의 주요 임무는 크게 자란 나무숲이나 잡목림을 돌아다니며 사슴들이 갈이를 하느라 빼 놓은 뿔들을 모으는 것이었다. 늙은 사슴들은 정확히 2월, 3월 사이에 뿔 갈이를 하지만 어린 사슴들은 초여름까지 뿔을 갈기 때문에 그 기간은 일 년 중 가장 중요한 탐색기였다. 사슴 한 마리가 보통 이삼 일 간격으로 따로 갈이를 하므로 그 임무는 까다로운 작업이었다. 한쪽 뿔만 가지고 있으면 아무런 가치가 없기 때문에 나머지 짝을 찾기 위해 오랫동안 수색해야만 했다. 티포주는 책임감이 강하고 차츰 그 작업에 열정을 가지게 되었지만 일을 썩 잘해 내는 특수 훈련을 받은 그리펀 개 두 마리의 도움이 없었더라면 임무를 멋지게 수행할 수 없었을 것이다. 괴링의 엉뚱한 기질 가운데 하나는 개를 증오하고 꼴도 보기 싫어하는 것이었기에 로민텐 보호 구역 당국은 그가 부재중일 때 이웃 관할지에서 그 개들을 몰래 데려왔다. 더욱 놀라운 것은 산림국장의 재주였다. 그는 수집해 온 사슴뿔을 즉석에서 식별할 줄 알았다. 이것은 테오도르의 네 번째 갈이, 저것은 제르잔트의 일곱 번째 갈이, 혹은 저것은 늙은 포세이돈의 열 번째 갈이 하는 식으로 말이다. 그렇게 수집한 뿔들은 각 사슴의 머리가 표시된 벽에 걸린 이전 해의 뿔들 위에 피라미드형으로 차곡차곡 쌓였는데, 맨 꼭대기의 열한 번째나 열두 번째 뿔은 그 사슴을 도살해서 뽑은 완전한 뿔이었다.

원수 각하가 그날 정오 무렵에 도착할 예정이었다. 그가 차에서 내릴 때 음악을 연주하기 위해 호른 연주단이 예거호프 앞에 모여 있었다. 티포주와 산림국장은 수렵장이 떠난 이후 수집해 놓은 뿔들을 테이블 위에 늘어놓았다. 그 사슴뿔들은 로민텐의 생활에서 가장 엄격하고 내밀한 연대기를 이루고 있었으며, 수렵장과 산림관들 사이에서 열렬한 토론의 대상이었다. 토론을 통해 특히 뿔의 발전 단계를 추적하고 도살 시기를 결정했다. 일단 절정에 이른 뿔은 숙명적으로 다음 해부터 가치가 떨어지기 때문이었다.

작은 깃발들로 장식된 메르세데스 자동차가 예거호프 별장으로 가는 넓은 숲길로 들어섰다. 차려 자세로 서 있던 호른 연주자들이 일제히 악기에 입을 댔을 때 자동차 앞에서 달리던 한 부관이 연주자들에게 달려가며 소리쳤다.

"호른을 불지 마시오! 사자가 싫어합니다!"

연주자들은 어리둥절했다. 한순간 그들은 '사자'란 그 '철의 인간'에게 부여한 새로운 별명인가 하고 궁금했다. 그런데 그토록 좋아하던 음악을 왜 갑자기 싫어한단 말인가?

육중한 자동차가 유연하게 멈추자 네 개의 문이 동시에 열렸다. 그리고 뒷문에서 기다란 야수의 몸뚱이를 가진 진짜 사자가 살며시 빠져나왔다. 사자의 목에 연결된 끈 끝에서 독일 원수는 당혹스러운 표정으로 껄껄 웃으며 나타났는데 하얀 제복 탓에 공처럼 둥글게 보였다.

"부비, 부비, 부비." 독일 원수는 소름 끼칠 정도로 땅을 쿵쿵 짓밟으며 앞서가던 커다란 고양잇과 동물에게 이끌려 안 뜰을 횡단하면서 흥얼거렸다. 괴링 일행이 집 안으로 들어가자 직원들은 질겁하며 흩어졌다.

괴링의 수행원들은 사자가 임시로 머물 곳을 찾느라 분주했다. 결국 야수의 우리로 바뀐 것은 괴링의 전용 욕실이었다. 모든 고양잇과의 습성에 따라 부비가 부드러운 흙 속에서 안심하고 쉬도록 모래를 한 수레 가져와 욕조에 깔았다. 그 문제를 해결한 후 원수는 다시 밖으로 나와 자리를 잡고 연주자들이 그를 위해 몇 주일 전부터 연습한 환영 연주를 차려 자세를 취하고 들었다. 연주가 끝나자 그는 푸른빛과 금빛이 섞인 단장을 들어 치하하고 나서 옷을 갈아입기 위해 별장 안으로 들어갔다. 한 시간 후 그는 갈이한 뿔들을 만지작거리면서 산림국장과 함께 여름과 가을 사냥 계획에 대해 협의했다.

그날 저녁 티포주는 우연히 한 장면을 목격했다. 그 장면은 에피날에서 보았던 어느 이미지처럼 단순하나 눈에 거슬리는 색깔과 더불어 그의 뇌리에 새겨졌다. 예쁘장한 연푸른색 기모노를 입은 괴링은 식탁에 앉아 앞에 놓인 멧돼지 반쪽에서 한쪽 넓적다리를 잘라 내더니 헤라클레스의 곤봉처럼 휘둘렀다. 그의 곁에 앉은 사자는 머리 위로 지나가는 사냥감을 탐욕스럽게 바라보면서 고깃덩어리가 움직이는 방향을 향해 천천히 으르렁거렸다. 마침내 수렵장은 고깃덩어리를 게걸스럽게 물었다. 잠시 동안 그의 얼굴은 엄청난 넓적다리 고기에 파묻혀 보이지 않았다. 이윽고 그가 한입 가득 고기를 물고 그것을 사자에게 내밀자 사자는 내민 고기를 송곳니로 덥석 물었다. 두 식인귀는 그렇게 사냥감을 주거니 받거니 하고 사향 냄새가 나는 검은 살덩어리를 씹으면서 애정에 찬 눈길로 서로를 바라보았다.

* * *

초대된 손님들의 서열에 맞게 사냥할 사슴을 배분하는 일은 가장 힘든 시련이었고 툭하면 분위기가 험악해졌지만 산림국장은 모든 폭력을 감수해야만 했다. 폰 브라우히치 사건은 그런 비극들 가운데 하나였다. 그 사건은 보호 구역의 사슴들을 너무도 애지중지하는 수렵장의 질투에서 비롯되었다. 나치 독일 국방군의 최고 사령관은 7년생 수사슴(틀림없이 라우프볼트였다.)의 발자국을 발견한 이웃 관할 지역의 산림 관리소장을 대동하고 한밤중에 출발했다. 수렵장은 그보다 약간 늦게 산림국장과 함께 별장을 나와서 같이한 뿔들을 감정한 결과 이제 도살할 차례가 된 고가품 사슴 두 마리를 방목하고 있는 방향을 향해 출발했다. 괴링이 자동차 뒤에 촛대 모양의 다섯 가지 뿔이 달린 늙은 사슴 한 마리와 그 뒤를 따라다니는 역시 다섯 가지 뿔(좀 더 움푹 패고 세 손가락을 가진 손과 흡사한)이 달린 젊은 사슴 한 마리를 태우고 예거호프에 돌아왔을 때는 이미 밤이었다. 수렵장은 매우 만족해하며 만찬에 나갈 준비를 하려고 자기 방으로 들어갔다. 한 시간 후 브라우히치 원수의 자동차가 사냥감을 싣고 돌아오는 소리가 들렸다.

관례에 따라 사냥 후 사냥개에게 사냥한 짐승의 고기를 나누어 주는 의식이 관솔 횃불을 밝혀 놓은 예거호프의 안뜰에서 자정에 거행되었다. 사냥꾼들은 진수성찬을 즐긴 다음 관례대로 크기순으로 진열한 세 마리 사슴 앞에 모였다. 수렵장은 그 짐승들을 보자마자 가장 큰 사슴인 라우프볼트에게 가서 몸을 숙였다. 스물두 개의 뾰족한 뿔이 덮인 녀석의 머리는 적어도 9킬로그램은 나갈 것같이 보였다. 수렵장은 뿔을 따라 방울방울 맺힌 작고 울퉁불퉁한 혹들과 뿔 뿌리에 쌓인 잔돌 모양의 밑동, 그리고 뿔 줄기에 팬 홈을 손으로 어루만졌다. 그는 손가락 끝으로 첫 번째 뿔 가지와 두 번째 뿔 가지의 예리한 끝을 만져 보았다. 가지의 상앗빛 흰색은 햇볕에 그을린 뿔 줄기의 갈색과 대조를 이루었다. 그가 다시 몸을 일으켰을 때 혈색 좋은 얼굴에서 유쾌한 표정은 사라지고 침울하고 뾰로통한 표정이 드러났다. 그는 아랫입술을 내밀고 투덜거렸다.

"이게 바로 내가 쓰러뜨리고 싶은 사슴이야."

그때 호른 연주자 열두 명이 반원을 그리며 자리를 잡고 산림국장의 신호에 맞추어 뿔피리를 불었다. 사냥꾼들과 희생된 사슴들의 명단을 엄숙하게 낭독한 것은 대머리 괴링이었다. 그는 짧게 감사의 말과 작별 인사를 했다. 그러자 호른 연주자들이 흐릿하고 쉰 듯한 소리로 사냥의 하루가 끝났음을 알리는 음악을 연주했다. 티포주는 어두운 나무 울타리 속에 몸을 숨긴 채 야생적이고 구슬픈 연주가 그에게 불러일으킨 추억을 되새겼다. 그는 생크리스토프 중학교의 교정에서 오묘하고 절망적인 죽음에 관한 소문을 듣고 있었다. 이어 뇌이에서 낡은 호치키스를 타고 우연히 들었던 어떤 고함 소리를 포착하는 데 집착했다. 그 후 다시는 들을 수 없었지만 그의 가슴에 창에 찔린 듯이 박혔던 소리. 그날 저녁의 뿔피리 소리에는 분명 그와 관계가 있는 배음(倍音)이 있었다. 간접적이고 측면적이며 또한 인위적인 유사성이었다. 그날 저녁 티포주는 나중에 그 죽음의 소리를 순수한 상태에서 다시 듣게 되리라는 확신이 들었다. 그 소리는 유구한 프로이센 땅에서 올라오는 사슴들의 죽음을 알리는 소리가 아닐 것이다.

괴링은 고집스레 반복해서 협박했다. "이게 바로 내가 쓰러뜨리고 싶은 사슴이야."

괴링은 산림국장과 단둘이 남게 되자 산림국장의 옷깃을 움켜잡더니 얼굴에 대고 야유를 퍼부었다.

"국장은 가장 멋진 녀석들을 손님들이 사냥하게 만들었어. 그리고 난 이류 짐승에 만족해야 하고 말이야!"

산림국장은 억양이 없는 목소리로 더듬거렸다. "그렇지만 수렵장 각하, 폰 브라우히치 원수는 국방군의 최고 지도자이십니다!"

괴링은 국장을 놓아주고 등을 돌리기 전에 내뱉었다. "바보 같은 녀석, 난 지금 사슴에 대해 얘기하는 거란 말이야! 사슴에는 두 종류가 있지. 라이히예거마이스터히르셰,[69] 이건 내

---

69) Reichsjägermeisterhirsche. 독일 수렵장의 사슴.

거야! 그리고 이와 다른 종류가 있고! 다음부터는 혼동하지 않도록 조심해!"

* * *

가장 품질이 뛰어난 라이히예거마이스터히르셰 가운데 한 마리는 말할 것도 없이 캉델라브르[70]였다. 산림국장은 녀석이 로민텐 사슴들의 왕이 될 기미가 보여 매달 성장 과정을 기록했다. 어느 날 저녁 마치 곰처럼 옷을 껴입은 괴링이 늑대 발자국을 발견했다는 보고를 받고 발이 푹푹 빠지는 눈 속에서 둔하게 걷고 있을 때 느닷없이 캉델라브르가 서리에 뒤덮여 얽힌 나뭇가지 속에서 유령처럼 나타났다. 흑단 조각상처럼 검은 녀석은 수정 유리에 내비치는 잎맥같이 고르게 뻗은 스물네 개의 가지 뿔을 근육질 목덜미 위에 이고 있었다. 창처럼 뾰족한 두 귀와 거울처럼 맑은 두 눈을 지닌 녀석은 살아서 숨 쉬는 나무처럼 반듯하고 키가 컸다. 녀석은 세 사람과 정면으로 마주쳤다. 수렵장의 늘어진 볼이 실룩거리기 시작했다.

"내 생애에 가장 멋진 사냥감이야. 지금까지 이처럼 아름다운 사슴뿔을 본 적이 없거든!"

괴링은 팔뚝을 접고는 들고 있던 총을 천천히 어깨 위로 올렸다. 그때 산림국장이 위엄에 찬 어조로 흥분한 괴링의 사냥 욕구를 저지했고, 이를 지켜보던 티포주는 어안이 벙벙했다.

---

70) '큰 촛대'를 뜻하는 프랑스어.

국장의 목소리는 사슴이 바로 도망칠 만큼 꽤 우렁찼다.

"수렵장 각하, 캉델라브르는 로민텐에서 가장 아름다운 번식용 사슴입니다. 한 계절만 더 살게 내버려 두십시오. 저 녀석은 우리 보호 구역의 희망입니다!"

괴링은 노발대발했다. "국장은 내가 어떤 손해를 보게 될지 잘 알잖소? 저놈은 적어도 200킬로그램은 나갈 테고 머리 위의 뿔만 해도 10킬로그램은 될 거야. 저놈은 더 날쌔고 혈기 넘치는 두 살배기 수사슴에게 받혀 배가 찢어질 수도 있어. 또 갈이 후에 뿔이 어떻게 될지 국장은 장담할 수 있겠소?"

"원수 각하, 더욱 아름다워질 것입니다. 한층 고결해질 것입니다. 저는 삼십 년간 숲을 관리해 왔습니다. 저 사슴의 생애에 대해서라면 제 인생처럼 자세하게 말씀드릴 수 있습니다. 저 녀석에게는 아무 일도 일어나지 않을 것입니다!"

괴링은 국장을 떼밀면서 고집을 부렸다. "내가 총을 쏘게 내버려 둬!"

그러나 괴링이 총을 들었을 때 캉델라브르는 이미 사라지고 없었다. 소리도 나지 않았고 나뭇가지도 움직이지 않았기 때문에 녀석의 도주를 눈치챈 사람은 없었다. 수렵장의 분노가 어떤 식으로 폭발할지 모를 상황이었다. 산림국장은 그것을 예상했고 그 해결책을 알기 때문에 밤이 되기 전 그곳에서 몇 킬로미터 떨어진, 개암나무와 히스가 무성하게 우거진 언덕으로 서둘러 안내하여 위기를 모면했다. 수렵장은 원곡(圓谷)으로 내려가는 경사지에 뒤덮인 가시나무들을 뚫고 지나가기 위해 포복해야 하자 약간 투덜거렸다. 하지만 산과 산 사이의 경계를 나타내는 움푹 팬 곳에서 무릎을 꿇고 쌍안경으로 골짜기를 탐색할 때 그는 숨을 죽였다. 가파른 비탈의 은신처에 족히 서른 마리는 되는 사슴들이 뒤엉켜 누워 있었다. 녀석들이 내뿜는 입김이 차가운 대기 속에서 가벼운 안개처럼 피어올랐다. 사격 직전에 무리를 이끄는 듯이 보이는 새끼를 배지 못하는 늙은 암사슴이 무리에게 위험 신호를 보냈다. 세 사람은 바람이 사슴이 있는 반대 방향으로 그들의 냄새를 실어 가는 좋은 위치에 있었고, 언덕이 바스락거리는 소리를 반향시킨 모양이었다. 속아 넘어간 짐승이 곧장 무리로 되돌아갔다. 첫 번째 총알에 두 살배기 수사슴이 쓰러지자 나머지 사슴들이 연달아 그 시체를 밟고 뛰었다. 수렵장은 총을 어깨 위에 올리고 방아쇠를 당겼고, 배출된 탄피는 회전하면서 그의 발치에 수북이 쌓였다. 괴링은 사슴 무리를 바라보고 조준하면서 웃거나 낄낄대며 쏘아 댔다. 암사슴을 거느리던 7년생 수사슴이 가슴팍 한가운데에 총을 맞자 뒷발로 일어서 앞으로 뛰어오르더니 결국에는 쓰러진 사슴 떼 앞에서 고꾸라졌다. 그제야 남은 사슴들은 퇴로가 차단되었음을 깨달은 듯했다. 사슴들은 잠시 멈추어 섰고 우두머리가 귀를 쫑긋 세웠다. 이윽고 다리가 홀쭉하고 텁수룩한 어린 사슴이 총알을 맞고 쓰러지자 나머지 사슴들은 몸을 돌려 움푹 팬 둥근 협곡을 향해 돌진했다. 사격이 다시 시작되었고 질겁한 무리는 얼어붙은 가파른 언덕을 다투어 기어올랐다. 엄청난 뿔의 무게에 짓눌린 커다란 사슴이 절벽을 뛰어넘으려다가 뒤로 벌렁 나자빠지고 다시 암사슴 위로 굴러떨어지는 바람에 암사슴의 등

뼈가 부러졌다. 공포 분위기에 격해진 젊은 수사슴 세 마리가 잔인하게 서로 싸우기 시작했다. 녀석들은 제자리에서 뒷발로 일어서 춤추듯 몸을 흔들거나 수 킬로미터 떨어진 곳에서도 들릴 만큼 격렬한 소리를 내지르면서 뒷걸음질 치기도 했다. 결국 녀석들은 서로 뿔을 너무도 단단히 얽어매고 싸우는 바람에 한데 얽혀 죽고 말았다.

학살이 끝나자 열한 마리의 사슴과 새끼를 배지 못하는 네 마리의 암사슴이 흘리는 피에서 김이 피어올랐다. 새끼를 못 낳는 암사슴들이 희생된 것은 바람직한 일이었다. 그 암컷들은 발정기가 시작되면 쓸데없이 수컷들의 기력을 소모시키기 때문이다. 그런데 수렵장은 수사슴에만 관심을 보였다. 놀랍게도 그는 사냥용 창을 휘두르며 죽은 사슴들 사이를 뒤뚱거리면서 잘도 달렸다. 아직도 팔딱거리는 커다란 사슴의 따뜻한 넓적다리를 벌리고 그 안에 두 손을 집어넣었다. 오른손으로는 톱질하듯이 열심히 칼질을 해 댔고, 왼손으로는 터진 음낭을 뒤져서 유백색이 도는 장밋빛 살로 이루어진 달걀 모양의 고환을 꺼냈다. 도살한 사슴은 지체하지 말고 거세를 해야 한다. 그러지 않으면 사슴 고기는 사향 냄새가 나서 먹을 수 없다.

티포주는 그 설명이 분명히 엉뚱하긴 하나 모든 것이 상징이고 아득한 옛날부터 전해 내려오는 의식을 존중하는 사냥 분야에서 합당한 일일 수 있다고 생각했다. 그는 고귀한 동물 위로 몸을 굽히고 치욕을 안겨 주는 괴링의 거대하고 희멀건 엉덩이를 바라보며 동프로이센의 동물 우화집에서 수사슴이 차지하는 엄청난 위상의 열쇠와 비밀이 무엇일까 한 번 더 자문해 보았다. 마치 그 무언의 질문에 즉석에서 대답이라도 하듯이 원수는 일어나 동행인들에게 가까이 오라는 신호를 보냈다. 그의 발치에 누운 짐승은 '야릇한 머리통'을 하고 있었고 그 뿔은 차마 볼 수 없을 정도로 추한 불균형을 드러냈다. 오른쪽 뿔은 갓 일곱 살 된 사슴의 뿔 같았는데, 줄기에 달린 여섯 개의 가지 뿔 중 세 개가 꼭대기에서 삼지창처럼 모여 멋진 상부를 이루었다. 반대로 왼쪽 뿔은 위축되고 가늘고 부서지기 쉬웠으며 두 살배기 수사슴의 뿔처럼 반듯한 줄기 하나에 끝이 갈퀴처럼 뻗었다. 다시 커다란 사슴의 사체 곁에 주저앉은 괴링은 손님들 중 한 사람에게 불균형한 사슴뿔이 불완전한 고환의 상태와 일치한다는 것을 확인해 주었다. 즉 그 사슴의 한쪽 고환은 정상이었지만 다른 하나는 위축되었다. 그때 오른쪽 고환이 손가락 사이에서 빠져나갔고, 음낭 가죽 속에서 보일락 말락 약간 부풀어 있었다. 티포주와 함께 떨어져 있던 국장이 그에게 설명해 주었다. 고환 하나가 총탄, 가시철사, 두 살배기 사슴의 뿔, 멧돼지 어금니 때문에 어떤 상처를 입었거나 선천적 기형이면 반대편의 뿔이 허약하든지 기이한 형태를 띠게 마련이라는 것이었다. 그렇게 사슴뿔은 자유롭고 의기양양한 고환의 개화(開花)일 뿐만 아니라 강렬한 의미의 상징을 수행하는 전위(轉位)에 복종함으로써 뿔이 부여하는 고양된 이미지가 거울 속에 투영되는 것처럼 뒤집어져 나타났다.

사슴뿔이 음경의 본질에 속한다는 사실은 사냥과 사냥의

예술에 염려스러운 심오한 의미를 부여했다. 사슴을 추적하고 죽이고 거세하고 그 살을 먹으며 전리품처럼 뿔을 도둑질해서 자신의 영광을 찬양하는 것. 그것은 '남근을 짊어진 천사'를 공개적으로 도살하는 자인 로민텐 식인귀의 다섯 가지 행위다. 더욱 근본적인 여섯 번째 행위가 존재하는데 티포주는 몇 달 후에야 그것을 발견하게 될 것이다.

* * *

산림국장은 언젠가 매우 격노했을 때 괴링이 뛰어난 사냥감 감식가는 못 된다고 티포주에게 은근히 털어놓은 적이 있다. 독일에서 괴링보다 훨씬 탁월한 사냥 기술과 감식력을 지닌 수렵가나 산림관이 100명도 더 된다고 했다. 그럼에도 법원은 그에게 중요한 특권을 베풀었다. 어쨌든 원수가 탁월한 지식과 재능을 발휘하는 분야가 있는데 그것은 사냥감의 똥이었다. 짐승들의 배설물에 들어 있는 온갖 메시지를 해석하는 것이라면 수렵장을 따를 자가 없었다. 그건 그의 대단한 통찰과 경험에 의해 입증되었다. 그래서 사람들은 그가 언제 어디서 그런 지식을 얻었는지 궁금해했고, 혹시 그런 통찰과 경험은 단순히 그의 식인귀적인 천성에서 비롯된 것이 아닐까 추측해 보기도 했다.

어느 봄날 아침 티포주는 로민텐의 주인이 배설물에 대한 취향을 드러내는 장면을 목격했다. 그때는 사냥의 의무 조항을 야비하게 어기지 않는 한 아무것도 사냥할 수 없었지만 땅에는 배설물의 흔적이 뚜렷하게 드러나는 시기였다. 자신의 지식을 과시할 기회를 찾던 괴링은 짐승들이 나무 밑동이나 덤불 아래 혹은 짐승이 가장 자주 다니는 오솔길에 찍어 놓은 '서명'에 유달리 관심을 보였다.

괴링은 수사슴의 묵직한 똥은 한 줄로 일정한 간격을 두고 띄엄띄엄 뿌려지고, 암사슴의 똥은 점액이 많고 매우 검은 두 줄이며 불규칙한 간격으로 뿌려져 있는 것을 보여 주었다. 봄철의 새싹과 신선한 풀은 딱딱하게 말라붙은 사슴 똥을 물렁물렁하고 납작하게 만들어 주었다. 그리고 여름이 되면 똥은 밀도가 높아져 황금빛이 도는 원기둥 모양으로 변하는데 한쪽은 밑바닥이 오목하고 다른 한쪽은 볼록하다. 9월이 되면 똥의 내용물이 서로 달라붙으면서 묵주처럼 된다. 암사슴이 새끼를 낳을 때 똥에는 흔히 피가 묻어 있다. 또 저녁에 싼 똥은 낮 동안의 긴 되새김질로 인해 아침에 싼 똥보다 더 단단하고 더 말라 있다. 원수는 거리낌 없이 엄지와 검지로 똥을 쥐고 밀도를 검사했을 뿐 아니라 나이를 판별하기 위해 똥 냄새를 맡기조차 했다. 그 냄새는 나이가 들면 들수록 시큼해진다고 했다.

겨울에는 한 덩어리로 뭉쳐 있고 여름에는 양의 배설물처럼 작은 알갱이들로 모여 있는 노루의 똥, 겨울에는 작은 방망이 형태이고 여름에는 봄에 배설하는 연한 사슴 똥처럼 부서지기 쉬운 멧돼지의 똥, 마르고 끝이 뾰족하며 수컷은 거무스레한 색깔로 흩어지고 암컷은 윤기가 나는 큼직한 구형인 산토끼의 똥, 상앗빛이 도는 흰 원반형인데 중심에 황록색 점이 있는 산도요새의 똥, 자주 앉는 횃대 아래에 쌓인 꿩의 똥, 전나무 그루터기에 널린 뇌조의 똥, 토끼의 보잘것없는 똥까지 그의 관심을 끌고 해석할 가치가 있는 것 같았다.

티포주는 마치 부활절 아침 정원에서 초콜릿으로 만든 달걀을 찾는 아이처럼 그 똥보가 훈장들을 짤랑거리며 나무에서 나무로 혹은 덤불에서 덤불로 뛰어다니고 환호성을 지르는 모습을 보면서 네스토르와 그가 밤에 배변하던 장면을 떠올렸다. 비록 티포주는 운명의 조정에 오랫동안 익숙해져 있지만, 전쟁과 포로 생활이 그를 독일의 이인자이면서 남근학과 분변학의 전문가인 괴링의 시종이자 은밀한 제자로 만들어 준 데 대해 탄복하지 않을 수 없었다.

* * *

어느 여름날 특별한 민간인 손님 한 명이 도착했다. 그는 키가 작고 예민하며 언변이 좋은 사람으로 커다란 코에는 두꺼운 안경을 걸치고 있었다. 최근에 『고대와 현대 게르만족의 역사를 통해 본 상징적 메커니즘』이란 박사 학위 논문을 괴팅겐 대학교에서 발표한 오토 에시히 박사였다. 논문은 알프레트 로젠베르크로부터 높은 평가를 받았다. 정치 체제를 공식적으로 연구하는 그 철학자는 자신의 피보호자를 내세워 방문 허가를 받아 냈지만, 지식인들을 견디지 못하는 괴링은 마지못해 허가에 동의했을 뿐이다. 티포주는 그가 로민텐에 머문 짧은 기간 동안 그를 딱 한 번밖에 보지 못했는데 그것은 아쉬운 일이었다. 더구나 교수가 말을 빨리 하고 어려운 용어를 사용한 탓에 티포주는 그의 이야기를 절반밖에 이해하지 못했다. 우스꽝스럽고 예의범절이 서툰 교수는 휴식이나 중단을 몰랐고 오직 비상한 관심을 끌던 주제에만 몰두해 있는 것 같았다.

어느 날 저녁에 티포주는 교수가 나들러 방식, 프라하 방식, 독일 방식, 마드리드 방식과 같이 사슴뿔을 측정하는 다양한 방식을 설명하는 것을 들었다. 교수는 그에게 가져온 뿔들의 강점을 참석자들이 얼떨떨해할 정도로 민첩하고 재치 있게 비교하고 적용했다. 티포주는 가장 간단하고 가장 고전적인 나들러 방식이 다음과 같이 열네 가지 점수를 합산한다는 것을 기록해 두었다.

— 사슴뿔 두 줄기의 평균 길이(계수 0.5)

— 가지 뿔 두 개의 평균 길이(계수 0.25)

— 원뿔 줄기 두 개의 평균 원주(계수 1)

— 오른쪽 뿔 줄기 밑동의 원주(계수 1)

— 오른쪽 뿔 줄기 끝의 원주(계수 1)

— 왼쪽 뿔 줄기 밑동의 원주(계수 1)

— 왼쪽 뿔 줄기 끝의 원주(계수 1)

— 가지 뿔의 수(계수 1)

— 뿔의 무게(계수 2)

— 뿔의 너비(0~3점)

— 뿔의 색깔(0~2점)

— 뿔에 난 울퉁불퉁한 혹의 아름다움(0~2점)

　　— 뿔에서 가장 상부 부분의 아름다움(0~10점)

　　— 뾰족한 뿔 끝의 상태(0~2점)

　프라하 방식은 여기에 세 번째 쌍가지 뿔 두 개의 평균 길이와 두 번째 뿔 가지의 아름다움(0~2점)을 덧붙인다. 독일 방식은 두 번째 뿔 가지의 아름다움을 고려하지 않는 대신에 전체적인 조화 점수(0~3점)를 추가한다.

　이제 사슴뿔과 남근의 상징적 의미를 알게 된 티포주는 그처럼 은밀한 분야에 정확성과 섬세함을 더하는 산술에 감탄하지 않을 수 없었다. 각자의 호주머니에서 줄자를 꺼낸 사냥꾼들(그들은 단념하지 않은 것 같았다.)은 머릿속에서 숫자를 되새기며 사슴뿔과 같이 뿔을 교환했고, 부다페스트에서 매년 열리는 국제 전시회에서 명성을 얻었던 유명한 사슴들의 환상적인 측정 수치를 떠올렸다. 예를 들어 플랑보는 총계가 나들러 210점이었고 오시리스는 나들러 243점이었는데, 이보다 약간의 차이로 우위를 차지했으나 이론의 여지가 있던 슬라보니아에서 잡은 사슴은 248.55점이었다. 그 사슴뿔이 수렵장의 기억으로는 그때까지 본 것 가운데 가장 웅장했다고 한다.

　각자가 사슴뿔에 대한 철학을 정리하느라 숨을 가다듬는 틈을 이용해 에시히 교수는 우선 위에서 언급한 세 가지 측정 방식에는 특히 뿔의 색깔, 울퉁불퉁한 혹의 아름다움, 가장 귀진 부분의 아름다움 같은 순수하게 질적인 평가 요소들이 포함되었고, 프라하 방식에는 길이를 고려하지 않는 둘째 뿔 가지의 아름다움이 첨가되었다는 점을 강조했다. 그것은 숫자로 환원할 수 없는 존재의 부분, 즉 어떤 측정도 파악해 낼 수 없는 구체적인 실재의 부분이라고 교수는 단언했다. 이제 짐승의 입장이 되어 생각해 보아도 뿔의 의미는 전투 무기로서의 유용성을 뛰어넘는다는 점을 인정하지 않을 수 없다. 실제로 고가의 사슴뿔은 순수하게 실용적인 관점에서만 판단하면 거추장스럽고 불편한 것으로 여겨질 수밖에 없다. 그러나 사슴의 무게나 크기가 실용적인 면에서 그다지 효과 없는 무기일지라도 일곱 살 된 늙은 수사슴이 두 살배기 수사슴에게 대우를 받지 못하는 경우가 매우 드물다는 것 또한 사실이다. 오히려 위험한 것은 노루들이다. 한 살배기 수노루는 혈기 때문에 키가 큰 사슴의 덩치 앞에서도 물러서지 않고 첫 번째 가지 뿔로 사슴에게 돌이키지 못할 상처를 입힐 수도 있다. 젊은 사슴은 전혀 다르다. 여기에서 가장 고귀한 뿔의 기능이 드러난다. 고귀한 뿔은 젊은 사슴들에게 일종의 존경심을 불러일으키는 듯하다. 고귀한 뿔은 늙은 사슴에게 효율적인 공격성을 잃게 하는 대신 정신적인 영향력을 발휘해 그것을 백배는 더 보상해 준다. 교수는 괴링에게 고개를 숙이더니 사슴뿔과 원수의 단장을 비교했다. 단장은 전투 무기로서 참으로 보잘것없지만 단장이 원수에게 부여하는 권위를 통해 원수를 육체적으로 감히 건드릴 수 없는 인물로 만들어 준다고 했다. 마찬가지로 몸뚱이의 가장 아래에서, 그리고 가장 구석진 부위에서 부끄러운 듯이 웅크리고 숨어 있는 생식기가 사슴을 땅 쪽으로 끌어당기는 반면, 하늘로 솟은 승화된 생식기의 표현인 뿔은 사슴을 위엄으로 감싸고 어린 사슴들조차 열광적으로 존경하게 만든다고 교수는 결론을 지었다.

땅딸막한 교수는 발표에 열중한 나머지 그를 대하는 청중의 냉담함을 눈치채지 못했다. 그는 그때까지 자신의 사고방식과 말투가 이곳 사회에 불러일으키는 증오를 몰랐다. 사람들은 짐승의 무게에 대해 이야기를 나누었다. 특히 살아 있는 짐승의 무게와 실중량(정육점 진열대에서 팔리는 고깃덩어리)의 차이에 대해 이야기했다. 에시히 교수는 그 주제에 대해 일가견이 있었다. 그래서 예전에 정리해 두었던 공식을 서둘러 발표했다. 살아 있는 짐승의 무게로부터 실중량을 산출하려면 살아 있는 짐승의 무게에서 7분의 4를 취하고 살아 있는 짐승의 무게의 2분의 1을 더한 후 그 합을 2로 나누면 된다는 것이었다. 괴링은 그 공식을 여러 번 반복했다. 그리고 금으로 된 샤프펜슬을 꺼내서 담뱃갑 위에 재빨리 계산을 했다.

"교수님, 내 몸무게는 127킬로그램이오. 내가 푸줏간에 놓인다면 기껏해야 68킬로그램이 되는데. 난 그 계산이 치욕적인지 아니면 위안이 되는 것인지 모르겠소!"

괴링은 자기 허벅지를 치면서 순진한 아이처럼 웃음을 터뜨렸다. 손님들도 그를 따라 웃었다. 다만 그들의 웃음 속에는 키 작은 교수에 대한 빈축과 비난의 뉘앙스가 담겨 있었다. 교수는 그것을 깨달았다. 그래서 말솜씨로 그들과 겨루고 싶었다. 이제 화제는 고라니로 바뀌었다. 교수는 스웨덴에서 있었던 일화를 소개하는 것이 좋겠다고 생각했다. 스웨덴에서는 해마다 구스타프 5세가 여든둘의 고령에도 불구하고 고라니 대사냥을 직접 주관했다. 사냥에 초대받은 손님들은 신중하게 처신하며 조심해야 할 것이 있었다. 왕은 시력이 나쁘기 때문에 몰이사냥 도중 왕과 가까운 곳에 있게 되면 왕을 알아볼 수 있는 가장 먼 거리에서 "저는 고라니가 아닙니다!"라고 외쳐야 했다. 그런데 사냥이 끝날 무렵 지체 높은 한 손님이 그런 처지에 놓이게 되었다. 놀랍게도 왕은 곧 조준을 하더니 그를 향해 총을 쏘았다. 다행히 가벼운 부상을 입은 그는 들것에 실려 옮겨졌고, 사냥이 끝났음을 알리는 뿔피리 소리가 울린 다음 왕과 자초지종을 이야기할 기회가 있었다. 왕이 그에게 사과를 요구했다. 부상을 당한 손님은 기가 막혀 항변했다. "폐하, 소인은 폐하를 뵙자마자 '소인은 고라니가 아니옵니다!' 하고 소리쳤습니다. 폐하께서는 소인의 목소리를 들으시고도 소인을 향해 총을 쏘신 것 같습니다!" 왕은 잠시 생각에 잠겼다. 이윽고 그에게 다음과 같이 설명했다. "경에게 미안하게 됐소. 난 이제 귀도 잘 들리지 않는 모양이오. 물론 나는 경이 소리치는 것을 들었소. 하지만 나는 '소인은 고라니옵니다!'라고 들었소. 그러니 당연히 내가 총을 쏠밖에!"

그것은 엄청난 실수였다. 괴링의 첫째 부인 카린은 스웨덴 여자로 1931년에 사망했다. 괴링은 웅장한 카린홀 저택 지하에 능처럼 꾸며 그녀를 묻고 해마다 제사를 지냈다. 그래서 그때부터 스웨덴에 관련된 모든 것을 신성시하는 마당에 구스타프 5세를 웃음거리로 만든 교수의 일화에 좌중은 찬물을 끼얹은 듯 조용해졌다. 수렵장은 벌떡 일어나더니 에시히에게 말 한마디 건네지 않고 자기 방으로 가 버렸다. 괴링은 다시는 그를 보지 않을 게 뻔했다. 다음 날 괴링은 라슈텐부르크에서 열리는 회의에 참석해야 했다. 괴링이 길을 달리고 있을 무렵 교수는 두 시간 전부터 보호 구역의 동쪽 끝에 있는 에르베르스하겐의 덤불에 한 산림관과 함께 있었다. 산림관은 괴링의 지시에 따라 그에게 로민텐 전 구역에서 가장 늙고 병이 심하게 들고 이상하게 생긴 뿔을 가진 사슴을 사냥하게 할 참이었다.

사람들은 그날 아침에 작은 산림 지역에서 지진이라도 일어난 듯한 소음이 들린 까닭을 전혀 짐작할 수 없었다. 두 사람이 사냥용 자동차를 타고 도착한 장소에 교수의 몫으로 정해졌고 산림관이 전날 발자국을 확인해 둔 '이상한 뿔'을 가진 사슴이 있었다. 새벽빛이 전나무 꼭대기를 장밋빛으로 물들이기 시작했다. 사슴은 애처롭게도 작은 공터의 가장자리에 아무런 경계도 하지 않고 있었다. 사냥감은 30미터 떨어진 숲가에 설치된 망루에 걸터앉은 두 사냥꾼의 조준선 안에 선명하게 드러났다. 상당히 자부심이 강한 산림관은 자신의 임무가 그처럼 빨리 그리고 쉽게 끝나게 될 것 같아 안심하고 손님에게 사격 신호를 보냈다. 교수가 총을 어깨 위에 올리긴 했는데 너무 오래 조준하는 바람에 산림관은 사슴이 잡목림 속으로 사라지지 않을까 걱정되기 시작했다. 마침내 발사되었다. 사슴은 땅바닥에 내던져진 듯 쿵 하고 쓰러졌다. 그러나 녀석은 곧 민첩하게 일어섰는데 어떤 심각한 상처라도 떨쳐 낼 기세였다. 실제로 두 사람은 노루 사냥용 총알이 그 사슴이 지닌 유일하면서 불완전하고 가느다란 뿔을 박살냈을 뿐이라는 사실을 확인했다. 뿔이 박살난 사슴은 비쩍 마른 당나귀보다 볼품이 없었고, 더구나 그 충격으로 반쯤 얼이 빠져 멍하니 망루를 바라보며 제자리에 서 있었다.

"교수님, 빨리 쏘세요. 녀석이 도망치기 전에 쏘세요!" 이건 너무도 창피한 꼴이라 산림관은 교수에게 간곡히 부탁했다.

그때 연달아 퍼부은 사격으로 구역 전체가 뒤흔들렸다. 낙엽이 뒤섞인 부식토가 흩날렸고 부서진 나뭇가지들이 무너져 내렸으며 나무줄기는 갈라진 상처를 드러냈다. 오직 노새 같은 사슴만이 집중 사격에서 벗어난 것 같았다. 녀석은 잔걸음으로 숲 가장자리에 있는 관목 아래로 들어서더니 두 번째 사격이 요란하게 퍼붓기 시작하자 잠시 후 사라지고 말았다. 산림관은 벌떡 일어나 정신을 찾으려고 몸을 흔들었다. 그리고 쓸쓸하게 말했다.

"어쨌든 오늘 아침에는 이 정도 소란이면 충분합니다. 이제 빈손으로 돌아가기만 하면 됩니다." 산림관은 그렇게 말한 다음 불쾌한 기분을 감추기 위해 어색하게 미소를 지으며 덧붙였다. "오늘 저녁 우리는 루벨야크를 받을 권리가 있습니다."

루벨야크는 동프로이센에서 사냥꾼들 사이에 크게 유행하는 신참 골탕 먹이기이다. 그것은 씻지 않은 총신 끝에 깔때기를 이용해서 부어 넣은 감자로 빚은 화주(火酒)에 하얀 후춧가루를 섞어 신참에게 마시게 하는 놀이다.

산림관은 망루 꼭대기에서 지체하는 교수를 기다리며 초조하게 젖은 풀을 밟고 있었다. 그때 교수가 소리를 질렀다. "사슴이 보이오! 저 아래 너도밤나무 숲길에! 적어도 500미터는 될 것이오! 내가 저놈을 쏘겠소!" 하지만 산림관은 도저히 믿지 못하겠다는 듯이 어깨만 으쓱했다.

마지막 총성이 울렸다. 얼마간 침묵이 흘렀다. 이윽고 총을 내려놓고 쌍안경을 든 교수의 목소리가 들렸다.

"산림관, 이리 와 보시오. 내가 저놈을 잡은 것 같소."

말도 안 되는 소리였다. 그래도 산림관은 한숨을 한 번 내쉬고 예의를 지키기 위해 망루로 올라갔다. 쌍안경으로 보니 실제로 너도밤나무 숲에서 지평선까지 이르는 좁은 통로에 사슴의 몸뚱이가 보였다. 엄청 먼 거리였기 때문에 가장 뛰어난 사격수에게도 사슴은 사정거리에서 벗어나 있었다. 하지만 사슴 가죽에는 본래의 색보다 짙은 얼룩이 있었고 교수는 거기를 겨냥해 총을 발사했던 것이다.

두 사람은 걸어서 너도밤나무 숲으로 갔다. 사슴은 잠을 자는 것처럼 보였다. 머리는 앞다리 위에 얌전히 얹었고 치켜든 뿔은 짙은 상앗빛을 발하는 멋진 덤불을 이루고 있었다. 여전히 넘쳐흐르는 힘을 느낄 수 있는 웅크린 몸뚱이는 흑단으로 조각해 놓은 듯했다. 몸은 아직도 따뜻했다. 총알은 상반신을 관통했다.

산림관은 정신을 잃을 것 같았다. 그는 첫눈에 그 사슴이 캉델라브르임을 알아보았다. 캉델라브르는 모든 산림관이 최선을 다해 보살피고 보호하라는 절대적인 사명을 받은 로민텐의 고가품 1호였다. 그런데 바보 같은 에시히는 모든 체면을 망각한 채 고귀한 시체 주위에서 올빼미 울음소리를 내지르며 스칼프 춤[71]을 흉내 내고 있는 게 아닌가! 하지만 수렵장이 초대한 손님들은 침범할 수 없는 존재라는 엄격한 지시가 보호 구역에 근무하는 모든 직원에게 내려졌다. 그의 죄과가 어떻든 간에 에시히는 자기 잘못의 심각성을 전혀 의식하지 못했다. 교수가 자긍심에 기뻐서 어쩔 줄 모르며 예거호프로 돌아왔을 때 그에게 축제를 베풀어 주지 않을 수 없었다. 사람들은 화가 나는데도 미소를 띠었고, 샴페인을 아무리 들이켜도 기분이 풀리지 않는 답답한 목소리로 "바이드만스하일!"[72] 하며 축하해 주었다.

교수는 만나는 사람마다 붙들고 되풀이해 이야기했다. "노루 사냥용 총알은 내게 어울리지 않아요. 난 진짜 사격수라고요!"

게다가 교수는 공교롭게도 수렵장이 부재중이라 그와 기쁨을 나눌 수 없다며 아쉬워했다. 괴링은 그다음 날 밤늦게 돌아올 예정이었다. 그러나 모두들 교수에게 수렵장이 일주일 후에나 도착할 거라고 했다. 직원들은 그의 전리품을 밤새도록 다듬어서 여장을 꾸려 주었다. 다음 날 아침 교수는 사람들이 왜 그처럼 서두르는지 의아해하면서도 로민텐의 사냥 기록에서 가장 무겁고 가장 조화로운 뿔(나들러 240점이었다.)을 금지옥엽처럼 감싸 안고 몹시 흡족해하며 떠났다.

괴링은 한밤중이 되어서야 예거호프에 도착했다. 다음 날

71) 인디언이 벗긴 머리 가죽을 흔들며 추는 춤.
72) "많이 잡으시오." 하는 사냥꾼의 인사말.

아침 10시에 식탁 앞에 앉았다. 토끼 테린,[73] 기러기 절임, 소금에 절인 새끼 멧돼지, 노루 크루스타드[74]가 훈제 연어, 발트 해의 청어, 얼린 송어 등과 함께 조화롭게 균형을 이루고 있었다. 산림국장은 정장 차림으로 나타났는데 그의 얼굴은 남자답게 절제된 슬픔으로 굳어 있었다. 화려한 비단 실내복을 걸치고 수달 모피로 만든 실내화를 신고 진수성찬 앞에 당당히 자리 잡은 괴링의 모습에 산림국장은 잠시 당황했다.

괴링이 즉각 그에게 말을 건넸다. "오늘 아침에 좋은 소식이 들리더군. 교수는 어제 떠났다면서? 국장은 멋지게 그를 쫓아냈구려. 그래 교수는 사슴을 잡았소?"

"네, 수렵장 각하."

"내가 지시한 대로 기진맥진한 노새에 늙고 병든 암염소처럼 형편없는 뿔을 가진 놈이겠지?"

"아닙니다, 수렵장 각하. 괴팅겐 대학교의 오토 에시히 교수는 캉델라브르를 죽였습니다."

그 말에 괴링은 식탁보를 획 잡아당겼다. 접시와 유리잔이 넘어지고 타일 바닥에 떨어져 산산조각이 났다. 그 소리를 듣고 주방장이 달려왔다. 괴링은 장님처럼 두 눈을 감고 팔찌와 반지로 온통 뒤덮인 두 손을 앞으로 내밀었다.

괴링은 억양 없는 목소리로 중얼거렸다. "요아힘! 빨리 큰 술잔을 가져와!"

---

73) 항아리에 담아 조리한 요리.
74) 파이나 빵의 속을 도려내고 고기나 생선 따위를 넣은 요리.

주방장은 황급히 사라지더니 커다란 줄마노 술잔을 가져와 원수 앞에 놓았다. 술잔은 섬세한 보석들로 가득 차 있었다. 괴링은 술잔에 두 손을 탐욕스럽게 담갔다. 그는 여전히 두 눈을 감은 채 석류석, 오팔, 남옥, 전기석, 경옥, 호박을 뒤섞으며 천천히 주물렀다. 그 잔을 기증한 사람은 괴링에게 몸 안에 축적된 전기를 흡수하고 신경을 진정시키며 평정을 되찾게 해주는 힘이 있다고 장담했었다. 그는 모르핀 중독의 유혹에 사로잡힐 때마다 그 치료법을 사용했는데, 그것은 몸에 해롭지 않을뿐더러 호사스러운 그의 취향에도 걸맞았다.

괴링이 명령을 내렸다. "뿔을 가져와."

산림국장은 더듬거리며 대답했다. "에시히 교수가 어제 그 뿔을 가져갔습니다. 교수는 한사코 그것을 내놓지 않으려고 했습니다."

괴링은 다시 눈을 떴다. 그리고 교활한 눈빛으로 국장을 노려보았다. 마침내 그는 분통을 터뜨렸다.

"그래, 잘했군. 여기에 있는 당신들 모두는 차라리 내가 그 뿔을 보지 않는 게 낫겠다고 생각했겠지. 아, 캉델라브르! 로민텐 사슴들의 왕이여! 그런데 그 쓰레기 같은 인간이 어떻게 그럴 수 있었지?"

결국 산림국장은 에시히 교수의 믿기 어려운 사냥 얘기를 하지 않을 수 없었다. 불명예스럽게도 뿔이 빠진 늙은 사슴에게 가한 연속 사격, 산림관의 실망, 엄청난 거리에서 어림잡아 쏜 마지막 탄환의 명중, 보호 구역의 동쪽 관할지에 갑자기 나타난 캉델라브르. 믿기지 않는 일련의 상황이 숙명처럼 보였기 때문에 괴링은 갑자기 사물의 신비에 직면한 것처럼 낙심하고는 은밀히 불안에 떨며 침묵을 지켰다.

* * *

1942년 여름이 끝날 무렵부터 로민텐에 사는 사람들은 모두 동프로이센의 대관구(大管區) 지사인 에리히 코흐가 계획한 대사냥에 관심을 기울였다. 수렵장은 이번 대사냥을 위해 자신의 개인 사냥터인 마주리 호수군의 관할 구역 세 곳을 내주었다. 그것은 3000명의 몰이꾼(이 중 500명은 말을 타고 나머지는 도보로)을 동원하는 대규모 토끼 사냥이었다. 라슈텐부르크의 모든 수뇌부와 지방 유지들이 축제에 참가할 예정이었고 축제 끝에는 사냥 왕을 선출하기로 되어 있었다.

어느 날 저녁 산림국장은 트라케넨에서 돌아오는 길에 이륜마차 뒤에 거세된 거대한 흑마 한 필을 데려왔다. 그 말은 근육이 울퉁불퉁 솟고 털투성이에 여자처럼 엉덩이가 컸다.

산림국장이 티포주에게 설명했다. "이 말은 자네를 위한 것이야. 오래전부터 자네에게 말을 주고 싶었지. 대관구 지사가 주관하는 대사냥이 좋은 기회야. 그런데 자네 몸무게를 감당할 말을 찾기가 쉽지 않았네! 이 말은 아르덴의 한 도매 시장에서 길러진 4년생 잡종으로 덩치가 너무 크긴 하지만 구부러진 앞머리 부분과 물결무늬가 있는 흑단 같은 털빛을 보면 바르바리 말의 혈통임을 알 수 있지. 무게는 아마 600킬로그램 정도는 나갈 테고 어깨뼈 사이의 융기까지 적어도 180센티미터는 될 거야. 결국 녀석은 17세기에 사륜마차를 끌던 큰 말과 같은 유형이지. 달아날 염려는 없고 자네 같은 사람 세 명 정도는 태울 걸세. 나도 한번 타 보았네. 장애물을 피하지 않고 개울도 가시덤불도 두려워하지 않더군. 식성이 약간 까다롭지만 달릴 땐 전차 같네."

티포주는 말을 받는 순간 고독했던 마음이 뜨겁게 달아오르면서 그 말과 함께 어떤 위대한 일을 성취하게 되리라는 예감이 들었다. 그때부터 티포주는 매일 아침 거처에서 1킬로미터 떨어진 프레스마르 영감 집에 갔다. 그는 예전에 황실 의전장이었고, 그의 소유지에는 상당히 넓은 마구간과 대장간과 옥내 승마 연습장이 딸려 있었다. 티포주는 자신의 말을 그곳에 매 두었다. 티포주는 승마를 가르치는 천직을 다시 수행하게 되어 몹시 기뻐하는 프레스마르의 지도에 따라 승마와 함께 말을 보살피는 법을 배우게 되었다. 짚수세미로 문질러 주고 글경이로 빗기거나 혹은 솔질을 해 주면서 그 순박하고 따뜻한 몸뚱이 곁에서 그가 느낀 기쁨은 라인강의 비둘기들과 비둘기장에서 보낸 포근하고 행복했던 시절을 떠올리게 했다. 하지만 그 어렴풋한 추억이 피상적이고 오해였다는 것을 즉시 깨달았다. 실제로 말의 털을 문지르고 윤기를 내며 느끼는 감정은 예전에 구두나 장화에 구두약을 바를 때 느꼈던 수수한, 그러나 비교가 안 되는 강도로 향상된 만족감이었다. 라인강의 비둘기들이 그의 획득물이자 사랑하는 자식과 같은 존재였다면 그가 세심하게 말을 보살피면서 글경이질을 해 주는 것은 결국에 자신을 위해서였다. 거세된 트라케넨산의 거대한 말을 통해서 그에게 전달되는 것은 아벨 티포주라고 불리는 한 인간에 대한 애정(아직은 희미하지만), 자기 육체에 대한 애착, 자신과의 화해였다. 말이 한줄기의 역광선을 받던 어느 날 아침 티포주는 흑옥처럼 까만 말의 털이 동심원의 후광 같은 푸르스름한 물결무늬를 띠었음을 알아챘다. 말하자면 그 바르바리 말은 '바르브블뢰'[75]였다. 티포주는 그 이름이 말에게 어울린다고 생각했다.

프레스마르의 승마 강습은 처음에 단순했지만 그래도 겁이 났다. 말에 안장은 얹었지만 등자는 없었다. 티포주는 허리의 반동으로 단번에 안장에 올라타야 했다. 그리하여 승마 연습장에서 속보로 말에 오르는 연습이 시작되었다. 그것은 연습을 충분히 해야 가능했다. 초보 기사에게는 승마 자세가 가장 중요하다고 조련사는 강조했다. 초보 기사인 티포주는 연습이 끝나면 기진맥진했고 회음 부위에 상처가 났다.

처음에 프레스마르는 제자를 비난의 눈초리로 끊임없이 관찰했다. 어쩌다 내뱉은 충고의 말조차 전혀 상냥하지 않았다. 긴장한 티포주는 몸을 앞으로 숙이고 두 발을 뒤로 뻗었다. 말에서 떨어질 것 같았다. 당연한 일이었다. 반대로 몸을 뒤로 젖히고 엉덩이를 집어넣고 두 다리를 앞으로 뻗어야 했다. 또한 어깨와 등의 곡선을 이용해서 자세를 교정해야 했다. 티포주는 무뚝뚝한 대우에 반감을 보이지 않았지만 프레스마르를 어떤 자원도 개발할 수 없는 좁고 빈약한 세계에 영원히 간

---

75) 바르바리산의 푸른 말이라는 의미.

힌 위험한 갑각류 정도로 간주했다. 그러나 프레스마르와 단둘이 마구 창고에 틀어박혀 있던 어느 날 그가 말의 진실에 대해 하는 얘기를 듣고 생각을 바꾸었다. 티포주는 다른 시대에서 살아남은 영감이 갑자기 지적인 인물이 되고 자신의 생각을 표현하기 위해 정확하고 생생한 언어를 찾아내며 활기에 넘치는 모습을 보게 되었다. 한쪽 눈에는 외알박이 안경을 끼고 높은 의자에 비쩍 마른 두 다리를 꼬고 앉아 장화 신은 발을 허공에서 건들거리고 있는 빌헬름 2세의 의전장은 원칙부터 주장하기 시작했다. 즉 말과 기수는 살아 있는 존재이므로 어떤 논리도 어떤 방법도 그들을 결합하는 은밀한 공감을 대신할 수 없는데, 기수가 갖춰야 할 기본적인 그 미덕을 승마술의 직감이라고 했다.

프레스마르는 두 단어의 의미를 강조하려는 듯 잠시 침묵을 지킨 후 조련에 대한 견해를 밝히기 시작했고, 티포주는 주의 깊게 들었다. 기사의 몸무게가 말의 균형에 미치는 영향에 이르자 짊어지는 기능이 분명하게 드러났기 때문이다.

"조련은 사람들이 일반적으로 생각하는 것보다 훨씬 까다롭고 멋진 일이지. 조련에서 가장 중요한 것은 기수의 몸무게에 의해 틀어진 말의 자세와 균형을 자연스럽게 회복시키는 일이야.

예를 들어 말의 원동력과 사슴의 원동력을 비교해 보게. 사슴의 모든 힘은 어깨와 목에 있지. 반대로 말의 모든 힘은 엉덩이에서 나오지. 말의 어깨는 가냘프고 튀어나오지 않았고, 사슴의 엉덩이는 마르고 함몰되어 있어. 실제로 말의 무기는 힘이 엉덩이에서 나오는 뒷발질인데, 사슴의 무기는 힘이 목에서 나오는 뿔이라네. 사슴은 움직일 때 몸을 앞으로 내밀지. 앞으로 늘인다는 뜻이야. 반대로 말은 엉덩이 힘으로 뒤에서 밀어 앞으로 나아가지. 사실 말은 엉덩이 그 자체야. 나머지 기관들은 엉덩이를 보조하는 것에 불과해.

기수가 말에 올라탈 때 어떤 일이 일어날까? 기수의 위치를 잘 생각해 보게. 기수는 말의 엉덩이보다 어깨 쪽에 가까이 앉게 마련이지. 사실상 기수 몸무게의 3분의 2가 내가 말했던 것처럼 허약하고 가벼운 말의 어깨에 실리게 되는 거야. 그렇게 과중한 무게에 짓눌린 어깨는 거북해지고, 그처럼 뻣뻣해진 상태는 목과 머리, 입까지 영향을 미치게 되지. 그런데 입의 자유로움과 유연성, 감수성은 승용마의 능력을 좌우하거든. 기수는 균형을 잃고 불안해하는 말을 손에 넣은 것뿐이야. 말은 고삐의 움직임에 따라 마지못해 복종할 따름이니까.

그래서 조련이 필요하네. 조련이란 말이 어깨의 부담을 덜도록 점차적으로 기수의 몸무게를 엉덩이 쪽으로 옮기는 기술이지. 기수는 최대한 뒷부분에 앉아 말의 뒷다리가 가능한 한 앞으로 멀리 뻗게 해야 하네. 캥거루를 본보기 삼아 비교해 볼까? 물론 남용을 해서는 안 되겠지. 캥거루의 경우 뒷다리가 모든 무게를 지탱하기 때문에 그만큼 앞다리는 자유롭지. 조련은 수많은 연습을 통해서 말로 하여금 기수의 기생충과도 같은 무게를 잊게 하고, 완벽한 경지에 이를 때까지 기량을 향상시켜 말에게 자연스러운 상태를 되돌려 주는 것이지. 결국 조련이란 새로운 체격을 만듦으로써 비정상적인 상태를 극복하게 만드는 것이네.

따라서 말의 근력을 조절하는 기술인 승마란 원칙적으로 근력이 모여 있는 엉덩이를 자유자재로 조절하는 것이지. 엉덩이 부분에 약간의 박차만 가해도 말은 우회할 수 있으니 거대한 엉덩이는 틀림없이 부드러운 유연성을 지녔을 거야. 나머지 기관들도 그런 유연성 덕분에 신속하게 반응하는 거지."

말을 끝낸 옛 의전장은 일어나서 상체를 뒤로 젖히고 자신의 엉덩이(얼마나 앙상하고 쑥 들어갔는가!)를 흘긋 보더니 둥글게 벌린 두 다리로 상상 속 말의 양쪽 허리를 조이고 채찍으로 허공을 내리치며 창고 안을 빙빙 돌아다녔다.

대조적인 사슴과 말에 대한 프레스마르 영감의 견해는 비록 추상적이고 미묘하기는 했지만 티포주가 바르브블뢰와 함께 앞으로 수행하게 될 사냥감의 추적과 몰이에서 구체적으로 밝혀질 것이다. 역시 괴링이 금지한 사항인 사냥개를 동원하지 않는 몰이에서 말은 마침내 사람들이 그에게 기대하는 것이 무엇인가를 이해하고서 사냥개처럼 열정적으로 사슴이 지나간 길의 냄새를 맡고 흔적을 찾아내는 것 같았다. 마치 적대적인 이들 두 짐승이 숙명적으로 서로 싸워야만 하는 것처럼.

어느 날 저녁 티포주는 시큼한 거름 냄새가 떠다니는 마구간의 황금빛 어둠 속에서 칸마다 번쩍이는 엉덩이들이 물결치는 모습을 바라보고 있었다. 그때 바르브블뢰의 꼬리가 살짝 비스듬하게 서는 것을 보았다. 그 바람에 꼬리의 밑동에서 항문이 드러났다. 작지만 단단하고 짙은 밤색을 띠며 쇠고리가 달린 주머니처럼 가운데가 완전히 밀폐되고 주름진 항문.

이윽고 주머니는 고속 촬영된 장미꽃 봉오리의 개화처럼 빠른 속도로 밖으로 드러났고 장갑처럼 뒤집어지면서 축축한 장밋빛 화관 같은 것을 내보였다. 그 중심에서 매우 싱싱한 말똥 알들이 나타났다. 기막히게 주조되고 번들거리는 말똥은 전혀 부서지지 않은 채 짚 위로 한 덩어리씩 떨어졌다. 그처럼 완벽한 배변 행위는 프레스마르의 이론을 멋지게 증명하는 것처럼 보였다. 말의 모든 것은 엉덩이에 있고 그 엉덩이는 말을 '배변의 정령(항문 천사)'이자 '오메가의 정령(말의 본질의 열쇠)'으로 만들어 주었다.

티포주는 말이 오래전부터 인간에게 발휘한 매력, 기수와 말이 형성한 한 쌍의 함축성을 이해하게 되었다. 기수는 완고하게 왜소하고 메마르고 무기력한 자신의 엉덩이를 거대하고 관대한 말의 엉덩이 위에 올려놓는다. 티포주는 일종의 전파를 통해서 항문 천사의 위광이 자신의 배설물을 축복해 주면 좋겠다고 막연히 기대해 보았다. 하지만 그의 희망은 좌절되었다. 그의 배설물은 불규칙하고 변덕스러워서 때로는 딱딱하고 때로는 설사를 하거나 진흙처럼 생겼는데 언제나 악취가 풍겼다. 말과 인간의 후위 구조가 완전히 일치한 경우에만 인간은 말의 배변을 보장하는 기관을 제 것처럼 사용할 수 있다. 바로 그 점이 켄타우로스의 존재 이유다. 이 괴물은 하체가 항문 천사에게 녹아들고 기사의 엉덩이와 말의 엉덩이가 하나를 이루어 향긋한 두 개의 황금 사과를 형성한다.

사슴 사냥에서 말의 가장 중요한 역할에 대해 말하자면 그 의미는 더욱 분명해진다. 그것은 항문 천사가 남근을 짊어진 천사를 학대하는 것이며, 오메가가 알파를 추격하고 죽이는 것이다. 살생 놀이에서 겁이 많고 엉덩이가 큰 말은 공격과 몰살의 주도권을 쥐는 반면에, 남성성이 뿔의 덤불로 활짝 피어난 숲의 왕인 사슴은 헛되이 자비를 애원하는 처절한 먹이가 된다. 티포주는 그 놀라운 전위를 발견하고 다시 한번 경탄을 금치 못했다.

* * *

9월 스탈린그라드를 포위 공략할 대공세 작전 때문에 에리히 코흐는 사냥을 연기할 수밖에 없었다. 철 이른 서리가 내려 퍽 온화했던 가을에 종지부를 찍었고, 이윽고 첫눈이 내리자 모두 여느 해처럼 조용한 겨울의 일상 속에 빠져들게 될 거라고 생각했다. 그런데 사냥 계획이 다시 12월 초로 잡혀 준비를 해야 했다. 하지만 또다시 사냥 준비는 당분간 중단되었다. 이번 사냥의 중요한 손님인 괴링이 그 기간에 흔들리는 동맹 관계에 새로운 열정을 불어넣기 위해 이탈리아에 파견되었기 때문이다. 결국 에리히 코흐 대관구 지사의 토끼 사냥은 1월 30일에 실시되었다.

1월 25일 티포주는 말을 탄 500명의 몰이꾼들 가운데 선두 그룹에 섞여 함께 길을 떠났다. 집결 장소는 남쪽으로 100킬로미터가량 떨어진 마주리 호수군의 중심에 있는 작은 도시 아리스였다. 그들은 사흘 만에 목적지에 도착했다. 주최 측은 말들을 위해 마구간이 있는 민가에서 숙박할 수 있는 표를 지급했다. 새 복장에 새 신발을 신은 티포주는 마치 정복한 나라에서 민가에 방을 하나 징발하는 것 같은 그 상황을 음미했다. 이래도 독일인이 정복자이고 프랑스인이 포로란 말인가? 요란하게 군화 소리를 내며 걷던 그는 누더기로 온몸을 감싼 독일 주부들이 진열대가 텅 빈 가게 앞에 길게 줄지어 서 있는 것을 보면서 그런 생각이 들었다. 그는 식탁에서 정중한 대접을 받았고 장광설을 늘어놓았다. 교양 없는 독일어 악센트와 '철의 인간'과의 확실한 관계가 그의 신분을 전혀 종잡을 수 없게 만들었다.

그러나 티포주의 내부에서 끓어오르는 자신만만한 젊음과 새로운 힘의 진정한 원천은 바르브블뢰였다. 넓적다리 사이에서 생생하게 느껴지는 그 거대한 형제 덕분에 그는 대지와 사람들을 굽어볼 수 있었다. 티포주는 마주리까지 오는 동안 가끔 허리의 피로를 풀기 위해 말의 엉덩이에 드러누워 맑고 푸르스름한 하늘이 규칙적으로 흔들리는 광경을 바라보았다. 그리고 견갑골 아래서 말의 엉덩이 근육이 넘실거리는 것을 느꼈다. 반대로 몸을 앞으로 숙여 바르브블뢰의 목을 두 팔로 감싸 안고 윤기가 흐르고 물결무늬가 있는 갈기에 뺨을 비비기도 했다. 마침 장날이라 사람들이 북적대는 어느 마을의 광장을 지나가고 있을 때 사람들이 가장 밀집한 곳에서 갑자기 말이 멈추었다. 티포주는 등줄기가 아치 모양으로 변하면서 몸이 들어 올려진다고 느끼는 순간 폭포수 같은 것이 자갈을 여러 겹으로 깐 도로에 떨어지는 소리를 들었다. 말의 오줌이 튀자 어떤 사람은 웃고 또 어떤 사람들은 투덜거리면서 황급히 피했다. 그러나 티포주는 밑에서 올라오는 달콤한 수증기에 둘러싸인 채 다른 사람이 아니라 바로 본인이 자신의 왕국 백성들 앞에서 거만하게 오줌을 싸는 듯한 도취감을 태연하게 맛보았다.

대사냥에서 그에게 맡겨진 역할은 그다지 자랑할 만한 것은 아니었다. 도보 몰이꾼들은 큰 나무 밑의 작은 초목과 기복이 심한 지역을 수색했다. 초원과 휴한지를 수색하는 일은 당연히 말을 탄 몰이꾼들에게 주어졌다. 몰이 지역은 400헥타르에 이르렀고 몇몇 호수도 포함되었다. 사냥터는 폐쇄된 공간이 아니었고 토끼의 서식지를 다 훑는 방식이었다. 몰이꾼들은 덫이나 깃발을 단 창 혹은 그물을 사용하지 않았다.

몰이꾼들과 사냥꾼들은 두 명이 한 조를 이루어 한 사람은 오른쪽으로, 다른 한 사람은 왼쪽으로 출발해서 삼 분마다 약속된 지점에서 만났다. 그렇게 몰이꾼들은 거대한 반원을 이루며 양끝을 점점 접근시켜 마침내 고리 모양으로 포위망을 좁혀 들어갔다. 사냥꾼들은 서로 바싹 접근하게 되면 약정된 신호에 따라 포위망의 안쪽이 아닌 바깥으로만 총을 쏘아야 했다. 안쪽으로 사격하는 것은 금지되어 있었다.

티포주가 목격했던 모든 학살 중에서 이번 사냥이 가장 잔혹하고 가장 단조로웠다. 수풀에서 내몰린 토끼들은 쏜살같이 달렸다. 하지만 녀석들의 도주로는 반대 방향에서 도망쳐 나오는 다른 짐승들과 부딪치면서 차단되었다. 당황한 토끼들은 혼란스럽게 방향을 바꾸었다. 아름다운 토끼 길은 사냥꾼을 따돌리거나 속이고 발자국이 이중으로 찍히는 등 광란의 도가니가 되었는데 일제 사격이 이를 더욱 가중시켰다. 그 날 티포주의 머리에 새겨진 마지막 영상은 나란히 모아 놓은 1200마리의 산토끼 몸뚱이가 펼쳐진 다갈색과 흰색의 거대한 양탄자였다. 200마리의 토끼를 잡아 사냥 왕이 된 괴링은 혼자 그 감동적인 묘지 한가운데서 배를 쑥 내밀고 오른손에는 원수의 단장을 든 채 공식 사진사 앞에서 자세를 취했다.

다음 날 아침 검은 선을 두른 독일의 모든 신문에는 스탈린 그라드에서 폰 파울루스 원수가 6군단 소속의 장군 스물네 명과 10만 명의 생존자를 데리고 항복했다는 기사가 실렸다.

* * *

당국은 티포주에게 통행증을 발급해 주면서 알아서 로민텐으로 복귀하라고 명령했다. 그는 리크와 트로이부르크를 거치는 직선 코스를 피하고 마주리를 가로질러 북쪽으로 접어들었다. 마주리는 동프로이센에서 가장 깊은 역사를 지녔고 가장 엄숙한 고장이었다. 앙상한 오리나무들이 군락을 이루며 자라는 늪지들이 있고, 독일의 침입에 맞서 마지막까지 싸웠던 쉬다브족이 죽은 자들을 매장해 놓은 표석들이 여기저기에 널린 그 황량한 고장은 1000년 동안 피로 물든 항쟁의 저주에 아직도 짓눌려 있는 것처럼 보였다. 튜턴 기사단[76]에 대항했던 스타르도 족장의 최후 항쟁부터 야겔론이 흰 망토

76) 1128년에 창립되었다가 16세기에 해체된 그리스도교 군단.

기사단과 검의 형제 기사단[77]을 궤멸시킨 탄넨베르크 전투를 포함해서 렌넨캄프의 병사들을 쳐부순 힌덴부르크의 승리까지 그 땅은 폐허가 된 요새의 잔해와 산탄으로 찢긴 군기들이 난무하는 광대한 납골당에 불과했다.

티포주는 슈피르딩 호수와 티르클로 호수를 나누는 좁다란 반도를 가로질러 드로셀발데 마을까지 달려갔다. 그는 알 수는 없지만 자신에게 매우 중요한 목적지가 곧 나타날 것이라는 진지하면서도 즐거운 예감에 이끌려 앞으로 나아갔다. 스탈린그라드에서부터 역사를 만드는 거대한 기계가 다시 한번 땅의 심층을 둔탁하게 뒤흔들고 있었다. 티포주는 자신이 그 운명의 손아귀에 잡혀서 조종당하고 지시를 받는다고 느꼈다. 그는 암울한 행복감을 느끼며 복종했다. 그는 '슈랑겐플리스(뱀의 털)'라는 기막히게 야릇한 이름을 지닌 마을을 통과했는데 이름이 충격적이었다.

그 편평한 지방에서 유달리 웅장해 보이는 퇴석 자갈이 많은 언덕 위에 칼텐보른성이 평판 모양의 거대한 윤곽을 드러냈다. 티포주는 슈랑겐플리스 마을에서 오면서 절벽으로 가장자리를 두른 갑 위에 세워진 성채의 남쪽 성벽만을 볼 수 있었다. 성벽은 작은 언덕의 옆면을 따라 세워졌고 무뎌진 돌로 높게 쌓아 올린 거대한 탑은 뱃머리처럼 보였다. 돌출 회랑[78]이 성벽 위쪽을 둘러싸고 있었으며 보강용 돌출부의 모서리

---

77) 1202년 리보니아의 주교 알베르트 폰 북스회브덴이 이교도 지방에서 그리스도교인을 보호할 목적으로 창시한 기사단.
78) 적을 감시하거나 돌 따위를 떨어뜨리기 위한 외곽 회랑.

가 허공에 삐죽 나와 있었다. 하지만 티포주는 규칙적인 간격을 두고 육중한 버팀벽이 덧대어 있고 툭 튀어나온 탑으로 장식된 성벽 너머에서 작은 종루, 망루, 굴뚝, 박공, 종각, 테라스, 용마루 기와가 뒤섞여 있는 것을 보았다. 군기와 장식용 깃발은 성채에 힘차고 위풍당당한 모습을 부여했다. 그는 높은 성벽 뒤에 어떤 조직적인 삶, 틀어박힌 곳인 만큼 더욱 강렬한 삶이 웅크린 채 숨어 있을 것이라고 확신했는데 왠지 씁쓸하면서도 강한 호기심이 느껴졌다.

티포주는 성채로 올라가는 구불구불한 길을 따라 말을 몰았다. 정상에 이르자 북쪽 정면이 나타났다. 앞쪽에 비스듬한 제방을 이루는 광장이 펼쳐졌고 챙 달린 모자를 쓴 노인이 눈을 쓸고 있었다. 성벽에 일정한 간격으로 뚫린 포안도 따분하고 단조로운 구조를 깨뜨리지는 못했다. 더구나 끝이 무딘 뾰족한 지붕을 지닌 두 개의 둥근 탑은 그 규모가 육중해서 몇 개의 함정으로 방어하는 좁은 입구를 짓누르고 있었다. 그것은 적갈색과 검은색을 띠었고 우아함이라곤 전혀 찾아볼 수 없는 거친 성채였다. 말하자면 이 성채는 기쁨과 아름다움 따위에는 전혀 무관심한 사람들이 설계하고 건축한 일종의 전쟁용 요새였다. 그런데 난폭하고 음산한 외관에도 불구하고 티포주가 낡은 성벽 너머에서 무엇인가가 요동치는 것을 느낀다고 믿었듯이 내부에서는 경쾌한 청춘의 기운이 발산되고 있었다. 다양한 색깔로 채색된 기와지붕은 현대식 무기들이 번쩍거리는 테라스까지 뻗어 있었다. 만(卍) 자가 새겨진 붉은 깃발들이 북풍에 펄럭거렸고, 때때로 나팔 소리나 노래의 메아리 같은 것이 들렸다. 티포주는 청소부와 몇 마디를 나누었다. 그리고 나무에 매어 놓은 바르브블뢰를 지켜보아 달라고 부탁한 후 성안으로 들어갈 수는 없기 때문에 성벽의 하단을 따라 그가 밑에서 보았던 가장 큰 탑의 부벽까지 걸어가기로 작정했다. 쉬운 산책은 아니었다. 성벽을 따라 구불구불 난 좁은 오솔길은 툭 튀어나온 바위나 벽돌 구조물에 의해 자주 끊겼고, 그처럼 장애물이 가로막고 있을 때는 산허리까지 내려갔다가 다시 올라와야 했다. 티포주는 자신이 원하는 바가 무엇인지 정확히 알 수 없었다. 그는 칼텐보른에서 어떤 승인, 어떤 확인, 어떤 비준, 말하자면 운명의 서명과 흡사한 어떤 것, 티포주 자신의 성향을 공증하는 검인 같은 것을 기대하는 게 아닐까? 그는 큰 탑의 부벽 아래서 그가 찾던 것을 발견했다. 하지만 그곳에 도착하려면 나무딸기, 딱총나무, 가막살나무, 범의귀 등이 엉킨 덤불 속으로 기어 들어가야 했는데, 암벽에서 뻗어 나온 송악 덩굴이 뒤엉켜 있어 들어가기가 더욱 힘들었다. 그뿐만이 아니었다. 힘겹게 부벽의 날카로운 모서리에 도착한 후에도 부드러운 눈이 쌓여 있어 두 손으로 치워야 했다. 그러나 조금씩 칼텐보른의 응답이 그의 눈앞에 나타나기 시작했다. 그곳에서 부벽은 벽감처럼 움푹 패고 앞으로 불쑥 나온 벽돌 구조물은 청동 남상주의 어깨를 받치고 있었다. 검은 거상은 짓누르는 무게 탓에 몸이 뒤틀리고 얼굴을 찡그린 채 웅크리고 앉았는데, 두 무릎은 수염까지 닿았고 목은 직각으로 휘었으며 두 팔은 들어 올려 바위에 붙이고 있었다. 보잘것없는 조각 기법은 독일의 마지막 카이저 시대의 과장된 아카데미즘을 느끼게 했다. 틀림없이 그 조상은 나중에 추가되어 큰 탑, 그리고 성채 전체를 짊어진 것처럼 보였을 터다. 하지만 초목과 눈에 묻혔다가 티포주에 의해 발굴된 거상은 프랑스인의 눈에는 오직 그를 위해 칼텐보른의 측면에 박힌 것처럼 보였다.

티포주는 슈랑겐플리스 마을로 내려와서 세 자루의 검이라는 간판이 달린 여인숙에 들어갔다. 그는 맥주 한 단지를 앞에 놓고 주인과 이야기를 나눈 덕분에 그 성과 소유주에 대해 알고 싶었던 것들을 파악할 수 있었다.

동프로이센 명문가들의 긍지는 그들의 뿌리를 튜턴 기사단에서 찾을 수 있다는 거였다. 튜턴 기사단은 황제 프리드리히 2세와 로마 교황 그레고리우스 9세로부터 이 먼 이교도 지방을 개종시키라는 임무를 부여받았다. 융커[79]의 각 가정이 경건하게 몰두했던 족보에는 튜턴 기사단이 수도사들이었고 순결 서원에 순종했기 때문에 논리적으로 후손을 가질 수 없었다는 사실로 미루어 보아 짜릿한 면이 있었다. 칼텐보른 백작 가문의 야심은 더욱 컸다. 그들의 뿌리는 튜턴 기사단이 프로이센에 도착하기 전에 시작되었고, 이들보다 대담한 정복자들이었던 검의 형제 기사단까지 거슬러 올라간다고 주장했다. 브레멘 대학교의 회원인 알베르트 폰 아펠돔이 1197년에 창단한 종교 단체인 검의 형제 기사단은 리가[80]의 주교인 알

---

79) 프로이센의 지주 귀족층을 가리키던 말.
80) 리보니아의 수도.

베르트 폰 북스회브덴의 뜻에 따라 군대 체제로 바뀌었으며, 주교는 기사단의 표시로 그들에게 흰 제복의 왼쪽 옆구리에 붉은 천으로 두 개의 검을 수놓게 했다. '리보니아 쌍검 그리스도 기사단'(이것이 그들에 대한 완벽한 호칭이었다.)은 튜턴 기사단이 프로이센에 도착하기 삼십 년 전에 이미 리보니아, 쿠를란트, 에스토니아를 정복했다. 하지만 리투아니아인들과 러시아인들의 끊임없는 전쟁으로 세력이 약해진 쌍검 기사단은 튜턴 기사단에 합병을 요구하는 대표를 파견했다. 교황은 1236년에 합병을 비준했고, 튜턴의 영도자인 헤르만 폰 살차는 비테르베에서 합병을 수용했다. 검의 형제 기사단은 자율적인 군사 조직을 유지하며 리보니아를 지배했지만 그때부터 튜턴 기사단과 운명을 같이하게 되었다. 그래도 검의 형제 기사단은 튜턴 기사단보다 훨씬 존경할 만하고 영광스러운 그들의 뿌리에 대한 은밀하면서도 열렬한 의식을 간직했다. 칼텐보른성의 문장에 나타난 고전적인 단순성은 이들 두 기사단의 역사를 상기시켰다. 실제로 칼텐보른의 백작들은 검은색 상부 장식에 세로무늬가 있는 방패꼴을 세 자루의 검이 받치고 있는 은빛 문장을 지녔다. 흰색 바탕에 세 자루의 붉은 검은 검의 형제 기사단의 두 자루의 검과 튜턴 기사단의 검을 상기시켰다. 문장 상단의 검은 가로줄은 흰색과 붉은색에 프로이센 국기의 세 번째 색깔을 덧붙인 것이었다. 여인숙 주인의 설명에 따르면 여인숙 간판으로 사용되는 것 말고도 실물보다 훨씬 큰 세 자루의 검이 성에서 가장 큰 테라스(남상주가 떠받치고 있는 탑과 연결되며 동쪽으로 열려 있는 테라스)의 홍벽에 박혀 있었다고 한다.

동프로이센에서 가장 훌륭한 성들 가운데 하나인 칼텐보른 성은 백작들이 상주하면서 세월이 낡은 성벽에 뚫어 놓은 구멍들을 수리하며 보존하기 위해 최선을 다했음에도 불구하고 20세기 초 해체될 위기에 직면했다. 다행히 대사냥에 적합한 그 지방을 아끼는 기욤 2세로부터 지원을 받게 되었다. 황제는 1900년 서쪽의 세습적인 적에 대항하기 위해 젤레스타트 근처에 있는 하우트쾨니히스베르크성의 복구를 명령한 후 그의 통치에 어울리는 또 다른 요새가 슬라브족의 침입에 대처할 수 있도록 동쪽 국경을 지켜야 한다고 판단했던 것이다. 고고학자들의 판단에 따르면 칼텐보른성은 1914년 1차 세계 대전 직전에야 복구되었는데, 쾨니히스베르크성을 더욱 세련되고 아주 새롭게 개조해 거대한 형태로 만든 것처럼 지나치게 바뀌었다. 그 점을 제외하면 튜턴의 건축술은 현대 복원자들의 환상을 별로 허용하지 않는다. 그 건축술을 만든 튜턴 기사들이 자신들의 여행 추억과 신비한 꿈들을 그곳에 녹여 넣었기 때문이다. 그래서 한 건축물에서 사라센, 베네치아, 독일 요소가 공존하는 것이 드물지 않았다.

새로 단장한 칼텐보른 요새는 나치 돌격대의 지도자인 요아힘 하우프트의 관심을 끌지 않을 수 없었다. 그는 1933년부터 플린 황실 사관 학교(여기서 미래 독일 제3제국의 엘리트들이 배출된다.)를 모델로 군대식 학교 설립에 몰두하고 있었다. 국립 경찰 학교인 나폴라는 대개 몰수된 성이나 수도원에 설립되었는데, 1934년 6월 30일에 발생한 '긴 칼의 밤'이라는 소동으로 하우프트가 숙청되고 나치 돌격대를 휴면 상태에 빠뜨렸음에도 불구하고 해마다 학교 숫자가 늘어 갔다. 하우프트의 계획을 나치 친위대의 고관 중 한 사람인 아우구스트 하이스마이어가 다시 채택하여 계속 추진했기 때문이다. 그는 현존하는 마흔 개의 나폴라를 힘러 밑에 병합시켰다. 칼텐보른의 나폴라는 이론적으로 장군이자 성주 혈통의 마지막 후손인 폰 칼텐보른 백작의 휘하에 속했다. 백작의 거처는 성의 한쪽 익면을 몽땅 차지하고 있었다. 사실 그는 프로이센 전통에 집착하는 노인으로 독일 제3제국이 제정한 새로운 체제의 유혹에 관심이 없었고(그는 프로이센을 위한 어떤 유익한 일도 바바리아나 오스트리아에서 올 수 있다고는 전혀 믿지 않았다.) 역사와 문장학 연구에 몰두했기 때문에 군사 학교의 실질적인 운영에는 무관심했다. 요컨대 장군에게 나폴라의 사령관이라는 칭호를 부여한 것은 그의 과거에 대한 존경과 그의 소유인 성에서 직위가 있어야 한다는 배려일 뿐이었다. 사실상 모든 권력은 나치 친위대 소령 슈테판 라우파이젠에게 있었다. 그가 서른 명의 교관들, 쉰 명의 병사와 부사관들, 그리고 400명의 아이들을 엄격하게 통제하고 있었다.

* * *

로민텐에 복귀한 티포주는 우연한 기회에 산림국장 앞에서 그에게 무척이나 깊은 인상을 심어 준 칼텐보른 요새에 대해 이야기했다. 그래서 폰 칼텐보른 백작이 대관구 지사가 주관한 대사냥에 참석했었다는 사실을 알게 되었다. 산림국장이 그에게 상세하게 설명했지만 티포주는 백작을 본 기억이 전혀 없었다. 그 때문에 티포주는 불행한 일을 겪은 것처럼 마음이 아팠다. 그 후에도 자신에게 주어진 임무를 성실하게 수행은 했지만 그의 정신과 마음은 다른 곳에 가 있었다. 그의 마음은 아이들의 생기와 노래가 넘치는 마주리 쪽에 있는 높은 성벽 주위를 떠다녔다.

4월 어느 날 티포주는 매달 실시되는 신분증 갱신을 위해 골다프 시청으로 향했다. 이른 봄날의 감미로운 날씨가 만물을 부드러움으로 감싸고 있었다. 그는 문득 자신이 데이지 더미 속의 어린 풀처럼, 자작나무와 개암나무의 미상 꽃차례를 어루만지고 전나무 가지에서 사프란 색깔의 꽃가루를 흩날리는 미풍처럼 선량하지만 연약하다고 느꼈다. 그는 길가의 따뜻한 먼지 속에서 모래를 뒤집어쓰고 있는 참새 한 마리와 등에 달팽이 껍질처럼 보이는 책가방을 메고 그것을 서로 부딪치면서 깔깔거리며 웃는 두 초등학생을 보며 하마터면 감동에 젖어 울 뻔했다. 하늘을 가득 채운 새의 지저귐은 그날 아침에 유달리 생기 넘치는 시청의 엄숙한 건물 속으로까지 이어지는 것 같았다. 현관 탈의실의 청동 옷걸이에는 어린이용 두건, 소매 없는 외투, 세모꼴 숄, 강렬한 색깔의 벙어리장갑 따위가 걸렸고, 바닥에는 어린이 치수의 나막신, 나무창을 댄 구두, 장화 들이 어지럽게 널려 있었다. 마치 프로이센의 숲에 사는 빨간 두건을 쓴 모든 꼬마 요정이 시청 회의실에 모인 것처럼. 티포주는 봄철의 감미롭고 신선한 향기에 이끌려 결혼식장으로 통하는 넓은 계단을 올라갔다. 그리고 떡갈나무로 화려하게 조각된 문 앞에 멈추어 섰다. 바로 그곳에서 향기가 나오고 있었다. 새의 지저귐처럼 재잘거리는 소리가 들려왔다. 부드럽고 신비한 어떤 힘이 집요하게 그를 감쌌다. 그는 묵직한 구리 손잡이를 누르고 안으로 들어갔다.

티포주는 너무나 충격적인 장면을 보고 깜짝 놀라서 비틀거렸고 몸을 가누기 위해 어깨를 문틀에 기대야만 했다. 완전히 벌거벗은 한 무리의 소녀들이 짙은 떡갈나무로 내벽을 두른 넓은 홀을 환하게 만들고 있었다. 어떤 소녀들은 가죽을 벗긴 고양이처럼 앙상했고, 또 다른 소녀들은 젖먹이 돼지처럼 장밋빛 피부에 포동포동했다. 또 혼기를 놓친 처녀처럼 키가 큰 소녀들과 갓난애처럼 키가 작고 땅딸막한 소녀들, 엮은 머리, 땋아 내린 머리, 머리를 땋아 귀 위에 말아 붙이거나 반대로 자유롭게 풀어 연약한 견갑골 사이에서 나풀거리는 머리. 어쨌든 화장비누처럼 매끄러운 아직 사춘기에 이르지 않은 그 작은 몸뚱이들을 덮고 있는 것은 머리카락뿐이었다. 아무도 그의 침입을 눈치채지 못했다. 그는 완전한 밀폐만이 보장할 수 있는 밀도를 공기에 되돌려 주기 위해 등 뒤로 살며시 문을 밀었다. 아침부터 추적한 끝에 마침내 이곳에서 그는 태어날 때처럼 순결한 상태로 남아 있는 감미로운 향기를 두 눈을 감고 마음껏 들이켰다. 그리고 본의 아니게 동프로이센의 마지막 선물인 훈훈하고 장난기 있는 먹이를 붙잡아 거두어들이려는 듯이 커다란 두 손을 활짝 벌려 앞으로 내밀었다.

"여기서는 당신이 할 일이 하나도 없어요. 당장 나가세요!"

몸에 착 달라붙는 순백의 간호사 복장에 얼굴이 엄격하고 반듯한 게르만 여신이 티포주를 노려보았다. 그는 뒷걸음질로 문을 열고 마지못해 물러갈 태세를 취했다.

"그런데 도대체 누가 당신을 들여보냈어요?"

티포주는 머뭇거리면서 대답했다. "저, 향기 때문에. 전 소녀의 살에서 은방울꽃 향기가 난다는 것을 예전에는 몰랐습니다……."

시청 직원은 그의 신분증에 직인을 찍어 준 다음 소녀들을 집결시킨 이유를 설명했다. 매년 4월 19일 열 살이 된 아이들은 히틀러유겐트에 배치되기 전 징병 검사를 받는다고 했다.

"소년들은 광장 건너편에 있는 시립 극장에서 징병 검사를 받습니다."

티포주가 고집스레 물었다. "그런데 왜 4월 19일입니까?"

직원은 불신의 눈초리로 그를 쳐다보았다.

"당신은 4월 20일이 우리 총통의 탄신일이라는 걸 모르시오? 독일 국민은 해마다 총통 각하께 열 살이 된 모든 아이들을 선물로 바칩니다!" 흥분한 직원은 그의 머리 위에서 눈살을 찌푸리고 있는 아돌프 히틀러의 대형 컬러 초상화를 손가락으로 가리켰다.

티포주는 로민텐으로 돌아가는 길에 사슴 사냥과 사슴뿔, 사냥 파티, 대변 연구와 남근 연구에 빠져 있는 수렵장이 할머니의 이야기에서 빠져나온 허구적이고 민속적인 초라한 식인귀에 불과하다는 사실을 깨달았다. 자기 생일을 축하하기 위해 국민들에게 그 철저한 선물(열 살 된 소녀와 소년 50만 명씩을 제물의 형태로, 즉 알몸으로)을 요구하고, 그 아이들을 총알받이로 만드는 라슈텐부르크의 식인귀에 비하면 수렵장은 아무것도 아니었다.

* * *

스탈린그라드에서 참패하고 괴벨이 스포르트팔라스트에서 전 국민이 총력전에 열렬하게 참여해 줄 것을 당부하는 연설을 한 후 로민텐의 분위기는 더욱 무거워졌다. 추가 징집으로 주위는 텅 빈 것 같았다. 사람들은 점점 더 사냥과 식사의 기쁨을 멀리했고 동부 지역을 붉게 물들이는 대혼란에 더욱 관심을 갖게 되었다. 그들 역시 혼란의 소용돌이에 휘말리지 않을 것이라고는 장담할 수 없었다. 공중 폭격이 심각해지자 방탄 기차가 방공호가 없는 사냥 별장보다 훨씬 안전했기 때문에 보호 구역을 찾는 괴링의 발길은 뜸해졌다.

어느 날 산림국장은 티포주에게 직원을 최소한으로 줄여야 하므로 그를 모르호프의 노동국으로 되돌려 보내지 않을 수 없다고 알렸다. 그렇더라도 꼭 바라는 소망이 있다면 독일의 이인자의 측근으로서 최대한 도와주겠다고 약속했다. 그래서 티포주는 칼텐보른 백작이 초대되었던 대사냥과 돌아오던 길에 요새에 잠깐 들렀던 일을 상기시키면서 혹시 운전수나 마부로 나폴라에 배치될 수 없는지 물었다. 산림국장은 언제나 말이 없고 순종적이던 자신의 잔심부름꾼이 그처럼 정확히 소망을 밝히는 것을 듣고 깜짝 놀랐다.

"최근에 징집이 있었으니까 나폴라 당국이 독일 원수가 추천하는 일꾼을 얻는 이 기회를 놓치지 않을 걸세. 더구나 동원될 염려도 없고! 자네 문제는 전화로 해결하겠네."

보름 후 티포주는 칼텐보른으로 가는 통행증을 얻게 되었고, 그와 함께 배치된 바르브블뢰를 타고 로민텐을 떠났다.

5
칼텐보른의 식인귀

사랑스러운 아들아, 나와 함께 가지 않으련?

— 괴테

지평선을 가린 성의 본관 주위에 무질서하게 모여 있는 건물들은 성벽이 둘러싼 4헥타르의 대지 위에 폐쇄적인 작은 도시 국가 같은 모습을 띠었다. 정면 현관 양옆에 세워진 두 탑 중 하나는 연장 창고로, 다른 하나는 문지기와 그 아내의 거처로 사용되었다. 방문객을 맞이하는 앞뜰까지 이어지는 양쪽 길가에는 두 개의 체육관, 양호실, 주차장에 딸린 정비소와 작업장, 요트 보관소, 경리 사무를 보는 별관, 네 개의 테니스장, 작은 정원이 하나씩 딸린 두 채의 주거용 별장, 축구장, 농구장, 권투장으로도 사용할 수 있는 연극 영화관, 장애물 통과 훈련장으로 정비된 네 곳의 전략 요지가 복잡하게 늘어서 있었다. 본관 근처에는 개집(누구든 개집 근처를 지나가면 열한 마리의 도베르만 경비견들이 요란하게 짖어 댔다.), 무기와 군수품을 저장하는 토치카, 발전 장치, 감옥이 자리했다. 모든 벽은

신조와 격언을 인용해서 말하고 소리치고 있는 것 같았고 국기와 장식용 깃발을 사용해서 노래하는 듯했다. 마치 벽들에게만 사고 능력이 부여된 것처럼. 한 체육관이 "단련하는 것은 칭찬받을 일이다."라고 선언하자 다른 체육관이 "네 마음의 영웅을 내쫓지 마라."라는 니체의 말을 인용해서 응답하는 듯했다. 또 연회장 현관 위에는 괴테와 히틀러의 말이 나란히 씌어 있었다. "수치는 쓰러지는 것이 아니라 땅바닥에 주저앉아 있는 것이다(괴테). 자신의 권리를 구걸하지 마라. 힘껏 싸워서 그것을 쟁취하라(히틀러)."

티포주는 두 눈의 감각이 그런 표어들에 무뎌진 탓인지 처음으로 나폴라에서 근무하는 몇 사람과 마주쳤지만 아무렇지도 않은 듯이 지나쳤다. 한 조사계 소위가 그의 복무 수첩과 통행증을 검토한 후 긴 조사서를 작성하라고 지시했다. 조사서에는 당사자에 관한 인적 사항만큼 부모와 조부모에 관한 설문도 많았다. 소위는 그를 선임 부사관에게 넘겼고, 선임 부사관은 바르브블뢰가 머무를 마구간과 티포주에게 배정된 작은 방을 보여 주었다. 이어서 그들은 성안에 있는 펜싱 연습장 앞을 지났고, 점점 좁아지는 가파른 계단을 올라갔다. 마침내 작은 천창을 통해 빛이 스며드는 복도에 이르렀다. 복도에는 나폴라에 배속된 나치 친위대 부사관들의 방문들이 줄지어 있었다.

"당신은 독일 원수의 추천을 받은 터라 당신이 온다는 것을 사령관님이 알고 계시지. 곧 소환하실 거요. 물론 잊지 않으셨다면." 선임 부사관은 그렇게 말한 다음 너그러운 미소를 지으며 이 말을 덧붙였다. "어쨌든 학교장님도 당신을 기다리고 계시오."

교장은 슈테판 라우파이젠 소령이었다. 두상이 길쭉하고 턱은 뒤로 젖혀졌고 눈은 독일계 프리슬란트[81]인에 가까워서 국수주의 이론가들이 경탄하는 관상이었다. 티포주가 본관 1층에 위치한 교장실에 들어섰을 때 교장은 서류를 검토하느라 한참을 거들떠보지 않다가 서류의 마지막 페이지를 넘긴 후에야 황금색 그레이하운드 같은 머리통을 티포주를 향해 들어 올렸다. 교장은 교활한 표정으로 그를 물끄러미 바라보더니 세 문장을 내뱉었다.

"경리계장인 요함 특무 상사와 함께 일하시오. 대위 계급 이상의 모든 친위대 요원에게는 반드시 경례를 하시오. 이제 물러가도 좋소."

티포주는 아이들이 별로 보고 싶지 않다는 사실에 스스로도 깜짝 놀랐다. 아이들의 존재 이유는 무뚝뚝한 어른들 속에서 수다스러운 소리의 건물을 펼치는 것이 아닌가! 그는 그런 성의 분위기 속에서도 의자 위에 놓인 권투 장갑 한 켤레, 말뚝에 걸린 경찰 모자, 도랑에 방치된 가죽 공 혹은 푸른 잔디밭에 아무렇게나 던져 놓은 수많은 보온용 덧옷의 형태로 여기저기에 응축되어 있는 것처럼 보이는 아이들의 존재를 분명히 느낄 수 있었다. 그는 그와 아이들 사이에 일종의 장벽이 놓였고, 그 장벽이 무너지기까지는 아마도 오랜 시간이 걸릴

---

81) 북부 네덜란드.

거라는 사실을 뼈저리게 깨달았다. 제일 먼저 그 장벽을 만들고 있는 것은 생도들을 지도하고 학교 행정을 담당하는 친위대 교관들이었다. 그는 첫날부터 검은 집단의 계급과 한결같이 음산한 제복에서 계급을 구분시켜 주는 미세한 기호들을 외우며 힘겹게 그들을 파악해 나갔다.

그리하여 티포주는 친위대 요원의 깃에 단 기장에는 어떤 장식도 허용되지 않으며 견장을 통해서 계급이 구분된다는 것을 기억해야만 했다. 소매에 두른 금줄 하나는 일등병(슈투름만), 금줄 둘은 하사(로텐퓌러), 별 하나는 중사(운터샤르퓌러), 금줄 하나와 별 하나는 선임 하사(샤르퓌러), 별 두 개는 상사(오버샤르퓌러), 별 두 개와 금줄 하나는 특무 상사(하우프트샤르퓌러), 별 세 개는 소위(운터슈투름퓌러), 별 세 개와 금줄 하나는 중위(오버슈투름퓌러), 별 세 개와 금줄 두 개는 대위(하우프트슈투름퓌러), 별 네 개는 소령(슈투름반퓌러), 별 네 개와 금줄 하나는 중령(오버슈투름퓌러), 떡갈나무 잎 하나는 대령(스탄다르텐퓌러), 떡갈나무 잎 두 개는 소장(오버퓌러), 떡갈나무 잎 두 개와 별 하나는 여단장(브리가데퓌러), 떡갈나무 잎 세 개는 사단장(그루펜퓌러), 떡갈나무 잎 세 개와 별 하나는 군단장(오버그루펜퓌러)을 나타냈다. 오직 나치 친위대 원수 하인리히 힘러만이 떡갈나무 잎 하나를 둘러싸고 있는 떡갈나무 왕관의 기장을 달았다.

견장은 구분이 별로 다양하지 않아 더욱 혼란스러웠다. 중위까지는 견장에 여섯 가닥을 꼬아서 만든 하나의 은줄로 장식하고, 대위부터 중령까지는 은줄 세 개를 꼬아서 만든 하나의 끈으로 장식하고, 마지막으로 대령부터는 그런 장식 끈이 두 개다.

경리계장이자 특무 상사 요함은 얼굴빛이 무척 붉은 뚱보였다. 그는 말린 야채 포대들, 소고기 통조림, 햄, 네덜란드산 치즈, 잼 등이 넘칠 듯이 진열되어 있고 담요 더미, 옷 보따리, 붕대 두루마리 따위가 잔뜩 쌓인 매점을 관리했다. 분간할 수 없을 만큼 여러 가지 냄새가 진동하는 그 고물상은 궁핍한 시절인데도 알리바바의 동굴처럼 풍요로워 보였다. 유일하게 가동되는 두 대의 자동차는 사령관과 교장 전용이라서 티포주는 군수품 수송을 위해 두 필의 말이 끄는 사륜마차를 사용해야 했다. 마차에는 짐칸의 가로장과 덮개를 씌울 수 있도록 아치형 기구가 달렸다.

티포주는 모르호프에 온 이래 익숙해진 임무를 다시 시작했다. 이번에는 전보다 투박한 운반 수단을 이용하게 되었지만 그에게 더 깊은 의미를 부여했다. 실제로 그는 자신이 하는 일이 아이들에게 생필품을 조달하는 것임을 결코 잊지 않았다. 그는 식량 공급자가 됨으로써 자신의 식인귀 성향이 매우 재미있게 전위되었다고 느꼈다. 좁은 창문에 철망을 둘러친 보급과의 갖가지 냄새가 물씬 풍기는 매점 앞에 짐을 부리고 비곗덩어리, 밀가루 포대, 버터 덩어리를 두 팔로 안거나 어깨에 메고 흔들거리며 운반할 때면 그 식량들이 머지않아 은밀한 연금술에 의해 아이들의 노래, 움직임, 살, 배설물로 바뀌리라는 생각에 즐거워했다. 그리하여 그의 작업은 새로운 종류의 짊어지는 행위를 의미하게 되었다. 물론 우회적이고 파생적이지만 지금으로서는 전혀 멸시받을 만한 일은 아니었다.

* * *

독일어로 융마넨이라고 부르는 소년 생도들은 총 400명이었는데, 네 명의 백인대장이 친위대 장교나 부사관 같은 교관들의 보좌를 받으며 통솔했다. 각 백인대는 30여 명씩 3소대로 나뉘었고, 각 소대는 다시 10여 명씩 3분대로 나뉘었다. 각 소대는 소대장(주그퓌러)의 지휘를 받았고, 각 분대는 분대장(그루펜퓌러)의 지시를 받았다. 분대별로 식탁과 침실이 배정되었다.

1935년 나치 전당 대회에서 히틀러는 이렇게 연설했다. "이제부터 독일 어린이들은 학교에서 학교로 단계적인 교육을 받게 될 것입니다. 국가는 매우 어릴 때부터 그들을 맡아서 은퇴하기 전까지는 놓아주지 않을 것입니다. 누구도 자기 스스로 책임진 인생의 기간이 있었다고는 말할 수 없게 될 것입니다." 하지만 일시적으로 교원이 부족해서 열 살 미만의 아이들은 동원되지 않았다. 열 살부터 소녀들은 소녀단에 들어갔고 소년들은 소년단에 배치되었다. 열네 살부터 열여덟 살까지 처녀들은 독일 처녀연맹에, 청년들은 히틀러 청년대에 배속되었다. 그 후에는 노동국에 편입되었다가 이어 국방군에 편성되었다.

나폴라의 소년 생도들은 보다 지속적이고 따라서 더욱 구속적인 전문 과정을 밟았다. 열두 살에 편입된 생도들은 전통적인 학교 수업과 강도 높은 군사 교육(각자 육군, 공군, 해군, 나치 친위대 중에서 선택한다.)을 이수한 후 열여덟 살에 졸업했다. 절반 이상의 생도들이 나치 친위대를 선택했다. 생도 모집은 자발적인 지원과 공립 초등학교 순회 징집이라는 두 가지 방식으로 이루어졌다. 입학 지원자들만으로도 마흔여 개에 이르는 나폴라의 정원을 채우기에 충분했다. 대부분 아이들은 직업 군인과 당 관리들의 자제들로 부르주아 출신이었는데, 독일 인민당의 철학은 사회 저변 계층에도 문호를 활짝 열라는 것이었다. 적절한 비율로 장인, 노동자, 농부 출신 아이들에게 기회를 주기 위해서는 출신별로 인구 통계를 산출해야만 했다. 시골 교사들은 순회 징집위원들에게 응시 자격을 갖추었다고 판단되는 아이들을 소개했다. 검사장에 소집된 아이들은 인종 검사와 엄격한 신체검사(안경을 쓴 사람은 제일 먼저 제외되었다.)를 받았고, 이어서 체력과 지능 검사에 응해야 했다. 실제로 집요하게 하달되는 모집 훈령에서 요구하는 가장 중요한 자질은 저돌성이었다. 말하자면 어린이는 무엇보다도 배짱을 갖추어야 했다. 다시 말해서 가능한 한 생존 본능이 미약한 어린이를 찾아야 했다. 무모한 성격이 없다면 응시자들이 극복해야 할 몇몇 시험들은 아이들의 입장에서 솔직히 자살이나 다름없었다. 예를 들어 수영을 할 줄 알건 모르건 간에 10미터 높이에서 물속으로 뛰어내리기, 구덩이, 방책, 늪을 은폐하고 있는 장애물 뛰어넘기, 선배들이 펼쳐 잡은 시트 위로 2층에서 뛰어내리기, 개인 참호 속에 몇 초 동안 웅크리고 앉았다가 돌진하는 무한궤도 전차 대열 밑으로 기어가기 등. 지능 수준이 평균보다 훨씬 높아야 할 만큼 선발 기준은 아주 엄격했다. 그런데 전쟁 때문에 나폴라에서 비군사 분야의 교육은 심각할 정도로 등한시되었다. 동원령이 강화됨에 따라서 모든 나치 친위대 출신 교관들은 수가 점차 줄어들었다. 티포주가 칼텐보른에 도착한 직후 과학과 문학 교육은 중단되었고, 교관은 민간인 교사로 대체되었다. 교관들이 동원된 후 일시적으로 긴급히 투입된 은퇴한 교수와 교사들은 충분한 의욕과 능력을 갖추었지만, 무기와 살의를 품은 표어들로 온통 뒤덮인 성채에서 교육을 받는 학생들의 명예심을 달래기에는 역부족이었다. 나이가 꽤 든 교수들(그리스어 교수와 라틴어 교수도 있었다.)은 긴박하게 돌아가는 전쟁 탓에 우스꽝스러운 훈육 담당자가 되었다. 그들은 민간인 복장 때문에 품위를 잃었고 분주하게 움직이는 나폴라의 리듬에 적응할 수 없었다. 또한 교실에서 학생들에게 야유를 받기 일쑤여서 실의에 빠지고 말았다. 결국 교수들은 한 사람 한 사람 떠나기 시작했다. 하지만 쾨니히스베르크 신학교에서 프로테스탄트 교리를 연구하던 신학생인 슈나이더한은 어떤 모욕에도 굴하지 않고 악착같이 노력한 끝에 야수 같은 아이들의 우리에서 확고한 위치를 확보했다. 하루 일과는 아침 6시 45분 공동 침실의 복도에서 미친 듯이 울려 대는 전기 벨 소리와 함께 시작된다. 아이들은 기상 즉시 빨간 트레이닝복 차림으로 체조와 구보를 하기 위해 계단을 통해 운동장으로 질주한다. 이어서 100명씩 오 분 간격으로 몸을 씻는 샤워실에서는 마술사의 부엌에서처럼 김이 무럭무럭 피어오른다. 8시 국기에 대한 경례를 하기 위해 요새 앞의 완만한 비탈에 설치된 사열대 앞에 모두 모인다. 이윽고 해산 명령이 떨어지면 생도들은 커피 대용품과 마른 빵 두 쪽이 기다리는 구내식당으로 돌진한다. 식사 후 훈련 계획이 하달되면 혼잡한 이동이 시작된다. 생도들은 팀별로 수업이나 자습을 위해 교실로, 운동장이나 실내 체육관으로, 승마 훈련을 위해 들판으로, 조정 훈련을 위해 근처 호수로, 무기 취급 훈련을 위해 사격장과 장비 유지 작업장으로 흩어진다.

티포주는 나폴라라는 육중한 기계의 기능을 유심히 관찰했다. 규율이 엄격하고 학생들을 엄선한 탓에 나폴라는 전혀 삐걱거리지 않고 나팔 소리, 피리 소리, 북소리, 그리고 특히 군화 소리에 맞춰 전속력으로 회전했다. 하지만 티포주에게 가장 강렬한 인상을 준 것은 딱딱하고 맑은 목소리에서 나오는 힘찬 노래였다. 끊임없이 울려 퍼지는 노랫소리는 요새의 한쪽 끝에서 다른 쪽 끝까지 혹은 요새 주변까지 메아리치는 것 같았다. 그는 몸과 마음이 오직 한 가지 이유로 정제된 그 '어린이 풍차'에서 과연 자기 자리를 찾을 수 있을지 궁금했다. 톱니바퀴의 완벽한 상태와 풍차의 무서운 힘이 그를 영원히 소외시킬 수도 있었다. 하지만 어떠한 조직도 빈틈은 있기 마련이고 운명은 결국 그의 편이란 것을 알고 있었다.

티포주는 활기차고 호전적인 나폴라의 단체 생활에서 상당히 오랫동안 소외된 채 지낼 수밖에 없었다. 그는 마침내 양호 선생인 에밀리 네타 부인에게서 연결점을 발견했다. 그녀는 성채의 작은 집에서 지내며 양호실에서 주도권을 쥐고 있었다. 1940년에 미망인이 된 그녀에게는 아들이 셋 있는데, 두

아들은 러시아 전선에서 참전 중이고 막내는 나폴라의 생도였다. 그녀의 임무도 그렇거니와 칼텐보른의 고유한 전통에 따라서 언제든지 그녀 곁에 다가갈 수 있었다. 특별한 이유나 허락이 없어도 양호실이나 그녀의 집에서 함께 있을 수 있었다. 그녀는 모든 사람을 위해 그곳에 있었고 문은 항상 열려 있었다. 티포주는 양초와 붉은 양배추 냄새를 풍기고 항상 따뜻하며 벽돌로 만들어진 그녀의 작은 부엌으로 가는 길을 금세 찾아냈다. 그는 부엌 구석에 앉은 채 오랫동안 꼼짝하지 않고 조용히 머무르곤 했다. 분동 시계의 리듬에 맞추어 시간이 흘러가는 소리와 화덕 위의 냄비에서 음식이 끓는 소리를 들으면서. 가끔 아이들이 돌풍처럼 뛰어 들어와 정신없이 소화불량, 찢어진 옷, 써야 할 긴급한 편지, 부당하고 불운한 처벌 등 자신의 문제를 털어놓곤 했다. 잠시 후 아이들은 해결책을 안고 떠났다. 성채에서 유일한 여자인 네타 부인은 그런 신뢰를 즐겼다. 생도들뿐만 아니라 윗사람들 역시 그녀를 신뢰했다. 부사관과 장교들은 그녀의 결정을 존중했고, 교장조차 그녀와 정면으로 부딪치는 일은 피한다고 모두 확신했다. 어쨌든 경리계장 요함은 티포주가 그녀의 집에서 보낸 시간에 대해서는 전혀 비난하지 않았다.

티포주는 모든 것이 전쟁에 쏠려 있는 성채에서 한 여자, 그것도 모든 방면에 발휘되는 재치가 오히려 따뜻한 인정을 잃게 할 수도 있는 여자의 위치가 어떤 것인지 자문해 보지 않을 수 없었다. 에밀리 네타는 남편과 마찬가지로 슬라브계 독일인이었다. 작은 키와 항상 강렬한 빛깔의 스카프로 감싸고 있는 짙은 머리카락(인종적 편견을 지닌 고위층의 눈에는 거슬릴 수도 있다.)은 그녀를 유달리 눈에 띄게 만들었는데, 그것은 칼텐보른에서 그녀가 차지하는 위치를 한층 더 증명하는 것이었다. 그녀의 말만 들어 보면 그녀가 나폴라의 이데올로기에 동의하는지 안 하는지 전혀 알 수 없었다. 품행은 그녀가 온 몸과 마음을 나폴라에 바치고 있음을 보여 주었다. 그렇지만 식물과 동물, 호수와 숲에 대한 지식(그녀는 야생 과일 따기와 버섯 채취에서 타의 추종을 불허하는 일인자였다.)을 통해, 또한 양호실에서 보여 주는 헌신적인 간호와 치료를 통해 가장 구체적인 삶의 현장에 뿌리를 내린 것처럼 보였다. 그녀를 이해하기 시작한 것은 코니예프 장군이 이끄는 부대가 하리코프를 탈환할 때 아들이 실종되었다는 소식이 도착한 날부터였다. 네타 부인이 가소로운 명예와 기만적인 희망의 표현을 잔뜩 늘어놓은 그 불길한 편지를 읽는 동안 티포주는 그녀 곁에 있었다. 그녀는 아무런 감정도 내보이지 않았다. 다만 행동이 약간 느려졌고 다소 멍한 시선이었다. 티포주가 끈질기게 자신을 관찰하고 있음을 알아차린 그녀는 마침내 기도문을 암송하듯이 음색 없는 목소리로 중얼거렸다.

"생명과 죽음은 같은 거예요. 죽음을 증오하거나 두려워하는 사람은 생명도 증오하고 두려워해요. 자연은 무궁무진한 생명의 샘이고 거대한 묘지이자 순간순간 도살장이에요. 프란치는 분명히 지금쯤은 죽었을 거예요. 아니면 어느 포로수용소에서 죽어 가고 있겠죠. 슬퍼할 필요는 없어요. 아이를 안은 여인은 또한 아이의 죽음도 안고 있는 거예요."

네타 부인은 한 무리의 생도들이 몰려오는 바람에 말을 중단했다. 아이들은 그녀를 에워싸고 한꺼번에 자신들의 이야기들을 꺼냈다. 그녀는 자신의 고통을 드러내지 않은 채 아이들을 어루만져 주고 아이들 각자에게 필요한 위로의 말을 해 주었다.

* * *

성의 우측 익면 건물 2층에 있는 세 개의 방은 아네네르베 연구소에서 파견된 육군 소령 오토 블레트헨 교수의 영역이었다. 끝이 뾰족한 턱수염, 벨벳처럼 부드러운 커다란 두 눈, 뱀처럼 뒤틀린 새까만 눈썹, 흑갈색 머리. 흰 와이셔츠를 걸친 이 메피스토[82]는 남다른 순수함을 풍기면서 연구소에 근무하는 친위대 요원들의 특이한 면모를 보여 주었다. 일 년 전 스트라스부르 대학 해부학과 정교수인 아우구스트 히르트가 아네네르베의 규정에 따라 매우 까다로운 임무를 맡기자 그는 갑자기 출세가도를 달리게 되었다. 고위층은 유대인들과 볼셰비키가 이 세상에 존재하는 모든 악의 원천이라면 아직 특성이 정의되지 않은 이들 두 종족의 공통점을 연구하는 것은 흥미로운 일이 될 거라고 생각했다. 그리하여 블레트헨은 러시아인 포로수용소에 파견되었다. 임무는 유대계 소련 인민위원들을 집결시키는 일이었다. 독일 국방부는 이미 체포된

---

82) 괴테의 『파우스트』에 등장하는 악마 메피스토펠레스.

모든 소련 인민위원을 즉석에서 사살하라는 훈령을 내렸기 때문에 역설적인 임무였다.

겨울 내내 사람들은 오토 블레트헨에 대해서 이야기하지 않았다. 그런데 부활절 전날 아네네르베의 지도자들은 150개의 유리 표본병을 수령하고 경탄을 금치 못했다. 병에는 1에서 150까지 일련번호가 매겨지고 호모 유대우스 볼셰비쿠스(유대계 볼셰비키인)라는 꼬리표가 붙어 있었다. 각 표본병 안에는 완벽한 상태로 보존된 인간의 머리가 포르말린 용액 속에서 떠다니고 있었다.

그 성공 덕분에 블레트헨은 소령 계급 외에 동부 지역(동프로이센, 폴란드, 점령된 러시아 일부 지역)에 대한 탁월한 전문가로 명성을 날렸고, 아네네르베는 그를 칼텐보른 주재 상임 대표로 임명했다. 블레트헨은 그곳에서 생도 후보자들의 선발을 주도했다. 혹은 주도한다고 그는 믿었다. 블레트헨과 교장 사이에 공공연한 알력이 있다는 것을 티포주는 금방 알아차렸기 때문이다. 라우파이젠은 인종학자 블레트헨을 모호하고 기생충 같은 디아푸아뤼스[83]로 간주했고, 블레트헨은 교장을 교양이 없고 술에 취한 난폭한 군인으로 취급했다. 하지만 그들은 친위 부대에서 계급이 같았으므로 서로 참지 않을 수 없었다. 교장에게는 나폴라의 모든 직원을 마음대로 부릴 특권이 있었지만 블레트헨은 그의 탑 속에 고립되어 있어 누구든지 한

---

83) 몰리에르의 『상상병 환자』(1677)에 등장하는 인물. 어리석은 의사를 지칭함.

가한 때에 자신을 도와주기를 간청하는 입장이었다. 그는 자신이 기대하는 인물이 바로 프랑스인 포로라는 것을 재빨리 파악하고, 보급과 임무 수행에 차질이 없는 한도에서 가능한 한 그를 자기 곁에 붙잡아 두려고 애썼다. 티포주는 마침내 칼텐보른 인종학 연구소에 딸린 세 개의 방, 다시 말해 블레트헨의 작은 방, 사무실, 실험실에 익숙해졌다. 하얀 래커를 칠한 넓은 실험실에서는 서쪽 탑의 테라스가 내려다보였다. 정확히 이유는 알 수 없지만 테라스에는 교수가 100여 마리의 금붕어를 정성껏 키우는 가짜 대리석으로 만든 연못이 있었다.

"카라시우스 아우라투스는 시프리노프시스 아우라투스라고도 하지." 티포주가 처음으로 연못까지 갔을 때 블레트헨은 손가락을 들어 올리며 말했다. "그것은 중국 생명 공학의 걸작이오. 티포주, 아시아 야만인들이 선별과 교배라는 두 방식을 통해 금붕어를 만들어 냈다면 세계를 지배하게 될 탁월한 인간을 만들어 내는 것은 우리 몫이라는 것을 내게 환기시키기 위해 이 작은 생명들은 저곳에 있는 것이오. 자네도 보게 되겠지만 내가 이곳에서 하는 모든 일은 사람들이 내게 데려오는 아이들 중에서 선별과 복제 행위를 정당화할 옥과 같은 존재를 찾아내는 작업과 연관이 있을 것이오."

블레트헨에게 가장 중요한 순간은 새로 모집된 아이들이 칼텐보른에 도착하는 날이었다. 그는 탐욕스러울 정도로 초조하게 아이들을 기다리곤 했다. 등록이 끝난 직후 아이들은 인종 카드를 작성하기 위해 한 명씩 교수에게 넘겨졌다. 그러면 교수는 즉시 티포주의 보조를 받으며 외경 캘리퍼스, 폐활

량계, 염색체 측정기, 유색 반응 검사 용지, 현미경 등 장비를 한 벌 펼쳐 놓았다. 그리고 본격적으로 임무에 착수했다. 아이의 몸무게와 키를 재고 아래위를 훑어보고 원기(原器)의 표준에 맞추어 검사하고 꼬리표를 붙여 분류했다. 루돌프 마르틴이 『인류학 교과서』에서 제시한 120개의 고전적인 항목에 그가 발견한 일련의 유전 형질(그는 그것을 상당히 뽐냈다.)을 거리낌 없이 덧붙였다.

그리하여 티포주는 머리카락의 각도에 따라 인류는 직모형, 물결형, 곱슬형으로 구분되고, 피부 무늬 혹은 지문에 크게 소용돌이형, 홀장형, 궁형이 있고, 상반신 대비 다리의 길이에 따라서 장족형과 단족형이 있고, 머리의 높이에 따라 단두형과 장두형이 있고, 머리의 폭에 따라 뾰족한 형과 납작한 형이 있고, 코의 두께에 따라 좁은 형과 두꺼운 형이 있다는 것을 배우게 되었다. 그런데 블레트헨은 그가 감동과 존중하는 마음으로 혈액의 스펙트럼이라고 부르는 혈액 검사에 푹 빠져 있었다. 란트슈타이너가 발견했고 뒤에 양성과 음성 두 개의 Rh 인자가 첨가된 A, B, AB, O의 네 가지 혈액형은 교수에게 무한히 미세한 조합 가능성을 열어 주었다. 그래서 모든 자료와 계측기, 평균값은 그냥 아무렇게나 매몰되지 않았다. 그것들은 단호한 이원론에 의해 선과 악의 형태로 활성화되었다. 블레트헨은 수평 두개 지수를 측정하면서 둥근 머리(단두)와 계란형 머리(장두)로 판별하는 것에 만족하지 않았다. 그는 티포주에게 지능과 기력, 직감은 장두형의 특성이고, 프랑스의 가장 큰 불행은 에두아르 에리오, 알베르 르브룅, 에두아르

달라디에처럼 둥근 머리형인 사람들에 의해 통치된 데 있다고 설명했다. 물론 그는 선량한 피에르 라발(그의 두상은 둥글지 않을 수도 있다.)과 틀림없이 장두형이 아닌 레옹 블룸처럼 그 법칙에서 벗어난 예외가 있다는 것을 인정했다.

따라서 블레트헨의 인류학 일람표에 중대한 유전적 결함을 구성하는 저주받은 특성이 상당히 많이 포함된 것은 놀라운 일이 아니었다. 예를 들어 신성한 부위에 일종의 푸르스름한 모반인 '몽고점'이 나타나는데 이것은 어른들보다는 아이들에게서 많이 볼 수 있다. 몽고점은 황인종과 흑인종에게는 흔한 현상이고 백인종에게는 간혹 나타난다. 그래서 인종 차별주의 이론가들은 몽고점을 불명예스러운 표시 혹은 악마의 낙인처럼 여겼다. 뿐만 아니라 그들은 셈족의 6자형 코, 물체를 붙잡을 수 있는 인도인의 발, 디나르족[84]과 아르메니아인들의 납작한 후두부(머리 뒤쪽이 목의 선과 수직으로 일직선을 이룬다.), 피그미족의 특징인 궁형 지문, 유목민과 집시 또는 이스라엘인들에게 가장 흔한 B형 혈액형도 불명예스럽게 여겼다.

모두 숫자로 표기된 자료들은 수학 공식에 대입하기에 적합하지만 블레트헨은 증거나 증명으로 밝힐 수 없을지라도 거의 언제나 틀림없는 즉각적이고 본능적인 직감을 고려할 줄 알았다. 그의 까만 눈은 아이들의 걸음걸이, 얼굴 표정, 전

---

84) 유럽 동남부, 발칸 산지, 아드리아해 주변에 거주하는 인종. 단두에 얼굴이 길고 눈과 머리털은 갈색이고 알프스 인종과 비슷하나 좀 더 장신이다.

체적인 태도를 유심히 살피고 나서 언제나 결정적인 결론을 끌어내곤 했다. 하지만 그의 놀라운 무기는 인종에 관한 탁월한 후각이었다. 그는 종족마다 나름대로 특유한 냄새가 있기 때문에 두 눈을 감고도 땀샘과 피지선에서 분비되는 암모니아나 휘발성 지방산을 통해 흑인, 황인, 셈족 혹은 북유럽인을 구별할 수 있다고 자부했다.

티포주는 교수가 불러 주는 숫자를 받아쓰면서 그의 얘기를 들었고, 교수와 함께 역량계나 브로카 캘리퍼스를 다루면서 그를 관찰하고 그의 설명을 녹음했으며, 혼자 곰곰이 따져 보았다. 분명히 그 친위대 요원은 티포주에게 격한 혐오감을 불러일으켰다. 하지만 나폴라가(규율, 제복, 격한 노래는 그의 무정부주의적인 신념이나 취향과 어울리지 않았다.) 그에게 모든 것을 양보하게 만들었다. 나폴라는 싱싱하고 순결한 살을 통째로 복종시키고 열광케 하는 거대한 기계임이 여실히 드러났기 때문이다. 그러한 복종과 열광, 그리고 항상 사디즘과 범죄의 경계선에 놓여 있는 블레트헨의 편집광적인 박식함이 그들의 연구를 절정으로 끌어올렸다. 나폴라와 수렵장의 남근 연구 혹은 프레스마르의 승마 이론 사이의 유사성 때문에 티포주는 인내하고 침묵을 지켰다. 일관성 있는 티포주의 변화와 특히 사슴, 말, 어린이로 넘어오면서 성취한 도약은 그가 자신에게 부여된 소명의 길을 걷고 있음을 충분히 증명했다. 이제 남은 일은 로민텐에서 뜻밖의 결실(순수하게 티포주적인)을 얻어 냈듯이 이곳의 환경을 극복하고 블레트헨의 영역을 자기 것으로 만드는 방법을 찾는 것이다. 티포주는 블레트헨의 연구를 도우면서 교수는 조만간 자기에게 자리를 양보하고 사라질 수밖에 없는 일시적인 인물에 불과하다는 확신이 들었다.

티포주는 전쟁이 발발한 후 처음으로 어느 정도 여가와 안락함을 즐길 마음의 여유가 생기자 학생용 노트를 한 권 구입해서 불길한 기록을 다시 쓰기 시작했다.

* * *

불길한 기록

오늘 아침 매트리스 보급품을 찾기 위해 요하니스부르크에 갔다. 아돌프 히틀러가에 이유를 알 수 없는 대(大)열병식. 군중. 제복을 입은 절반의 무리(같은 옷감, 같은 가죽, 같은 강철로 만들어진 제복을 입어 획일화되고 동질화된)는 마치 거대한 지네 한 마리가 차도에서 회녹색 둥근 마디들을 펼치는 것처럼 똑같은 보폭으로 행진했다. 그 무리는 수백만 명의 독일인에게 최면을 걸어 저항할 수 없는 한 위대한 존재, 즉 국방군으로 만드는 용광로 속에 들어가 있었다. 고래 배 속에 있는 정어리 떼처럼 한 존재 속에 갇힌 개인들은 이미 들러붙어 녹아드는 중이었다.

나머지 절반의 무리, 즉 민간인은 그 위대한 존재로 아직까지 절반밖에 합류되지 않았다. 다채롭게 옷을 입은 무질서한 인간쓰레기들(민간인들)이 인도 위와 나무 아래에 수없이 쌓인다. 하지만 초록색 왕뱀의 소화액은 지금까지는 일시적으로 자유로운 어린 존재들에게마저 강렬한 냄새를 내뿜는다. 집요하게 계속되는 음산한 음악, 행진 중인 부대의 둔중한 군홧발 소리, 거대한 물결을 이루며 규칙적으로 일어서는 좌중, 미풍에 부드럽게 나부끼는 만자형 군기들. 이 모든 주술 의식은 무리의 말초 신경에까지 영향을 미치고 자유 의지를 마비시킨다. 극도의 감미로움이 무리를 마음속 깊이 감동시키고 눈물을 흘리게 하며 애국심이라는 고상하면서도 독이 든 마력으로 마비시킨다. 아인 폴크(하나의 민족)! 아인 라이히(하나의 국가)! 아인 퓌러(하나의 총통)!

그러나 독일이라는 덩어리에는 이미 심하게 균열이 생겼다. 돌아오는 길에 나를 기다리고 있던 뜻밖의 소식은 거의 희극적으로 그 사실을 내게 보여 주었다. 그 일은 슈피르딩 호숫가에 위치한 작은 마을인 제구텐에서 일어났다. 나는 그곳의 한 농가에서 감자 여섯 포대를 가져와야 했다. 그런데 농부가 까다롭게 굴며 면사무소에서 발행한 보급 청구서를 요구했다. 면사무소는 신고전주의 양식으로 지은 아담한 새 건물이었다. 나는 말을 매어 놓고 벽을 따라 현관으로 향했다. 그때 열린 문틈으로 끔찍한 독일어 은어를 사용하는 단호한 어조를 띤 어디선가 들은 적이 있는 목소리가 들려왔다. 나는 발길을 멈추고 귀를 기울였다.

"좋아. 기차는 수리되면 떠날 테고. 이제 휘발유는 어디에도 없단 말이야. 가스 자동차는 고장이 났지. 하지만 이런 것들은 충분히 예상할 수 있는 문제야! 자네들 전방 군인들은 늘 우리가 후방에서 편히 지낸다고 상상하겠지! 하지만 우리도 폭격을 맞고 생활은 엉망진창이고 배고파 죽을 지경이란 말이야! 자네는 귀대 지체 사유를 증명해 달란 말이지? 다시 말해서 내가 책임지고 자네의 휴가에 스물네 시간을 추가해 달란 말이지? 이봐, 젊은이! 그건 시장의 권한 밖이라고!"

그 성난 목소리에 이따금 시골 젊은이 어투의 목소리가 수줍게 중얼거리며 변명을 했는데, 그 어설픈 변명이 면장 대리의 분노를 더욱 부채질했다.

현관 층계를 오르면서 내가 볼일이 있는 사람이 누구인지 생각하니 운명이 요하니스부르크의 열병식 이후 내게 마련해 준 이 엄청난 익살극을 즐기지 않을 수 없었다.

"아니, 이럴 수가! 티포주 아닌가!"

모르호프 포로수용소의 미치광이 빅토르는 뜨겁게 나를 포옹했다. 그러고는 회녹색 군복을 입은 젊은 휴가병의 어깨를 툭툭 치며 나가라고 하자 녀석은 황급히 사라졌다. 그는 나를 사무실로 데려가 안락의자에 앉혔다. 내가 먼저 다소 상세하게 로민텐에서 보내는 생활에 대해 이야기하기 시작했다. 하지만 번들거리는 두 눈과 입을 비죽거리면서 짓는 억지웃음을 통해 드러난 교활하고 긴장된 표정 너머로 빅토르가 내 이야기에 전혀 귀 기울이지 않음을 확인하고는 짧게 이야기를 마쳤다. 보통은 마법적인 효과를 발휘하는 괴링이라는 이름조차 짐짓 주의를 기울이는 체하는 그의 두꺼운 얼굴에 어떤 충격도 주지 못했다. 아무럼 어떤가. 내가 관심을 갖는 것은 녀석의 이야기였다.

빅토르는 알타이더 숲에서 나무꾼, 모이어 바닷가에서 어부, 프라우엔플리스 종마 사육장에서 마구간 하인, 제구텐에서 통나무 제재공으로 일했다. 여기서 어업과 제재업은 불가분의 관계에 있다. 목재소의 넓은 작업장에서 통나무로 생선 상자를 만들기 때문이다. 제구텐에서는 날마다 평균 500킬로그램의 뱀장어, 농어, 곤들매기, 그리고 특히 반쯤 훈제한 민물 청어를 외지에 발송했다. 갑자기 감정이 북받친 빅토르는 내게 다가와서 두 손을 움켜쥐었다. "아, 그 숲. 이봐 친구, 기막힌 숲이었지!"

빅토르는 그 제재소에 톱날이 열네 개나 되는 키르히너 왕복톱[85] 두 개, 회전톱 다섯 개, 균형 장치가 달린 통나무 절단기 한 개, 마루판 제조기 한 개, 그리고 연장의 날을 가는 작업장이 한 곳 있다고 알려 주었다. 전설과 같은 그물 고기잡이 이야기도 들려주었다. 처음에는 두 척의 배로 시작해서 나중에는 다섯 척으로 하루 13톤의 생선을 잡았다는 것이다! 빅토르 자신이 지방의 거물, 즉 제구텐의 진짜 주인이 된 것은 바로 그 숲과 물고기 덕분이라고 했다.

숲의 덕. 매일 저녁 빅토르는 공동 막사에서 비웃음과 불쾌한 충고를 무시하고 상감 세공의 걸작을 만들기 위해 온갖 정성을 쏟았다. 그것은 탄넨베르크에 있는 힌덴부르크의 능을 그대로 본뜬 모형이었다. 빅토르는 요행을 바랐거나 좋은 정보를 이용한 것일까? 아니면 타고난 예감 능력이 있었던 것일까? 어느 날 원수(元帥)의 아들로 쾨니히스베르크에서 은퇴

---

85) 두 사람이 번갈아 당기는 톱.

생활을 하던 오스카어 폰 힌덴부르크 장군이 제구텐에 들렀다. 빅토르는 그 모형을 바쳐도 된다는 허락을 받았고, 단번에 다른 사람이 되었다.

물고기의 덕. 지난겨울 빅토르는 빙판 위에서 낚시를 하고 있었다. 얼음은 해빙 탓에 안전하지 않았다. 친구들과 함께 스케이트를 타러 온 사장의 열한 살 난 딸 꼬마 에리카가 몹시 조심했는데도 불구하고 목숨을 잃을 뻔한 일이 생겼다. 얼음이 아이의 무게를 지탱하지 못하고 깨져 나갔다. 빅토르는 마침 그곳에 있었던 유일한 목격자였는데 노끈을 가지고 있어서 소녀를 구할 수 있었다.

빅토르는 그렇게 행운을 잡게 되었다. 사장은 그를 오른팔로 삼았다. 사장이 또한 제구텐의 면장을 겸했으므로 빅토르는 면 서기가 되었다. 그때부터 그의 독립성과 권력은 면의 남자들이 전선으로 떠나고 생활 여건이 악화됨에 따라 나날이 커져 갔다. 빅토르는 이제 식량 카드를 분배하고 호적을 기록하며, 경우에 따라서는 방금 내가 목격한 것처럼 실수를 저지른 휴가병들을 꾸짖기도 했다. 그는 그 놀라운 사실들을 떠올리면서 미친놈처럼 웃음을 터뜨렸다!

빅토르가 얘기하는 동안 나는 마음이 이중으로 상했다. 먼저 그의 비상한 성공은 내가 독일에 도착한 이래 갈망해 온 그런 부류의 성공이었다. 그래서 그의 성공담에 쓰라린 질투심을 느껴야만 했다. 특히 빅토르의 성공이 그의 광기 덕분이라는 점을 인정하지 않을 수 없었다. 다시 한번 소크라테스가 빅토르에게 내렸던 진단이 떠올랐다. 그 진단은 얼마나 인상 깊었던가! 전쟁과 패전으로 붕괴된 국가는 정신 이상자에게 그의 발광이 활짝 개화할 땅을 제공하는 법이다. 나 역시 또 다른 빅토르가 아닐까? 나의 유일한 희망이란 운명이 칼텐보른을 내 광기가 꽃피기에 적합한 환경으로 만들어 주는 것이 아닐까?

* * *

장군 헤르베르트 폰 칼텐보른 백작은 대개 티롤식 펠트 모자를 쓰고 소매 없는 회색 모직 망토를 휘날리며 나폴라에 나타났다. 그가 엉터리라고 비난하는 나치 친위대의 제복에 항의하기 위해서인지, 아니면 나폴라에서 자신을 허수아비로 만든 데 대한 반발심 때문인지 알 수 없었다. 어쨌든 그가 민간인 복장을 할 때만큼 군인다워 보인 적은 없었다. 사실 키는 평균치보다 작았지만 약간 커 보였고, 프란츠 요제프 1세식으로 기른 수염 때문에 더욱 네모지게 보이는 얼굴은 실생활에서 엄격하고 편견이 심한 그를 이해심 많고 상냥한 사람처럼 보이게 했다.

티포주가 백작을 처음 본 것은 그가 마구간에서 말에게 글겅이질을 해 주고 있을 때였다. 백작이 프랑스어로 그에게 말을 걸어 몇 마디를 나누었다. 백작은 프랑스어에 대한 지식을 과시할 기회를 얻어서 매우 흡족한 듯했다. 그 후 티포주를 잊어버린 것 같았다. 9월 어느 날 티포주는 정육점에서 암송아지 반 마리 분량의 고기를 인수하기 위해 뢰첸까지 마차를 몰고 가야 했다.

뢰첸에 도착한 티포주는 문이 완전히 닫힌 정육점을 발견했다. 가게 주인이 암거래를 하다가 체포되었다고 했다. 티포주는 배달 임무 덕분에 독일이 끔찍한 전쟁으로 서서히 붕괴되고 있음을 알 수 있었다. 폭격은 오랫동안 서부 독일에서만 일어났기 때문에 KLV[86] 조직은 초토화된 대도시의 어린이들을 기차에 가득 실어 동프로이센으로 보냈다. 하지만 봄부터 동부에서 폭격기보다 더욱 심각한 위협이 일어나고 있었다. 그렇게 동프로이센은 천천히 그러나 냉혹하게 독일의 저주받은 땅이 되어 갔다. 대관구 지사가 모든 철수와 출발 준비를 법으로 금지한다고 발표했음에도 불구하고 돈이 월등히 많고 기동성이 뛰어난 자들은 서쪽으로 빠져나갔다. 그리고 한꺼번에 전부 실어 갈 수 없는 노릇이기에 이 같은 최악의 사태를 악용하는 자와 어떻게든 짐을 옮기려는 자 사이에 엄청난 암거래가 이루어졌다. 경찰은 제대로 파악하지도 않은 채 밀고나 소문 혹은 신문 보도에 따라 임시방편으로 대처했다. 감옥은 범죄자들로 넘쳐흘렀고, 나치의 거물들이 연단에서 악을 써 가며 호소했지만 어느 것도 혼란의 물결을 막지는 못했다. 서부에서는 무솔리니의 실각과 이탈리아의 항복, 동부에서는 우크라이나로부터의 독일 국방군 후퇴, 특히 매일 일간지를 뒤덮는 사망자 명단이 혼란을 더욱 부추겼다.

---

86) Kinderlandverschickung. 어린이들을 안전한 곳으로 대피시키는 아동 보호 단체.

하지만 그해 늦여름 마주리 들판은 어느 때보다 눈부시게
빛났다. 티포주는 자기 임무가 끝났다고 판단하고 칼텐보른
으로 마차를 돌렸다. 그는 도중에 뢰벤틴, 보이노보, 마르틴스
하겐 등 호숫가에서 빈둥거리며 시간을 보냈다. 물이 어찌나
맑던지 공중을 맴도는 물새들과 물속 검은 밑바닥에서 헤엄
치는 은빛 물고기들이 일제히 물을 휘젓는 것처럼 보였다. 부
교에 밧줄로 매어 둔 보트들이 계류기구처럼 허공에 매달린
듯했다. 유채밭에서 꽃가루를 채취하는 벌들이 윙윙거리는
소리, 농가 마당에서 탈곡기가 평화롭게 부르릉거리는 소리,
대장간 모루 위에서 나는 땡그랑 소리, 청딱따구리가 낙엽송
줄기를 쪼아 대는 소리. 모든 소리가 그를 뒤따르거나 앞지르
며 혹은 에워싸면서 경쾌하고 평화로운 행렬을 이루었다. 이
런 영광스러운 분위기는 그가 뢰첸에서 발견했던 살벌한 분
위기와 모순되지 않았다. 독일의 붕괴가 명백해지는 마당에
자연이 그를 위해 승리자의 피날레를 준비하는 것은 당연한
듯이 보였다.

티포주는 그처럼 의기양양한 기분을 만끽하며 길을 가다
성채에서 몇 킬로미터 떨어진 길가에 세워 놓은 사령관의 오
래된 검정색 리무진을 발견했다. 노백작은 고장 난 자동차 옆
에서 그루터기처럼 꼼짝하지 않은 채 도움을 요청하러 간 운
전병이 돌아오기를 기다리고 있었다. 티포주는 백작을 마차
옆자리에 태우고 성에 데려다주었다. 그는 그 짧은 시간에 사
령관이 간간이 던진 질문에 뭐라고 대답했는지 기억하지 못
했다. 며칠 후 사령관이 그를 집무실로 불러서 하찮은 문제를

해결한 후 이렇게 물었을 때 티포주는 깜짝 놀라지 않을 수 없었다.

"요전 날 성으로 올라오는 길에 내가 자네에게 프로이센에 대한 전반적인 인상을 물은 적이 있었지. 자네는 흑백의 나라 같다고 대답했지. 왜 그렇게 생각하지?"

"전나무, 자작나무, 모래, 이탄지……." 티포주는 머뭇거리면서 열거했다.

사령관은 그의 팔을 잡고 무기와 깃발로 뒤덮인 성벽 앞으로 데려가 설명했다. 사령관이 설명했다.

"프로이센 땅은 흑백이네. 자네가 잘 봤어. 동프로이센의 국기도 흑백이지. 그것은 분명 하얀 망토에 검은 줄이 십자가 모양으로 그어진 튜턴 기사단을 암시하지. 하지만 잊지 말게. 검의 형제 기사단이 없었다면 프로이센은 차갑고 메마른 땅으로 남았을 거야."

"물론입니다, 사령관님. 티포주가 동의했다." "그들은 이 땅의 소금이었습니다!"

그러고 나서 티포주는 여인숙 주인이 들려준 이야기를 단숨에 늘어놓았다. 알베르트 폰 아펠돔, 알베르트 폰 북스회브덴, 두 개의 자줏빛 검 아래 리보니아, 쿠를란트, 에스토니아를 통일한 변방의 제국, 그리고 나중에 등장한 고타르트 케틀러, 동프로이센의 국위를 확실하게 다지게 된 헤르만 폰 살차의 튜턴 기사단과의 합병…….

사령관은 몹시 반기며 이렇게 결론지었다.

"그래서 튜턴 기사단의 백색과 흑색에다 검의 형제 기사단의 적색을 덧붙이지 않을 수 없었지. 적색은 자네가 언급한 모래와 이탄지 속에 묻힌 '살아 있는 모든 것'을 상징한다네.'

티포주는 실제로 프로이센이 먼저 그로 하여금 모르호프의 검은 땅과 눈을 경험하게 한 후 꿈틀거리고 따뜻한 피가 흐르는 피조물들을 끊임없이 대표로 파견해 주었음을 떠올렸다. 캐나다의 운홀트, 철새들, 로민텐의 사슴들, 자신의 분신이나 다름없는 바르브블뢰, 골다프의 소녀들, 금속성의 높고 맑은 목소리로 노래 부르거나 탑 밑에 위치한 운동장에서 빽빽하게 줄 맞추어 행진하는 힘찬 칼텐보른의 생도들.

사령관은 작은 성당을 지나 테라스로 나가자고 했다. 그들은 청동으로 만든 검들 앞에 멈추어 섰다. 어마어마한 칼날들은 흰 물결이 이는 고요한 숲과 호수의 지평선을 세 방향으로 가르고 있었다. 사령관이 다시 설명했다.

"이 검들은 각각 나의 조상들 중 한 분 한 분의 이름을 지니고 있지. 가운데가 헤르만 폰 칼텐보른이지. 전쟁터에 나가기 전날 성모 마리아께서 나타나 천국의 기사들의 서열에 그분 자리도 마련되어 있다고 알려 주셨네. 그분은 그 전장에서 전사하셨지. 서쪽 것은 비프레히트 폰 칼텐보른이지. 진정한 순교자인 그분은 당신 손으로 단 하루에 1만 명의 프로이센인에게 세례를 주셨어. 동쪽 것은 나의 부친인 바이트 폰 칼텐보른. 그분은 이곳에서 1914년 8월 폰 힌덴부르크 원수의 휘하에서 지휘를 맡아 영지에서 슬라브 침입자들을 몰아내셨지."

사령관은 녹색으로 변한 칼날을 애정 어린 존경심으로 어루만졌다. 사방에 울타리가 둘러쳐진 운동장에서 생도들의 일치된 목소리가 파도처럼 밀려들었다.

구세대의 벌레 먹은 뼈들이 떨고 있도다!
전투는 시작되었다. 우리는 두려움을 물리쳤다.
승리가 우리를 기다리고 있다!
나가자, 나가자, 나가자! 우리가 지나가는 길은 모두 산산조각이 날
것이다!
이제 독일은 우리의 것, 내일은 세계가 우리의 것!

* * *

불길한 기록

툭하면 저주를 퍼붓고 격노하던 프랑스에서는 그토록 참을
성 없고 쉽게 흥분했던 내가 독일 땅을 밟은 이후 인내심 강하
고 순종적인 성격으로 변해 나 자신도 종종 의아스럽다. 그것
은 내가 이곳에서 거의 언제나 명백하고 뚜렷하고 의미심장한
현실과 끊임없이 부딪치고 있기 때문이다. 간혹 그런 의미심
장한 현실을 쉽게 파악할 수 없는 것은 현실이 더욱 심오해지
고 또한 명백하게 상실한 것을 더욱 풍요롭게 보충해 주기 때
문이다. 프랑스에 있을 때 나는 표정 없는 황량한 세상에 불쑥
나타나는 불경한 출현들과 끊임없이 부딪쳤다. 그렇다고 이
곳에서 일어나는 모든 일이 선과 정의를 추구한다는 건 아니
다. 어림도 없지! 하지만 내게 제공된 질료는 너무 섬세하고

중대하기 때문에 나와 약간 거칠게 부딪쳤을 때는 화를 낼 시간도 힘도 없다.

예를 들어 블레트헨은 밉살스러운 고집을 부려 나를 짜증나게 한다. 그의 기벽 중 하나는 외국(여기서는 폴란드와 리투아니아) 지명과 성(姓)을 순수하게 게르만적 특성을 드러내는 명칭으로 바꾸는 것이다. 그는 광적인 육감을 이용해 외관상 너그러운 뜻을 지닌 지명에 혹시 불순한 의미가 숨어 있지 않은지 집요하게 탐색한다. 그는 불순한 의미가 숨겨진 명칭을 발견하면 총통에게 고발하고, 적어도 그의 귀에 보다 듣기 좋은 대체 이름들을 제안하며 그 가운데 하나를 선택해 달라고 간청한다. 그런 광기에 빠져 이제는 성(姓)까지 붙들고 늘어진다! 그런데 이 문제는 폴란드어나 리투아니아어를 독일어로 대체하는 것과 다르다. 그는 '티포주(Tiffauges)'라는 성이 '티파우게(Tiefauge)'의 변형이고, 그 점을 인정한다면 멀게나마 존경할 만한 튜턴의 혈통을 지니고 있다고 확신했다. 그 후 그는 나를 오직 '헤어 티파우게(Herr Tiefauge)'라고 불렀으며, 어쩌다 기분이 좋아 나를 귀족으로 승격시키면 나는 '헤어 폰 티파우게'가 되었다.

블레트헨이 내게 말했다. "부계 선조가 그 이름을 얻게 된 특이한 기호를 자네가 가장 고차원적인 면에서 여전히 보유하고 있기 때문에 자네는 피의 순수성을 증명할 수 있지. 티파우게라는 단어는 쑥 들어간 눈, 안구에 깊숙이 박힌 눈을 뜻하지. 자네를 보면 헤어 폰 티파우게, 그 성이 별명이 아니었을까 하는 생각이 드네."

그런데 얼마 전 그의 말장난이 너무 지나쳐서 하마터면 나는 분노를 터뜨릴 뻔했다. 그날은 되는 일이 하나도 없었다. 우리가 검사하던 소년은 알프스계 특징만을 지닌 데다 키가 작았다. 아마 힘차고 잘 짜인 근육 조직을 보고 뽑은 모양인데, 초단두(88.8)에 피부는 거무스레했고 혈액형은 AB형이었다. 블레트헨은 선별자들의 판별 능력이 부족한 것에 분개했다. 나는 그날 계속해서 잘못 측정했고 결국엔 Rh 인자 반응 앰플 하나를 깨뜨리고 말았다. 그러자 블레트헨은 나를 모욕했다. 그런데 아주 신중하게! 그는 단지 내 성에 철자 하나를 덧붙이기만 했다.

"조심해, 헤어 트리파우게(Herr Triefauge)!"

나는 어느 정도 독일어를 이해하기 때문에 트리파우게가 '병들고 눈물을 흘리는 눈', 더 정확히 말해 '눈곱 낀 눈'을 의미한다는 것을 알았다. 나는 안경 없이는 아무것도 볼 수 없는 끔찍한 근시와 두꺼운 안경 탓에 그런 종류의 모욕에 아주 예민했다. 나는 교수에게 다가갔다. 그리고 얼굴을 들이대고는 천천히 안경을 벗었다. 평소 접힌 눈꺼풀 뒤에 웅크리고 있던 내 두 눈은 눈꺼풀이 활짝 열리면서 툭 불거질 정도로 커졌다. 나는 분노의 눈초리로 얼빠진 듯 집요하게 교수를 노려보았다.

어떻게 해서 그처럼 인상을 찌푸릴 생각이 떠올랐는지 모르겠다. 처음으로 시도해 보았는데 결과가 썩 좋아 필요하면 다시 써먹어야겠다. 블레트헨은 얼굴이 창백해져 뒷걸음질하면서 떠듬떠듬 사과했다. 그 아이의 검사가 끝날 때까지 그는 아무 말도 하지 않았다.

* * *

　티포주는 항상 인생의 각 단계가 지닌 숙명적 가치는 각 단
계가 지나가고 초월됨과 동시에 다음 단계에서 계속 유지될
경우에만 전적으로 증명된다고 생각했다. 그래서 로민텐에
서 이룩한 성과를 칼텐보른에서도 성취할 수 있을지 걱정했
다. 10월이 되자 그의 소원은 이루어졌다. 식량 보급이 어려워
지자 극단적인 해결책을 강구하게 되었다. 쾨니히스베르크로
며칠 동안 출장 갔던 교장이 돌아와 대관구 지사와 협의한 내
용을 설명했다. 에리히 코흐 지사는 칼텐보른의 생도들이 군
사 훈련을 할 수 있도록 무기와 군수품을 보급할 것과 점점 더
잦아지는 공습에 대항하기 위해 방공 포대를 설치할 것을 약
속했고, 곧바로 나폴라의 식사 질을 높일 수 있도록 요하니스
부르크의 전 구역에서 사냥감을 포획할 권한을 교장에게 부
여했다. 교장은 예전에 수렵장의 하인이었고 지금은 보급 담
당자인 아벨 티포주를 그 몰이사냥의 책임자로 임명했다. 하
지만 대관구 지사는 진짜로 사냥 권리를 허락한 것은 아니어
서 총기 사용을 엄금한다고 명시했다. 따라서 사냥감을 몰아
서 손이나 덫으로 잡아야 했다. 말하자면 한 손으로는 권리를
주고 다른 한 손으로는 권리를 빼앗았다. 어쨌든 티포주는 그
런 제한 조건을 수용하고 백인대를 요청해 그들과 함께 조스
트로스츠너 브루흐의 토끼 군서지와 산토끼 굴에 올가미를
설치했다. 한편 별도로 백인대를 끌고 온 네타 부인은 드로셀
발트 숲에서 버섯 채취를 지휘했다. 그해 가을 동풍 탓에 건조

하고 서늘한 날씨는 버섯을 채취하는 네타 부인에게 불리하
게 작용했지만 티포주의 몰이사냥에는 유리했다. 그해는 아
침 서리가 예년보다 일찍 내렸고, 11월 초부터 내린 첫눈은 녹
지 않고 얼어붙어 있었다.

* * *

불길한 기록

오늘 아침 햇볕이 잠시 화창하게 내리쬐더니 갑자기 벌판
에 어둠이 내렸다. 서쪽에서 기괴한 먹구름이 간혹 번개를 동
반하며 우리를 향해 천천히 몰려왔다. 일시적으로 발생하는
이 우주의 불안은 내게 무척 익숙한데도 나로 하여금 다시 한
번 격세유전의 전율을 느끼게 했다. 그리고 모든 사람, 모든
짐승, 모든 사물을 엄습했다. 대기는 갑자기 사방에서 즐겁게
흩날리는 수많은 눈송이들로 활기가 넘쳤다. 색조 없는 경치
에 어울리게 검은색에서 흰색으로 바뀌는 멋진 장관! 그렇다
면 납빛 구름은 단지 깃털 부대가 아니었을까? '눈의 은밀한
음흉함'에 대해 이야기했던 그리스 우주론자는 누구였지?

* * *

크리스마스이브, 매섭게 몰아치는 북서풍은 대체로 조용했
고 따뜻했던 한 해의 추억을 지워 버리려는 것 같았다. 정오,

온통 구릿빛 일색인 구름 이불이 한쪽 지평선에서 다른 쪽 지평선까지 하늘을 짓눌렀다. 바닷새들이 저 드높은 창공에서 두려움에 울며 광풍에 떠밀려 날아가고 있었다. 잠에 푹 빠져 있던 평원은 갑자기 깨어나 악몽의 고통과 싸우는 듯했다. 고요하고 감미로웠던 며칠 밤 동안 조용히 내린 눈이 바람결에 일어나더니 희미한 어둠의 장벽 같은 마을을 덮쳤다. 돌풍은 부러진 나뭇가지, 그루터기, 통나무 들과 심지어 바위까지 얼어붙은 호수 위로 몰아붙였다. 성채는 갑을 둘러싸고 있는 탓에 현관, 통로, 채광창, 종탑, 뾰족탑 등이 바람을 맞아 윙윙거려서 거대한 바람의 하프와 같은 폭풍의 악기가 되었다. 풍향계들은 인간의 목소리로 삐걱거리는 소리를 냈고, 문들은 호되게 벽을 후려쳤으며, 보이지 않는 늑대 떼는 협곡에서 울부짖으며 질주했다.

그런 날씨에도 불구하고 동지제를 거행하기 위해 나폴라 당국은 펜싱 연습장에 설치해 놓은 수많은 불빛이 반짝이는 크리스마스트리 주위에 생도들을 집결시켰다. 그 의식은 그리스도의 탄신을 축하하는 것이 아니라 동지의 잿더미 속에서 다시 솟아난 '태양의 아이'를 축하하는 것이었다. 태양의 운행이 가장 낮은 궤도에 이르고 낮의 길이가 가장 짧기 때문에 태양신의 죽음이 위협적인 우주의 숙명처럼 애도되었다. 대지의 비참함과 하늘의 냉대에 어울리는 음산한 노래가 사라진 태양의 미덕을 찬양하고 다시 인간들 속으로 되돌아와 달라고 애원했다. 그 애가의 바람은 이루어졌다. 처음에는 감지되지 않지만 그때부터 날마다 의기양양하게 낮이 밤을 밀어냈기 때문이다.

이어서 교장은 독일 전역에 흩어져 있는 마흔 개의 나폴라가 칼텐보른에 보낸 축하 전문을 큰 소리로 읽었다. 플뢴, 쾨슬린, 일펠트, 슈툼, 노이젤, 푸트부스, 헤그네, 루파흐, 안나베르크, 프로슈코비츠……. 각 나폴라의 이름이 불릴 때마다 한 소년이 동료들이 형성한 반원에서 빠져나와 커다란 전나무에 촛불을 달았다. 그 순간 침묵이 흐르고 거친 폭풍이 지나갔다. 교장은 불현듯 영감에 사로잡힌 것처럼 고함을 질렀다.

"천국은 검들의 비호 아래 놓여 있노라!"

그러고는 차분한 목소리로 설명했다.

"각 유형의 인간은 일종의 상징인 특출한 재능을 통해 자아를 실현합니다. 그래서 작가의 천부적인 기능은 글쓰기이고, 농부는 쟁기에 달린 보습의 날에서 자신을 발견하며, 건축가의 상징은 직각자이고, 대장장이는 모루에서 자신의 천성을 발견합니다. 칼텐보른의 생도들은 이중으로 검에 바쳐졌습니다. 먼저 독일의 전사로서, 그리고 성의 가문에 의해서 말입니다. 검과 관계되지 않은 것은 모두 여러분과 무관합니다. 검을 제외한 모든 수단은 비열하고 배신적인 행위입니다. 여러분은 알렉산드로스 대왕의 생애에서 고르디아스의 매듭에 관한 일화를 항상 가슴속에 간직해야 합니다. 프리지아[87]의 고르디움 아크로폴리스에는 주피터 신전이 세워졌고, 그 안에 그 나라의 초대 임금의 마차가 보존되어 있습니다. 존엄한 신탁에

---

87) 고대 소아시아에 있던 나라.

의하면 아시아는 끌채에 묶어 둔 멍에의 보이지 않는 두 끝의 끈을 풀 수 있는 자의 것이 되리라고 했습니다. 아시아 제국을 손에 넣고 싶었던 알렉산드로스는 시험의 어려움을 참지 못하고 단칼에 수레를 두 동강 냈습니다. 그렇게 모든 문제에는 두 가지 해결책이 있습니다. 오랫동안 시간을 질질 끄는 비겁한 해결책과 전격적이고 순간적인 검의 해결책. 생도들은 알렉산드로스 대왕을 본받아 여러분의 목적에 방해가 되는 끈을 만날 때마다 칼을 뽑아야 합니다."

교장이 연설하는 동안에도 맹렬한 폭풍이 성벽을 뒤흔들어 전나무에 매달린 작은 촛불들이 너울거렸다. 결국 촛불들은 한꺼번에 꺼지고 말았다. 천둥이 치는 가운데 어둠이 아이들을 뒤덮었다. 그때 종말의 광풍이 들이닥치면서 펜싱 연습장의 높은 창문이 산산조각 났다. 오직 별 하나만 노란 애꾸눈처럼 바람이 윙윙대는 동쪽의 칠흑 같은 암흑 속에서 빛나고 있었다.

* * *

불길한 기록

얼룩덜룩 칠해져 수많은 깃발을 나부낀 채 수많은 아이들과 소수의 어른들을 싣고 돌아가는 소란스럽고 거대한 회전목마에 뛰어오르기 위해서는 어느 정도 시간이 필요했다. 나는 지금 회전목마에 타고 있다. 그리고 이 회전목마가 어떤 용

수철에 복종하는지 잘 알게 되었다. 이곳에서 시간의 궤도는 눈에 띄게 직선이 아니라 순환적이다. 사람들은 역사 속에서 사는 것이 아니라 달력 속에서 산다. 따라서 이곳은 전적으로 영원한 회귀의 법칙이 지배한다. 그 점에서 회전목마의 이미지는 정당화된다. 히틀러주의는 처녀지와도 같은 미래에 대한 발견과 발명, 진보, 창조 같은 모든 개념을 거부한다. 히틀러주의의 미덕은 단절이 아니라 복원이다. 종족, 조상, 혈통, 죽음, 대지 등에 대한 숭배…….

성인 축일과 축제일이 순교자 축일표에 의거하는 달력에서 1월 24일은 영원히 불행한 1931년의 새해 첫날이다. 그때 헤르베르트 노르쿠스가 어린 나이에 죽은 탓에 모든 어린이 단체의 수호성인이 되었다.

나폴라 당국은 생도들을 위해 노르쿠스의 운명에서 영감을 받은 셴칭거[88]의 소설을 각색한 영화 「히틀러유겐트」를 상영했는데 생도들은 이미 본 영화라며 맹렬하게 항의했다. 나는 배우 선정에 깜짝 놀랐다. 영화 속 아이는 실제 노르쿠스보다 어리고 연약하며 살짝 여자아이 같고 피부가 병아리처럼 약간 하얀 것이 애초부터 제사장의 칼에 바쳐진 제물이다. 그와는 반대로 아이를 죽이게 되는 사회주의 청년당원들은 조숙한 불량배 같은 모습으로 등장해 어른들처럼 옷을 입고 담배와 술, 여자를 즐긴다. 상냥하고 순수한 그 어린 희생양과 더

---

88) 칼 알로이스 셴칭거(1886~1962)는 나치를 찬양하는 내용의 자전적 소설 『아닐린(Anilin)』을 섰다.

붙어 여기 있는 우리 아이들은 히틀러가 남긴 유명한 말대로 '가죽처럼 질기고 그레이하운드처럼 앙상하며 크루프 강철처럼 억센' 소년과는 딴판이다. 영화감독이 나보다 십 년 전에 공식적인 주장과 너무나 반대되는 독일인의 유년 시절에 대한 관점, 기력과 정복욕이 넘치는 것이 아니라 항상 무고한 사람들이 당한 학살에 바쳐진 유년 시절에 대한 관점에 이르렀다니 놀라울 따름이다.

영화 상영이 끝나면 음울한 철야 의식이 거행된다. 고수들은 지칠 줄 모르고 검은 부대의 비통한 호소에 리듬을 붙인다. 오른쪽 고수들이 길게 두 번 북을 치면 왼쪽 고수들이 짧게 세 번을 치고, 이에 전체가 짧게 다섯 번, 짧게 세 번, 짧게 두 번을 쳐서 응답한다. 진행 중인 운명의 육중한 춤을 흉내 내는 음산하고 집요한 북소리. 연도처럼 긴 그 기도는 갑작스러운 나팔 소리에 중단된다. 잠시 정적이 흐른다. 어둠 속에서 어느 생도의 차분한 목소리가 들린다. 다른 목소리가 그에게 응답한다. 그리고 세 번째 목소리가 들린다.

"오늘 밤 우리는 우리 동료 헤르베르트 노르쿠스의 유업을 기리고 있습니다!"

"우리는 차가운 석관 주위에서 밤샘을 하는 것이 아닙니다. 우리는 희생된 한 동료 곁에 모여 있는 것입니다."

"그는 우리가 오늘 시도하고 있는 것을 우리보다 앞서 감행한 동료였습니다. 그는 지금 말이 없지만 그의 모범은 살아 있습니다!"

"우리 주위에서 많은 사람이 쓰러져 가는 동시에 많은 생명이 태어나고 있습니다. 살아 있는 자와 죽은 자를 모두 포용하는 이 세상은 광활합니다. 하지만 선배들의 고귀한 행동은 그것을 본받는 이들의 투쟁 속에서 되살아납니다."

"그는 당시 열다섯 살이었습니다. 사회당원들이 1931년 1월 24일 베를린의 보이셀키츠가에서 단도로 그를 찔러 죽였습니다. 헤르베르트 노르쿠스는 히틀러유겐트 단원으로서 자신의 임무를 수행하고 있었을 뿐입니다. 그런데 적들의 증오심이 그를 죽음으로 몰아넣었습니다. 그의 시신은 영원히 마르크스주의자들과 우리 사이에 방책으로 남게 될 것입니다!"

생도들은 이제 노래를 부르고 있다. "젊은이들이 돌격하기 위해 일어섰다……." 유리 수정체처럼 또렷한 목소리들이 차가운 대기 속에 울려 퍼지는 동안 만자가 새겨진 깃발은 투광기의 광속선에 타 버린 낙지처럼 깃대를 돌돌 말고 있다.

* * *

슈테판 라우파이젠

나는 1904년 동프리슬란트 지방의 엠덴에서 태어났습니다. 네덜란드식 부유한 소도시인 그곳은 엠스와 도르트문트를 연결하는 두 개의 운하 덕분에 상업 도시이자 항구 도시입니다. 아버지는 서민 지역에서 정육점을 운영하셨는데 가난한 사람들은 고기를 먹지 않기 때문에 우리도 가난했습니다.

지그프리트 삼촌 역시 슐레스비히홀슈타인 지방에 위치한 킬의 해군 본부 거리에서 정육점을 운영하셨습니다. 지그프리트 삼촌이 1910년에 돌아가시자 우리는 정육점을 물려받기 위해 그곳으로 이사했습니다.

당시 나는 너무 어려서 북해 연안에 위치한 고요하고 깨끗한 소도시와 반항과 투쟁으로 들끓는 발트해 군항 도시의 차이점을 분명하게 파악할 수 없었습니다. 내가 뜨거운 정치 풍토 속에서 성장한 것은 사실입니다. 카이저는 독일의 미래가 해상에 걸려 있다고 판단했기 때문에 킬을 자신의 선거구로 삼았습니다. 그분은 킬에 자주 오셨는데, 특히 6월 말 킬 축제에서 국제 보트 경기를 직접 주관할 때 그분의 존재는 특별한 광채를 발휘했습니다.

1914년 나의 아버지는 동원되어 잠수 순양함을 타게 되었습니다. 그리고 1917년에 유보트와 함께 실종되었습니다. 좀처럼 일어나지 않는 일이지만 역사와 어긋나는 잔인한 논리에 따라 공교롭게도 카이저의 권좌에 가장 냉혹한 타격을 입힌 일이 킬에서 일어나고 말았습니다. 1918년 11월 해군 함대의 폭동은 독일 제2공화국의 종말을 고하는 것이었습니다. 당연한 귀결로 휴전 협정과 평화는 전투 함대를 없애고 지구상의 모든 바다에서 독일 깃발을 추방했으며, 갑자기 킬의 조선소와 독에 사형 선고를 내렸습니다. 우리 가족의 정육점 또한 쇠퇴해 갔습니다. 나는 그 일에 전혀 개의치 않았습니다. 그때 나는 열다섯 살이었습니다. 돼지고기가 부족하자 나는 해체된 황실 기병대의 말들을 사들여 소시지를 만들었습니다. 하지만 내 마음은 다른 곳에 있었습니다. 철새[89]의 젊음이 내게 깊은 감동을 주었던 것입니다……

철새 운동은 신세대가 구세대와 결별하는 행위였습니다. 참 패한 전쟁, 비참한 생활, 실업, 정치 불안. 우리는 그런 것을 원치 않았습니다. 우리는 구세대가 우리에게 떠안기려는 더러운 유산을 그들의 면전에 내던졌습니다. 우리는 그들의 속죄의 마음, 코르셋을 입은 부인들, 벽지며 휘장이며 술 달린 쿠션 의자 같은 것을 쑤셔 넣은 답답한 아파트, 연기 나는 공장, 돈 따위를 무조건 거부했습니다. 우리는 작은 그룹으로 나뉘어 누더기를 걸치고 구멍이 뚫린 펠트 모자에 꽃을 꽂았으며, 짐이라곤 오로지 기타 하나만 어깨에 메고 노래 부르고 어깨 동무하며 넓고 맑은 독일의 숲과 샘과 물의 요정을 찾았습니다. 바싹 야위고 때투성이였지만 서정적인 우리는 건초 창고나 마구간에서 잠을 잤고 사랑하는 마음과 맑은 물을 마시며 지냈습니다. 무엇보다 우리를 결속시킨 것은 같은 세대라는 점이었습니다. 우리는 프리메이슨[90]처럼 생활했습니다. 우리에게도 분명히 스승이 있었습니다. 칼 피셔, 헤르만 호프만, 한스 블뤼어, 투스크. 그들은 우리를 위해 조그마한 잡지사에 글과 노래를 기고했습니다. 하지만 우리는 몇 마디 암시만으로도 서로의 뜻을 너무 잘 알았기에 굳이 어떤 주의(主義)도

---

89) Wandervögel은 독일의 철학자 피셔가 1901년에 결성한 청년 도보 여행 장려회를 말한다.
90) 1717년 영국 런던에서 결성된 코즈모폴리턴적인 자유주의자 단체로 계몽주의 정신을 기조로 했다.

필요로 하지 않았습니다. 우리는 킬에서 그런 스승들을 본 적이 없었습니다.

그때 떠돌이들에게 기적과도 같은 일이 일어났습니다. 우리 떠돌이 학생들은 마치 형제처럼 우리와 닮았으나 나치의 이데올로기를 표명하던 떠돌이들의 동맹 덕분에 우리의 이상과 삶의 방식이 반드시 조직과 무기력에 깊게 물든 사회에서 소외되어야만 하는 것이 아니라는 사실을 불현듯 깨달았습니다. 그 떠돌이들은 기존 질서를 직접 위협할 수 있는 혁명적 힘을 갖춘 철새였습니다.

꿈은 끝났고 거리 투쟁이 시작되었습니다. 나의 정육점 사업은 단번에 중요한 의미를 띠게 되었습니다. 즉 나는 정육점 협회의 정치 책임자가 된 것입니다. 우리는 벽보를 붙이고 반체제적인 사람들의 집을 훼손했으며 반전 영화인 「서부 전선 이상 없다」[91]를 킬에서 상영하지 못하도록 했습니다. 시 당국은 나치와 소치스[92]를 무차별적으로 탄압했습니다. 어느 날 히틀러유겐트의 제복 착용이 금지되었습니다. 그러자 내 조합에 소속된 젊은 정육업자들이 작업복 차림으로 시가행진을 벌였는데, 부르주아들은 피로 얼룩진 하얀 앞치마의 허리띠에 꽂혀 있는 식칼들을 보고 혼비백산했습니다. 소치스 당원들은 집합 신호를 알리기 위해 피리 부대를 운영했습니다. 우리도 피리 부대가 있었습니다. 몇 차례 서로 대결하다 피리는

---

91) 1930년 루이스 마일스톤 감독이 제작한 미국의 전쟁 영화.
92) 독일 사회당원들의 별명.

나치의 집합 신호가 되었습니다.

하지만 1932년 10월 1일 그날보다 흥분된 날은 없었습니다. 발두르 폰 시라흐는 10월 1일 포츠담에서 나치유겐트의 창립총회를 개최하기로 결정했습니다. 당은 1000명의 참가자들을 수용할 수 있는 서른여덟 개의 거대한 천막을 준비했습니다. 그런데 독일 각지에서 몰려든 소년 소녀들이 10만 명이 넘었습니다. 그들은 만원 기차로, 도보로, 자전거로 혹은 트럭에 빽빽이 앉아 깃발을 휘날리며 속속 도착했습니다. 엄청난 소동! 장엄한 우정의 물결! 식량 보급은 형편없었습니다. 초인적인 피로. 우리는 극도로 긴장된 상태에서 노래, 고함, 행진, 뒤로 돌아 전진 등에 몰입했습니다. 그렇습니다. 행진! 행진은 우리의 신화, 우리의 아편이 되었습니다! 행진, 행진, 행진! 진보와 정복, 결집과 대회의 상징인 행진은 우리의 다리를 수레바퀴처럼, 크랭크 암처럼 단단하고 앙상하고 먼지투성이로 만들었습니다. 행진은 또한 우리 소년들을 핵심적인 정치 기구로 만들어 주었습니다!

6만 명의 소년은 경기장 잔디밭에 있었고 5만 명의 소녀는 경기장 트랙에 있었습니다. 우리는 일곱 시간에 걸쳐 본부석 앞을 행진했습니다. 특히 우리 킬의 젊은이들이 가장 멋있고 가장 야생적이었습니다. 구릿빛 근육에 대한 자부심이 대단한 우리는 소매를 걷어붙이고 양말을 접었습니다. 우리가 요란한 피리 소리 가운데 본부석 앞을 지나갈 때 총통의 보좌관이 우리에게 달려왔습니다.

"총통께서 당신들이 누구인지 알고 싶어 나를 보냈습니다!"

"우리는 총통께 봉사하고 또한 죽을 각오가 되어 있는 킬의 히틀러유겐트입니다!"

그 대답 속에 얼마나 깊은 기쁨과 희생의 욕구가 들어 있었는지!

사 개월 후 아돌프 히틀러는 독일 제3제국의 수상이 되었습니다.

* * *

불길한 기록

오늘 아침 블레트헨이 내게 나폴라 감독국에서 온 회람 한 장을 내밀었다. 생도 선발에 관한 내용이었다. "생도들을 선발할 때 팔렌족이나 스칸디나비아인 아이들에게 일반적으로 나타나는 신체 및 정신 발달의 지체 현상을 고려하시오. 같은 나이의 알프스 지방(혹은 지중해 연안)이나 동발트해 연안의 아이들과 비교할 때 그 아이들을 불리해 보이게 하는 연약한 외모와 덜 계발된 지능으로 인해 선발자를 오판하지 않도록 하시오. 실제로 민첩한 두뇌 회전과 꼭 들어맞는 임기응변 감각은 독일인의 순수한 혈통과 양립될 수 없는 조숙함의 흔적입니다. 그런 식으로 언제나 깊이 있는 검사만이 인류학적 특징을 명확히 규명할 것입니다." "이봐, 헤어 폰 티파우게, 회람 내용을 보건대 작성자의 통찰력과 용기를 칭찬할 만하지 않은가? 민족마다 가장 결여되어 있는 것을 첫 번째 미덕으로 내세운다는 사실을 눈치챘나? 예컨대 프랑스식 예절은 현실에서 무엇인가를 감추려는 게 아닐까? 툭하면 여자들에 대해 나타내는 고질적인 무례함 같은 것 말이야. 스페인 사람들이 까다롭게 요구하는 명예심은 배신과 타락에 저항하지 못하는 이베리아 종족의 성향을 부인하는 것이지. 스위스인의 정직, 스위스 영사들은 대부분의 집무 시간을 사기죄로 구속된 동포들을 감옥에서 빼내는 일에 할애하지. 영국인의 침착성, 아, 이 민족의 맹목적이고 맹렬한 분노! 네덜란드인의 깔끔함, 그들의 거주지에서 풍기는 악취! 이탈리아인의 명랑함, 현장에 가 보게. 자네가 직접 판단할 수 있을 거야. 독일이라고 이 법칙에서 예외일 수는 없어. 자네는 이곳에 온 뒤로 귀에 못이 박힐 만큼 우리의 합리성, 조직성, 효율성에 대해 들었을 거야. 사실은 말야, 헤어 폰 티파우게, 그것은 독일인의 영혼이 어두운 카오스와 같기 때문이지! 북유럽 아이들이 생기가 없고 우둔한 것은 조숙성이 결여되어서가 아니야. 북유럽 아이들은 아무리 성숙해도 지중해 지방 사람들의 찬란한 지능에 결코 도달할 수 없지. 고대 그리스인들의 창의력을 보면 그 이유를 알 수 있지. 그리스인은 알프스 산맥의 디나르족이 발칸반도로 이주한 후 수백 세대에 걸쳐 지중해 동부 연안 사람들과 그 밖에 이집트인들과 혼합된 사람들, 간단히 말해 유럽인과 아프리카인의 모든 찌꺼기가 결합된 아주 복잡한 혼혈이었어. 순수성은 불투명한 거야, 헤어 폰 티파우게, 이 진리를 직시할 용기를 가져야 해. 북유럽 아이들은 온갖 아둔한 외모를 지니고 있어. 하지만 그것은 생명력의 심오한 분출과 직접적인 관련

성이 있기 때문이지. 북유럽 아이들은 존재의 근원에서 솟아
오르는 잠재적인 소리와 행동을 지시하는 소리에 귀 기울이
지 않지. 어떤 민족도 독일인만큼 사물의 본질적인 정수를 은
밀히 생성하는 어두운 원천에 대한 감각을 지니고 있지 않다
고. 이러한 원초적 본능은 대체로 독일인을 최악의 착란에 빠
질 수 있는 잠재적인 짐승으로 만들지. 그러나 때때로 그러한
본능에서 탁월한 창조력이 나오기도 하지!"

* * *

불길한 기록

나의 독일어 실력이 대단히 향상된 것이 사실일지라도 너무
늦게 독일어를 배우기 시작해서 결코 프랑스어처럼 자유롭게
구사할 수 없으리라는 것은 분명하다. 그렇다고 꼭 아쉬워한다
는 말은 아니다. 내가 독일어로 생각하고 말하고 혹은 꿈꿀 때
내 생각과 말 사이의 간격(그 간격이 꽤 좁혀지긴 했지만)은 분명
히 몇 가지 이점을 제공하기도 한다. 먼저 내가 사용하는 다소
모호한 언어는 대화 상대방과 나 사이에 일종의 장벽을 만들어
뜻밖에 상당히 유리한 안전장치 구실을 해 준다. 또한 심술궂
은 말이나 고백처럼 내가 프랑스어로는 차마 이야기할 수 없는
단어들이 퉁명스러운 게르만식 말투로 변해 내 입술에서 쉽게
빠져나간다. 독일어에 대한 불완전한 지식이 내가 말하는 모든
것을 불가피하게 단순화함으로써 나를 프랑스어로 말하는 티

포주보다 훨씬 투박하고 직선적이고 거친 사람으로 만들어 버린다. 적어도 나로서는 무한히 높이 평가할 만한 변신이다.

독일어에는 연음이 없다. 낱말들, 음절조차 마치 조약돌처럼 경계를 뒤섞지 않고 나란히 놓인다. 반면 물이 흐르는 듯한 프랑스어의 유연함은 문장을 유쾌한 연속성 속에 빠뜨리지만 자칫 일관성을 깨뜨릴 위험이 있다. 독일어는 집짓기 블록의 조각처럼 단단한 조각으로 구성되어 언제든 완벽하게 해독해 낼 합성어들을 가지고 무한히 조립할 수 있다. 반면 프랑스어에서 똑같은 합성어는 형태 없는 죽처럼 즉시 녹아 버린다. 결국 성급하고 강압적인 독일어 문장은 이내 자갈이 구르는 듯하고 개가 짖는 듯한 소리가 된다. 조각상이나 로봇이 독일어와 어울릴 것이다. 반대로 들러붙고 미지근한 우리 프랑스 사람들은 부드러운 일드프랑스의 말투를 선호한다.

전적으로 엉뚱한 면은 독일어가 사물, 심지어 사람에게조차 부여한 성이다. 중성의 도입은 그것을 분별력 있게 사용한다는 조건에서 보면 흥미로운 개선이다. 그런데 전반적으로 악의적인 왜곡이 판치는 것을 볼 수 있다. 독일어에서 달은 남성이고 태양은 여성이다. 죽음은 남성이고 삶은 중성이다. 의자는 남성인데 이건 정말 무분별한 선택이다. 반대로 고양이는 여성인데 이건 합리적인 선택이다. 모순의 절정은 독일어가 열렬하게 관심을 보이는 '여자'라는 단어를 중성화한 점이다.(바이프, 메델, 메첸, 프로일라인, 프라우엔치머.)[93]

---

93) 바이프(Weib)는 여자·여성·부인을, 메델(Madel)과 메첸(Madchen)은 소

* * *

가장 나이 많은 생도들은 열일곱이나 열여덟 살이었다. 청년이 다 된 이 소년들 곁에서 보내는 생활은 절대적인 신선함을 바라는 티포주의 마음을 상하게 했다. 생도들은 식당과 침실, 다른 모든 건물에서 남성적이고 군인다운 냄새를 풍기고 다녔다. 티포주가 싫어하는 그 냄새는 칼텐보른과 그 사이에 세워진 일종의 비통한 장벽이었다. 그의 성향과 정확히 대립되는 한 가지 장애물은 조만간 사라질 것이다. 대관구 지사가 약속한 무기들이 도착한다면 나폴라 당국은 징집된 상급반들을 직접 훈련할 수도 있었다. 그것은 훈련을 받고 무장을 한 젊은 병사들을 칼텐보른에 배치하고 싶은 학교장의 희망이기도 했다. 그런데 여러 차례 교섭을 했음에도 불구하고 무기 도착이 지체되었다. 3월 1일 불가피한 일이 발생했다. 상급반의 2개 백인대(열여섯 살에서 열일곱 살 사이의 생도들)를 즉각 군에 편입시키라는 명령이 떨어져 그들은 나폴라를 떠났다. 그중 가장 나이 많은 생도들은 국방군에 편입되었고 어린 생도들은 속성 훈련소에 들어갔다. 그들을 지휘하게 될 열 명의 친위대 부사관들 역시 나폴라를 떠나게 될 것이다.

녀나 처녀를, 프로일라인은 여자나 처녀를, 프라우엔치머(Frauenzimmer)는 귀부인을 지칭한다.

* * *

불길한 기록

다음 주면 도살장에 보내질 상급반 아이들이 성채의 비스듬한 제방에서 훈련을 받고 있다. 군화를 신고 바지를 입었지만 살을 에는 듯한 새벽 공기 속에서 상의는 벗고 있었다. 체력 단련과 단체 훈련을 결합시키고 싶은 슈테판은 장대로 재주 부리는 훈련을 계획했다. 열두 명이 한 조가 되어 10미터가량의 긴 통나무를 팔뚝으로 든다. 각 조는 통나무를 들어 올렸다가 내리고 한쪽 어깨에서 다른 쪽 어깨로 옮기며, 처음에는 수직으로 공중에 던졌다가 받고 다음에는 오른쪽으로 던진다. 그러면 옆에 있는 조가 그 통나무를 받아야 한다. 통나무를 잘못 다룰 경우 틀림없이 여기저기서 두개골이 깨지거나 귀가 잘리거나 혹은 어깨가 으스러질 것이다. 하지만 그런 사고는 일어나지 않아 교장의 기분을 언짢게 했다.

이 건장한 아이들은 열다섯 살에서 열여덟 살로 대부분의 턱과 뺨에서 면도 자국을 볼 수 있다. 그러나 정직하게 인정해야 할 것은 상대적으로 거친 허리띠와 바지와 군화가 더욱 두드러져 보이게 하는 상반신이 눈물겹도록 사랑스럽다는 점이다. 하얀 가슴패기에는 털이 전혀 없고 대부분 아이들의 겨드랑이 역시 매끈매끈하다. 메달이 달린 목걸이가 우윳빛 목둘레에 어린아이스런 느낌을 더했는데, 카자흐[94] 기병의 군도보다는 어머니의 입맞춤을 원하는 것 같았다.

스무 살의 팔은 열두 살의 다리와 육체적으로 맞먹을 수 있다. 하지만 그대로 받아들여서는 안 된다. 어린이의 순수함이 끝장난 허리띠 아래에는 흉악함과 파렴치한 남성성밖에는 없으니까……

* * *

2개 백인대가 떠난 직후 칼텐보른은 '어린이다운 순수함'을 되찾았으나 생도는 절반으로 줄어들었고 조직의 틀이 무너졌다. 슈테판은 남은 친위대 요원들과 민간인 교사들을 소집해 군사 회의를 열었다. 티포주는 블레트헨의 뒤에 숨어 참석했다. 부사관들이 떠나면서 생긴 공백은 생도들을 학교 업무에 보다 적극적으로 참여시키면 해결될 것이라고 슈테판은 설명했다. 팀을 짜서 교대로 취사, 세탁, 마구간 일을 하고, 땔감과 식량 보급을 교대로 담당하라고 지시했다. 더욱 심각한 문제는 새로운 생도의 징집이었다. 칼텐보른은 생도의 인원 면에서 전국 나폴라 가운데 정상급을 유지해야 하고, 전쟁으로 인한 어려움을 핑계 삼아 학교 본연의 임무를 게을리해서는 안 된다. 물론 원칙상 각 나폴라는 독일 전국 각지의 아이들을 수용해야 하고 특정 지방의 아이들을 지나치게 많이 뽑아서는 안 되었다. 하지만 조속한 해결이 요청되는 상황이었다.

---

94) 러시아 동남부에 사는 타타르족과 슬라브족의 혼혈 종족으로 코사크라고도 부른다.

그래서 교장은 회의에 참석한 모두에게 군에 편입된 2개 백인
대의 인원을 보충하기 위해 그 지방을 직접 돌아다니며 아이
들을 찾아내라고 지시했다. 그는 아이들을 데려오면 블레트
헨 박사와 함께 선발 시험을 주관하겠다고 했다.

티포주는 나폴라의 등급과 임무에 대해서는 개의치 않았
다. 상대적으로 덜 순수한 탓에 그의 애정을 별로 자극하지 않
았던 상급반 아이들의 출발이 반갑기는 하지만, 늘 종이 울리
고 북적대던 칼텐보른의 분위기가 긴장 완화 상태에 빠지자 왠
지 기분이 나지 않았다. 티포주는 교장의 징집 지시에 그리 기
대하지 않으면서도 나폴라에 생도들이 가득 차기를 열망했
다. 사실 티포주는 징집 명령이 세속적이고 분별없는 그 인간
들(블레트헨만은 어느 정도 전문 지식이 있으나 얼마나 악랄하고 타
락한 방법을 이용하는가!)의 머리를 넘어서 바로 자신에게 떨어
진 것임을 깨달았다. 이제 운명이 그 하찮은 족속들을 쓸어버
린 다음 그가 봉사하기 위해 태어난 왕국의 열쇠들을 그의 손
에 넘겨줄 날이 분명히 도래할 것이다.

* * *

불길한 기록

이런 일은 미리 예상해야 했다. 열 명의 부사관들이 떠나고
나폴라의 실무에 아이들이 참여하게 되자 우리 모두는 포로
처럼 갇혀 있던 멋진 기계가 고치기 어려울 정도로 망가졌다.

점호, 국기에 대한 경례, 기타 의식들과 같은 몇 가지 일과를 제외하고는 매우 체계적이던 훈련 일정이 엉망진창이 되었고 규율은 뒤죽박죽이었다. 그렇게 기강이 해이해진 것은 미친 듯이 울어 대는 꾀꼬리들과 딱딱하게 굳은 눈 밑에서 개울물이 졸졸 흐르는 봄날의 기운과 무관하지 않았다. 새해는 1월 1일에 시작되는 것이 아니라 3월 21일에 시작된다. 도대체 인간은 어떤 착오에 의해 계절의 순환을 조절하는 위대한 우주의 달력을 두고 따로 인간의 달력을 만들었을까?

나는 지금 시작되고 있는 해가 나를 어디로 이끌지 잘 모른다. 그런데 범죄 냄새를 물씬 풍기는 블레트헨이란 작자는 가능성 있는 엄청나고 비통한 비밀을 내게 어렴풋이 보여 주었다. 나의 허기와 갈망에 응답하는, 혹은 응답하는 것처럼 보이는 이곳의 모든 것이 실제로는 악의적으로 전위된 것 아닐까?

오늘 아침 블레트헨은 칠판에 이렇게 썼다.

생물＝유전＋환경

그러고 나서 그 밑에 또 다른 방정식을 썼다.

존재＝시간＋공간

블레트헨은 환경과 공간에 동그라미를 치고 볼셰비즘이라고 명명했다. 또 유전과 시간에 동그라미를 치더니 히틀러주의라고 쓴 다음 이렇게 설명했다.

"이 용어들이 20세기 위대한 토론의 주제라네. 공산주의자들은 생물의 유전 형질을 부인하지. 그들은 만사를 교육 탓으로 돌리거든. 돼지가 그레이하운드 같은 사냥개가 되지 못하는 것은 사회의 불의 탓이고 사육자의 잘못이라는 것이지. 하하하! 성 파블로프의 말을 내세우고 있어! 삶의 모든 것이 유년기의 행복과 불행에 의해 결정된다고 주장한 유대인 프로이트는 한층 더 교묘하게 같은 관점을 추구했지. 그것은 전통도 혈통도 없는 사생아들과 유목민들의 철학이거나 뿌리가 없는 세계주의자들의 철학이야. 독일 땅에 악착같이 뿌리를 내린 농민들과 정착민들의 독트린인 히틀러주의는 그들의 주장을 뒤집어 놓았어. 우리는 잘 알려진 확실한 법칙에 따라 세대에서 세대로 전해지는 유전자에 모든 것의 근거를 두지. 나쁜 혈통은 개선할 수도 교육할 수도 없어. 정당화될 수 있는 유일한 치료법은 무조건 파괴하는 거라고.

구체제 귀족 정치의 철학이 우리 사상을 미리 만들었다는 점에 주목하게. 귀족에게는 어떤 가문에서 태어났느냐가 중요할 뿐이고 평민은 아무리 재능이 뛰어나도 평민일 뿐이지. 오래된 가문일수록 더욱 가치가 있지. 나는 칼텐보른 백작 같은 인물들을 우리 인종주의의 선구자라고 기꺼이 인정하네. 하지만 그들은 변화할 줄 몰라. 생물학은 고타의 강령[95]을 계승해야 해. 귀족 칭호는 염색체에 자리를 넘겨줘야 해. 혈액 스

---

95) 독일 사회주의 노동당의 강령. 에르푸르트 강령의 전신으로 1975년 독일 고타에서 열린 독일 노동자 협회와 독일 사회 민주 노동자당의 합동 대회에서 채택되었다.

펙트럼. 티에파우게, 혈액 스펙트럼이 우리를 사로잡는 신이된 거야! 우리는 옛 귀족의 낡은 문장을 우리가 지닌 것 중 가장 내밀하고 가장 중대한 것인 부드럽고 꿈틀거리며 피가 가득 찬 내장으로 대체했어. 그래서 우리는 피 흘리는 것을 두려워해서는 안 된다네. 알겠나? 피와 대지. 두 요소는 서로 끌어당기지. 피는 땅에서 와서 땅으로 되돌아가. 대지에 피를 뿌려야 해. 대지는 피를 부르고 피를 원하지. 피는 대지를 축복하고 비옥하게 만드는 거야!"

그러나 나는 그 당치 않은 이야기를 들으면서 나 자신이 유목민이고 뿌리 없는 아벨의 종족에 속한다는 점을 떠올렸다. 야훼께서 카인에게 이렇게 말씀하신 것도 기억해 냈다. "네 아우의 피가 땅에서 나에게 울부짖고 있다. 땅이 입을 벌려 네 아우의 피를 네 손에서 받았다. 너는 이제 이 땅으로부터 저주를 받게 될 것이니라."

* * *

어둠이 내리자 모든 생도는 요새 근처의 툭 트인 사각형 진지를 비워 놓고 제방 위에 밀집 대형으로 집합했다. 횃불 등롱과 깃발이 나란히 설치된 낮은 담이 곧 거행될 기원 의식의 제단으로 사용될 예정이다. 한쪽에서는 젊은 고수들이 흑백 불꽃 무늬가 새겨진 보병용 큰북을 왼쪽 다리 위에 올려놓고, 다른 쪽에서는 나팔수들이 구리로 만든 악기의 부리를 허리에 기댄 채 조용히 대기하고 있었다.

갑자기 날카로운 나팔 소리가 울려 퍼졌다. 이어서 어둠 속에서 위협적이고 격렬한 북소리가 연달아 울리더니 곧 먼 곳으로 도망치듯 사라졌다.

몇몇 생도들이 창구(唱句) 형식을 빌려 쓸쓸하고 격렬한 목소리로 배신과 죽음의 이야기를 떠올렸다.

"이제 군악이 멈췄습니다. 수많은 동료들이 경건하게 묵념하고, 조국을 위해 죽은 이들의 명복을 빌기 위해 천천히 국기를 내리고 있습니다."

"우리는 지금 이 순간 나치 독일 최초의 병사인 알베르트 레오 슐라게터를 추념하고 있습니다."

"슐라게터는 포레누아레 남쪽에 위치한 쇠나우 마을의 유서 깊은 농부 집안의 자손이었습니다. 그곳에 그의 유해가 안치되어 있습니다. 그는 전쟁이 일어나자 자원입대해 여러 차례 부상을 입었고, 베르사유 강제 조약 이후에는 의용군으로서 발트해와 국경 수비대원으로 북부 슐레지엔에서 근무했습니다.

그런데 서쪽에서 뇌우가 터지더니 모범 병사에게 벼락이 떨어졌습니다. 프랑스 군대가 평화 협정을 위반하고 루르강을 침략해 왔습니다. 사방에서 항전의 열정이 불타올랐습니다. 슐라게터는 최전선에서 싸웠습니다. 그는 동료들과 함께 대담한 활동으로 적의 통신과 보급로를 마비시켰습니다."

"그는 배신을 당해 프랑스 군대의 손아귀에 떨어졌습니다!"

"독일을 사랑하는 우리 젊은이들은 국기 위에 오직 한마디를 새겼습니다. 투쟁! 비겁하고 나약한 모든 것을 불태워 버립시다! 우리의 권리는 피와 땅에서 솟아납니다. 뜨거운 불길이 미온적인 자들을 태워 버릴 것입니다! 썩어 빠지고 벌레 먹은 모든 것을 없애 버립시다! 조국을 예속 상태에서 구합시다! 독일 국가를 튼튼하게 건설합시다! 독일을 사랑하는 우리 젊은이들은 국기 위에 오직 한마디를 새겼습니다. 투쟁!"

"슐라게터는 비탄에 빠진 국민의 부르짖음이 울려 퍼졌을 때 단 한 순간도 주저하지 않았습니다. 전선에서 중위로서, 발트 지역에서 포병 중대장으로서, 국가사회주의의 투사로서, 루르 지역의 저항군 대장으로서 그는 언제든 목숨을 바칠 각오가 되어 있었습니다."

그대는 동녘에서 붉게 타오르는 여명을 보았는가?
그것은 이제 솟아오르는 자유의 태양이노라.
우리 영원히 서로 협력합시다.
왜 아직도 의심을 품는단 말입니까? 논쟁을 그만둡시다.
우리 혈관 속에 흐르는 것은 독일인의 피입니다.
국민이여, 무기를 들라! 국민이여, 무기를 들라!

"슐라게터는 뒤셀도르프와 뒤스부르크 사이에 있는 칼쿰의 하르바흐 다리를 폭파하려 했다는 죄목으로 군사 법정에 출두했습니다. 1월 11일 침입자들은 루르를 점령한 후 약탈한 석탄을 수송하기 위해 모든 기차를 징발했습니다. 슐라게터는 철도를 파괴함으로써 그 약탈 행위를 방해하기로 결심했습니다. 2월 26일 루르에 주둔한 프랑스 군대의 사령관은 공공 시설물을 파괴하는 자는 사형에 처하겠다고 포고했습니다. 슐라게터는 총살되었습니다."

"1923년 5월 26일 새벽에 무장한 호송대가 골츠하임의 벌판에 있는 한 채석장으로 그를 끌고 갔습니다. 프랑스 군인들이 그의 두 손을 등 뒤로 묶고 구타해서 무릎을 꿇게 만들었습니다. 총구 앞에 혼자 남게 되자 안드레아스 호퍼[96]의 「결코」라는 시가 그의 뇌리에 떠올랐습니다. 그는 투쟁했을 때처럼 서서 죽기를 원했습니다. 그는 다시 일어났습니다. 그 순간 일제 사격이 새벽의 정적을 깨뜨렸습니다. 그의 몸이 마지막으로 솟구치더니 땅바닥에 고꾸라지고 말았습니다."

"우리와 닮았던 이가 벼락에 맞아 여기 반석 위에 잠들어 있습니다. 태양은 사라지고 우리는 그의 유해 앞에서 슬픔에 잠겨 있습니다. 주여, 당신의 길은 어둡기만 합니다! 그는 용감한 사람이었습니다. 우리의 국기는 슬픔에 잠겨 있습니다. 수많은 무훈을 쌓은 그는 선조들 곁으로 갔습니다. 우리는 고인과 굳게 맺어져 있습니다. 그의 의지는 곧 우리의 의지이고 그의 운명은 곧 우리의 운명입니다. 우리는 그를 잃었지만 그는 조국을 위해 영원히 남았습니다. 그는 무덤 속에서 이렇게 말합니다. '나는 존재한다!'"

---

96) 티롤 지방의 민병대장으로 나폴레옹과 협력한 바이에른 군대와 맞서 싸웠다.

* * *

칼텐보른 간부들이 실시한 생도 징집 결과는 형편없었다. 간부들은 언제 전방에 소환되어 죽을지 모르기 때문에 실의에 빠져 있었고, 더구나 젊어지는 사명감 따위는 없었다. 그래서 조만간 임기가 끝나면 떠나게 될 기관을 위해 새로운 생도를 징집하는 데 거의 관심이 없었다. 그들은 이다음에는 어느 나폴라가 해체될지에 대한 이야기를 나눴다. 광적인 충성심으로 버텨 온 라우파이젠은 그러한 태만을 비난했고, 한편 블레트헨은 자신에게 보내지는 아이들도 많지 않을뿐더러 그나마 인류학적으로 볼 때 평범한 아이들뿐이라며 통탄했다.

그날 티포주는 바르브블뢰에게 새로 편자를 박아 주러 니콜라이켄에 다녀오는 길이었다. 그해 다소 늦게 찾아온 봄날이 너무 즐겁고 감미롭게 펼쳐져 뭔가 행복한 일이 자기를 위해 마련되어 있을 것 같은 생각이 들었다. 거세된 말 바르브블뢰는 반짝이는 편자가 자랑스럽다는 듯 길에 깔린 규석을 힘차게 밟으면서 딸가닥거리는 소리를 냈다. 티포주는 자신이 직접 겪었던 가장 슬프고 잔혹한 사건들마저 부드러운 매력으로 감싸 주는 향수를 느끼면서 철제 징을 박아 걸을 때마다 번개처럼 불꽃이 일었던 펠스네르의 군화를 생각했다. 또한 자연스럽게 네스토르의 멋진 알시옹 자전거도 떠올렸다. 지금도 그 일을 생각하면 우쭐해졌다. 칼텐보른에서 한 시간 거리에 있는 루크나인 호숫가에 도착한 그는 나무 밑에 기대어 놓은 여섯 대의 자전거를 발견했다. 핸들은 소뿔처럼 서고 브레이크는 페달에 부착되어 있으며 나무 손잡이가 달린 구식 펌프가 몸체에 고정된 묵직한 독일산 자전거였다. 나뭇가지들 사이로 수면에 햇살이 반사되어 반짝거렸고 부르는 소리, 웃음소리, 찰랑거리는 물소리가 들려왔다.

티포주는 땅에 내려 바르브블뢰를 꽃이 핀 풀밭에 풀어 주었다. 그리고 반짝이고 소용돌이치는 맑고 시원한 물속으로 풍덩 뛰어들었다. 그는 거리를 잘 계산하여 잠수했다가 아이들 한가운데서 솟구쳤다. 아이들은 소리치고 웃으면서 그를 반겼다. 아이들은 300킬로미터 떨어진 마리엔부르크에서 왔는데, 성령 강림 대축일 방학을 이용해 자전거를 타고 마주리 지방의 숲과 호수를 누비고 다니던 중이었다. 티포주는 아이들에게 칼텐보른, 나폴라, 성채, 체육관, 사격장, 말, 보트, 무기, 생도들의 활기찬 생활에 대해 이야기해 주었다. 그리고 그들 또래 동료들 수백 명과 함께 저녁 식사를 하고 밤을 보내지 않겠냐며 아이들을 초대했다.

라우파이젠은 마리엔부르크라는 이름을 듣고 기쁨과 자부심으로 몸을 떨었다. 그곳은 튜턴 기사단의 역사적이고 정신적인 수도이며, 훌륭하게 보존된 성채는 의심할 여지 없이 가장 위풍당당한 동프로이센의 걸작이었다. 바로 그곳에 있는 기사들의 대기실에서 발두르 폰 시라흐는 매년 4월 19일 방송을 통해 열 살이 된 모든 독일 어린이는 영원히 독일 총통과 결속된다는 성명서를 발표했다. 블레트헨은 새로 도착한 아이들을 검사하면서 터져 나오는 기쁨의 탄성을 억제할 수 없었다. 가장 순수한 동발트해 보레비족(가장 유명한 이 종족의 전형은 힌덴부르크 사람들이다.)의 표본을 그처럼 가까이에서 볼 기회가 없었기 때문이다. 나폴라는 소년들의 가족을 비롯해 도시 당국과 통화를 하고 서신을 교환했다. 그 소년들은 다시는 마리엔부르크를 볼 수 없을 것이다.

그 훌륭한 대량 검거 직후 교장이 티포주를 소환했다. 그는 이제껏 티포주의 재능을 과소평가했다고 시인했다. 티포주는 이번 일로 치즈와 잠두콩 부대를 수송하는 일보다 더 유용한 일로 칼텐보른에 기여할 수 있다는 사실을 증명한 셈이다. 물론 교장은 그에게 어떠한 공식적인 권한도 부여할 수 없지만 전 지역을 수색해 나폴라의 생도가 될 만한 아이들을 찾아내는 임무를 맡겼다. 교장은 그를 위해 요하니스부르크, 리크, 뢰첸, 오르텔스부르크, 그리고 필요할 경우 더 먼 지방의 나치 지구당에 협조 공문을 보냈다. 티포주는 교장에게만 보고하면 되었고, 교장은 결과에 따라 그를 평가할 것이다.

블레트헨은 조수의 승진을 축하해 줄 시간조차 없었다. 사람들은 얼마 전부터 나치 친위대 중앙 지도자가 직접 제안한 건초 만들기 작전이라는 명칭으로 널리 알려진 방대한 계획에 대해 이야기하고 있었다. 중앙군 소속의 전투 부대들이 점령한 지방에서 열 살부터 열네 살 백(白)루테니아인 어린이 4만 명에서 5만 명을 선별해 독일로 데려와 그 작전에 맞게 정비된 마을에 수용하는 일이었다. 동부 점령 지역 사령관인 알프레트 로젠베르크는 재차 나치 친위대가 제안한 그 무지막지한 작전에 반대했다. 그는 아이들이 잡역에 일조하기보다 짐이 될 거라고 반박하고, 차라리 열다섯에서 열일곱 살 된 아이들을 데려오자고 제안했다. 하지만 소용없는 일이었다. 힘러의 밀사들은 끈질기게 그를 설득했다. 그것은 노동력의 이동이 아니라 두 민족 간 생물학적인 접목을 통해 이웃 슬라브족의 강력한 힘을 약화하는 작전이라고 했다. 결국 그는 동부 사령부 관할지 밖에서 작전을 실행하기로 결정하지 않을 수 없었다.

사람들은 그제야 오토 블레트헨이 유대계 볼셰비키의 머리 150개를 바쳐서 탁월한 능력을 인정받았던 사건을 떠올렸다. 러시아와 폴란드 국경 지대에 대한 그의 해박한 지식이 그 작전에 지대한 공을 세우리라는 것은 분명했다.

6월 16일 블레트헨은 그의 금붕어들인 시프리노프시스와 아우라투스를 양철통에 넣고 밀봉한 다음 사령관과 교장에게 작별 인사를 고했다. 그리고 그에게 보내진 초라한 오펠 자동차는 가방 몇 개밖에 실을 수 없다고 투덜대면서 떠났다. 그 다음다음 날 티포주는 교장에게 동의를 얻어 인종학 센터의 방세 개에 자리를 잡았다.

티포주는 육군 소령 교수가 버리고 간 인체 측정 자료들이 널려 있는 실험실에 혼자 남아 그 연구소의 주인이 된 자신을 발견하고 미치광이처럼 신경질적인 웃음을 터뜨렸다. 그 웃음에는 새롭게 전개된 운명 앞에 느낀 승리감과 불안감이 뒤섞여 있었다.

* * *

불길한 기록

오늘 저녁에 생도들은 하지의 모닥불을 피우기 위해 종대를 지은 다음 다른 종대들의 모닥불을 볼 수 있고 서로 훤히 내다보이는 슈피르딩과 그 건너편에 있는 티르클로 호숫가의 언덕으로 간다.

그 태양의 축제에는 은밀한 슬픔이 스며 있다. 절정에 도달한 젊은 여름은 축하를 받기 무섭게 물론 눈에 띄지 않지만 날마다 일이 분씩 갉아먹히면서 조금씩 짧아진다. 가장 아름다운 건강의 극치에 도달한 아이가 이미 노쇠의 모든 씨앗을 품고 있는 것과 마찬가지다. 반면 정반대에 위치하는 크리스마스는 가장 어둡고 가장 습한 겨울에 아도니스의 재생과 같은 기쁜 신비를 축하한다.

생도들은 바람이 연기와 불티를 날려 보내도록 한쪽 면을 비워 두고 장작더미를 에워싼다. 가장 어린 생도가 대열에서 빠져나와 장작더미를 향해 걸어간다. 아이는 빛의 나비처럼 가볍게 깜박거리는 불꽃을 손에 쥐고 있다. 우리는 모두 그 불꽃이 너무도 변덕스러워 꼬마 점화자가 임무를 완수하기 전에 꺼지지나 않을까 걱정한다. 나뭇가지들이 삐죽삐죽 튀어나오고 줄기에서 송진이 흐르는 장작더미 앞에 아이가 무릎을 꿇는 순간 불꽃이 보이지 않는다. 갑자기 불길이 탁탁 튀는 소리를 내며 분출하자 아이는 뒤로 휙 물러난다. 돌연한 불길로 훤해진 어둠 속에서 해맑은 목소리들이 솟아오른다.

불길이 불길로 번지듯이 민중은 민중에게 가자!
성스러운 불꽃이여, 하늘까지 올라가라!
으르렁거리면서 나무에서 나무로 타올라라!

모두 대열에서 빠져나와 들고 있던 횃불 막대기에 불을 붙이기 위해 모닥불로 다가간다. 이윽고 불길이 춤추는 사각형 대열이 다시 형성된다.

멀리 어둠 속에서 다른 종대들의 불길이 보이고 낭독하는 소리가 희미하게 들린다.

우리를 밤으로부터 해방시켜 줄 저 지평선이 빛나는 것을 보아라. 벌써 저쪽에서 눈부신 서광이 모습을 드러내고 있구나. 조국애로 불타오르는 이들에게 미래의 문이 열려 있구나. 아직도 어두운 대지에 생명을 주는 저 발광체를 바라보아라. 비극의 고도 마주리가 우리의 호소에 응답하고 수많은 우정의 불꽃으로 타오르는구나. 그 불꽃은 올해의 가장 찬란한 날을 앞당기자고 부추기는구나.

떡갈나무 관을 쓴 세 명의 생도가 모닥불을 향해 나아간다.

"저는 전사자들을 추모하며 이 관을 바칩니다."
"저는 국가사회주의의 혁명 전선에 이 관을 바칩니다."
"저는 조국을 위해 독일 젊은이들이 열정적으로 맞이하게 될 미래의 희생에 이 관을 바칩니다."

나머지 생도들이 이에 합창으로 응답한다.

"우리는 불과 장작입니다. 우리는 어둠과 추위와 습기를 몰아내는 빛과 열기입니다."

뜨겁게 타오르던 모닥불에서 불티가 한바탕 솟구치더니 무너지고 사각형 대열은 활기를 띠기 시작한다. 생도들은 모닥불 주위를 돌며 한 명씩 빠져나와 불길 위를 뛰어넘는다.

이번에는 어떤 해석이나 암호 해독표도 필요 없다. 그처럼 집요하게 미래와 죽음을 결부시키고 아이들을 차례대로 잉걸불 속에 집어 던지는 저 의식은 분명히 강신술이고, 무고한 아이들을 학살하기 위한 악마적인 기원이다. 우리는 노래를 부르며 학살을 향해 행진하고 있다.

칼텐보른이 내년에도 이러한 하지 의식을 치를 수 있을까?

* * *

그때부터 사람들은 티포주가 커다란 검은 말을 타고 서쪽 쾨니히스회헤의 고지부터 동쪽 리크 늪지까지, 그리고 가끔은 남쪽 폴란드 국경까지 마주리 전역을 편력하는 모습을 보게 되었다. 티포주는 칼텐보른 주둔군의 추천장을 지니고 면사무소에 느닷없이 나타나는가 하면, 공립 초등학교를 찾아가 교사들과 면담하고 아이들을 조사하기도 했다. 그는 학부모 집을 방문하는 것으로 하루 일과를 마감했다. 대부분 학부모들은 찬란한 장래에 대한 보장과 은근한 협박에 마음을 바꾸고 아이들을 나폴라에 보내기로 약속했다. 그가 전속력으로 말을 달려 칼텐보른에 돌아와 라우파이젠에게 보고하면 교장은 그의 보고를 승인하고 즉시 집행하도록 지시했다. 하지만 가끔 공공연한 저항에 부딪치기도 했다. 특히 패전으로 암울해진 지역에서는 설득하기가 어려웠는데, 그가 이런저런 이유로 소중하게 여기는 아이들은 대체로 가장 강인한 사냥감으로 확인되었다.

어느 날 티포주는 요하니스부르크의 모래 언덕에 있는 길쭉하고 좁고 꼬불꼬불한 초록색 혀처럼 돌출한 벨단 호수 끄트머리에서 쌍둥이 형제를 발견했다. 부모와 함께 어부용 오두막집에서 비참하게 살고 있었다. 그는 언제나 쌍둥이성에 매료되어 있었다. 쌍둥이성은 살(肉)이 영혼에게 자신의 규칙을 강요하고 자신의 변덕에 굴복시키는 어떤 생명력을 깊숙이 감춘 것처럼 보였기 때문이다. 그것은 좋든 싫든 간에 한 존재에게서 그의 분신을 만들어 분신의 내면성이 지닌 모든 비밀을 그 존재에게 누설하는 자연의 변덕이었다. 하이오와 하로는 여우 새끼처럼 적갈색 머리에 우윳빛 같은 하얀 피부를 지녔고 밀기울 속에서 뒹군 듯 노란 솜털이 나 있었다. 어느 날 티포주는 그들이 호숫가에서 갈대를 꺾는 모습을 바라보며 블레트헨이 그에게 상세히 설명해 준 충격적인 이론을 떠올렸다. 교수는 그 이론을 경멸하며 격렬하게 반박했다. 그 이론에 의하면 세상에는 두 종류의 인종이 있다. 하나는 처음부터 끝까지 철저하게 유별난 행동을 보이는 적갈색 머리형이고, 다른 하나는 같은 색소에서 농담에 따라 무한히 변형된 금발 갈색형이다.

쌍둥이 소년들의 징집은 전혀 예기치 않게 완강한 부모의 저항에 부딪쳤다. 부부는 처음에 독일어를 이해하지 못한 척하더니(그들은 슬라브 방언을 사용했다.) 마침내 열두 살 된 아이들이 군인이 되기에는 너무 어리다고 집요하게 반복해서 말했다. 더구나 두 아이가 정신 지체아라는 말도 안 되는 이야기를 늘어놓으며 반대했다. 티포주는 인근 마을들을 돌아다녔지만 아무런 성과도 거두지 못했다. 어딘가 석연치 않은 그 일에 별로 끼어들고 싶지 않았던지 면사무소마다 그 호수 지역이 관할 구역이 아니라고 발뺌을 했다. 프랑스인의 보고에 고무된 라우파이젠은 요하니스부르크의 지구당 지도부에 전화를 걸었고, 결국 시장이 몸소 두 아이를 칼텐보른에 데려왔다.

* * *

불길한 기록

마침내 쌍둥이 형제의 입교가 결정되었다는 전화를 받았다. 요하니스부르크의 사령관 자동차가 형제를 칼텐보른에 데려온다고 했다. 한 시간 후면 이곳에 당도할 것이다.

경험으로 잘 아는 극도의 흥분이 곧장 나를 엄습했다. 파상

풍에 걸린 듯 전율하는 것이다. 온몸이 떨리는데 전율의 주된 동인은 턱이다. 나는 이를 서로 부딪치게 만들고 입안에 침을 가득 고이게 하는 턱의 떨림을 최선을 다해 진정시키려고 애쓴다. 나는 본능적으로 싸운다. 하지만 이내 엄청난 행복을 예감하고는 그 상태에 나를 내맡기고 만다. 아직은 오지 않았지만 실망시킬 가능성이 없는 쌍둥이 형제가 생이 내게 가져다줄 먹이들 가운데 가장 훌륭한 것이 아닐까 자문해 보기조차 한다.

그들이 도착했다. 크라이스라이터[97]의 육중한 메르세데스가 안뜰을 돌아 현관 앞에 멈춘다. 쌍둥이 형제가 차례로 내리는데 너무 닮아 한 아이가 두 번 허리를 굽혀 포석 위로 뛰어내리는 것 같다. 하지만 분명히 두 아이가 나란히 서 있다. 똑같이 꽉 끼는 검은색 벨벳 반바지에 어깨끈을 두른 갈색 와이셔츠 차림의 히틀러유겐트 제복을 입었는데 그 복장 탓에 적갈색 머리와 흰 피부가 더욱 돋보인다.

나는 몇 주 전부터 이 특이한 두 아이뿐만 아니라 일반적인 쌍둥이성의 현상이 왜 그토록 강렬하게 나를·매혹시키는지 곰곰이 생각 중이다. 그것은 틀림없이 칼텐보른의 400여 명 아이들이 그들 개성의 단순한 총계에서 비롯되는 밀도와 비교할 수 없을 만큼 높은 밀도로 한 집단을 형성한다는 법칙을 특별하게 적용한 데 지나지 않는다. 다양하고 상반되는 개성들이 대부분 상쇄되어 간결하고 투박한 덩어리만 남기 때문이다. 정신의 부분인 개성이 살을 뚫고 들어가 구멍을 내 가볍

---

97) 나치 시대의 지구 지도자.

게 만들고 숨을 쉬게 만든다. 마치 누룩이 반죽에 정신성을 부여하는 것처럼. 개성이 지워지면 살덩어리는 곧장 타고난 순수성과 원래의 무게를 되찾게 된다.

쌍둥이는 육신의 탈정신화 과정을 더욱 밀고 나간다. 그것은 영혼이 약화되는 모순적인 혼란의 문제가 아니다. 사실 쌍둥이의 두 육신은 똑같은 개념을 가지고 지혜롭게 옷을 입고 정신이 그 안에 스며들게 할 뿐이다. 따라서 그들은 유별나게 우윳빛 혈색, 장밋빛 솜털, 부드러운 근육, 포동포동한 살 등 최고의 동물적인 알몸을 드러내면서 활짝 피어난다. 나체는 하나의 상태가 아니라 양(量)이다. 어떤 대상이 법률적으로 무한하나 실제로는 한정된 것처럼 말이다.

즉각 실험실에서 실시한 검사 결과가 그런 관점을 확인시켜 주었다. 하이오와 하로는 폐활량이 크고 행동이 느리며 상당히 뚱뚱한 림프성 체질[98]이었다. 단두형(90.5), 광대뼈가 튀어나온 넓적한 얼굴, 길고 뾰족한 귀, 납작코, 벌어진 치아, 약간 째진 초록색 눈. 지능이 떨어지고 본능적인 삶에 충실하다는 것을 말해 주는 졸리는 듯하면서도 교활해 보이는 약간 어리석은 얼굴. 균형감 탓에 차분해 보이는 매우 안정된 체격. 둥근 어깨. 근육보다는 지방이 눈에 띄게 많고 윤곽이 너무 물렁해 보이는 흉근. 활처럼 넓게 벌어진 오목한 흉곽. 샅굴 부위와 치골 고랑의 아치 모양. 치골 끝에 백합을 거꾸로 세워 놓

---

98) 고대 서양 의학에서 말하는 네 가지 체질 중 하나로 둔하고 무감각한 성품에 비만인 체형.

은 것 같은 성기. 대칭을 이루는 활 모양의 흉곽과 샅굴 부위 사이에서 볼 수 있는 복근의 삼면은 다른 각도에서 보면 그처럼 통통한 체격임에도 불구하고 놀랄 만큼 뚜렷하게 드러난다. 넓은 목덜미 아래 두툼한 반죽으로 빚은 둥근 빵처럼 하얀 타원형의 등판은 좁은 허리 부분 속으로 사라지는 척추에 의해 둘로 나뉜다. 유별나게 움푹 팬 허리 탓에 더욱 돌출되어 보이는 엉덩이, 짧고 네모진 손가락, 탄탄한 손바닥. 묵직한 다리와 두툼한 발목, 넓고 밋밋한 슬개골을 지닌 무릎, 다리 위에서 툭 튀어나와 균형감을 상실한 두툼한 엉덩이.

매우 하얀 피부에는 주근깨가 여기저기 흩뿌려져 있고 팔뚝과 목덜미에도 지도처럼 들쭉날쭉 반점들이 있다. 그물코처럼 일정한 간격으로 퍼진 동맥이 넓적다리 안면을 뒤덮고 있다.

* * *

불길한 기록

결과를 조속히 알고 싶은 마음에 쌍둥이들이 도착하자마자 서둘러 실시한 검사였기에 최상의 결과를 밝혀 낼 수 없었는데, 오늘 아침 탁월한 면모가 드러나 나는 경이로운 행복감에 빠지고 말았다.

나는 아주 미세한 것일지라도 두 아이를 구별할 차이점을 찾아내는 데 골몰했다. 솔직히 말하자면 그런 차이점은 언제나 존재하는 법이다. 며칠 동안 같이 생활한 끝에 나는 하로와 하이오를 한눈에 구별하기에 이르렀다. 그런데 그 식별은 신체상의 뚜렷한 특징보다는 아이들의 전반적인 태도와 몸짓, 품행에 근거한 것이다. 하로의 행동에는 활기와 격정과 단호함이 있으나 깊은 생각에 잠긴 것처럼 행동이 느린 하이오에게서는 그런 면을 찾아볼 수 없다. 사람들은 하로가 주도권을 쥐고 필요할 경우 지휘도 할 거라고 추측하지만, 늘 몽상과 망설임이라는 방어책을 가진 하이오는 너무 직선적이고 격한 쌍둥이 형제에게 맞설 줄 알았다.

마침내 나는 몇 마디로 정의할 수 있는 뚜렷한 인체 특징을 발견했다. 다만 지금까지 나를 헷갈리게 했던 특징과 비교도 안 될 만큼 훨씬 미묘하고 추상적이고 정신적인 방법을 통한 것이다. 나는 오래전부터 만일 한 아이를 수직으로 이등분한다면 우측 절반과 좌측 절반은 대체로 같아 보일지라도 수많은 미세한 차이를 드러낼 것이라고 생각했다. 아이는 똑같은 모델을 바탕으로 만들어진 두 개의 반쪽을 봉합한 것처럼 보인다. 하지만 창조의 마지막 단계에서 왼쪽은 과거, 사색, 감동을 지향하고 오른쪽은 미래, 행동, 공격성을 추구하는 서로 다른 영감을 부여한 후 두 개의 반쪽을 연결한 것이다. 몸의 반대편 극점에 있는 봉합선, 항문의 앞쪽 끝에서 음경 표피의 끝까지 두 음낭의 중앙과 회음부의 돌기 위로 뻗어 있는 용연향이 나고 오돌토돌하고 가느다란 피부의 돌기선은 사내아이가 조개나 셀룰로이드로 만든 아기 인형처럼 뒤늦게 거칠고 투박하게 땜질한 두 개의 판막으로 구성되었음을 암시한다.

그런데 그날 기억에 남을 만큼 특별한 사실을 발견했다. 하로의 왼쪽 절반이 하이오의 오른쪽 절반과 일치하고, 마찬가지로 그의 오른쪽 절반이 하이오의 왼쪽 절반과 정확하게 일치한다는 사실이 명백히 밝혀진 것이다. 이 아이들은 다른 쌍둥이들처럼 등과 등을 맞붙여 포개는 것이 아니라 얼굴과 얼굴을 맞대어 겹칠 수 있는 거울형 쌍둥이였다. 나는 언제나 전위와 교체, 중복에 깊은 관심이 있었다. 특히 사진술은 내게 그런 사실을 잘 설명해 주었지만 그것은 상상의 세계에 국한되어 있었다. 이제 나의 뇌리에서 떠나지 않았던 그 주제가 지금 아이들의 육체에 나타나 있지 않은가!

　　나는 쌍둥이 형제를 나란히 앉혔다. 그리고 얼굴이나 육체가 내게 불러일으키는 간파하고 싶은 은밀한 감정으로 두 아이를 관찰했다. 그러나 이번에는 내가 너무 뚫어지게 바라보아서인지 아이들의 얼굴이 굳어져 제대로 파악할 수 없었다. 하이오 이마의 머리카락은 시계 방향으로 꼬였는데, 하로의 머리카락은 그 반대 방향으로 꼬여 있다는 점을 발견했다. 비록 대수롭지 않지만 최초로 그 특징을 발견한 직후 하로의 오른쪽 뺨과 하이오의 왼쪽 뺨에서 동일한 상처(사실은 매력 포인트 같은 점)를 보게 되었다. 그때부터 연달아 발견되는 특징들 가운데 가장 의미심장한 것은 분명히 주근깨가 이루고 있는 그림이었다.

　　나는 블레트헨 밑에서 일할 때 도움을 청한 적이 있던 쾨니히스베르크의 인류학 연구소에 전화해 내가 발견한 특징을 알렸다. 연구소 측은 매우 드문 현상이긴 하지만 거울형 쌍둥이가 존재한다고 곧장 확인해 주었다. 그것은 처음부터 나타나는 현상이 아니고 태아가 분화되기 시작한 상당히 늦은 단계에 일어나는 분리 작용에서 기인한다고 했다. 연구소 측은 우리 지역에 출장 올 기회가 생기면 쌍둥이 형제를 보러 오겠다고 약속했다.

* * *

이번 7월 생도들은 몇 달 전부터 보내 주겠다고 약속했던 그 굉장한 장난감을 선물로 받았다. 이 중 중기관총 네 대, 일분에 200발에서 300발을 쏠 수 있는 구경 20밀리미터 경속사포 네 문, 37밀리미터 포 한 문, 105밀리미터 장거리용 대포 세 문을 갖춘 방공 포대였다. 덧붙여 청음 탐지기 한 대도 보내왔다. 하지만 대공 장비를 완전히 갖추려면 탐조등이 있어야 하는데 한참 기다려야 할 것 같다. 고사포는 성채에서 2킬로미터 떨어진 드로셀발데 마을을 굽어보는 소나무 숲 언덕에 배치되었다. 만일 동쪽에서 침략군이 올 경우 아리스 길을 차단할 수 있을 것이다. 고사포대는 각 백인대에서 차출된 4개 분대가 두 교관의 지휘하에 교대로 지켰다.

그때부터 사격 훈련이 계속되었다. 하늘에 하얀 솜털 모양의 포연이 가득 찼고 끊임없는 포성이 전쟁의 임박을 알렸다. 때때로 성채 지붕에서 포탄 파편이 떨어지는 소리가 들렸다. 티포주는 정기적으로 고사포대에 근무 중인 분대에 식량을 보급하기 위해 언덕으로 올라갔다. 생도들은 소나무 아래 흙어져 운동 바지를 입고 일광욕을 하거나 철모에 펠트 귀마개를 쓰고 천둥 치듯 으르렁대는 포 주위에서 분주하게 훈련을 받았다. 아이들이 그처럼 즐겁게 보낸 적은 없었다. 오히려 그들은 살아 있는 표적 역할을 하게 될 적기가 한 대도 나타나지 않아 애석해했다.

* * *

불길한 기록

처음에는 터무니없어 보일지 모르지만 전쟁과 어린이를 결합하는 깊은 친근성은 부인할 수 없다. 행복에 도취한 채 숲 한가운데서 거대한 아가리를 내밀고 있는 기괴한 강철과 불의 우상들을 모시고 봉헌하는 생도들의 광경이 그 친밀성에 대한 부인할 수 없는 증거다. 요컨대 어린이는 총, 검, 대포, 전차, 납으로 만든 병정, 그리고 기타 무기 같은 장난감을 집요하게 요구한다. 흔히 어린이는 어른을 흉내 낼 뿐이라고 하겠지만 혹시 그 반대가 정확한 사실이 아닐까 하는 생각마저 든다. 어른은 작업장이나 사무실에 가서 일하지 전쟁놀이를 하지 않기 때문이다. 나는 혹시 전쟁이란 어른이 어린이처럼 굴도록, 다시 말해 병기와 납으로 만든 병정을 가지고 노는 나이까지 역행할 수 있도록 발발하는 것이 아닐까 싶다. 부서 책임자, 남편, 가장 등의 임무에 지친 어른은 군에 동원됨으로써 그런 모든 기능과 신분으로부터 해방된다. 그때부터 자유롭고 무사태평해진 어른은 또래 동료들과 함께 유년기의 장난 감들을 확대 복제한 것에 지나지 않은 대포, 전차, 비행기를 가지고 즐긴다.

비극은 그런 퇴행이 잘못 이루어지는 데에서 발생한다. 어른은 유년 시절에 가지고 놀던 장난감을 다시 손에 넣지만 더 이상 장난감의 본래 의미인 놀이와 교훈에 대한 감각이 없다. 어른은 우악스러운 두 손으로 살과 피에 굶주린 악성 종양처럼 기괴하게 커진 장난감을 붙잡는다. 어른의 심각한 살의가 어린이의 진지한 유희를 대신한다. 어른이 아이의 놀이를 흉내 낸 것이다. 그것은 뒤바뀐 이미지다.

자, 이제 과도하게 확대되고 병적인 상상력으로 구상되고 불순한 의도로 구체화된 장난감들을 아이에게 준다고 하자. 어떤 일이 일어나겠는가? 지금 드로셀발데의 언덕이, 칼텐보른의 나폴라가, 독일 전역이 우리에게 보여 주고 있지 않는가? 어른과 어린이 사이의 이상적인 관계를 정의하는 짊어지는 행위가 어린이와 성인용 장난감 사이에서 기괴하게 이루어지고 있다. 아이의 파괴적인 작은 손에 넘겨진 장난감은 허구적인 물체라는 사명을 이루고 싶은 것처럼 더 이상 아이가 들고 다니는 것이 아니라 아이에 의해 끌리고 밀리고 넘어지고 굴러다닌다. 결국 아이는 전차 속에 삼켜지고 조종실에 갇히고 쌍기관총의 회전하는 총좌에 얽매임으로써 장난감이 아이를 싣고 다니게 된다.

나는 이곳에서 처음으로 틀림없이 매우 중요한 한 현상과 만나게 되었다. 악의적 전위에 의한 짊어지는 행위의 전복이다. 결국 나의 상징적인 역학의 두 가지 표상은 언젠가 당연히 겹치게 될 것이다. 따라서 그 결합에서 생기는 새로운 표상은 일종의 반(反)짊어지는 행위다. 나는 분명히 일종의 반(反)짊어지는 행위라고 말했다. 그런 일탈 현상에는 틀림없이 다른 변형들이 있게 마련이니까.

새로운 조각이 나의 구조에 첨부되었다. 나는 아직 그것의 모든 양상을 파악하지는 못했다. 나는 그것이 여러 맥락에서 어떻게 기능하고 어떻게 모습을 드러내는지를 보아야만 그 중요성을 헤아릴 수 있을 것이다.

* * *

7월 둘째 주 유달리 격렬하게 천둥이 치고 비가 내리는 바람에 전 지역이 녹초가 되었고 칼텐보른에서도 비극적인 사건이 여러 차례 벌어질 뻔했다. 사실 그날도 전기가 잔뜩 내포된 무더운 여름철의 열기가 기승을 부리자 교장은 슈피르딩 호수에서 해군 놀이를 계획했다. 한 척에 네 명의 생도가 탄 돛단배들이 호수 양쪽에서 출발해 수 제곱킬로미터의 수면에 떠다니는 번호가 매겨진 유리병 속에 든 메시지를 찾는 놀이였다. 따라서 가능하면 많은 병을 건지고 그 안에 들어 있는 쪽지를 맞추어 암호화된 전문을 재구성해야 했다. 점점 사납게 수면을 휩쓰는 뜨거운 돌풍에 전속력으로 밀려나는 하얀 쪽배들이 서로 교묘하게 충돌을 피하고, 그 와중에 한 아이가 선체 밖으로 몸을 반쯤 내밀고 암호가 든 유리병을 건져내는

418

장면은 놀라운 장관이었다. 그런데 5시 무렵 갑자기 하늘이 컴컴해지더니 이윽고 광풍이 수면을 몹시 격렬하게 휩쓸었다. 교장은 즉시 부교로 복귀하라는 신호를 보냈다. 뒤집어진 네 척의 돛단배를 제외하고 나머지 배들은 별 피해 없이 서둘러 정박했다. 하지만 억수 같은 비 때문에 모두 헛간으로 피신해야 했다. 그제야 점호를 해 보니 제3백인대 소속의 돛단배 한 척이 사라졌음을 알게 되었다. 비의 장막이 광란하듯 교차하는 납빛 황혼 속에서는 거의 아무것도 보이지 않았다. 교장은 인근 마을에 전화를 걸어 모터보트를 동원해 호수를 샅샅이 수색하라고 지시했다. 하지만 헛일이었다. 다음 날 호수는 평소처럼 잔잔했지만 아무것도 없었다.

그때 티포주는 도베르만 열한 마리를 데리고 사람이 살지 않는 강변을 수색해야겠다는 생각이 들었다. 실종된 아이들의 모습과 냄새에 익숙한 몰로스 개들은 즐거운 듯 마구 짖어 대며 추적하기 시작했고, 티포주를 태운 바르브블뢰는 간신히 그 뒤를 따라갔다. 결국 네 아이를 찾아낸 것은 개들이었다. 아이들은 바위투성이인 하구에서 발견되었는데 몸이 얼긴 했지만 무사했고 배는 부서져 있었다.

티포주는 그 체험의 결과를 활용하기로 했다. 개들은 생도들을 식별하므로 아이들이 실종될 경우 찾을 수 있다. 그렇기 때문에 나폴라에 입학할 만한 나이와 자격을 갖춘 아이들을 찾아내는 데도 개들의 본능을 이용할 수 있을 거라고 생각했다. 그것은 개들을 징집 순회에 데려가 봄으로써 확인되었다. 마을 입구에 들어서자 개들이 집과 정원으로 흩어졌다. 개들이 사냥감을 발견하고 멈추어 서서 짖어 대는 현관 앞, 철 책 맞은편 혹은 나무 아래에는 거의 언제나 징집자의 관심을 끌 만한 아이가 있었다. 더구나 티포주는 사냥용 긴 채찍을 지 니고 주머니에 싱싱한 고깃덩어리를 넣어 두었다. 개들이 실 수하면 채찍을 휘둘러 벌을 주었고 좋은 아이를 발견하면 고 깃덩어리를 주면서 길들였다. 이런 예기치 않은 도움은 교사 들이 동원되는 바람에 학교가 문을 닫아 아이들이 흩어진 상 태인 데다 혼자서 많은 아이들을 찾을 수 없는 상황에서 더욱 긴요했다. 짖어 대는 검은 몰로스 개들과 커다란 검은 말을 탄 구릿빛 얼굴의 기사가 벌이는 난폭하고 적나라한 광경은 주 민들에게 위협 그 자체였다. 그런 협박은 때때로 좋은 효과를 낳기도 했다. 하지만 7월 20일 테러 행위가 증명한 것처럼 살 의를 띤 반응에 조심할 필요도 있었다.

그 주에는 예외적으로 수확이 많았다. 티포주는 1931년에 태어난 면의 모든 소년을 교장에게 보내겠다는 약속을 얻어 낸 에레나우 마을에서 돌아오는 길이었다. 말이 잔걸음으로 어린 나무숲을 가로지를 때 귓전에서 휙 하는 소리가 들리는 가 싶더니 앞에 있던 어린 자작나무의 줄기가 눈에 보이지 않 은 낫에 잘려 쓰러지는 게 아닌가. 곧이어 폭음이 들려왔다. 바르브블뢰가 옆으로 비껴 서는 바람에 그는 땅바닥에 떨어 질 뻔했다. 처음에는 개를 데리고 총알이 발사된 방향으로 달 려갈까 생각했다. 하지만 더 가까운 거리에서 쏘게 될 두 번째 총알에 몸을 맡기는 짓이었다. 더구나 범인과 마주친다 해도 뭘 어쩌란 말인가? 그는 말에 박차를 가해 칼텐보른으로 급히 복귀했다. 그는 자신이 표적이던 그 테러 행위에 대해서는 함구하겠다고 다짐했다.

티포주가 안뜰에 들어서자 교장이 집무실 창문에서 그에게 들어오라고 손짓했다. 교장은 등사기로 조잡하게 복사한 질이 나쁜 종이 한 장을 내밀었다.

이 경고는 겔헨부르크, 젠스부르크, 뢰첸, 리크에 거주하는 모든 어머니에게 전하는 것입니다.

칼텐보른의 식인귀를 조심하십시오!

그는 여러분의 아이들을 탐내고 있습니다. 그는 우리 고장을 배회하며 아이들을 훔치고 있습니다. 여러분에게 아이가 있다면 항상 그 식인귀를 염두에 두십시오. 그는 항상 아이들을 생각하고 있으니까요! 아이들이 혼자 멀리 가지 않도록 조심하십시오. 아이들에게 만일 한 떼의 검은 사냥개를 데리고 푸른 말을 탄 거인을 보게 되면 즉시 도망쳐서 몸을 숨기라고 일러두십시오. 그가 여러분에게 찾아가거든 그의 협박에 저항하십시오. 그의 약속을 믿지 마십시오. 만일 식인귀가 여러분의 아이를 데려간다면 결코 다시는 아이를 보지 못하게 된다는 사실을 명심하고 어머니의 도리를 다하십시오!

* * *

블레트헨은 떠나기 바로 전에 거의 건성으로 티포주에게

이야기한 적이 있었다. "니콜라이켄 숲에 사는 숯장수에게 아들이 하나 있다고 들었네. 머리는 눈처럼 희고 눈은 보랏빛이고 수평 두개 지수는 70쯤 될 거야. 자네가 한번 그곳에 가 보는 게 좋겠어. 아이의 이름은 로타어 뷔슈텐로트라네. 그의 부모는 내 소환에도 절대 응하지 않았지." 그리하여 티포주는 처음으로 그 지역에 가게 되었다. 그 마을은 면 지역에서 가장 혜택을 받지 못하는 곳으로 접근하기도 힘들었다. 그는 명랑하고 귀먹은 것처럼 보이는 갑상선종에 걸린 사공이 젓는 돛을 단 뗏목을 타고 호수 상류를 건너야 했다. 바르브블뢰는 수없이 망설이다 마침내 뗏목 위로 필사적으로 훌쩍 뛰어들었는데 하마터면 어설프게 묶어 놓은 뗏목을 지나쳐 물에 빠질 뻔했다. 이윽고 사공은 요란한 소리를 내며 작은 모터에 시동을 걸었고 물결이 호수 양쪽으로 퍼져 나갔다. 잠깐 동안이었지만 말은 휘둥그레진 눈을 굴리면서 신경질적으로 연신 뒷발질을 해 댔다. 티포주는 숲속 빈터에서 난쟁이 마을을 연상시킬 만큼 많은 목탄용 장작더미 주위에 모여 부지런히 일하는 온통 새까만 사람들의 모습을 보았을 때 블레트헨의 말이 생각났다. 그는 로타어 뷔슈텐로트의 이름을 대며 여러 작업장을 돌아다녔다. 사람들은 모른다거나 찾을 수 없다는 몸짓을 했다. 마침내 한 사람이 동쪽으로 5킬로미터에서 6킬로미터 떨어진 베렌빈켈에 가 보라고 알려 주었다.

티포주는 간혹 어린 나무들이 남아 있는 광대한 벌목 지대로 말을 몰았다. 산림 지대를 빠져나오니 보랏빛 황야와 모래 채취장이 펼쳐졌다. 바르브블뢰는 발목까지 빠지는 벌판에서 허리를 힘차게 움직이며 나아갔다. 이윽고 다시 숲에 이르렀다. 여기저기 목탄용 장작더미와 개간지와 빈터가 보였다. 총림과 잡목림의 초록빛 그늘에 익숙해졌는데 갑자기 햇빛에 노출되자 눈이 부셨다. 그는 연기가 피어오르는 장작더미 주위에 모여 있는 사람들에게 다가갔다. 그의 갑작스러운 출현을 제일 먼저 눈치챈 사람은 한 소년(적어도 신장을 보아 판단하건대)이었다. 소년은 바지 위에 포대를 만드는 천으로 된 소매 없는 윗옷을 입고 있었다. 티포주는 아이에게 이름을 물어보려다가 문득 그럴 필요가 없다고 느꼈다. 아이가 그을음으로 더럽혀진 얼굴을 그에게 내밀었기 때문이다. 까만 얼굴에 아네모네빛 두 눈이 엷은 보랏빛 구멍을 내고 있었다.

"로타어 뷔슈텐로트?" 티포주는 질문과 확인이 뒤섞인 말투로 물었다.

아이는 전혀 놀란 표정을 짓지 않았다. 아네모네빛 두 눈이 까만 얼굴에서 다시금 빛날 뿐이었다. 아이는 천천히 양모 모자를 벗었다. 그러자 모자에 짓눌려 철모처럼 들러붙은 흰색에 가까운 금발이 드러났다.

티포주는 협상이 쉽지 않고 불확실할 거라고 예상했다. 생도의 징집은 서민층으로 내려가면 내려갈수록 어려워진다는 점을 경험을 통해 익히 알았다. 부유층이 앞다투어 자식들을 나폴라에 맡기려고 하는 반면, 청소년 지도국이 가장 높이 평가하는 노동자와 농민층은 겁을 내며 적의에 찬 경계심을 나타냈다. 그런데 아주 놀랍게도 뷔슈텐로트 부부는 티포주가 제안한 모든 것에 즉각 동의했다. 너무 쉽게 동의하여 티포주는 자신이 제안한 내용을 그들이 제대로 이해했는지 의심하지 않을 수 없었다. 그는 모든 오해를 피하기 위해 부부를 가장 가까운 바르놀트 면사무소에 데려갔다. 면 서기는 그들에게 티포주의 제안을 통역해 주고 요점을 명백하게 기록했다.

티포주가 베렌빈켈로 돌아오자 귀여운 아이들 한 무리가 환호성을 지르며 그를 들어 올렸다. 그가 바로 그날 저녁에 로타어를 칼텐보른에 데려가기로 합의했다고 마지막 순간에 발표했기 때문이었다. 그는 벌써부터 엷은 보랏빛 눈에 하얀 머리칼을 지닌 아이를 자신의 커다란 망토 속에 감싸 안고 의기양양하게 달리는 모습을 상상했다. 하지만 그는 그런 상상을 포기해야만 했다. 잠시 방심한 사이 로타어가 숯 굽는 마을을 떠나 버렸기 때문이다. 사람들은 아이가 바르놀트 방향으로 가는 것을 보았는데 차림새가 간단해 부모와 외국인을 다시 만나러 떠난 것으로 생각했다는 것이다. 티포주는 늦은 시간까지 아이를 찾아보았지만 헛수고였다. 그는 슬픔과 분노로 가슴이 미어졌지만 체념하고 빈손으로 칼텐보른으로 되돌아가지 않을 수 없었다.

바르놀트 면사무소는 기꺼이 뷔슈텐로트 가족과 계속 접촉하면서 로타어가 귀가하는 대로 칼텐보른에 알리겠다고 약속했다. 티포주는 나폴라에 로타어의 자리를 마련했다. 그를 편입시킬 백인대와 식사 자리와 침대를 지정하고 옷가지와 식기, 그리고 그에게 엄숙하게 전달할 단검까지 준비했다. 그러나 며칠이 지나도록 소식이 없었고, 바르놀트 면사무소에 전화를 할 때마다 애매한 약속만 하거나 회피하는 듯한 침묵을 지킬 뿐이었다. 티포주는 실망하거나 잊어버리기는커녕 더욱 확고한 믿음을 가지고 기다렸다. 로타어의 실종은 그의 생애에서 일어났던 다른 어떤 사건 못잖게 우연한 사건이 될 수 없었다. 실망이 어찌나 크고 숙명적이었던지 마치 눈앞에서 어떤 거대한 손 하나가 구름의 천장을 뚫고 내려와 엷은 보랏빛 눈을 가진 그 아이를 데려간 것 같았다. 그날 로타어가 그에게서 벗어난 것은 칼텐보른에 입성하는 일이 너무도 중대해서 운명이 전설적인 상황들로 그 아이를 에워싸지 않을 수 없기 때문일 것이다.

8월 말이 되어서야 그 상황들이 서로 연결되어 드러났다. 그날 한 백인대가 요하니스부르크 숲에서 총 없이 사냥개를 동원한 기마 수렵을 하려고 호수를 건너갔다. 그들은 사슴과 노루를 잔뜩 실어 무거워진 돛단배를 타고 의기양양하게 돌아오는 길이었다. 구부러진 짐승의 목이 배 밖으로 비죽이 나와 뿔이 수면을 가볍게 스쳤다. 티포주의 지시로 동편에 배를 댄 후 바르브블뢰와 사냥개들과 아이들은 잡목림과 가시덤불을 수색해 모든 날짐승과 들짐승을 호숫가로 내몰았다. 총이 없는 그들에게는 다만 단검과 몽둥이, 그리고 던지는 올가미와 포획용 그물뿐이었다. 많은 참가자들과 그들의 민첩한 행동이 미숙한 사냥 기술과 경험을 보충해 주었고, 몇 년 전부터 사냥이 없었던 터라 득실거린 사냥감들 덕분에 즉흥적으로 편성된 그날 몰이사냥은 짭짤한 재미를 볼 수 있었다. 그런데 그날 아침 작은 초목들은 미동도 하지 않았고 정적만 흘렀다. 작은 사냥감이 없는 것을 보니 근처 잡목림이나 어린 나무 숲에 큰 짐승이 숨어 있는 모양이었다. 몰이사냥은 아무런 소득 없이 한 시간째 계속되었다. 마침내 너도밤나무 가지 위에 앉아 있던 커다란 뇌조 한 마리가 요란스럽게 날개를 치며 날아오르는 바람에 사냥은 다시 활기를 띠기 시작했다. 누군가가 던진 장작에 맞고 떨어진 뇌조는 숨기 위해 가시덤불을 향해 전속력으로 달렸으나 도베르만에게 물려 단번에 죽고 말았다. 그 뇌조는 수컷 칠면조만큼 덩치가 크고 근사한 놈이어서 두 아이가 장대에 매달고 운반했다.

몰이꾼들은 사냥을 마감하기 위해 호숫가로 모여들었다. 그때 오솔길의 자갈밭을 황급히 걸어가는 소리에 모두 멈추어 섰다. 티포주는 개들을 짖지 못하게 했고 잠깐 동안 바르브블뢰의 태도를 멍하니 바라보았다. 녀석은 긴장한 듯 뾰족한 두 귀를 앞으로 쑥 내밀고는 숨을 죽이고 근육을 떨면서 굳어 있었다. 그때 갑자기 두 마리의 암사슴을 거느린 7년생 수사슴이 번개처럼 빠르게 튀어나왔다. 올가미들이 휙휙 소리를 내며 날아갔고 몇몇 아이들은 세 마리를 추격했으나 헛수고였다. 아이들은 순식간에 티포주로부터 멀어졌고, 그들이 부르는 소리 역시 멀리 사라져 갔다. 티포주는 바르브블뢰의 목덜미에 몸을 붙이고 돌진했다. 사냥개들은 이미 그의 시야에서 벗어날 정도로 앞서 달리고 있었다.

처음에는 마치 놀이를 하듯 그저 즐겁기만 했다. 티포주와 말은 수월하게 비탈과 오솔길을 곧장 내달렸고, 바싹 따라붙은 열한 마리의 개들은 손가락처럼 모였다 흩어지면서 팡파르를 울리듯 맹렬하게 짖어 댔다. 티포주가 고삐를 늦추자 바르브블뢰는 온몸으로 덤불을 뚫고 버드나무 숲을 헤쳐 나가고 고사리와 히스를 짓밟고 도랑이나 썩은 둥치 혹은 울타리 따위의 장애물이 나타나면 편자를 박은 네 발로 세차게 후려쳤다. 때때로 기사는 전나무의 뾰족한 잎이나 떡갈나무의 낮은 가지에 다치지 않기 위해 두 눈을 감고 머리를 숙였다. 몸을 싣고 리듬을 타고 있던 뜨겁고 거품 같은 땀을 내는 커다란 몸뚱이에서 몹시 강렬한 생명의 기운이 가까이 전해졌기에 그는 전적으로 신뢰하지 않을 수 없었다.

티포주가 호수 상류에서 사냥개들과 다시 합류하게 되었을 때 7년생 수사슴은 마치 떠다니는 촛대처럼 뿔을 높이 치켜들고 헤엄을 치며 강을 건너고 있었다. 두 마리의 암사슴은 사라지고 없었다. 티포주는 사냥개들이 그 부수적인 암사슴들이 흩어진 방향에 마음을 빼앗기지 않고 수사슴을 계속 추격한 것을 보고 감탄했다. 수사슴이 물에 흥건히 젖어 건너편 기슭으로 기어오르는 순간 사냥개들은 얕은 곳으로 일제히 돌진했고 바르브블뢰도 덩달아 뛰어들었다. 사냥개들이 요란하게 짖는 소리와 더불어 또다시 몰이가 시작되었다. 눈에 핏발이 선 개들은 점점 듬성듬성해지는 대수림 속에서 나란히 붙어 사슴을 추격했다. 그들이 이어지는 경작지를 가로지른 후 개암나무 숲에 깊숙이 들어섰을 때 개들은 또 한 번 티포주의 시야에서 사라졌다. 다시 작은 숲과 금작화밭에 이르자 개들이 요란하게 짖어 댔고 앞에는 여기저기 산토끼 굴이 뚫려 있는 모래 지역이 펼쳐졌다. 티포주는 쫓기던 짐승이 궁지에 몰리게 되어 몰이가 끝났음을 문득 깨달았다. 여전히 개 짖는 소리가 들리긴 했지만 음역과 음색이 한결 낭랑하면서도 묵직하고 일관성이 없어졌기 때문이다. 말하자면 추격할 때 내는 일치된 팡파르가 아니라 사냥한 짐승의 고기를 개에게 나누어 주는 제의를 예고하는 죽음의 노래였다.

티포주는 개들이 추격을 멈추고 기다리는 것을 안다는 듯 빠른 걸음으로 가던 바르브블뢰를 더욱 재촉했다. 숲의 모퉁이를 돌자 광대한 휴경지가 펼쳐졌고 멀리 지평선에 자줏빛 너도밤나무 한 그루가 흔들리고 있었다. 그는 급히 개들이 모여 있는 곳으로 갔다. 사냥개들은 이상하게도 나무 밑동을 에워싸고는 굵은 나뭇가지를 향해 고개를 쳐들고 짖어 댔다. 엷은 보랏빛 눈을 가진 아이가 나무 갈래에 웅크리고 앉은 채 두 손으로 나뭇가지를 쥐고 있었다.

"개가 무서워요!" 아이는 티포주가 들을 수 있는 거리에 다가오자 소리를 질렀다. "개들을 말려 주세요!"

아이는 발밑에서 맹렬하게 달라붙는 열한 마리의 개들을 티포주가 멀리 쫓아 주기를 원했다. 티포주는 바르브블뢰를 나무줄기에 바싹 붙이고 엉덩이 위에 섰다. 거세된 말은 주위에 검은 물결이 쏟아지듯 개들이 집요하게 날뛰고 있음에도 불구하고 마치 이제부터 수행하게 될 짊어지는 의식의 중요성을 헤아린 양 동상처럼 움직이지 않고 가만히 서 있었다. 여전히 나무에 웅크리고 앉아 있던 로타어는 티포주가 접근하지 못하도록 발길질을 하며 몸부림쳤다. 마침내 사냥꾼은 아이의 발 하나를 잡고 끌어당겼다. 아이가 품 안에서 발버둥 치는 순간 그는 어찌나 기뻤던지 어린 먹이가 피가 날 정도로 자신의 손을 물어뜯었는데도 전혀 아픔을 느끼지 못했다.

* * *

불길한 기록

말은 배변의 토템 동물일 뿐만 아니라 짊어지는 기능을 탁월하게 수행하는 짐승이다. 이 항문 천사는 기사가 먹이를 품에 끌어안기 때문에 납치와 유괴의 도구가 될 수 있는 반면 숭고한 짊어지는 행위의 차원으로 드높아질 수도 있다. 더구나 「마왕」이라는 시에서 어떤 초인이 기사가 데리고 가는 아이를 빼앗아 가듯 숭고한 짊어지는 행위가 이미 이루어진 상태에서도 유괴는 일어날 수 있다. 괴테의 발라드[99]에서 어느 아버지가 망토 속에 아이를 꼭 끌어안은 채 말을 타고 황야를 달리는데 마왕이 아이를 유혹하려고 온갖 수작을 부린다. 결국 마왕은 강제로 아이를 납치한다. 이 발라드는 제3의 힘까지 고양시키는 짊어지는 행위의 헌장 그 자체다. 그것은 크리스토프와 알부케르크라는 라틴 신화가 북방 낙토의 마법에 의해 열광이 절정에 이르게 된 또 하나의 신화다. 항문 천사(말)가 남근 천사(사슴)를 추격해 궁지로 몰아넣는 몰이사냥에서 나의 항문 천사는 사슴을 아이로 변형시키고 이어서 숭고한 짊

---

99) 중세 때부터 민중이 즐기던 세속음악으로 춤과 이야기의 두 요소가 곁들여진다.

어지는 의식을 거행한다. 이 새로운 전개는 본질들의 놀이에 새로운 장을 열어 주고, 티포주는 칼텐보른에서 그 절정을 발견하게 될 것이다.

* * *

라우파이젠은 오래전부터 사령관이 급하게 티포주를 성안으로 불러들여 때때로 몇 시간 동안이나 붙들고 있을 때마다 도대체 사령관은 프랑스인에게서 무엇을 바라는 것인지 의아하게 생각했다. 체면 때문에 직접 물어볼 수도 없었고, 그렇다고 계급을 존중하는 그가 장군에게 설명을 요구할 수도 없는 노릇이었다. 사실은 이러했다. 며칠 전 길가에서 우연히 만나함께 마차를 타고 성으로 돌아온 이후 그 늙은 귀족은 기호와 상징적인 형상으로 넘쳐흐르는 티포주의 세계에서 자신의 관심사와 상당히 유사한 탐구 영역을 발견하였고 동시에 그의 관심을 끌 정도로 상당히 새로운 면을 발견했다. 나폴라 당국은 가혹하게도 사령관을 성안에 있는 그의 거처에 고립시켰고, 나폴라의 활동과 훈련은 물론이고 축제에서조차 그를 제외했다. 그는 티포주의 정중하고 조심스러운 태도를 높이 평가했으며, 자신에게 깊은 반향을 일으키는 티포주의 이야기는 그가 계급도 없는 프랑스인 일꾼이라는 사실을 잊게 만들었다. 티포주는 난생처음 항상 절대적인 비밀로 간직해 왔던 고뇌와 기쁨과 발견을 백작 앞에 내려놓았기 때문이다. 그는 사령관에게 속내를 털어놓긴 했지만 자신의 식인귀적인 기질, 운명과 그를 결합하는 공모에 대해서는 전혀 드러내지 않았다. 다만 더 많은 것을 배울 수 있지 않을까 하는 희망에서 전위와(악의적이든 선의적이든 간에) 포화, 짊어지는 행위, 그 행위를 구체화하는 영웅들에 관해 이야기했다.

사령관은 티포주와 대화하는 동안 황태자들과 함께 교육을 받은 플뢴 육군 유년 학교, 의화단 운동[100]으로 발발한 전쟁에 즉각 지원할 만큼 청년 귀족에게는 몹시 답답했던 쾨니히스베르크에서의 수비대 생활 등 유년기와 청년기의 추억을 털어놓았다. 포츠담에서 소위에 갓 임관된 그는 독일 장관인 케텔러의 암살을 보복하고 베이징에 억류된 외국 공사관들을 탈환하기 위해 폰 발데르제가 지휘하는 국제 원정군에 참여했다. 1914년 나이에 상관없이 열정적으로 전쟁에 뛰어들었을 때는 독일의 성공적인 공세 덕분에 참전하기를 잘했다고 생각했다. 하지만 마침내 기갑 부대가 해체되고 기갑 부대원들이 보병들과 함께 참호의 진흙탕 속에 뒤섞여 배치되기에 이르자 그는 사물의 질서 속에서 무언가 본질적인 것, 즉 가장 유연하고 가장 섬세하고 가장 빛나는 원동력이 부서지고 말았음을 깨달았다. 뒤이은 실망감과 패전은 그러한 본질적인 실수에서 비롯된 숙명적인 결과였다.

그 후 사령관은 너무 일찍 늙어 버린 노인처럼 초연한 자세로 황제의 양위와 사회주의의 소요를 목격했다. 그가 연대감

---

100) 청나라 말기 1899년 11월 2일부터 1901년 9월 7일까지 화베이 일대에서 의화단이 일으킨 외세 배척 운동.

을 느끼던 한 세상이 사라졌기 때문이다. 그때부터 문장학이 그와 현실 사이에 일종의 투명한 막처럼 놓이게 되었다.

사령관은 단언했다. "모든 것은 상징 속에 있어. 1919년 바이마르…… 아, 바이마르! 국회가 한 극장에서? 진짜 난장판이었지! 바이마르 시립 극장에서 열린 국회가 튜턴 기사단에서 직접 유래한 흑, 백, 적의 영광스러운 황제 깃발을 떼어 내고 흑과 적의 바탕에 황금색 가운데 사선이 그어진 깃발을 꽂는 것을 보았을 때 결국 저자들이 위대한 우리나라를 매장하고 말았다는 것을 깨달았지. 사람들은 이미 1848년에 그 새로운 국가의 상징이 바리케이드 위에서 독이 든 꽃처럼 활짝 핀 모습을 보았지. 그것은 공식적으로 수치와 몰락의 시대를 여는 사건이었어. 상징을 이용해 죄를 짓는 자는 상징에 의해 벌을 받게 마련이지! 티포주, 자네는 기호 해독자가 아닌가! 나는 분명히 그 점을 보았고, 더구나 자네는 내게 증명해 주었지! 자네는 지나가는 모든 것이 상징이고 발생하는 모든 것이 우화인 독일에서 순수한 본질의 나라를 발견했다고 믿었지. 자네 생각이 옳아. 더구나 운명의 낙인이 찍힌 사람은 숙명적으로 독일에서 최후를 마치게 되어 있어. 마치 어둠 속에서 방황하는 나방이 종국에는 빛의 원천을 발견하고 거기에 도취되어 죽게 되는 것처럼 말이야. 하지만 자네는 아직 배울 게 많아. 지금까지 자네는 표지판에서 글자와 숫자를 읽듯이 사물에 새겨진 기호들을 발견했지. 그것은 상징적인 실존의 연약한 형태에 불과해. 그러나 기호가 언제나 해롭지 않고 연약한 추상에 불과하다고는 생각하지 말게. 티포주, 기호는 강렬한 것이네. 자네를 이곳으로 데려온 것도 바로 기호이지. 기호는 매우 예민한 것이야. 그래서 우롱당한 기호는 악마적인 것으로 변하고 말지. 빛과 일치의 중심인 상징은 암흑과 분열의 힘이 되기도 하지. 자네의 성향이 자네에게 짊어지는 행위, 악의적인 전위, 그리고 포화를 발견하게 해 주었지. 이제 자네는 그런 상징의 역학이 어떻게 절정에 도달하는지 알아내야 하네. 그 세 가지 형상이 단 하나의 형상으로 결합되는 것이 세상의 종말과 동의어임을 알아야 한단 말일세. 깃발이 병사에 의해 운반되듯 기호가 어떤 피조물에 의해 운반되는 것을 더 이상 받아들이지 않는 끔찍한 순간이 있기 때문이야. 기호는 자율성을 획득하고 상징화된 사물에서 벗어나지. 위험한 것은 기호 자신이 상징화된 사물을 떠맡는 일이지. 그렇게 되면 그 사물에게는 참으로 불행한 일이지! 예수의 수난을 떠올려 보게. 예수는 오랜 시간 동안 자신의 십자가를 짊어졌어. 결국에는 십자가가 그를 짊어지게 되었지. 그러자 성막이 찢어지고 태양 빛이 꺼졌지. 상징이 상징화된 사물을 집어삼킬 때, 십자가를 짊어진 사람이 십자가에 못 박히게 될 때, 악의적인 전위가 짊어지는 행위를 뒤바꿔 놓을 때 시간의 종말이 다가오는 것이지. 더 이상 무엇으로도 채워지지 않는 상징이 하늘의 주인이 되기 때문이야. 상징은 급증해서 만물을 휩쓸고, 더 이상 아무런 것도 뜻하지 않는 수천의 의미로 분산되지. 자네는 성 요한의 『묵시록』을 읽었는가? 거기에서는 하늘, 환상적인 동물들, 별들, 검들, 왕관들, 성좌, 엄청난 혼란에 빠진 대천사들, 왕홀들, 왕좌들, 태양들을 불태우는 무시무시한 장관이 펼쳐지지. 말할 나위 없이 모든 것이 상징이고 암호이지. 하지만 이해하려고 애쓰지 말게. 각 기호가 반영하는 사물을 찾으려고 애쓰지 말라는 거야. 그 상징들은 악마적인 것들이니까. 말하자면 그 상징들은 더 이상 아무것도 상징하지 않지. 바로 그런 상징들이 포화 상태에 이르면 세상의 종말이 시작되는 것이지."

사령관은 말을 중단하고 창문을 향해 걸어갔다. 밤바람이 부드럽게 살랑거리면서 깃대를 애무하는 것이 보였다.

사령관이 다시 이야기를 시작했다. "자네도 여기서 보았겠지만 내 성은 군기와 만자가 새겨진 깃발로 온통 뒤덮여 있지. 솔직히 말해 1933년에 새 수상이 바이마르의 삼색기를 버리고 비스마르크 시대의 제국기를 게양했을 때 난 한순간이나마 희망을 가졌었지. 그런데 그 수상이 해 놓은 짓, 즉 빨간 천 중앙에 커다란 흰 원을 그리고 그 안에 검은색으로 만자를 새겨 넣은 깃발을 보고 최악의 사태를 짐작했네. 제자리에서 선회하며 갈고리 같은 발로 그의 움직임에 방해되는 모든 것을 위협하는 균형 잃은 그 갈고리야말로 평정과 진정으로 환하게 빛나는 몰타의 십자가에 대한 명백한 반대 명제이기 때문이지. 독일 제3제국이 전통적인 기장의 복원을 추구하면서 프로이센 군대의 독수리 문장을 복구하려 했을 때 전위는 절정에 달했지. 물론 자네도 문장학의 용어에서 오른쪽이 왼쪽이라 불리고 왼쪽이 오른쪽이라 불리는 것을 알겠지?"

티포주는 고개를 끄덕이며 인정했다. 사실 그러한 문장학 법칙에 대해 처음 들었다. 그러나 그 법칙은 상징들이 작용할 때마다 발견되는 좌우 도치와 매우 일치하므로 그에게 익숙한 것처럼 느껴졌다.

"그 전위에 대해 나중에야 꾸며 냈을 게 분명한 실용적인 설명을 하더군. 즉 방패는 그것을 정면에서 바라보는 관찰자의 관점이 아니라 그것을 왼쪽 팔에 들고 있는 기사의 관점에서 읽혀야 한다고 말이야. 정상적인 문장학의 전통에서는 당연히 그래야 하듯 프로이센의 독수리가 머리를 오른쪽으로 돌린 것은 숙명과 같지. 그런데 만자가 새겨진 떡갈나무 잎 왕관을 발톱으로 움켜진 독일 제3제국의 독수리를 보라고. 독수리 머리가 왼쪽으로 돌려져 있어. 그것은 뒤틀린 독수리가 아닌가! 정말 어처구니없는 착오야. 몰락한 귀족 가문이나 서출 집안에나 어울리는 문장이지. 물론 당의 어떤 고관도 그 기괴한 뒤틀림을 변명할 능력이 없지. 홍보처에 근무하는 도안가의 단순한 실수라고 은근히 암시하기는 하지만 말이야. 최근 괴벨스가 그럴듯한 해명을 했지. 독일 제3제국의 독수리는 러시아를 위협하고 공격하기 위해 동쪽을 바라보고 있다는 거지. 진실은 다른 곳에 있는데 말이야."

사령관은 티포주에게 바싹 다가서서 치찰음의 낮은 목소리로 이제부터 두 사람만이 간직하게 될 소름끼치는 비밀에 관해 이야기하기 시작했다.

"애초부터 독일 제3제국은 직접 지상권을 휘두르는 상징들의 산물이었지. 1923년에 발생한 인플레이션에 대한 의미심장한 경고를 이해한 사람은 아무도 없었네. 유통이 중지된 어음과 더 이상 아무것도 상징하지 않게 된 화폐는 메뚜기 떼처럼 온 나라를 뒤덮어 황폐하게 만들었지. 그런데 이 점에 유의하게. 1달러가 4.2조 마르크에 해당하던 그해에 히틀러와 루덴도르프는 바이에른 정부를 전복하기 위해 소수 당원들의 호위를 받으며 뮌헨의 오데온 광장을 행진했지. 그다음에 어떤 일이 벌어졌는지 자네도 잘 알 거야. 총격이 발생해서 히틀러 경호원 열여섯 명이 쓰러졌고, 괴링은 중상을 입었고, 히틀러는 쇼이브너리히터가 치명상을 입고 쓰러지면서 끌어당기는 바람에 어깨가 탈구되었지. 그 후 총통은 란츠베르크의 요새에 십삼 개월 동안 감금되었고, 바로 그곳에서 『나의 투쟁』이라는 책을 썼지. 하지만 모두 부수적인 것이었어. 그때부터 독일과 관계되는 모든 일에서 인간은 부수적인 존재에 불과해. 1923년 11월 9일 뮌헨에서 유일하게 중요한 것은 하나의 깃발이었지. 열여섯 구의 시체 한가운데 던져진 공모자들의 만자형 깃발. 흥건히 흐르는 피는 그 깃발을 더럽히고 동시에 성스럽게 만들었지. 그때부터 그 피의 깃발은 나치당의 가장 성스러운 유물이 되었어. 그 깃발은 1933년부터 해마다 두 번씩 전시되었지. 한 번은 11월 9일 뮌헨의 수상 관저에서 마치 중세의 예수 수난극처럼 행진할 때이고, 또 한 번은 9월 나치 의식의 절정을 이루는 뉘른베르크의 나치 전당 대회가 열릴 때이지. 그때마다 피의 깃발은 무수한 암컷을 거느린 번식용 수컷처럼 씨받이를 열망하는 새로운 깃발들과 접촉했어. 티포주, 나는 그 장면을 목격했는데 깃발의 혼인식을 집행하는 총통의 몸짓은 손으로 황소의 음경을 잡아 암소의 질 속으로 유도하는 종축자의 손짓과 똑같았지. 군인마다 깃발을 들고 행진했기 때문에 깃발들의 군대였지. 바람에 출렁이고 굽이

치는 군기와 단기와 기장, 장식용 깃발의 바다. 밤이 되자 횃불 등롱은 의식의 절정을 이루었지. 그 불빛이 병사들을 둘러싼 깃대와 깃발과 청동 인물상을 붉게 물들이고 어두운 종말이 예정된 그 집단을 대지의 암흑 속에 빠뜨렸기 때문이지. 마침내 총통이 의식을 집행하기 위해 거대한 제단 위로 나가자 방공용 탐조등 150개가 일제히 강렬한 빛을 발사하여 체펠린 초원 너머에 빛의 대성당을 구축했지. 8000미터 높이의 빛의 기둥들은 거행되는 의식의 신비가 항성의 영역까지 미치고 있음을 증명하는 것 같았지.

티포주, 자네는 프로이센을 사랑하네. 자네는 북방 낙토의 빛 아래에서 기호들이 비할 데 없는 섬광을 발하며 빛나고 있다고 말했으니까. 하지만 상징들의 무서운 증식이 어디에 이르게 될지 자네는 아직 몰라. 형상으로 포화 상태가 된 하늘에서는 세상에 종말을 고하고 우리 모두를 집어삼키게 될 폭풍우가 준비되고 있네!"

* * *

불길한 기록

오늘 밤 3시경 비상소집. 나는 처음으로 아이들이 '가장행렬'이라고 부르는 훈련을 목격했다. 그것은 프로이센 출신의 한 부사관이 힘겹게 짜낸 가장 불쾌하기 짝이 없는 기합들 가운데 하나였다. 실제로 라우파이젠은 칼텐보른의 규율이 느슨해졌고 나폴라의 통제도 그의 손아귀에서 벗어나고 있음을 잘 알았다. 때때로 그는 화가 나 격렬한 타격으로 대응했다.

아이들은 삼 분 안에 완전 무장 차림으로 운동장에 집결하라는 명령을 받았다. 지각자들에게는 기합이 비 오듯 연이어 가해졌다. 검열 후 복장 불량자에게는 다시 한번 기합이 떨어졌다. 아이들은 십오 분 동안 차려 자세로 있다가 새로운 지시를 받아 이 분 후 소년단 복장을 하고 같은 장소에 집결해야 했다. 계단으로 질주. 공동 침실 안으로 돌진. 옷장 주위에서 밀치는 소란. 입을 벌리는 아이들, 지각자들, 교장의 눈에 거슬리게 복장을 한 아이들에게 또다시 처벌이 쏟아졌다. 다시 십오 분 동안 부동자세. 해산. 이 분 후 모두 외출 복장으로 집합. 운동복 차림으로 집합. 사열 복장으로 집합. 아이들은 모두 작은 로봇처럼 이를 악물고 뛰었다. 아이들 중에는 너무 격분한 나머지 눈물을 흘리는 녀석도 있었다.

나는 침실에 남아도 되었지만 그 복장 열병식을 놓치고 싶지 않았다. 아이들은 원치 않겠지만 그들의 개성이 연이은 복장 교체에 어떻게 적응하는지 열정적으로 관찰했다. 아이들의 개성은 목소리가 벽의 두께에 따라 다소 다르게 전달되듯 복장의 변화를 통해서는 좀처럼 노출되지 않았다. 매번 제시되는 것은 개성의 새로운 모습이었다. 전적으로 새롭고 예측할 수 없는 효과를 낼 뿐만 아니라 이전 모습이나 나체처럼 완전한 모습이었다. 그것은 다른 언어로 번역되는 시와 같았다. 시는 다른 언어로 번역될지라도 자신의 매력을 전혀 상실하지 않은 채 매번 새롭고 놀라운 매력으로 장식될 것이다.

옷은 어느 것이든 가장 저속한 수준에서 육체의 열쇠다. 열쇠와 창살은 명확하지 않은 단계에서 다소 혼동된다. 육체가 옷을 걸치고 있기 때문에 열쇠가 되는 옷은 빠짐없는 번역 혹은 주석을 단 텍스트보다 훨씬 장황하게 설명한 주해처럼 이따금 몸 전체를 덮어서 실제로는 창살과 비슷하다. 하지만 문제는 주해가 평범하고 경박하고 수다스러워서 상징적인 효과가 없다는 점이다.

옷은 열쇠나 창살이기보다는 육체의 이미지 배치에 쓰이는 도구다. 얼굴은 모자와 깃의 높낮이에 따라 이미지가 배치되며, 다시 말해 주해되고 설명된다. 팔은 소매의 길이에 따라 혹은 소매통이 달라붙었는지 헐렁한지 혹은 아예 없는지에 따라 이미지가 달라진다. 착 달라붙은 짧은 소매는 팔의 윤곽과 일치하여 이두근의 돌출 부위, 삼두근의 부드러운 돌출 부위를 두드러지게 나타내고, 살이 찐 둥근 어깨를 드러내 호의를 나타내지 않고 접촉을 자극하지도 않는다. 헐렁한 소매는 팔의 윤곽을 지우고 팔을 더욱 연약해 보이도록 한다. 하지만 헐렁한 소매는 넉넉하고 호의적인 태도로 팔을 잡아 보고 싶게 만들고, 때로는 어깨까지 잡아 보고 싶게 만든다. 짧은 반바지와 양말은 무릎의 이미지를 잡아 주고, 반바지가 어느 정도까지 내려오는지 혹은 양말이 어느 정도 올라가는지에 따라 무릎이 다르게 보이도록 한다. 다소 긴 반바지와 약간 긴 양말에 의해 이미지가 옹색하게 잡힌 무릎은 크랭크 암의 머리처럼 단단하고 메마른 기능으로 되돌아온다. 그런 무릎은 엄격함과 효율성, 살에 대한 무관심을 표현한다. 목이 긴 양말이 아니거나 양말을 신발 위에 둘둘 말리게 신었을 때 장딴지의 부드러운 곡선이 적나라하게 돋보이고 딱딱한 무릎과 대조를 이룬다. 그 이미지는 태평하고 매력적인 한 사람이 외부에서 정한 규율 따위에는 전혀 아랑곳하지 않는다는 것을 뚜렷이 상기시킨다. 그 사람은 그런 규율을 거부하거나 생각조차 하지 않으며 습관에 따라 본능적으로 그의 몸이 사람들에게서 받은 옷에 맞추기 때문이다. 더욱 조화로운 것은 무릎에 닿을락 말락 하거나 무릎의 일부를 덮을 정도로 목이 매우 긴 양말과 허벅지를 폭넓게 드러내는 매우 짧은 반바지를 입는 것이다. 이때 이미지가 잡히고 찬양을 받는 것은 허벅지다. 무릎은 허벅지를 받치는 미미한 존재에 지나지 않는다. 왕가의 형식은 옷의 엄격함과 살에 대한 서정적 찬미, 신분의 존중과 가장 풍만하고 가장 부드럽고 가장 유혹적인 다리에 대한 찬양을 결합하는 것이다. 사람들은 매우 확실한 직감을 가지고 왕가의 형식을 흔히 어린이들의 복장에, 특히 소년단의 제복과 운동복에 적용한다. 하지만 목이 긴 양말은 너무 자주 기능적인 면을 상실한다. 목이 너무 짧거나 돌돌 말린 양말은 지나치게 종아리를 노출시키고, 다리에 대한 모든 해석을 박탈한다. 그렇게 되면 오직 구두에 희망을 걸 수밖에 없다. 구두는 최후의 순간에 난잡하게 배치된 모든 건물을 바로잡을 만큼 고집쟁이라야 하고 그 건물의 튼튼한 받침돌이 될 수 있도록 아주 완고하고 튼튼해야 한다.

* * *

불길한 기록

로타어 뷔슈텐로트. 1932년 12월 19일 베렌빈켈 출생. 신장 148센티미터. 몸무게 35킬로그램. 가슴둘레 77센티미터. 수평 두개 지수 72.

활처럼 날씬하고 유연한 체격. 툭 불거지고 놀랄 만큼 충만한 데다 몸이 마른 탓에 더욱 돋보이는 근육. 짝 벌어진 첨두 홍예 모양의 흉곽. 그런 흉곽은 블레트헨 교수조차 생각하지 못한 특징이지만 상반신의 모든 구조는 흉곽에 달려 있다. 발육 상태가 좋지 않을 경우 갈비뼈가 앞으로 조여들어 폐쇄형이 되는 것 같다. 대부분의 경우 오목한 부위는 삼각형, 즉 브이 자를 뒤집어 놓은 형태를 띤다. 브이 자의 두 가지는 안쪽으로 휠 수 있다. 하지만 그 윤곽은 궁형에 가까울수록 더욱 조화롭게 보인다. 모든 존재의 영감(inspiration)의 정도는 이마의 높이나 입의 윤곽이 아니라 흉곽의 개방 정도에 달려 있다. 나는 지금 말장난을 하는 것이 아니다. 물론 이 경우 '영감'이란 단어의 고유한 의미와 비유적 의미가 당연히 혼동된다. 그렇지만 에스프리(esprit, 정신)가 스피리투스(spiritus)에서 유래한 사실을 잊어서는 안 된다. 스피리투스의 첫 번째 의미는 숨결(souffle)과 바람(vent)이다.

도안화한 것처럼 간결하고 앙상한 얼굴, 얇은 입술, 윤곽이 간신히 잡힌 코, 연보라색 눈동자, 묵직한 백금색 머리카락,

이곳의 관례에 따라 자른 사발형 머리. 그 멋진 견본 덕분에 인간미의 황금률을 끌어내기 위해 블레트헨의 인류학 도구는 전혀 필요하지 않다. 인간미는 얼굴과 비례하는 두개골의 크기에 따른다. 어른에 대한 어린이의 미학적 우월성은 바로 그 점에 있다. 어린이의 두개골 크기는 극도에 다다라 있다. 두개골은 더 이상 자라지 않는다. 반대로 얼굴은 최소한 두 배는 커지고, 그에 따라 아름다움이 사라지게 된다. 두개골에 비해 얼굴이 커지면서 머리는 동물의 모습과 가까워지기 때문이다. 실제로 동물의 경우 두개골과 얼굴의 비율은 사람의 경우와 정반대다. 개와 말의 머리는 두개골이 전혀 변하지 않으므로 이마와 안구, 코와 입을 포함한 얼굴 자체다. 또한 나는 사람들이 일반적으로 아름답다고 부러워하는 남녀는 두개골과 얼굴 사이에 유아기의 어떤 균형 혹은 불균형을 지닌 사실을 발견했다. 동물에서 인간으로 바뀌는 경계선에서 어린이는 어른보다 높은 곳에 위치하고 초인으로 간주되어야 한다. 지성의 문제 역시 똑같은 결론에 이르지 않는가? 만일 지성을 새로운 사물을 학습하고 처음으로 제기된 문제에 대한 해결책을 찾아내는 능력이라고 정의한다면 어느 누가 어린이보다 더 영리하겠는가? 만일 어른이 유년기에 배우지 않고 후천적 언어 학습이 없다면 무(無)로부터 그처럼 쉽게 쓰는 법과 말하는 법을 배울 수 있을까?

내가 이와 같이 메모를 작성하는 동안 로타어 뷔슈텐로트는 살아 있는 연약한 기둥인 왼쪽 다리 위에 물렁물렁하고 무기력한 오른쪽 넓적다리를 올려놓고 얌전히 기다리고 있다.

서양배 모양의 성기. 귀두와 두 개의 고환은 주름살 탓에 세 개의 거의 비슷한 덩어리로 뭉쳐 치골에 붙은 좁은 결절 쪽으로 집중되어 있다.

나는 고개를 들었다. 그러자 녀석이 내게 미소를 지었다.

* * *

아이들이 성의 기사실에 모였다. 오늘 저녁 이곳은 어둡고 넓은 계단식 강의실로 변했다. 아이들의 속삭임과 숨죽인 웃음소리가 여기저기에서 들렸다. 네 개의 횃불 등롱은 낮은 시상대를 환하게 비추면서 궁륭을 어른거리게 했고, 궁륭의 리브는 다발을 이루며 기둥들 위로 늘어져 있었다. 평소에는 모든 것이 사전에 결정되었고 비밀은 잘 유지되었다. 그런데 갑자기 사령관이 정복 차림으로 시상대에 나타나자 아이들은 깜짝 놀라 숨을 죽였다. 나폴라의 음지에서 보내는 은퇴 생활, 눈에 띄지 않는 민간인 복장, 그를 에워싸고 있는 신비. 그 모든 것이 오늘 저녁 사령관의 출현을 한층 돋보이게 했다. 가장 어린 생도들조차 그의 위엄과 칭호가 친위대 요원들의 음산한 허영심을 압도한다는 것을 안다. 사령관이 말을 시작하자 장내는 더욱 고요해졌다. 그의 목소리가 간신히 알아들을 수 있을 정도로 희미하고 작았기 때문이다. 희미한 빛 속에 빠진 아이들은 그의 이야기를 듣기 위해 머리를 앞으로 숙이는 것처럼 보였다. 하지만 어조는 조금씩 올라가고 음색은 뚜렷해지며 그가 원용하는 위대한 인물들이 장내를 사로잡았다.

"생도 여러분, 우리는 오늘 밤 여러분의 학교생활에서 절정을 이루게 될 의식을 거행하고자 합니다. 여러분 가운데 세 사람은 총검을 받게 될 것입니다. 하이오, 하로, 로타어, 그대들은 이제부터 왼쪽 허리에 검을 차고 다닐 수 있습니다. 검에 새겨진 피와 명예라는 문구는 그대들의 삶과 죽음을 지배할 것입니다. 이곳 궁륭 아래만큼 우리의 의식을 장엄히 울려 퍼지게 하는 곳은 없습니다. 이 궁륭은 리보니아의 검의 형제 기사단 기사였고 후에 그 기사단 단장이 되었으며 포메른의 선거후[101]였고 리가의 시의(侍醫)였던 나의 선조 헤르만 폰 칼텐보른 백작께서 건축하신 것입니다. 여러분은 오늘 저녁 검의 형제 기사단의 소년 기사가 되었으니 그분은 여러분의 주인이자 스승입니다. 또한 여러분은 어떤 상황에서도 '위대하신 헤르만께서 내 입장이라면 어떻게 하셨을까?'라는 질문에 대답할 수 있도록 그분이 어떤 사람이었고 어떻게 사셨는지 알아야 합니다.

당시 모든 기사가 그랬듯이 헤르만 폰 칼텐보른은 우선 동양의 뜨거운 태양 아래에서 심신을 단련했습니다. 그분은 위대한 십자군의 모든 고통과 기쁨을 체험했지요. 그러나 그분은 대부분의 동료처럼 이교도들을 단칼에 처단하는 것에 만족하지 않았습니다. 그분은 또한 의술을 베푸는 수도자였기에 병자와 부상자 들을 치료할 줄 알았고, 지중해 동부 연안 지역의 마술사들이 그에게 알려 준 약초와 연약을 우리 지역

---

101) 게르만 황제 선출권을 가졌던 왕족과 대주교들.

에 들여온 덕분에 리가의 주교관에서 명성이 높았습니다. 13세기 초 그분은 검의 형제 기사단의 단장으로서 발트 해안부터 나르바의 기슭과 페이푸스 호숫가까지 북방 낙토의 여러 지방을 확보하는 모든 전투에 참가했습니다. 검의 형제 기사단은 수백 명, 말하자면 이곳에 모인 생도 여러분의 숫자와 비슷했지요. 하지만 그들은 거인이었습니다! 그들은 아무것도 소유하지 않았습니다. 청빈과 정절과 순종을 서원하고, 부(富)도 여자도 개인적인 욕심도 가지지 않았습니다. 그들은 검을 곁에 두고 무장한 채 잠을 잤습니다. 말하자면 검이 그들의 유일한 아내였지요. 그들은 어머니도 누이도 포옹할 수 없을 만큼 규율이 엄격했으니까요. 일주일에 이틀 동안은 우유와 달걀을 섭취했고 금요일에는 금식을 했습니다. 그들은 상관에게 비밀을 가져서는 안 되었고 그들에게 오는 어떤 소식도 받을 수 없었습니다. 코끼리같이 커다란 말을 타고 출정할 때 갑옷과 무기가 엄청나서 그들 각자가 움직이는 요새처럼 보였습니다. 하지만 쇠사슬 갑옷 아래 어깨와 등은 남모를 피를 흘렸는데 출정하기 전에 서로에게 채찍질을 가했기 때문이었습니다…….

그들의 선두에 가장 키가 큰 기사가 행진했는데, 그분이 바로 헤르만 폰 칼텐보른이었습니다. 그분의 성덕의 빛은 어찌나 강렬하던지 이교도 지방의 숲에 있는 천년 묵은 떡갈나무들이 그분이 지나갈 때 머리를 조아렸다고 합니다. 그분은 온화한 다른 계절보다 겨울을 좋아하셨습니다. 추위의 가혹함은 도덕의 엄격성을 상징하기 때문입니다. 벌거벗은 숲은 경건한 삶을 상기시키기 때문입니다. 북풍에 씻긴 청명한 하늘은 신앙을 통해 육신의 살이 빠진 영혼의 순수성을 상기시키기 때문입니다. 굳어진 땅, 응고된 늪, 얼어붙은 호수는 수송대와 포병대의 이동을 용이하게 만들어 주기 때문입니다.

그분은 모든 나무들 중 전나무를 선호하셨습니다. 전나무는 무성하고 푸르고 반듯하며 바니시를 칠한 것처럼 반짝이고 정의의 체계처럼 규칙적으로 층을 이루기 때문입니다. 한마디로 전나무는 나무들 가운데 가장 독일적인 것이기 때문입니다."

사령관은 과거와 현재, 미래를 뒤섞어 가며 오랫동안 이야기했다. 그는 생도들이 왼쪽 허리에 차고 다니는 어린이용 검과 중앙 테라스 난간에서 하늘을 위협하는 거대한 검들, 러시아에 대항해 독일의 기갑 사단이 주도하는 전쟁과 슬라브족에 항거하는 독일 기사들의 투쟁, 탄넨베르크의 두 전투, 즉 1410년 폴란드와 리투아니아의 막강한 연합군에게 참패한 튜턴 기사단과 검의 형제 기사단의 마지막 전투와 1914년 힌덴부르크의 독일인들이 삼소노프가 이끄는 러시아인들을 전멸시킨 영광스러운 복수를 비교했다. 그는 마침내 성지에서 귀환하는 각 나라 수도사 기사들에 대한 프랑스와 독일의 태도를 비교했다. 튜턴 기사단이 그들의 황제와 교황이 하사한 지방에 자신들 권리의 상징인 마리엔부르크를 건설하던 시기에 프랑스의 성당 기사단은 중상모략을 당하고 필리프 4세의 명령에 따라 화형대에서 죽었다. 그래서 독일 기사들의 정신이 이 땅과 성벽에서 계속 살아 숨 쉬는 반면, 프랑스는 진실을 왜곡한 왕이 저지른 범죄의 대가를 지금껏 치르는 것이다. 하지만 티포주는 사령관이 반쯤 매몰된 채 어깨 위에 성채를 짊어지고 있는 남상주에 대해서는 단 한 번도 언급하지 않은 사실에 주목했다.

사령관이 연설을 마치자 모든 생도들은 일어나 K. 호프만의 시를 낭송했다.

피에 흠뻑 젖은 깃발을 펼쳐라.
하늘까지 불길을 치솟게 하라.

그러자 낡은 궁륭이 금속성 목소리의 공격을 받고 진동했다. 이어 세 명의 신임 기사들이 속한 백인대는 장엄한 전야제를 치르기 위해 요새 앞 경사진 제방에 집결했다.

그것은 간단한 행사가 아니었다. 동쪽을 비워 놓고 반원형으로 대열을 형성한 채 태양이 솟아오를 때까지 깨어 있어야 하기 때문이다. 니켈스베르크의 언덕 너머로 불덩어리가 솟아오르는 순간 생도들은 「태양의 찬가」를 우렁차게 부르기 시작할 것이다. 이어 백인대장은 세 명의 신임 기사에게 검의 형제 기사단 기사가 됨과 동시에 총통에게 절대적인 충성을 바쳐야 한다는 사실을 상기시킬 것이다. 그리고 그들에게 독일 제3제국을 위해 조건 없이 죽을 수 있는 힘을 느끼지 않는다면 대열에서 빠지라고 명령할 것이다. 마지막으로 그는 첫 햇살이 내리쬐는 순간 그들에게 엄숙하게 무기를 수여할 것이다.

＊ ＊ ＊

아이들을 집결시켰던 그 의식에는 모종의 의미가 담겨 있는 모양이었다. 그때부터 하이오와 하로는 로타어에게서 떨어지지 않게 되었으니 말이다. 신경질적이고 감정을 잘 드러내며 지칠 줄 모르는 로타어가 어디에 가든 어떤 일을 하든 조용하고 말수 적고 빈둥거리기 좋아하는 쌍둥이 형제는 늘 붙어 있었다. 처음에 생도들은 단체 생활의 암묵적인 행동 규칙에 위반되는 그 3인조에게 반발했다. 그러나 셋이 조소나 야유에 전혀 동요하지 않고 담담하게 대응했기에 생도들은 기가 꺾였고 그들 3인조는 누구에게나 기정사실이 되었다.

티포주는 세 아이를 유심히 관찰한 결과 쌍둥이 형제가 하얀 머리칼의 아이를 묵묵히 본능적으로 충성을 다해 떠받든다는 사실을 쉽게 알아냈다. 쌍둥이 형제는 서두르지도 않고 주저하지도 않으며 일종의 확고한 예감으로 언제나 어디에서나 로타어가 들어와서 편히 쉴 이상적인 환경을 만들었다. 국기에 대한 경례나 점호를 위해 집합할 때, 승마 훈련이나 기계 체조 혹은 6밀리미터로 축소된 히틀러유겐트용 모제르 권총 사격 훈련을 할 때 하이오와 하로는 항상 선두 그룹에 속했으며, 경솔하고 격정적이고 조급한 로타어는 쌍둥이 형제의 중간에 있었다.

안개가 끼어 흐린 어느 날 아침 교장은 아이들을 사변형 요새지로 이동시켰다. 하얀 모래밭의 희미한 빛 속에서 빨간 운동복이 선명하게 드러났다. 티포주는 피라미드를 형성하고 있는 3인조 앞에서 멈추었다. 하이오의 오른손과 하로의 왼손이 로타어를 떠받치고 있었다. 모든 생도가 그렇게 셋이 한 조가 되어 피라미드를 형성했지만 거울형 쌍둥이 형제와 하얀 머리칼의 아이가 만들어 낸 균형 잡히고 안정적으로 정확하게 대칭을 이루는 피라미드에 비하면 정말이지 불완전하고 이상해 보였다.

"아하, 저 세 녀석들 봐! 내가 진작 알아보았지! 녀석들은 무엇을 하든 늘 붙어 있군. 마치 칼텐보른의 검들처럼 말이야!"

티포주는 사령관이 쇠를 씌운 지팡이를 짚으며 다가오는 소리를 듣지 못했다. 그는 몸을 돌려 인사했다.

사령관이 말을 이었다. "저 세 아이들은 너무 잘 어울려서 마치 고대 어느 훌륭한 문장에서 빠져나온 것 같단 말이야!"

교장의 신호에 따라 각 조의 중앙에 올라탄 아이가 바닥으로 뛰어내리고 모두 차려 자세를 취했다.

사령관은 자신의 생각을 계속 이야기했다. "하얀 바탕에 빨간 테두리. 티포주, 저 모습을 보고 생각나는 게 없는가? 내가 자네를 우리 집의 집사 기사로 삼는다면 어떻게 하겠는가? 물론 관례에 따라 나의 문장을 상기시키는 하나의 문장을 수여하겠네. 예를 들면 입에 꼬챙이가 꽂힌 세 명의 시동이 있는 은빛 문장 같은 것? 하하하! 게다가 저 아이들을 데려온 것은 바로 자네가 아닌가?"

그 농담은 프랑스인의 관심사에 매우 접근해서 티포주는 자신의 태도가 위협적일 수도 있다는 생각을 하지 못한 채 의

아한 표정을 지으며 사령관에게 천천히 다가갔다.

사령관은 침착하게 말을 이었다. "사람들이 식물이나 특히 동물을 문장으로 사용하지만 인간의 형상은 거의 사용하지 않는다는 점에 주목하게. 왜 그럴까? 나는 곰곰이 생각해 보았어. 분명히 프로이센의 문장 중에는 두 야만인이 철퇴를 땅에 내려놓고 방패를 든 것도 있지. 혹은 이따금 흑인의 얼굴이나 반은 인간이고 반은 동물인 환상적인 존재들, 즉 켄타우로스와 스핑크스와 세이렌 혹은 하르피아이가 있네. 하지만 내가 아는 바로는 남자나 여자 혹은 어린아이의 얼굴은 전혀 없어. 만일 있다 해도 아주 드물 거야."

사령관은 몸을 돌려 조심스럽게 발을 내디디며 성을 향해 천천히 걸어갔다. 그러다가 갑자기 걸음을 멈추고 말했다.

"여보게, 문득 이런 생각이 떠올랐네. 살아 있는 존재를 문장에 새겨 넣는 것은 암묵적으로 희생이라는 개념과 결부된다고 생각하지 않는가? 사실 머나먼 옛날로 거슬러 올라가면 토템 동물은 인간에 의해 소유되고 살해되고 먹히는 동물이었지. 그렇게 해서 토템 동물은 자신을 상징으로 삼는 자에게 자신의 미덕을 전하는 것이지. 요컨대 가장 성스럽고 가장 잘 알려진 인간 형상의 문장은 누구인가? 십자가를 짊어진 그리스도 아닌가! 가장 지고한 전번제의 기막힌 상징이지! 그러니 문장에 독수리나 사자의 제물, 용이나 미노타우로스 같은 괴물의 죽음 혹은 흑인 노예나 야만인의 지배를 형상화하는 것은 당연한 일이지. 하지만 전사나 여자, 특히 어린이는 말도 안 돼! 가엾은 티포주, 난 입에 꼬챙이가 꽂힌 세 명의 시동을 자네에게 식인귀의 문장으로 줄 뻔했네! 하하하!"

* * *

불길한 기록

바르브블뢰를 타고 에벤로데에서 돌아오는 길에 자전거를 타고 가는 한 아이를 따라잡게 되었다. 아이를 앞지르지 않으려고 말의 고삐를 당겨 잔걸음으로 걷게 했다. 그런데 무슨 일이 일어났는가? 자전거는 높이와 길이는 있지만 두께가 없는 물건이다. 자전거를 타는 순간 몸은 단면으로 돌아가고 육체의 모든 선이 두드러져 보인다. 선명해지고 세련되고 결국 도식화된 육체. 그것은 저부조나 메달과 같다. 다리는 하나뿐이고 그나마 거울을 통해 다리의 안쪽을 볼 수 있을 따름이다. 발은 땅에 닿지 않는다. 발은 완전한 회전 운동에 말려들고 거기에 장딴지, 무릎, 긴 허벅지가 참여한다. 회전 운동은 안장 위 작은 엉덩이가 감동적으로 흔들릴 때마다 정지되었다가 다시 시작된다. 근육이 단조로운 주기에 따라 마치 생체 해부도를 보듯 눈에 띄게 움직인다. 전혀 움직이지 않는 상체는 귀밑까지 치켜든 어깨 탓에 경멸 혹은 두려움의 자세를 떠올리게 한다.

올도르프 마을 어귀에 도착하자 아이는 자전거에서 내려 자전거를 세우고는 멀어져 갔다. 갑자기 아이의 매력이 사라졌다. 다시 삼차원이 아이를 사로잡았다. 불규칙한 보행이 육체의 선을 뒤흔들었다. 내가 이미 모종의 계획을 궁리할 정도로 멋지게 보이던 아이는 자전거에서 내림과 동시에 평범한 수준으로 떨어졌다. 물론 경멸할 정도까지는 아니지만 특별히 시도해 볼 가치가 없는 아이가 되었다.

무슨 일이 일어났을까? 어른들의 풍모에는 어떤 미덕도 부여하지 않는 자전거가 어린이의 신체에는 해독표처럼 작용한다. 자전거는 아이의 본질을 제쳐 놓고 해명에 착수하는 것이다. 그것은 사령관이 내뱉은 상당히 모호한 몇 가지 표현을 두 가지 면에서 조명한다. 첫째, 자전거 관찰을 통해 어린이도 문장에 사용될 자격이 있다는 것이 밝혀졌다. 하지만 그 적용에 희생의 의미가 내포되어 있다면 얼마나 끔찍한 일이겠는가! 둘째, 이제 나는 열쇠와 창살의 차이를 좀 더 명확하게 이해할 수 있다. 열쇠는 우리에게 본질의 특별한 의미만을 넘겨주지만 창살은 본질을 완전히 소유한다. 그것은 내 직감을 환하게 밝혀 주는 선물이다. 짊어지는 체계도 다르다. 자물쇠가 열쇠를 짊어지듯 열쇠를 짊어지는 것은 열쇠의 본질이다. 반대로 쇠창살이 순교자의 몸을 짊어지듯 창살의 본질을 짊어지는 것은 창살이다. 이제는 열쇠에서 창살로의 이행을 이해하기만 하면 된다. 사령관이 십자가를 짊어진 사람이 십자가에 못 박힌 사람으로 바뀐 것을 악의적인 전위라고 정의했듯이.

사령관은 분명히 전위에 대해 그가 내게 말한 것보다 훨씬 많이 알고 있다. 그가 내게 허락한 친밀성을 이용해 그에게 내 속마음을 죄다 털어놓는 일은 오직 내게 달렸다.

* * *

　티포주는 사령관에게 물어볼 여유가 없었다. 7월 20일에 발생한 티포주에 대한 테러 시도 이후 전례 없는 무더기 체포와 처형이 독일 전역과 특히 그 사건이 일어난 동프로이센에서 진행되고 있었기 때문이다. 비밀경찰은 음모 가담자들뿐만 아니라 가족과 친구, 그리고 조금이라도 대인 관계가 있는 사람들에게 무차별적으로 공포를 조장했다. 게슈타포의 보고서에는 프로이센 귀족 중에 가장 명망 있는 사람들의 명단이 끊임없이 거론되었다. 요르크, 몰트케, 비츨레벤, 슐렌부르크, 슈베린, 슈튈프나겔, 도나, 렌도르프…….

　어느 날 아침 뒷좌석을 천으로 가린 자동차 한 대가 성문 앞에 멈추었다. 민간인 복장을 한 두 사람이 차에서 내렸다. 그들은 비밀리에 폰 칼텐보른 백작을 만났다. 그리고 성을 떠났다. 그들은 제방에서 백작을 기다리고 있었다. 한 시간 후인 11시 무렵 아이들은 사령관이 정복 차림으로 성을 나서는 것을 보고 깜짝 놀랐다. 사령관은 앞만 똑바로 쳐다보며 기계처럼 속보로 걸었다. 그는 경례를 받지도 않고 중앙 통로를 지나 그를 기다리던 커튼이 내려진 차에 올라탔다. 자동차는 슐라겐플리스 방향으로 사라졌다.

　티포주가 유일하게 신뢰했던 사령관이 떠나자 그는 큰 충격을 받았다. 사령관의 사변, 그가 주위에 풍기고 다니는 시대 뒤떨어진 권위의 분위기, 그가 프랑스인과 함께 노력한 통찰과 사색. 그 모든 것 덕분에 티포주의 이상은 그가 갈망하던 것 이상으로 고양되고 했다. 노백작이 사라지자 티포주는 불길한 기록이 증명하고 있듯 때때로 괴상할 정도로 기교를 부리며 힘의 본능에 따랐다. 상황이 악화됨에 따라 그는 더 많은 자유를 누리게 되었다. 9월 26일 패전을 막기 위해 여자와 어린이, 노인까지 모든 국민을 총동원하라는 히틀러의 명령 덕분에 티포주는 다시 한번 출세 가도를 달리게 되었다. 라우파이젠은 어쩔 수 없이 사령관이 떠났다는 사실을 받아들였고 휘하의 장교와 부사관, 부하, 민간인 협력자 들까지 차례대로 나폴라를 떠나갔다. 라우파이젠은 마침내 자신이 '아이들의 정원'이라고 부르는 백인대만 휘하에 남게 되자 몹시 원통해했다. 그는 내심 생도들이 최후의 시련을 위해 군대에 끌려가 무장하게 되기를 바랐다. 그는 자주 쾨니히스부르크에 가서 힘러의 참모부가 있는 포세세른에서 교섭을 벌였는데, 그곳에 갈 때마다 나폴라의 일상생활이 그럭저럭 돌아가도록 티포주에게 백지 위임장을 맡기지 않을 수 없었다.

* * *

불길한 기록

사흘 전부터 에벤로데에서 온 이발사와 그 조수가 지하실에서 거대한 전기 이발기를 가지고 아이들의 긴 머리를 밀고 있다. 그 기계는 말의 갈기를 자르는 데 적합할 것 같다. 사실 육 개월 전부터 이발사를 구하지 못해서 아이들은 커튼처럼 긴 머리를 손으로 쓸어 넘기며 말을 하고 밥을 먹어야 했다. 물론 이발을 그렇게 지연시킨 이유는 따로 있었다. 그처럼 야만스럽게 단체로 삭발하는 일이 참으로 가슴 아팠기 때문이다. 그러나 결국 나는 그 일을 피할 수 없었다. 그리고 삭발에서 다음과 같은 사실을 도출해 냈다.

우선 두발 자체는 분명히 아름다울 수 있지만 얼굴과의 관계에서 언제나 부정적인 역할을 한다. 즉 두발은 얼굴의 표현을 약화하고 윤곽을 흐리며 얼굴의 일부를 지워 버린다. 따라서 두발은 얼굴이 못생긴 사람에게는 유리하게 작용한다. 얼굴이 완전히 남의 시선에 드러났을 때보다 풍성한 머리로 가려져 있을 때 덜 추해 보이는 게 분명하다. 그런데 못생긴 것이 일반적인 현상이기 때문에 보통 사람들은 일반적으로 대머리보다 머리카락이 있는 편을 선호한다. 매우 아름다운 얼굴은 머리카락에 가려지지 않을수록 득을 볼 수 있다. 아이들이 서로 면도한 목덜미를 때리며 즐겁게 지하실에서 올라오고 있는데 그 강렬한 아름다움에 나는 깜짝 놀라고 말았다. 검과 대리석 얼굴처럼 뚜렷하고 조각 같은 벌거벗은 아름다움. 웃음으로 상기되어 생기 넘치는 얼굴은 얼마나 표현을 잘하고 얼마나 마음을 잘 전달하겠는가!

나는 그런 장면을 보고 나서 변신의 현장을 보기 위해 지하실로 내려갔다. 나는 이발기가 목에서 이마까지 창백한 길을 내며 머리카락을 밀어내는 장면을 오랫동안 관찰했다. 이윽고 머리 가죽이 그의 비밀들, 울퉁불퉁한 표면과 흉터, 머리카락이 돋아난 모양을 드러냈다. 머리카락이 아이의 어깨 위에서 부드러운 뭉치를 이루다 허물어져 바닥을 뒤덮고, 임무를 마친 이발사는 아무 생각 없이 머리카락을 빗자루로 방구석에 몰아붙이고 있었다. 그 순간 나는 그 다갈색 황금을 버리지 말라고 명령했다. 이발사는 머리카락을 포대 안에 가득 담아 둘 것이다. 그것으로 무엇을 할지 아직은 모르겠다.

* * *

불길한 기록

나는 아이들의 이발 광경을 지켜보면서 대부분 머리카락이 정확히 후두부 꼭대기에 위치한 중심점에서 출발하여 나선형으로 배치되었다는 점을 확인했다. 머리카락은 그 중심점에서 시작해 두개골 전체를 소용돌이 모양으로 뒤덮는다. 나선의 중심에 위치한 곤두선 머리카락이 유일하게 그 소용돌이에 말려들지 않은 부분이다.

불현듯 지난주에 생도들이 사슴을 잡아 와 식당 탁자 위에 올려놓고 털을 뽑는 광경이 떠올랐다. 비스듬히 비치는 불빛 아래 털 무더기 여러 개가 각기 다른 방향으로 나 있음을 분명히 볼 수 있었다. 사슴의 털에도 소용돌이 형태가 있었는데, 털이 중심점을 기준으로 분산되느냐 혹은 집중되느냐에 따라 원심성 소용돌이와 구심성 소용돌이로 구분되었다. 다른 곳에서는 뼈의 돌기부에 따라 털들이 서로 부딪치거나 가르마에 의해 널찍널찍하게 나뉘어 단면을 이루었다. 갑자기 블레

456

트헨 박사의 이야기가 생각났다. 인간은 곰이나 개처럼 많은 털을 지녔는데 육체의 특정 부위를 제외하면 현미경으로 간신히 볼 수 있을 만큼 너무 작거나 색깔이 없다. 나는 이때부터 아이들의 털 분포를 연구하고 몇 가지 모델을 비교해 보면 무척 흥미로울 것 같다고 생각했다.

나는 솜털이 가장 많고 역광을 받을 때 털이 금빛이나 은빛으로 가장 선명하게 빛나는 세 아이를 선택했다. 나는 한 명씩 실험실로 소환해서 창문과 나 사이에 아이를 세우고 현미경을 동원해 1센티미터 단위로 면밀하게 검사했다.

흥미로운 결과를 얻었지만 그것이 개인차를 나타내지는 않았다. 한 번 더 생도들은 사람들이 생각하는 것보다 훨씬 동질적이고 차이가 없는 집단이라는 사실이 밝혀졌다.

모든 육신의 털은 나선 모양의 단면을 이루어 배치되며, 털의 방향에 따라 두 개의 범주로 나뉜다. 하나는 눈 안쪽, 움푹 팬 겨드랑이, 샅굴 부위, 엉덩이 안쪽, 발등, 손등, 후두부 등의 분산되는 소용돌이다. 또 하나는 턱, 팔꿈치머리, 배꼽, 성기 밑부분 등의 집중되는 소용돌이다. 양쪽 옆구리에는 겨드랑이의 소용돌이와 샅굴 부위의 소용돌이를 연결하는 경계선이 있으며, 그것에 따라 털이 갈라진다. 반대로 상반신의 앞과 뒤에 있는 척추와 흉골에 따라 털이 집중되거나 서로 부딪치며 중앙에서 길게 곤두서는 모양을 볼 수 있다.

대개 이 분포도는 알맞은 조명 아래에서 현미경을 가지고 상당히 차근차근 볼 경우에만 탐지된다. 하지만 입술로 피부를 빠르게 핥으면 털의 방향을 즉시 알 수 있다. 그것은 더욱 감동적이다! 솜털이 많은 부위는 입술이 가볍게 스칠 때 다른 부위보다 더욱 조밀하거나 더욱 부드러운 촉감을 통해 털의 방향을 알려 준다.

* * *

불길한 기록

나는 꽤나 애통해하면서 거대하고 서툰 내 손이 좋은 일을 할 때마다 그 장점을 인정했다. 와이셔츠나 짧은 반바지의 터진 구멍으로 능숙하게 살짝 밀어 넣을 수 있는 마법사의 손처럼 가늘고 은밀한 손을 동경하는 것은 분명 잘못된 생각이다. 나의 큼직한 손은 그처럼 날렵하게 다루어지기에 적합하지 않지만 그나마 나름 능숙한 면을 지녔다. 나의 손은 순식간에 라인강의 비둘기들을 능수능란하게 다루는 법을 배우지 않았던가! 새를 다루는 솜씨가 새 장수처럼 너무 완벽해서 비둘기들 가운데 모르는 녀석조차 내가 손을 내밀어도 도망치지 않았다.

그리고 아이들을 능란하게 잡을 줄 아는 나 자신이 그저 놀라울 따름이다! 내가 아이를 다루는 모습을 보는 사람이면 누구나 거칠면서도 유연하다는 인상을 받을 것이다. 물론 잘못 본 것은 아니다. 그러나 일단 나와 사귀면 외견상 거칠어 보이는 동작 이면에 무척 부드러운 수완이 숨어 있음을 깨닫게 된다. 아이들과 함께 있으면 대단히 무뚝뚝한 나의 몸짓에 은밀한 부드러움이 담긴다. 초자연적인 운명 덕분에 나는 아이의 몸무게, 몸의 균형, 몸의 중심, 모든 관절과 굴곡, 근육의 전율, 뼈의 경도를 즉각 감지할 수 있다. 암고양이는 마치 보따리를 옮기는 듯 조심성 없이 새끼 고양이의 목을 물고 이동한다. 하지만 새끼 고양이는 기뻐서 가르랑거린다. 외관상 거칠어 보이는 행동 속에 친밀함과 모성애가 깃들어 있기 때문이다.

처음 만나는 아이를 대하는 나의 첫 번째 동작은 아이의 목덜미에 손을 대는 것이다. 연약하건 근육이 발달했건, 솜털이 길든 짧든, 앞으로 휘었든 뒤로 젖혀졌던 간에 그 본질적인 뿌리는 머리와 몸의 열쇠다. 나는 목덜미를 통해 금세 저항이나 포기의 반응을 감지할 수 있다. 나는 목덜미를 만지는 것에 그칠 수도 있고 그마저 그만둘 수도 있다. 또는 자연스럽게 등을 어루만지거나 어깨를 주무르거나 허리(움직임이나 운반, 자세의 평형점)까지 내려갈 수도 있다.

내 손은 운반하고 들어 올리고 탈취할 수 있도록 만들어졌다. 손바닥의 두 가지 고전적 자세인 외전[102]과 내전[103] 가운데 내게는 외전이 적합하다. 그래서 손바닥을 하늘을 향해 펼치고 손가락을 쫙 펴서 붙이는 것이 내 습관이다. 내전은 왠지 불편하고 근육 경련을 일으킨다. 말자하면 짊어지기 적합한 손이다! 손뿐만 아니라 몸 전체가 그렇다. 엄청나게 큰 키, 짐꾼의 등, 장사 같은 힘. 이 모든 것은 어린이들의 가볍고 작은

---

102) 팔다리를 밖으로 내뻗는 동작.
103) 팔다리를 몸의 중심축 방향으로 돌리는 운동.

몸뚱이에 부합한다. 나의 거대한 덩치와 어린이의 왜소한 체구, 이것은 자연이 완벽하게 짜 맞춘 두 부분이다. 이 모든 것은 아주 옛날부터 예견되고 요구되고 구성되었으므로 존경할 만하고 숭배할 만하다.

* * *

불길한 기록

어떤 의식이든 완벽한 조사와 철저한 열거가 있어야 하며, 요새는 당연히 성스러운 곳이다. 바로 이것이 교장이 없을 때 내가 주관하는 점호의 유일한 목적이다. 점호는 저녁마다 폐쇄된 안뜰에서 이루어졌다. 나는 엄격함과 요행이라는 두 가지 요구 사항에 따라 점호를 실시했다.

아이들은 세 개의 검이 있는 테라스가 올려다보이는 안뜰에서 자유롭게 놀고 있다. 나는 작은 성당 안에서 명상에 잠긴 채 기다린다. 그림이 그려진 유리창이 석양의 마지막 햇살을 받아 아롱지게 빛난다. 나는 소리의 향(香)처럼 들려오는 고함과 호출과 탄성 따위로 이루어진 소리의 심포니에 빠져든다. 그 심포니 덕분에 뇌이의 경험과 생크리스토프 중학교 시절이 떠오른다. 사실 동프로이센 사람들에게는 프랑스 사람들이 가지지 못한 쉰 목소리와 예리한 어조가 있다. 하지만 바로 그런 특징 속에는 독일이 내게 마련해 놓았고 내가 이곳에 존재하는 이유인 순수한 본질이 있다.

때가 되면 나는 이어지는 의식에 사로잡힌 듯 테라스를 통해 난간으로 나아간다. 내가 헤르만과 비프레히트 사이에 모습을 드러내자 소란은 일시에 뚝 그치고, 내가 헤르만의 칼끝에 손을 대자 아이들은 대열을 이룬다. 400명의 아이들이 열 명씩 마흔 개의 열을 이루자 안뜰에 빼곡하게 들어찬 직사각형 덩어리가 형성된다. 아이들이 눈 깜짝할 사이에 대열을 이루려면 여러 달 동안 냉혹한 '강화 훈련'에 복종해야 했다. 아이들의 질서는 너무도 완벽해 내가 모든 아이들을 둘러보는 순간 확고하게 나를 바라보는 400명의 얼굴이 400번 반짝이지 않았다면 그들이 안뜰 포석 위에 자기 자리를 표시해 놓지 않았을까 의심할 정도였다. 계속해서 나는 단 한 번의 손짓으로 어린 병사들이 혹독한 규율을 통해 당당하게 쌓아 올린 침묵의 구조물을 깨뜨리고 동프로이센의 찬가를 부르게 한다.

한 손에는 창을, 다른 손에는 종마의 고삐를 움켜쥐고 서방의 아이들인 우리는 튜턴의 위업을 완수하기 위해 동쪽으로 달린다.

폭풍우가 노호하고 빗줄기가 우리를 후려치고 물에 흠뻑 젖은 말들이 비틀거린다. 그래도 우리는 옛날 기사들과 농부들처럼 우리의 신앙이 있는 땅을 향해 달린다.

우리는 먼지 속에서 질주하고 번개처럼 달린다. 동쪽으로, 완벽하게 지평선을 지키고 있는 칼텐보른의 탑을 향해.

우리는 녹슨 보습의 날과 검을 새롭게 갈았다. 한 손에는 검을 쥐고 다른 한 손에는 보습을 잡고 땅을 간다. 내일 태양은 우리를 위해 떠오를 것이다.

사춘기 이전의 날카로운 금속성 목소리가 나를 향해 치솟는다. 그 소리가 비통한 기쁨으로 내 마음을 찌른다. 내 가슴은 찢어질 듯하다. 거역할 수 없는 격정 속에는 피와 죽음이 내포되어 있기 때문이다. 연도처럼 길고 아름다운 점호가 이어진다. 나는 오직 이름과 출신지만 울려 퍼지는 그 의식에 호명과 대답의 결합은 그대로 둔 채 매번 새롭게 바뀌는 요소를 가미하고 싶었다. 직사각형 대열은 자리가 미리 지정된 것이 아니라 매일 저녁 다른 생도가 서기 때문이다. 그래서 점호 방식을 바꾸어 보았다. 마지막 줄 왼쪽 첫 번째 생도가 오른쪽 동료의 이름과 출생지를 부르면, 그 동료는 "출석!"이라고 대답한 후 오른쪽 동료의 이름과 출생지를 부른다. 그런 식으로 첫 번째 줄 오른쪽 끝의 마지막 아이가 대답하면 점호가 끝난다.

그렇게 정한 점호 방식은 당연히 결석자를 색출하는 평소 기능을 다하지 못한다. 하지만 내가 기대하는 것은 그와 반대로 좁은 벽 사이에 갇힌 채 대기하는 400명의 개성이 총체적으로 충만하고 순환적인 시범을 보여 주는 것이다. 매번 새로운 목소리가 망령을 불러내듯 악을 쓰며 옆 사람의 이름을 부르고 이어 자신의 이름도 그 여운에 겹치는 이 점호보다 더 감미로운 음악은 없다. 요하니스부르크 출신 오트마르, 디른탈 출신 울리히, 쾨니히스베르크 출신 아르민, 마리엔부르크 출신 이링, 프로이센 아일라우 출신 볼프람, 틸지트 출신 위르겐, 라비아우 출신 게로, 베렌빈켈 출신 로타어, 호헨잘츠부르크 출신 게르하르트, 하임펠덴 출신 아달베르트, 노르덴부르크 출신 홀거, 호헨슈타인 출신 오르트빈…… 나는 한 육체의 무게와 프로이센 땅 한구석의 향기를 결합하는 그 재산 목록 조사를 중단시키려면 엄청난 자제력을 발휘해야 한다.

점호가 끝나면 잠시 침묵이 뒤따른다. 이어 400명의 아이들은 일제히 반 바퀴를 돌고 나서 나처럼 동녘을 바라본다. 나는 이제 황금빛 그루터기와 곤두선 머리카락이 펼치는 밭만을 볼 수 있다. 나는 이미 소유한 머리카락을 가지고 합당한 의식을 거행할 방법을 찾아볼 것이다. 다시 한번 우렁찬 합창이 단단하고 빛나는 소리의 피라미드를 세운다. 아이들은 그들의 영혼을 갈망하는 「동방의 넓은 벌판」을 노래한다.

동풍에 깃발을 세워라.

동풍이 깃발을 부풀리고 휘날리게 하리라.

출발의 나팔 소리여 울려라, 우리의 피가 그 신호를 들을 수 있도록.

독일의 모습을 지닌 대지는 우리에게 호응하리라. 대지는 우리의 수많은 동포가 흘린 피로 비옥해졌으니 어찌 잠자코 있겠는가.

동풍에 깃발을 세워라, 새로운 출발을 위해 깃발이 펄럭이도록.

강해져라, 동쪽에 터를 닦는 자에겐 시련은 조금도 너그럽게 봐주지 않는다.

동풍에 깃발을 세워라, 동풍은 깃발을 가장 힘차게 휘날리게 하리라…….

* * *

불길한 기록

　나는 오늘 아침 비르켄뮐레에 갔다. 누군가가 그곳에 소모 (梳毛) 직공이던 도른 부인이 산다고 알려 주었다. 그녀는 지금도 베틀을 하나 가지고 있는데 사람들이 양털을 가져다줄 때만 옷감을 짠다고 했다. 전쟁이 경제 수준을 원시 시대 수준으로 떨어뜨렸으니 이제부터는 양을 직접 키우는 자만 옷을 입을 수 있다! 나에게는 양이 없는 대신 아이들이 있다. 아이들의 머리털로 소매 없는 망토나 넉넉한 윗옷을 만들어 입어 볼까 생각했다. 요컨대 그 옷은 나의 황금 양털,[104] 즉 사랑과 호사를 나타내는 망토가 될 것이다. 그것은 또한 안으로는 나의 정열을 만족시키고 밖으로는 나의 힘을 보여 줄 것이다. 문득 펜던트 속에 연인의 머리카락을 넣어 가슴에 품고 다니는 소심한 연인들을 생각하니 민망해서 웃음이 다 나온다.

　커다란 암말 같은 도른 부인은 제복을 입은 정체불명의 기사가 자기 집 앞에서 멈추는 것을 보더니 다리와 팔과 코를 통해 최대치의 경계심을 드러냈다. 내가 그녀의 직조업에 대해 이야기하는 동안에도 그녀는 적의에 찬 침묵 속에 갇혀 있었다. 이미 오래전부터 의무가 아닌 모든 활동은 금지되어 있었으므로 그녀의 일은 분명히 비난받을 만했다. 나는 내가 거래

---

104) 그리스 신화에 나오는 영웅인 이아손이 빼앗은 황금 양털을 말한다.

하고 싶은 계획을 이해시키려고 외투 속에서 천으로 싼 꾸러미 하나를 꺼냈다. 나는 그녀의 부엌에 들어가 노루의 허벅지 살을 꺼냈다. 그녀는 조금 안심한 듯이 보였다. 이어서 처음부터 끌고 다닌 포대를 살짝 열어 아이들의 머리카락을 보여 주었다. 그리고 엄청난 양의 머리카락을 가지고 있으며, 그녀가 머리카락으로 천을 짠다는 이야기를 들었다고 털어놓았다. 그녀의 반응은 이해할 수 없을 정도로 격렬했다. 그녀는 갑자기 몸을 부르르 떨며 "싫어요. 싫어요. 싫어요." 하고 되풀이하면서 노루 허벅지 살과 머리카락 포대와 나를 밀어내는 손짓을 하며 뒷걸음치기 시작했다. 마침내 그녀는 작은 뒷문으로 나가더니 텃밭을 가로질러 점점 멀리 사라져 갔다.

나는 그녀가 머리카락 포대를 보고 왜 그렇게 질겁했는지 모르겠다. 결국 나는 아무런 성과 없이 노루 허벅지 살과 잠재적인 황금 양털을 들고 나와야만 했다. 그녀가 혹시 그처럼 질겁한 상태에 오래 빠져 있지나 않을지 무척 두렵다!

* * *

불길한 기록

나는 아이들의 머리카락을 매트리스와 이불과 베개에 가득 채우라고 지시했다. 바보 같은 네타 부인은 머리카락을 사전에 세탁하자고 말했다!

처음 깎은 새끼 양털보다 부드럽고 사향 냄새도 그 못잖은 아이들의 머리카락 속에서 지낸 매우 기이한 밤! 물론 나는 한 숨도 자지 못했다. 아이들의 기름기 냄새가 곧장 머리까지 올라와 나는 행복한 도취 상태에 빠지고 말았다. 기쁨, 눈물, 기쁨의 눈물! 새벽 2시경 나는 머리카락을 감싸고 있는 터무니없는 덮개를 더 이상 견딜 수 없었다. 그래서 매트리스와 이불과 베개의 배를 가르고 블레트헨이 떠난 직후부터 말라 있던 양어장에 머리카락을 쏟아 냈다. 그 덕분에 양어장이 쓸모 있게 되었다. 이어서 나는 예전에 솜털로 가득 찬 비둘기장 속에 파묻혔듯이 새로운 종류의 둥우리에 파묻혔다. 내가 애지중지하는 아이들은 모두 여기에 있다. 나는 머리카락을 한 줌씩 집어 얼굴에 비벼 봄으로써 아이들 한 명 한 명을 구별할 수 있다. 갓 베어 낸 건초 냄새가 나는 것은 힌네르크, 머리카락에 푸르스름한 기가 도는 것은 아르민, 유일하게 회색 섞인 금발을 지닌 것은 오르트빌, 아기 천사의 머리처럼 손으로 만져지지 않을 만큼 매우 가느다란 머리카락은 이렁, 구리처럼 단단하고 황금빛이 돌고 철분 냄새가 나는 것은 하로, 그리고 발두르와 로타어의 머리카락은 물론이고 다른 모든 아이의 머리카락도 구별할 수 있다. 나는 머리카락을 전부 뒤섞고 반죽하듯 휘저은 다음 두 팔로 가득 껴안았다. 그러자 발작을 일으키는 양 온몸이 오열로 떨렸다. 혹시 내 이성이 극도의 감동 속에서 무너지기 시작한 것은 아닐까 자문했다. 지금도 나는 그것을 의아하게 여기고 있다.

나는 격세 유전의 만성적인 심각한 알코올 중독자 같았다. 물을 탄 순한 능금주 외에는 아무것도 마셔 보지 않은 사람이 갑자기 70도나 되는 싸구려 독주를 한없이 퍼마셔서 알코올 중독자가 된 것처럼.

나는 하얗게 밤을 지새운 후 웅성거리는 소리에 일어났다.

* * *

불길한 기록

아이들의 고함과 혼잡하게 뛰노는 소리가 폐쇄된 안뜰을 가득 채우고 있었다. 짧고 거칠게 밀치는 놀이. 한 꼬마가 내가 있는 쪽으로 내던져졌다. 나는 짊어지는 행위라는 반사 작용이 발동해 공중에 뜬 아이를 두 손으로 받았다. 나의 커다란 두 손이 머리카락이 무성한 둥근 머리를 꼭 잡았다. 담갈색 두 눈만이 회피하는 듯 눈동자를 좌우로 굴리면서 움직였다. 나는 호수처럼 맑고 깊은 그 영혼의 거울에 머리를 숙였다. 나는 아득히 높은 하늘을 날다 현기증이 나 물거울 위에서 휘청거리는 한 마리 말똥가리 같다. 조개처럼 싱싱한 아이의 입이 살짝 열렸다.

그때 나는 아이의 입술 가장자리에서 직선으로 갈라진 새빨간 상처와 입술 주위 피부에서 덕지덕지 불거진 부스럼을 발견했다.

"너, 입술이 아프니?"

"네, 아저씨."

"네 친구들도?"

"모르겠어요."

"가서 알아 봐!"

이상한 명령에 깜짝 놀란 아이는 내 손에서 풀려나자 양어장에 풀어놓은 물고기처럼 무리 속으로 사라졌다. 일 분 후 녀석은 너무도 닮아 형제처럼 보이는 한 생도를 데리고 다시 왔다. 이 녀석의 입술은 터지고 갈라지기만 했는데 갈라진 자리에서 점액이 조금씩 스며 나오고 있었다.

그날 저녁 나는 아리스에 있는 약국에 가서 부드러운 편도씨 기름에 카카오 버터를 반죽한 고약 한 단지를 사 왔다. 저녁 식사를 마친 대식당은 기이하면서도 감동적인 예배당으로 변했다. 아이들이 내 앞에 줄지어 섰고, 나는 아이들에게 기름을 발라 주었다……. 아이들은 내 앞에 와 멈추고 입을 내민다. 나는 왼손을 들어 올리고 엄숙하게 축복을 내리는 몸짓을 하며 검지와 중지를 붙인다. 이윽고 불길한 손, 천재적인 손, 주교의 손이 된 손, 묵시적인 진리의 수탁자가 된 손인 내 왼손은 전혀 움직이지 않는다. 아이들이 차례차례 지나가면서 밤을 보내기 위한 노자 같은 성유를 받기 위해 내 왼손을 향해 머리를 숙인다. 애원하는 사람들이 기적을 일으킨 수호성인 상에 입을 맞추듯이. 고개를 뒤로 젖히거나 돌려서 거부의 뜻을 나타내는 아이가 있으나 매우 드물고 그것도 불가피한 경우뿐이다!

남을 위해 봉사하고 자신을 희생하는 경우에만 소유하고 지배할 수 있는 젊어지는 행위의 놀라운 양면성이여!

* * *

불길한 기록

내게 언제나 짊어지는 행위의 반대 극점이자 보충적인 요소인 듯한 짙은 대기 밀도를 만들어 내는 데 샤워실은 아주 적합한 장소가 아닐까. 샤워실은 탈의실이 딸린 가로 20미터에 세로 12미터의 넓은 공간이다. 타일 바닥에 배수용 홈이 있고, 벽에는 예순 개의 샤워 꼭지가 달렸으며, 물의 양은 탈의실에서 조절하고 물은 5000리터짜리 보일러 탱크에서 공급된다. 또한 냉수와 온수를 교대로 공급하거나 그 비율을 조절해 공급하는 수도꼭지가 있다.

아이들은 백인대 단위로 샤워실을 이용했다. 이제부터는 물을 아끼기 위해 모두 한꺼번에 이용하게 될 것이다. 남성이라는 동류의식에서 한 명의 사관이나 부사관이 샤워에 동참하곤 했다. 그러나 앞으로는 오직 나만 아이들과 함께 샤워를 할 것이다.

석탄 대신 장작을 사용하기 때문에 물을 40도까지 데우기 위해서는 밤새 불을 지펴야 한다. 나는 생크리스토프 중학교의 보일러실에서 질식해 죽은 네스토르를 기억하며 밤마다 다섯 차례 보일러실로 내려가 불을 지폈다. 아침 식사 전인 오전 8시에 아이들을 샤워실로 보내는 것이 적당했다. 아이들의 맑은 목소리가 맨발로 걷는 소리와 함께 계단을 가득 채울 무렵 나는 이미 발가벗은 채 뜨거운 물줄기 아래에서 두 눈을 감고 숨이 막혀 헐떡거리고 있었다. 행복하게 와글거리는 소리, 몸으로 떠밀기, 샤워 꼭지에서 쏟아지는 이슬비 같은 물줄기 아래에서 킬킬거리는 소리, 모든 것을 우윳빛 어둠 속에 빠뜨리는 뜨거운 수증기의 소용돌이. 아이들의 몸뚱이는 수증기 속에서 용해되었다가 느닷없이 나타났고 사라지는 꿈처럼 다시 녹아들었다. 아이들은 모두 먹히기 전에 거대한 가마솥 안에서 끓고 있다. 나는 애정에 이끌려 가마솥에 뛰어들었고 아이들과 함께 익어 간다. 내 위로 무너지는 젖은 몸뚱이에 수없이 짓밟히고 짓눌리면서 오래전, 정확히 말해 전쟁이 발발한 이래 잊고 있었던 오래된 경험, 즉 천사의 압박을 다시 느꼈다. 하지만 이것은 한증막에서 익어 가고 기호의 변화에 의해 타격을 입은 천사의 압박이다. 다시 말해 나를 불안의 심연으로 몰아넣는 압박이 아니라 선회하는 순백의 구름 위에 떠다니는, 무미하고 어렴풋이 조악한 영감을 느낄 수도 있는 영광스러운 승천 같은 것이다. 이 타격은 갈비뼈 쪽으로 팽창된 심장 탓에 둔탁하게 전해지지만 격렬한 충격은 아니다. 이 감동적인 소란은 나 자신의 찬란한 개화에 리듬을 부여한다. 나는 종교가 우리에게 약속하는 육신의 부활(가장 생기발랄하고 가장 젊은 육체로 변신한)을 생각해 본다. 나는 성인이 되어 더럽혀지고 거무스름해진 나의 피부를 전부 드러내고 시련의 흔적이 역력히 드러나는 거무죽죽한 얼굴을 끓어오르는 수증기 속에 내밀고는 주름진 검은 몸을 수증기 속에 감춘다. 그리하여 흉측해진 몸을 치료하기 위해 아이들의 싱싱한 살덩어리들에 내 몸을 내맡긴다!

＊ ＊ ＊

불길한 기록

밤에는 쌀쌀해지기 시작했는데 석탄이 없어서 중앙난방을 가동할 수 없었다. 그래서 8인용 공동 침실을 포기하고 넓은 기사실에 주물로 제조한 난로를 설치하여 공동 침실로 사용해야 했다. 아이들은 그 변화를 열렬히 환영했다. 더 큰 소란을 피울 수 있다고 기대하는 모양이었다. 나는 긴장되고 괴로운 고독을 한숨과 공포와 자리 이탈 등이 난무하는 그 광범위한 야간 교제와 비교해 볼 좋은 기회라고 생각했다.

아이들이 작은 침대들을 촘촘하게 붙여 놓는 바람에 침대줄이 지면보다 높은 마루나 매트리스를 깐 하얀 도로처럼 보여서 나는 맨발로 마구 뛰어다니고 싶은 충동을 느꼈다. 그것은 전통적인 의미에서 침실이라기보다는 최면실이었다.

......

최면실은 놀라운 일을 만들어 냈다. 아이들이 기대했던 대로 장엄한 소란이 벌어졌다. 기막힌 광경이었다! 하얀 침대들이 포석처럼 깔린 탄력 있는 대평원에서 미친 듯이 날뛰는 기마행렬. 털 이불과 베개가 빙글빙글 돌며 날아가 명중할 때마다 와르르 무너지면서 내지르는 아이들의 즐거운 비명. 침대밑판까지 쫓아가는 혼란스러운 추격. 매트리스를 쌓아 올려 만든 물렁물렁한 요새에 가하는 공격. 이 모든 소란은 두꺼운 커튼으로 창문을 몽땅 가린 후 동물적인 열정이 가득 차고 온

마왕 471

실처럼 숨 막히는 열기 속에서 벌어졌다.

　나는 아이들이 내 존재를 의식하지 않도록 구석에 웅크리고 앉아 모든 광경을 관찰했다. 아이들은 오늘 종일 대전차용 구덩이를 팠는데, 그러고도 힘이 남았는지 그 힘을 불태우고 있었다. 이미 몇몇 아이는 매복하기 위해 숨었던 장소에서 그대로 잠들어 버렸다. 소란이 잦아들기 시작할 무렵 나는 기사실을 비추는 일흔다섯 개의 전등을 일시에 끔으로써 대소동에 종지부를 찍었다. 즉시 일흔다섯 개의 야등이 푸르스름하게 떨리는 분위기를 침실에 조성했는데, 밤보다 그 분위기를 진정시키는 데 효력이 있었다. 독이 잔뜩 오른 녀석들 몇몇은 질 줄 알면서도 싸움을 계속했지만 소란은 급속히 사그라졌다. 무거워지는 눈꺼풀을 느끼는 것은 그때쯤이었다. 야행성에 불면증 환자이자 몽유병자인 내가 제일 먼저 곯아떨어지는 무리에 속하다니 정말이지 전혀 예상하지 못한 일이다. 나는 한 침대 가장자리에 쭈그리고 앉아 벽 모퉁이에 등을 기댄 채 잠이 들고 말았다. 아마도 그날 저녁에 벌어진 재미있고 교훈적인 광경에 너무도 놀란 모양이다. 내가 평소에 잠을 잘 못 자는 것은 400명의 아이들과 함께 항상 잠들도록 예정되어 있기 때문이리라.

　하지만 내 안의 누군가는 내가 단지 잠을 자기 위해서 그곳에 있는 것이 아니라고 생각하는 모양이었다. 그래서인지 나는 갑자기 한밤중에 정신이 말짱한 상태로 깨어났다. 달빛의 넓은 무대 위에서 갖가지 자세로 누워 있는 모든 몸뚱이는 인상적인 야릇함을 보여 주었다. 무서운 듯 움츠린 무리, 형제처럼 껴안은 무리, 기관총의 일제 사격에 쓰러지기나 한 것처럼 줄을 맞추어 자는 무리. 그러나 가장 비장한 모습은 마치 혼자 죽기 위해 구석진 곳으로 기어드는 짐승처럼 혼자 떨어져 있거나 마지막 순간까지 동료들과 합세하기 위해 노력하다 그냥 잠들어 버린 아이들의 모습이었다.

즐거운 소란 직후에 나타나는 그 학살 장면은 항상 위협적인 내 운명의 장난, 즉 악의적인 전위를 잔혹하게 상기시켰다. 사령관이 내게 아낌없이 설명해 주었던 경고는 언제나 간접적이고 상징적이었다. 오늘 밤 이 교훈은 분명 끔찍했다. 내가 베일을 벗기고 열광의 상태까지 끌어올렸던 이 모든 본질은 내일, 아니 오늘 저녁이라도 기호를 바꾸고 내가 웅장하게 찬양하면 찬양할수록 더욱 잔혹하게 지옥 같은 불에 타 버릴 수 있다.

그러나 그런 예감이 내게 주는 슬픔이 무척 크고 장엄해서 잠든 아이들의 모습을 굽어보며 느끼는 장중한 기쁨과 어려움 없이 결합되었다. 나는 애정의 날개를 달고 최면실을 배회하며 이 아이에게서 저 아이에게로 왔다 갔다 했다. 나는 아이들 각자의 특이한 자세를 기억해 두었다. 때때로 얼굴을 보기 위해 자는 아이들의 몸을 뒤집기도 했다. 해변에서 축축하고 감추어진 부분을 보기 위해 조약돌을 뒤집듯이. 더 나아가 서로 뒤엉켜 자는 쌍둥이 형제를 한꺼번에 안아 올렸다. 두 아이의 머리가 신음을 내면서 내 어깨에 살며시 닿는다. 눅눅하고 유연한 나의 커다란 인형들. 나는 죽어 있는 무게의 특질을 잊지 않으리라. 나의 손과 팔과 허리와 근육은 어느 것과도 비교할 수 없는 그 특이한 중력을 영원히 기억해 두었다⋯⋯.

* * *

불길한 기록

나중에 나는 그 잊지 못할 밤의 교훈을 심사숙고한 덕분에
잠든 아이들의 수많은 자세를 크게 세 가지 유형으로 나눌 수
있었다.

첫째, 등을 바닥에 대고 누운 자세. 얼굴은 천장을 향하고 두
발을 붙인 채 경건하게 누워 자는 아이는 휴식보다 죽음을 떠
올리게 한다. 둘째, 모로 누운 자세. 두 무릎을 배까지 끌어당기
고 계란처럼 몸 전체를 웅크린 모습. 이 태아의 자세는 세 가
지 유형 중 가장 흔하며 태어나기 전의 모습을 상기시킨다. 셋
째, 하나는 이승을, 다른 하나는 저승을 흉내 내는 두 자세와
달리 배를 바닥에 대고 엎드린 자세는 유일하게 지상의 현재에
충실하게 매달린 모습이다. 이 자세는 유일하게 잠자는 사람
이 쉬고 있는 바닥에 원초적인 중요성을 부여한다. 잠든 사람
은 그 바닥(이상적인 것은 땅바닥)한테 보호를 요청하는 동시에
바닥을 소유하려는 듯 바닥에 몸을 철썩 붙이고 있다. 자기 육
신의 씨로 땅을 비옥하게 하려는 대지 연인의 자세다. 또한 그
것은 신병들에게 총알이나 포탄의 파편을 피할 수 있도록 훈
련시키는 자세다. 배를 바닥에 대고 누운 자세에서 머리는 모
로 하고 마치 땅을 청진하는 듯 한쪽 뺨이나 귀를 바닥에 붙인
다. 블레트헨의 해석에 따르면 이 자세는 장두형의 휴식에 가
장 적합하다. 그런데 아이를 재울 때 관자놀이를 바닥에 대고

엎드려 눕히는 습관(아이의 두개골이 아직은 물렁물렁하다는 점을 고려해야 한다.)이 아이를 장두형으로 만들지 않았을까 하는 생각이 든다.

* * *

불길한 기록

어제 나는 재갈도 안장도 없이 단지 고삐만 벽의 고리에 매인 바르브블뢰를 바라보고 있었다. 그처럼 모든 마구를 벗은 말은 그저 가만히 있었다. 머리를 숙이고 귀는 노새처럼 늘어뜨린 채 등줄기는 푹 패고 느슨해져 무기력하고 야윈 모습으로. 하지만 굴레를 씌우고 굴레 띠를 두르고 등에 안장을 올리면 말은 머리를 치켜들고 눈은 앞을 똑바로 응시하며 귀는 쫑긋이 세운 채 앞발로 땅을 걷어차면서 도약을 준비할 것이다……. 마찬가지로 큰 키는 거추장스럽고 힘은 예전 같지 않아 우울하고 부자연스러운 데다 다리는 힘이 없고 팔은 흔들거리는 나. 그러나 아이가 달려와 내 등에 올라타고 두 다리로 내 허리를 졸라매고 두 팔로 내 목을 잡고 깔깔대면 나 또한 원기를 회복하고 훨훨 날아가겠지.

* * *

불길한 기록

죽은 살덩어리 같고 낙타의 육봉처럼 흉측한 지방 덩어리 같은 어른들의 엉덩이와는 반대로 아이들의 엉덩이는 생기 넘치고 가볍게 떨리며 항상 깨어 있고 가끔은 야위고 움푹 패 였다가도 한순간이 지나면 순진하게 미소 짓고 사랑스러운 생기가 돌며 얼굴처럼 표현이 풍부해진다.

* * *

불길한 기록

6시. 벌써 첫 햇살이 동쪽 탑의 반짝이는 지붕을 붉게 물들이고 있다. 400개의 음경이 햇살의 애무를 받고 흥분해서 표피로 둘러싸인 귀두를 세우고는 남근 천사의 음경이, 색이, 향기가, 중대한 수풀이 활짝 필 날을 꿈꾼다. 그러나 이들 음경은 아침 발기 현상이 지나자 다시 무기력 상태에 빠진다. 음경은 어둠과 희생에 바쳐지고 생식기의 지하 감옥에 던져지며 오직 종족 보존이라는 어두운 임무를 수행할 때만 활기를 띠는 운명을 타고났기 때문이다. 그게 젊어지는 행위가 아닐까? 혹시 그러한 것이 어깨 위에 아이 모습을 한 신을 태움으로써 그의 장대에 갑자기 꽃이 피고 열매가 맺혔다는 성 크리스토프의 위대한 보상과 같은 의미가 아닐까?

* * *

불길한 기록

아이들의 귓속에서 분비되는 벌꿀처럼 황금빛이 도는 꿀은
나 아닌 다른 사람은 누구나 혐오감을 느낄 만큼 매우 기묘한
쓴맛이 난다.

6
별을 짊어진 자

한밤중에 야훼께서 이집트 땅에 있는 모든 맏아들을 죽이셨다.

—『출애굽기』, 12장 29절

1944년의 마지막 전투는 칼텐보른에서 북동쪽으로 100여 킬로미터 떨어진 동프로이센의 골다프에서 벌어졌다. 10월 22일 체르니아콥스키 장군이 지휘하는 백러시아 제3전선 부대에 정복당한 골다프는 11월 3일 데커 장군이 이끄는 29기갑 군단의 대반격으로 탈환되었다. 1945년 1월 13일 소련군이 다시 공격해 올 때까지 소강상태에 처해 있던 시민들은 자신들이 어느 정도 위험에 빠져 있는지 가늠해 보았고, 나치 정부가 누차 강조한 안전 보장이 과연 얼마나 믿을 만한지 평가해 보기도 했다. 붉은 군대가 동프로이센을 침략할 가능성을 예상하는 것 자체가 패배주의와 배신이라는 범죄 행위였다. 독일 민간인들은 소련군이 내모는 동부 지역 피난민들, 즉 백러시아 농부, 리투니아인, 메멜 지역 주민, 동프로이센 독일인들의 긴 행렬을 어떤 경우에도 위험 징조로 간주해서는 안 되었다. 마을 광장과 시내 공원에서는 피난 준비를 했다는 이유로 교수대에 매달려 대롱거리는 시민들을 볼 수 있었다. 그래서 붉은 부대는 독일 국방군이 포기한 지역에서 당황하고 있는 민간인들을 불시에 습격했다. 소련군 병사들에 의하면 그들이 농가에 침입했을 때 마구간이나 외양간에 짐승들이 그대로 있었고 벽난로에는 불이 활활 타올랐으며 화덕에는 수프가 끓고 있었다고 한다. 좁고 그나마 많지 않은 도로에는 한겨울 혹독한 추위를 뚫고 서쪽으로 도망가는 온갖 국적의 피난민과 전방으로 올라가거나 후방으로 내려가는 국방군 수송대가 뒤섞이면서 황량한 혼란이 벌어졌다.

비록 티포주는 외부 사건에 대해 그다지 관심을 보이지 않았지만 비참한 집단 탈출 장면을 두 차례 목격했다. 첫 번째는 1944년 크리스마스 직전 아리스에서 리크에 이르는 도로에서였다. 당시 1개 소대가 리크를 향해 천천히 이동 중이었는데 피난민 무리가 추위에 마비된 채 반대 방향으로 가고 있었다. 아리스 쪽 길이 막힌 모양이었다. 피난 행렬은 꼼짝달싹할 수 없는 상태에서 와해된 것처럼 보였다. 남자들은 잠깐 멈춘 틈을 타 마구와 보따리를 점검했고, 아이들은 길가의 비탈과 작은 숲으로 흩어졌다. 티포주는 아리스 방향으로 말을 천천히 몰며 피난민 행렬을 거슬러 올라갔다. 150미터쯤 나아가자 길이 막혀 있었다. 뒤얽힌 두 대의 차 주위에서 민간인과 군인들이 분주히 움직였다. 한 쌍의 말이 끄는 군용 마차가 얼어붙은 비탈길에서 미끄러지며 불행하게도 농부의 수레와 충돌했고 끌채가 마치 창처럼 한 군마의 가슴팍에 박힌 것이었다. 죽어

가는 말은 무릎을 꿇고 쓰러졌는데 오른쪽에는 같이 매인 말이, 왼쪽에는 수레의 말이 부축되고 있는 꼴이었다. 그러나 두 마리 말 역시 혼돈에서 벗어나기 위해 뒷발질을 하며 일어나려고 안간힘을 쓰고 있었다.

티포주는 그 피난 행렬을 보고 깊은 충격을 받았다. 그는 「키테라섬으로의 출항」[105]과 비교될 만한 1940년 6월 프랑스인들의 집단 탈출 장면을 떠올리며 "겨울이나 안식일에 피난 가는 일이 없도록 기도하여라."[106]라는 성경 구절을 되새겼다. 끌채에 가슴패기를 찔린 말이 그의 뇌리에서 지워지지 않았다. 거기에서 불행하게도 해독할 수 없는 어떤 상징이나 칼텐보른의 문장과 유사성이 없지 않은 알려지지 않은 어떤 문장을 짐작할 수 있었기 때문이다. 반대로 피난민 행렬이 다시 움직이기 시작했을 때 그가 본 것은 상징적인 분위기와는 무관하고 가장 적나라한 공포와 관련된 광경이었다. 그것은 얼어붙은 도로에서 깔려 죽은 뒤 전차의 무한궤도와 트럭의 타이어, 마차의 바퀴 혹은 장화에 의해 수없이 짓밟히고 으깨진 시체 한 구였다. 시체는 양탄자를 대충 잘라 인간의 형체를 만든 것처럼 납작해져 옆얼굴과 눈, 머리카락을 간신히 구별할 정도였다.

며칠 후 티포주는 뢰첸에서 라인에 이르는 도로에서 더욱 당혹스럽게 하는 일행과 만났다. 그는 멀리서 한 떼의 포로들

---

105) 프랑스 화가인 장 앙트안 바토(1684~1721)의 대표작이다.
106) 「마태오복음」, 24장 20절.

이 다가오는 모습을 보았다. 그들은 목도리를 두르고 군모를 쓰고 양모 헝겊이나 신문지 조각을 장화처럼 만들어 끈으로 묶어 신었으며, 양철 혹은 재생지로 만든 가방에 나무토막을 붙이고 썰매로 변형시켜서 질질 끌고 있었다. 수백 명, 아니 1000여 명쯤 되는 그들은 다른 피난민들이 전혀 정신을 차리지 못하거나 침묵을 지키는 것과는 달리 허리에 비상용품으로 불룩한 마대를 흔들며 수다를 떨고 농담을 하며 오고 있었다. 티포주는 그들과 마주치는 순간부터 어떻게 처신해야 하는지 잘 알고 있었다. 그러나 그가 들은 프랑스어 첫마디가 그의 가슴에 가시처럼 박혔다. 그는 그들에게 인사하고 근황을 물으려고 입을 벌렸다. 하지만 부끄러움과 비슷한 압박감 때문에 목이 멨다. 그는 불현듯 향수에 사로잡혀 운전병 에르네스트, 모뵈주 출신 미밀, 팡탱에서 온 피피, 소크라테스, 그리고 특히 미치광이 빅토르가 떠올랐다. 지금 프랑스를 향해 즐겁게 행진하는 이 사람들, 한겨울에 헝겊과 신문지 조각으로 만든 장화를 신고 전쟁으로 황폐해진 땅을 2000킬로미터쯤 행진할 각오가 되어 있는 이 사람들과 합류한다 해도 그를 막을 것은 없었다…… 티포주는 아침마다 왁스를 칠하고 광택을 내는 칼텐보른 성주의 깨끗하고 부드러운 검정 장화를 내려다보았다. 포로들이 이제 그의 앞을 지나가고 있었다. 그들은 그를 독일인으로 생각했던지 목소리를 낮췄다. 다만 피피를 닮은 작고 거무튀튀한 사내가 지나가면서 프랑스어와 독일어를 섞어 내뱉었다.

"긴 외투를 입은 독일 놈! 도처에 소련 놈들이 깔렸지!"

동족과의 순간적인 만남에서 불쑥 튀어나온 파리식 야유는 굼뜨고 말이 없고 우수에 찬 그를 상냥한 동족들로부터 격리시키는 뛰어넘을 수 없는 거리감을 상기시켰다. 그는 요란하게 머리를 흔들면서 초조감을 나타내던 바르브블뢰를 돌려 칼텐보른으로 달렸다. 그는 곧 그 만남을 잊었다. 이제부터 그는 자기 주위에서 붕괴되고 있는 프로이센에 속하기 때문이었다. 그런데 성에 도착할 때까지 마왕의 영상이 끊임없이 떠올랐다. 늪지에 수장되어 두꺼운 진흙층 덕분에 인간과 세월의 공격 같은 모든 침해로부터 보호받는 그 마왕.

* * *

불길한 기록

오늘 아침 굼빈넨에 갔다. 구두 가게 앞에 여자와 노인들이 낡은 타이어 조각을 들고 줄을 서서 차례를 기다리고 있었다. 가게 안에 있는 사람들은 구두를 벗은 채 구두 수선공이 닳아 빠진 구두에 새 밑창 대신 낡은 타이어 조각을 못질하는 것을 지켜보았다…….

나는 권한이 확대됨에 따라 불안과 황홀감 속에서 독일의 붕괴를 목격하고 있다. 꼬마 아이들은 후방으로 철수했다. 상급반 아이들이 고사포대 부사수로 소집됨에 따라 학교는 차례대로 문을 닫았다. 면 단위 이상의 주요 소재지에 있는 우체국만 여전히 기능을 다하고 있어 우체부는 편지나 소포를 배달하기 위해 수 킬로미터를 돌아다녀야 했다. 면사무소에서는 노인 한 사람이 면장이자 부면장이자 서기의 임무를 도맡아 식량 카드 배분, 전사 통지서 전달, 결혼식 주례, 특히 대관구 지사가 요구하는 일 등 가장 필수적인 업무만 처리했다. 독일 제3제국은 무너져 가면서도 가계(家系)를 합법적으로 지키려고 했다. 이제 사방 100킬로미터 이내에 단 한 명의 의사도 없다.

때때로 사람들은 생활이 왜 이렇게 복잡하냐고 불평한다. 사실 생활은 단순해지고 있다. 생활이 단순해질수록 그만큼 더욱 힘들고 어려워지는 법이다. 행정이든 상업적인 것이든 혹은 다른 것이든 현대 생활의 유통에는 인간과 사물 간의 접촉을 감소시키는 요소가 무수하다. 주민들은 점점 거친 현실에 직면하고 있다.

이 나라는 붕괴되면서 더욱 내게 가깝게 다가오고 있다. 허약하고 기진맥진한 이 나라가 마침내 최악의 빈곤 상태에 도달해 내 발치에 쓰러진 모습을 나는 보고 있다. 이 나라는 이전까지 항상 숨겨 왔으나 갑자기 붕괴되면서 근간을 훤히 드러내는 듯했다. 그것은 마치 어둡고 포근한 땅속에 있다가 누군가가 갑자기 땅을 휘젓는 바람에 물렁물렁하고 희멀건 배를 드러낸 채 여섯 개의 발을 허공에서 파닥거리는 곤충과 흡사했다. 뒤집어진 나라의 희멀건 복부에서 축축한 대지의 냄새와 생체 썩는 냄새가 나는 것 같았다. 여기 내 발치에 프로이센이라는 거대한 몸뚱이는 여전히 따뜻하게 살아 있지만 무방비 상태로 누워서 물렁물렁하고 허약한 일부를 드러낸

다. 그래도 나는 억제할 수 없는 나의 애정이 요구하는 대로
이 나라와 아이들을 순종하도록 만들어야 한다.

* * *

라우파이젠은 일주일 동안 잠적했다가 어느 날 저녁 국방
군 수송대를 이끌고 돌아왔다. 수송대는 안뜰에 3000문의 휴
대용 대전차 로켓포와 1200개의 대전차 지뢰를 내려놓았다.
대전차 로켓포는 비록 가볍고 단순한 무기이지만 성능이 대
단하기 때문에 때마침 적군의 기갑 부대에 대항하고 있는 격
리된 유격대에게는 이상적인 무기처럼 보였다. 발사체는 장
갑 철판에 부딪혔을 때 초속 수천 도로 용해된 뜨거운 가스와
금속 핵을 초속 수천 미터로 분출했다. 액체 금속은 뚫린 장갑
철판의 구멍을 통해 장갑차 내부로 흘러 들어가 승무원에게
상처를 입히거나 죽이고, 조종사실에 정체되어 있는 윤활유
와 휘발유에서 발산된 기체를 태운다. 그러나 대전차 로켓포
의 사정거리는 80미터밖에 되지 않아 발사자가 용기를 내 목
표물이 최대한 가까이 올 때까지 기다려야 한다고 교관들은
강조했다. 교관들은 15미터가 이상적인 거리라고 반복했다.
하지만 그것이야말로 영웅적인 거리가 아닌가! 무의식에 가
까운 냉정한 자세로 그 육중한 전차와 맞서라고 요구하는 것
은 터무니없을 만큼 무모한 짓이다.

라우파이젠은 성의 거실에 칠판을 걸어 놓고 이론 학습을
실시하는 동안 그 괴물 같은 전차가 아이들의 머릿속에 익숙해

지도록 무척 애썼다. 그는 단어 하나하나에 힘을 주어 가며 말했다.

"전차는 귀머거리에 반쯤 장님이나 마찬가지입니다. 여러분은 전차 소리를 들을 수 있지만 전차는 아무것도 듣지 못해요. 전차 안에 갇힌 승무원은 모터 소리 때문에 자연의 소리와 자동 기관총, 대포, 비행기 같은 무기의 소리를 구분하지 못합니다.

전차는 잘 보지 못합니다. 사각지대가 상당히 넓어 시야는 매우 한정되기 때문에 바로 옆에 있는 것조차 보지 못합니다. 이동할 때는 흔들리기 때문에 관찰 능력이 더욱 형편없습니다. 밤에는 포탑과 뚜껑을 열어 놓고 이동해야 합니다.

전차는 동시에 사방으로 사격할 수 없고 근접한 표적도 쏠 수 없습니다. 사각지대가 넓은 데다 포탑이 한 바퀴를 돌아서 조준을 완료하는 데 삼십 초가 소요되므로 용감한 보병이라면 아무런 위험 없이 임무를 완수할 수 있습니다. 대포의 사각은 7미터에서 20미터이고 자동 기관총의 사각은 전차의 유형에 따라 5미터에서 9미터입니다. 결국 전차가 이동하면서 정확하게 사격을 하는 것은 불가능합니다. 대포를 정확하게 쏘기 위해서는 전차를 멈추어야 하는데 그것은 정예 보병에게 좋은 신호가 됩니다."

이어서 사수가 집중적으로 공격해야 하는 전차의 가장 취약한 부분 여섯 가지를 열거했다. 회전 장치, 밑바닥, 환기통, 모터, 포탑의 목, 조준 장치.

교장이 설명을 이어갈수록 아이들은 가공의 짐승이 살아나는 것처럼 느꼈다. 엄청난 힘을 지녔으나 굼뜨고 요란스럽고 서투르고 근시에 귀가 먹은 짐승. 아이들은 그 짐승을 평소 사냥하는 적갈색 사냥감과 비교했다. 사냥감인 것은 분명하고 사슴보다 위험하나 쉽게 접근해서 쓰러뜨릴 수 있는 사냥감. 말하자면 기막힌 멧돼지 같은 사냥감. 그래서 아이들은 준비 중인 멋진 사냥 놀이를 상상하며 좋아서 깔깔댔다.

대전차 로켓포 사격 훈련은 아이헨도르프의 벌판에서 대충 전차 모양을 흉내 낸 벽돌 무더기를 과녁 삼아 실시되었다. 이 훈련은 아이들에게 로켓포가 생각보다 훨씬 무서운 무기라는 것을 일깨워 주었다. 발사 순간의 폭발음, 사수의 목덜미 근처 에서 뿜어 나오는 불길, 각도가 너무 낮아 지면과 부딪쳐 폭발 하지 않았을 때 눈밭에서 튀며 날아가는 로켓포의 기괴한 소 리, 과녁에 명중한 순간 벽돌 조각들을 색종이 조각처럼 산산 조각 내서 흩뜨리는 불의 창. 아이들은 이내 자신들에게 주어 진 것이 악마 같은 장난감이며 새로운 시기가 도래했음을 깨 달았다. 더구나 이틀 후 일어난 첫 번째 사고는 생도들 가운데 한 명인 헬무트 폰 비버제의 목숨을 앗아 갔다.

반동 없는 대포의 원리에 따르면 발사 압력은 동등한 두 개 의 압력으로 나뉜다. 하나는 포탄을 앞쪽으로 밀어내는 힘이 고, 다른 하나는 발사와 동시에 사라지는 뒤로 밀어내는 힘이 다. 사격수와 포수들에게 주된 위험은 전혀 두려워할 필요가 없다고 생각되는 방향으로 포신이 화염을 뿜는 경우다. 만일 화염이 매우 가까운 곳에서 장애물을 만날 경우 사격수는 치 명적인 피해를 입게 된다. 특히 가장 큰 위험에 노출된 사람은 사격수 뒤에 있는 포수다. 화염은 3미터 내에서 치명타를 입히기 때문이다.

대전차 로켓포가 뒤로 뿜어낸 화염에 목이 완전히 잘려 나간 헬무트의 시체가 들것에 실려 성의 소성당으로 옮겨졌다는 소식을 들은 티포주는 즉시 그곳으로 달려갔다. 그는 그의 머리맡에 한동안 혼자 머물러 있었다.

* * *

불길한 기록

나는 먼동이 트기 전까지 하얀 시트 위에 먹물로 그려 놓은 것처럼 누워 있는 메마른 몸뚱이에서 눈을 뗄 수 없었다. 앙상한 몸뚱이 여기저기에 둥근 혹처럼 튀어나온 근육 덩어리가 마치 벌거벗은 나뭇가지에 붙은 겨우살이 덩어리 같았다. 그 야릇한 모습은 목이 달아난 시체에 더 이상 인간적인 면이 전혀 없음을 느끼게 하려는 것일까? 더 이상 인간적인 면이 존재하지 않는다는 것은 어른들의 관심사와 결부시킬 만한 것이 없다는 뜻이다. 헬무트 폰 비버제는 이제 헬무트가 아니고 어디에도 존재하지 않았다. 그것은 운석처럼 하늘에서 떨어져 땅속에서 녹게 되어 있는 존재의 본질이었다. 죽음이 살아 있을 때 결코 체험할 수 없었던 충만함을 육신에 부여했다. 힘줄과 신경과 내장과 혈관. 그의 몸을 따뜻하게 하고 그의 몸에 생명의 물을 대던 모든 기관이 동질의 덩어리로 녹아서 굳었

490

다. 이제 육신은 형태와 무게에 지나지 않았다. 마치 심호흡으로 들어 올려진 것처럼 보이는 흉곽과 복부 피막의 부드러운 기복에서는 소리가 가득하게 울리고 움직임이 전혀 없었다. 물론 나의 명상은 무게, 죽은 무게의 개념 주변을 맴돌고 있었다. 짊어지는 행위의 완성은 거기에서 이루어질 것이다.

나는 항상 머리라는 것은 '정신(spiritus vent)'으로 부풀린 작은 공에 지나지 않으며, 육신을 들어 올리고 수직 상태로 유지하며 무게의 상당 부분을 덜어 내는 역할을 하지 않을까 생각했다. 머리를 통해 육체는 정신성을 갖게 되고 비물질적인 모습을 지니게 되며 중력으로부터 벗어날 수 있다. 반대로 머리가 잘려 나간 육체는 갑자기 정신성이 제거되고 엄청난 중력에 이끌려 땅바닥에 쓰러진다. 정신의 분할과 육신의 무게 증가를 수반하는 쌍둥이성은 내게 죽음이 그의 절대 속에서 복원시켜 놓은 그 현상과 대비되는 상대적인 관점을 제공했다. 그런 이유로 모든 기력이 사라진 연약한 육체는 무기력함에도 불구하고 더욱 충만해 보인다.

나는 목 부위를 뒤덮은 끔찍한 상처를 응시하면서 작은 유해를 두 팔로 안았다. 예상했던 것보다 시체가 너무 무거워서 나는 막강한 힘을 가졌는데도 휘청거렸다. 나는 머리 없는 그 시체가 살아 있을 때보다 세 배 혹은 네 배 정도는 더 무겁다고 공식적으로 단언한다.

나는 짊어지는 황홀감에 휩싸인 채 「요한 계시록」에 나오는 암흑처럼 시시각각 뒤흔들리는 검은 하늘 아래에서 마구 달렸다.

* * *

불길한 기록

한밤중. 아이들은 모두 최면실에 모여 완전히 곯아떨어져 자고 있다. 어떻게 할까? 몸은 온통 솜털로 덮여 있고 동작이 서툴고 통통한 밤나방인 나는 욕망, 마음과 관련이 있는 애처로운 갈망을 어떻게 발산해야 할지 몰라 이 아이한테서 저 아이에게로 옮겨 다닌다. 밤의 장미하늘나방이 사랑의 날개를 달고 전구를 향해 날아오른다. 저항할 수 없을 만큼 매혹적인 사물 근처에 바싹 다가선 나방은 어쩔 줄 모른다. 실제로 나방이 전구를 가지고 어떻게 한단 말인가?

사실 나는 집요하게 내 머릿속에서 맴도는 한 가지 의혹을 떨치려고 부단히 노력하는데 은밀한 오늘밤에는 그 의혹을 생각나는 대로 써 보겠다. 내가 헬무트의 시신 곁에서 지새운 밤이 지금 최면실에서 코를 골고 얌전하게 몸을 뒤척이며 자고 있는 저 아이들의 살보다 더욱 무겁고 대리석 같은 살에 대한 취향을 내게 영원히 심어 준 것은 아닐까?

* * *

불길한 기록

나를 짓누르는 가장 무거운 숙명들 가운데 하나(그런데 오히려 내 머리 위에서 맴돌고 있는 가장 빛나는 축복들 가운데 하나라고 말해야 하지 않을까?)는 내가 어떤 질문이나 소원을 표명하면 언젠가 운명이 꼭 응답한다는 것이다. 그리고 그 응답은 거의 언제나 엄청난 힘으로 나를 깜짝 놀라게 한다. 오래전부터 그런 종류의 충격에 단련되어 있긴 하지만.

내가 칼텐보른의 밀폐된 어항 속에 가두어 놓은 이 아이들을 어떻게 할까? 이제 나는 폭군의 절대 권력이 언제나 그를 미치게 만드는 까닭을 알겠다. 폭군은 절대 권력을 어떻게 사용해야 할지 모르기 때문이다. 무한한 권력과 한정된 처세술 사이의 불균형보다 더 난처한 것은 없다. 운명이 빈약한 상상력의 한계와 우유부단한 의지를 깨뜨리지 않는다면 말이다.

나는 어제 잔혹하면서도 훌륭하게 아이들을 이용하는 방법을 발견했다.

라우파이젠은 칼텐보른이 마지막까지 저항하라는 총통의 훈령에 따를 수 있도록 노력을 아끼지 않았다. 헬무트의 죽음도 대전차 로켓포 사격 훈련을 지연시키지는 못했다. 요즈음 2개 백인대가 교대로 대전차 지뢰를 부설하고 있다. 원반형 지뢰는 적어도 40킬로그램의 압력을 받아야만 터지므로 비교적 위험하지 않았다. 하지만 지뢰 하나의 무게가 15킬로그램이나 나가기 때문에 트럭에서 선정된 지점, 즉 적의 전차가 침입할 때 통과할 수밖에 없는 길까지 운반해야 하는 생도들에게는 힘과 인내력을 시험하는 고된 작업이었다. 지뢰는 도로에 200미터에서 300미터의 간격을 두고 윗변에 두 개, 아랫변에 세 개씩 5점형으로 배치했다.

나는 국방군이 우리에게 빌려준 군용 트럭들 중 한 대에 도시 하나를 완전히 폭파할 수 있는 500개의 무거운 지뢰를 싣고도 아무런 불안감 없이 운전했다. 두 대분의 지뢰가 이미 배치되었기에 스무 명쯤 되는 아이들만이 나를 기다리고 있었다. 규칙에 따르면 일인당 한 개의 지뢰를 들고 가장 가까이에 있는 옆 사람과 최소한 40미터 정도 떨어져서 혼자 걸어가야 했다. 나는 배치할 곳을 지정해 준 다음 호기심과 우정에서 시간을 같이 보낼 요량으로 맨 꼴찌의 뒤를 바싹 따라갔다.

그 생도는 부르템베르크의 울름에서 온 아르님이었다. 아이는 다리가 짧고 등허리가 튼튼하며 친위대 선발자들이 선호하는 둥근 머리통에 단단한 두개골과 밝은 초록빛 눈, 금발의 오베르뉴 사람들처럼 황금빛 도는 머리카락을 지닌 슈바벤 농민 출신이었다. 슈바벤 사람은 독일에서 인색하고 복수심이 강하며 저속하고 지저분하다고 소문이 났다. 그렇지만 나는 주로 다리에 축적되어 있는 건장한 체력 때문에 아르님을 좋아했다. 두 다리는 몸무게에 비해 눈에 띄게 강건했고, 무거워 보이는 것과 달리 뛰어오를 것처럼 가벼웠다. 그래서 아르님은 걸을 때마다 몸이 너무 가볍다고 느끼는 것 같았다.

하지만 이번에는 아르님의 발걸음이 가벼워 보이지 않았다. 아이는 오른팔을 쭉 편 채 무거운 죽음의 원반을 운반하고 있었다. 둥글고 납작한 철판 탓에 몸의 균형을 잃어 왼쪽으로 쏠렸고, 자유로운 왼팔은 시계추처럼 늘어져 수평으로 흔들렸다. 녀석은 보폭을 좁혀 빨리 걸었다. 나는 지시 사항에도 불구하고 여차하면 돕기 위해 아이에게 바싹 다가갔다. 녀석은 그렇게 100미터쯤 달려가더니 멈추어 서서 무척 가늘고 예리한 손목을 감고 있던 붕대를 다시 감은 후 지뢰를 왼팔로 들었다. 그러고는 다시 잔걸음으로 빨리 걸었는데 이번에는 오른팔이 추처럼 움직였다. 이윽고 녀석이 다시 멈추었다. 나를 알아보고는 미소를 짓고 피곤하다는 듯 두 뺨을 볼록하게 부풀렸다. 마침내 녀석은 힘이 덜 드는 요령을 터득한 모양이었다. 다만 우리가 배운 지뢰 설치와 제거의 규칙을 전적으로 위반하는 것이었다. 녀석은 두 팔로 지뢰의 아래를 잡고 복부에 올려놓고는 상반신을 약간 뒤로 젖힌 채 운반했다. 녀석이 두 번이나 멈추어 서는 바람에 나와 거리가 좁혀져 폭발 사고가 일어났을 때는 겨우 10미터 정도밖에 떨어져 있지 않았다.

나는 아무 소리도 듣지 못했다. 갑자기 아이가 있던 자리에서 하얀 불빛이 치솟는 것을 보았다. 이어 빨갛게 빛나는 돌풍과 가스를 내포한 피의 광풍이 내게 몰아치며 나를 땅바닥에 쓰러뜨렸다. 나는 얼마 동안 의식을 잃었던 모양이다. 즉시 사람들이 나를 둘러싸고 어디론가 실어 가던 것이 기억났다. 상상할 수 없는 일이었다. 양호실에 있던 사람들은 내가 털끝만큼도 다치지 않은 것을 보고는 무척 놀라워했다. 머리부터 발끝까지 온통 피를 뒤집어썼지만 내 피는 단 한 방울도 섞여 있지 않았다. 빨간 안개처럼 분쇄된 아르님이 나를 온통 피투성이로 만들었을 뿐이다.

헬무트의 시신 곁에서 밤을 지새운 후 일어난 그 잔인한 세례는 나를 다른 사람으로 만들었다.

거대한 붉은 태양이 느닷없이 내 앞에 떠올랐다. 그 태양은 한 어린이였다.

새빨간 폭풍우가 나를 먼지 속으로 내던졌다. 다마스쿠스의 길에서 강렬한 빛에 쓰러진 사울처럼. 그 폭풍우는 한 소년이었다.

진홍빛 돌풍이 내 얼굴을 땅속에 처박았다. 서품식을 주관하는 주교의 위엄 앞에서 젊은 수도자가 바닥에 얼굴을 박고 엎드리듯이. 그 돌풍은 칼텐보른의 한 소년이었다.

자줏빛 망토가 마왕의 권위를 입증하면서 견딜 수 없는 무게로 내 어깨를 짓눌렀다. 그 망토는 슈바벤인 아르님이었다.

* * *

불길한 기록

나는 진작에 심신이 거뜬할 정도로 회복되었는데도 이렇다 할 이유 없이 마음을 진정시켜 주는 네타 부인의 손에 몸과 마음을 맡긴 채 꾸물거리고 있다. 양호실로 개조된 이 지하실에 좀 더 일찍 와 보지 않은 게 놀라울 뿐이다. 달콤하면서도 톡 쏘는 향기가 나는 에틸 에테르는 나를 야릇하게 흥분시킨다. 상처를 입고 벌어진 살은 손상되지 않은 살보다 한층 살답다. 상처 입은 살의 옷인 붕대는 보통 옷보다 훨씬 설득력 있는 해독표다. 불안감과 황홀감이 뒤섞인 이런 분위기는 단숨에 나를 생크리스토프 중학교의 양호실로 실어 갔다. 그때 나는 펠스네르의 명령에 따라 혀로 그의 무릎에 난 상처를 핥고 기절해서 한동안 양호실에 머물러야 했다.

오늘 나는 신의 은총 덕분에 불행했지만 엄청나게 영향을 미친 그 에피소드를 토대로 모든 빛이 이루어졌다고 받아들일 만큼 건장하고 명석하다. 나의 내면에 있는 과묵하고 신중한 것에서 어떤 진실을 파악해 내기 위해서는 또한 그만큼의 세월이 필요할 것이다. 그러나 시대착오는 피해야 하니 우선 정확히 따져 보자. 고열과 경련으로 펠스네르의 발치에 쓰러졌을 때 나는 분명히 내게 일어났던 일을 분석해 볼 생각조차 못 했다. 나는 내 생의 사건들을 너무 긴밀하게 체험하고 있었기 때문에 그 사건들에 대해 따지고 말고 할 것도 없었다. 설령 따져 보았다 한들 나를 짓누른 불행이 지나친 나머지 내 신경이 녹아 버렸을 것이다. 하지만 양호실에서 보름 정도 충분히 휴식을 취했기 때문에 만일 나 자신에 대해 너무 많은 것을 알게 된다는 막연한 공포로 인해 내가 두 눈을 완강하게 감지 않았더라면 진실을 간파할 수도 있었을 것이다.

비로소 오늘에야, 겨우 오늘에야 당시의 발작에 대한 진실을 밝히게 되었다. 가장 간결하게 설명하면 이렇다. 내 입술이 펠스네르의 상처에 닿았을 때 나를 기절시켰던 것은 다름 아닌 극도의 기쁨, 견딜 수 없을 만큼 격렬한 기쁨, 내가 그때까지 겪어 왔고 참았던 어떤 화상보다 훨씬 심각하고 잔혹한 화상 같은 것, 말하자면 쾌락의 화상이었다. 하지만 아직 순결했고 오직 애정에 갇혀 있던 나의 인체 기관이 섬광 같은 강렬한 감정을 이겨 내는 것은 절대로 있을 수 없는 일이었다.

양호실에서 쉬는 동안에는 마치 견디기 힘든 시련에 감동된 듯 그 강렬한 감정이 누그러지고 희석된 상태로 반복되었다. 들척지근하고 애매모호한 에틸 에테르 냄새가 모든 것을 끈적끈적하게 더럽히고 음식에도 배어 있었지만 나는 그 냄새 속에서 행복감과 불안한 취기를 동시에 느꼈다. 특히 나를 유혹하는 것은 붕대였다. 결국 호기심을 이기지 못하고 붕대와 탈지면과 가제를 차례대로 벗겨 쭈글쭈글하고 희멀건 피부의 한복판에 있으며 열에 들뜬 시간들을 뜨겁게 달구고 밝게 비춘 상처의 얼굴을 깜짝 놀라게 했다. 십자 모양의 반창고로 고정한 직사각형의 태피터 조각은 가장 매력적인 주름 장식보다 훨씬 더 내 마음을 흔들어 놓았다. 상처 그 자체로 말할 것 같으면 상처의 모양과 깊이, 그리고 상처가 아무는 단계는 어떤 단순한 나체보다 훨씬 풍요롭고 예기치 않은 양식을 내 욕망에 제공했으며 또한 얼마나 구미를 잘 돋우었던가! 상처가 아무는 단계는 상처에 경계를 표시하는 딱지를 통해 알 수 있는데 때로는 딱지가 벗겨지면서 피가 난 후 새로운 상처가 되기도 하고, 때로는 딱지가 스스로 떨어지면서 반투명한 장밋빛 새살이 돋기도 했다. 소독약조차 상처에 부자연스러운 모습을 더했다. 과산화수소수를 길게 뿌린 우윳빛 자국 위에 요오드팅크가 헤나 염료를 사용한 것처럼 환상적인 그림을 그려 놓았다. 가장 유별난 것은 새로운 의약품이자 통증이 없는 탓에 효과를 의심받는 머큐로크롬의 요란한 주홍빛이었다. 물론 어떤 상처들은 반듯한 입에서 가느다란 입술에 이르기까지 간결하게 직선으로 나기도 하지만 그건 특별한 경우다. 대부분 상처는 마치 창녀의 입처럼 때로는 행복하게 웃고 때로는 인상을 찌푸리고 때로는 화장을 한다.

* * *

불길한 기록

오늘 아침 400명의 아이들이 요새의 비탈진 제방에 밀집 대형으로 집합했다. 아이들은 방금 훈련을 시작했다. 추운 날씨에도 불구하고 검은 체육복 반바지만 입어서 상반신과 다리가 추위에 노출되어 있었다. 라우파이젠은 11시까지 요하니스부르크의 사령관실에 출두해야 하기 때문에 모자와 가죽 띠, 군화와 외알 안경을 착용하고 겨드랑이 밑에 낀 단장을 구부리면서 신경질적으로 왔다 갔다 했다. 무장 해제된 순진한 아이들 앞에서 마치 풍뎅이처럼 마구를 걸친 꼴만 보아도 어떤 비열한 감정이 그의 영혼을 사로잡았는지 짐작이 되었다! 그가 짤막한 명령을 내렸다. 그러자 대열은 도미노처럼 앞으로 무너졌다. 콤바인이 지나간 후 나란히 쓰러진 밀이나 풀처럼 반듯하게 진열된 육체들의 거대한 밭. 그러자 그는 육체들의 한복판으로 나아갔다. 몸뚱이들 사이가 아니라 몸뚱이들 위로. 그의 군화가 감히 인간 양탄자를 짓밟았다. 닥치는 대로 손이나 엉덩이 혹은 목을 으깨면서 말이다. 심지어 그는 쓰러진 아이들의 밭 한복판에 멈추어 서서 두 다리를 벌리고 옆구리에 단장을 낀 채 시가에 불을 붙였다…….

당신은 악마적인 본능으로 아주 정확하게 짚어지는 행위에

마왕 499

반대되는 형식을 발견했소. 킬 출신인 슈테판, 바로 그 때문에 나는 당신이 머잖아 잔인하게 죽게 되리라는 것을 알리는 바이오!

* * *

그들은 에스토니아의 레발과 페르나우, 라트비아의 리가와 리바우, 리투아니아의 메멜(클라이페다)과 코브노(카우나스)에서 오고 있었다. 그들은 주로 밤중에만, 그것도 주위의 접근을 막는 친위대의 호위를 받으며 이동했기 때문에 다른 피난민들보다 덜 눈에 띄었다. 유령 세계처럼 정적이 흐르는 달빛 아래 그들이 지나가는 모습을 목격한 한 늙은 농부의 아내는 동부 지방의 공동묘지에서 모든 망자가 일어나 묘지 도굴자들을 피해 도망치고 있었다고 말했다. 다른 목격자들은 머리를 짧게 깎은 두개골이 망자의 머리처럼 튀어나왔으며, 줄무늬 잠옷을 입고 관절이 있는 나무 마네킹처럼 움직였고, 가끔 사슬에 묶인 채 걷는 사람도 있었다고 말했다. 그들 중 한 사람이 기진맥진해서 쓰러지면 가장 가까이에 있는 호위병이 목덜미에 권총을 쏘아 목숨을 끊었다. 그리하여 그 은밀한 집단 이동은 잔해를 남기게 되었다.

티포주는 붉은 군대의 침입으로 혼란에 빠진 동부 지역의 죽음의 공장과 광산과 채석장, 유대인 거류지 혹은 포로수용소에서 철수하는 무리를 한 번도 보지 못했다. 그런데 어느 날 업무상 북쪽으로 앙거부르크까지 거슬러 올라가는 도중 길가의 도랑에서 목동용 낡은 외투에 가려진 시신 한 구를 발견하고 바르브블뢰를 멈추게 했다. 성별도 나이도 알 수 없어 신원을 파악하기 힘든 시신이었는데, 다만 왼쪽 손목에 번호가 문신처럼 새겨졌고 왼쪽 옆구리에 꿰맨 불그스름한 다윗의 별 위에서 돋보이는 제이 자를 통해 대충 짐작할 뿐이었다. 티포주는 다시 말에 올라 2킬로미터쯤 더 가다 경계석에 기대어 놓은 자루용 천 꾸러미를 보고 다시 멈추었다. 이번에는 세 장의 펠트 조각을 함께 꿰매 만든 헝겊 모자를 쓴 어린이였다. 아이는 숨을 쉬고 있었다. 아직 살아 있었던 것이다. 티포주는 대답을 듣기 위해 아이를 조용히 흔들었다. 소용없었다. 아이는 마비되어 거의 죽은 것처럼 보였다. 티포주가 아이를 두 팔로 들어 올렸을 때 믿을 수 없을 만큼 가벼워서 가슴이 메어 왔다. 아이의 머리가 삐쭉 비어져 나온 거친 헝겊 뭉치 속에는 아무것도 없는 것 같았다. 그는 칼텐보른으로 발길을 돌렸다. 성채까지 아직 20킬로미터는 족히 남았지만 그의 바람대로 새벽이 되기 전에 도착할 수 있을 것이다.

실제로 한 시간 후 북방 낙토의 맑은 밤이 섬광과 신비로 티포주를 에워쌌다. 바르브블뢰는 평화롭고 규칙적인 걸음걸이로 걷고 있었고, 편자 박은 말발굽 아래 길바닥의 얼음이 별 모양으로 깨졌다. 그것은 풍요로운 사냥을 마친 후 싱싱한 금발의 먹이를 두 손에 움켜쥔 채 칼텐보른으로 복귀하는 요란한 모습은 아니었다. 고함과 폭소를 자아내게 하던 젊어지는 도취감을 지금은 느낄 수 없었다. 그의 머리 위에서는 동물 형상의 거대한 항성이 황도를 따라 북극성 주위를 천천히 돌고 있었다. 큰곰자리와 작은곰자리, 기린자리와 살쾡이자리, 염소자리와 돌고래자리, 독수리자리와 황소자리가 일각수자리와 처녀자리, 페가수스자리와 쌍둥이자리 같은 성스럽고 환상적인 피조물들과 뒤섞였다. 티포주는 자신이 처음으로 별을 짊어지는 임무를 완수함으로써 완전히 새로운 시대가 열리고 있음을 어렴풋이 느끼며 느리고 엄숙하게 나아갔다. 그의 커다란 망토 안에서는 별을 짊어진 아이가 가끔 입술을 움직이며 알 수 없는 언어로 몇 마디를 내뱉었다.

성 꼭대기의 대부분은 사이가 벌어진 기와로 덮였기 때문에 온갖 밤새들이 들락거렸다. 지붕 밑 창고 구석에 난방 파이프와 배수관이 모여 있는 밀폐된 다락방이 있었다. 그곳은 석유난로를 이용하면 온실만큼 따뜻하게 데울 수 있었다. 티포주는 광에 쌓아 놓은 잡동사니 중 손에 잡히는 대로 야전 침대를 갖다 놓고 아이를 눕혔다. 그런 다음 부엌에 내려가 우유를 섞은 굵은 밀가루 죽을 한 사발 가지고 올라와 아이에게 먹이려고 애썼지만 소용이 없었다.

그때부터 티포주의 하루는 성채 내외의 일상 업무와 쇠약해진 에프라임의 육체에 생명을 되돌려 주려고 정성을 다해 매트리스를 깔고 따뜻하게 데우는 다락방 생활로 나뉘었다. 아이는 어림잡아 여덟 살에서 열다섯 살 정도 되어 보였는데 정확하게는 알 수 없었다. 신체는 허약한 반면 정신적으로 조숙했다. 티포주는 양호실에서 피레트르[107] 비누를 찾아내 서

---

107) 제충국. 국화과 식물의 일종이며 꽃을 가루로 만들어 살충제로 사용한다.

캐와 딱지가 들러붙어 빵모자처럼 보이는 에프라임의 구역질 나는 두개골을 부드럽게 씻어 주었다. 티포주는 아이의 이질이 가장 걱정되었다. 아이는 해골 같은 몸통을 비틀며 심한 복통을 일으켰고 티포주가 침대 밑에 넣어 준 접시에 피가 섞인 희끄무레한 똥을 쌌다. 대변을 보고 나면 끊임없이 마실 것을 달라고 했으며, 티포주가 없을 때는 혼자서 도관과 도끼와 창과 방화용 장비가 담긴 물통 등이 널린 다락방의 커다란 구리 수도꼭지를 향해 기어갔다. 그러고는 잠이 들었지만 보이지 않는 적들과 싸우는 악몽에 시달렸다. 티포주는 그곳에 작은 부엌을 설치해 남의 눈에 띄지 않고 그 아이에게 먹일 고기즙과 야채죽을 만들 수 있었다.

이틀이 지나고 나서야 아이는 그에게 말을 하기 시작했다. 아이는 히브리어와 리투아니아어와 폴란드어를 섞은 이디시어[108]를 사용했는데 티포주는 독일어에서 파생된 단어들 외에는 이해할 수 없었다. 하지만 두 사람은 서로 이해하기 위해 오랜 시간 동안 끊임없이 인내하며 노력했다. 마침내 아이가 잔뜩 옴이 나고 새까만 두 눈이 유난히 커 보이는 야윈 얼굴을 그에게 돌리자 티포주는 귀를 기울여 온몸으로 아이의 말을 들으려고 했다. 끔찍할 정도로 충실하게 자기 세계를 반영하고 모든 기호를 전위시키는 한 세계가 세워지는 것을 보았기 때문이었다.

티포주는 전쟁으로 온 나라가 들끓고 한쪽으로 지나치게

---

108) 동유럽 유대인이 쓰는 독일어와 히브리어의 혼합어.

편중된 독일에서 집단 수용소 조직이 살아 있는 자들의 피상적인 세계와 무관하고 우발적이지 않은 지하 세계를 형성하고 있음을 알게 되었다. 독일 국방군이 점령한 유럽 전 지역(하지만 주로 독일과 오스트리아와 폴란드)에서 1000여 도시와 촌락과 마을이 지하 세계의 근간을 이루는 지옥의 지도를 형성했고, 그 지도에는 유대인들이 제의를 올리는 곳과 그들의 수도, 군청 소재지, 주요 연락망, 거주지 등이 기록되어 있었다. 시르메크, 나츠바일러, 다하우, 노이엔감메, 베르겐벨젠, 부헨발트, 오라니엔부르크, 테레지엔슈타트, 마우트하우젠, 슈투트호프, 로츠, 라벤스브뤼크……. 이 지명들은 에프라임의 입안에서는 어둠의 땅이자 그가 아는 유일한 땅으로서 친근한 좌표의 가치를 지녔다. 하지만 폴란드의 카토비체에서 동남쪽으로 30킬로미터 떨어졌고 독일인들이 아우슈비츠라고 부르는 오슈비엥침이라는 지명만큼 검은 섬광으로 빛나는 곳은 없었다. 그곳은 아누스 문디,[109] 즉 유럽 각지에서 보낸 희생자들의 수송 차량이 모여드는 비참함과 고통과 죽음의 중심지였다. 에프라임은 너무 어릴 때 도착해서 그곳을 고향처럼 느끼는 것 같았다. 아이는 수용소에 수용된 사람들의 눈에는 불길한 마력을 지닌 것처럼 보이는 심연의 밑바닥에서 자란 것을 자랑스럽게 여기는 듯했다. 독일 국방군이 에스토니아를 침공한 직후인 1941년 7월 특수 경찰에게 체포된 아이와 양친은 곧장 아우슈비츠로 보내졌다. 아이는 기차의 가축 차

---

109) '지하 세계'라는 의미.

량에 실려 도착한 날에 대해서는 계류기구들이 어두운 하늘에서 줄줄이 이어진 소시지처럼 나부끼는 것밖에 기억하지 못했다. 나치 친위대 요원들은 몽둥이를 사용해 무수한 인원을 인솔했다. 이어서 샤워, 삭발, 소독. 그리고 잡다한 누더기 더미에서 옷을 찾아 입으라고 명령했다. 아이들은 아무것도 모른 채 환호했다.

"우리는 여자 옷을 입고 장난을 쳤어요. 어떤 아이들은 절뚝거리면서 달리기도 했어요. 오른쪽 구두만 두 짝을 신었거나 반대로 왼쪽 구두만 신었거든요. 우리는 그때가 푸림제[110]라고 생각했어요!"

에프라임은 수용소에 도착하던 날에 관한 우스꽝스러운 추억을 떠올리면서 킥킥거렸다. 이윽고 아이는 부모와 헤어져 다시는 만날 수 없었다. 그러고는 열여섯 살 미만의 아이들, 심지어 아기들이 몇 명 끼어 있는 그룹에 배치되었다. 한 퇴직 교수가 와서 수업을 했는데 에프라임은 그가 언젠가 내준 숙제의 주제를 결코 잊지 못했다. 문제. 만일 만유인력이 작용하지 않게 된다면 여러분에게 어떤 일이 일어나겠는가? 답. 우리는 모두 달나라로 날아가게 될 것이다. 에프라임은 그때를 생각하고 웃음을 참지 못했다. 친위대 요원들은 대체로 아이들에게 친절했다. 아이들은 머리를 기를 수 있었다. 탁구대를 설치해 주었고 캐나다에서 온 옷 보따리도 나누어 주었다.

---

110) 유대인의 명절. 태양력으로 3월경이며, 가면 무도회, 시가 행진 등을 즐기는 그야말로 축제일이다.

에프라임이 처음으로 '캐나다'라는 단어를 언급했을 때 티포주는 위대한 악의적 전위가 방금 공포되었음을 깨달았다. 캐나다는 그의 개인적인 꿈의 고장이고 네스토르와 함께 지낸 어린 시절의 은신처이며 프로이센에서 보낸 포로 생활 초기의 은둔처였다. 티포주가 자세한 설명을 요구하자 에프라임은 그의 무지에 놀라며 대답했다.

"캐나다를 모르세요? 아우슈비츠의 보물 창고예요. 수감된 사람들은 그들에게 남은 가장 귀중한 것, 말하자면 천연 보석과 금붙이, 보석이나 시계 같은 것을 몸에 지니고 있었어요. 그들을 가스로 죽인 후 옷은 물론이고 호주머니와 안감에서 발견된 모든 것을 특별 병영에 진열해 두었는데, 바로 그곳을 캐나다라고 불렀어요."

티포주는 자신이 가장 은밀하고 행복하게 지니고 있던 것이 그처럼 끔찍하게 변형된 데 놀라며 그냥 물러설 수 없었다.

"그런데 왜 그 특별 병영을 캐나다라고 불렀지?"

"아, 그거요? 캐나다는 우리에게 부자, 행복, 자유를 의미하거든요! 주위 사람들은 항상 저에게 이렇게 말했어요. '행복하게 살고 싶거든 캐나다로 이민 가거라. 네 큰아버지 예후다 께서는 토론토에서 의복 공장을 경영하시지. 물론 그분은 부자이고 아이들도 많단다.' 저 역시 캐나다에 가는 것이 꿈이었어요. 결국 오슈비엥침에서 캐나다를 발견하게 되었지만."

"캐나다에 또 뭐가 있었지?"

"옷으로 가득 찬 방들, 안경이나 코안경 혹은 외알 안경만 모아 놓은 방들. 아, 그렇지! 머리카락만 잔뜩 쌓아 놓은 막사도 있었어요. 여자들의 머리는 재활용하려면 적어도 20센티미터는 되어야 해요. 머리가 긴 여자는 도망칠 경우 눈에 잘 띄게 하기 위해 머리 한가운데를 밀어서 가느다란 고랑을 냈어요. 그리고 머리카락을 기차 화물칸에 가득 실어 가져갔어요. 그것으로 펠트를 만들어 러시아에서 싸우는 독일 병사들의 보온용 장화에 쓰는 것 같았어요."

티포주는 이야기를 들으면서 한 손에는 아이들의 머리카락이 든 포대를 끌고 다른 손에는 노루의 넓적다리 살을 도른 부인에게 내밀던 자기 모습이 떠올랐다. 그렇게 덩치가 큰 여자가 공포에 질린 채 머리와 두 손, 그리고 온몸으로 거부하며 뒷걸음으로 도망치는 모습도 기억났다. 그녀는 아마도 아우슈비츠의 머리카락에 대해 들었을 테고, 내가 그녀에게 그처럼 불길하고 엄청난 일을 시키려 한다고 오해한 모양이었다.

이어 에프라임은 경우에 따라 6시까지 계속되기도 하는 점호의 고통에 대해 이야기했다. 점호하는 동안 수감된 사람들은 기온에 상관없이 움직이지 않고 서 있어야 했다. 티포주는 그의 모든 아이의 이름을 하나하나 부르면서 이루어지는 완전한 열거 의식이 악마적으로 전위된 것임을 즉각 알아챘다. 수용자들이 도망칠 경우 추적해서 물어뜯어 죽이도록 훈련된 수용소의 경비견 도베르만들의 역할은 끔찍한 유사성(그의 개인적인 지옥인 반(反)유사성)을 완성하기 위한 가벼운 터치에 지나지 않아 보였다. 하지만 샤워실로 위장된 가스실에 대한 폭로는 그를 절망에 빠뜨리고 말았다.

에프라임이 계속해서 설명했다. "마침내 우리 스무 명의 아이들은 마차를 한 대 구해서 롤코만도[111]를 조직했어요. 말은 바로 우리였어요! 우리는 마차를 밀거나 끌면서 수용소 안을 휘젓고 다녔죠. 길이 넓은 곳에서는 신나게 질주했죠. 끌채를 좌우로 밀어 마차를 조정하고 끌었던 것은 항상 저였어요. 우리는 내의와 담요와 나무 따위를 운반했는데, 그 덕분에 수용소 안을 구석구석 돌아다녔고 모든 것을 볼 수 있었죠. 저는 수감된 사람들을 선별하는 과정도 목격했어요. 한번은 어떤 부인에게 립스틱을 갖다준 적이 있어요. 그 부인은 뺨에 립스틱을 발라 병든 기색을 감췄어요. 겨울 어느 날 어떤 카포[112]가 우리에게 가스실에 들어가서 몸을 녹이라고 허락해 주었어요. 가짜 샤워실이었어요. 먼저 수용소 당국은 사형수들에게 옷을 벗으라고 하면서 나중에 다시 입을 수 있게 옷을 벗어 둔 곳을 잘 기억해 두라고 했어요. 수건도 지급했죠. 그리고 최대한 많은 수의 남자들과 여자들을 한방에 몰아넣었어요. 결국 카포들은 어깨로 밀며 간신히 문을 닫았고, 아이들은 어른들 머리 위로 던져 넣었어요. 샤워 꼭지는 가짜였어요. 전 분명히 봤어요. 샤워 꼭지는 벽에 박혀 있었지만 구멍이 뚫리지 않았거든요. 독가스로 학살한 후 문을 열었을 때는 바닥에서 올라오는 죽음의 증기를 피하기 위해 가장 힘센 자들이 다른 사람들을 짓밟고 가장 높은 곳으로 올라가 있는 모습을 볼 수 있었죠. 맨 밑에는 아이들과 여자들, 그 위에는 힘이 덜 센 남자들,

111) 돌격대, 기동 타격대.
112) 나치 수용소에서 동료 포로를 감독하는 사람.

그리고 맨 위에는 힘이 가장 센 자들이 천장까지 층층이 쌓여 있었거든요."

비록 에프라임이 어린 나이와 롤코만도 덕분에 쉽게 접근할 수 있었다 해도 분명히 거대한 죽음의 도시에서 일어나는 일을 모두 보지는 못했을 것이다. 어쨌든 소문은 수용소 안에 삽시간에 퍼져 보지는 못해도 귀로 들을 수 있었다. 에프라임은 멩겔레 박사가 수감자들을 대상으로 의학 실험에 몰두하는 B구역에 대해서도 알고 있었다. 멩겔레 박사는 쌍둥이성에 열렬한 관심을 가지고 있었다. 그는 새로운 수송 차량이 도착할 때마다 지켜보다가 자신의 실험에 필요한 쌍둥이 형제나 자매가 있으면 미리 빼돌렸다. 주요 관심은 동시에 죽은 쌍둥이를 비교하며 부검하는 것이었는데, 우연에만 맡겨 둘 경우에는 그런 기회를 전혀 기대할 수 없기 때문이다. 그래서 멩겔레 박사는 그런 우연한 기회를 직접 만들었다. 또한 아우슈비츠에서는 수감자들을 대상으로 진공 상태에서 사망 실험을 했다. 고공비행 중 우연한 사고에 의해 압력이 떨어질 경우 생리적인 여파를 치료하는 법을 알아내기 위해서였다. 연구자들은 인간 모르모트를 상자 안에 가두고 순식간에 진공 상태로 만들었다. 연구자들은 유리창을 통해 희생자의 코와 귀에서 피가 솟구치는 모습과 희생자가 먼저 손톱으로 이마의 피부를 쥐어뜯고, 이어서 견딜 수 없다는 듯 느린 동작으로 온몸을 후벼 파는 모습을 보았다.

티포주는 공포에 떨면서 에프라임의 긴 폭로를 통해 그가 칼텐보른에서 꿈꾸었던 짊어지는 도시와 조금씩 한 쌍을 이루는 지옥의 도시가 냉혹하게 세워지고 있는 모습을 상상했다. 캐나다, 머리카락 활용, 점호, 도베르만, 쌍둥이성에 관한 연구, 대기 밀도, 그리고 특히 가짜 샤워실. 그가 고안하고 발견한 모든 것은 전위되고 지옥 불에 활활 타오르는 끔찍한 모습으로 거울에 반영되고 있었다. 또한 그는 나치 친위대 요원들이 전멸시키려고 악착같이 추적하는 두 민족이 유대인과 집시임을 알게 되었다. 그리하여 티포주는 이곳에서 유목민에 대한 정착민의 천년 묵은 증오가 절정에 달한 것을 또다시 발견했다. 아벨의 후손으로 떠돌이들인 유대인과 집시, 그가 마음과 영혼을 다해 연대 의식을 느끼는 그 형제들은 아우슈비츠에서 군화를 신고 철모를 쓰고 과학적으로 조직된 카인족의 폭력에 의해 무더기로 쓰러져 갔다. 죽음의 수용소에 대한 티포주의 추론은 그렇게 결론을 짓게 되었다.

아우슈비츠는 노동은 자유를 만든다라는 비꼬는 듯한 표어가 걸린 정문을 넘은 대부분의 수감자들에게 죽음의 종착역이었지만 어떤 사람들에게는 다른 수용소나 작업장, 공장으로 파견되는 중심지이기도 했다. 그들을 전멸시킴과 동시에 그들에게 최대한의 노동력을 착취하려는 행정부의 모순된 의도였다. 1944년 봄 에프라임은 소수의 무리와 함께 그의 고향인 리투아니아를 향해 떠나 카우나스 수용소에 머물게 되었다. 그러나 오래 머무를 수 없었다. 8월이 되자마자 소련군이 진격해서 수용소는 철수하지 않을 수 없었고, 이번에는 걸어서 남서쪽으로 이주해야 했기 때문이다. 그 비참한 무리는 임시 수용소를 전전하다가 마침내 앙거부르크 지방에 이르렀고,

티포주는 그곳에서 에프라임을 구출했다.

* * *

　나치 당국은 동프로이센 지역에서 상징적으로 불길한 의미를 띠는 모종의 조치를 최대한 늦추기 위해 노심초사하고 있었다. 그것은 탄넨베르크의 능에서 그가 지휘하던 프로이센 연대들의 깃발에 에워싸인 채 잠든 힌덴부르크 원수의 유해를 서부 독일로 수송하는 일이었다. 1945년 1월 두 달 반 동안의 소강상태 이후 소련군이 독일군 전선에 전면 공격을 개시하자 그 조치가 시행되었다. 1월 13일 한파가 몰려와 호수와 늪이 얼어붙은 덕분에 장갑차들이 이동할 수 있게 되자 2개 기갑 여단이 350문의 포대를 끄는 포병 대대의 엄호를 받으며 굼빈넨과 에벤로데 사이의 독일 방어선을 돌파하고 뒤이어 13개 보병 사단이 침입했다. 로민텐 숲은 포위되었고 사냥 별장은 불타 버렸다. 눈 덮인 들판과 얼어붙은 호수에서 오른쪽 넓적다리에 고라니 뿔처럼 도안된 낙인이 찍힌 말 떼가 헝클어진 갈기에 광기 어린 눈빛으로 자유롭게 질주하는 광경을 목격한 그 지방 사람들은 트라케넨의 황제 전용 종마 사육장이 폐쇄되었다는 사실을 알게 되었다. 1월 27일 소련군이 쾨니히스베르크의 성문까지 진입하자 독일 공병대는 라슈텐부르크에 있는 벙커들과 히틀러의 '늑대 소굴'을 폭파했다. 바르친에서는 이런 이야기가 떠돌았다. 철의 수상 비스마르크의 며느리인 폰 비스마르크 남작 노마님이 1866년에 왕이 사도

바의 정복자에게 하사한 성과 땅에서 결코 떠나지 않겠다고 고집을 부렸다. 노마님은 다만 집안사람들에게 도망치기 전 자신의 무덤을 파 놓으라고 지시한 후 늙은 하인 한 사람만 데리고 혼자 남았다. 연약하지만 용감한 노마님은 하얀 머리를 동여매는 띠와 손안경을 든 채 그 붉은 밀물을 기다렸다. 물론 그 물결에서 결코 살아남지 못하리라는 것을 잘 알고 있었다.

소련군은 온 지방을 휩쓸며 전진하는 연속적인 전선을 취하기보다 최대한 전선을 확장하는(때로는 수백 킬로미터까지 전선을 확장했다.) 돌파 작전을 펼쳤다. 정복자들의 후방에 남은 수많은 소규모 저항군은 히틀러가 항복을 거부하고 최후까지 항전하라는 명령을 고수할 때까지 존속했다. 그리하여 라트비아에 주둔하던 독일 북군은 1944년 10월 초부터 동프로이센으로부터 보급이 차단되었지만 리바우 항구 덕분에 보급을 받으며 휴전 협정이 조인될 때까지 버텨 냈다. 쾨니히스베르크의 요새는 4월 10일에야 함락되었고, 5월 8일 독일 국방군이 항복을 선언했을 때에도 특히 헬라반도와 단치히 동해안을 포함해 여러 고립 지대에서 항전이 계속되었다.

「요한 계시록」에 나오는 장면처럼 처참한 그 기간 동안 나폴라에 부과된 역할은 나치 친위대 최고 국장이자 나폴라들의 총사령관인 하이스마이어가 1944년 10월 2일 자 공람장에 기록해 놓았다. 적군이 침입할 경우 편평한 들판에 고립된 대부분의 나폴라는 군대의 보호를 기대할 수 없을 것이므로 모든 조치를 강구해 자율적인 저항 진지를 구축해야 했다. 그래서 쾨니히스베르크의 사령관이 어린이 부대를 전선에 투입하는 것은 아주 당연한 조치처럼 보였다. 아이들은 사격할 때마다 철모가 눈까지 내려와 방해를 받았고, 공격 전에 배급되는 술과 담배 대신 사탕과 초콜릿을 받았다.

1월 22일과 23일 밤중에 칼텐보른의 동쪽 테라스에서는 지평선을 붉게 물들이는 커다란 섬광을 볼 수 있었다. 리크가 불타고 있었다. 이윽고 패주하는 군인들이 칼텐보른의 성벽 밑을 이틀 밤낮으로 지나갔다. 전쟁 초기에 투입된 낡은 M-2 전차들이 서로 의지하는 부상병들을 가득 실은 채 엔진이 기력을 다해 간신히 작동되는 트럭들 대여섯 대를 인솔하는데 얼어붙은 레일의 홈 때문에 흔들리면서 옆으로 미끄러지곤 했다. 프랑스의 들판을 누비던 BMW 사이드카들, 차체만 앙상하게 남은 차량들, 방수포를 씌운 달구지들(곰처럼 털이 많은 말들이 걸을 때마다 머리를 끄덕이며 두 줄기의 콧김을 내뿜었다.), 마지막으로 저마다 장비를 실은 유모차를 미는 보병들이 연달아 지나갔다. 기력을 완전히 상실한 처참한 퇴각이었다. 라우파이젠은 아이들이 국방군의 퇴각 광경을 보지 못하도록 생도들을 성채 안에 가두라고 지시했다.

이윽고 들판은 텅 비었고 정적만 흘렀다. 마침내 2월 1일 작전 지도에 새로운 전선을 표시하라는 지시가 내려왔다. 쿨름에서 단치히까지 이어지는 그 전선은 칼텐보른에서 서쪽으로 200킬로미터 떨어진 그라우덴츠, 마리엔베르더, 마리엔부르크를 통과했다. 그때부터 성채는 전투가 일시 중지된 적의 후방에 고립되어 있는 게 분명했다.

* * *

　티포주는 그처럼 긴박하게 돌아가는 상황에도 별 관심을 기울이지 않았다. 그는 대부분의 시간을 에프라임 곁에서 보냈다. 아이는 조금 생기를 되찾았다. 신기하게 반짝반짝 빛나고 때로는 쾌활하기까지 한 작은 생명의 불꽃. 어느 날 티포주는 아이를 어깨에 태우고 성의 옥상에 올라가 산책했다. 그는 둥근 창을 통해 들어오는 빛이 이상하리만큼 현란해 보이게 만드는 거대한 건축 장식 앞에 아이를 내려놓고 칼텐보른을 에워싼 광활한 숲과 호수와 늪지를 보여 주었다. 에프라임은 그 일에 재미를 붙여 티포주를 볼 때마다 목마를 태워 옥상에 데려가 달라고 졸라 댔다.

　"이스라엘 말, 저를 옥상에 데려다주세요. 나무들을 보여 주세요. 니산[113]의 15일 밤을 예고하는 해빙을 지켜봐야 하거든요."

　그 산책에는 위험이 없지 않았다. 티포주는 별을 짊어진 아이가 금발의 맹수들 한가운데서 뛰어다니면 위험하다는 점을 잘 알았다. 하지만 지옥을 횡단한 에프라임을 생각하니 그를 계속해서 짓누르던 위험 정도는 대수롭지 않게 여겨졌다.

　그러던 어느 날 저녁 이스라엘 말이 성채의 북쪽 익면까지 산책을 나갔을 때 매트리스 몇 장을 다락방에 쌓아 놓기 위해

---

113) 유대인이 차용한 바빌로니아 달력으로 1월이며 오늘날 태양력의 3～4월에 해당한다. 니산 월 14일은 유월절로 지켜졌다.

올라온 친위대 요원 린더크네히트와 마주치고 말았다. 서로 너무 놀란 나머지 잠시 머뭇거렸다. 그때 티포주가 에프라임을 바닥에 내려놓을 겨를도 없이 친위대 요원의 전투복 상의 깃을 움켜쥐고 들어 올린 다음 벽에 밀어붙였다. 그러고는 그의 가슴을 대마 바이스에 처넣자 갈비뼈가 으스러지는 소리가 났다. 친위대 요원이 발버둥 치는 게 점점 약해지고 뒤틀린 얼굴이 창백해지자 에프라임은 날카로운 소리를 내지르고 두 주먹으로 말의 머리를 두들기며 어깨 위해서 온 힘을 다해 발을 구르기 시작했다. 공포와 분노로 이성을 잃은 티포주는 아이가 하는 대로 내버려 둘 수도 있었다. 그런데 아이가 날뛰다 뒤로 넘어지는 바람에 바닥 위로 나뒹굴더니 그대로 웅크리고 앉아 신경질적으로 흐느꼈다. 티포주는 어쩔 수 없이 그 먹이를 놓아주었다. 녀석은 여전히 기댄 채 거칠게 숨을 몰아쉬었다. 티포주는 아이 곁에 무릎을 꿇었다.

"베헤못,[114] 그 사람을 죽이지 마세요!" 아이가 흐느끼면서 되풀이해 말했다. "야훼의 병사들이 이스라엘 백성들을 해방하러 올 거예요. 그러니 아저씨, 죽이지 마세요. 그를 죽이지 마세요! 맹세할 수 있어요. 저 사람은 아무 말도 하지 않을 거예요!"

티포주는 친위대 요원에 대해 더 이상 걱정하지 않고 아이를 다락방으로 데려갔다. 어쩌면 에프라임이 옳았을 것이다. 그러나 위험은 도사리고 있었다. 아이가 티포주에게 중요한

---

114) 하마와 같이 거대한 짐승을 뜻하는 히브리어.

문제에 대해 자기 의지를 주장한 것은 처음이었다. 티포주는 자신이 앞으로 점점 더 아이의 뜻에 따르게 되리라는 것을 의심치 않았다. 그는 자신의 의지보다는 운명의 힘에 더욱 사로잡혀 있음을 느끼면서 모든 것을 체념하고 받아들이기로 결심했다. 하지만 베헤못이 누구이며 아이가 왜 자신을 그렇게 불렀는지 알고 싶었다. 티포주는 다음 날 아침 아이에게 그 이유를 물어보았다. 아이는 이렇게 설명해 주었다.

"이스라엘 말, 그것은 아저씨의 힘 때문이에요. 어느 날 야훼께서는 폭풍우가 몰아치는 가운데 욥에게 말씀하셨어요."

너처럼 내가 창조한 베헤못을 보아라.

그는 황소처럼 풀을 먹고 산다.

보아라, 그의 힘은 허리에 있다.

그의 원기는 허리 근육에 있지!

그는 서양삼나무처럼 꼬리를 쳐들지.

넓적다리의 신경은 단단한 다발을 이루지.

뼈대는 청동관 같지.

갈비뼈는 무쇠 빗장 같고.

그것은 하느님의 걸작이니라.

그의 창조주는 그에게 검을 하나 마련해 주었지.

산은 그를 위해 풀을 생산하지.

그의 주위에는 온갖 짐승들이 노닐지.

그는 갈대가 무성한 늪지의 은밀한 곳에 있는

연꽃 아래서 잠을 자지.

급류의 버드나무들이 그를 에워싸고…….

에프라임은『탈무드』낭송자들처럼 운율에 맞추어『욥기』에 나오는 몇 구절을 읊조렸다. 아이는 장난꾸러기처럼 웃으면서 낭송을 마쳤다.

갈대가 무성한 늪지의 은밀한 곳에 누워 있는 마왕의 이미지가 즉각 떠오르자 티포주는 자신의 신이 최후에 승리할 것이라고 확신하는 아이를 찬탄했다. 그는 아이의 예언적인 신앙의 빛을 쬐기 위해 뜨거운 화로에 다가가듯 아이에게 다가갔다. 어느 날 관할 구역의 저수지 수문이 폭파되어 수돗물이 끊겼다. 얼마 후 다시 수도꼭지에서 조금씩 물이 나오긴 했지만 황토색을 띠었고 개수대와 세면대는 녹물 자국으로 얼룩졌다. 에프라임은 놀라지 않았다. 이집트에 닥친 첫 번째 재앙은 온 나라의 물이 핏물로 변한 것이 아니었던가? 아이는 이제 때가 무르익었고 해방의 날이 다가오고 있다는 말을 반복했다.

* * *

3월 말 갑자기 추위가 물러갔다. 폭풍우가 온 나라를 휩쓸었다. 찌르레기, 물떼새, 댕기물떼새 따위의 무리가 강물에 떠내려갔고, 얼음이 녹은 호수에는 사나운 파도가 일었으며, 저지대에 위치한 마을의 도로는 물에 잠겼다. 이윽고 바람이 잦아들자 기러기 떼가 창공에서 브이 자를 이루며 날아갔다. 고사포 포대에서 복무하던 아이들은 들판을 횡단하는 살아 있는 과녁을 쏘고 싶어 안달이 났다. 포탄이 새 떼들의 한복판에서 폭발하는 순간 깃털이 솟구치면서 새들이 흩어지자 사수들은 환호성을 질렀다.

라우파이젠은 소련의 우발적인 공격을 지연시킬 수밖에 없는 철 이른 해빙을 기뻐했다. 그날 저녁 식물이 싹트는 소리와 봄 향기가 가득 찬 밤의 정적이 다시 찾아왔을 때 처음으로 아주 먼 곳에서 소련 전차의 무한궤도들이 내는 소름 끼치는 소리, 딱딱하면서도 규칙적으로 부딪치는 소리가 들려왔다. 혹시나 하는 의구심은 맨발에 박차를 차고 안장도 없이 트라케넨산 작은 밤색 말을 타고 달려온 젊은 농부 덕분에 풀렸다. 그는 15킬로미터쯤 떨어진 아리스라는 큰 마을에서 왔는데 노인 몇 명과 짐승만 남고 모두 철수했다는 것이었다. 이미 세 시간 전 그 마을에 도착한 소련군들이 그의 뒤를 바싹 쫓고 있을 것이라고 했다. 라우파이젠은 즉각 사전에 계획해 놓은 모든 전투 지점에 생도들을 분대별 혹은 소대별로 배치했다.

무한궤도의 대열이 내는 무수하고 집요한 소음이 잠시 한숨을 돌리게 했지만 대기 시간은 무척 길게 느껴졌다. 마침내 황혼의 어슴푸레한 빛 속에서 전차 두 대가 요새의 비탈진 제방에 불쑥 나타나더니 모든 불빛을 끄고 성벽을 향해 전진했다. 그것은 시베리아 농민들이 믿을 수 없을 만큼 조잡하게 생산한 T-34형 전차였다. 엉터리로 조립한 장갑 철판, 엄지손가락이 들어갈 만큼 커다란 구멍이 뚫린 이음매, 자동식 보도처럼 넓은 무한궤도, 낮고 함몰된 테두리. 하지만 추위와 진창에 강했고 아시아의 경계선에서부터 히틀러의 기갑 사단들을 깔아뭉개며 굴러 오고 있었다.

두 대의 전차가 멈추었다. 헤드라이트가 켜지더니 창이 뚫리지 않은 듯한 성벽을 비추었다. 전차 뒤에는 미제 수륙 양용 지프 한 대가 따르고 있었다. 그 차는 호수와 늪지가 많은 이 지방에서 매우 유용했다. 장교 한 사람이 지프차에서 내리더니 전차 앞에 자리를 잡았다. 그의 윤곽이 헤드라이트 불빛에 선명하게 드러났다. 손에 메가폰을 들고 있었다. 바로 민스크 전선에서 훈장을 받은 스탈린그라드의 베테랑 니콜라스 디미트리예프 중위였다. 그의 무모한 행동과 행운은 러시아 병사들과 동료들 사이에서 전설이 되었다. 그는 메가폰을 얼굴에 갖다 대고 우크라이나 사람이 노래하는 듯한 목소리로 몇 마디 독일어를 내뱉었다.

"나는 무장하지 않았다! 우리는 이 성에 아이들밖에 없다는 것을 안다. 항복하라! 너희를 절대로 해치지 않겠다. 성문을 열어라……."

그의 말은 측면 보루의 탑에서 발사된 기관총의 일제 사격에 의해 중단되었다. 눈밭에 메가폰이 떨어지고 디미트리예프 중위는 두 손을 가슴에 얹었다. 전차의 헤드라이트가 즉시 꺼졌기 때문에 그가 쓰러지는 모습을 볼 수 없었다. 곧장 전차에 집중 발사된 로켓포가 터지면서 일어난 섬광으로 다시 한 번 어둠에 구멍이 뚫렸다. 디젤 모터가 으르렁거리더니 두 대의 괴물은 황급히 후퇴하기 시작했다. 그런데 전차 한 대의 무한궤도가 떨어져 나가며 길을 이탈하더니 쿵 하는 소리와 함께 옆 전차와 충돌했다. 맞붙은 두 마리 황소처럼 꼼짝 못 하는 두 전차 위에 포탄이 빗발처럼 쏟아졌고 튀어나온 모든 부품이 박살났다. 시커먼 연기 다발이 전차 측면에서 풀풀 피어났다. 삼십 분 정도의 소강상태. 이윽고 성벽 위에 직통으로 발사된 155밀리 포탄이 천둥 같은 소리를 내며 주위의 대기를 뒤흔들었고, 그 여파로 건물 유리창들이 모조리 산산조각 나면서 수정처럼 맑은 소리가 널리 울려 퍼졌다. 잠시 후 소련군의 종대 행진으로 혼잡한 슐라겐플리스 도로에서 고사포 대열이 행진하는 둔탁한 소리가 들려왔다.

라우파이젠은 성벽을 최후까지 사수할 의도는 없었다. 그는 최초의 접전 직후 소련군을 철수시키고 소련 장갑차들이 성문이나 요새 쪽문에 진입할 경우 집중 사격을 퍼부을 계획이었다. 하지만 그의 계산에는 한 가지 중대한 요소가 빠져 있었다. 침략자의 화력을 고려하지 않았던 것이다. 그는 낡은 성벽을 공격하는 대포의 크기에 깜짝 놀랐다. 포대는 양쪽 벽 사이에 끼이게 될 위험이 있는 좁은 돌파구를 만드는 대신 발치에 세워진 구조물 위로 성벽 일부를 완전히 무너뜨리는 정면 돌파에 몰두했다. 한 시간 후 4연발 중기관총 두 자루가 포좌가 설치된 트럭에 실려 위장 상태에서 헛간에 배치되어 사격을 개시하면 성의 정문을 모두 활짝 열라고 조처했다. 한편 대전차 로켓포의 과녁에 비하면 보잘것없는 곡사포 부대는 건물 주위에 흩어져 배치되었다. 방어 진지들이 점차 버티기 힘들어졌다. 포위된 독일 군사에게는 침략군의 장갑차들과 포대들을 끊임없이 공격하는 임무를 띠고 성 외곽에 분산되어 매복한 특공대와 합류하는 길밖에 다른 도리가 없었다.

마침내 박격포 포탄이 성 지붕 위에 비 오듯 퍼붓기 시작하자 티포주는 K. G.라고 글자 두 개가 커다랗게 표시되어 있는 낡은 프랑스인 포로의 옷을 버리고 칼텐보른 성주의 멋진 옷으로 갈아입었다. 그는 모퉁이에 있는 문이 박살 난 방 앞을 지나다 어두운 직사각형 창문 쪽으로 세워 놓은 자동 소총 선반 위에 생도 세 명의 몸뚱이가 뒤엉켜 쓰러진 모습을 보고는 황급히 다락방들이 있는 꼭대기로 올라갔다. 어느 다락방은 매트리스 더미에 불이 붙어 바닥에서 매캐한 연기가 피어올랐고 별이 총총한 하늘이 보이는 커다란 구멍이 여러 개 뚫려 있는데도 질식할 것만 같았다. 티포주는 에프라임이 있는 누추한 방으로 돌진했다.

유대 아이는 하얀 보자기를 씌운 흔들거리는 작은 식탁 앞에 앉아 있었다. 식탁 위에는 빵 조각과 양의 뼈, 포도주를 섞어 불그스레한 물이 담긴 잔이 놓여 있었다.

"에프라임, 떠나야 한다!" 티포주는 방에 들어서면서 외쳤다. "소련군이 성을 파괴하고 있어!"

에프라임이 심각한 표정을 짓고 물었다. "오늘 밤이 니산의 15일인데 다른 해와는 어떻게 달라요?"

"자, 가자. 일 분도 지체할 여유가 없어!"

"야훼의 걸작인 베헤못, 대답해 주세요. '우리는 바로 오늘 밤 이집트에서 빠져나간다.' 하고. 오늘밤은 다른 해와 어떻게 다르나요?"

티포주는 하는 수 없이 아이의 말을 따라 했다. "우리는 바로 오늘 밤 이집트에서 빠져나간다."

그 순간 지진이 그의 발밑에 있는 바닥을 뒤흔들었고 회반죽 부스러기들이 천장에서 무수히 쏟아졌다.

"에프라임, 나와 함께 가자. 떠나야 해!"

"그래요. 떠나요." 아이가 식탁을 밀치며 말했다. "야훼의 군대가 이집트의 맏아들들을 죽였어요. 하지만 그 군대는 우리의 탈출을 보호해 줄 거예요. 아저씨가 저와 함께 세더[115]의 식탁에 앉고 싶지 않더라도 최소한 제가 『하가다』[116]의 첫 몇 구절을 낭송하게 해 주세요."

아이는 묵상하더니 입술을 움직이기 시작했다. 여전히 유탄이 터지는 소리가 들린 후 대포 소리보다 불안한 정적이 이어졌다. 티포주는 초조했다.

"꼬마야, 내 어깨에 올라타서 너의 『하가다』를 마저 외우렴. 자, 이스라엘 말에 올라타거라!" 티포주는 아이 곁에 무릎을 꿇으며 명령했다.

티포주가 에프라임을 어깨에 태우고 몸을 낮춰 문을 나서는 순간 콩 볶는 듯한 기관총 소리가 사방에서 울려 퍼졌다. 포대의 집요한 침묵은 성에 대한 총공격이 이미 시작되었음을 알리는 듯했다. 지붕의 왼쪽 익면이 활활 타오르고 있어 티포주는 가던 길을 돌아서지 않을 수 없었다. 중앙 계단을 통해 내려가야 했다. 전투 소리가 들려오는 본관을 지나야 하기 때문에 위험했다. 걸음을 뗄 때마다 생도들의 시신과 마주쳤다.

---

115) 유월절. 이스라엘 민족의 이집트 탈출을 기념하는 유대교 축제일이다.
116) 유월절 축하연에 사용하는 전례서.

어떤 아이들은 혼자 혹은 무리를 지어 잠든 것처럼 전혀 다치지 않았다. 그는 최면실을 떠올리며 가슴이 찢어지는 듯했다. 또 어떤 아이들은 팔다리가 절단되고 갈기갈기 찢겨 형체를 알아보기 힘들 만큼 처참했다. 갑자기 러시아어로 명령하는 소리와 권총 소리가 났다. 티포주는 다시 한 층 위로 올라가야 했다. 문이 열려 있었다. 사령관의 사무실이었다. 황급히 들어갔다. 세 자루의 검이 있는 테라스를 굽어보는 큰 창문이 커다란 구멍처럼 열려 있었다. 티포주는 기운을 되찾기 위해 융단으로 장식된 벽에 기댔다. 그때 고함 소리가 터졌다. 티포주는 그 소리의 주인공을 알아보았다. 그는 처음으로 절대적인 순수성을 지닌 소리를 듣게 된 것이다. 배음(倍音)으로 가득 차고 기이한 환희와 가장 견디기 힘든 고통이 담겨 있는 목구멍에서부터 울리고 변조되는 긴 비명. 그 비명은 병약했던 소년 시절을 보낸 생크리스토프 중학교의 차가운 복도에서부터 다 자란 사슴들이 죽음을 맞이한 로민텐 숲의 구석에 이르기까지 쉬지 않고 울려 퍼졌다. 하지만 다소 아득하게 들리는 그런 메아리들은 세 자루의 검이 있는 테라스에서 더할 나위 없이 맑은 음정으로 올라오는 탁월한 소리에 비하면 더듬는 듯 간간이 끊기는 명확하지 않은 음에 불과했다. 그는 삶과 죽음 사이에서 부유하는 비명을, 자기 운명의 근본적인 소리인 비명을 처음으로 본래 상태에서 듣고 있다는 것을 깨달았다. 이탄이라는 수의를 입은 채 매몰되어 육신이 사라지고 얼굴은 납작해진 마왕이 마지막으로 의지할 곳처럼, 최후의 은신처처럼 다시 한번 그의 머릿속에 떠올랐다. 언젠가 귀국 중인 프랑스 포로들을 만났던 때와 달리 이번에는 매우 확고한 믿음이 생겼다.

"아저씨, 들었어요? 누군가가 테라스에서 죽어 가는 것 같아요. 뭔가 안 보여요?"

에프라임은 몸을 구부리면 테라스 난간을 볼 수 있기에 포탄이 쉴 새 없이 터지면서 별빛같이 어둠을 밝힐 때마다 드러나는 광경을 이야기해 주었다. 물론 세 자루의 검도 보았다. 세 자루의 검은 묵직하고 까만 주름 장식이 달린 화려한 비단 깃발을 단 깃대나 된 양 어둡고 두꺼운 형태를 띠었다.

티포주는 다시 중앙 계단으로 내려갔다. 그가 2층 층계참에 도착한 순간 바로 옆에서 엄청난 폭음이 나는 바람에 구석으로 피해야 했다. 그때 처음으로 본 소련군 몇 명이 한 남자를 앞세우고 올라왔다. 남자는 비틀거리다가 쓰러져 군홧발에 얻어맞고 일어났다. 그들이 옆을 지나가는 순간 티포주는 남자의 얼굴을 보았다. 한쪽 눈이 빠지고 부어오른 얼굴에는 피와 체액이 흐르고 있었다. 라우파이젠이었다. 그 나치 친위대 장교는 또다시 쓰러졌고 두 손으로 계단 난간을 움켜잡고 일어나려고 안간힘을 썼다. 한 소련 병사가 권총의 총구로 그의 목덜미를 누르자 라우파이젠은 무릎을 꿇었다. 둔중한 총성이 울렸다. 앞으로 퍽 쓰러진 라우파이젠의 머리가 난간 벽에 부딪치며 튀어 올랐다. 생명 없는 몸뚱이는 계단에서 굴러 떨어졌다. 티포주는 두 손으로 에프라임의 앙상한 무릎을 잡아 끌어당기면서 아이의 넓적다리 사이에 목을 깊숙이 처박았다. 마치 확실하게 아이의 보호를 받으려는 듯이. 그때 소년 시절에 읽었던 문장이 머릿속에 떠올랐다. "알부케르크는 최악의 해난에 빠지자 한 소년을 어깨에 태웠습니다. 운에 좌우되는 바다 위에서 소년의 순진무구함을 통해 신의 가호를 얻어 목숨을 구할 수 있다고 믿었기 때문입니다."

티포주는 계단을 통해 나갈 수 없었다. 방법은 다시 올라가 성당을 지나 테라스로 가 몸을 숨기는 것뿐이었다. 그는 깊이 생각하지 않고 충동적으로 위급한 상황에 대처했다. 성당의 천장 일부가 무너져 내렸지만 테라스로 통하는 문은 활짝 열려 있었다. 티포주는 황급히 그쪽으로 달려갔다. 그런데 몇 걸음을 옮기다 끔찍한 광경을 목격하고는 그 자리에 얼어붙고 말았다.

아직 녹지 않은 순백의 눈이 테라스의 포석을 덮고 있었다. 난간 역시 눈이 하얗게 뒤덮였는데 오직 세 자루의 검 아래에만 자줏빛 망토를 깔아 놓은 듯 붉은 얼룩이 넓게 퍼져 있었다. 하이오와 하로, 로타어가 그곳에 있었다. 적갈색 머리의 두 쌍둥이는 항문에서 입까지 검에 찔린 채 허공을 향해 두 눈을 크게 뜬 하얀 머리칼의 아이를 충실하게 양쪽에서 호위하고 있었다. 세 아이는 각기 다른 모습으로 뾰족한 검에 찔렸다. 하이오의 경우 칼끝이 왼쪽 견갑골 위로 빠져나왔다. 그래서 비스듬히 놓인 그는 마치 위태로운 몸의 균형을 되찾으려는 듯 한쪽 무릎을 들어 올리고 머리를 반대편으로 숙인 것처럼 보였다. 밤바람에 떨고 있는 응고된 한줄기 피가 난간에서 위축된 채 굳은 발가락 하나와 연결되었다. 하로는 로타어를 향해 오른쪽으로 머리를 기울였다. 하지만 칼이 왼쪽 목을 관

통해 오른쪽 귀까지 빠져나온 탓에 취해진 자세였다. 하로는 두 주먹을 불끈 쥐고 두 무릎을 살짝 구부려서 마치 하늘을 향해 뛰어오르려는 멀리뛰기 선수 같은 자세를 했다. 로타어는 머리를 뒤로 젖히고 입을 벌린 채 목구멍을 관통한 검의 날을 물고 있었다. 칼이 항문에서 입까지 완전히 관통했으며, 두 다리를 붙이고 두 팔이 몸에 찰싹 달라붙어 있어 그의 몸은 존엄한 검의 칼집 같았다. 별빛이 꺼져 어린이들이 희생된 골고다 언덕만이 검은 하늘을 배경으로 우뚝 솟아 있었다. 티포주는 중얼거렸다. "검은색 상부 장식에 세 자루의 검이 방패꼴 모양으로 세워져 있는 은빛 문장."

폭음과 동시에 테라스가 흔들렸고 성당이 산산이 부서졌다. 돌멩이와 기와 조각이 티포주와 에프라임 위로 우박처럼 쏟아졌다.

"에프라임, 안경을 잃어버렸어. 거의 아무것도 보이지 않는구나. 나를 안내하렴!"

"걱정하지 마세요, 이스라엘 말. 제가 아저씨 귀를 잡고 안내하겠어요!"

예광탄이 나무들 위에서 불의 눈물처럼 연달아 떨어지고 있었다.

"에프라임, 새까만 하늘에 불끈 쥔 주먹이 하나 보이는구나. 주먹을 꽉 쥐고 있어. 거기서 핏방울이 솟는구나."

"베헤못, 가요. 아저씨는 정신 나간 사람 같아요!"

"에프라임, 성경에 이렇게 쓰여 있지 않니? 그의 머리는 눈처럼 새하얗고 그의 눈은 불길 같고 그의 두 발은 발갛게 달아

오른 청동과 비슷하고 또 양날 검이 그의 입에서 빠져나와 있다고?"

"베헤못, 만일 몸을 돌리지 않으면 귀를 뽑아 버릴 거예요!"

티포주는 고분고분 복종했다. 이제 그는 별을 짊어진 아이의 손과 발 사이에 놓인 한 어린아이에 지나지 않았다. 두 사람은 10미터도 채 못 가 기관총을 들이대는 소련군과 마주쳤다. 에프라임이 날카로운 목소리로 "보이나 프라니! 프란추스키 프라니!" 하고 외치자 소련군은 물러서며 별을 짊어진 아이에게 길을 터 주었다.

성안의 전투는 그쳤다. 오직 우측 익면과 남상주 탑만 전혀 손상되지 않은 듯했다. 하지만 소련 분견대가 숲과 들판에 흩어진 소년 특공대들을 차례대로 섬멸하기 위해 애쓰고 있었던지 간간이 총성이 터졌다. 티포주는 불타 버린 건물을 따라 나아갔다. 그리고 개집이 있는 철책 안으로 살짝 들어갔다. 기관총에 몰살된 도베르만 경비견들 열한 마리가 칼텐보른의 마지막 사냥화를 이루고 있었다. 티포주는 막연히 구원의 방향이 서쪽이라 생각하고 슐란겐플리스로 가는 길에 들어섰다. 망망대해에서 구조될 희망 없이 그저 본능적으로 헤엄치는 조난자처럼 그는 이 궁지에서 빠져나가게 될 거라고 추호도 믿지 않으면서 자유 촌락[117]에 이를 수 있는 모든 몸짓을 시도해 보았다. 그는 시뻘건 불길과 함께 연기 다발이 하늘 높

---

117) 중세 때 피난 혹은 개간을 위해 수도원을 중심으로 세워진 자유 촌락. 불가침의 특혜를 누렸다.

이 치솟으면서 횃불처럼 타오르는 집들 때문에 대낮같이 훤한 슐란겐플리스를 가로질렀다. 암흑이 다시 그를 삼켜 버렸다. 안경을 잃은 데다 어둠으로 인해 이중으로 앞을 보지 못하는 채 몇 분 더 나아갔다. 갑자기 에프라임이 두 귀를 잡아당겼다.

"멈춰요, 베헤못! 들어 보세요!"

티포주는 멈추어 서서 들었다. 밤의 정적 속에 이동 중인 전차 부대의 덜커덩거리는 소리가 위협하듯 규칙적으로 들려왔다. 겨우 1킬로미터 떨어진 곳에서 발사된 붉은 로켓탄 하나가 그들 앞에서 슈웃 하는 소리와 함께 곡선을 그리며 어둠 속에 박혔다. 거의 동시에 포탄들이 획획 소리와 함께 도로 위에서 폭발했다. 고사포 부대는 아직 섬멸되지 않았고 특공대의 신호에 따라 발포했다.

"도로에서 벗어나야겠어요." 에프라임이 결정했다. "아저씨, 왼쪽으로 돌아서 들판으로 가세요. 전차 부대 뒤로 돌아가는 게 좋겠어요."

티포주는 두말없이 왼쪽 비탈길로 빠졌다. 길가에 쌓인 진흙이 섞인 눈 더미에 빠지며 두 발 밑에서 히스가 자라는 황야의 무르고 푸석푸석한 땅을 느꼈다. 작은떨기나무가 그의 얼굴을 할퀴었다. 그때부터 마치 눈이 안 보이는 사람처럼 두 팔을 앞으로 내밀고 전진했다. 티포주는 오랫동안 그렇게 걸었다. 도로에 퍼붓는 집중 폭격 소리가 그의 귀에 희미하게 들릴 때까지. 발밑 땅이 점점 질퍽해졌다. 그는 걸을 때마다 푹푹 빠지는 발을 빼느라 무척 애썼다. 이윽고 어느 작은 나무의 가지와 줄기가 두 손에 잡혔다. 늪지대에서 자라는 검은오리나무였다. 그는 가던 길을 멈추고 방향을 바꾸고 싶었다. 하지만 저항할 수 없는 어떤 힘이 두 어깨를 짓눌렀다. 게다가 물에 흠뻑 젖은 황야에 두 발이 빠지면 빠질수록 그토록 마르고 창백한 아이가 납덩어리처럼 더욱 무겁게 짓누르고 있음을 느꼈다. 그는 계속 앞으로 나아갔다. 진흙이 다리를 따라 계속 올라왔고 그를 짓누르는 무게는 걸음을 뗄 때마다 한층 가중되었다. 이제는 배와 가슴을 으깨는 끈끈한 저항력을 이겨 내기 위해 초인적인 노력을 기울여야만 했다. 그러나 모든 일이 뜻대로 이루어졌음을 알기에 끈질기게 전진했다. 그가 마지막으로 에프라임을 향해 고개를 들었을 때는 여섯 개의 가지가 달린 황금 별 하나가 검은 하늘에서 천천히 돌고 있는 모습만 보였다.

작품 해설
식인귀 신화와 짊어지는 행위

1967년에 출간된 미셸 투르니에의 데뷔작『방드르디, 태평양의 끝』은 18세기 백인 우월주의 혹은 서구 문명인 관점에서 쓴 대니얼 디포의『로빈슨 크루소』를 문화인류학적 관점에서 개작한 것이다. 1970년에 발표된 두 번째 소설『마왕』은 괴테의 유명한 발라드「마왕」에 영감을 준 요정들의 왕(혹은 공기 요정의 왕)이라는 게르만 신화와 식인귀 신화, 그리고 소년 예수를 어깨에 태우고 강을 건너게 한 성 크리스토프의 생애를 중첩시켜 쓴 소설이며 투르니에의 작품 중 가장 유명한 대표작이다.

그런데 투르니에는 이 소설의 첫 번째 초안을 1958년에 완성하여 '올리비에 크로모른의 기쁨과 눈물'이라는 제목을 붙였다. 한 자동차 정비공이 일인칭으로 기록한 일기인 이 초고는『마왕』1장의「아벨 티포주의 불길한 기록」에 해당한다. 이 이야기는 프랑스가 전쟁에 돌입하는 1939년에서 끝났다. 투르니에는 초고를 쓴 지 십 년 만인 1968년에 본격적으로 다시 쓰기 시작하여 1970년에 '마왕'이라는 제목으로 발표해서 공쿠르상을 수상하게 된다. 한편 1995년 폴커 슐렌도르프와 장클로드 카리에르는 나치즘의 신화적 뿌리를 파헤치기 위해 이 작품을 같은 이름을 붙인 역사 영화로 만든다.

소설은 모두 여섯 개의 장으로 구성되어 있다. 1장 「아벨 티포주의 불길한 기록」은 파리의 평범한 자동차 정비공 아벨 티포주가 1938년 1월 3일부터 동원되기 직전인 1939년 9월 4일까지 보베의 생크리스토프 중학교에서 보낸 소년 시절을 회상하면서 사물과 운명의 기호를 읽고 해석하는 내용이고, 나머지 이야기는 2차 세계 대전이 발발한 1939년 입대와 함께 알자스 지방에서 보낸 비둘기 사육병 생활과 1940년 전쟁 포로가 되어 동프로이센으로 이송되고 1945년 3월까지 마주리에서 보낸 자유로운 포로 생활을 삼인칭으로 기록한 것이다.

소설은 느닷없이 라셀이 아벨 티포주에게 "당신은 식인귀 (Ogre)야!"라고 불평하는 문장으로 시작된다. 식인귀라니? 독자는 이게 무슨 말인지 어리둥절할 수밖에 없다. 식인귀라면 샤를 페로의 『엄지 소년』에 나오는 것처럼 신선한 인간의 살, 특히 어린이의 신선한 살을 좋아해 사람을 잡아먹는다는 끔찍한 괴물이 아닌가. 혹은 고대 신화에 등장하는 거인족, 티탄족, 크로노스, 미노타우로스, 키클롭스, 사투르누스 등을 떠올리거나 원시생활을 하는 어느 식인종을 연상할 수 있다. 또 '시간의 밤'에서 태어났다고 주장하는 주인공의 까마득한 태생과 '아벨'이라는 이름은 우리를 신비로운 창세기 신화의 시대로 초대한다. 아를레트 블루미는 "신화는 시간의 태초에 일어났던 이야기이고 존재와 세계, 현재와 미래의 기원을 설명하고자 애쓰는 이야기"라고 정의한다. 또 종교사가 미르체아 엘리아데는 "신화란 신들의 신성한 세계와 인간의 세속적인 세계를 근본적으로 결합하는 신성한 이야기"라고 간주한다. 이처럼 작가는 한 개인과 사회의 운명을 해독하기 위해 처음부터 신비롭고 근원적인 신화인 식인귀 신화를 도입하고 있다.

식인귀는 어떤 존재인가. 첫째, 체구가 어마어마한 거인에 엄청난 힘을 지니고 있으며 성격은 포악하고 잔인하다. 둘째, 말 그대로 인간 포식자이고 특히 싱싱한 인간의 살을 좋아한다. 말하자면 매일 일정량의 신선한 고기를 먹어야 살기 때문에 끊임없이 먹이를 찾아다니는 인간 사냥꾼이다. 셋째, 시각보다는 후각이 뛰어나게 발달한 괴물이다. 넷째, 로망어 코르팅 사전에 의하면 오그르(ogre, 식인귀)는 아우구르(augur, 신탁관, 복술가, 점쟁이)라는 어원에서 유래한 단어다. 이는 식인귀가 환상을 품고 미래와 운명을 예견하는 능력을 지녔음을 암시한다. 또한 라틴어에서 유래한 오그르(ogre)라는 단어는 죽음의 신, 혹은 아직도 대중적인 신앙 속에 살아남은 지옥의 신 오르쿠스(orcus)에서 유래한 것으로 볼 수 있다. 이는 인간 세계에서는 어둠의 존재, 물질의 포로, 야수성을 지닌 자의 이미지가 된다.

사실 우리의 주인공 아벨 티포주는 위에서 살펴본 식인귀의 특징처럼 사람을 잡아먹지도 성격이 포악하지도 않으며, 오히려 아이들을 끔찍이 사랑하는 선량하고 사회에서 소외된 무기력한 존재에 불과하다. 이제 소설의 흐름에 따라 동물적이고 원시적인 식인귀로부터 시작해서 관능적인 분야와 정치적인 영역까지 확대하여 살펴보고, 식인귀의 전형적인 탈취 행위가 성 크리스토프의 구원적 형상으로 변형되는 젊어지는 행위가 무엇인지 알아보자.

원초적인 식인귀

티포주의 탈취 행위에 적합한 거대한 체구, 엄청난 힘, 뛰어난 후각, 피에 대한 갈망, 신선한 살을 좋아하는 식욕 등은 바로 식인귀의 동물적 속성을 떠올리게 한다. 일반적으로 동물의 모티브는 인간의 원시적이고 본능적인 성질을 상징한다.

가장 동물적이고 원초적인 식인귀적 속성은 절대적인 날것에 대한 기호다. 열두 살까지 체구가 작고 병약했던 티포주는 키와 몸무게가 대단한 기세로 자람에 따라 거대한 식욕을 갖게 되는데 구워 먹거나 삶아 먹는 것보다 날것이 더 맛있다는 사실을 알게 된다. 그는 가공하지 않은 식품, 가령 곰팡내와 짐승의 털, 지푸라기가 있는 마구간에서 채취한 생우유를 마신다. 날것에 대한 기호는 불을 발견하기 이전 야생 동물처럼 생식하던 원시 인간의 식생활을 떠올리게 한다. 클로드 레비스트로스는 익힌 것이나 썩힌 것과 날것의 대립은 변형된 것과 변형되지 않은 것의 대립이며 곧 문화적 변형과 자연적 변형의 대립이라고 설명한 뒤, 날것에 가깝게 구운 것일수록 자연에 가까운 것이고 냄비를 필요로 하는 끓인 것은 문화에 근접한 것이라고 말한다.

피에 대한 원초적 갈망은 식인귀의 본능적 속성이다. 티포주가 중학교 때 펠스네르의 상처 난 무릎을 핥는 장면은 식인귀적 성향을 드러낸 행동이다. 그는 "극도의 기쁨, 견딜 수 없을 만큼 격렬한 기쁨"을 느끼며 마침내 기절하고 만다. 또한 나폴라에서 지뢰 폭발로 죽은 독일 소년의 피에 흠뻑 젖은 티포주는 황홀감을 느낀다. 에리히 프롬은 이러한 원초적인 피의 갈증은 무력자의 격정이 아니라 자연과의 유대를 완전히 끊지 못한 상태를 의미하는 것이라고 말한다. 그러한 사람은 어엿한 인간이 되기를 두려워하기 때문에 삶을 초월하는 방법으로 죽이는 일에 열광할 수 있다. 죽이는 일은 가장 원초적인 수준에서 비상한 흥분이 되고 명백한 자기 확인이 될 수 있기 때문이다.

1940년 포로가 되어 동프로이센으로 이송된 티포주는 나치 독일의 원수이자 수렵장 헤르만 괴링의 사냥터인 로민텐 하이데라는 자연 보호 구역에서 일하게 된다. 티포주는 자신의 숙명적인 징표들이 존재와 사물 속에서 어떤 모습으로 나타나는지 관찰한다. 특히 사슴 사냥을 즐기고 생고기를 탐식하고 동물들의 배설물 연구에 심취한 괴링의 모습에서 자신의 식인귀적 성향보다 훨씬 동물적이고 원초적인 광경을 보고 놀란다.

동프로이센에서 호수와 사구와 이탄지, 늪지와 호밀밭과 함께 태고의 순수한 경치를 그대로 간직한 북방 낙토를 발견하는 것은 원초 세계로의 귀환이다. 이 공간 여행은 고라니와 들소, 이탄광 인간 등 다양한 전설적인 존재들과의 만남을 통해 신화시대로 거슬러 올라간다. 이러한 시간과 공간 이동은 또한 원시 시대의 수렵 생활을 연상시킨다.

인간의 동물성은 그것이 인식되고 삶과 통합되지 않으면 위험할 수 있다. 인간은 본능을 자신의 의지로 조절할 수 있는 유일한 피조물이지만 그것을 강압하고 왜곡하며 상처를 입힐 수도 있다. 결국 원초적인 식인귀는 야생적, 원시적, 본능적인 물신 숭배에 빠진 존재다. 또한 불을 발견하기 전의 수렵 생활, 다시 말해 원래의 동물적 세계를 그리워하는 존재다. 식인귀가 아이들을 잡아먹기를 원하는 것은 상징적으로 아이와 합체되어 동일화하려는 것이다. 티포주 식인귀는 아이의 순진함과 생명력, 아름다움을 사랑하고 갈망한다. 그는 먹이들을 '미친 듯이 보고 만지고 소유하고 싶어 한다'. 식인귀의 은유는 성적인 분야에서 더욱 자세히 나타난다.

관능적인 식인귀

투르니에의 『질과 잔』에서 잔 다르크가 화형된 후 질 드 레는 수백 명의 아이들을 유괴하고 남색한 후 죽이는 잔인한 성적 식인귀다. 여자들을 사랑하기는커녕 경멸하면서도 2000여 명의 여인들을 사냥한 돈 후안 역시 놀라운 배출 의지를 자랑하는 기이한 성적 식인귀다. 괴테의 발라드에 나오는 마왕의 정열 역시 관능적이다. "난 널 사랑한다. 너의 아름다운 몸매가 나를 유혹하는구나. 네가 동의하지 않을지라도 너를 강간하겠다!"

티포주의 식인귀적 성향은 소설 서두에서 라셀에 의해 드러난다. 그런데 그들 관계의 목적은 상대방을 먹을 수 있는지 없는지를 알아보는 조건 때문에 관능적이다. 라셀은 자기를 "비프스테이크 수준으로"밖에 생각하지 않는다고 티포주에게 불평한다. 티포주는 그녀의 쾌락을 자극하는 데 흥미가 없기 때문에 옆에 있는 라셀을 위험한 존재로 느낀다. 게다가 그녀는 "당신이 그 짓을 멈추는 순간부터 내가 당신을 잡아먹을지 모른다고 생각하는 게 좋을 거야."라고 위협한다. 이번에는 라셀이 식인귀가 된다. 그녀의 모습은 새까만 눈썹과 들창코, 탐욕스러운 큰 입을 가진 늑대 같다. 그녀는 떠나면서 검은머리 방울새같이 성행위를 한다는 치명적인 말로 티포주를 비난함으로써 그의 남성다움을 위태롭게 한다. 즉 라셀은 거세 방식으로 작용하고 티포주는 합체 방식으로, 즉 상대를 먹기 위해 가로채고 싶은 욕망으로 작용하고 있다.

티포주는 모성적인 라셀을 기대하나 그녀는 그의 배고픔을 충족시켜 줄 어머니가 될 수 없고, 티포주 역시 그녀의 성적 필요성을 충족시킬 능력이 없다. 그래서 티포주는 위험에 빠진 남성다움을 되찾고 또한 항상 충족되지 않는 사랑의 갈망을 해결하기 위해 잃어버린 사랑의 대체자로서 어린이들을 추구한다. 그는 어린이를 아름답고 영리하고 악의 없는 존재로 여기며, 특히 어린이의 몸뚱이를 살의 진수로 간주한다. 특히 쌍둥이에 열광한다. 두 개의 육체에 단 하나의 영혼, 즉 최고의 살의 밀도를 제공하는 것처럼 보이기 때문이다.

티포주는 사진 사냥을 하기 위해 초등학교 근처에서 배회할 때 페도필리아(소아 성애)를 느낀다. 사진 촬영은 영상 약탈이자 소유 행위다. 티포주의 어린이 영상 사냥은 그의 식인귀적 성향과 결부되나 거기에는 항상 모성적 사랑과 애정이 깃들어 있다. 그런데 억울하게 강간죄를 뒤집어쓰고 중죄 재판에 회부된 이후에는 신선하고 매끈한 살에 대한 애호가 상처 혹은 죽은 살에 대한 기호로 바뀌게 된다. 나폴라의 군사 훈련 중 헬무트는 지뢰 폭발로 머리를 완전히 잃는다. 티포주는 상처 속에서 활짝 피어난 살, 목이 잘린 육체를 극도로 예찬한다. "그것은 운석처럼 하늘에서 떨어져 땅속에서 녹게 되어 있는 존재의 본질이었다. 죽음이 살아 있을 때 결코 체험할 수 없었던 충만함을 육신에 부여했다."

목이 잘린 살의 밀도에 대한 티포주의 설명은 「베로니크의 수의」에서 머리 없는 나체 사진을 정당화하기 위해 베로니크가 취한 설명과 비슷하다. 멋있기를 바라는 사진이 보기 흉한 얼굴 탓에 망치게 될 경우 나체 사진의 머리를 잘라 그 문제를 해결한다는 것이다. 살에 대한 지나친 취향은 네크로파일(시체 애호자)에 이르게 된다. "내가 헬무트의 시체 곁에서 보낸 밤샘이 지금 최면실에서 코를 골고 얌전하게 몸을 뒤척이며 자고 있는 저 아이들의 살보다 더욱 무겁고 대리석 같은 살에 대한 취향을 내게 영원히 심어 준 것은 아닐까?" 헬무트가 머리 없는 몸뚱이인 반면 에프라임은 몸뚱이 없는 머리다. 티포주가 즉시 자신과 동일시한 마왕 옆에는 용해된 어린이의 육체가 있었고, 신기하게도 헝겊 모자를 쓴 아이의 머리는 전혀 손상되지 않았다. 그 후 티포주는 똑같은 헝겊 모자를 쓴 에프라임을 발견하게 되는데 그 아이를 안아 올렸을 때 너무도 가벼웠다. 에프라임은 병약하지만 영특한 지능으로 티포주를 제압한다.

예언자적 직감

티포주는 '인생에서 우연은 없으며 모든 것이 기호'라고 생각한다. 그는 사물의 기호를 읽을 뿐만 아니라 조정하기도 한다. 말하자면 그는 환상을 품는 능력을 가지고 태어난 점성가로 동물성과 신성을 동시에 소유하여 자기 운명을 예감할 뿐만 아니라 자신에게 유리하도록 역사와 개인의 운명, 사물의 운행을 조정하는 초자연적인 능력을 지녔다. 왼손으로 글을 쓰는 능력은 단순한 손재주 이상의 의미를 숨기고 있는 것이다. 또한 '불길한 기록'이라고 제목을 붙인 일기장은 티포주에게 놀라운 신비를 간파하는 힘을 부여한다.

첫 번째 신비한 능력은 이미 중학교 시절에 일어난다. 개구쟁이 친구들이 벌인 유탄 사건에 말려든 어린 아벨은 상벌 위원회에 출두해야만 한다. 아벨 티포주는 너무도 불안한 나머지 고향으로 도망치고 자신을 불행에 빠뜨린 지옥의 불길이 이제 해방의 불길이 되도록 학교가 불타기를 염원하는데, 이

튿날 실제로 학교가 불타는 모습을 보았을 때 그는 운명의 화답에 은밀한 기쁨을 느낀다.

두 번째 신비한 능력은 이십 년 뒤 수업을 마친 아이들의 놀이에 매료된 자동차 정비공 티포주가 억울하게 소녀의 강간범으로 고발되고 중죄 재판소에 회부될 때 나타난다. 티포주는 자신의 억울한 누명을 벗기고 또 자신에게 생명의 빛을 제공하기 위해 전쟁이 발발했다고 생각한다. 티포주는 경찰서에서 풀려나 입대한 후 포로가 되어 흑백의 나라인 동프로이센으로 이송된다. 기아와 공포와 혼란 그리고 죽음이 난무하는 그곳에서 아벨 티포주는 오래전부터 예감하던 한 세계의 마법을 발견한다. 그 "순수한 본질의 나라"에 경탄하게 된 포로 티포주는 자신과 비둘기, 운홀트(고라니), 바르브블뢰(말) 사이에 세워진 확실한 공모 덕분에 그가 일기에 이미 기록했듯 관찰하고 추측한 것을 실제로 목격하게 된다. 특히 프로이센 숲에서 벌어지는 기상천외한 일들, 괴링과 나치 고관들의 사슴 학살, 최후의 도살장에 보내기 위해 아이들을 기르는 폭력과 피가 난무한 나폴라를 발견한다.

이런 예언자적인 티포주의 마법은 자신의 운명과 역사의 공모 덕분이다. 인간의 정신은 꿈과 몽상 속에서, 심지어 각성 상태에서도 독자적인 창조의 힘을 지님으로써 자아의 심층적인 정서가 투영된 우화, 형상, 이미지 등을 자유롭게 상상해낸다. 문명화된 인간의 경우 이성과 같은 여러 검열 장치가 그 자연 발생적인 상징 기능을 방해하지만, 우리의 주인공 티포주는 꿈을 꾸거나 몽상을 하거나 혹은 실제 의식이 활동하는 동안에도 아무런 통제를 받지 않는다. 플라톤주의자들은 정신이란 어느 정도 자신의 지식을 구축할 수 있고, 또한 자연과 인간 정신 사이에는 모종의 상호 작용이 있다고 생각한다.

정치적인 식인귀

투르니에가 식인귀 신화를 통해 고발하고자 하는 또 하나의 중요한 주제는 상상적인 식인 풍습의 은유적 분야, 즉 전쟁과 나치즘, 나치 독일, 나폴라, 정치적 목적의 생체 실험 등이다.

칼텐보른성에서 일하게 된 후 티포주는 진짜 마왕처럼 바르브블뢰를 타고 동프로이센의 들판과 마을을 누비며 아이들을 사냥하고 나폴라에 가둔다. 나폴라는 독일 소년들을 유혹해 오직 전쟁을 수행하기 위해 설립된 특수 학교다. 그래서 어린 생도들은 군사 훈련을 하다 다치거나 '살로 만든 대포'가 되어 희생된다. 전쟁을 하기 위해 무기가 필요하듯 수백만 명의 병사들에게 생명을 걸게 할 뿐만 아니라 살인자로 둔갑시키기 위해 증오와 분노와 파괴성, 그리고 공포의 감정을 주입한다. 즉 인간성을 말살하고 어린이들을 하나의 전쟁 도구로 만드는 나폴라 역시 식인귀임에 틀림없다고 하겠다.

마왕이 달콤한 말로 소년을 유혹하고 결국에는 죽음으로 몰아넣듯 나치즘은 젊은이들을 조국애와 명예심이라는 이름으로 유혹하고 전쟁의 제물로 사용한다. 매년 4월 19일 자기 생일을 자축하기 위해 열 살짜리 소년 소녀 들을 50만 명씩 제물로 바치게 하는 아돌프 히틀러 역시 병적 허기증에 걸린 탐욕스러운 현대판 식인귀다.

티포주의 설명에 의하면 히틀러주의는 '처녀림과도 같은 미래에 대한 발견과 발명, 창조와 진화 등의 모든 개념을 거부하고 혈통, 조상, 피, 죽은 자, 대지 등을 예찬하는 이데올로기'다. 유전과 시간을 히틀러주의라고 명명한 블레트헨의 설명은 전통과 혈통을 중요시하여 나쁜 혈통은 개선될 수도 교육시킬 수도 없으며, 이 법칙이 정당화되는 유일한 치료 방법은 간단하고 순수한 소멸 작업에 의해 이루어진다고 말한다. 그래서 히틀러주의는 가짜 샤워실에 400만 명의 유대인들을 수용해 놓고 죽이는 거대한 식인귀가 된다. 실험실의 동물처럼 인간을 필요할 때까지 이용하는 관념론에 타락한 의학 역시 식인귀가 될 수 있다. 「베로니크의 수의」에서 투르니에는 죄수들의 시체 혹은 생체를 해부하는 의사 베잘을 묘사한다.

식인귀의 개종: 짊어지는 행위

투르니에가 만든 '포리(phorie)'라는 용어는 'acte de porter', 즉 '짊어지는 행위'를 뜻하며, 식인귀 주제와 결부되어 이 작품의 핵심 주제어가 되고 있다. 주인공의 중학교 이름으로 사용되는 크리스토프(Christophe)는 '그리스도를 짊어진 자'를 의미한다. 티포주는 자동차 정비 공장에서 배기통 회전판에 맞아 쓰러진 자노를 짊어졌을 때 '존재 전체를 흔드는 듯한 기쁨'을 느낀다. 그는 그 기쁨을 '희열(euphorie)'이라고 표현하는데, 그것은 행복한 심정으로 타인을 짊어짐으로써 기쁜 상태에 떠 있는 것이다. 짓누르는 무게에 의해 오히려 하늘로 치솟아 가볍게 떠오르는 이 기쁨은 중학교 시절 네스토르가 티포주를 짊어지는 기마전에서도 발견된다. "꼬마 티포주야, 한 아이를 짊어진다는 게 이처럼 아름다운 일이란 것을 난 여태껏 몰랐어."

왜 짊어지는가? '짊어지는 행위'는 '짊어지다'와 '실어 가다', 그리고 '타인에게 봉사하다'와 '타인을 굴종시키다'라는 이중적 의미를 띠기 때문에 식인귀의 전형적인 탈취와 유괴, 식인 행위가 내포되어 있다. 투르니에는 식인귀 신화를 전도시키지 않고 오히려 그것 본래의 양면성을 회복시켜 주는 셈이다. 다시 말해 식인귀 신화는 모순되는 두 양상, 즉 삶과 죽음, 사랑과 증오의 대립에 의해 구조화되고 또한 변형되기도 한다.

투르니에는 그러한 모순을 극복하고 통합하기 위해 선의적 전위 혹은 악의적 전위라는 개념을 사용한다. 값싼 금속을 금으로 만드는 연금술처럼 선의적인 짊어지는 행위를 통해 식인귀적 속성은 성 크리스토프 같은 성덕으로 변한다.

그리하여 식인귀라는 말 자체가 부정적 이미지로 가득 한데도 불구하고 착한 일을 하면 긍정적 이미지로 변형될 있다. 처음에 티포주는 죽음 속으로 아이를 유혹하고 강탈하는 독일식 식인귀 마왕과 동일시되고, 그다음에는 아이를 짊어지고 찬양하고 구제하는 성 크리스토프와 동일시된다. 처음에는 아무리 먹어도 배가 차지 않는 허기증을 가진 거인이었으며 가장 힘센 자를 주인으로 모시기 바라는 물신 숭배에 빠졌던 성 크리스토프 역시 일단 그리스도에 의해 개종한 뒤로 죽음에 대항하는 수호성인이 된다.

또한 젊어지는 행위는 헤겔 변증법의 핵심 개념인 '지양'처럼 탈취(선택)와 찬양(보존)이라는 이중적 의미를 지닌다. 지양은 문자 그대로 '들어 올린다' 혹은 '높인다'는 뜻이고, 파생된 두 의미는 '제거하다'와 '보존하다'다. 어떤 대상을 들어 올린다는 것은 그것이 더 이상 그곳에 있지 않다는 것이고, 다른 한편으로는 그것을 보존한다는 것이다. 부모의 품에서 '탈취'된 후 나폴라에서 훈련받는 아이들은 아이인 채 군인이 되고 동시에 아이인 채로 소멸된다. 투르니에는 젊어지는 행위를 헤겔의 '주인과 노예'의 변증법과도 결합시킨다. 즉 진정한 소유란 남에게 봉사하고 희생해야만 소유하고 지배할 수 있다.

티포주는 '별을 짊어진 자(astrophore)'인 에프라임(박해받는 떠돌이 민족의 상징)을 자의로 짊어지고 늪지에 빠져든다. 결국 남근의 등가물처럼 나타나는 어린이를 짊어짐으로써 남성성을 회복한 티포주는 대지의 여성과 결합하고, 한편 어린이의 무게로 인해 부드러운 어머니 대지 속에 스며듦으로써 아이, 부성과 모성, 남성과 여성, 개인과 우주가 결합하게 된다.

에프라임은 신선한 살에 매혹되고 전쟁과 나치즘에 의해 왜곡된 이 어둠의 거인 티포주를 깨우치고 여섯 가지가 달린 황금 별이 빛나는 밤하늘의 영상 위로 사라지게 한다. 이 황금 별은 티포주에게 생명의 부활을 약속하는 기호다. 결국 식인귀의 전형적인 탈취 행위로서의 짊어지는 행위는 폐기되고 성 크리스토프가 소년 예수를 짊어질 때 겸손하게 자의적 희생을 함으로써 승화된 짊어지는 행위는 새로운 영광과 생명을 회복한다.

2020년 1월
이원복

작가 연보

1924년	12월 19일 파리 9구에서 출생.
	투르니에는 자신의 어린 시절에 대해 "나는 극도로 예민한 아이였다. 경련이 심하고 고통에 민감했다."라고 회고.
1928년	마취하지 않은 채 편도선 수술을 받음. 어린 아이에게는 진정한 내상이 된 경험으로 투르니에는 "가장 여린 나이에 심장에 새겨진 기억으로 같은 인간, 특히 가장 다정한 사람들에 대해서 경계심을 품도록 만들었다."라고 회고.
1934~1940년	학교에 진학하지만 열등생이었으며 특히 수학에 흥미를 느끼지 못함.
	여러 학교에서 퇴학당했으나 당시 유행하던

소설들에 열렬한 관심을 보임.

고답파 시인들의 작품과 장 지오노의 소설에 심취.

작은외할아버지가 독일어 교사로 있는 프라이부르크의 가톨릭 학생 기숙사에 어머니가 네 아이들을 데리고 가서 휴가를 보냄.

1939년   생제르맹 앙 레의 집이 독일군에게 점령당함. 이에 대해 투르니에는 "나는 아홉 살에서 열두 살 사이에 나치를 알게 되었다."라고 서술.

1941년   집안이 뇌이로 이사.

모리스 드 강디야크 선생 덕분에 파스퇴르 고등학교에서 철학을 알게 됨. 소설가 로제 니미에가 그의 동급생이었음.

소르본 대학교에서 철학을 공부.

1941~1942년   부르고뉴에서 휴가를 보내는 동안 알게 된 가스통 바슐라르의 강의 수강. 철학에 열정적인 흥미를 느끼고 미셸 푸코, 질 들뢰즈, 프랑수아 샤틀레, 미셸 뷔토르 등과 더불어 작은 그룹을 형성.

1943년   사르트르의 『존재와 무』를 알게 되어 깊은 인상을 받지만 1945년 「실존주의는 휴머니즘이다」라는 강연을 듣고 실망.

1945년   철학 학사 학위 취득.

1946년   플라톤의 대화편 『파르메니데스』에 심취하여 이에 대한 연구로 석사 학위 취득.

1950년까지 독일 튀빙겐 대학교에서 철학 공부를 계속함.

1948~1949년 　인간 박물관에서 인류학을 공부하며 클로드 레비스트로스에게서 직접적으로 영향을 받음. 인류학자 르루아 구랑의 영향도 받음. 그의 지도로 부메랑 던지기, 연으로 하는 낚시 등을 배움.

1949년 　대학교수 자격시험에 응시하였으나 미셸 뷔토르와 함께 낙방하고 교육자의 길을 포기함.

1950~1954년 　생루이섬에 있는 '오텔 드 라 페'에서 이방 오두아르, 조르주 드 콘, 아르망 가티 등 여러 젊은 친구들과 동거하며 자유분방한 생활을 함. 레마르크 등의 독일 문학 작품을 번역하면서 생계를 유지했으며, 이는 훌륭한 작가 수업의 기회가 됨.

　국립 라디오 방송 PD로 재직.

1954~1958년 　유럽 1방송에서 기자로 재직.

1958~1968년 　플롱(Plon) 출판사에서 문학부장으로 근무. 사진 전문 텔레비전 프로그램 「암실(Chambre noir)」의 PD로 활동.

1958년 　『마왕(Le Roi des aulnes)』의 원고를 집필하기 시작했으나 포기함.

1962년 　『방드르디, 태평양의 끝(Vendredi ou les limbes du Pacifique)』을 집필하기 시작(1966년 탈고).

1967년	『방드르디, 태평양의 끝』을 발표하여 즉각적으로 성공을 거둠. 아카데미 프랑세즈 소설 대상 수상.
1970년	두 번째 소설 『마왕』 출간. 이 작품으로 공쿠르상 수상.
1971년	청소년용으로 다시 쓴 소설 『방드르디, 원시의 삶(Vendredi ou la vie sauvage)』 발표.
1972년	아카데미 공쿠르 위원(공쿠르상 종신 심사 위원)으로 선출.
1973년	앙투안 비테즈의 연출로 『방드르디, 원시의 삶』이 무대에 오름.
1974년	4월 일본 여행. 10월 캐나다 여행.
1975년	세 번째 소설 『메테오르(Les Météores)』 출간.
1977년	자전적인 문학론 『성령의 바람(Le Vent Paraclet)』 출간.
1978년	단편집 『황야의 수탉(Le Coq de bruyère)』 출간.
1979년	사진작가들의 사진에 글을 붙인 『열쇠와 자물쇠(Des Clefs et des serrures)』 출간.
1980년	네 번째 소설 『가스파르, 멜시오르, 그리고 발타자르(Gaspard, Melchior et Balthazar)』 출간.
1981년	산문집 『흡혈귀의 비상(Le Vol de vampire)』, 부바의 사진집에 붙인 텍스트 『뒷모습(Vues

de dos)』 출간.

아프리카 여행.

1983년   다섯 번째 소설 『질과 잔(Gilles et Jeanne)』 출간.

1984년   『떠나지 않는 방랑자(Le Vagabond immobile)』 출간.

1986년   여섯 번째 소설 『황금 물방울(La Goutte d'or)』 출간.

산문집 『짧은 글 긴 침묵(Petites proses)』 출간.

1988년   『타보르와 시나이(Le Thabor et le Sinaï)』 출간.

1989년   『사랑의 성찬(Le Médianoche amoureux)』 출간.

1993년   9월 부다페스트와 뮌헨을 여행.

1994년   산문집 『생각의 거울(Le Miroir des idées)』 출간.

『문자 그대로(Le Pied de la lettre)』 출간.

1996년   소설 『엘레아자르 혹은 샘물과 덤불숲(Eléazar ou la source et le buisson)』 출간.

2000년   산문집 『예찬(Célébrations)』 출간.

2002년   『외면일기(Journal extime)』 출간.

2016년   파리 근교에서 집필 활동에 전념하다 1월 18일에 지병이 악화되어 아흔한 살의 나이로 사망.

세계문학전집 **365**

마왕

1판 1쇄 펴냄 2020년 1월 30일
1판 4쇄 펴냄 2023년 5월 19일

지은이 미셸 투르니에
옮긴이 이원복
발행인 박근섭, 박상준
펴낸곳 (주)민음사

출판등록 1966. 5. 19. (제 16-490호)
서울특별시 강남구 도산대로1길 62(신사동) 강남출판문화센터 5층 (우편번호 06027)
대표전화 02-515-2000 팩시밀리 02-515-2007
www.minumsa.com

ISBN 978-89-374-6365-5 04800
ISBN 978-89-374-6000-5(세트)

* 잘못 만들어진 책은 구입처에서 교환해 드립니다.

세계문학전집 목록

세계문학전집은 계속 간행됩니다.